SV

Jesús Cañadas

Am
Anfang
ist
der
Tod

Thriller

Aus dem Spanischen von
Verena Kilchling

Herausgegeben von
Thomas Wörtche

Suhrkamp

Die Originalausgabe erschien 2021 unter dem Titel
Dientes Rojos bei Obscura Editorial, Barcelona.
Published by arrangement with UnderCover Literary Agents.

Klimaneutral
Druckprodukt
ClimatePartner.com/14438-2110-1001

Erste Auflage 2023
suhrkamp taschenbuch 5343
Deutsche Erstausgabe
© der deutschsprachigen Ausgabe
Suhrkamp Verlag AG, Berlin, 2023
© 2021 by Jesús Cañadas
© für die Illustrationen: 2021 by David Rendo
Alle Rechte vorbehalten.
Wir behalten uns auch eine Nutzung des Werkes
für Text und Data Mining im Sinne von § 44b UrhG vor.
Umschlagfotos: Marie Carr/Trevillion Images (Frau),
Mark Owen/Trevillion Images (Tunnel)
Umschlaggestaltung: zero-media.net
Druck und Bindung: C. H. Beck, Nördlingen
Printed in Germany
ISBN 978-3-518-47343-6

www.suhrkamp.de

Black girl, black girl, don't lie to me.
Tell me, where did you sleep last night?
»In the Pines«, amerikanischer Folksong

If only you could talk to the monsters!
Zitat aus einer der ersten Kritiken zum Videospiel Doom.

 1 Kocaj

1

Griessmühle

Ich folge ihr schon seit einer ganzen Weile und weiß nicht, was ich tun soll. Die junge Frau mit dem pistaziengrünen Koffer geht langsam; ich glaube, sie ist sich nicht sicher, ob sie wegrennen oder mich vorbeilassen soll. Sie tut keins von beidem. Vermutlich fragt sie sich, was passiert, wenn sie stehen bleibt und ich ebenfalls stehen bleibe. Wenn sie losrennt und ich ihr hinterherrenne. Herausfinden will sie es lieber nicht, könnte ich mir vorstellen. Um diese Zeit sind die Straßen leer, nur hier und da fährt ein Auto mit voll aufgedrehter Heizung und fest verschlossenen Fenstern vorbei. In dieser Gegend gibt es weder Dönerläden noch Spätis, in denen sie Zuflucht suchen könnte. Zuflucht vor mir. Als ob ich ein Gewitter wäre. Als ob ich gefährlich wäre.

Stattdessen geht sie im gleichen Rhythmus weiter. Die Rollen ihres pistaziengrünen Koffers rattern über den Gehweg. Ich weiß nicht, wo sie hinwill. Was ich sehr wohl weiß: dass ich ihr schon seit geraumer Zeit folge. Und unschlüssig bin, was ich tun soll.

Vor gut einer Stunde lag ich noch in Ninas Bett und beobachtete, wie sie ihren Slip anzog, ihre Trainingshose, ein Paillettenshirt mit dem Konterfei von Lady Gaga. Wie sie mit ihren Socken, die sie nicht ausgezogen hatte, in rosa Hausschuhe schlüpfte.

»Magst du Lana Del Rey?«, fragte ich sie unvermittelt.

»Nein«, antwortete Nina.

Auf der Straße ist sonst niemand unterwegs. Es ist Ende Oktober, und die Stadt ist bereits in ewiger Nacht versunken. Vor einer Woche wurde die Zeit umgestellt, jetzt dämmert es schon gegen halb fünf. Monatelange Dunkelheit liegt vor uns. Die junge Frau tut so, als würde sie ein Schaufenster betrachten, aber mir entgeht nicht, dass ihr Blick in meine Richtung huscht. Sie will wissen, ob ich noch hinter ihr bin. Sie sieht mich und dreht den Hals ruckartig wieder in die andere Richtung. Die Bäume entlang des Gehwegs haben schon ihre Blätter verloren. Über uns kreuzen sich tote Zweige.

»Ich hab auf einem Plakat gesehen, dass sie bald nach Berlin kommt«, teilte ich Nina mit. »Wenn du willst, gehen wir hin.«

»Ich sagte doch gerade, dass ich sie nicht mag, Kocaj. Hörst du mir überhaupt zu?«

Ich sprang auf und zog mich ebenfalls an, wobei ich darauf achtete, nicht auf das zugeknotete Kondom auf dem Boden zu treten. Es dauerte eine Weile, bis ich meinen Geldbeutel fand. Offenbar hatte ihn ein achtloser Fußtritt von uns unter den Schreibtisch befördert. Ich muss mir unbedingt angewöhnen, ihn neben der Pistole abzulegen.

Die junge Frau mit dem pistaziengrünen Koffer beschleunigt ihre Schritte. Ich könnte die Straßenseite wechseln. Ich könnte einfach stehen bleiben. Warten, bis sie sich entfernt hat. Doch ich tue es nicht. Ich gehe weiter, im gleichen Rhythmus wie sie. Die Situation ärgert mich. Sie kann natürlich nichts dafür, dass sie sich bedroht fühlt, aber ich auch nicht. Ich bin nur auf dem Heimweg und gehe zufällig hinter ihr her. Mit wenigen Metern Abstand. Seit fast einer Stunde. Ich könnte das Handy rausholen und mit Jana telefonieren, oder mit Suly; könnte mich über Fußball unterhalten, schön laut, damit sie merkt, dass ich auch nur ein ganz normaler Mensch bin. Ich tue es nicht.

Nina war sauer, weil ich so früh ging.

»Wollten wir nicht zusammen einen Film schauen, Kocaj?«

»Ein anderes Mal. Ich muss um sieben zu Hause sein.«

»Dann verpiss dich.«

Ich ging zu ihr, um ihr einen Kuss zu geben, aber sie drehte das Gesicht weg. Mein Kuss landete auf dem chinesischen Schriftzeichen, das sie auf den Hals tätowiert hat. Ein Blick aus dem Fenster verriet mir, dass es bereits stockdunkel war. Also verstaute ich hastig Pistole und Geldbeutel in meiner Sporttasche.

»Kocaj«, sagte Nina, als ich gerade die Wohnungstür aufmachen wollte. »Ich denke, wir sollten uns nicht mehr sehen.«

Ich nahm die Hand von der Türklinke.

»Warum?«

Sie zuckte mit den Schultern.

»Weil ich nicht mehr will.«

»Bist du sauer?«

»Nein. Ich hab nur keine Lust mehr.«

Einige Sekunden vergingen. Ich legte wieder die Hand auf die Klinke, öffnete die Tür.

»Wie du willst.«

»Fick dich, Kocaj.«

Ich verließ Ninas Wohnung und machte leise die Tür hinter mir zu.

Wenn man als Frau abends allein in Neukölln unterwegs ist, noch dazu bei dieser Kälte und Dunkelheit, ist jemand, der einem schon so lange folgt, ganz bestimmt kein normaler Mensch. Hinzu kommt mein nicht gerade vertrauenerweckendes Äußeres: ein großer Typ, die dunkelblonden Haare kurzgeschoren, blass und mit ausgeprägten slawischen Gesichtszügen. Wahrscheinlich wirke ich wie ein Gangster, und das auch nur an guten Tagen. An schlechten bin ich eher Draculas Cousin. Ich müsste wirklich dringend die Straßenseite wechseln. Aber ich tue es nicht. Ich tue gar nichts, gehe nur weiter geradeaus.

Nina wohnt im Norden Berlins, in jener diffusen Gegend, die die Bezirke Wedding und Mitte je nach Anlass für sich beanspruchen. Als ich am Gesundbrunnen zur S-Bahn hochging, sah ich, dass die Ringbahn nicht fuhr. *Ursache ist ein Unfall im Bahnhof Treptower Park. Entschuldigen Sie die Unannehmlichkeiten. Der Bahnverkehr wird so bald wie möglich wieder aufgenommen.*

»Sorry.«

Gemeint war ich.

»Sorry, sprichst du Englisch?«

Ich drehte mich zu der Stimme um und konnte nicht umhin, ihre Besitzerin von Kopf bis Fuß zu mustern. Sie war klein und zierlich, völlig unzulänglich gekleidet für den Berliner Herbst mit einem Leinenkleid, Strumpfhosen und einer leichten Wolljacke. Sehr schwarze kurze Haare, die linke untere Schädelhälfte rasiert. Sie merkte, dass ich sie anstarrte, und schien es zu bereuen, mich angesprochen zu haben.

»Ja.«

»Die S-Bahn fährt nicht, oder?« Ausländischer Akzent. Französin, Spanierin, etwas in der Art. Ich schüttelte den Kopf. »Weißt du, wie ich zur Sonnenallee komme?«

»Ja.« Ich zeigte zum anderen Ende des Bahnhofs. »Du gehst dort hinten die Treppe runter, nimmst die U8 Richtung Hermannstraße und steigst am Hermannplatz aus. Dort beginnt die Sonnenallee. Je nachdem, auf welche Höhe du musst, lohnt es sich, in den M41er Bus umzusteigen. Wo genau willst du hin?«

Ein Fehler. Ihr ganzer Körper wich vor mir zurück.

»Das reicht mir schon, danke.«

»Gerne. Einen schönen Abend.«

Sie marschierte mit ihrem pistaziengrünen Koffer los, und ich atmete durch die Nase aus. Dann ging ich in dieselbe Richtung los. Erst als sie in die U8 stieg, merkte sie, dass ich hinter ihr war. Ich stieg ebenfalls ein und setzte mich in den hinteren Teil des Waggons. Als sich unsere Blicke trafen, lächelte sie mir zu, aber es war das gezwungene Lächeln, mit dem man einen

Bettler bedenkt, wenn man kein Kleingeld bei sich hat oder ihm nichts geben will. Ich blickte während der ganzen Fahrt aus dem Fenster. Wenn ich behaupten würde, ich hätte nicht ihr Spiegelbild in der Fensterscheibe betrachtet, würde ich lügen. Sie erwischte mich mehr als einmal dabei.

Dann kam das Schlimmste, zumindest für sie.

Am Hermannplatz stieg sie aus, und auch ich verließ die U-Bahn. Sie stieg in den M41er Bus um, ich folgte ihr. An der Haltestelle Mareschstraße stieg sie aus, genau wie ich. Sie ging die Mareschstraße entlang bis zur Schudomastraße und bog rechts ab. Auch ich ging dort nach rechts. Inzwischen musste es um die vierzig Minuten her sein, dass sie mich gefragt hatte, wie man zur Sonnenallee kommt – und dass ich sie gefragt hatte, wo sie genau hinmusste, und damit ihr Misstrauen erregt hatte.

Wie still die Straße ist.

Das Einzige, was zu hören ist, sind die Rollen ihres pistaziengrünen Koffers auf dem Asphalt. Ihre Nervosität ist jetzt greifbar. Sie sieht sich alle paar Schritte unverhohlen um, erblickt mich weniger als zwanzig Meter hinter sich, auf demselben Gehweg. Ich sollte endlich zur anderen Straßenseite wechseln. Ich tue es nicht.

Die junge Frau mit dem pistaziengrünen Koffer geht die Schudomastraße entlang, bis sie zum Böhmischen Platz kommt, einem hässlichen kleinen Rechteck mit zwei Tischtennisplatten in der Mitte. Sie lässt die Apotheke rechts liegen, überquert den Platz und biegt in die Niemetzstraße ein. Jetzt rennt sie beinahe.

Vor dem Haus mit der Nummer vierzehn bleibt sie stehen. Genau wie ich.

In diesem Moment bricht sich die aufgestaute Angst in ihr Bahn. Ruckartig dreht sie sich zu mir um. In der Hand hält sie einen Gegenstand.

»Keinen Schritt näher, du Hurensohn!«, faucht sie mich in einem Englisch an, das sie in Filmen aufgeschnappt zu haben scheint.

Pfefferspray, natürlich.

Ich hebe die Hände.

»Keine Angst, ich tue dir nichts.«

»Ich hab gesagt, du sollst nicht näher kommen!«

»Ich hab mich doch gar nicht bewegt.«

»Hau ab, oder ich rufe die Polizei.«

Ich kneife die Lippen zusammen, bleibe jedoch, wo ich bin.

»Du sollst abhauen!«

Ihr Schrei hallt durch die leere Straße. In einigen Fenstern geht das Licht an. In der Niemetzstraße wohnen hauptsächlich Türken und Polen, Arbeiterfamilien, die im Baugewerbe oder in der Gastronomie schuften und nachts ihre Ruhe haben wollen. Ich weiß das so genau, weil ich hier aufgewachsen bin.

»Das wird leider nicht möglich sein.«

»Was?« Jetzt zittert ihre Stimme doch. Was bin ich für ein Arschloch. Wie einfach wäre es gewesen, die Straßenseite zu wechseln oder stehen zu bleiben und ein Telefongespräch vorzutäuschen. Wie leicht hätte ich verhindern können, dass ich dieser jungen Frau Angst einjage, zumal über eine so lange Strecke. Und wie leicht ist es mir gefallen, es zu tun.

»Ich meinte nur, dass ich nirgendwo anders hin kann. Ich wohne hier.«

Die Verwirrung lässt ihre Züge entgleisen. Sie hat eine spitze Nase mit einem Piercing im rechten Nasenflügel, große Augen, schmale Lippen. Ich schwenke eine meiner zum Zeichen des Friedens erhobenen Hände und lasse den Schlüsselbund klimpern, der an meinem Daumen hängt. Er klingt wie eine verbeulte Glocke.

»Ich rufe trotzdem die Polizei«, beharrt sie.

»Tja, also was das angeht ...«

Ich werde von einem Geräusch unterbrochen, das ich in- und auswendig kenne: das Öffnen meiner Haustür. Jana tritt aus dem Gebäude. Jana, blond und hager. Jana mit langem Gesicht. Jana mit weißen Fingerknöcheln. Stocksauer.

Ich mache mir nicht die Mühe, auf die Uhr zu sehen. Jana bleibt zwischen uns stehen – der jungen Frau mit dem pistaziengrünen Koffer und dem gezückten Pfefferspray und mir. Ich stehe immer noch mit erhobenen Armen da, als hätte sie mich gerade überfallen.

»Was ist denn hier los?«, fragt Jana an mich gewandt. Weißer Dampf quillt aus ihrem mürrisch verzogenen Mund. »Alberne Spielchen mit einer Ihrer Freundinnen? Ist das jetzt die neue Freizeitbeschäftigung von euch Polizisten?«

»Ich wollte gerade hochkommen«, gebe ich zurück. »Die Ringbahn ist am Gesundbrunnen nicht gefahren, deshalb bin ich ein bisschen später dran.«

»Und was hatten Sie dort zu suchen?« Hervorgestoßene Silben. »Sollten Sie nicht bei der Arbeit sein, im Revier?«

Autsch. Das hat gesessen.

»Ich war heute früher fertig und musste noch was erledigen.«

»Was erledigen.« Ihre kleinen müden Augen mustern die junge Frau mit dem pistaziengrünen Koffer, genau wie es meine Augen vor einer Stunde am anderen Ende der Stadt getan haben.

»Im Ernst, Jana: Es tut mir leid.«

»Ich habe auch ein Leben, müssen Sie wissen.«

»Wohnt dieser Typ hier im Haus?«, mischt sich die junge Frau ein.

Jana ignoriert ihre Frage, als wäre sie bloß ein entferntes Hupen.

»Ich hab ihm das Abendessen hingestellt«, teilt sie mir mit. »Sie kümmern sich darum, dass er es isst. Vielleicht haben

Sie aber auch was Besseres vor. Ich bin jedenfalls weg, ich hab nämlich schon seit einer ganzen Weile Feierabend.«

»Alles klar.« Ich kapituliere. »Danke fürs Warten. Entschuldigen Sie die Verspätung.«

»Eines Tages lasse ich ihn einfach allein, und dann schauen wir mal, welches Malheur Sie bei Ihrer Ankunft erwartet. Anders scheinen Sie es ja nicht zu lernen.«

Jana drängt sich zwischen uns durch und geht zu ihrem Ford, der einen Steinwurf entfernt parkt. Sie schleppt eine Tüte, in der sie ihre Pflegeutensilien und das Abendessen für ihre Kinder verstaut hat, das sie während meiner Abwesenheit in meiner Wohnung kocht. Ich würde ihr meine Hilfe anbieten, weiß jedoch, dass sie absolut dazu imstande wäre, mir die Tüte um die Ohren zu hauen.

»Ich weiß noch nicht, ob ich morgen zur üblichen Zeit da sein kann«, höre ich sie zetern. Ich würde ihr gern noch etwas sagen, mich erneut entschuldigen, halte aber den Mund. Bis morgen hat sie sich bestimmt wieder eingekriegt. Es bleibt ihr auch nichts anderes übrig.

Der Ford springt an und entfernt sich mit einem Reifenquietschen, das die Wut seiner Besitzerin widerspiegelt. Ich drehe mich zu der jungen Frau um. Sie sieht mich schweigend an.

»Tut mir leid, wenn ich dir Angst eingejagt habe«, sage ich. Sie antwortet nicht. »Bist du zu Besuch in Berlin?«

Keine Antwort. Ihr Medusenblick sagt alles. Na gut, dann nicht. In meiner Wohnung wartet zu viel Mist auf mich, als dass ich mich weiter bei dieser dummen Ziege einschleimen könnte, die mich für einen Vergewaltiger gehalten hat, nur weil ich hinter ihr die Straße entlanggegangen bin. Ich schließe die Haustür auf, gehe hindurch und lasse sie vor ihrer Nase zufallen. Ich kann auch unhöflich sein, wenn ich will. Das Talent dazu ist uns Berlinern quasi in die Wiege gelegt.

Drinnen atme ich geräuschvoll durch die Nase aus.

Ich hätte die Straßenseite wechseln sollen.

Mein Schlüsselbund klappert, die Wohnungstür geht auf. Wie von einem unsichtbaren Ventilator in meine Richtung geblasen schlägt mir warme Luft ins Gesicht, die nach Ammoniak stinkt, nach Fäkalien, nach Medikamenten. In weniger als einer Minute werde ich mich wieder daran gewöhnt haben. Ich stelle die Sporttasche ab. Sie plumpst so schwer aufs Parkett, als wäre sie voller toter Katzen.

Ich habe nicht die geringste Lust auf das, was mir bevorsteht. Ein Blick auf die Uhr verrät, dass es zwanzig nach sieben ist. Blöde Kuh. Wegen zwanzig Minuten! Okay, ich bin zu spät gekommen, aber sie kann doch nicht einfach so abhauen und ihn alleinlassen!

Natürlich kann sie. Sie kann es nicht nur, sie will es auch. Jeden Abend sehnt sie den Moment herbei, wenn sie ihn nicht mehr sehen muss, klammert sich mit Händen und Füßen an das Ende ihrer vereinbarten Arbeitszeit. Ich sehe sie vor mir, wie sie schweigend neben ihm sitzt, mit verschränkten Armen, ihm nicht einmal mehr antwortet. Vielleicht hat sie einen Speichel-, Schleim- oder Kotzfleck auf der Bluse, während sie den Blick fest auf die Uhr richtet und darauf wartet, dass der Zeiger endlich das Ende ihrer Schicht verkündet. Dann springt sie auf, ob ich nun schon da bin oder nicht. Was soll in zwanzig Minuten schon passieren? Nichts.

Oder alles. In zwanzig Minuten kann er ersticken. Das Gewicht verlagern und aus dem Bett fallen. Seine Schläuche in die Finger kriegen und sich mit einem Ruck die Kanüle aus dem Arm ziehen, aus einer Laune heraus, einfach nur, um uns zu ärgern, einfach nur, weil Jana beschlossen hat, ihn ohne Aufsicht zurückzulassen. *Mal schauen, was Lukas für ein Gesicht macht, wenn er ins Zimmer kommt und mich tot vor-*

findet, verblutet auf diesem Bett, das so viel gekostet hat wie eine Jahresmiete. Wenn er zwanzig Minuten zu spät kommt und feststellt, dass mich Jana alleingelassen hat, wenn er mit großen Schritten den Flur durchquert und nach mir ruft, wenn er die Tür aufstößt und das Blut auf dem Zimmerboden sieht, das Blut, das aus meinem durchlöcherten Arm sprudelt wie aus einer Quelle, weil mir danach war, mir mit einem Ruck die Kanüle rauszureißen.

Und ich durchquere in der Tat den Flur, mit großen Schritten, stoße die Zimmertür auf. Innerlich mache ich mich darauf gefasst, tropfende Schläuche zu erblicken, eine größer werdende Blutlache, einen stummen Kadaver auf dem Bett.

»Du findest das lustig, oder?«

Er ist nicht tot. Ist nicht verblutet. Es geht ihm gut. So gut es einem sechsundsechzigjährigen Mann eben gehen kann, der kraftlos im Bett liegt und bald sterben wird. Der vollgepumpt ist mit Medikamenten, die ihn eigentlich in einen tiefen Dämmerzustand versetzen müssten, jedoch inzwischen derart oft durch seine Wasserfallvenen geströmt sind, dass sie kaum noch Wirkung zeigen. Er lebt, und ich weiß nicht genau, ob ich erleichtert oder enttäuscht bin.

»Diese dämliche Pflegerin ist abgehauen und hat mich hier leidend zurückgelassen.«

Er sagt es leichthin, in ruhigem Ton, weil er weiß, dass er keine Intonation braucht, um mir seine Worte einzubrennen. Dazu muss er weder schwach klingen noch verärgert. Er informiert mich lediglich: Diese dämliche Pflegerin ist abgehauen. Sie hat ihn hier zurückgelassen. Leidend.

»Hallo, Papa.«

»Aber du musstest dich ja in irgendwelchen finsteren Gassen herumtreiben und Schwänze lutschen.«

»Ich habe gearbeitet, Papa, das weißt du.«

»Ich weiß nur, dass du nicht hier warst. Wenn du es fertigbringst, deinen armen Vater alleinzulassen, bringst du es auch fertig, dir zwei schöne afrikanische Schwänze schmecken zu lassen.«

»Ich mache dir das Abendessen warm.«

»Na klar. Schau, dass du mir Rattengift vorsetzt, dann habt ihr alle eure Ruhe vor mir.«

Ich verlasse das Zimmer und merke, dass ich beim Hereinkommen nicht mal Licht gemacht habe. Flur, Wohnzimmer, Küche – ich schalte eine Lampe nach der anderen ein, eine matt leuchtende Linie, die mich mit der Tür verbindet, hinter der mein Vater angeblich so leidet.

Nein, nicht angeblich. Ich weiß von den Nadelstichen, mit denen der Krebs sein Inneres malträtiert, von den kalten Schaudern, die ihm den Rücken hinunterlaufen, dem Druck, der ihm das Atmen erschwert. Er lässt alles still über sich ergehen. Bruno Kocaj wird nicht mit Geifer und Tränen aus dieser Welt scheiden. Er wird nach seinen eigenen Regeln sterben. Genauso, wie er gelebt hat.

Unsere Wohnung liegt im Erdgeschoss, zum Innenhof hin. Er ist schattig und bietet kaum genug Platz für vier Mülltonnen, eine kahle Kastanie und eine Handvoll Fahrräder, die an Metallstangen angeschlossen sind. Ich mache den Kühlschrank auf, und mir schlägt der Gestank von saurer Milch und vergammeltem Gemüse entgegen. Erst da geht mir auf, dass ich mich bereits wieder an den alles überlagernden Krankheitsgeruch gewöhnt habe, der vom Zimmer meines Vaters ausgeht.

Ich stochere in den Kühlschrankfächern herum. Ein halb gegessener, seit Tagen offener Joghurt – in den Müll. Ein mit einer braunen Kruste überzogener Brokkoli. In den Müll. Der Rest ist vollkommen in Ordnung. Das Problem ist nur, dass … dass …

Ich atme tief durch.

Doch, ich schaffe es. Natürlich schaffe ich es.

Schließlich bin ich Polizist. Gerade fertig mit der Ausbildung.

Lukas Kocaj. Kriminalpolizei Berlin.

Ich schaffe es, zu arbeiten und nebenher meinen Vater zu betreuen. Zum ersten Mal seit Jahren habe ich genug Geld, um eine Pflegerin zu bezahlen, die sich während meiner Dienstzeiten um ihn kümmert. Davor ging es nur mit Freundschaftsdiensten und Schulden, die ich durch stundenlange Nachtarbeit abstottern musste. Aber jetzt bin ich mit der Ausbildung fertig. Ich bin Polizist. Kriminalpolizei. Ich schaffe das.

Mein Kühlschrank ist nicht voll mit vergammelten Lebensmitteln.

In meiner Wohnung stinkt es nicht.

Gemüsecremesuppe. Drei Minuten in der Mikrowelle. Ein in Schnitze zerteilter Apfel. Süße-Träume-Tee ohne viel Baldrian. Alles Bio.

Ich stelle das Tablett vor meinen Vater und erwarte das Schlimmste, oder vielmehr das Übliche: Schmeckt mir nicht, ist zu fad, ist zu salzig, schmeckt nach Asche, iss es doch selbst, *platsch*, Abdruck an der Wand, *klirr*, Scherben auf dem Boden. Aber nein, heute nicht. Heute isst er alles gierig auf. Er schlürft, kaut, macht Geräusche. Vielleicht denkt er, dass ich mich darüber ärgere.

»Hat dir Jana am Nachmittag eine Zwischenmahlzeit hingestellt?«

»Ja.«

Ihm tropft Suppe aufs Kinn. Ich wische sie ab, und er lässt es zu.

»Was gab es denn?«

»Sojamilch. Und diese Kekse, die angeblich gut für die Verdauung sind.«

»Und du lügst mich auch nicht an?«

Sein Löffel verharrt in der Luft.

»Dein Vater hat nicht ein einziges Mal in seinem ganzen Leben gelogen. Hab ich dich etwa zum Lügen erzogen? Oder deine Mutter?«

Schweigen. Schwere Atemzüge, die an einen Blasebalg erinnern. Es brennt kein Licht im Zimmer, lediglich der stummgeschaltete Fernseher beleuchtet uns. Bruno Kocaj war früher ein breitschultriger, raubeiniger Kerl. Ein Betonklotz mit schwieligen Händen und grobschlächtigen Manieren. Auch er war bei der Kriminalpolizei. Vater Polizist, Sohn Polizist. Jetzt hat ihn seine Krankheit hager und knochig gemacht – Wangenknochen, an denen man Zitronenschale raspeln könnte, ausgehöhlte Schläfen. Sein Gesicht ist eine Landkarte aus Falten und grünlichblauen Adern, sein Oberkörper ein Käfig mit Rippen als Gitterstäben. Ihn anzusehen ist, als würde man dem Tod ins Auge blicken.

Der Löffel setzt sich wieder in Bewegung. Suppe, Apfel, Tee. Seine Atemzüge werden ruhiger, gleichmäßiger. Nachrichten im Fernsehen. Natürlich nur Horrormeldungen.

»Jana hat mir zwei Tassen warme Sojamilch gegeben.«

Waffenstillstand. Ich lasse mich darauf ein, was bleibt mir anderes übrig?

»Zwei?«

»Und acht Kekse. Heute habe ich Appetit.«

»Das merke ich.«

Nachdem er fertiggegessen hat, greife ich nach dem Tablett. Ein Fehler. Ich brauche genau die drei Schritte, die mich von der Zimmertür trennen, um zu kapieren, dass er alles genau vorhergeplant hat. Dies ist der Moment, auf den er sich seit heute Nachmittag vorbereitet hat, vielleicht sogar schon seit gestern. Hinter meinem Rücken sagt er:

»Das Einzige, was Jana vergessen hat, ist, mir eine Windel anzuziehen.«

Ich schließe die Augen, als ich das unverwechselbare Geräusch eines Strahls mit Krebs vollgesogener Scheiße höre, die sprudelnd dem Inneren meines Vaters entweicht, sich über Laken und Matratze ausbreitet, auf den Boden tropft. Und das halb unterdrückte, kehlige Kichern dieses alten Mannes, der sich vorgenommen hat, mich zu quälen und zu demütigen bis zum letzten Tag seines – oder womöglich auch meines – Lebens.

Ich will das Tablett nach ihm werfen, will, dass das Geschirr zu Boden fällt und in tausend Stücke zerbricht. Ich will ihm die Kante des Tabletts in die Schläfe rammen, ihm den Schädel spalten, meine Finger hineinschieben und herauszerren, was ich dort vorfinde, will ihn anbrüllen und ihm sagen, dass genau dies das Leben ist, vor dem meine Mutter geflüchtet ist, dass ich sie jetzt verstehe, dass auch ich mir wünschte, dieser Wahnsinn hätte ein Ende und er würde endlich sterben.

Das alles möchte ich tun, aber ich tue es nicht. Ich atme tief durch, lasse zu, dass mir der Gestank nach Fäkalien und Medikamenten zur Nase hereindringt, zum Mund, sogar zu den Augen. Ich gehe in die Küche, um das Tablett abzustellen, und danach ins Badezimmer, um die Dusche freizuräumen, damit ich meinen Vater waschen kann.

Mein Handy klingelt. Ich nehme ab.

»Kocaj«, ertönt Sulys Stimme. »Komm runter. Wir gehen in die Griessmühle.«

»In die Griessmühle? An einem Dienstag?«

»In die Griessmühle an einem Dienstag. Komm runter.«

»Ich kann nicht.«

»Klar kannst du. Ich warte im Magendoktor auf dich.«

»Ich kann nicht, Suly.«

»Komm endlich runter. Und zieh dir was Schwarzes an.«

»Ich soll mir was Schwarzes anziehen?«

»Vorher müssen wir noch eine Kleinigkeit erledigen. Ich warte hier auf dich. Beeil dich, sonst wird der Jägermeister warm.«

Der Gestank dringt bis in die Küche. Wie groß ist die Verlockung, wie köstlich die Vorstellung, meinen Vater einfach so zu lassen, wie er ist; ihn zu zwingen, die Nacht inmitten seiner Exkremente zu verbringen, auf dass ihn der Ekel vom Schlaf abhalte. Und auf dass er, wenn ihn die Müdigkeit doch noch besiegt, morgen früh umgeben von einer klebrigen, stinkenden Masse erwache, die aus dem Inneren seines eigenen Körpers stammt.

»Gib mir eine halbe Stunde«, sage ich ins Handy. »Ich muss meinem Vater noch das Abendessen hinstellen.«

Der Magendoktor ist eine der wenigen einfachen Eckkneipen, die es hier in der Gegend noch gibt. Sie liegt zwei Straßen von der Sonnenallee entfernt, einer der beiden großen Alleen, die das Viertel Neukölln zerteilen. Hier bin ich geboren. Meine Schulfreunde und ich haben miterlebt, wie die türkischen Bäckereien allmählich Kunstgalerien wichen, Nichtregierungsorganisationen zum Schutz seltener Antilopen, thailändischen Tapas-Bars und auf schwäbische Desserts spezialisierten Restaurants. Kein Witz. In meiner Kindheit traute sich noch kein Auswärtiger nachts ins Viertel. Jetzt gibt es freitags Vernissagen und überall tätowierte Kellner, die einen ohne mit der Wimper zu zucken dafür herunterputzen, dass man ihnen weniger als zwei Euro Trinkgeld gibt, auch wenn man nur ein Bier getrunken hat. Als wir vor zwei Jahren die Fußball-WM gewonnen hatten, kam man sich hier vor wie in der Pariser Innenstadt – oder so, wie ich sie mir vorstelle: Außenterrassen mit Fernsehern, farbenfrohe Nationalflaggen auf den Wangen, Grillpartys an jeder Ecke und Bier für sieben Euro.

Deshalb gefällt mir der Magendoktor so gut: weil es ein Ort ist, an dem sämtliche Veränderungen und Hygienebestimmungen spurlos vorübergehen, in dem der Kaffee achtzig Cent kostet und das Etikett *Bio* verpönt ist.

Suly erwartet mich.

»Eine halbe Minute länger, und ich wäre ohne dich los, Kocaj.« Gelogen. Er schiebt mir einen Jägermeister hin. Bis ich ihn runtergestürzt habe, hat er schon die nächste Runde bestellt.

»Ich hatte zu tun.«

Suleyman Beyoğlu, Suly, ist noch so ein Junge aus dem Viertel, der zur Polizei gegangen ist, weil er nicht wusste, was er sonst mit seinem Leben anfangen sollte. Wir waren zusammen auf der Schule. An der Schwelle zur Pubertät kam es zwischen uns zum Streit, und wir lieferten uns einen eher lächerlichen Faustkampf drei Straßen von hier entfernt. Danach redeten wir zehn Jahre lang kein Wort mehr miteinander und gaben uns die größte Mühe, nicht mehr an den jeweils anderen zu denken, bis wir uns im ersten Jahr an der Polizeiakademie zufällig über den Weg liefen. Wir gaben beide vor, den Grund für unseren Streit längst vergessen zu haben. Es fiel uns nicht schwer, Freunde zu werden, und ich sage bewusst nicht »wieder Freunde zu werden«, denn wir waren beide nicht mehr dieselben.

Das Problem dabei ist nur, dass Suly so tut, als wären wir unser ganzes Leben lang unzertrennlich gewesen. Er hat schmale Schultern und ist nicht besonders groß, aber in seinem Blick liegt etwas, das selbst den Abgebrühtesten nervös macht. Suly sagt immer, er hätte ausdrucksstarke Augenbrauen, woraufhin ich widerspreche: Was du hast, ist ein türkisches Piratengesicht. Heute ist er von Kopf bis Fuß in Schwarz gekleidet und wirft mir etwas entgegen. Ich fange es in der Luft auf.

»Wir werden erwartet«, sagt er und legt fünf Euro auf den Tresen. »Gehen wir.«

»Von wem werden wir erwartet?«

Suly macht sich auf den Weg zur Tür. Schon wieder hinaus in die Kälte.

»Suly, he, ich rede mit dir!«

»Von wem glaubst du wohl, Kocaj?«

»Was weiß denn ich?«

In Wirklichkeit überkommt mich allmählich eine dunkle Vorahnung, sie kneift mich in die Kniebeugen und bohrt mir ein Loch in den Magen. Meine Hände schließen sich um den Gegenstand, den Suly mir zugeworfen hat: eine schwarze Sturmhaube.

Auf der Straße ist keine Menschenseele zu sehen, in der Luft liegt der stechende Qualm von Kohleheizungen. Gelbe Lichter flackern über die schwarze Haut der Häuser. Suly und ich passieren die Stelle, an der die Gleise des S-Bahn-Rings die Niemetzstraße kreuzen, und betreten feindliches Territorium. Alles, was außerhalb der Ringbahn liegt, stinkt nach Pisse, Crack und Bier in Plastikflaschen. Das weiß ich, weil genau so meine Kindheitserinnerungen riechen.

Wir erreichen die Gegend um den Bahnhof Blaschkoallee. Vom Magendoktor sind es fast zwei Kilometer bis hierher; ich kann nicht glauben, dass mich dieses Arschloch zu Fuß hergeschleppt hat. Die Beleuchtung ist schummrig, ich kenne die Straße nicht, in die wir einbiegen. Vor uns erhebt sich ein fünfstöckiges Ungetüm von Wohngebäude, das inmitten der niedrigen Häuschen in diesem Teil von Neukölln wie die Silhouette eines Monsters anmutet.

»Hier ist es«, verkündet Suly und nähert sich der Eingangstür.

Sie wird nur ungenügend von den drei nächstgelegenen Straßenlaternen beleuchtet. Suly gibt vier Zahlen auf dem Bedienfeld der Gegensprechanlage ein, zu schnell, als dass ich mitbekommen würde, welche es sind. Die Tür geht auf. Wir durchqueren das Treppenhaus und treten in den Innenhof hinaus. Direkt zu unserer Linken ist eine offen stehende Tür. Suly schlendert hindurch, als wäre er jeden Tag hier. Er schaltet die Taschenlampe seines Handys ein. Hinter der Tür führt eine Treppe nach unten. Mein Kollege geht sie hinunter, ohne sich zu vergewissern, dass ich ihm folge, und er tut etwas, das mich noch nervöser macht, als ich ohnehin schon bin: Er streift sich seine Sturmhaube über.

Ich zögere. Bleibe vor der obersten Treppenstufe stehen und grüble. Darüber, was ich jetzt machen soll. Was mich wohl dort unten erwartet. Warum wir hier sind. Was die Sturmhauben sollen. Ob ich vielleicht lieber abhaue.

Suly pfeift von unten nach mir. Mir bleibt wohl keine andere Wahl, als ihm zu folgen. Welche sollte das auch sein? Kehrtmachen und das Weite suchen? Ohne ihn?

Ich ziehe die Sturmhaube über und gehe die Stufen hinunter.

Das Erste, was mir auffällt, ist der Geruch. Es riecht nach Feuchtigkeit, nach unzähligen Schichten Staub, ein Paradies für Milben, Schimmel und Rost. Die Treppe mündet in den typischen schmalen Gang, den es in fast jedem Berliner Keller gibt. Wir sind von Rohren und Leitungen umgeben, hin und wieder rauscht Wasser an uns vorbei. An der Decke hängen Halogenleuchten, aber Suly scheint nicht die Absicht zu haben, sie einzuschalten. Er orientiert sich mithilfe seiner Handytaschenlampe und geht weiter den Gang entlang. Wir kommen an mehreren mit Vorhängeschlössern gesicherten Metalltüren vorbei. Es sind die Kellerabteile der Hausbewohner, voll mit Matratzen, Fahrrädern, wackligen Tischen und sonstigem Trödel, den man nicht wegwirft, weil man ihn noch mal brauchen könnte. Mich verunsichert der finstere Gang. Ich hatte schon immer Respekt vor der Dunkelheit. Angst nicht, aber Respekt.

Keine Ahnung, wie viele Türen wir inzwischen hinter uns gelassen haben. Aus irgendeinem Grund erscheint es mir wichtig, es zu wissen. Die nächste Tür, die sich am Ende des Gangs erahnen lässt, steht halb offen. Orangefarbenes Licht dringt heraus. Es kommt mir vor, als sei sie weit weg, zu weit für die Ausmaße dieses Kellers, aber natürlich ist das nur eine Sinnestäuschung, ausgelöst durch diese verdammte Dunkelheit, das Zittern, das sich in meinem Inneren ausgebreitet hat, diese eisige Schwäche, die ich in Armen und Beinen spüre.

Als wir uns nähern, geht die Tür noch weiter auf. Dahinter erscheint ein weiterer Mann mit Sturmhaube. Er bedeutet uns mit einer Handbewegung einzutreten. Wir gehorchen. Ich schwitze. Wir gehen durch die Tür, und der Mann schließt sie hinter uns. Niemand wird hören, was hier drinnen vor sich geht.

Das orangefarbene Licht geht von einer Glühbirne aus, die schon am Tag des Mauerfalls alt gewesen sein muss. Sie baumelt nackt an einem von Feuchtigkeit zerfressenen Kabel. Darunter ist ein Mann in Unterwäsche an einen Stuhl gefesselt.

Er ist um die vierzig und mager, trägt einen ungepflegten Schnurrbart, von dem der Schweiß tropft. Der Mann scheint große Angst zu haben. Wir befinden uns im Heizungsraum, und der Heizkessel gleicht einem Monster aus Metall, das die Luft in seiner Umgebung zum Flimmern bringt. Schlaffe Haarsträhnen kleben an der Stirn des Typen auf dem Stuhl. Er trägt nur eine weiße Unterhose und altmodische wadenhohe Strümpfe. Es ist heiß. Ungefähr ein Dutzend Männer drängen sich in dem Raum, allesamt schwarz gekleidet und maskiert. Es sind Freizeitoutfits, einer trägt ein Sweatshirt mit dem Totenschädel von St. Pauli. Da wird es mir klar: Es sind Kollegen, Polizisten wie Suly und ich. Ich zähle Köpfe, erkenne Gesichtszüge unter den Verhüllungen. Die meisten sind aus unserem Jahrgang. Alles Grünschnäbel, alles Männer. Keiner hat gerade Dienst.

Der Mann auf dem Stuhl zittert, so sehr, dass man das Zähneklappern bis an unser Ende des Raums hört. Rotze läuft aus seiner Nase und bildet zwei ungleichmäßige Brücken zwischen seiner Nase und seinem Kinn. In einer Ecke stapeln sich Jacken, ebenfalls schwarz, und daneben stehen drei Kanister Ammoniak. Suly legt seine Jacke auf den Stapel. Dieses Detail erscheint mir so absurd, dass es dem, was gleich passieren wird, einen noch realistischeren Anstrich verleiht.

»Sieht aus, als wären wir vollzählig«, sagt jemand von ganz hinten. »Dann können wir anfangen.«

Einer der Anwesenden tritt vor. Er ist klein und dick, sein Bierbauch hängt ihm aus der dunkelblauen Trainingshose. Durch die Mundöffnung der Sturmhaube lassen sich die Härchen eines ungepflegten, graublonden Barts erkennen. Schweiß tropft ihm aus dem unteren Saum der Haube, sammelt sich in seinen Achselhöhlen, bildet dunkle Ringe auf seinem schwarzen Pullover.

»Ich werde euch jetzt eine Geschichte erzählen. Mal sehen, ob sie euch gefällt.«

Rauchige, feste Stimme. Jedes Wort verstärkt das Zittern des Mannes auf dem Stuhl. Keiner der Anwesenden sieht ihn an. Alle richten ihre Aufmerksamkeit auf den Dicken. Alle außer mir. Ich werfe einen Blick zur Tür. Sie ist geschlossen. Es ist schrecklich heiß.

»Es war einmal ein Wohnhaus in Neukölln. Ein Arbeiterhaus, einfache Menschen. Hier eine türkische Familie, dort ein Pole, nichts, was wirklich stört. Leute, die ihr Leben leben und die anderen ebenfalls ihr Leben leben lassen. Ganz normale Anwohner.«

Der Dicke stellt sich hinter den Stuhl und sieht uns der Reihe nach an, wie ein Prediger.

»Eines schönen Tages passiert, was in solchen Gebäuden eben passiert: Etwas geht kaputt. Ein Ofen, der nicht mehr anspringt, eine Heizung, die nicht mehr warm wird, ein verstopftes Abflussrohr. Und was macht man in einem solchen Fall? Man ruft den Hausmeister an, den Mann für alles, denn genau dafür ist er ja da. Damit er das Abflussrohr freipumpt. Damit er sich den Ofen mal ansieht.«

Es herrscht vollkommene Stille, man hört kaum einen Atemzug. Die Atmosphäre lädt sich nach und nach mit etwas auf, das ich nicht genau benennen kann. Jemand lässt seine Fingerknöchel knacken.

»Aber der gute Mann geht nicht ans Telefon. Der betroffene Mieter ruft ihn zehnmal an, vergeblich. Das Handy des Hausmeisters ist ausgeschaltet. Irgendwann hat der Mieter genug und ruft direkt beim Hausbesitzer an.«

Suly steht neben mir, mit geballten Fäusten. Ich selbst würde am liebsten von hier verschwinden, und zwar sofort. Der Dicke sieht mir in die Augen, als hätte er meinen Gedanken erraten. Ich zucke mit den Schultern.

»Dem Hausbesitzer bleibt nichts anderes übrig, als die Sache selbst in die Hand zu nehmen. Er kommt und geht zum Dachboden hinauf, wo die kleine Kammer ist, in der der Hausmeister sein Werkzeug aufbewahrt. Und dort stellt sich doch glatt heraus, dass die Kammer mit einem großen Vorhängeschloss gesichert ist. Einem Vorhängeschloss, von dem der Hausbesitzer nichts weiß.«

Der Typ auf dem Stuhl beginnt zu wimmern, allerdings nicht lange, denn der Dicke bring ihn sofort wieder zum Schweigen, indem er ihm seine Pranke in den Nacken klatscht.

»Der Hausbesitzer ist sauer. Stinksauer. Er muss zweihundert Euro dafür berappen, dass der Schlüsseldienst kommt und das Schloss für ihn knackt. Der Hausmeister wird einen ganz schönen Schreck kriegen, wenn er die aufgebrochene Tür sieht. Er kann sich darauf gefasst machen, im hohen Bogen rauszufliegen. Solcherlei Gedanken hängt der Hausbesitzer nach, während der Mann vom Schlüsseldienst sich am Schloss zu schaffen macht. Zusammen öffnen sie die Tür der Werkzeugkammer. Und wisst ihr, was sie dort finden?«

»Bitte!«, fleht der Mann auf dem Stuhl. »Bitte ...«

Die schwere Hand des Dicken landet auf seiner Schulter und entlockt ihm einen spitzen Schrei. Die Finger erinnern an in Wollhandschuhe gestopfte Auberginen. Wollhandschuhe, die nach dem heutigen Abend nur noch zum Wegwerfen taugen werden.

»Fotos. Der Hausbesitzer findet Fotos. Die ganze Kammer ist mit Fotos von Kindern tapeziert. Aber nicht einfach irgendwelchen Kindern. Natürlich nicht. Es sind die Kinder, die in diesem Gebäude wohnen.«

»Ich habe eine Krankheit, bitte ...«

In diesem Moment trifft ihn der erste Schlag, so brutal, dass wir alle zusammenzucken. Dabei kommt er nicht einmal besonders schnell. Der Dicke hat sich Zeit damit gelassen, den Typen bei der Kinnlade zu packen und ihm seine Faust ins Gesicht zu rammen, seine Faust, die eher einem altmodischen Bügeleisen gleicht. Ein Blutstrahl tätowiert die Wand. Mir fällt auf, dass dem Kerl auf dem Stuhl ein Zahn fehlt, der obere linke Schneidezahn. Vielleicht hat er ihn gerade durch den Schlag verloren.

»So ist es. Er hat eine Krankheit, die ihn dazu treibt, den Kindern der Hausbewohner nachzusteigen, sie heimlich zu fotografieren, ihr Kommen und Gehen genauestens zu dokumentieren: Um welche Uhrzeit sie die Schule betreten – Foto –, wer sie abholt und wann – Foto –, um wie viel Uhr sie nachmittags zum Schwimmen gebracht werden – Foto –, in welchen Momenten sie allein sind – Foto –, wann man Zugriff auf ein Kind haben könnte, ohne dass ein Erwachsener in der Nähe ist – Foto -, wie viel Zeit jemand, sagen wir mal ein verdammter Kinderficker, hätte, um sich das Kind zu schnappen und es in seine Kammer zu schleppen, die sich ganz oben in dem Gebäude befindet, um dessen Instandhaltung er sich eigentlich kümmern soll.«

»Ich bin kein Kinderficker.« Spucke, Tränen und Rotz vermischen sich in seinem zahnlückigen Mund. »Ich leide an Pädophilie. Das ist eine anerkannte Krankheit ... eine psychische Störung, die dazu führt, dass ich mich von Minderjährigen angezogen fühle ... Aber ich würde niemals auf die Idee kommen, jemandem wehzutun! Ich mache Fotos und fantasiere, aber nur weil ich das brauche ... Ich muss meine Bedürfnisse befriedigen, indem ich mir solche Dinge vorstelle. Bitte! Es handelt sich um eine psychische Störung. Ein Kind tatsächlich anzufassen würde mir nie in den ...«

»Halt die Fresse, du Arschloch!«, brüllt der Dicke so laut, dass ich mir vor Schreck fast in die Hosen mache. »Aber klar: Er muss seine Bedürfnisse befriedigen, würde niemals ein Kind anfassen, hat eine psychische Störung. Das alles behauptet der Hurensohn in seiner Aussage bei der Polizei. Und es stellt sich heraus, dass sich die Fotos, die er gemacht hat, auch als gewöhnliche Straßenfotos interpretieren lassen, Fotos vom öffentlichen Raum, auch wenn ganz zufällig Kinder darauf zu sehen sind. Solange er die Bilder nicht mit anderen teilt, tut er nichts Strafbares. Schließlich hat er niemanden berührt. Das Einzige, was er berührt hat, sind die Gummimösen, die ebenfalls in der Kammer gefunden werden. Gummimösen in der Größe eines achtjährigen Mädchens im Übrigen, falls ihr euch das gerade gefragt habt. Maßgefertigt. Maßgefertigt, verdammte Scheiße!«

Bämm! Diesmal ist es ein Schlag mit der Handrückseite, eine Ohrfeige von der demütigenden Sorte. Als ob der Kerl noch mehr Demütigung bräuchte.

»Von daher: Alles umsonst, man kann den Scheißkerl nicht belangen. Von Rechts wegen ist er unantastbar, weil er niemandem etwas getan hat, weil er aussagt, an einer psychischen Störung zu leiden. Man kann ihm rein gar nichts zur Last legen. Das Schlimmste, was ihm passiert, ist seine Kündigung. Fazit der Geschichte: Er ist ein armer Schlucker. Ein Opfer.«

Der Dicke entfernt sich vom Stuhl und fixiert jeden von uns nacheinander, mit Augen, deren gelblicher Schleier ihn als Alkoholiker entlarven. Mir ist schon seit Längerem klar, warum wir hier sind, doch falls irgendjemandem Zweifel bleiben, beseitigt er sie nun restlos:

»Tja, so was kommt vor, nicht wahr? Das Problem ist nur, dass es viel zu häufig vorkommt. Das Problem, meine Herren, ist – und das weiß jeder, der halbwegs geradeaus denken kann –, dass sich die Justiz bisweilen irrt. Und wenn die Justiz sich irrt, ist es an uns Bürgern, an ihrer Stelle zu handeln.«

Der Pädophile ist auf dem Stuhl nach unten gerutscht, soweit es ihm seine Fesseln erlauben. Er zittert jetzt so heftig, dass man meinen könnte, er hätte einen epileptischen Anfall. Falls es so ist, wird ihm niemand zu Hilfe kommen, das steht fest.

»Die Geschichte nähert sich ihrem Ende«, verkündet der Dicke, »aber es fehlt noch das letzte Kapitel. Das Kapitel, für das ihr bitte einen Moment in euch geht und euch überlegt, was ihr tun würdet, wenn dieser ekelhafte Hurensohn Hausmeister in eurem Wohngebäude wäre. Dem Wohngebäude, in dem ihr mit euren Töchtern lebt, euren kleinen Schwestern.«

Wieder nimmt er sich Zeit, jedem von uns für eine Sekunde in die Augen zu sehen. Die Luft im Raum wirkt wie elektrisch aufgeladen. Ich sehe mich um. Eine unsichtbare Alchimie hat die Hände der Umstehenden in Fäuste verwandelt.

»Überlegt euch, was ihr dann tun würdet«, wiederholt der Dicke und zieht sich zurück. »Und dann tut es. Tut es, verdammte Scheiße.«

Der Pädophile blickt ins Leere. Ich glaube, er hat sich mit

dem abgefunden, was gleich passieren wird. Armer Kerl. Ich versuche mir auszumalen, wie es wäre, mit seiner Krankheit zu leben. Wie reagiert man, wenn man eines Tages feststellt, dass man einen Steifen hat, weil man mit der zehnjährigen Nachbarstochter im Aufzug fährt? Ich will mir nicht einmal vorstellen, welche Schuldgefühle einen dann plagen, wie sehr man vor Scham vergeht. In diesem Moment tritt Suly vor und schlägt dem Gefesselten ins Gesicht.

Der Typ gibt ein schrilles Kreischen von sich, das die anderen Vermummten anzustacheln scheint. Ein zweiter Mann mit Sturmhaube verpasst ihm einen Fausthieb, ein dritter tritt ihn in die Seite. Der Dicke verschränkt die Arme. Weitere Kollegen nähern sich, einige zaghaft, andere ohne jedes Zögern. Ich höre ein »Das ist für meine Tochter« und ein »Eigentlich hättest du noch mehr verdient«. Die gellenden Schreie des Malträtierten folgen nun dicht aufeinander, mischen sich mit dem unverwechselbaren Geräusch von Fingerknöcheln, die auf Fleisch treffen. Der Geruch von Schweiß und Blut durchtränkt die Luft.

Wie gern würde ich den Blick abwenden.

Wie gern würde ich wegrennen.

Jemand schubst mich von hinten.

»Was ist los? Bist du zum Zuschauen gekommen?« Es ist der Dicke. Er versetzt mir einen Stoß mit dem Ellbogen, der mich fast einen Meter nach vorn taumeln lässt. Mein Mund ist staubtrocken.

Die anderen weichen zur Seite. Sie haben den Gefesselten übel zugerichtet: Seine Nase ist gebrochen, seine Lippen sind aufgeplatzt, ein Auge ist zugeschwollen, und er blutet aus mehreren Wunden. Das schrille Kreischen hat aufgehört. Ich mache zögernd einen Schritt auf ihn zu. Die Blicke der Kollegen sind Seile, die mich immer näher ziehen. Ich will gar nichts tun, aber Nichtstun ist keine Option. Dieses Arschloch wollte kleine Kinder vergewaltigen. Dieses Arschloch ist krank.

Es wurde bereits nach Strich und Faden verprügelt, was schadet da ein weiterer Fausthieb? Und was ist, wenn ich nicht fest genug zuschlage? Oder einfach zugebe, dass ich ihn nicht schlagen will? Denken die anderen dann, dass ich auch ein Kinderficker bin? Ziehen sie mich dann aus und fesseln mich an den Stuhl? Bin ich dann der Nächste?

Ich bleibe vor dem Stuhl stehen.

Alle starren mich an.

Und dann passiert etwas: Das Gesicht des Malträtierten verändert sich, es ist nicht mehr nur der Schmerz, der es verzerrt. Ein Beben durchläuft seinen Körper, und dann sehe ich es: Braune Bäche mit roten Schlieren tropfen an den Stuhlbeinen hinab. Ein intensiver, schwindelerregender Gestank geht davon aus und erfasst uns alle. Die anderen weichen zurück, bedecken sich Nase und Mund, spucken aus.

Ich betrachte den Mann auf dem Stuhl.

Betrachte die blutige Scheiße, die auf den Boden tropft.

Die alles besudelt.

Und frage:

»Hast du dich eingeschissen?«

Ich wiederhole:

»Hast du dich gerade eingeschissen, du erbärmlicher Wurm?«

Ich sage:

»Hast du etwa die maßlose Frechheit besessen, dich hier, vor meinen Füßen, einzuscheißen?«

Er öffnet den Mund, um etwas zu sagen. Dicke Rotzfäden hängen von seinen aufgeplatzten Lippen.

Ich ramme ihm meinen Absatz in die Brust. Der Stuhl kippt um, und der Kerl fällt rücklings zu Boden. Ich stürze mich auf ihn, trete ihn in die Rippen, den Bauch, die Arme. Er schafft es nicht, sich auf den Bauch zu drehen, um sich vor mir zu schützen. Ich merke, wie seine Knochen unter der Zehenkappe meines Turnschuhs brechen, aber ich kann nicht aufhören. Diese Hitze. Mein Gott, diese Hitze. Meine Schuhe sind voller Flecken, genau wie meine Hose. Der Kerl hat sich eingeschissen. Ich trample mit meinem ganzen Gewicht auf ihm herum.

Arme packen mich von hinten. Ich winde mich, kann mich nicht mehr bewegen. Ich brülle. Atme. Brülle erneut.

»Es reicht, Kocaj. Es reicht, Kumpel, beruhige dich.«

Schwer atmend stehe ich da.

Ich bin hier. Im Heizungskeller. Zu meinen Füßen liegt ein blutiger Fetzen. Er hat eine psychische Störung. Ich habe ihn umgebracht.

»Hab ich ihn umgebracht?«

»So ein Quatsch, natürlich nicht.«

Es ist Suly, der mit mir spricht. Der mich festhält. Mein Adrenalinspiegel sinkt.

»Du hast ihm höchstens den einen oder anderen Knochen gebrochen und dir dabei die Sneakers versaut.«

Vom anderen Ende des Raums betrachtet mich der Dicke. Mit Elefantenschritten nähert er sich dem Pädophilen. Für einen kurzen Moment glaube ich, dass er ihm auf den Kopf treten wird, aber er beugt sich nur über ihn und sagt:

»Das hier war ein kleiner Schreck, den wir dir eingejagt haben, mehr nicht. Ein kleiner Schreck und zwei Wochen Krankenhaus. Falls dich je wieder die Lust überkommen sollte, Kinder zu fotografieren, erinnere dich an diesen Abend. Falls dir in den Sinn kommen sollte, uns zu verpetzen, erinnere dich an diesen Abend. Erinnere dich jeden einzelnen Tag deines beschissenen Lebens an diesen Abend!«

Der Kerl schweigt, vielleicht liegt er längst im Koma. Dem Dicken könnte es nicht gleichgültiger sein. Er dreht sich zu uns um und befiehlt:

»Schafft diesen Dreckskerl ins Krankenhaus.«

Seltsamerweise glaube ich zunächst, dass er mich meint.

Aber nein, zwei Kollegen binden den am Boden Liegenden los und schleifen ihn hinaus. Zwei weitere kippen kanisterweise Ammoniak auf den Boden und die Wände. Die Dämpfe brennen in den Augen.

»Gehen wir.« Suly zieht mich mit sich. »Hier gibt es nichts mehr zu tun.«

Ich nicke. Mein Atem geht immer noch schneller, mein Herz galoppiert. Suly zerrt mich hinter sich her. Mir bleibt nicht verborgen, dass der Dicke mich keine Sekunde aus den Augen lässt.

Die Nacht hat die Stadt fest im Griff. Die Lichter in der Griessmühle leuchten rot wie Eingeweide, und die Musik ist eine winterliche Sturmflut, die uns gnadenlos mit sich reißt. Suly springt in die Luft, dreht den Kopf in meine Richtung, streckt mir die Zunge raus. Er ist komplett zugedröhnt, MDMA, glaube ich. Wenn wir kontrolliert werden, macht er sich vor Angst in die Hose. Aber das ist wohl das Letzte, woran er jetzt denkt. Die roten Lichter explodieren vor unseren Augen. Rot wie Eingeweide. Die Griessmühle ist brechend voll. Körperteile, die nirgends hinzuzugehören scheinen, ein Arm, eine Schulter, ein halbes Gesicht, blonde Haare, ein Lächeln, Zähne. Mein Vater schläft bestimmt. Vielleicht hat er sich die Kanüle rausgerissen, und der Boden füllt sich jetzt gerade mit Blut. Dann bekomme ich ihn nur noch mit Ammoniak sauber.

Die Lichter in der Griessmühle, rot wie Eingeweide. Die Musik eine winterliche Sturmflut. Ich lasse zu, dass sie mich fortreißt. Gnadenlos.

2

Rebecca

Meine Sneakers wirbeln in der Waschmaschine herum. Hoch, ausatmen. Runter, einatmen. Meine Füße baumeln in der Luft. Ich trainiere in der ungeheizten Kammer, in der ich meine Hanteln, Fitnessmatten, abgenutzten Springseile und einen Besenstiel aufbewahre, der mir als Kind als Laserschwert diente. Das Fenster der Kammer geht auf den von Kellertüren und Müllcontainern gesäumten Innenhof hinaus, in dessen Mitte ein kahler, krummer Kastanienbaum aus einem Teppich aus gelblichen Blättern ragt. Es sieht aus, als hätte sich der Boden anlässlich des Herbstes eine Decke übergeworfen.

Ich mache Klimmzüge und starre auf das Spiegelbild meiner Füße im Fenster. Hoch, ausatmen. Runter, einatmen. In diesem Moment durchquert die junge Frau mit dem pistaziengrünen Koffer – diesmal ohne Koffer – den Hof.

Ich lasse die Stange los und lande auf dem Boden. Sie hebt den Kopf und sieht mich, bleibt jedoch kaum eine Sekunde stehen, als ich schwitzend und keuchend mit dem Kopf nicke. Dann setzt sie sich wieder in Bewegung. Ein leichenblasser Morgen erhellt den Hof. Die junge Frau geht mit gesenktem Kopf Richtung Ausgang. Ich folge ihr mit meinem Blick.

Dann höre ich den Schlüssel in der Wohnungstür. Verdammt, Jana kommt pünktlich, und ich habe noch nicht mal geduscht. Ich trete auf den Flur hinaus. Es wird zwei oder drei Grad kälter, sobald Jana die Wohnung betritt.

»Ich habe ihn noch nicht geweckt« ist das Einzige, was ich zu ihr sage.

»Dann mache ich das.« Sie geht an mir vorbei, als hätte sie Angst, sich bei mir eine lästige Krankheit einzufangen.

»Warten Sie kurz, Jana.« Sie dreht sich um. »Das mit gestern tut mir leid.«

Sie seufzt. Ich glaube, sie wartet darauf, dass ich noch etwas hinzufüge, aber mir fällt nichts ein, deswegen halte ich lieber den Mund.

»Tun Sie mir den Gefallen und machen Sie ein Fenster auf. Der Schweißgestank in dieser Kammer ist unerträglich.«

Damit ist die Sache erledigt, hoffentlich. Falls nicht, wird Jana es mich mit Sicherheit wissen lassen. Ich gehe erst einmal duschen.

»Wie hat er geschlafen?«, fragt sie vom anderen Ende der Wohnung.

»Gut«, antworte ich knapp.

Bilder aus der vorigen Nacht blitzen in meinem Kopf auf. Wenn ich sie doch nur vom heißen Wasser der Dusche in den Abfluss spülen lassen könnte. Ich versuche zumindest so zu tun, als würde es funktionieren.

»Guten Morgen, Bruno«, höre ich Jana sagen, während ich mich abtrockne. »Zeit zum Aufstehen.«

»Fick dich, du blöde Schlampe«, antwortet mein Vater. »Vielleicht unterläuft dir ja heute ein Fehler und du verpasst mir eine tödliche Injektion. Dann landest du im Knast.«

»Mir geht's gut, Bruno. Und Ihnen? Wie haben Sie geschlafen?«

Ich ziehe mich lautlos an und verlasse die Wohnung.

Als ich den Böhmischen Platz zur Hälfte überquert habe, bleibe ich stehen. Dort sitzt die junge Frau mit dem pistaziengrünen Koffer auf der Terrasse des Bellini, des einzigen Cafés, das bei diesen Temperaturen Tische ins Freie stellt. Jetzt ist sie wärmer angezogen: gelber Wollpullover, weite braune Hose, dunkelroter Parka mit passendem Schal. Ich könnte wetten, dass sich diese Farbenpracht in weniger als einem Monat in die schwarze Einheitskluft des Viertels verwandeln wird. Sie sitzt mit übergeschlagenen Beinen vor einer dampfenden Tasse Kaffee, die so groß ist, dass man hundert Meter Lagen darin schwimmen könnte. Auf dem Tisch hat sie ein ganzes Arsenal ausgebreitet: Aschenbecher, Zigarettenpapier, Filter, Pueblo-Tabak, Feuerzeug, einen kleinen Stapel leerer Seiten, ein Mäppchen, aus dem Blei- und Buntstifte ragen. In der Hand hält sie ein Buch, in dem sie gerade etwas unterstrichen hat. Ihr Blick schweift durch die Gegend und trifft auf meinen. Ich wende mich ab und gehe weiter.

»Pssst!«

Ich drehe mich zu ihr um. Eine Wollmütze sitzt auf ihrem halbrasierten Kopf. Sie lehnt sich auf ihrem Stuhl zurück. Zwischen Zeige- und Mittelfinger balanciert sie eine halb erloschene Zigarette, von der sie nun einen lustlosen Zug nimmt, offenbar reine Pose.

»Guten Morgen, Nachbar.« Ihre Atemwolke vermischt sich mit dem Rauch, den sie beim Sprechen ausstößt.

»Guten Morgen.«

Sie legt das offene Buch auf dem Tisch ab, und ich sehe, dass es *Wir Kinder vom Bahnhof Zoo* ist, die typische Schullektüre. Vermutlich kommt es auch in Deutschkursen für Ausländer zum Einsatz. Sie nimmt einen Schluck aus ihrer Riesentasse, als hätte sie alle Zeit der Welt. Hat sie wahrscheinlich auch. Oder sie denkt, *ich* hätte sie.

»Stimmt es, was diese Frau gestern Abend gesagt hat? Dass du Polizist bist?«

Ich nicke langsam.

»Von der Sorte, die Strafzettel ausstellt, oder der, die Bösewichte schnappt?«

Ich zucke mit den Schultern. »Die Bösewichte schnappt, nehme ich mal an.«

»Verstehe.« Sie zieht wieder an ihrer Zigarette, diesmal länger. »Und wie kommt ein Polizist, der Bösewichte schnappt, dazu, jungen Frauen, die abends allein unterwegs sind, Angst einzujagen?«

Ich lege den Kopf in den Nacken. Ganz schön dreist. Wo ich doch lediglich am Gesundbrunnen in die U-Bahn gestiegen und später vom Bus nach Haus gelaufen bin. Die dumme Kuh glaubt wohl, die Straße gehöre ihr allein. Ich habe nichts falsch gemacht.

Laut sage ich: »Entschuldige.« Und dann: »Ich hätte die Straßenseite wechseln sollen.«

»Und warum hast du es nicht getan?«

Mein Atem ahmt ihren nach und bildet eine weiße Wolke vor meinem Mund.

»Ich war sauer wegen einer anderen Sache und hab nicht drauf geachtet, wer vor mir geht.«

Letzteres ist gelogen. Sie weiß es. Noch ein Zug von der Zigarette. Ihre Augen sind kaffeebraun. Undurchdringlich.

»Und warum warst du sauer?« Sie drückt die Zigarette im Aschenbecher aus. »Hat deine Freundin mit dir Schluss gemacht oder so was?«

Ich bin wohl kein besonders guter Schauspieler, denn sie hebt die Augenbrauen, als sie meine Reaktion sieht.

»Jetzt im Ernst?«

»Sie war nicht wirklich meine Freundin. Eher *eine* Freundin.«

»Ach herrje.« Sie zündet sich die nächste Zigarette an. »Und jetzt ist sie keine Freundin mehr. Also hast du beschlossen: Wenn du deine Wut nicht an ihr auslassen kannst, dann tust du es halt bei mir. Denn es ist ja nicht so, als wärst du völlig unschuldig. Du bist fast eine Ewigkeit schweigend hinter mir hergelaufen. Das kann einem schon einen Schreck einjagen.«

Ein Bild blitzt vor meinem inneren Auge auf: Mein Schuh, wie er gegen den Bauch des Pädophilen prallt. Ich habe auf einen wehrlosen Kerl eingetreten. Womöglich schuldig, aber wehrlos. *Zwei Wochen Krankenhaus, ein kleiner Schreck.* Ich zwinge mich, das Erste zu sagen, was mir in den Sinn kommt, um die Erinnerung zu verscheuchen. Natürlich ist das Erste, was mir in den Sinn kommt, auch das Dämlichste:

»Du versaust das Buch.«

Ein Fehler. Sie blickt auf die unterstrichenen Zeilen und schnaubt verächtlich.

»Genau dafür ist es ja meins. Wenn ich bei dir zu Hause anfange, Zeilen in deinen Büchern zu unterstreichen, darfst du mir das gern vorwerfen. Bei meinen eigenen Sachen geht es dich nichts an.«

Schweigen. Sie trinkt einen Schluck von ihrem Kaffee. Dann sieht sie mich an, als würde es sie wundern, dass ich noch nicht weitergegangen bin. So interpretiere ich ihren Blick zumindest.

»Tut mir leid.«

Was Entschuldigungen angeht, steht es jetzt zwei zu null für mich. Sie schneidet eine belustigte Grimasse und schnalzt dann mit der Zunge. »Ich unterstreiche gern Zeilen in Büchern. Dadurch werden sie zu meinen. Manchmal schnappe ich mir irgendein altes Buch und lese, was ich damals unterstrichen habe. Habe ich es unterstrichen, weil es mir gefallen hat oder weil ich es doof fand?« Sie raucht ihre Zigarette mit einem letzten tiefen Lungenzug zu Ende. Ich überlege, wie viele Packungen sie wohl pro Tag konsumiert. »Man lernt einen Menschen ziemlich gut kennen durch das, was er in seinen Büchern unterstreicht. Sogar sich selbst lernt man so besser kennen. Aber du gehörst anscheinend nicht zu den Leuten, die so was machen, stimmt's, Herr Nachbar?«

Ihr Tonfall und ihre Wortwahl wecken den Eindruck in mir, dass sie unser Gespräch kein bisschen ernst nimmt. Oder vielleicht nur diesen Teil nicht.

»Wenn ich ehrlich bin, nicht«, antworte ich und riskiere dann ein: »Frau Nachbarin.«

»Ich heiße Lucia.« *Lu-tschi-a*. Italienerin also. Als Lucia merkt, dass ich nicht antworte, schnalzt sie wieder mit der Zunge. »Stellt man sich in Berlin nicht auch vor, wenn einem gerade jemand seinen Namen verraten hat?«

»Doch. Doch, natürlich. Ich heiße Lukas. Lukas Kocaj. Aus dem Erdgeschoss.«

Sie verzieht ein wenig den Mund. Ihre Mimik lässt keinen Zweifel daran, wie unbeeindruckt sie von mir ist. Sie hat ja auch keinen Grund, beeindruckt zu sein. Wahrscheinlich bin ich in ihren Augen einfach nur lächerlich. Ein lächerlicher Deutscher mit mangelhaften Umgangsformen. Ein typischer Deutscher.

»Freut mich, dich kennenzulernen, ›Lukas Lukas Kocaj aus dem Erdgeschoss‹.«

Gleichfalls. Sag gleichfalls, Lucia. Sag irgendwas, bitte.

»Also dann, bis demnächst.«

Ich gehe die Straße entlang davon und bilde mir ein, dass sie mir hinterherblickt, traue mich aber nicht, mich umzudrehen.

Der Abschnitt 54 der Polizeidirektion 5 in Neukölln liegt an der Sonnenallee, gegenüber der Erkstraße, inmitten von arabischen Friseursalons, Cafés, Dönerläden, Teppichgeschäften und Gebrauchtmöbelhändlern. Es heißt, dieser Teil des Viertels würde Damaskus ähneln, aber was weiß ich schon davon? Ich bin kaum je aus Berlin herausgekommen, und wenn doch, dann nur, um Verwandte in Polen zu besuchen. Die Fassade besitzt jenes düstere, halb verkohlte Aussehen von Vorkriegsgebäuden, mit ihren kantigen Dachsimsen und schwärzlichen, Backenzähnen ähnelnden Ecksteinen. Innen könnte der Abschnitt hingegen auch ein Callcenter sein: reihenweise moderne Schreibtische, auf denen sich Akten, unter Volldampf laufende Rechner und Tassen mit abgestandenem Kaffee drängen.

Ich verbringe den Vormittag damit, Polizeiberichte auf meinem Schreibtisch von links nach rechts zu schieben. Im Moment besteht meine einzige Aufgabe darin, Berichte abzutippen, die Datenbank mit Fällen zu füttern, die eigentlich schon vor Monaten hätten abgeschlossen sein sollen, gegen den Bildschirm zu klopfen, wenn sich das Betriebssystem mal wieder aufhängt, und den widerlichen Maschinenkaffee zu trinken. Heute bin ich noch nicht mal dazu in der Lage. Meine Gedanken kehren immer wieder zum Vorabend zurück. Der Moment, als ich dem Pädophilen den ersten Fußtritt in die Brust verpasst habe, flackert über meine Netzhaut, dröhnt in meinem Kopf – seine beiden mageren, haarigen Beine, die vor mir in die Luft ragten.

»Kocaj.«

Mein Herz setzt einen Schlag aus. Ich hebe den Blick. Es ist Suly. Sein Schreibtisch steht gleich neben meinem.

»Was ist?«

»Du störst uns andere bei der Arbeit. Kannst du bitte mal ans Telefon gehen?«

Das Telefon. Das Telefon auf meinem Schreibtisch. Es klingelt, ich habe es nicht mal bemerkt. Auf dem Display leuchten vier entgangene Anrufe von ... Scheiße. Es ist die Durchwahl des Polizeirats. Ich nehme den Hörer ab und räuspere mich.

»Kocaj«, schallt die Stimme meines Vorgesetzten aus dem Hörer, noch bevor ich mich melden kann. »Kommen Sie bitte zu mir ins Büro.«

Ich stehe auf und blicke nervös an mir herunter. Weil ich in Zivil bin, gibt es nicht viel, womit ich Staat machen könnte. Schwarze Jeans, Stiefel, Ramones-Shirt. Die Blicke meiner Kollegen folgen mir, oder ich bilde mir zumindest ein, dass sie mir folgen. Mit den Fingerknöcheln klopfe ich an die Tür.

»Herein.«

Ich öffne und bleibe im Türrahmen stehen, als ich sehe, wen ich vor mir habe. Den Anblick des Polizeirats habe ich erwartet. Er ist etwa Mitte vierzig und sitzt mit seinem gepflegten kurzen braunen Bart und seinem makellosen, aber lässigen Karrierepolizistenhemd hinter einem Schreibtisch, der serienmäßig mit fünftausend Euro teurem Laptop und Nespresso-Maschine ausgestattet ist. Was mich in der Tür verharren lässt, ist der zweite Anwesende, der an der Heizung steht und sich den Hintern wärmt.

Obwohl ich noch nie mit ihm gesprochen habe, kenne ich ihn zur Genüge. Die ganze Abteilung kennt ihn. Er heißt Otto Ritter. Im Kollegenkreis wird er »die Kneifzange« genannt, natürlich nur, wenn er nicht dabei ist. Ins Gesicht sagt ihm das niemand, da ist er Ritter, und niemand hätte die Eier, ihn anders zu nennen. Auf seinem kurzen, dicken Körper ruht ein gewaltiger Schädel, kahl bis auf die Matte aus bräunlichem Stroh, die ihm an den Seiten und im Nacken wuchert. Der Schnurrbart unter der platten Nase und den fleischigen roten Wangen glänzt gelblich von all dem Nikotin, das sich im Laufe der Jahre angesammelt hat. Früher war es ja fast schon Pflicht, am Schreibtisch Kette zu rauchen. Dazu abgewetzte Jeans, ein gräuliches Hemd, das mal weiß war und dessen Knöpfe von einer Wampe beinahe gesprengt werden, die vermutlich auf eine strikte Diät aus Bier und Bratwurst zurückzuführen ist. Die sechzig muss er längst überschritten haben, er befindet sich quasi auf der Zielgeraden zur Pensionierung.

Ritter starrt mir finster entgegen, und ich senke so beschämt den Blick, als wäre mir gerade ein Baby auf den Boden gefallen. Angeblich sammelt die Kneifzange Disziplinarverfahren wegen Brutalität und unangemessenen Verhaltens wie andere Leute Briefmarken. Jetzt mustert er mich von Kopf bis Fuß, mit verschränkten Armen. Ich weiß nicht, was ich sagen soll. Das Problem besteht darin, dass mir dieser Kerl nicht nur von den vielen Geschichten bekannt ist, die man sich auf den Gängen über ihn erzählt. Ich habe ihn gestern Abend persönlich kennengelernt, in einem Keller in der Nähe der Blaschkoallee, wo er mir und einer Handvoll Jungpolizisten mit Sturmhauben die Geschichte eines Pädophilen erzählt hat.

»Kommen Sie rein, Kocaj, schlagen Sie keine Wurzeln.«

Ich betrete das Büro und schließe die Tür hinter mir, unterdrücke den Impuls, mich mit dem Rücken dagegen zu lehnen.

»Ich weiß nicht, ob Sie Kommissar Ritter kennen.«

»Sehr erfreut.« Irgendwie schaffe ich es, ihm die Hand zu geben, ohne mich allzu weit von der Tür wegzubewegen.

Dann kommt mir ein erschreckender Gedanke: Ritter ist bestimmt hier, um dem Polizeirat zu erzählen, was ich letzte Nacht getan habe – was wir alle getan haben. Jetzt verstehe ich. Das Ganze war eine Falle, ein hinterlistiges Spiel, um herauszufinden, ob wir dazu in der Lage sind, einem Menschen ernsthaften Schaden zuzufügen. Und ich bin derjenige, der dabei am meisten über die Stränge geschlagen hat, mit Abstand. Ich werde untergehen und meine Kollegen mit in den Abgrund reißen.

»Kocaj, wir werden Sie als Partner von Ritter mit einem Fall betrauen.«

»Was?«

»Es ist gerade eine Vermisstenanzeige bei uns eingegangen.« Der Polizeirat überfliegt einige Papiere. »Junge Frau, sechzehn Jahre alt. Schülerin des Internats St. Marien in Rudow. Es wurde um Hilfe der Kriminalpolizei ersucht. Die Kollegen von der Spurensicherung sind schon vor Ort.«

Ich bin noch nicht bereit. Das ist der erste Gedanke, der mir in den Sinn kommt. Auf so was bin ich nicht vorbereitet. Und es ist nicht nur ein Gedanke, es ist eine Gewissheit. Ich werd's vermasseln. Noch dazu mit diesem Typen, der in seiner Freizeit Bestrafungsaktionen für Leute organisiert, die ...

Für Leute, die was? Die es nicht verdient haben? Hatte dieser pädophile Dreckskerl es etwa nicht verdient? Wenn ich ehrlich bin, weiß ich die Antwort darauf nicht. Zumal die Frage reichlich spät kommt. Hätte er die Prügel nicht verdient gehabt, hätte ich dann nicht einschreiten müssen, etwas dagegen unternehmen?

Nur was? Die Dienstwaffe zücken und sämtliche Kollegen verhaften? Nein. Erstens hatte ich die Waffe gar nicht dabei, und zweitens habe ich stattdessen das genaue Gegenteil getan. Ich stecke mit drin, aber so richtig.

»Kocaj, hören Sie mir zu?«

Die Frage des Polizeirats reißt mich aus meiner Grübelei. Ich stehe stramm und bereue es sofort. Weder sind wir hier beim Militär, noch wüsste ich, wie korrektes Strammstehen geht

»Wie heißt sie?« Die Frage entschlüpft mir, bevor ich mir auf die Zunge beißen kann.

Der Polizeirat starrt mich verwirrt an. »Wie bitte?«

»Wie heißt das vermisste Mädchen?«

Ritter und der Polizeirat tauschen Blicke aus. Der Dicke löst sich von der Heizung und stapft zur Tür.

»Keine Sorge, Chef, den kriege ich schon munter. Los, Grünschnabel, schnapp dir deine Jacke, es ist kühl draußen.«

Ritter marschiert aus dem Büro, und der Polizeirat sieht mich an, als würde er sich fragen, warum ich noch hier herumstehe. Ich beeile mich, hinter Ritter herzukommen, meinem neuen »Partner«.

»Kocaj also. Was ist das für ein Name? Ungarisch? Slowenisch?«

»Polnisch.«

In Ritters Auto riecht es nach Curry. Es ist ein uralter Honda Civic, auch wenn nur achtzigtausend Kilometer auf dem Tacho stehen. Wahrscheinlich frisiert. Der auf den Fußmatten angesammelte Dreck wirkt älter als das Gebäude, in dem ich wohne. Der zementgraue Himmel hat unterdessen angefangen, schlammbraunen Regen auf uns herunterzuspucken.

»Also gut, Podolski. Ich bin gespannt, wie viele Tore du für diese Mannschaft schießt.«

Inzwischen sind wir auf die Sonnenallee abgebogen, Ritter drückt das Gaspedal durch, als hätten wir bereits eine Stunde Verspätung. Ich traue mich nicht, ihn zu bitten, ein wenig langsamer zu fahren. Als ich mich anschnalle, wirft er mir einen fast schon vorwurfsvollen Blick zu. Ich richte meine Aufmerksamkeit auf das Muster aus Vogelkacke auf seiner Windschutzscheibe.

»Wir sollten uns vielleicht das Briefing anschauen«, schlage ich vor.

»Ihr immer mit euren englischen Ausdrücken. Sag einfach, was du wissen willst, Podolski.«

»Na ja ...«

Als Erstes möchte ich den Namen des Mädchens wissen, aber er lässt mir keine Zeit, erneut danach zu fragen.

»Pass auf, ich sage dir, was du wissen musst: Das Mädchen war Schülerin am St.-Marien-Internat in Rudow.« Es gefällt mir gar nicht, dass er von ihr in der Vergangenheitsform spricht. »Eins der wenigen katholischen Internate, die es hier in Berlin gibt. Vielleicht sogar das einzige. Reiche Töchterchen. Väter mit Kohle. Wie die meisten Orte in Berlin hat auch das Internat einen dunklen Fleck in seiner Vergangenheit. Als du dir noch in die Windeln gemacht hast, war es wegen eines Missbrauchsskandals auf sämtlichen Titelseiten. Die Priester hatten sich an den Mädchen vergangen, das Übliche.«

Er scheint zu merken, wie nervös ich bin, und stößt ein heiseres Lachen aus. »Komm schon, entspann dich«, sagt er, während er weiter beschleunigt. Neukölln verwandelt sich in ein verschwommenes Wirrwarr aus menschlichen Umrissen und Schildern. »Willst du mich eigentlich gar nicht fragen?«

»Was fragen?«

»Na was schon? Warum du hier bist natürlich! Warum sie dir zusammen mit mir diesen Fall übertragen haben.«

»Ich habe nicht die geringste Ahnung.«

Ritter gibt ein Prusten von sich. Wir fahren inzwischen hundertzwanzig, und er wechselt nach Lust und Laune die Fahrspur.

»Wir haben uns gestern prächtig amüsiert, nicht wahr, Podolski?«

Meine Brust vibriert wie von einem Paukenschlag. Er fährt ungerührt fort:

»Die Polizei ist nicht mehr das, was sie mal war, weißt du? Früher konnten wir noch für echte Gerechtigkeit sorgen, jetzt geht das nicht mehr. Heute besteht alles nur noch aus Papierkram, Bürokratie, Anwälten, *Briefings*, *Meetings* ... Zum Glück gibt es immer noch Männer, die kein Problem damit haben, sich über diesen ganzen Mist hinwegzusetzen und sicherzustellen, dass die Schuldigen auch wirklich für ihre Taten büßen.«

Er beugt sich zu mir und verfällt in einen Ton, den er offenbar für vertraulich hält:

»Und du bist einer von diesen Männern.«

»Ich? Nein, ich ...«

»Wie nein?«

Er schnaubt beinahe beleidigt. Wir nähern uns dem Zubringer Richtung Rudow. Ritter missachtet die durchgezogene Linie und fährt einfach auf die Autobahn. Hinter uns ertönt ein Hupkonzert. Er beachtet es gar nicht.

Ich denke unterdessen wieder: Auf so was bin ich nicht vorbereitet.

Rudow ist gewissermaßen die arische Zunge, die aus der schon immer von Einwanderern bevölkerten Landmasse Neuköllns herausragt. Keine Spur von Graffiti oder bröckelndem Putz.

Die Gebäude sind sorgfältig gestrichen, und in jeder Straßenlaterne brennt ein funktionierender Leuchtkörper. Rudow hat wenig zu tun mit dem Berlin, das ich kenne. Hier residieren zu hundert Prozent deutsche Gene. Auf jedem Einfamilienhäuschen weht sozusagen die schwarzrotgoldene Fahne. Nach großen Wohnkomplexen oder Arbeitsämtern hält man hier vergeblich Ausschau.

Das St.-Marien-Internat befindet sich auf Höhe der Prierosser Straße. Es gibt jede Menge Parkmöglichkeiten, deswegen müssen wir kaum zwanzig Meter bis zum Eingang der Schule zurücklegen. Es handelt sich um ein hässliches altes Gebäude, das inmitten eines gepflasterten Hofs voll totem Laub aufragt. Roter Backstein, düstere Fensterhöhlen. Zwei strenge Türme erheben sich auf beiden Seiten und wirken deplatziert, wie von einem Märchenschloss entliehen.

Direkt vor dem Eingang steht ein Streifenwagen, und auf der Treppe drängt sich ein Grüppchen Schülerinnen zusammen. Dort wartet auch ein uniformierter Kollege auf uns, den ich noch nie gesehen habe. Die Handbewegung, mit der ich ihn begrüße, kommt mir seltsam vor, verkrampft. Solche Dinge liegen mir nicht, zumal nach so einer Autofahrt.

»Ritter und Kocaj, Kripo«, sagt der Dicke, und ich mache mir in Gedanken eine Notiz, damit ich weiß, was ich beim nächsten Mal zu sagen habe. »Schießen Sie los.«

Wir betreten eine großzügige Eingangshalle, in der die Abschlussfotos ehemaliger Jahrgänge hängen, Reihe um Reihe, wie Wandfliesen, die sich aus den Gesichtern von Mädchen zusammensetzen, von denen einige vielleicht schon tot sind. Seitlich befindet sich eine kleine Kabine mit der Aufschrift »PFÖRTNERLOGE«. Sie ist leer. Wir lassen die Eingangshalle hinter uns, und der Kollege führt uns einen Flur mit lachsfarbenen Wänden entlang. Ein schwammartiger Teppichboden mit kleinteiligem Muster schluckt jeden unserer Schritte.

»Junge Frau, Deutsche, sechzehn Jahre alt«, trägt der Kollege vor. »Familie aus Augsburg. Schülerin des Internats seit gut eineinhalb ...«

»Erzählen Sie mir nicht ihre Lebensgeschichte«, unterbricht ihn Ritter. »Ich will die Fakten. Warum sind wir hier?«

Wir biegen um eine Ecke, dann um eine weitere. Nachdem wir ein drittes Mal abgebogen sind, geht es eine Treppe hinauf. Wenn die anderen jetzt davonrennen und mich alleinlassen würden, würde ich den Weg nach draußen nie wieder finden. Das Gebäude ist ein Labyrinth. In der Luft liegt ein Geruch, den ich nicht einordnen kann, er ist gleichzeitig süßlich und scharf.

»Ihre Mutter wollte sie heute Morgen anrufen, offenbar telefonieren die beiden täglich. Nachdem ihre Tochter nicht ans Handy ging, hat sie im Wohnheim angerufen. Die Schülerinnen dürfen das Gebäude nachts nicht verlassen, daher war die Mutter sofort in Sorge, als sie ihre Tochter auch hier nicht erreichte. Sie rief in der Pförtnerloge an, damit sich jemand vom Internat Zugang zum Zimmer ihrer Tochter verschaffte.«

»Geht das so einfach?«

»Solange die Mädchen noch minderjährig sind, ja. Die Eltern dürfen die Erlaubnis zum Betreten des Zimmers erteilen.«

»Ein reizender Ort.«

Wir erreichen einen Flur, von dem grüne, nummerierte Türen abgehen. Ein paar stehen offen. Ich mache Mädchenköpfe aus, die meisten mit langen Haaren, viele davon blond.

Ein Absperrband durchzieht den Korridor auf beiden Seiten einer Tür. Daneben erwartet uns ein rothaariger Kollege mit sehr heller Haut. Seine kaum sichtbaren Augenbrauen ziehen sich zusammen, als er uns sieht. Er scheint wenig erfreut über unsere Anwesenheit.

»Gab's bei der ganzen Kripo keinen anderen? Mussten sie ausgerechnet dich schicken?«

Ritter bleibt dicht vor ihm stehen. Er ist kleiner als der Rotschopf, nimmt jedoch den doppelten Raum ein.

»Freut mich auch, dich zu sehen, Voigt. Grüße von deiner Schwester. Ich hab sie erst heute Morgen so richtig durchgenommen.«

»Du bist ein Arschloch.«

»Danke, gleichfalls. Sagst du mir, warum ihr uns gerufen habt? Die Sache riecht doch nach einer jungen Frau, die keine Lust mehr auf Avemarias hatte und sich verkrümelt hat.«

Das Gesicht des Kollegen legt sich in Falten wie ein unzulänglich aufgepumpter Ball.

»Geh rein und schau es dir selbst an.«

»Jetzt hast du mich aber neugierig gemacht.« Mit einem Grunzen duckt sich Ritter unter dem Absperrband durch. »Das hier ist übrigens mein neuer Partner. Podolski, gib Voigt ein Küsschen.«

»Ich heiße Kocaj. Lukas Kocaj.« Ich strecke Voigt die Hand hin. Er ergreift sie lustlos.

»Du musst ja ganz schön Mist gebaut haben, dass sie dich mit der Kneifzange zusammenstecken«, raunt er mir zu. »Noch dazu für die Suche nach einer verschwundenen Minderjährigen. Die sollten aufhören, Ritter mit solchen Fällen zu betrauen.«

»Warum?«

Er mustert mich von Kopf bis Fuß.

»Jetzt sag nicht, du wüsstest nicht über die Kneifzange Bescheid.«

Noch bevor ich antworten kann, dass ich keine Ahnung habe, wovon er redet, dringt Ritters Stimme aus dem Zimmer zu uns:

»Podolski hat deine Schwester übrigens auch gevögelt. Riech an seinen Fingern, wenn du mir nicht glaubst.«

Voigt seufzt genervt. »Na los, rein mit dir.«

»Habt ihr keine Handschuhe, Mundschutz, Plastiküberzieher für die Füße?«

»Warum nicht gleich 'nen Taucheranzug? Pass einfach auf, wo du hintrittst.«

»Okay, okay.« Als ob ich was dafür könnte, dass wir so unterfinanziert sind. »Wie heißt das Mädchen?«

»Kannst du jetzt bitte endlich reingehen?«

Ich hebe beschwichtigend die Hände und wende ihm den Rücken zu. Hoffentlich merkt man mir meine Nervosität nicht an. Mein allererster richtiger Fall. Lukas Kocaj, Kriminalpolizei.

Neben der Tür hängt ein kleines Schild, auf dem in Großbuchstaben steht: »LILIENTHAL«.

Das ist also dein Nachname.

Die Flurbeleuchtung flackert, die Neonröhren sind offenbar schon älter. Ich atme tief ein. Dann betrete ich das Zimmer.

Es ist etwa fünfzehn Quadratmeter groß und vermutlich eine genaue Kopie der übrigen Schlafräume. Kleiderschrank, ungemachtes Bett, ein Schreibtisch, auf dem ein Durcheinander aus Papieren herrscht, ein Regal voller Bücher. An der Wand hängen ein Poster von einem Manga-Comic, den ich nicht kenne, und eins von Lana del Rey. In der Nähe des Fensters baumelt ein Traumfänger. An einer Pinnwand über dem Schreibtisch sind mit Stecknadeln ein paar Fotos befestigt.

Auf dem Boden neben dem Bett ist eine kleine Blutlache zu sehen.

Ritter geht ächzend in die Hocke und betrachtet sie genauer. Ich rechne jeden Moment damit, dass seine Jeans reißt und er mir zwei haarige verschwitzte Arschbacken entgegenstreckt. Er hebt den Kopf und sieht Voigt an, der in der Tür steht.

»Vielleicht hatte sie einfach nur ihre Tage.«

»Wir haben eine Probe entnommen und lassen sie gerade analysieren«, sagt der Rothaarige mit aufreizender Geduld. »Eingeschaltet haben wir euch aber wegen dem hier.«

Ich drehe mich um. Voigt öffnet eine kleine Plastiktüte. Es

ist kein offizieller Probenbeutel, sondern eine gewöhnliche Sandwichtüte.

»Scheiße«, entschlüpft es mir.

In der Plastiktüte ist ein Zahn.

Er ist blutbeschmiert. Eine Ecke ist abgeschlagen, aber die Wurzel scheint intakt. Intakt und blutig.

Offenbar wurde er an einem Stück herausgerissen.

»Er lag auf dem Boden, mitten in der Blutlache«, setzt Voigt genau in dem Moment zur Erklärung an, als jemand gegen den Türrahmen klopft. Der uniformierte Beamte, der uns hergebracht hat, beugt sich durch die Öffnung.

»Die Eltern sind jetzt da.«

Die Mutter des Mädchens ist eine kleine, untersetzte Frau Anfang fünfzig. Sie hat lange kastanienbraune Locken, die sie zurückgebunden trägt. Unter ihren strahlendblauen Augen liegen dunkle Schatten, um ihren Mund, am Hals und an den Wangen haben sich tiefe Falten eingegraben. Hinter ihr steht ein Mann, den das Alter zunehmend in die Kategorie »korpulent« rückt, offenbar der Vater des Mädchens. Er hat breite Schultern und einen dicken Hals. Ein beachtlicher Bauch stellt die Knöpfe seines Hemds auf eine schwere Probe, auch wenn Ritters Wampe ihm haushoch überlegen ist.

Wir stehen inzwischen in der Kapelle der Schule. Offenbar gibt es keinen anderen Gemeinschaftsraum für Gespräche wie dieses. Ich weiß nicht, ob die Mutter Oberin ein eigenes Büro hat oder nicht, jedenfalls hat sie uns hierher geführt. Die Kapelle ist groß, ich schätze, dass an die zweihundert Schülerinnen hineinpassen. Von Kerzenflackern keine Spur, wir befinden uns im Jahr 2016. Stattdessen kleine Halogenlämpchen, immerhin dezent platziert.

Hinter dem Altar hängt ein schlichtes Kreuz ohne Jesusfigur. Was den Raum hingegen dominiert, ist eine Skulptur der Jungfrau Maria in Lebensgröße. Ihre von Silikontränen überströmten, leidenden Gesichtszüge blicken unter einem prunkvollen vergoldeten Umhang mit Kapuze hervor, in ihren Händen hält sie ein von sieben Dolchen durchbohrtes Herz. Wie hübsch. Mir fallen ungefähr sechs Millionen geeignetere Orte ein, um die Schülerinnen zu dem Fall zu befragen. Aber zunächst werden wir hier mit den Eltern des verschwundenen Mädchens sprechen, dem Ehepaar Lilienthal, das vor uns auf der vordersten Kirchenbank sitzt.

Die Mutter starrt auf die Plastiktüte mit dem ausgerissenen Zahn, die Ritter in der Hand hält. Der Vater sieht hingegen uns an.

»Der ist von ihr«, sagt Frau Lilienthal.

»Sind Sie sicher?«, fragt Ritter.

»Das ist ihr Zahn«, bestätigt Herr Lilienthal. »Der linke obere Schneidezahn. Sie hat sich vor einer Weile die Ecke abgeschlagen.«

»Die Ecke *wurde* ihr abgeschlagen«, korrigiert die Mutter. »Sie selbst hatte nichts damit zu tun.«

»Was heißt das?«

»Meine Tochter wurde an ihrer früheren Schule gemobbt«, erklärt der Vater. »Ein paar Klassenkameraden haben gefilmt, wie sie ihr ...«

»Wie sie sie gefoltert haben«, unterbricht ihn die Mutter. »Sie haben gefilmt, wie sie sie gefoltert haben. Deshalb hat sie uns gebeten, die Schule wechseln zu dürfen.«

Etwas an der Sache kommt mir seltsam vor. Ich weiß, dass ich eigentlich den Mund halten müsste. Es gelingt mir nicht.

»Warum ausgerechnet nach Berlin?« Sämtliche Blicke richten sich auf mich. Ritter runzelt missbilligend die Stirn. »Ich meine ... Sie sind aus Augsburg, und in Bayern wimmelt es von katholischen Schulen. Warum haben Sie sie hier in Rudow angemeldet?«

Ein Fehler. Die Ermittlungen haben kaum begonnen, und ich habe es schon vermasselt. Die veränderte Stimmung im Raum und die beschleunigten Atemzüge von Frau Lilienthal verraten mir, dass ich diese Frage nicht hätte stellen dürfen. Der feine Staub, der sich von unserer Kleidung löst, schwebt im Halbdunkel der Kapelle in der Luft.

»Ich war selbst Schülerin an diesem Internat, als ich noch ...«

»Gibt es schon irgendwelche Hinweise?«, unterbricht Herr Lilienthal seine Frau. Die Handbewegung, die er dabei macht, genügt, damit sie den Mund schließt und den Kopf senkt. Es fällt nicht schwer, die Geschichte zu entschlüsseln, die seine Geste und ihre Reaktion darauf erzählen. »Sie ermitteln doch sicher auf Hochtouren.«

»Es ist noch zu früh, um ...«, setze ich an, und genau an dieser Stelle endet meine Beteiligung an der Befragung.

»Mein Kollege wird sich noch mal im Zimmer Ihrer Tochter umsehen«, verkündet Ritter. »In der Zwischenzeit hätte ich ein paar weitere Fragen an Sie.«

Er wirft mich raus. Dieser Hurensohn setzt mich vor die Tür. Und alle haben es mitbekommen. Ich kann nichts dagegen tun, würde es niemals wagen, ihm hier vor allen Leuten zu widersprechen. Na ja, weder hier noch sonst wo.

»Dann bis später, Podolski.« Als ob ich es nötig gehabt hätte, dass er es noch deutlicher macht.

Ich verabschiede mich von den Lilienthals und wende mich zum Gehen.

Die Kollegen von der Spurensicherung haben ihre Utensilien bereits wieder eingesammelt. Jetzt sind wir an der Reihe. Das Getuschel der Mädchen hat sich längst in der ganzen Schule ausgebreitet. Nachdem ich mit Mühe das Zimmer wiedergefunden habe, tauche ich unter dem Absperrband durch. In der Mitte des Raums bleibe ich stehen. Das Blut auf dem Boden ist nur noch ein bräunlicher Fleck, den man mit Schokolade verwechseln könnte. Vor wenigen Stunden hat die Pförtnerin die Zimmertür mit ihrem Generalschlüssel geöffnet und einen blutigen Zahn inmitten dieser Lache vorgefunden. Einen Zahn mit abgeschlagener Ecke. Den Zahn von ...

Mist, ich weiß immer noch nicht ihren Vornamen.

Wer bist du? Was haben sie dir angetan? Und warum?

Ich lasse den Blick durchs Zimmer schweifen. Hier hat das Mädchen die meiste Zeit verbracht. Acht Stunden in diesem Bett. Die Bettwäsche muss noch nach ihr riechen. Was für ein seltsamer Gedanke. Natürlich werde ich nicht hingehen und daran schnuppern. Andererseits ist genau das die Aufgabe von uns Polizisten. Wir sind Schnüffler, nehmen einen Geruch auf und gehen ihm nach. Wir folgen der Fährte, bis sie uns zu einer Person führt. Oder zu einer Leiche.

Ich mache den Kleiderschrank auf. Kleider, Jeans, Röcke, Pullover. Zwei Keramikschalen mit Ohrringen, Ketten, Modeschmuck. Ich nehme einen schwachen Körpergeruch wahr, vermischt mit dem Duft von Waschmittel. Erneut widerstehe ich dem Drang, den Kopf in den Schrank zu stecken und tief einzuatmen.

Stattdessen schließe ich ihn wieder. Lana del Rey starrt mich von der Wand an. Ich setze mich aufs Bett. Die Matratze ist hart. Vor mir steht der Schreibtisch, an dem das Mädchen gelernt, Filme geschaut, gebetet, mit offenen Augen geträumt hat. Die Pinnwand ist vollgehängt mit kleinen Erinnerungsstücken, Dingen, die ihr offenbar wichtig waren: ein getrocknetes Feigenblatt, ein Stadtplan von Rom, drei Kinokarten, ein Ring mit Tribal-Muster, eine rosafarbene Schleife und eine weiße, ein Rosenkranz mit weißen Perlen, ein paar Fotos.

Ich betrachte die Fotos eingehend. Endlich sehe ich ihr Gesicht, das Gesicht, das sich auf allen Bildern wiederholt. Sie ist hochgewachsen, hat ein ausgeprägtes Kinn und eine Stupsnase. Ihr Blick ist von einer gewissen Ernsthaftigkeit geprägt, die fast schon traurig wirkt. Auf einem Foto ist sie zusammen mit drei anderen Mädchen zu sehen. Sie sitzen oben auf einem Etagenbett. Auf einer zweiten Aufnahme steht sie zusammen mit einem rothaarigen Mädchen am Rand eines Schwimmbeckens. Auf einer dritten ist nur sie selbst zu sehen, wie sie in einem Park sitzt. Ich erkenne den Ort, es ist der Hügel im Görlitzer Park in Kreuzberg. Über ihr erstreckt sich ein orange gefärbter Sonnenuntergangshimmel, hinter ihr erhebt sich der Glockenturm der evangelischen Kirche in der Nähe des Parks, deren Name mir nicht einfällt. Das Mädchen blickt über die getönten Gläser ihrer Sonnenbrille hinweg in die Kamera. Es lächelt nicht.

Aus einem Impuls heraus nehme ich das Foto von der Pinnwand, streiche mit dem Daumen über den Rand. Dann drehe ich es um. Auf der Rückseite stehen ein Datum, das weniger als ein halbes Jahr zurückliegt, und zwei Namen: *Rebecca & Youyou.*

»Rebecca«, sage ich laut. »Heißt du so? Rebecca Lilienthal?«

Auf dem Foto hat sie rosige Wangen von der Sonne und große, tiefgründig wirkende Augen. Ihre braunen glatten Haare fallen ihr bis auf die Schultern. Um den Hals trägt sie ein Kettchen, an dem ein halbes Herz hängt. Das Herz ist von drei Dolchen durchbohrt, ähnlich dem Herzen, das die Jungfrau Maria in der Kapelle in den Händen hält. Ich überlege, wo wohl die andere Hälfte ist. Rebecca trägt einen Hut und ein gelbes Kleid mit Spaghettiträgern. Genau dieses Kleid habe ich vorhin im Schrank gesehen. Es scheint windig gewesen zu sein, denn sie hält sich den Hut mit einer gebräunten Hand fest. Ich folge der Linie ihres Arms bis zu ihrer Schulter.

Ein Knarzen ist hinter mir zu hören.

Meine Nackenhaare stellen sich auf.

Ich drehe mich um. Da ist niemand. Ich stehe allein in Rebeccas Zimmer. Voller Anspannung atme ich durch die Nase aus. Wahrscheinlich war es nur eins dieser rätselhaften Geräusche, die alte Möbel manchmal von sich geben.

Am liebsten würde ich mir das Foto hinten in die Jeans schieben und mitnehmen. Aber mir fällt ein, dass ich ja Polizist bin und alles in diesem Raum der Beweisführung dienen könnte. Also hänge ich das Bild zurück und fotografiere es mit dem Handy ab. Dann inspiziere ich weiter das Zimmer und lasse den Blick über das Bücherregal neben dem Kleiderschrank gleiten: *Harry Potter*, *Tintenherz*, *Sofies Welt*, die Autobiographie von One Direction, *Wir Kinder vom Bahnhof Zoo*, *Schiffbruch mit Tiger*, *Wer die Nachtigall stört*. Typische Bücher für Mädchen in diesem Alter, teilweise wohl auch Schullektüren. Noch ein Foto von Rebecca mit ihren Eltern. Der Vater kann anscheinend doch lächeln. Im Fall der Mutter gibt es auch hier keinen Hinweis darauf.

Mich würde interessieren, wie *du* so bist.

Man lernt einen Menschen ziemlich gut kennen durch das, was er in seinen Büchern unterstreicht.

Ich ziehe *Wir Kinder vom Bahnhof Zoo* aus dem Regal und blättere es flüchtig durch. Eine Ecke ist umgeknickt. Ich schlage die dazugehörige Seite auf.

Ungläubig starre ich darauf.

Scheiße, was ist das?

Hinter mir geht die Tür auf. Fast hätte ich laut geschrien.

»Podolski, hör auf, an den Schlüpfern der Kleinen zu schnuppern. Du darfst jetzt die Aussagen ihrer Klassenkameradinnen aufnehmen.«

Ritter wartet gar nicht erst auf eine Antwort von mir, sondern stapft den Flur entlang davon. Dieser Mistkerl. Ich wiege das Buch in meiner Hand. Zögere.

Dann stelle ich es ins Regal zurück und folge ihm.

Der

Raucher-

bereich

wartet

auf

dich

»Ich weiß nicht, was ich Ihnen sagen soll ...«

Sie heißt Ulrike Steiner. Sechzehn Jahre alt. So weißblond, wie man nur sein kann, ohne in die Kategorie Albino zu fallen. Spangen im Haar, hochgeschlossener Strickpullover, Brille mit Metallrahmen, die ihr das Aussehen eines Großmütterchens vom Lande verleiht, die übergroßen Augen einer verschreckten Eule.

Die Direktorin der Schule, die Äbtissin Raffaela Herzog, gesellt sich zu uns in die Kapelle. Weil die Eltern nicht anwesend sind, wird sie den Schülerinnen bei der Befragung zur Seite stehen. Es handelt sich um eine untersetzte Nonne, deren Habit ihr ein alterloses Aussehen verleiht. Sie könnte vierzig sein, aber auch achtundsechzig. Trotz ihrer resoluten Miene und ihres gelassenen Tonfalls ist ihr eine gewisse Fassungslosigkeit anzumerken. Sie erinnert mich an jemanden, der am Horizont bereits die schaumgekrönte Welle eines Tsunami wahrnimmt, der sie in Kürze mitreißen wird. Irgendwie verständlich. Falls dem verschwundenen Mädchen etwas zugestoßen ist, wird man ihr die Hölle heißmachen. Und der Zahn, den wir gefunden haben, deutet in der Tat darauf hin, dass ihrer Schülerin etwas zugestoßen ist.

»Dein Zimmer liegt direkt neben dem von Rebecca«, sagt Ritter. Ulrike nickt, mit hängenden Schultern und eingezogenem Kopf. »Es reicht schon, wenn du uns sagst, ob du letzte Nacht etwas gehört oder gesehen hast.«

»Etwas?«

»Etwas Ungewöhnliches oder Merkwürdiges. Irgendetwas.«

Die Blicke von Ulrike schießen für einen Moment zur Mutter Oberin und verlieren sich dann in den Umhangfalten der Jungfrau Maria.

»Gestern Abend saß ich am Schreibtisch und habe gelernt«, erzählt sie mit dünnem Stimmchen. Sie scheint einer dieser Menschen zu sein, die ständig meinen, sich für ihre Existenz entschuldigen zu müssen. »Dabei höre ich immer Musik auf dem Handy. Ich habe nichts mitbekommen.«

»Für welches Fach hast du gelernt?«

Ein Blinzeln.

»Mathe.«

»Schreibt ihr so früh im Schuljahr schon Klassenarbeiten?«

»Ja. Außerdem bin ich gern auf dem neusten Stand.«

»Ulrike ist eine unserer besten Schülerinnen«, betont die Mutter Oberin, als ob wir Ulrikes Behauptung in Zweifel gezogen hätten. Wahrscheinlich sagt sie das Gleiche über jede Schülerin.

Ritter baut sich plump vor Ulrike auf und beugt sich über sie. »Warum habe ich den Eindruck, dass du mich anlügst?«

»Ich weiß nicht ...« Sie starrt jetzt auf den Boden der Kapelle.

»Du weichst jedes Mal meinem Blick aus, wenn ich dir eine Frage stelle, und wackelst die ganze Zeit nervös mit dem Bein.«

Ulrike runzelt die Stirn. »Ich *bin* ja auch nervös«, sagt sie, weigert sich jedoch, Ritter dabei anzusehen.

»Warum?«

»Weil ... eine Klassenkameradin von mir verschwunden ist. Deshalb.«

Ob er nun gespielt ist oder echt, Ulrikes Unschuldsengelton gefällt Ritter nicht. Er schlägt direkt neben ihr mit der flachen Hand auf die Kirchenbank. Alle Anwesenden zucken zusammen.

»Herr Ritter!«, warnt ihn die Nonne.

»An ihrer früheren Schule wurde Rebecca von Klassenkameraden tyrannisiert«, sagt Ritter. »Jungs in dem Alter können fies sein, aber ihr Mädels seid noch schlimmer.«

Ich versuche etwas einzuwenden, bringe jedoch nur ein Stammeln hervor. Mein Partner beugt sich unterdessen drohend über Ulrike, wie der böse Wolf aus dem Märchen oder ein Exorzist.

»Ist das der Grund für Rebeccas Verschwinden? Habt ihr euch gegen sie verbündet, um ihr eins auszuwischen? Habt ihr sie in irgendein Kellerloch gesperrt oder in die Spree geworfen? Ist euch die Hand ausgerutscht? Habt ihr ihr wehgetan?«

»Was sagen Sie denn da?« Ihre Stimme zittert. »Ich habe ihr nichts getan!«

»Hat euch ihr abgeschlagener Zahn missfallen, sodass ihr ihn ihr einfach ausgerissen habt?«

»Herr Ritter«, unterbricht ihn Raffaela Herzog streng.

»Weißt du, ob Rebecca raucht?«, frage ich Ulrike spontan und bereue es sofort, als ich Ritters Blick sehe.

Für einen Moment kommt alles zum Stillstand.

»Was?«, fragt Ulrike.

»Ob sie raucht«, antworte ich mit einem Murmeln, das genauso schuldbewusst klingt wie Ulrikes leise hervorgestoßene Antworten.

Bevor das Mädchen antworten kann, legt ihm die Mutter Oberin eine Hand auf die Schulter und bedeutet ihm, aufzustehen.

»Du kannst gehen, Ulrike. Wir sind hier fertig.«

Ulrike rückt ihre Brille zurecht und sieht sich beim Hinausgehen mehrmals nach Ritter um, als wäre dieser ein Tier, das sie beißen könnte. Die Nonne begleitet sie zur Tür der Kapelle. Dann dreht sie sich zu uns um.

»Können Sie beide mir bitte verraten, was ...« Sie hält inne und streicht sich über die Landkarte aus Falten auf ihrem Gesicht. »Ich werde nicht von Ihnen verlangen, dass Sie sich bei Ulrike entschuldigen. Das wäre vergebliche Liebesmüh. Aber ich werde nicht zulassen, dass Sie die Schülerinnen der St.-Marien-Schule weiterhin beleidigen und einschüchtern!«

»Lassen Sie mich Ihnen eine Frage stellen, Schwester«, entgegnet Ritter, und ich stelle mich innerlich auf die nächste Ungeheuerlichkeit ein. »War Rebecca hier glücklich?«

»Glücklich?«

Die Mutter Oberin wirkt ebenso verwirrt, wie ich es bin. Es muss sich um eine spezielle Befragungstaktik handeln, ein Überrumpelungsmanöver, um Tatverdächtige aus der Reserve zu locken. Allerdings ist die Mutter Oberin keine Tatverdächtige.

»Ja, glücklich, Schwester. Das ist ein Internat, hier hat sie gelebt. Hat sie gern vierundzwanzig Stunden zwischen diesen Mauern herumgesessen?«

»Ich denke, ich sollte darum ersuchen, dass andere Beamte mit dem Fall betraut werden.«

»Beantworten Sie die Frage.«

Sie atmet tief durch. Bestimmt zählt sie in Gedanken bis zehn.

»Sie scheinen sich in einem Dickens-Roman zu wähnen, Herr Ritter.« Ich bezweifle, dass Ritter weiß, wer Dickens war. »Die Mädchen nehmen am Unterricht und an den Gottesdiensten teil, sind jedoch keineswegs hier eingesperrt. Sie alle gehen auch Aktivitäten außerhalb der Schule nach. Wir haben eine Rudermannschaft, eine Fußballmannschaft, es gibt Judokurse. Außerdem kooperieren wir mit sozialen Projekten. Einige der Mädchen kochen zweimal die Woche im Flüchtlingswohnheim in der Anzengruberstraße. Andere besuchen eine Ballettschule im Zentrum. Die Mädchen können nach Belieben kommen und gehen, solange sie zu den Schlafzeiten hier sind.«

»Dennoch könnte es sich schlicht und ergreifend um den Fall eines Mädchens handeln, das keine Lust mehr auf Ihr Internat hatte und sich deshalb aus dem Staub gemacht hat. Wenn da nicht der halbe Liter Blut auf dem Boden ihres Zimmers wäre und wir nicht weitere Hinweise auf körperliche Gewalt gefunden hätten. Irgendjemand hat Rebecca in diesem Zimmer Schmerzen zugefügt, große Schmerzen.«

Ritter scheint genau zu wissen, was er tut, denn die Nonne

ist sichtlich angegriffen. Ich fühle mich wie ein unbeteiligter Zuschauer, habe keine Ahnung, wie ich eingreifen, wie ich helfen könnte. Falls es überhaupt möglich ist zu helfen.

Mein Partner denkt gar nicht daran, der Schulleiterin eine Feuerpause zu gönnen.

»Es ist eine schreckliche Erfahrung, wenn einem ein Zahn ausgerissen wird. Man muss sehr lange und mit großer Gewalt ziehen, das versichere ich Ihnen. Die Nervenenden spielen verrückt. Rebecca hat in diesem Zimmer geblutet. Sie hat in diesem Zimmer gelitten. Und jetzt ist sie nicht mehr da. Also tun Sie mir bitte den Gefallen und lassen Sie mich meine Arbeit machen. Wenn ich den Verdacht habe, dass eine Ihrer Schülerinnen mich anlügt, habe ich kein Problem damit, sie anzuschreien. Sie wird davon ganz sicher kein so großes Trauma davontragen, wie Rebecca es davongetragen hat.«

Raffaela Herzogs Augen weiten sich. Sie öffnet den Mund, um etwas zu sagen, schließt ihn dann jedoch wieder. Letzten Endes schnaubt sie nur aufgebracht und gibt ihm dann mit einer Handbewegung zu verstehen, dass sie kapituliert.

»Wie Sie wollen. Ich tue alles, um Rebecca wiederzufinden.«

»Dann drucken Sie uns bitte ihren Stundenplan und eine Liste ihrer außerschulischen Aktivitäten aus. Wir müssen wissen, was sie gestern getan hat, um wie viel Uhr sie hier war, mit wem sie zusammen war, wer sie zuletzt gesehen hat. Ich will mit ihren Klassenkameradinnen sprechen, mit ihren Lehrerinnen. Und auch mit der Pförtnerin, die den Zahn gefunden hat.«

»Frau Lenski hat einen Nervenzusammenbruch erlitten und musste ins Krankenhaus.«

»Verstehe. Dann geben Sie mir bitte Bescheid, wenn sie wieder zur Verfügung steht.«

Es vergehen einige Sekunden, in denen der Blick der Mutter Oberin wieder an Selbstsicherheit und Resolutheit gewinnt.

»Brauchen Sie sonst noch irgendetwas?«, fragt sie schließlich.

»Bringen Sie uns die restlichen Mädchen. Wir haben noch
viele Befragungen vor uns.«

Wir verbringen den Rest des Tages damit, die Aussagen der
Mädchen und Lehrerinnen aufzunehmen. Eine nach der anderen nimmt vor uns Platz, die gleichen Fragen, die gleichen
Antworten. Unterdessen beobachtet uns die Jungfrau Maria
schweigend von ihrem Sockel, wobei sie buchstäblich ihr Herz
in Händen trägt. Ob sie unsere Methoden wohl gutheißt?

Wir erfahren, dass Rebecca den gestrigen Vormittag im
Unterricht verbracht hat. Nachmittags war sie im Flüchtlingswohnheim in der Anzengruberstraße, zusammen mit Ulrike,
und abends kehrten beide ins Internat zurück. Rebecca aß zu
Abend und ging auf ihr Zimmer. Und irgendwann im Laufe der
Nacht riss ihr jemand den Zahn heraus. Danach verschwand sie.
Soweit der von uns rekonstruierte zeitliche Ablauf. Aus diesen
groben Anhaltspunkten müssen wir uns nun eine Geschichte
stricken, eine Erzählung voll Schmerzen und Blut. Und dann
hoffen, dass sie der Realität zumindest nahekommt.

Es wird schon dunkel, als wir das St.-Marien-Internat verlassen. Ritter durchquert auf direktem Weg zu seinem Auto den
Hof, und ich beeile mich, zu ihm aufzuschließen.

»Und was machen wir jetzt?«

»Jetzt?« Seine Stimme hallt wie ein Peitschenhieb durch die
Dämmerung. »Jetzt tust du mir bitte den Gefallen und lernst,
was gute Polizeiarbeit ausmacht. Du hast da drinnen wirklich
gar nichts zustande gebracht.«

»Ich habe getan, was ich konnte.«

»Tja, das war aber nicht genug. Polizisten haben die Aufgabe,
zu ermitteln, Podolski. Zu ermitteln, Informationen zu sammeln, zu recherchieren. Schon mal davon gehört?«

»Es tut mir leid, wenn ich Sie ...«

»Komm mir jetzt nicht mit ›Es tut mir leid‹, Podolski! Das Mädchen hat echt ein Problem, wenn seine Rettung von einem Bullen abhängt, der die Leute fragt, ob das Opfer geraucht hat!«

Dieser Vorwurf macht mich wütend. So wütend, dass ich Ritter nicht erzähle, was ich in dem Buch im Zimmer des Mädchens entdeckt habe. Stattdessen bleibe ich abrupt auf dem Hof stehen und sage:

»Kocaj.«

»Was?«

»Kocaj. Ich heiße nicht Podolski. Podolski ist ein Fußballspieler. Ich heiße Kocaj. Lukas Kocaj.«

Er lässt sich nicht mal zu einer Antwort herab, dreht mir nur den Rücken zu und steigt ins Auto. Ich greife auf der Beifahrerseite nach der Tür. Sie ist abgeschlossen.

»Hey.«

»Ruf dir ein Taxi, Podolski«, sagt Ritter von drinnen. »Ich muss nachdenken, wie die nächsten Schritte aussehen.«

»Hey!«

Die Räder quietschen über die Pflastersteine, der Honda Civic entfernt sich. Ich bleibe im Schulhof zurück, in dem trotz der verdammten Kälte, die mit jeder Sekunde zuzunehmen scheint, ein paar Grillen zirpen.

Was für ein Arschloch

»Ein reizender Mensch, Ihr Kollege«, sagt eine Stimme hinter meinem Rücken.

Ich drehe mich um. Es ist die Mutter Oberin, Raffaela Herzog. In der Dämmerung lässt ihr Habit sie größer erscheinen, als sie in Wirklichkeit ist. Sie hat mich vom Eingang der Schule her angesprochen, von der obersten Stufe der Treppe, obwohl ihre Stimme viel näher geklungen hat.

»Wenn Sie zehn Minuten warten, bringe ich Sie Richtung Innenstadt. Wo müssen Sie hin?«

»Nähe Sonnenallee. Wohnen Sie denn nicht hier im Internat?«

»Doch, ich wohne hier, aber ich habe einen Führerschein, wie jeder andere auch.«

Sieh an, wer hätte das gedacht?

»Also, soll ich Sie nach Hause bringen?«

»Nein, machen Sie sich keine Mühe. Die U7 hält quasi direkt vor meiner Haustür.«

»Wie Sie möchten.« Ich merke, dass sie zögert. Sie will noch etwas sagen. Ich warte. Soweit ich weiß, machen das gute Polizisten. »Können Sie mir vielleicht etwas verraten?«

»Natürlich. Was denn?«

»Warum haben Sie Ulrike gefragt, ob Rebecca raucht?«

Ich zucke mit den Schultern.

»Das war nur so eine alberne Intuition, nichts weiter.«

Sie nickt langsam.

»Rebecca hat an ihrer vorherigen Schule schlimme Dinge erlebt. Dinge, die den meisten das Rückgrat brechen würden. Sie hingegen ist wieder aufgestanden und hat ihr Leben weitergeführt. Sie wird auch diese Sache überstehen. Ich vertraue darauf, dass Sie sie bald finden.«

»Was wurde ihr damals angetan?«

»Wenn es für Ihre Ermittlungen nicht relevant ist, würde ich dazu lieber nichts sagen. Es waren keine erfreulichen Dinge.«

Ich mache eine beschwichtigende Handbewegung. Ob es relevant ist, weiß ich noch nicht. Ich will jedenfalls keinen Druck auf sie ausüben.

»Wissen *Sie*, ob sie raucht?«, frage ich mit lauter Stimme, als die Mutter Oberin sich schon zur Tür umdrehen will.

Sie bleibt stehen. Der Wind pfeift durch die trockenen Äste der Schulhofbäume.

»Nein, sie raucht nicht«, antwortet sie. »Gute Nacht, Herr Kocaj.«

Sie geht wieder hinein. Ich bleibe noch eine Weile im Hof stehen und beobachte das Heraufziehen der Nacht.

Der Raucherbereich wartet auf dich.

Ich denke über den Satz aus dem Buch nach. Der Raucherbereich wartet auf dich. Was ist mit Raucherbereich gemeint? Gibt es so einen etwa im St.-Marien-Internat? Und wenn nicht, wo dann? Wollte Rebecca zu ihm gelangen und ist deshalb abgehauen? Falls ja, wie hat sie es angestellt? Die Fenster der Erdgeschosszimmer sind vergittert, in den oberen Etagen gibt es keine Außentreppen. Sie müsste sich an irgendetwas hinuntergehangelt haben.

Wir müssen unbedingt Zugriff auf ihre Handytelefonate und Chats mit Klassenkameradinnen beantragen. Da findet sich bestimmt etwas. Auch wenn ich nach dem Eindruck, den wir heute hinterlassen haben, bezweifle, dass die Mädchen Lust haben, mit uns zu kooperieren.

Ich massiere mit zwei Fingern meinen Nasenrücken. Der U-Bahn-Waggon wackelt. Zwei Türken setzen sich vor mich, beide telefonieren mit ihren Handys. Eine ältere Dame stützt die Unterarme auf einen Kinderwagen, der mit Kartons vollgestopft ist. Ein Mann mit Schnurrbart und Uniform der Berliner Verkehrsbetriebe schüttelt den Kopf. Ein junges Mädchen liest ein Buch. Allein.

Ich überlege, wo sie wohl hinfährt. Hoffe, dass sie heil zu Hause ankommt.

Der Raucherbereich wartet auf dich.

Ich rufe das abfotografierte Bild von Rebecca auf meinem Handy auf. Mein Blick verweilt auf den Falten ihres gelben Kleids. Ihr Mund ist leicht geöffnet, aber man erkennt den abgeschlagenen Zahn nicht, der sich jetzt in einem Asservatenbeutel im Abschnitt 54 befindet. Welches Mädchen in ihrem Alter hat heutzutage noch Fotos in Papierform? Wir alle drücken schnell auf den Auslöser, speichern Hunderte Aufnahmen, die niemand je wieder sehen will, nicht einmal wir selbst. Ausgedruckt werden nur die wirklich wichtigen Bilder. Ist an jenem Tag irgendetwas Bedeutsames passiert? Ist das Foto wichtig, weil du darauf zu sehen bist, Rebecca? Oder wegen der Person, die es aufgenommen hat?

Ich vergrößere das Foto mit zwei Fingern. Am Rand von Rebeccas Sonnenbrille ist eine verschwommene kleine Gestalt zu erkennen. Ich mache einen vorgestreckten Arm aus, eine Hand, die ein Handy hält, das wiederum ein Gesicht verdeckt.

Rebecca & Youyou.

Per Lautsprecher wird die Station Neukölln angekündigt. Ich stehe auf. Das junge Mädchen ist nicht mehr auf seinem Sitzplatz. Die beiden jungen Türken auch nicht. Sie könnten ihr etwas angetan haben – der Gedanke blitzt in meinem Kopf auf. Ich habe nicht den geringsten Hinweis darauf. Vielleicht ist sie an der Wutzkyallee ausgestiegen und die beiden Türken in Britz-Süd oder umgekehrt. Oder es war eine der unzähligen anderen möglichen Kombinationen. Trotzdem ist das Erste, was mir einfällt, dass die beiden Typen sich an dem jungen Mädchen vergriffen haben könnten.

Mir kommt ein Fall in den Sinn, von dem ich vor Jahren gelesen habe, als der Besuch der Polizeiakademie noch ein ferner Traum war: Es ging um ein Mädchen aus Neukölln, an den Namen erinnere ich mich nicht mehr. Schlechter Umgang, Drogengeschichten, kleinere Diebstähle, nichts Ernstes. Eines Tages tauchte ihre Leiche mitten im Körnerpark auf, eine Viertelstunde von meiner Wohnung entfernt. Sie war bei lebendigem Leib verbrannt worden. Ihre verkohlten Überreste hatten die Täter in einen Koffer gezwängt und im Park abgestellt – eine warnende Botschaft an ihren Freund. Er war derjenige gewesen, der krumme Geschäfte im größeren Stil gemacht hatte. Aber dran glauben musste sie.

Es sind immer die Frauen.

Die Obduktion hatte ergeben, dass sie schwanger gewesen war.

Das Piepen der zugehenden Tür holt mich zurück in die Gegenwart. Ich bin an meiner Haltestelle! Mit einem Sprung hechte ich zum Ausstieg. Die Türen klemmen meinen Fußknöchel ein. Ich hämmere gegen die U-Bahn, bis mich der Fahrer sieht und die Türen noch einmal öffnet. Was für ein dämlicher Idiot ich doch bin.

Der U-Bahnhof Neukölln ist ein gelber Tunnel, dessen Bodenfliesen gesprenkelt sind mit Erbrochenem, Dönerverpackungen, kaputten Crackpfeifen und Jointstummeln, die so heruntergeraucht sind, dass ihre Konsumenten Verbrennungen ersten Grades davongetragen haben müssen. Mehrere Penner haben sich auf den Bänken zusammengerollt, in der Hoffnung, dass sie heute Glück haben und ein paar Stunden schlafen können, bevor die Sicherheitsleute sie rauswerfen. Der Gestank, der von ihnen ausgeht, ist so stechend, dass er in den Augen brennt. Einer der Obdachlosen ist barfuß. Aus dem Augenwinkel sehe ich, dass der große Zeh seines linken Fußes von Wundbrand befallen ist. Ich halte die Luft an. Als ob mich das vor irgendetwas schützen könnte. Als ob Armut durch Sporen übertragen würde.

Zwei Stufen auf einmal nehmend erklimme ich die Treppe zur Oberfläche. Oben entdecke ich Babsi. Ich grüße sie mit einem Nicken und greife zum Geldbeutel. Sie ist dick eingemummt in Schichten aus Mänteln, Sweatshirts, Decken und Palästinensertüchern. Ihr Lächeln entblößt ihr Zahnfleisch.

»Hallo, Babsi.«

»Guten Abend, guten Abend. Heut ist es so kalt, dass ich bestimmt taub werde.«

»Bestimmt.«

Ich werfe die drei Fünfzig-Cent-Münzen, die ich aus meinem Geldbeutel gefischt habe, in den McDonald's-Becher, der vor Babsi auf dem Boden steht. Sie nickt zum Dank. Das Relief einer alten Verbrennung zeichnet sich seitlich an ihrem Hals ab. Obwohl es kaum sichtbar ist, wird mir ganz anders bei seinem Anblick.

»Babsi, hast du schon zu Abend gegessen?«

»Es ist nicht die richtige Zeit. Jetzt rauscht das Bächlein, und ich muss mir die Taschen benetzen.«

Wahrscheinlich wird sie später etwas essen. Um diese Zeit ist Rushhour, das halbe Viertel kommt auf dem Nachhauseweg von der Arbeit hier durch. Es finden sich bestimmt ein paar Passanten, die etwas für die Alte vom Neuköllner U-Bahnhof übrig haben.

»Wenn du willst, hole ich dir eine Linsensuppe vom Türken.«

»Du bist ein Schatz, aber von Linsensuppe bekomme ich schlechte Laune.«

Ich seufze.

»Hast du einen Platz zum Schlafen?«

»Ich hab einen Platz zum Träumen. Und du?«

So sind die Gespräche mit Babsi.

»Weißt du was? Du hast recht.«

»Und weißt *du* was? Sie raucht doch.«

»Was?«

»Wie was?«, antwortet sie mit ihrem Grinsen voller Zahnlücken.

Ich schließe halb die Augen. Ein besonders eiliger Passant rempelt mich im Vorbeigehen an. Babsi sitzt immer noch vor mir, mit ihrem typischen eingefrorenen Lächeln. Wahrscheinlich habe ich mich verhört.

»Einen schönen Abend, Babsi.«

Ich gehe auf der Braunschweiger Straße davon. Die Arme. Ich weiß nicht, wie oft ich ihr Knallfrösche in ihren Becher geworfen habe, als ich noch ein hirnloser Vierzehnjähriger und sie die Hippiefrau Mitte fünfzig war, die an der U-Bahn-Station bettelte. Was ich sehr wohl noch weiß, ist, wie ein paar Hurensöhne eines Nachts beschlossen, sie zu verprügeln und anschließend mit Benzin zu übergießen und anzuzünden. Babsi überlebte damals knapp, aber jene Narbe am Hals, die einzige, die unter ihren Kleidern sichtbar ist, erzählt noch heute von Schmerzen, die ich mir nicht einmal ansatzweise vorstellen kann. Ich würde gern behaupten, dass es nicht das schlechte Gewissen ist, das mich jeden Tag dazu bewegt, ihr ein paar Münzen hinzuwerfen und eine halbe Minute mit ihr zu plaudern. Aber das wäre natürlich gelogen. Ich hätte leicht einer von denen sein können, die sie damals angezündet hatten. Dass ich es nicht war, lag nur daran, dass ich irgendwann beschloss, mich von den Arschlöchern fernzuhalten, bei denen absehbar war, dass sie irgendwann solche Dinge tun würden.

Ich hielt mich von ihnen fern wegen der Sache mit meiner Mutter.

Auf Höhe Richardstraße merke ich, dass mir jemand folgt.

Ich drehe mich um.

»Guten Abend, Herr Nachbar.«

Lucia. *Lu-tschia*. Sie ist noch genauso gekleidet wie heute Morgen und trägt ein paar auffällige Folien unterm Arm.

»Siehst du, wie toll es ist, wenn man verfolgt wird?«

»Willst du mir das jetzt für immer vorhalten?«, blaffe ich.

»Ist ja schon gut. Das ist dann wohl die berühmte Berliner Schnauze, was?«

So ist es. Die Übellaunigkeit, die Großmäuligkeit, die Aggressivität, das Wechselhafte, all das, was den Berliner Charakter ausmacht und sich in einem Wort zusammenfassen lässt: Schnauze.

»Sorry, ich hatte einen schlechten Tag.«

»Soll ich dich in Ruhe lassen? Ich bin auch auf dem Heimweg, aber wenn du willst, warte ich, bis du ein Stück weg bist.«

Bestimmt wird sie gleich hinzufügen: »Auf die Idee bist *du* leider gestern nicht gekommen.« Sie tut es nicht. Ich werte es als Waffenstillstand und schüttle den Kopf. Wir setzen uns zusammen wieder in Bewegung.

»Was hast du da unterm Arm?«, frage ich, um das Schweigen zu brechen.

»Meine Arbeit. Ich bin Illustratorin.«

Genau das, was diese Stadt braucht: noch eine Künstlerin. Sie ist sicher so ein behütetes Töchterchen, das von seinen Eltern die Miete bezahlt bekommt und wegen der Internationalität hier ist, wegen des Multikulti-Feelings und all diesem Mist, mit dem sich die hiesigen Idioten den Verlust ihres Viertels schönreden.

»Was illustrierst du?«

»Alles Mögliche. Zeitschriften, Bücher, Artikel. Was die Auftragslage hergibt und Geld bringt.«

»Und warum bist du hierher nach Berlin gekommen?«

Mir entgeht nicht, dass sie mich verstohlen mustert.

»Noch so eine ausländische Künstlerin, die euch das Viertel kaputtmacht, was?«

Ich sage nichts. Wir haben die Abzweigung zur Niemetzstraße fast erreicht, vielleicht schaffen wir es sogar bis zur Haustür, ohne ein weiteres Wort miteinander wechseln zu müssen.

»Ich bin aus demselben Grund hergekommen wie deine Eltern oder Großeltern: um meinen Lebensunterhalt zu verdienen. Hier kann ich meinem Beruf nachgehen, in Italien nicht. Bei deiner Familie findest du es okay, dass sie damals dahin gegangen ist, wo sie Geld verdienen konnte, aber bei mir stört es dich? Oder stört es dich, dass ich dieses Geld mit Zeichnen verdiene?«

»Das hab ich nicht gesagt.«

Sie wirft mir wieder einen Seitenblick zu.

»Nein. Nein, gesagt hast du es nicht.«

Noch ein paar Meter, dann bin ich sie los. Wir biegen in die Niemetzstraße ein, bleiben vor unserer Haustür stehen. Sie tritt zur Seite, während ich nach dem Schlüssel krame. Irgendwie werde ich den Eindruck nicht los, dass sie mir die Sache von gestern heimzahlen will. Ich schließe die Tür auf. Wir gehen hinein, und sie beginnt die Treppe hinaufzugehen, ohne sich auch nur zu verabschieden.

»Also dann, bis demnächst«, rufe ich ihr hinterher.

»Gute Nacht, Lukas.«

»Kocaj.«

Jetzt bleibt sie doch stehen.

»Was?«

»Niemand nennt mich Lukas. Meine Freunde nennen mich Kocaj. *Ko-tsa-i.*«

Lu-tschi-a. Ko-tsa-i.

»Okay. Das mit der Freundschaft weiß ich noch nicht so recht. Nicht, dass dich deine Berliner Freunde mit einer ausländischen Künstlerin sehen, die ihnen doch bloß das Viertel wegnehmen will.«

Sie verschwindet die Treppe hinauf. Blöde Kuh.

Ich stecke den Schlüssel ins Schloss.

Mein Vater schnarcht bereits in seinem Zimmer. Diesmal bin ich eine halbe Stunde vor Janas Schichtende gekommen. Krise beigelegt. Vorerst. Ich trainiere in der Kammer. Klimmzüge. Hoch, ausatmen. Runter, einatmen. Und wieder von vorn. Der Innenhof liegt im Dunkeln. Ich betrachte mein Spiegelbild im Fenster. Meine Füße baumeln in der Luft. Hoch, ausatmen. Runter, einatmen. Mein übliches Pensum habe ich längst hinter mir, aber ich höre nicht auf. Hoch, ausatmen. Runter, einatmen. Ich denke an das Foto von Rebecca auf dem Hügel des Görlitzer Parks. Die Linie ihres erhobenen Arms, die Silhouette ihres gelben Kleids, die Herzhälfte an ihrer Halskette. An ihren halb geöffneten Mund, in dem der abgeschlagene Zahn nicht zu erkennen ist, jener Zahn, den ihr gestern Nacht irgendein herzloser Verbrecher mit Gewalt ausgerissen und anschließend inmitten einer Blutlache auf dem Boden liegen gelassen hat.

Rebecca Lilienthal.

Hoch, ausatmen. Runter, einatmen.

Meine Füße baumeln in der Luft.

Rebecca.

Hoch, ausatmen.

Es sind immer Frauen.

Runter, einatmen.

Meine Füße baumeln in der Luft.

Hoch.

Rebecca Lilienthal.

Ausatmen.

Ich lasse die Stange los. Komme auf dem Boden auf. Gehe aus der Kammer, ohne die Tür hinter mir zu schließen. Total verschwitzt betrete ich mein Schlafzimmer. Es ist niemand da, den das stören könnte. Ich schalte den Computer ein und tippe auf der Tastatur:

Mobbing Augsburg katholische Schule

Enter.

Das Licht des Bildschirms erhellt mein Gesicht.

3

Rebecca & Youyou

»Ich war total geil, aber so richtig, ihr wisst schon. Ich wollte ihn sofort irgendwo reinstecken, also bin ich in diesen Puff hinterm Richardplatz, in der Kirchhofstraße. Ihr wisst, welchen ich meine, oder? Leider war Monatsende, und ich hatte kein Geld mehr. Gerade mal fünf Euro konnte ich noch zusammenkratzen. Ich sage es dem Typen vom Puff, und er meint, dass er mir für fünf Euro nur Lola anbieten kann. Und ich so: Solange er nicht Lolo heißt, ist mir das egal, he, he, he. Er bringt mich also in ein Zimmerchen mit roter Beleuchtung, überall gemusterte Stoffe, richtig elegant. Lola erwartet mich schon, sie liegt auf dem Bett. Ist 'ne Schweigsame, sagt mir der Typ. Mach einfach, sie lässt alles über sich ergehen. Kurz und gut: Ich hole ihn raus und stecke ihn Lola rein, und zwar ohne mir auch nur die Hose runterzuziehen. So geil bin ich. Ich besorge es ihr so richtig, während sie stumm daliegt und sich nicht vom Fleck rührt. Soll mir recht sein, denke ich. Ein Kondom hat sie auch nicht von mir verlangt, wofür ich ihr echt dankbar bin. Nach einer Weile komme ich und spritze in sie hinein. Und ihr werdet es nicht glauben, aber aus Lolas Mund quillt plötzlich weißes Zeug, es sieht aus wie Schaum. Ich denke mir: Was ist da los, verdammte Scheiße? In diesem Moment höre ich die Stimme von dem Typen von vorhin, der von der Tür her in den Flur ruft: ›Ulli, hol 'ne neue Tote, Lola ist voll!‹«

Allgemeines Gelächter. Ritter verteilt Rückenklopfer bei den Polizisten, die sich um die Kaffeemaschine im Flur drängen und ihm als Publikum dienen. Ich atme noch einmal tief durch und gehe dann auf ihn zu. Er entdeckt mich, und sein makabrer Humor verflüchtigt sich abrupt.

»Na, sieh mal, wer da kommt. Der Junge mit dem *Briefing*. Vielleicht bist du ja heute mehr auf Zack, Podolski. Die Pförtnerin müsste jeden Moment da sein, um ihre Aussage zu machen.«

Ich werde nicht mal versuchen, ihn zu korrigieren. Soll er mich doch nennen, wie er Lust hat. Allmählich fange ich an zu verstehen, warum der Kollege von der Spurensicherung gestern meinte, ich müsse ganz schön Mist gebaut haben, um mit der Kneifzange zusammengesteckt zu werden. Ja, ich habe Mist gebaut. Und zwar so gründlich, dass dieser ungehobelte Höhlenmensch auf mich aufmerksam geworden ist, der nicht wahrhaben will, dass sich die Zeiten geändert haben und man keine Witze mehr darüber reißt, dass man angeblich eine Frauenleiche gefickt hat.

Die sollten aufhören, Ritter mit solchen Fällen zu betrauen, hat der Kollege außerdem gesagt. Und: *Noch dazu für die Suche nach einer verschwundenen Minderjährigen.*

Und: *Jetzt sag nicht, du wüsstest nicht über die Kneifzange Bescheid.*

»Können wir uns kurz allein unterhalten?«

»Ui, der feine Herr wünscht eine Privataudienz.« Ich spüre die Blicke der Kollegen wie Wespenstiche. Ritter macht eine Handbewegung, und sie zerstreuen sich. »Dann schieß mal los. Was liegt an, willst du Beschwerde über mich einreichen oder was?«

»Rebecca hatte etwas in einem Buch markiert.«

Er runzelt die Stirn. »Was heißt das, sie hatte etwas in einem Buch markiert? Was hatte sie markiert?«

»In dem Buch waren Wörter mit schwarzem Filzstift durchgestrichen, damit die übrig gebliebenen einen Satz bilden.«

Sein Gesichtsausdruck verrät, dass ich lieber ohne Umschweife zur Sache kommen soll. »Dort stand: ›Der Raucherbereich wartet auf dich.‹«

Ritter tritt näher an mich heran. Seine Bewegungen sind schwerfällig, aber es würde trotzdem niemand wagen, sich ihm zu entziehen.

»Und dir ist nicht in den Sinn gekommen, mir das direkt vor Ort zu sagen?«

Doch, es ist mir in den Sinn gekommen. Natürlich ist es mir in den Sinn gekommen, du schwabbeliges, chauvinistisches Arschloch. Wie hätte es mir nicht in den Sinn kommen sollen? Ich wollte es dir ja sagen, aber du hast mich jedes verdammte Mal, wenn ich mit dir darüber reden wollte, abgewürgt, hast mir stattdessen deine Zoten um die Ohren gehauen, dein dämliches Gerede.

»Tut mir leid.«

Für einen kurzen Moment befürchte ich, dass er mir einen Kopfstoß versetzen wir, doch der Moment verstreicht. Stattdessen klopft er mir kameradschaftlich auf die Schulter.

»Kein Problem, Kumpel, wahrscheinlich hat es sowieso nichts zu bedeuten.«

»Nein?«

»Nein. Wir wissen schließlich nicht, wann sie den Satz markiert hat, und auch nicht, worauf er sich bezogen hat. Vielleicht hat sie nur mit einem Buch und einem Filzstift herumexperimentiert, aus Jux. Trotzdem gut, dass es dir aufgefallen ist. Du hast dich proaktiv eingebracht, noch so ein Ausdruck, den ihr heute alle so toll findet.«

»Müssten wir nicht noch mal zurückgehen und nachschauen, ob auch in den anderen Büchern was steht ... oder so?«

»Heute Nachmittag kannst du gern nach Lust und Laune in Büchern herumschmökern. Ich werde Polizeiarbeit leisten. Und jetzt komm, die Pförtnerin muss gleich eintreffen.«

Damit marschiert er davon, ohne sich zu vergewissern, ob ich ihm folge.

Ich seufze. Mist gebaut ist gar kein Ausdruck.

Irina Lenski ist eine füllige Mittsechzigerin mit fettigem Haar und resolutem Auftreten. Zwei oder drei krause blonde Haare sprießen an ihrem Kinn. Wenn sie ein rotes Kopftuch tragen würde, wäre sie der Inbegriff des Mütterchen Russland. Mit einer Miene, als hätte sie gerade in eine Zitrone gebissen, nimmt sie uns gegenüber Platz. Ein silbernes Kruzifix ruht auf ihrer ausladenden Brust.

»Ich alle Mädchen kennen wie Töchter.«

Nicht mal ihren Akzent hat sie abgelegt.

»Wenn Mädchen geschnitten, Frau Lenski bringt Pflaster. Wenn Mädchen haben Periode, Frau Lenski bringt Binden.«

»Wunderbar«, sagt Ritter. »Jetzt zu den Fakten: Wann haben Sie Rebecca zum letzten Mal gesehen?«

»Vorgestern Abend. Hat Abendbrot gegessen in St. Marien wie alle Schülerinnen. Danach Mädchen gehen in Zimmer und schlafen.«

»Gibt es keinen Gemeinschaftsraum oder so was?«

»Raum für Spiele und Fernsehen. Viele Mädchen waren dort nach Abendbrot. Rebecca nicht.«

»Warum nicht?«

»Ich nicht wissen.«

Ich würde mich gern einschalten, bin mir jedoch sicher, dass Ritter höchst ungehalten reagieren würde.

»Sie wohnen ebenfalls im St.-Marien-Internat?«

Frau Lenski nickt.

»Und Sie wissen, wann die Mädchen kommen und gehen?«

Frau Lenski nickt.

»Ihnen ist bekannt, wo sie hingehen?«

Frau Lenski nickt.

»Und mit wem?«

An dieser Stelle zögert sie. Sogar ich merke, dass das etwas zu bedeuten hat. Ritter beugt sich nach vorn, soweit es sein Bierbauch zulässt.

»Mit wem kam und ging Rebecca, Frau Lenski?«

Die Pförtnerin weicht seinem Blick aus. Wenn ich ehrlich bin, hätte ich gedacht, dass es schwieriger werden würde, sie aus der Reserve zu locken. Sie verheimlicht etwas vor uns, will nicht damit herausrücken. Wir wissen es alle, sie auch.

»Frau Lenski«, wiederholt Ritter. Mit nur zwei Wörtern stellt er klar, was mit ihr passiert, wenn sie sich weigert, uns zu antworten. Offenbar kann sie seinen Tonfall richtig einordnen, denn sie fährt fort:

»Rebecca ist sehr braves Mädchen, aber Alter ist schwierig. Manchmal hat schlechte Gesellschaft.«

»Ich habe gefragt, mit wem Rebecca kam und ging, Frau Lenski.« Er sagt es ganz langsam.

Sie sieht sich um, betrachtet den Raum, in den wir sie gebracht haben, ein ganz gewöhnliches Zimmer. Ein Tisch, drei Stühle, Neonröhren an der Decke, weiße Wände. Auf eine Person, die so etwas nicht jeden Tag sieht, muss es wirken wie eine Verhörzelle der Gestapo. Das weiß Ritter natürlich, er köchelt die Pförtnerin auf kleiner Flamme weich.

Die Sekunden verstreichen. Irina Lenskis Blick schießt von oben nach unten, von links nach rechts, Hauptsache, er begegnet nicht Ritters unnachgiebigem Starren. Man sieht ihr an, wie es in ihr arbeitet. Irgendwann beschließt mein neuer Partner, dass es ihm reicht. Er steht auf. Sonst macht er nichts. Es ist nicht einmal eine besonders elegante Bewegung, denn er muss erst den Stuhl nach hinten schieben und stemmt sich dann ächzend hoch. Aber es wirkt wie ein Brandbeschleuniger. In die Pförtnerin kommt endlich Leben.

»Mit eine schwarze Junge.«

»Einem schwarzen Jungen?«

»Ja. Er manchmal kommt zu St.-Marien-Schule. Wartet draußen auf Rebecca.«

»Einem schwarzen Jungen«, wiederholt Ritter.

»Er neu gekommen.«

»Neu gekommen? Nach Berlin, meinen Sie?«

Sie nickt.

»Flüchtling?«

Sie zuckt mit den Schultern. Wie lange lebt diese Frau schon in Deutschland? Hat sie das Wort etwa noch nie gehört?

»Wie sah er aus?«

»Jung. Dünn. Weiße Fleck in Gesicht.«

»Ein weißer Fleck?«

»Ja. Problem mit Haut. In Gesicht.« Sie berührt ihre Wange, um uns zu verdeutlichen, was sie meint.

»Vitiligo oder etwas in der Art«, übersetzt Ritter für mich, auch wenn ich es längst verstanden habe. »Und was hat Rebecca mit diesem Schwarzen gemacht?«

»Ich nicht wissen. In St. Marien ist normal, dass Pförtnerin nicht fragen, was Mädchen machen. Rebecca Schule verlassen, und schwarze Junge auf sie gewartet. Dann zusammen weggegangen, ich nicht wissen, wohin.«

»Waren sie auch nachts zusammen unterwegs?«

Sie zuckt kaum merklich zusammen.

»Nachts verboten. Nachts Schule abgeschlossen. Mädchen schlafen drinnen.«

»Immer?«

»Immer.«

»Und wenn sie mal zu spät kommen?«

»Frau Lenski immer wach, um Tür aufschließen. Dann Mädchen kriegen ... äh ...«

»Was kriegen sie?«

»Bestrafung?«

Ritter fährt sich mit seiner Pranke übers Gesicht, um sich den Schweiß abzuwischen. Er sieht mich an, und ich ziehe gedanklich den Kopf ein. Keine Ahnung, was er von mir erwartet. Ich kritzle schnell etwas in das vor mir liegende Notizbuch, das ich bis jetzt nicht benutzt habe, um ihm zu zeigen, dass ich keineswegs untätig bin.

»Noch eine letzte Frage, Frau Lenski«, sagt mein Partner. »Wissen Sie, ob Rebecca raucht?«

Sieh an.

Die Pförtnerin blinzelt, er hat sie mit seiner Frage überrumpelt. Es dauert ein paar Sekunden, dann schüttelt sie den Kopf.

»Nein. Mädchen nicht rauchen in Schule.«

»Verstehe. Und was sie außerhalb der Schule treiben, wissen Sie nicht, stimmt's?«

»Ich mich nicht ...«

»Sie mischen sich nicht in das Leben der Mädchen ein. Schon klar. Das wäre dann alles, Frau Lenski. Vielen Dank für Ihre Mitarbeit. Wenn wir noch etwas von Ihnen brauchen, melden wir uns.«

Die Pförtnerin entspannt sich sichtlich. Nach kurzem Zögern steht sie auf, genau in dem Moment, in dem sich Ritter zurück auf seinen Stuhl plumpsen lässt.

»Bring sie noch raus, Grünschnabel.«

Natürlich gehorche ich ihm, obwohl es mich ärgert, derart von ihm herumkommandiert zu werden. Während ich die Pförtnerin hinausbegleite, überlege ich, ob er gestern Abend, während ich schweigend mein Urteil über Lucia fällte, wohl wieder prügelnd in irgendeinem Keller stand.

Inzwischen ist es mitten am Vormittag, und an der Straßenecke vor dem Revier wimmelt es von Türken und Arabern, die bis oben hin vermummt sind mit Mänteln, Schals und gefütterten Handschuhen. Sie überqueren die Kreuzung mit weißen Wolken vor den Mündern, ähneln Dampfschiffen auf einem schmutzigen Fluss.

Ich bringe die Pförtnerin noch zur Bushaltestelle direkt vor dem Gebäude und strecke ihr zum Abschied die Hand hin.

»Es tut mir leid, dass er Sie so behandelt hat«, sage ich. »Mein Kollege kann ein bisschen schroff sein, aber ihm geht es nur darum, Rebecca wiederzufinden.«

»Sie sind ein guter Junge«, sagt sie auf Polnisch zu mir. Scheiße, ich habe seit Jahren kein Polnisch mehr gesprochen, wahrscheinlich nicht mehr, seit die Sache mit meiner Mutter passiert ist. »Ihr Kollege ist ein schlechter Mensch, aber Sie nicht. Ich hoffe, Sie finden Rebecca bald.«

»Danke«, stammle ich. Es ist lächerlich wenig, was ich noch an Polnisch zusammenkratzen kann. Hoffentlich habe ich sie überhaupt richtig verstanden. »Wir tun, was wir können.«

»Rebecca ist nicht für diese Welt geschaffen.«

»Wie meinen Sie das?«

»Sie ist ein gutes Mädchen. Zu gut. In ihrem Inneren ist eine Traurigkeit, wie ich sie noch nie erlebt habe. Sie passt nicht hierher. Ich war mir sicher, dass sie irgendwann eine Heilige wird und sich für immer dem Herrn hingibt.«

»Aha.« Sie spricht schnell, und ich bekomme nicht alles mit, aber eins ist vollkommen klar: Diese Frau ist erzkatholisch.

»Rebecca wurde dazu geboren, eine … zu sein.«

Ich verstehe das polnische Wort nicht, das sie verwendet. »Ein Opfer?«, hake ich auf Deutsch nach.

»Nein, nein, nicht Opfer.« Sie wiederholt noch einmal das polnische Wort. Ich weiß nicht, was es bedeutet.

Mir bleibt keine Zeit mehr, weitere Fragen zu stellen, denn der Bus hält vor uns. Frau Lenski schüttelt mir erneut die Hand und steigt dann ein. Sie sieht nicht mehr in meine Richtung, während sie davonfährt.

Ich ziehe mein Handy aus der Tasche und google nach einem deutsch-polnischen Wörterbuch. Dann klicke ich es an und blase weiße Dampfwolken in die Gegend, bis sich endlich die Seite aufgebaut hat. Ich gebe das Wort ein, das Frau Lenski benutzt hat.

Es bedeutet tatsächlich nicht »Opfer«.

Es bedeutet »Märtyrerin«.

»Ein Schwarzer. Was hältst du davon? Ein verdammter Schwarzer.«

Wir haben Ritters Civic auf dem Parkplatz des Reviers stehen gelassen. Neukölln ist schließlich ein Dorf. Man ist zu Fuß in einer halben Stunde an jeder beliebigen Ecke. Zumindest an jeder wichtigen Ecke. So international Berlin auch sein mag, in dieser Stadt lebt jeder innerhalb seines eigenen Kiezes. Ein Kiez ist weniger als ein Viertel, aber mehr als eine Straßenkreuzung. Es ist die Handvoll Straßen, in denen sich das eigene Leben abspielt und die einen Supermarkt, drei Bars, ein Fitnessstudio und, mit etwas, Glück, einen Club umfassen, in dem man nachts die winterliche Kälte vergessen kann. So unterteilt sich die Stadt in Straßen, Kieze und Viertel, die die Leute kaum je verlassen. Wenn ich ehrlich bin, kann ich mich nicht erinnern, wann ich das letzte Mal in Prenzlauer Berg, Moabit oder, Gott bewahre, Adlershof vorbeigekommen bin. Als Berliner lebt man im Grunde in einer Kleinstadt mit zwanzigtausend Einwohnern.

Und das Flüchtlingswohnheim in der Anzengruberstraße befindet sich zufällig im selben Kiez wie das Revier an der Erkstraße.

Asphalt und Himmel haben an diesem Vormittag die gleiche Farbe. Ich gehe im Gleichschritt neben meinem Partner her, wir lassen Teppichgeschäfte hinter uns, Wettbüros, Läden, in denen gebrauchte Handys und geflickte Sofas feilgeboten werden. Um diese Tageszeit müssen wir die Horde Türkinnen und Araberinnen (das ist nicht dasselbe, und wehe, man verwechselt sie) durchqueren, die Kinderwagen schiebend im Kiez unterwegs ist, zwischen Lidl-Supermarkt in der Donaustraße und den Marktplätzen jener Siedlung, die noch zu Beginn des vorigen Jahrhunderts ein eigenes Städtchen war und kein Stadtviertel von Berlin.

Mir entgeht nicht, dass sich Ritter in ihrer Mitte unwohl fühlt. Welche Überraschung.

»Das Mädchen muss ja ein ganz schönes Flittchen gewesen sein«, pöbelt er vor sich hin. Wahrscheinlich ist sogar der Dampf, der unter seinem schmutzigen Schnurrbart hervordringt, voller Strychnin. Ich bin mir nicht sicher, ob er mit mir redet oder mit sich selbst. Vielleicht will er mich provozieren. Ich habe nicht vor, ihm zu antworten, bin mit meinen Gedanken ohnehin ganz woanders.

Es war am Vorabend nicht schwer gewesen, Informationen über den Mobbingfall in Augsburg aufzuspüren, den Grund für Rebeccas Umzug nach Berlin. Dass ich im Netz tatsächlich ein Video der Tat finden würde, damit hatte ich allerdings nicht gerechnet. Es tauchte auf der zweiten Seite mit Suchergebnissen auf, auf einer jener Websites mit fragwürdigen Privatvideos, die von Enthauptungen bis Neonazi-Prügelattacken alles zeigen. Ich notierte mir natürlich den User, der es hochgeladen hatte, um ihn an die Kollegen von der Cyberkriminalität weiterzuleiten. Vielleicht können sie irgendetwas Hilfreiches zutage fördern. Allerdings vermute ich, dass es sich nur um irgendeinen Idioten handelt, der das Video wer weiß woher bekommen und unbedacht auf die Seite gestellt hat.

Es ist kurz, kaum dreißig Sekunden lang, die einem allerdings ewig vorkommen. Keine Ahnung, wie oft ich es mir hintereinander angesehen habe. Ich glaube, ich habe sogar davon geträumt.

»Du bist heute so still, Podolski. Scheißt du dir etwa beim Gehen in die Hose?«

»Nein.«

»Ich warne dich: Wenn du jetzt plötzlich Schiss kriegst und den Schwanz einziehst, bin ich stinksauer. Bei diesen Leuten muss man auf der Hut sein, da darf man auf keinen Fall allein aufkreuzen. Das dürfte dir klar sein, oder?«

»Mir geht's gut.«

»Soso, der feine Herr spricht heute nicht.«

Vor dem Flüchtlingswohnheim bleiben wir stehen. Es handelt sich um ein vierstöckiges Gebäude in der Anzengruberstraße, einer Seitenstraße der Karl-Marx-Straße. Früher war es mal ein Shoppingcenter, in den neunziger Jahren noch das einzige in der Gegend. Ich weiß nicht mehr, wann die Leute aufhörten, dort einzukaufen, auch nicht mehr, wann es zumachte. Es stand jahrelang leer, eine der vielen Gebäudeleichen im Viertel, Hintergrund für Graffiti und Konzertplakate. Das einzige, was noch in Betrieb ist, ist das angrenzende Parkhaus, ich glaube, es wird von einer unabhängigen Firma betrieben. Später kam dann die Flüchtlingskrise, und Berlin sah sich mit Tausenden Menschen konfrontiert, die es irgendwo unterbringen musste. Dieses Gebäude war eins von vielen, die reaktiviert wurden, um die Neuankömmlinge aufzunehmen. Das größte ist es nicht; ich glaube, diese Ehre fällt den Hangars des Flughafens Tempelhof zu, des früheren Nazi-Flughafens, der jetzt zum Teil in eine Unterkunft für Kriegsflüchtlinge umgewandelt ist. Man müsste schon saublöd sein, um die Ironie darin nicht zu erkennen. Genau gegenüber dem Flüchtlingswohnheim in der Anzengruberstraße haben Anfang der 2010er-Jahre weitere Einkaufszentren eröffnet. H&M, Bershka, Aldi, Burger King … sie alle sind von den Fenstern des Wohnheims aus zu sehen, sämtliche Konsumtempel, in denen die Türsteher die Hand ans Ohr heben, wenn ein Syrer hereinkommt. Auf der anderen Straßenseite. So nah und doch so fern. Dahinter steckt eine wichtige Botschaft, aber es gelingt mir nicht wirklich, sie in Worte zu fassen.

Das Erdgeschoss des Wohnheims ist verrammelt. Ich habe keine Ahnung, wie die Flüchtlinge hier ein- und ausgehen. Die ursprünglichen Eingangstüren des Shoppingcenters sind mit Brettern vernagelt und mit unzähligen Schichten von Plakaten und Graffiti versiegelt.

Ritter stößt eine weiße Atemwolke aus. Eine Frau geht an ihm vorbei. Sie ist von Kopf bis Fuß in einen Tschador gehüllt und schiebt einen Kinderwagen, während sie mit der freien Hand zwei weitere Kinder hinter sich herzieht. Sie würdigt uns keines Blickes. Nur wenige Türken und Araber schenken den Deutschen in ihrem Viertel Beachtung. Es ist, als würde man in zwei Städten leben, die einander überlagern und dazu verdammt sind, sich gegenseitig zu ignorieren. Diese Frau lebt nicht im selben Berlin wie wir.

»Es ist noch ein bisschen früh, um die Tür einzutreten«, sagt mein Partner. »Zumal es irgendwo noch einen anderen Zugang geben muss.«

»Probieren wir es da?«, frage ich und zeige auf einen Notausgang in einem Seitenflügel des Gebäudes.

»Du bist ein Genie, Podolski«, antwortet er und stupst mich mit dem Ellbogen an. »Na los, gehen wir.«

Wir öffnen die Tür, und uns schlägt sofort eine Mischung aus Körpergerüchen, Gewürzen und alten DDR-Reinigungsmitteln entgegen. Ritter fängt meinen Blick auf, und ich sehe ein triumphierendes Funkeln in seinen Augen. Er hat gemerkt, dass auch mir der Geruch missfällt. Ich liefere ihm nicht gern Motive für seinen Rassismus. Noch weniger behagt es mir, wenn ich die gleichen rassistischen Reflexe an mir selbst feststelle.

Jenseits der Tür erwartet uns zunächst lediglich ein Treppenabsatz. Es handelt sich um eine Feuertreppe, die in die oberen Etagen des ehemaligen Shoppingcenters und vermutlich auch in den Keller führt. Von dem Treppenabsatz gehen zwei weitere Türen ab. Die eine grenzt laut Beschriftung an das Parkhaus und ist mit einem Vorhängeschloss gesichert. Die

Firma, die das Parkhaus betreibt, wünscht offenbar keinerlei Kontakt mit den hier Wohnenden.

Die zweite Tür scheint unverschlossen zu sein. Ich will gerade nach der Querstange greifen, mit der sie sich öffnen lässt, als hinter uns jemand die Treppe herunterkommt. Wir drehen uns um. Es ist ein junger Schwarzer, ungefähr in meinem Alter, hochgewachsen und kahlgeschoren. Als er uns sieht, hält er mitten in der Bewegung inne – offenbar wollte er sich gerade zwei dicke Handschuhe anziehen. Er bleibt stehen, und sein Blick schießt erst zu der Tür, die auf die Straße hinausführt, und dann zurück nach oben. Es muss schlimm sein, wenn die erste Reaktion auf die Begegnung mit zwei Unbekannten das Ausfindigmachen von Fluchtwegen ist.

»Polizei«, sagt Ritter, greift in seine Brieftasche und zeigt seinen Ausweis. »Wer ist hier zuständig?«

Der Finger des jungen Mannes zeigt zur Decke.

»Über«, sagt er und wiederholt noch einmal: »Über.«

Ritter winkt mir, ihm zu folgen, und macht sich auf den Weg die Treppe hinauf. Er kommt an dem Schwarzen vorbei und rempelt ihn wie zufällig mit der Schulter an. »Das heißt ›oben‹, schwarzer Mann.«

Auf dem Treppenabsatz der ersten Etage treffen wir erneut auf zwei Türen – die zum Parkhaus mit Vorhängeschloss, die andere offen. Ritter und ich gehen hindurch.

Auf das, was uns im Inneren erwartet, sind wir beide nicht vorbereitet.

Jeder hat schon Meldungen über Flüchtlinge in den Nachrichten gesehen, kennt die Bilder von Notunterkünften, Müllbergen, menschenunwürdigen Zuständen, halb aufgebauten Zelten und unvorstellbarem Schmutz, angesichts deren man nur ungläubig den Kopf schütteln kann, bevor man den Sender wechselt. Nichts von alldem findet sich hier.

Stattdessen ist alles wunderbar organisiert. Die gesamte Etage ist in Kabinen unterteilt, wie es sie früher in Großraumbüros gab. Rigipswände trennen die Wohneinheiten voneinander ab und bilden Gänge, wo früher Kleiderständer und Wühltische standen. Alles ist ordentlich und funktional. Halogenleuchten an der Decke, halbgeöffnete Fenster zur Durchlüftung, Schilder, die den Weg zu Toiletten, Duschen und Speisesaal weisen. Hier und dort Grüppchen von Flüchtlingen, die sich unterhalten und aus gebrauchten Porzellantassen trinken, Kinder, die in den Gängen herumtoben, Senioren, die noch Schlafanzug tragen. Die meisten Gespräche verstummen abrupt, als wir eintreten. Der menschliche Geruch ist hier intensiver als unten.

Neben der Tür, durch die wir gerade hereingekommen sind, steht ein Campingtisch, über dem mit Tesafilm eine A3-Seite befestigt ist: »EMPFANG/EINWEISUNG« steht fettgedruckt darauf. Hinter dem Tisch sitzt eine füllige junge Türkin, die ich auf Anfang zwanzig schätze. Flankiert wird sie von zwei bärtigen, tätowierten Security-Männern, die aussehen, als würden sie am liebsten nach Hause verschwinden.

Die junge Frau hört auf zu tippen, als sie uns bemerkt. Sie trägt ein Kopftuch über einem voluminösen türkischen Haarknoten, hat große helle Augen und ein Piercing in der Nase. Das Ladekabel ihres Laptops steckt in einer langen Buchse, die mit Steckdosen in allen möglichen Formen und Größen ausgestattet ist.

»Guten Tag. Kann ich Ihnen weiterhelfen?«

»Hast du einen Vorgesetzten oder so was, mit dem wir reden können?«, fragt Ritter.

Sie runzelt die Stirn. Na großartig. Falls es je die Möglichkeit gab, die Sache im Guten zu lösen, hat Ritter sie gerade zunichtegemacht.

»*Ich* bin hier die Vorgesetzte. Sie können mit mir reden.«

Ritter macht eine seltsame Mundbewegung, es sieht aus, als

würde er sich mit der Zunge übers Zahnfleisch fahren. Er zeigt seinen Ausweis vor, was den Gesichtsausdruck der jungen Frau nicht freundlicher werden lässt.

»Gestern Abend war eine Schülerin des St.-Marien-Internats hier, Rebecca Lilienthal. Wir möchten wissen, mit wem sie hier war, um wie viel Uhr sie eintraf, um wie viel Uhr sie wieder ging und was sie hier getan hat.«

»Ist was passiert?«

»Ob was passiert ist oder nicht, geht Sie nichts an. Antworten Sie.«

Sie atmet geräuschvoll durch die Nase aus. Dann wendet sie ihre Aufmerksamkeit wieder dem Laptop zu.

»Die Internatsschülerinnen kommen an zwei Abenden die Woche. Wir veranstalten vegane Solidaritätsabendessen, und die Mädchen helfen in der Küche, verteilen Flyer, hängen Plakate auf ... Das Ganze ist auch eine Integrationsmaßnahme für die Bewohner.«

»Für die Flüchtlinge«, stellt Ritter klar.

»Dieses Wort mögen wir hier nicht«, erwidert sie, nachdem sie meinen Partner böse angefunkelt hat. »Die Leute verbinden damit meist etwas Negatives. Hier leben Menschen. Bewohner, ganz einfach.«

»Wie Sie wollen. Aber zurück zu den Fakten: Rebecca.«

»Ja, Rebecca war gestern hier«, bestätigt die junge Frau. Sie ruft einen Excel-Kalender auf, klickt darin herum. »Zwischen 16 und 18 Uhr. Sie hatte Küchendienst zusammen mit ... Ulrike Steiner. Ich weiß nicht, ob die beiden auch zum Essen geblieben sind.«

»Ist das denn üblich?«, frage ich. Diesmal reagiert Ritter nicht. Offenbar findet er meine Frage gut.

Sie zögert, befürchtet offenbar, dass sie schon zu viel gesagt hat. Bei einem wie Ritter wundert mich das nicht. Ich werde sie auf meine Art weichklopfen.

»Im Gegensatz zu dem, was man im Internet liest«, beginne ich, »gehen viele von uns zur Polizei, um den Leuten zu helfen. Wie in jedem Beruf muss man manchmal Dinge tun, die einem nicht gefallen, aber unsere heutige Aufgabe gehört nicht dazu. Wir sind hier, weil uns Rebecca am Herzen liegt, und wir müssen wissen, was sie gestern Abend genau gemacht hat.«

Ich glaube, so viel habe ich die ganze Woche noch nicht geredet. Ritter verschränkt die Arme, vielleicht schmollt er, weil er ausnahmsweise nicht die erste Geige spielt. Die junge Frau entspannt ihre Schulterpartie. Sehr gut.

»Rebecca kommt seit ungefähr acht Monaten zu uns. Ein nettes Mädchen, sehr engagiert. Manchmal bleibt sie zum Abendessen, dann bringen wir sie anschließend mit dem Auto zur Schule zurück. Darum geht es ja bei solchen Integrationsprojekten: Die Mädchen sollen nicht nur kochen und dann wieder gehen. Rebecca hat sich gut mit den Bewohnern verstanden.«

»Mit einem von ihnen ganz besonders?«

Der Blick der jungen Frau schießt zum anderen Ende des Saals, als wäre dort ein Knallfrosch explodiert. Offenbar habe ich ins Schwarze getroffen. Dabei habe ich keinen blassen Schimmer, was ich hier tue, ich befinde mich im freien Fall, lasse mich allein von meinem Bauchgefühl leiten.

»Es geht mir nicht darum, irgendjemanden zu beschuldigen, Frau ...«

»Mahmoud. Miriam Mahmoud.«

Keine Türkin, jüdischer Vorname, arabischer Nachname. Ihr Deutsch ist absolut akzentfrei.

»Sie sind hier geboren, oder?« Sie nickt. Ich gebe ihr die Hand. »Ich auch, aber meine Eltern sind Polen.« Irgendwie bringe ich es nicht über die Lippen zu sagen, dass ich Deutscher bin. »Ich heiße Lukas. Lukas Kocaj.«

Der Anflug eines Lächelns. Ich wage mich einen Schritt nach vorn.

»Frau Mahmoud, Rebecca hat letzte Nacht nicht im St.-Marien-Internat geschlafen. Wir hoffen, dass es sich nur um einen dummen Mädchenstreich handelt und sie sich irgendwo herumtreibt und tut, was Jugendliche in ihrem Alter eben manchmal tun. Aber bei Minderjährigen können wir uns nicht einfach zurücklehnen und abwarten. Wenn Sie uns irgendwie helfen könnten, sie zu finden, wären wir Ihnen sehr dankbar.«

Wenn sie innehält und sich fragt, ob es wirklich angemessen ist, dass wegen eines Mädchens, das eine Nacht nicht zu Hause übernachtet hat, zwei Kriminalbeamte anrücken, geht die Sache in die Hose. Zum Glück tut sie es nicht, sondern nickt nur erneut. Ritter beachtet sie überhaupt nicht mehr. Mein Partner ist einen Schritt zurückgewichen. Ich spüre seinen Blick im Nacken wie eine Knarre mit Schalldämpfer.

»Wir sind Sozialarbeiter«, erklärt mir die junge Frau. »Der Berliner Senat betreibt die Unterkünfte und teilt uns für sie ein. Es gibt keine Hierarchien, niemand steht über dem anderen. Viele von uns haben selbst einen Migrationshintergrund und kommunizieren auf Augenhöhe mit den Bewohnern.«

Migrationshintergrund. Dieser Ausdruck, der in Berlin längst aus der Mode gekommen ist, der als Euphemismus anfing und am Ende das bedeutete, was man eigentlich vermeiden wollte: Scheißeinwanderer. Manche tragen ihn natürlich auch mit Stolz. So wie Nigger. Oder Polacke.

»Was ich damit sagen will, ist, dass wir Teil des Alltags in den Unterkünften sind, dass wir sehen, wie sich das Leben hier abspielt.«

»Ganz normal, könnte ich mir vorstellen.«

»So normal es unter den Umständen geht, ja.« Ihre Augen bewegen sich hin und her, sie ist kurz davor, mit der Sprache herauszurücken. »Ich denke, es ist kein Geheimnis, dass Rebecca sich besonders gut mit Yousuf verstanden hat.«

Rebecca & Youyou. Bingo.

»Wer ist dieser Yousuf?«, platzt Ritter heraus. »Und wo ist er jetzt?«

Ein Fehler. Miriam kneift die Lippen zusammen und verzieht das Gesicht, als hätte man sie mit kaltem Wasser übergossen. Sie lehnt sich auf ihrem Stuhl zurück und verschränkt die Arme.

»Ich weiß es nicht. Die Bewohner kommen und gehen, wie es ihnen beliebt, auch wenn Ihnen das vielleicht nicht gefällt. Das ist hier kein Gefängnis.«

Es ist schon das zweite Mal, dass jemand im Laufe der Ermittlungen diesen Satz zu uns sagt. Liebend gern wäre ich jetzt derjenige, der Ritter für eine Weile hinausschickt, aber damit würde ich mir vermutlich einen Kopfstoß und eine gebrochene Nase einhandeln.

»Also gut.« Ritter stützt die Arme auf den Campingtisch und beugt sich drohend über die junge Frau. »Sie werden uns alles überlassen, was Sie über besagten Yousuf wissen. Seinen Nachnamen, seine Handynummer, in welchem dieser Kabuffs er schläft. Und anschließend drehen wir eine Runde durchs Gebäude und schauen, ob wir ihn irgendwo entdecken. Im Guten, wenn Sie einverstanden sind. Wenn nicht, müssen wir deutlicher werden.«

»Alles in Ordnung?«, fragt einer der Sicherheitsmänner.

Miriam beschwichtigt ihn mit einer Handbewegung. Sie lässt Ritter dabei nicht aus den Augen, und selbst der naivste Beobachter könnte ihren Blick nicht als wohlwollend beschreiben. Dieser Vollidiot. Ich hatte sie auf unserer Seite, jetzt haben wir sie verloren.

»Kriminelle gibt es hier nicht«, warnt sie.

»Das entscheiden immer noch wir.« Er schnipst mit dem Finger vor ihrem Gesicht herum. »Na los, Handynummer, Nachname. In welchem dieser Dreckslöcher haust er? Wenn Sie mich erst mit einem Durchsuchungsbefehl wiederkommen lassen, krieg ich so richtig schlechte Laune.«

»Bitte«, mache ich einen letzten verzweifelten Versuch. »Es geht uns nur darum, Rebecca zu helfen!«

Aber der Schaden ist bereits angerichtet. Miriams Unterlippe bebt, und zwar keineswegs aus Angst. Sie tippt auf dem Laptop herum und notiert mit schnellen, wütenden Handbewegungen etwas auf einem Zettel. Dann nimmt sie ihn zwischen zwei ihrer pummeligen Finger und hält ihn mir hin.

»Vielen Dank für Ihre Kooperation.« Ritter beugt sich über den Zettel. »Wenn ich ihn in dem angegebenen Abteil suche, treffe ich ihn dann um diese Zeit dort an?«

»Ich sagte doch bereits, dass ich es nicht weiß.«

Ritter hört sich ihre Antwort nicht einmal bis zum Ende an. Er stapft bereits in den nächsten Gang davon wie ein Sheriff aus jenen angestaubten Westernfilmen, die sich nur noch alte Männer anschauen. Die Bewohner, die den Wortwechsel aus der Nähe beobachtet haben, entfernen sich. Sie alle wissen, dass Ärger droht, wenn ein Deutscher gekommen ist, um für »Gerechtigkeit« zu sorgen. Ich werfe der jungen Frau einen entschuldigenden Blick zu, doch er prallt an ihrer Wut ab. Miriam Mahmoud erhebt sich von ihrem Stuhl.

»Ich begleite Sie wohl besser.«

Um mich zu vergewissern, dass Sie hier niemanden tyrannisieren, denkt sie vermutlich, spricht es jedoch nicht aus.

Yousufs Wohnabteil ist genau das: ein Kabuff, funktional und spartanisch. War es ursprünglich vermutlich klinisch sauber, merkt man ihm jetzt an, dass jemand in ihm wohnt. Der Papierkorb ist voll mit Schokoriegelverpackungen, alten Zetteln und zerknüllten Taschentüchern, deren Inhalt wir hoffentlich nicht analysieren müssen. Es riecht nach Gefängniszelle ohne Fenster, nach Fürzen und Schweiß, nach stundenlangem

Aufenthalt in beengten Verhältnissen. Mich überrascht, wie sehr die Einrichtung Rebeccas Internatszimmer ähnelt: Bett, Schreibtisch, Regal und Schrank, auch wenn der angenehme Mahagoniton der St.-Marien-Möbel hier durch ein aseptisches Weiß ersetzt ist, das an Krankenhäuser oder Internierungslager erinnert. Yousuf hat ebenfalls ein Poster an die Wand gehängt, ein Kinoplakat von *Pulp Fiction*, das in mir einen Anflug von Nostalgie und Anteilnahme weckt. Dieser junge Bursche von wer weiß woher will einfach nur, dass man ihn sein verdammtes Tarantino-Poster aufhängen lässt. Vielleicht ist es zu sentimental, so zu denken, was weiß denn ich.

Ritter wühlt im Kleiderschrank herum wie der sprichwörtliche Elefant im Porzellanladen. Miriam Mahmoud und einer der Security-Männer tauchen in der Tür auf. Wir haben das Abteil gerade erst betreten, und sie können es schon kaum erwarten, dass wir wieder abhauen. Es fällt nicht leicht, so zu arbeiten, aber Ritter ist es vermutlich gewöhnt.

»Wo war besagter Yousuf gestern Abend?«, fragt er in die Luft hinein. Es ist dennoch klar, an wen sich seine Frage richtet.

»Er hat hier zu Abend gegessen, wie jeden Tag«, antwortet Miriam und betont wütend jede Silbe.

»Ist nächtlicher Ausgang verboten?«

»Natürlich nicht, wir sind hier kein ...«

»Wenn mir noch einmal jemand sagt, dass das hier kein Gefängnis ist, drehe ich durch«, sagt Ritter laut zu mir. »Such nach Zangen, Schachteln mit Gummihandschuhen, kompromittierenden Gegenständen ... Ich bezweifle, dass er so was hier aufbewahrt, aber man darf nie unterschätzen, wie dämlich diese Leute sein können.«

»Eine Frage.« Die beiden Wörter sind mehr als genug, um die Angst herauszuhören, die Miriam Mahmoud die Kehle zuschnürt. »Ist Rebecca etwas zugestoßen?«

»Wir arbeiten hier. Tun Sie uns bitte den Gefallen, uns nicht zu stören«, schneidet ihr Ritter das Wort ab. Er weiß ganz genau, wie herablassend er sie behandeln kann, ohne sich eine Beschwerde einzufangen.

»Ritter«, sage ich.

Ich bin gerade vor dem Regal stehen geblieben. Auf den unteren Regalbrettern liegen gefaltete T-Shirts und ein oder zwei Jeans, darüber steht eine Pflanze von der Sorte, die kaum Wasser und wenig Licht benötigt. Ganz oben reihen sich eine Handvoll Bücher – zwei oder drei deutsche Comics, Bücher aus dem Anfängerkurs Deutsch, ein Pons-Wörterbuch Arabisch-Deutsch. Und *Wir Kinder vom Bahnhof Zoo*.

Das kann kein Zufall sein. Ich nehme das Buch aus dem Regal. Ritter stellt sich neben mich. Ich blättere die Seiten durch. Und wieder taucht es auf.

»Scheiße«, sagt Ritter.

Wir sehen uns an. Vielleicht ist dieser Blick die erste echte Verbindung zwischen uns. Wieder dieses Buch, wieder eine geschwärzte Seite mit ausgelassenen Wörtern. Das ist ganz sicher kein Zufall. Ich bin gerade auf meine erste heiße Spur gestoßen, auf die erste brauchbare Fährte in diesem Fall. Ich weiß es, und Ritter weiß es auch. Was wir nicht wissen: Was sie verdammt noch mal zu bedeuten hat. Ich blättere den Rest des Buchs durch. Es enthält keine weiteren Botschaften.

»Der Flüchtling hat Rebecca das gleiche Buch geschenkt, das bei ihm im Regal steht«, murmelt mein Partner.

»Oder umgekehrt«, kontere ich. »Sprachlich ist es bestimmt noch zu schwierig für ihn. Vielleicht hat Rebecca es *ihm* geschenkt.«

»Sind Sie sicher, dass Sie ohne Durchsuchungsbefehl hier herumschnüffeln dürfen?«, fragt Miriam Mahmoud von der Tür.

Natürlich nicht, aber Ritter wird sich den Spaß nicht verderben lassen.

████████████████████████████████████

████████████████████████████████████

███████ Traust ████████████████

█████████████████████ du █

█████████████████████████████

███████████████████████████

████ dich ████████████████████

█████████████████████████████

durch █████████████████████████

█████████████████████████████

█████████████████████████████

████████████████ die ██████

████████████████████████████

█████████ Tür ████████████████

█████████████████████████████

█████████████████████████████

█████████████████████████████

████████ ? ███████████████

»Würdest du bitte die Klappe halten und uns arbeiten lassen, Süße?«

Miriams Gesicht verrät den mühsam beherrschten Zorn einer Person, die schon mehr als einmal in ihrem Leben Polizeigewalt erleben musste.

»Ich werde Sie jetzt bitten zu gehen.«

Fast hätte es überzeugend geklungen, aber genau in diesem Moment schweift ihr Blick den Gang entlang ab. Die Bewegung entgeht weder Ritter noch mir. Es ist mein Partner, der als Erster reagiert. Mit zwei großen Schritten ist er am Eingang des Wohnabteils und beugt sich hinaus. Ich folge ihm in kurzem Abstand.

Am anderen Ende des Saals, jenseits des Tunnels, den die aus den Abteilen blickenden Köpfe entlang des Gangs bilden, steht ein junger Mann neben dem Campingtisch. Er ist keineswegs schwarz, wie Frau Lenski behauptet hat, sieht eher aus wie ein Syrer oder Tunesier. Er ist noch blutjung, jedoch sicher um die eins achtzig groß und sehr schlank. Der Schatten eines Barts, der noch nicht richtig wachsen will, verdeckt zur Hälfte einen weißen Vitiligo-Fleck an seiner linken Wange.

»Polizei!«, ruft Ritter. »Keine Bewegung!«

Der Junge stürzt zur Tür hinaus und ergreift die Flucht.

Scheiße. Scheiße, Scheiße, Scheiße.

Ritter und ich rennen die Karl-Marx-Straße entlang. Der Flüchtling ist direkt vor uns, etwa zwanzig Meter entfernt. Der Mistkerl ist schnell. Ritter gibt das mitleiderregende Röcheln eines altersschwachen, löchrigen Motors von sich. Ich habe keine Zeit, darüber nachzudenken, keine Zeit, mir zu überlegen, was ich tue, wenn ihn ein Herzinfarkt ereilt. Yousuf überquert diagonal den Platz vor dem Rathaus Neukölln. Mitten im Rennen wechselt er die Richtung und eilt auf die U-Bahn zu. Er weicht drei älteren Türken aus. Ritter verliert den Anschluss, ich lasse ihn immer weiter hinter mir. Auf keinen Fall kann ich jetzt stehen bleiben, um mich zu vergewissern, dass es ihm gutgeht. Yousuf stürzt die U-Bahn-Treppe hinunter. Ich stoße gegen den Einkaufswagen einer Frau und gerate ins Taumeln. Tüten werden durch die Gegend geschleudert, Beleidigungen in einer fremden Sprache ausgestoßen, so spitz, dass sie Glas durchstoßen könnten. Ich renne weiter. Weiter, Kocaj, immer weiter. Soll Ritter sich mit der Frau auseinandersetzen. Immer zwei, nein drei Stufen auf einmal nehmend haste ich die U-Bahn-Treppe hinunter. Yousuf hat sich einen Vorsprung erkämpft und ist bereits in der Mitte des Bahnsteigs. Ich würde gern rufen: »Stehen bleiben, Polizei!«, aber die Puste reicht dafür nicht. Meine Lunge brennt. Ein kreidebleicher junger Mann versucht Yousuf den Weg zu versperren. Dieser stößt ihn von sich weg, gerät jedoch aus dem Gleichgewicht. Er prallt gegen die Wand am Ende des Bahnsteigs. Das verschafft mir einen Vorteil. Ich bin jetzt fast bei ihm, renne so schnell ich kann, strecke die Hand aus, um nach ihm zu greifen.

Dann stellt mir jemand ein Bein.

Ich schlage wie ein Meteorit auf der Treppe auf. Das Adrenalin elektrisiert mich, ich spüre keinen Schmerz, drehe mich wutentbrannt um, während meine Hand zum Holster schießt. Die Leute sind hinter mir zusammengelaufen und starren mich an. Türken, Deutsche, Spanier, eine Schwangere, mehrere Hipster. Ich weiß nicht, wer es war. *Ich verfolge hier einen Bösewicht, ihr verdammten Arschlöcher, also macht es mir nicht noch schwerer*, würde ich am liebsten brüllen. Konzentrier dich auf das Wesentliche, Kocaj, du musst den Verdächtigen erwischen. Ich nehme die Hand von der Waffe. Yousuf. Konzentrier dich auf Yousuf. Ich drehe den Kopf. Er ist schon am oberen Ende der Treppe angekommen. Ich erklimme die Stufen beinahe auf allen vieren, jeder Atemzug brennt. Die Kälte versetzt mir innerlich Messerstiche. Nicht aufgeben, Kocaj. Ritter ist nur noch eine ferne Erinnerung. Umso besser. Ich komme oben an, auf Höhe des Eingangs zu den Neukölln Arcaden. Wo zur Hölle ist er? Da, ich habe ihn, er rennt weiter die Karl-Marx-Straße entlang Richtung Hermannplatz. Hinterher. Ich beiße die Zähne zusammen. Renn, Kocaj. Meine Güte, dafür trainierst du doch den ganzen Tag. Ich renne. Und wie ich renne. Wo nimmt dieser Kerl die Energie her? Ich renne. Rennerennerenne. Ich hole alles heraus, was ich habe. Langsam wird der Vorsprung kleiner. Mein Atem ist ein Schornstein. Yousuf kommt an einem Späti vorbei und zieht eine der davorstehenden Bänke quer, damit sie mir im Weg steht. Ich springe darüber. Mir ist schwindelig, ich kann nicht mehr. Die Beine funktionieren noch, aber mein Atem schneidet wie Rasierklingen. Yousuf ist jetzt ganz dicht vor mir. Wir sind inzwischen fast am Hermannplatz. Er macht einen Schlenker nach links und wirft sich durch das Tor des alten St.-Jacobi-Friedhofs. Wenn er über einen der Zäune springt, die die Kirchhöfe umgeben, habe ich verloren. Wir rennen zwischen Gräbern hindurch. Ich rufe nach ihm, brülle seinen Namen. Aus meinen Lippen dringt nur weißer Dampf, der nach Galle stinken muss. Ich kann nicht mehr, gleich muss ich kotzen. Auch er ist fix und fertig, wie mir erst in diesem Moment bewusst wird. Dann ist plötzlich das Glück auf meiner Seite. Der Friedhof ist verwahrlost, überall wuchert Unkraut, liegt totes Laub herum. Er rutscht aus. Der Dreckskerl rutscht tatsächlich aus. Ich kann es nicht glauben. Ich habe ihn. Er fällt hin. Ich habe ihn, verdammt, ich habe ihn!

Er rappelt sich gerade vom Boden auf, als ich bei ihm ankomme.

»Polizeigewalt.«

Der Polizeirat klopft mit seinem Kugelschreiber auf den Tisch. *Tock, tock, tock, tock, tock.* Er hat Ritter und mich in sein Büro beordert. Ich sitze, Ritter steht vor der Heizung.

»Gebrochenes Jochbein, Quetschung an der linken Augen-braue, Unterkieferfraktur, sechs Zähne weniger«, zählt der Poli-zeirat auf. »Yousuf Harouni wird Sie beide wegen unverhältnis-mäßiger Polizeigewalt verklagen.«

»Er hat sich unserem Zugriff entzogen und die Flucht ergrif-fen«, sagt Ritter so beiläufig, als würde er ein verlorenes Fuß-ballspiel vom Vorabend kommentieren.

»Darüber wollte ich ebenfalls mit Ihnen sprechen: Sie bei-de sind in die Aufnahmeeinrichtung eingedrungen, als wären Sie Charles Bronson.« Er durchblättert die Papiere auf seinem Tisch – alles nur Show, bestimmt kennt er den Inhalt längst auswendig. »Frau Miriam Mahmoud kann Ihr sexistisches, ras-sistisches, verbal missbräuchliches Verhalten in der Einrich-tung bezeugen. Herr Harouni hat ausgesagt, dass er nach dem Aufeinandertreffen mit Ihnen davonrannte, weil er Angst um seine eigene Sicherheit hatte. Offenbar zu Recht.«

»Er hat sich uns entzogen«, wiederholt Ritter wie ein kleiner Junge, den man bei einem Streich erwischt hat. »Zu meiner Zeit hieß das, dass derjenige was zu verb ...«

»Ihre Zeit ist vorbei, Kommissar Ritter. Heutzutage verprü-geln wir die Leute nicht mehr.«

Ritter runzelt die Stirn. Sein Gesichtsausdruck verrät deut-lich, was er denkt: *Leider*. Aber er sagt nichts. Vermutlich hat ihn seine jahrzehntelange Erfahrung mit Räten und Dienstvor-schriften gelehrt, wann er lieber die Klappe hält. Was mich an-geht, habe ich ein Loch von der Größe Sachsens im Bauch. Ich bin gerade erst mit der Ausbildung fertig und werde schon wie-der entlassen. Weil ich mich nicht unter Kontrolle hatte. Mal wieder. Was ist nur mit mir los?

»Was ist nur mit Ihnen los, Herr Kocaj?«, fragt der Polizeirat, als könnte er Gedanken lesen.

»Es tut mir leid. Jemand hat mir während der Verfolgung ein Bein gestellt, da habe ich die Nerven verloren.«

»Sie wurden dazu ausgebildet, sie nicht zu verlieren. Zumindest in der Theorie.« *Tock, tock, tock, tock.*

»Harouni ist schuldig, Chef«, verteidigt mich Ritter. »Er hat die Flucht ergriffen, weil er wusste, dass wir ihm auf die Schliche gekommen sind. Daran besteht nicht der geringste Zweifel.«

»Und was ändert das, Herr Ritter? Wir Polizisten handeln auf Basis von Beweisen, nicht von Intuitionen. Die Tracht Prügel, die Ihr Partner dem jungen Mann verpasst hat, macht jede verbindliche Schuldzuweisung unmöglich. Herr Harouni befindet sich derzeit im Klinikum Neukölln, um sich das Gesicht wieder zusammenflicken zu lassen. Sie haben Ihre Wut an ihm ausgelassen, und wissen Sie, wer aus der Sache als größte Verliererin hervorgeht? Das verschwundene Mädchen.«

»Sie heißt Rebecca Lilienthal«, sage ich.

Der Rat sieht mich an, als würde er mir gern dieselbe Behandlung angedeihen lassen, die ich vor ein paar Stunden Yousuf verpasst habe. Durchs Fenster sehe ich, dass der Regen stärker geworden ist. Inzwischen ist es ein richtiger Wolkenbruch.

»Sobald die Anzeige von Herrn Harouni offiziell eingegangen ist, werde ich Sie beide für eine Woche beurlauben. Einstweilen wurde ein Disziplinarverfahren gegen Sie eröffnet.«

»Ist das alles?«, frage ich ungläubig.

»Natürlich. Anzeigen wegen Polizeigewalt gehen tagtäglich bei uns ein, Kocaj. Ihnen wird nicht allzu viel Bedeutung beigemessen. Aber das heißt nicht, dass Sie weiter herumlaufen und wahllos Verdächtige verprügeln dürfen. Versuchen Sie das nächste Mal bitte, sich zu zügeln.«

»Danke, Chef«, sagt Ritter.

»Ihren Dank können Sie sich sparen. Ich verlange einen ausführlichen Bericht, verstanden?«

»Verstanden.«

Wir sind schon auf dem Weg zur Tür, als der Chef hinzufügt: »Bleiben Sie bitte noch einen Moment da, Kocaj.«

Ritter dreht überrascht den Kopf. Das Pokerface des Polizeirats lässt ihm keine andere Wahl, als mit zusammengekniffenen Lippen und geballten Fäusten weiterzugehen. Vorher schießt sein Blick noch zu mir, und ich studiere eingehend den Linoleumboden zwischen meinen Schuhspitzen, bis ich höre, wie mein Partner die Tür hinter sich zuknallt.

Zwischen dem Rat und mir herrscht ein Schweigen, das nach Fensterreiniger und Lavendel-Raumduft riecht. Wenn ich nur wüsste, worum es geht. Meine Zweifel verfliegen, als er sich räuspert und sagt:

»Sie haben mittlerweile sicher gemerkt, dass Ihr Partner ein wenig speziell ist, Kocaj.«

Ich nicke. Was bleibt mir anderes übrig? Ein absurder Anflug von Loyalität hält mich davon ab, ihm all die Fehltritte und Flüche aufzuzählen, die sich Ritter seit gestern geleistet hat. Ich beschließe, zunächst abzuwarten, was mir mein Vorgesetzter zu sagen hat.

»Ihnen wird auch etwas über seine persönliche Vorgeschichte zu Ohren gekommen sein.«

Die sollten aufhören, Ritter mit solchen Fällen zu betrauen.

»Wenn ich ehrlich bin, nicht.«

In den nun folgenden Sekunden sehe ich dem Polizeirat dabei zu, wie er stumm nach den richtigen Worten sucht, sie wieder verwirft und schließlich folgenden Satz sagt:

»Ritters Tochter wurde ermordet.«

Bämm. In mir krampft sich alles zusammen.

»Die Details erspare ich Ihnen, sie sind alles andere als schön. Otto Ritter ist ein guter Polizist, einer der besten. Das ist keine Entschuldigung für gewisse ... nennen wir sie anachronistische Verhaltensweisen. Man darf jedoch nicht außer Acht lassen, dass er damals eine traumatische Erfahrung gemacht hat, eine, die ich nicht einmal meinem schlimmsten Feind wünschen würde.«

Es folgt eine Gesprächspause, in der ich zunächst glaube, dass er eine Reaktion von mir erwartet. Dann geht mir auf, dass auch sie einstudiert ist, denn er fährt fort:

»Aus diesem Grund tolerieren wir bei Otto Ritter gewisse Dinge, für die anderen Beamte auf der Straße landen würden. Sie zum Beispiel.«

Okay, jetzt verstehe ich, warum er mit mir allein sprechen wollte.

»Glauben Sie bloß nicht, mir würde die Hand zittern, wenn ich Ihre Entlassungspapiere unterzeichne, weil Sie anfangen, sich so zu benehmen wie er. Sie sind kein guter Polizist. Besser gesagt, Sie haben noch nicht unter Beweis gestellt, dass Sie einer sind.«

Er schweigt wieder und greift nach seinem Paw-Patrol-Becher, bestimmt ein Geschenk der beiden kleinen Jungen, die auf einem gerahmten Foto am Rand seines Schreibtischs zu sehen sind. Er trinkt einen Schluck Nespresso-Kaffee.

»Das wäre dann alles.«

Ich nicke und mache kehrt. Als ich schon die Hand auf der Türklinke habe, halte ich noch einmal inne.

»Wann?«, frage ich.

»Wie bitte?«, fragt er verwirrt zurück, nachdem er sich schon wieder seinem Laptop zugewendet und mich völlig vergessen hat.

»Wann ist das mit Ritters Tochter passiert?«

Der Polizeirat seufzt. Mit dieser Frage hat er nicht gerechnet, daher klingt seine Antwort weniger einstudiert, weniger gemessen als sonst.

»Das muss so ungefähr vor zwanzig Jahren gewesen sein. Zu Zeiten Ihres Vaters, Kocaj.«

Ich lasse mich auf meinen Stuhl plumpsen und gebe mein Passwort ein. Alle starren mich an. Wütend klicke ich die Dokumentvorlage für Polizeiberichte an. Den Bildschirm nehme ich kaum wahr, weil ich nur den verdammten Syrer vor mir sehe, der mir mein erstes Disziplinarverfahren eingehandelt hat.

Aber natürlich war nicht er es, der mir das Verfahren eingehandelt hat, sondern ich selbst. Ich habe die Nerven verloren. Wenn das mit dem gestellten Bein nicht gewesen wäre, hätte ich die Ruhe bewahrt, da bin ich mir sicher.

»Kocaj!«, ruft Suly neben mir. »Sssst, Kocaj!«

»Lass mich in Ruhe.«

»Du hast einen neuen Spitznamen: Kneifzange Junior.« Das hat mir gerade noch gefehlt. »Heute Abend feiern wir in der Griessmühle, ja?«

»Du sollst mich in Ruhe lassen.«

Jemand bleibt vor meinem Schreibtisch stehen. Ich will schon losschimpfen, als ich sehe, dass es Ritter ist. Mein Partner starrt mich unverwandt an. Schweigen legt sich über die umliegenden Schreibtische, lediglich unterbrochen von vorgetäuschtem Tastaturgeklapper. Ich halte Ritters Musterung nicht stand, wende verschämt den Blick ab. Gleich wird er mich fragen, was der Chef mit mir allein besprechen wollte. Er wird herumbrüllen oder meinen Tisch mit seiner Faust bearbeiten. Ich wäre gern wütend und würde zurückschreien, muss jedoch gestehen, dass ich Schiss habe.

»Gut gemacht, Grünschnabel.«

Ich hebe erstaunt eine Augenbraue.

»Du hast ihm gegeben, was er verdient hatte. Bravo.«

»Ich habe einen Unschuldigen verprügelt«, stammle ich.

»Unschuldig? Was für ein Schwachsinn! Dieser Scheißkerl hat was mit dem Verschwinden des Mädchens zu tun, sonst wäre er doch nicht wie ein kopfloses Huhn davongerannt. Der Kerl ist nicht unschuldig, lass dir das von einem alten Hasen gesagt sein.«

»Er hat aber ein Alibi.« Ich deute mit dem Zeigefinger auf

Yousufs Aussage. »Er war die ganze Nacht im Flüchtlingswohnheim. Dafür gibt es mindestens zwanzig Zeugen.«

»Stell dich doch nicht dümmer, als du bist, Podolski. Die decken sich gegenseitig, das war schon immer so. Genau aus dem Grund müssen wir dasselbe tun und zusammenhalten.«

Nein, denke ich. Nein, nein und nochmals nein. Ich kann diese Scheiße von wegen *Wir gegen die* nicht mehr hören. Ständig irgendwelche erfundenen Vorwürfe, mit denen wir unser eigenes Fehlverhalten rechtfertigen. Nein, verdammt noch mal! Der Kerl war gestern Nacht in seiner Unterkunft, zusammen mit vierhundert anderen Menschen, die wir dazu verdammen, in diesen Verhältnissen zu hausen. Und wenn er jedes Mal wie ein Schuldiger davonrennt, wenn er einen Polizisten sieht, dann liegt das daran, dass wir ihn wie einen Schuldigen behandeln, so wie du gerade, du dickes Arschloch. Der arme Junge, dem ich das Gesicht eingeschlagen habe, hat nichts mit Rebeccas Verschwinden zu tun. Er ist davongerannt, weil er gesehen hat, wie du mit Miriam Mahmoud umgesprungen bist. Und weil wir in seinem Kabuff standen, dachte er, dass wir es wegen irgendeines aus dem Ärmel geschüttelten Affronts auf ihn abgesehen hatten.

Es hätte sicher gutgetan, ihm das alles an den Kopf zu werfen. Stattdessen wende ich nur matt ein:

»Ohne Beweise können wir nichts ausrichten.«

»Stimmt genau. Der heutige Nachmittag geht sowieso erst mal dafür drauf, den Bericht für den Chef zu schreiben. Komm, wir teilen ihn unter uns auf.«

Ich starre ihn an. Hinter seinem Rücken hält Suly zwei Daumen hoch.

»Was willst du?«

»Nichts, nichts.«

Ritter zieht einen Bürostuhl heran und lässt sich hineinplumpsen. Die Federung protestiert quietschend.

»Also, was wissen wir? Rebecca Lilienthal, sechzehn Jahre alt, Schülerin des katholischen Internats St. Marien in Rudow.« Ich beginne zu tippen. »Familie aus Augsburg. Möglicherweise hat der Umzug nach Berlin etwas mit dem Fall zu tun.«

»Das wissen wir nicht«, wage ich einzuschränken. Ritter protestiert weder, noch befiehlt er mir, den Mund zu halten. Das macht mir Mut. »Aber wir wissen, dass die Mutter ihre Schulzeit in Rudow verbracht hat, vielleicht wollte die Tochter deshalb hierher. Außerdem wissen wir, dass Rebecca an ihrer alten Schule von Mitschülern gemobbt wurde.«

»Womit wir wieder bei euren heißgeliebten englischen Ausdrücken wären ...«

Mein Zögern dauert weniger als zwei Sekunden. »Ich würde Ihnen gern was zeigen.«

Ich rufe Google auf, tippe etwas in die Suchmaschine, drücke auf Enter.

Der Bildschirm leuchtet auf, nachdem ich das Video angeklickt habe.

»Heilige Scheiße«, murmelt Ritter.

Nachdem er das Video zu Ende gesehen hat, ist er ungewöhnlich still.

»Das war an ihrer früheren Schule. Danach haben sie sie hier in Berlin angemeldet.«

Der Satz scheint Ritter zurückzuholen, von woher auch immer. Er verfällt wieder in den Polizistenmodus und sagt:

»Der Schulwechsel könnte etwas mit dem Video zu tun haben, muss aber nicht. Du hast die Eltern gesehen – vielleicht wollte sie einfach nur weg von ihnen. Ein bisschen mehr Freiheit genießen. So waren wir doch alle in dem Alter.«

Ich nicke. Da hat er nicht unrecht.

»Hier in Berlin ist sie seit knapp zwei Jahren.« Ich werfe einen Blick in meine Notizen. »Sie hat ein paar Freundinnen, allerdings nicht viele. Ulrike Steiner ist vermutlich die engste. Ihre Zimmer liegen nebeneinander. Eine Musterschülerin, zumindest behauptet das die Mutter Oberin. Tagsüber hat Rebecca Unterricht, nachmittags nimmt sie an außerschulischen Aktivitäten teil.«

»Wie dem Projekt im Flüchtlingsheim. Dort lernt sie besagten Yousuf kennen«, ergänzt Ritter.

Ich zeige ihm das abfotografierte Bild auf meinem Handy.

»Die beiden verstehen sich gut. Dieses Foto hing in ihrem Zimmer. Auf die Rückseite hat sie *Rebecca & Youyou* geschrieben. In der Sonnenbrille spiegelt sich die Person, die das Foto gerade gemacht hat.«

Ritter starrt mich an, als wären mir Flügel gewachsen.

»Hast du etwa parallele Ermittlungen durchgeführt, Podolski?«

Ich zucke mit den Schultern. »Ich hab nur Polizeiarbeit gemacht.«

Ritter schnaubt, aber diesmal klingt es eher belustigt als verächtlich.

»Fang jetzt bloß nicht an zu klugscheißen. Komm, schreib auf.« Ich lege die Hände auf die Tastatur. »Yousuf Harouni ist unser Hauptverdächtiger. Frau Lenski, die Pförtnerin von St. Marien, hat ihn anhand eines Flecks im Gesicht identifiziert. Sie hat ihn einige Male dabei beobachtet, wie er vor der Schule auf Rebecca wartete. Als wir im Flüchtlingswohnheim erschienen sind, um den Verdächtigen zu befragen, hat er die Flucht ergriffen, und wir waren gezwungen, ihn zu verfolgen. Er entzog sich seiner Festnahme ...«

»Na ja, ganz so war es ...«

»Er entzog sich seiner Festnahme!« Ritter klopft zweimal auf den Tisch. Ich tippe weiter. »Nachdem wir ihn dennoch in Gewahrsam nahmen, präsentierte er der Polizei ein Alibi für die Nacht, in der Rebecca verschwand. Wenn wir dieses Alibi als falsch entlarven, haben wir ihn.«

»Und wie soll das gehen?«

»Wir müssen irgendwie nachweisen, dass er im Internat war. Der Kerl ist in die Schule eingedrungen, hat Rebecca den Zahn rausgezogen und sie mitgenommen. Vielleicht hat ihm jemand dabei geholfen, womöglich sogar mehrere. Wir müssen die Nachbarn der Schule befragen und uns noch mal die Schülerinnen vorknöpfen.«

Ich nehme für einen Moment die Hände von der Tastatur und atme tief ein.

»Was ist?«

»Nichts. Das macht Sinn.«

Ritter stößt mich mit dem Ellbogen an. »Natürlich macht das Sinn. Das ist unsere Arbeit: Wir sammeln die Informationsfetzen ein, die überall herumliegen, und basteln daraus eine Geschichte.«

»Ein Schauermärchen.«

»Fast immer, ja. Bei diesem Märchen ist jedenfalls klar, wer der Wolf ist und wer das Rotkäppchen.« Noch ein Stoß mit dem Ellbogen. »Und wer der Jäger.«

War ja klar, dass er mich daran erinnern muss.

»Ich wollte ihn nicht so zurichten.«

»Ob du es wolltest oder nicht, ist völlig egal. Was zählt, ist, dass du es getan hast und dass er es verdient hat. Ich wusste, dass ich mich nicht in dir getäuscht habe. Du bist ein wildes Tier, aus demselben Holz geschnitzt wie wir Polizisten von früher.«

Am liebsten würde ich entschieden widersprechen. Ich betrachte meine Hände auf der Tastatur. Noch immer sind ein paar bräunliche Flecken an meinen Fingerknöcheln zu erkennen. Das getrocknete Blut eines Flüchtlings. Vielleicht das getrocknete Blut eines Schuldigen. Blut, das ein ungleichmäßiges Bild auf meine Hand zeichnet.

»Und was ist mit den Büchern?«, frage ich laut.

»Welchen Büchern?«

»Rebecca hatte ein Exemplar von *Wir Kinder vom Bahnhof Zoo* in ihrem Zimmer, mit der Botschaft: ›Der Raucherbereich wartet auf dich.‹ Und bei Yousuf stand auch ein Exemplar des Buchs mit dem Satz: ›Traust du dich durch die Tür?‹ Das kann kein Zufall sein.«

»Nein, aber das ist momentan nebensächlich. Es hilft uns nicht dabei, Yousufs Anwesenheit am Ort des Geschehens nachzuweisen.«

Wohl eher am Ort des Verbrechens. Keine Ahnung, warum er es nicht sagt, wie es ist. Wir betrachten Rebecca längst nicht mehr als davongelaufene Schülerin, sondern als Opfer eines Verbrechens. Bald werden wir anfangen, von ihr in der Vergangenheitsform zu reden, und dann dauert es nicht mehr lange, bis sie ein weiteres tot in einem Park gefundenes Mädchen ist. Ein weiterer Mord in der Statistik. Protagonistin in einem weiteren Schauermärchen.

»Trotzdem: Irgendwas müssen die Botschaften in den Büchern zu bedeuten haben. Sie sind unsere einzige heiße Spur.«

Ich glaube, es ist das erste Mal, dass ich Ritters Blick nicht ausweiche. Er legt den Kopf in den Nacken, ohne mich aus den Augen zu lassen. Ich drehe immer noch nicht den Kopf weg. Einige Sekunden verstreichen. Als ich mich gerade geschlagen geben will, stößt Ritter ein Schnaufen aus und steht auf.

»Also gut«, sagt er. Ich habe keine Ahnung, was er damit meint. Er dreht sich zu Suly um, der uns von seinem Schreibtisch aus die ganze Zeit beobachtet hat. »He, Özil. Du kommst auch mit.«

»Wohin?«, frage ich. Suly ist bereits aufgesprungen und hat seine Jacke angezogen, ohne jede Spur von Verärgerung über den Spitznamen.

»Was glaubst du wohl?«, sagt Ritter auf dem Weg zur Tür.

4

Mondkrone

Das Klinikum Neukölln ist ein gewaltiger Komplex, der im Laufe der Jahre immer wieder umgestaltet und erweitert wurde. Überall Nebengebäude, Parkanlagen, Seitenflügel, dazu ein verworrenes Netz aus Gängen und Aufzügen, die eher an einen Flughafen als an ein Krankenhaus denken lassen. Wenn man medizinisches und technisches Personal zusammenzählt, kommt man wahrscheinlich auf mehrere tausend Mitarbeiter. Das Klinikum ist eine eigene Kleinstadt, eine Festung. Uns interessiert heute jedoch nur die Notaufnahme.

Das Auto haben wir an der Straßenecke geparkt. Suly ist aufgeregt wie ein Kind an Weihnachten. Am Eingang zur Notaufnahme bleiben wir stehen.

»Hör zu, Özil, ich erkläre es dir.«

Ritter zieht das Exemplar von *Wir Kinder vom Bahnhof Zoo* aus der Jackentasche, das wir in Yousufs Bücherregal gefunden haben. Ich habe gar nicht mitbekommen, dass er es eingesteckt hat. Hätten wir es nicht offiziell beschlagnahmen müssen, nach Fingerabdrücken absuchen und so weiter? Zu spät. Ritter befeuchtet sich die Fingerspitzen mit der Zunge und blättert zu der Seite mit der Botschaft. Dann hält er sie Suly hin.

»Yousuf Harouni. Ich wiederhole: Yousuf Harouni. Nach ihm musst du fragen. Du zeigst am Empfang deinen Ausweis und sagst, du müsstest ihm noch ein paar Fragen stellen aufgrund von neuen Entwicklungen im Fall Rebecca Lilienthal.«

»Geht das denn einfach so?«, fragt Suly. Wir wissen alle drei, dass die Antwort nein lautet.

»Klar geht das. Hab ich dir doch gerade erklärt. Wir beide

können da nicht rein, du schon.« Ritter wedelt mit dem offenen Buch vor Suly herum. »Du bringst für uns in Erfahrung, was das hier ist. Ob das Buch von Rebecca stammt, was die Botschaft darin bedeutet und warum die Seite geschwärzt ist. Unterhalte dich in aller Ruhe mit ihm. In eurer Sprache. Freunde dich mit ihm an. Wir warten draußen auf dich.«

Sulys freudige Erregung hat sich verflüchtigt, er runzelt die Stirn, sagt jedoch nichts. Als er nach dem Buch greifen will, schiebt Ritter es sich wieder in die Tasche.

»Beeil dich.«

Suly wirft mir einen flehenden Blick zu. Ich kann ihm nicht helfen. Wenn ich ganz ehrlich bin, regt sich ein wenig Schadenfreude in mir, weil er gerade merkt, was es bedeutet, mit der Kneifzange zusammenzuarbeiten. Mein Freund betritt die Notaufnahme, und wir blicken ihm hinterher.

Ritter geht unruhig auf und ab. Ich glaube, es ist das erste Mal, dass ich ihn nervös erlebe. Wir sind umgeben von Pflanzen, die den Eingangsbereich flankieren und erfolglos versuchen, diesem Ort des Leidens einen fröhlicheren Anstrich zu verpassen. Der Regen hat eine Pause eingelegt, aber die Kälte plagt uns weiter. Ritter zündet sich eine Zigarette an und verflucht laut einen Krankenwagenfahrer, der es wagt, ihm zuzurufen, dass er hier nicht rauchen darf. Mein Partner fühlt sich sichtlich unwohl, vermutlich weil wir gerade so viele Regeln brechen, dass uns der Polizeirat doch noch auf die Straße setzen könnte, wenn er davon erfährt. Oder nein: Er würde nur mich auf die Straße setzen, weil ich noch nicht bewiesen habe, dass ich ein guter Polizist bin.

»Das war eine Scheißidee.« Ritters Stimme reißt mich aus meiner Grübelei. »Der Türke vermasselt es garantiert. Ich geh lieber rein und schau nach, was da los ist.«

Ich zucke mit den Schultern. Ritter bleibt vor mir stehen und starrt mich an.

»Podolski, könntest du mir bitte den Gefallen tun und endlich den Mund aufmachen? Angesichts deiner Redseligkeit hätte ich genauso gut eine Klobürste als Partner mitnehmen können.«

Den geschmacklosen Vergleich lasse ich unkommentiert. Ich sage nur: »Suly macht das schon.«

Die Tür zur Notaufnahme geht auf. Suly kommt raus. Sein Gesicht verrät überdeutlich, dass ich mich geirrt habe. Ritter wirft seine Zigarette auf den Boden und trampelt ungehalten auf ihr herum, weil er Suly gern einen Fußtritt verpassen würde, aber nicht darf.

»Scheiße. Scheiße, Scheiße, Scheiße! Raus mit der Sprache, was ist passiert?«

»Er war nicht wirklich kooperativ.«

»Hast du in seiner Sprache mit ihm gesprochen?«

Suly schnalzt mit der Zunge. »Ich spreche seine Sprache nicht. Er ist Syrer, ich bin Türke, unsere Länder haben nichts miteinander zu ...«

Ritter lässt ihn nicht zu Ende reden. Er stößt ihn von sich und marschiert wutschnaubend durch die Tür der Notaufnahme.

Suly wirft mir einen Blick zu. »Was machen wir jetzt?«

Gute Frage. Was machen wir jetzt? Ich kann schlecht auch noch dort hineingehen, schließlich bin ich es, dem Yousuf seine Verletzungen verdankt. Wenn dem Chef zu Ohren kommt, dass ich mich dem Kerl genähert habe, der mich wegen unverhältnismäßiger Polizeigewalt angezeigt hat, kann ich gleich meine Sachen packen. Und das würde wiederum die Ermittlungen im Fall Rebecca verzögern. Wer weiß, was das für sie bedeuten würde.

Ein Krankenwagen kommt angerast, wir weichen respektvoll vom Eingang zurück. Die Sanitäter ziehen eine Trage heraus, auf der eine Frau mittleren Alters mit Sauerstoffmaske liegt. Das Laken, das sie bedeckt, hat rote Flecken. Sie wird eilig nach drinnen gerollt. »Trauma!«, rufen ihre Begleiter.

Trauma.

Es sind immer Frauen.

»Warte hier«, sage ich zu Suly und gehe hinein, eine Entscheidung, die ich schon bald bereue.

Als ich am Empfang meinen Ausweis vorzeige, beschreibt mir die Krankenhausmitarbeiterin, wo ich Yousuf finde. Es ist kein eigenes Krankenzimmer, dafür werden in der Notaufnahme des Klinikums zu viele Patienten betreut. Stattdessen sind die Betten der unter Beobachtung stehenden Verletzten durch Vorhänge voneinander getrennt. Die Frau murmelt noch etwas davon, wie seltsam sie es findet, dass drei verschiedene Polizisten innerhalb einer Viertelstunde mit dem Patienten sprechen wollen. Ich ignoriere sie und gehe eilig in die Richtung, die sie mir gezeigt hat. Als ich den Vorhang zurückziehe, finde ich Ritter über den jungen Flüchtling gebeugt vor. Er hat ihn vorn an seinem blutbespritzten T-Shirt gepackt und hält ihm mit der anderen Hand das aufgeschlagene Buch unter die Nase. Als ich Yousuf nun sehe, ohne Adrenalin, das meine Eindrücke vernebelt, dreht sich mir der Magen um. Ich habe ihm komplett das Gesicht zerstört. Keine Ahnung, mit wie vielen Stichen ihn die Ärzte insgesamt nähen mussten, überall geschwollene Punkte und Fäden, die sich quer über die Vitiligo-Flecken ziehen. Dabei ist er noch ein halbes Kind. Ich weiß nicht mal, ob er schon achtzehn ist. Mir bleibt keine Zeit für reuevolle Gedanken. Ich nehme Ritter beim Arm und sage:

»Nicht so, bitte.«

Erst jetzt merken die beiden, dass ich da bin. Wenn Yousufs Augen nicht so geschwollen wären, würden sie sich vermutlich erschrocken weiten bei meinem Anblick. In seinem Zustand kann er lediglich auf dem Bett nach hinten rutschen und tastend nach dem Notknopf suchen, um das Pflegepersonal auf sich aufmerksam zu machen. Ich trete einen Schritt zurück und hebe die Hände.

»Es ist alles meine Schuld«, sage ich. »Deine Anzeige gegen mich ist absolut verständlich. Aber wir müssen Rebecca finden. Mein Partner wird dich nicht mehr anfassen, und ich auch nicht. Antworte bitte auf unsere Fragen, dann siehst du uns erst vor Gericht wieder.«

Falls es überhaupt zur Verhandlung kommt – diesen Zusatz verschweige ich lieber. Es ist genauso gut möglich, dass die Anzeige eines minderjährigen Flüchtlings verworfen wird, zumal wenn er in einen Vermisstenfall verwickelt ist. Meine Worte scheinen keine große Wirkung auf Yousuf zu haben, auf Ritter jedoch sehr wohl. Mein Partner lässt das T-Shirt los und macht einen Schritt zurück. Genau rechtzeitig, denn in diesem Moment treten eine Pflegerin und ein Arzt durch den Plastikvorhang, der uns vom Rest des Saals trennt.

»Alles in Ordnung?«, fragt der Arzt, ein Blondschopf, der höchstens vier oder fünf Jahre älter sein kann als Yousuf selbst. »Es war doch gerade erst ein anderer Polizist da.«

»Ja«, bestätigt Ritter. »Herr Beyoğlu musste sich um eine dringende Angelegenheit kümmern und hat uns gebeten, das Gespräch fortzuführen. Herr Harouni möchte seiner Zeugenaussage noch etwas hinzufügen.«

Er kennt also sehr wohl unsere Namen, dieser Mistkerl. Er hat einfach nur keine Lust, Suly mit seinem korrekten Nachnamen anzusprechen.

»Meine Frage galt nicht Ihnen«, stellt der Arzt klar, der trotz seines geringen Alters bereits Erfahrung mit Polizisten zu haben scheint, die in der Notaufnahme Patienten belästigen. »Sie galt Herrn Harouni. Ist alles in Ordnung?«

Yousuf zögert einige Sekunden mit seiner Antwort, und ich sehe uns schon im hohen Bogen aus der Klinik fliegen.

»In Ordnung«, stammelt er.

Der junge Arzt bleibt misstrauisch. Ich höre ihn leise zu der Pflegerin sagen, dass sie uns im Auge behalten soll. Dann verschwinden die beiden wieder jenseits des Vorhangs. Diesseits herrscht Schweigen, vermutlich überdenken alle Anwesenden noch einmal ihre Vorstellung davon, wie dieses Gespräch ablaufen wird.

Ritter hebt erneut das Buch, als wäre es ein Kruzifix, wie ein Priester in einem schlechten Film.

»Was ist das?«

Yousuf sieht nicht das Buch an, sondern Ritter. Zwischendurch schießt sein Blick immer wieder zu mir.

»Ich weiß es nicht, wirklich nicht. Rebecca hat es mir geschenkt, aber ich habe es nie aufgeschlagen. Ich wusste nicht, dass eine Nachricht drinsteht.«

Mich überrascht, wie fließend sein Deutsch ist. Er spricht natürlich mit Akzent – wer tut das nicht in einer fremden Sprache? Ich weiß nicht, wie lange Yousuf schon in Deutschland ist, aber er scheint sich auf Gesprächssituationen vorbereitet zu haben, vielleicht um sich auf Stellen bewerben zu können. Oder um unangenehme Polizeibefragungen zu überstehen.

»Wann hat sie es dir geschenkt?«, fragt Ritter.

An dieser Stelle zögert Yousuf. Es ist offensichtlich, dass er uns am liebsten sagen würde, er wisse von nichts. Sein Blick wandert erneut zu mir. Ich mache noch einen Schritt nach hinten.

»Als wir beim Feuer waren.«

»Was?«

Yousuf scheint nicht zu wissen, was er antworten soll. Ich würde gern eingreifen, merke jedoch, dass der Ausgang der Befragung am seidenen Faden hängt. Wenn ich jetzt etwas Falsches sage, verschließt sich der Junge wieder, und wir können die Sache vergessen.

»Rebecca und ich gehen manchmal spazieren. Vor allem im Sommer. Am Landwehrkanal oder im Görlitzer Park, aber vor einem oder zwei Monaten wollte sie nach Marzahn. Dort ist Das Feuer.«

»Das Feuer«, wiederholt Ritter nachdenklich. »Was ist Das Feuer?«

»Ich weiß nicht. Rebecca ist allein rein, ohne mich.«

»Hat sie dir gesagt, warum sie dorthin wollte?«

»Nein, nur dass sie nicht hinkonnte, als sie eigentlich sollte. Und dass sie es deshalb jetzt machen muss. Sie hatte Angst, glaube ich. Wir sind mit der U-Bahn bis Ahrensfelde gefahren und von dort zu Fuß gegangen. Vor dem Haus hat sie mir gesagt, ich soll draußen warten, auf der Straße. Es war kalt, das weiß ich noch. Sie ging rein und kam zwanzig Minuten später wieder raus. Mit diesem Buch.«

»Hast du sie nicht gefragt, was sie dort drinnen gemacht hat? Was in dem Haus war?«

»Doch, aber sie hat nicht geantwortet. Neben der Tür war ein Bild an der Wand, es sah aus wie ein Feuer. Sonst weiß ich nichts. Rebecca hat mir nichts über den Ort gesagt. Danach hat sie mich gebeten, mit ihr zur St.-Marien-Schule zu kommen. Dort hat sie mir das Buch gegeben, als Geschenk, und ist reingegangen. An dem Tag haben wir uns nicht mehr gesehen. Beim Feuer waren wir auch nicht mehr.«

»Weißt du die Adresse des Hauses noch?«

»Ich weiß nur, dass es in der Wittenberger Straße war.«

Ritter und ich sehen uns an.

»Danke, Araber«, sagt Ritter und schlüpft in sein altes Ich zurück. Er dreht sich zu mir um. »Lässt du das als Spur gelten, Podolski?«

Ich nicke. Nur zu gern würde ich mich bei Yousuf bedanken, irgendetwas zu ihm sagen, doch ich will ihn nicht noch mehr verschrecken. Also gebe ich Ritter nur mit einer Handbewegung zu verstehen, dass wir uns jetzt besser zurückziehen. Bevor ich den Vorhang zurückschiebe, ergreift Yousuf noch einmal das Wort.

»Sie kommt wieder.«

»Wer?«, fragt Ritter.

»Rebecca. Sie kommt wieder.« Er sieht uns nicht an, hat den Blick fest an die Decke gerichtet.

»Wo ist sie hingegangen, Yousuf?«

»Sie ist nicht gegangen, sie wurde geholt. Da bin ich mir sicher. Aber Rebecca ist stark. Sie haut ab, von wo sie ist.«

»Und wo ist sie?«

»An einem anderen Ort. Einem bösen Ort.«

Ritter will ihm noch mehr Fragen stellen. Ich lege den Finger an die Lippen und winke ihm, mit mir zu kommen. Yousuf sind gerade vor Erschöpfung die Augen zugefallen.

»Er war es selbst.«

»Er war es selbst?«, fragt Suly wie ein Echo vom Rücksitz.

»Das ist so klar wie nur was.«

»Glaube ich nicht«, sage ich laut. »Das ist noch ein Kind, ein todmüdes Kind.«

Ritter tut etwas, was mich völlig überrascht: Zum ersten Mal drosselt er das Tempo.

»Nein, Podolski. Lass dich nicht von ihm täuschen. Für dich ist er ein Opfer, weil du ihn so übel zugerichtet hast. Aber Mitleid ist hier wirklich fehl am Platz. Überleg dir lieber, was du mit ihm tun würdest, wenn er der Täter wäre. Wenn er Rebecca verschleppt und wer weiß was alles mit ihr angestellt hätte.«

Er sagt es, ohne den Blick von der Straße abzuwenden, die Hände so fest ums Lenkrad geklammert, als wäre es der Hals von Yousuf. Suly und ich tauschen einen Blick im Rückspiegel. Ich weiß, dass wir beide an dasselbe denken: an den Pädophilen, an die Schläge und Tritte, die er einstecken musste, weil Ritter ihn für schuldig erklärt hatte. Er habe nichts getan, leide an einer Krankheit, verteidigte er sich. Und wenn er doch vorgehabt hatte, einem Kind im Häuserblock etwas anzutun? Haben wir es dann mit unserer Aktion verhindert? Wer sind wir, dass wir entscheiden, ob er jemandem in Zukunft Schaden zufügen würde oder nicht? So funktioniert die Justiz nicht, das ist mir vollkommen klar. Aber das Arschloch hatte maßgefertigte Gummimuschis von der Größe kleiner Mädchen in seiner Kammer, verdammt! Ich fahre mir mit den Händen übers Gesicht. Dabei fällt mein Blick auf meine Armbanduhr.

»Scheiße.«

»Was ist?«

»Es ist schon sieben. Ich hab eine Krankenpflegerin zu Hause, die sich bis um diese Uhrzeit um meinen Vater kümmert.«

»Und danach ist er allein? Was ist mit deiner Mutter?«

Ritter fängt meinen Blick auf und legt betroffen den Kopf in den Nacken.

»Meine Mutter ist schon vor längerer Zeit gestorben.«

Er gibt ein heiseres Schnaufen von sich. Seine Lippen schmatzen unter seinem nikotinbefleckten Schnurrbart.

»Gut, dann fahren wir dich jetzt nach Hause.«

»Im Ernst?«

Und dann tritt Ritter ganz im Ernst aufs Gaspedal und legt die waghalsigste, furchteinflößendste Fahrt hin, die ich in meinem ganzen Leben habe mitmachen müssen. Wir durchqueren Neukölln so rasant, wie eine Pistolenkugel einen Körper durchstößt. Durch die Windschutzscheibe sind verschwommen die Passanten zu erkennen, die seit dem Morgen nicht weniger geworden sind, nur Geschlecht und Äußeres geändert haben. Schleier und Burkas sind Lederjacken und sorgsam gepflegten Bärten gewichen. Um diese Uhrzeit bleiben die Musliminnen zu Hause, und ihre Brüder und Ehemänner schlendern durchs

Viertel, flanieren zwischen Shisha-Bars und Wettbüros. Noch ein Berlin von Tausenden, die sich überlagern, ohne sich zu vermischen. Wir überqueren die Grenze, die der S-Bahn-Ring darstellt. Nördlich davon wuseln Menschen jeder erdenklichen Hautfarbe herum, Migranten und Einwanderer aus sämtlichen Winkeln der Erde. Sie alle teilen sich Raum und Körpergerüche, und ich sehe nicht ein einziges Lächeln. Nur Blicke, die sich in der Ferne verlieren oder auf Handydisplays starren. Wahrscheinlich war es schon immer so in meinem Kiez, nur dass er heutzutage von einer größeren Vielfalt an Nationen bewohnt wird. Bei dieser Kälte lässt jeder seine Freundlichkeit zu Hause, gut verstaut in der Kommodenschublade. Als wir am Bahnhof Neukölln vorbeisausen, sehe ich aus dem Augenwinkel, dass die Ecke, in der Baboi sonst immer sitzt, leer ist. Wie seltsam, um diese Zeit müsste sie eigentlich auf ihrem Posten sein, das halbe Viertel kommt auf dem Nachhauseweg die U-Bahn-Treppe hoch, und die andere Hälfte geht sie auf dem Weg zur Nachtschicht hinunter.

Zehn Minuten nachdem wir das Klinikum verlassen haben, halten wir vor meiner Haustür. Mit flauem Magen steige ich aus. Für Suly ist die Fahrt hier ebenfalls zu Ende. Er stellt sich auf den Gehweg gegenüber, zeigt auf seine Uhr und macht dann eine Handbewegung, als würde er sich einen Jägermeister hinter die Binde gießen. Ich ignoriere ihn. Mir fällt auf, dass Janas Ford nirgendwo zu sehen ist. Scheiße.

»Danke«, sage ich zu Ritter.

»Dafür sind wir Kollegen da«, antwortet er über das Brummen des Motors hinweg. »Damit wir uns umeinander kümmern.«

Ich haste durchs Treppenhaus zu meiner Wohnungstür. Es ist zwölf Minuten nach sieben. Jana hat sich nach Ende ihrer Schicht aus dem Staub gemacht, so viel steht fest. Zehn Minuten. Zehn verdammte Minuten! Wenn meinem Vater etwas zugestoßen ist, bringe ich sie um! Eilig drehe ich den Schlüssel im Schloss und stürme hinein.

Die Lichter brennen. Im Zimmer meines Vaters sind Stimmen zu hören, darunter eine Frauenstimme. Es ist nicht die von Jana. Was zur Hölle ist hier los? Mit zwei langen Schritten bin ich an der Tür und reiße sie auf.

»Hallo, Nachbar.«

Lucia sitzt auf einem Hocker neben dem Bett meines Vaters. Beide sehen mich an, als hätte ich sie bei etwas erwischt. Ich würde gern brüllen: Was ist hier verdammt noch mal los, was machst du hier, wer hat dich reingelassen, fass ihn nicht an, komm ihm nicht zu nahe, lass ihn in Ruhe, lass *uns* in Ruhe! All das will ich brüllen, aber es kommt kein Laut aus meinem Mund. Ich stehe mit hängenden Armen da und atme durch die Nase aus. Dann sage ich:

»Hallo.«

In diesem Moment sehe ich die Fotos. Auf dem Schoß meines Vaters liegt ein blaues Album, er hat zwei Fotos von mir herausgenommen, um sie ihr zu zeigen – auf einem habe ich blaugefärbte Haare, auf dem anderen sitze ich auf den Stufen des Fernsehturms am Alex, in Gothic-Klamotten. Der pubertäre Lukas Anfang der Zweitausender. Das darf doch nicht wahr sein. Lucia trägt dicke Wollhosen und dazu ein rotes Jäckchen mit Ethno-Muster.

»Du bist spät dran«, sagt sie.

»Ja, tut mir leid.«

»Du hättest mir ruhig sagen können, dass wir eine neue Nachbarin haben«, sagt mein Vater. »Zum Glück war sie da. Sonst hätte ich wegen dir nichts zum Abendessen gekriegt.«

Die Überraschung hat mich völlig aus dem Gleichgewicht gebracht. Erst jetzt sehe ich, dass neben dem Bett, auf dem Nachttisch, ein Tablett mit Geschirr steht. Suppenreste, benutzte Löffel, eine Bananenschale, ein Rest Milch mit ein paar Bröseln in einem Glas.

»Lukas bestimmt hat verfolgt Bösewicht«, sagt Lucia in holprigem Deutsch. »Kannst du warten eine Moment draußen, Lukas? Dein Vater mir gerade erzählen sehr lustige Geschichte.«

»Lass uns allein«, befiehlt mein Vater. Seine Augen funkeln. Ich fühle mich wie vor den Kopf geschlagen. Vielleicht liegt es an der emotionalen Achterbahnfahrt des heutigen Tages. Vielleicht auch nicht.

»Na klar.« Keine Ahnung, warum ich mich füge, aber ich tue es. Ich weiche zurück und verlasse das Zimmer.

»Mach die Tür zu«, ertönt die Stimme meines Vaters.

Hin und her, hin und her. Ich bewege mich durch die Küche wie ein defekter Saugroboter. Die Lampe surrt über meinem Kopf. Ich will Sachen aufmachen, sie wieder verschließen, entsorgen, was verdorben ist, putzen. Ich will etwas mit den Händen tun. Die Leere füllen, diese aufwühlende Warterei.

Dann geht endlich die Zimmertür meines Vaters auf.

»Gute Nacht, Bruno.«

»Gute Nacht, Lucia. War mir eine Freude, dich kennenzulernen.«

Sie taucht im Flur auf. Klopft zweimal gegen den Türrahmen und kommt in die Küche. Meine Wut entweicht, als hätte jemand ein Ventil an mir geöffnet. Lucia entwaffnet mich. Ich habe keine Ahnung, wie sie das schafft. Alles, was ich ihr sagen wollte, verschwindet.

»Ich bin um kurz vor sieben runtergekommen«, sagt sie ins Englische wechselnd, »und habe bei euch geklingelt. Die Pflegerin geht normalerweise um sieben nach Hause, sagt dein Vater.«

»Ja.«

»Sie war nicht gerade erfreut, dass du noch nicht da warst.«

»Verstehe.«

»Ich habe ihr gesagt, kein Problem, ich bleibe bei deinem Vater, bis du kommst.«

»Danke.« Wo ist der ganze Zorn hin? Wo sind die wütenden Sätze, die ich ihr an den Kopf knallen wollte?

»Dein Vater ist echt nett.«

Gelogen. Gelogen, gelogen, gelogen. Er ist nicht nett. Ganz im Gegenteil.

»Er hat mir Geschichten erzählt von vor dem Mauerfall.«

»Okay.«

Sie setzt sich auf den kleinen Küchentisch.

»Du bist nicht so gesprächig, oder, Kocaj?«

Ich zucke mit den Schultern.

»Ich wollte eigentlich nicht deinen Vater besuchen, sondern dich.« Sie wartet vergeblich auf eine Reaktion von mir. »Gestern hab ich dich ziemlich gepiesackt, weil du mir vorgestern gefolgt bist. Dabei war es gar nicht so schlimm. So was passiert.«

»Tut mir trotzdem leid.«

Sie stößt ein schnaubendes kleines Lachen aus.

»Irgendwann hast du hast keine Entschuldigungen mehr übrig, weil du ständig damit um dich wirfst.« Ich weiß nicht, was ich dazu sagen soll, also schweige ich. »Ich hab mir was überlegt: Du könntest mich zum Essen einladen, als letzte Entschuldigung sozusagen. Und ich könnte dich einladen, weil ich mich gestern über dich lustig gemacht habe. Einladung gegen Einladung, jeder bezahlt sein Essen selbst. Was hältst du davon?«

Einige Sekunden verstreichen. Ein Anflug von Enttäuschung macht sich auf ihrem Gesicht breit, als ich frage: »Jetzt gleich?«

»Dein Vater hat die Mahlzeit gegessen, die die Pflegerin für ihn vorbereitet hatte. Jetzt ist er ruhig, hat die Fernbedienung in der Hand, und auf dem Nachttisch liegt sein Seniorenhandy. Wir müssen ja nicht gleich nach Potsdam, ein Döner reicht mir. Du kannst mir zeigen, wo man hier im Viertel essen geht.«

Ich blinzle ein paarmal. Sie wartet.

»Dir muss man echt jedes Wort aus der Nase ziehen, oder, Kocaj? Also, gehen wir zusammen, oder gehe ich allein?«

»Wir gehen zusammen.«

Im Hipsterteil von Neukölln, dem Teil, der an den Hermannplatz grenzt und bis zum Kottbusser Tor hinaufreicht, reihen sich Restaurants jeder nur vorstellbaren Nationalität aneinander, fast wie im Foodcourt eines Einkaufszentrums. Manche sagen, dass sich das Viertel gerade in genau das verwandelt. Man kann zu jeder Tages- und Nachtzeit ein Curry mit Jasminreis, eine Misosuppe oder eine Guacamole essen. Wir sind dagegen am anderen Ende von Neukölln, in der Nähe des S-Bahnhofs Sonnenallee. Hier sprießen zwar bereits ein paar vegane Cafés und Co-Working-Spaces aus dem Boden, aber kulinarisch handelt es sich um weitgehend unerschlossenes Gebiet, was bedeutet, dass wir uns mit dem einzigen Dönerladen im Umkreis von zwei Kilometern begnügen müssen.

Der Döner dort ist nicht schlecht. Der Inhaber hält nichts von Schnickschnack und packt viel Fleisch drauf. Sein Dürüm ist locker einen halben Meter lang. Genau so einen bestellen Lucia und ich. Fleischfett und Joghurtsoße tropfen nur so auf unsere Teller. Ich habe versucht, Lucias Dürüm mitzubezahlen, aber sie hat mich mit einem vorwurfsvollen Blick davon abgehalten, und ich habe nicht darauf bestanden.

»Hoffentlich hat es dich nicht gestört, dass ich bei deinem Vater war.«

»Schon gut.«

»Ich habe nicht alles verstanden, aber ich glaube, er hat mir Geschichten erzählt aus der Zeit, als er noch Polizist war und du ein kleiner Junge. Du hättest einen Monat nur Bananen gegessen, als man sie endlich kaufen konnte. Du wolltest nichts anderes mehr.«

»Ich war damals noch ein Baby und erinnere mich an nichts.«

Sie nimmt einen fetttriefenden Bissen von der farbenfrohen Masse, die sie zwischen den Händen hält.

»Es tut mir sehr leid, dass er krank ist«, sagt sie vorsichtig.

»Mir nicht.«

Die Entgegnung entschlüpft mir, ohne dass ich darüber nachgedacht habe, ein Reflex. Sie verzieht das Gesicht. Ich bereue meine Reaktion sofort. Hättest du doch bloß die Schnauze gehalten, Kocaj. Jetzt musst du ihr alles erklären, dabei sind Erklärungen doch das, was du auf der Welt am meisten hasst.

»Mein Vater war ein Arschloch.«

Der Satz kommt von Lucia, nicht von mir. Ich blinzle verwirrt.

»Er hat meine Mutter geschlagen. Sie verprügelt, aber so richtig. Krankenhausreif. Er hat in einer Werkstatt gearbeitet, seine Hände waren stark und hart. Ein typischer süditalienischer Macho. Ich würde gern sagen können, dass es sie nicht mehr gibt, aber es gibt sie noch, in rauen Mengen.«

Damit habe ich nicht gerechnet. Ich wünsche mir plötzlich, dass sie weitererzählt, weiß jedoch nicht, wie ich sie dazu ermuntern könnte. Also sage ich das Erste, was mir in den Sinn kommt. Wie immer ist es genau das Falsche.

»Hat deine Mutter ihn denn nie angezeigt?«

Lucia schüttelt traurig den Kopf.

»Ein paarmal, aber damit hat sie nur erreicht, dass er sie anschließend noch heftiger geschlagen hat. Sie hätte weglaufen müssen vor ihm, sich an einen sicheren Ort flüchten ... Sie hat es nicht getan. Damals war so etwas mehr oder weniger normal. Und ich rede nicht vom letzten Jahrhundert, sondern ... Na ja, schon vom letzten Jahrhundert. Du weißt, was ich meine. Die

Nachbarn haben uns mitleidig angeschaut, trotzdem hat niemand einen Finger gerührt. Nie rührt jemand einen Finger bei so was, am wenigsten die Polizei. Wenn du als Frau geschlagen wirst, ist deine einzige Chance, rechtzeitig abzuhauen, bevor du das nächste Mal Prügel beziehst. Meine Mutter ist dageblieben.«

Sie stößt einen Seufzer aus, der vielleicht noch mehr aussagt als ihre Worte. Dann beißt sie ein riesiges Stück von ihrem Dürüm ab und spricht mit vollem Mund weiter.

»Mich hat er nie angefasst, nur meine Mutter. Bis ich eines Tages zu Hause erzählt habe, dass ich ein Erasmus-Stipendium bekommen habe. Das war 2009. Das muss man sich mal vorstellen: Die Twin Towers waren längst eingestürzt, aber mein Vater hat immer noch meine Mutter geschlagen, als wäre er in den fünfziger Jahren stehen geblieben. Andererseits ist Gewalt vermutlich ein zeitloses Phänomen.«

»Ja«, sage ich, »das denke ich auch.«

Sie wirft mir einen Blick zu, den ich nicht deuten kann. So hat sie mich bis jetzt noch nie angesehen.

»Als ich meinen Eltern erzählt habe, dass ich für ein Jahr nach Brighton will, hat er mich schon nach den ersten Worten unterbrochen. Er ist aufgestanden und zu mir gekommen, um mir seine Faust ins Gesicht zu donnern. Meine Lippe platzte auf. Das reichte ihm noch nicht – er schleuderte mich zu Boden und trat mir in den Bauch. Ich habe heute noch eine Narbe davon. Danach hat er mich nie wieder geschlagen.«

Ich runzle die Stirn, weiß nicht, was sie mir mit ihrem letzten Satz sagen will.

»Meine Mutter stand auf und rannte in die Küche, um das Messer zu holen, mit dem sie immer Fisch ausgenommen hat. Sie stieß es ihm ohne jede Vorwarnung zwischen die Rippen, ohne ihn anzuschreien, ohne ihm zu drohen. Sie ging einfach los, schnappte sich ein Messer und rammte es in ihren Mann, nachdem sie seine Prügeleien zuvor ihr ganzes Leben lang ertragen hatte.«

»Sie hat ihn umgebracht«, murmele ich, ob mit Bewunderung oder Entsetzen, kann ich nicht sagen.

Lucia schüttelt den Kopf.

»Nein. Tatsächlich weiß ich es nicht genau. Mein Vater drehte sich um und starrte sie an. Ich war mir sicher, dass er sie töten würde. Stattdessen wankte er zur Tür hinaus.« Sie zuckt die Achseln. »Wir haben ihn nie wiedergesehen.«

»Wirklich?«

»Wirklich. Wir meldeten sein Verschwinden bei der Polizei. Na ja, ich meldete es. Aber er war wie vom Erdboden verschluckt. Niemand hat ihn je gefunden, in ganz Kalabrien nicht. Er gilt bis heute als vermisst. Der Pfarrer unseres Dorfes sagte, er sei von einem Dämon besessen gewesen. Aber das ist Quatsch. Da war kein Dämon weit und breit. Nur ein verdammter Hurensohn, der sein halbes Leben damit verbracht hat, meine Mutter zu schlagen. Hoffentlich ist er irgendwo verblutet oder in eine Schlucht gestürzt.«

Wieder beißt sie in ihren Dürüm, voller Wut. Sie kaut mit halb geöffnetem Mund. Dann fängt sie meinen Blick auf und schneidet eine Grimasse.

»Hört sich an wie eine alte Verbrechensmeldung in der Zeitung, dabei ist das alles vor knapp sieben Jahren passiert. Unglaublich, oder?«

»Hast du keine Angst, dass er zurückkommt und deiner Mutter etwas antut?«

Lucia legt den Rest ihres Dürüms auf dem Teller ab. Ich verfluche mich innerlich. Du bist so was von dämlich, Kocaj. Ihr Gesichtsausdruck lässt wenig Raum für Zweifel.

»Meine Mutter ist vor zwei Jahren gestorben. Dieses Arschloch Antonello konnte sie nicht kleinkriegen, der Krebs schon.«

Ich atme anhaltend durch die Nase aus.

»Meine Mutter hat sich umgebracht«, sage ich.

Lucia reißt die Augen auf. Jetzt ist sie es, die nicht weiß, was sie sagen soll. Der schlagfertigen Italienerin mit der rauchigen Stimme fehlen plötzlich die Worte. Ich könnte es als Sieg werten, aber hier gibt es keine Sieger.

»Willst du mir davon erzählen?«

»Nein.«

Mein Handy klingelt. Saved by the bell. Wir atmen wieder Luft, wo eben noch Blei war. Ich entsperre den Bildschirm. Schnaube verächtlich, als ich sehe, wer es ist.

»Ist was passiert?«

»Nein. Ein Freund von mir ist hier in der Nähe in einem Club. Er will, dass ich noch komme.«

»So früh am Abend?«

»Ich glaube, heute ist ein Konzert. Danach legt noch ein DJ auf.«

»Na, dann gehen wir hin, oder?«

Ich hebe eine Augenbraue.

»Du willst mit in den Club?«

»Klar.« Sie wischt sich die Finger mit einer Serviette sauber. »Ich bin schon zwei Tage in Berlin und weiß noch immer nicht, wo man hier abends feiert – das geht gar nicht! Oder wird das so eine Männerrunde, bei der keine Frauen erlaubt sind?«

Ich grinse. Allmählich kapiere ich, wie es bei Lucia läuft: Wenn sie Witze reißt, bedeutet das, dass sich die Wolken verzogen haben. Es steht wieder alles auf Anfang. Die prügelnden Väter und toten Mütter sind fürs Erste vergessen. Ich riskiere es, mich ebenfalls an ihrem Spielchen zu versuchen:

»Ich mache heute mal eine Ausnahme. Als angesagte Neuköllner Künstlerin steigerst du natürlich unseren Marktwert.«

Sie sieht mich mit einem anerkennenden Grinsen an.

»Du scheinst doch kein so schlechter Kerl zu sein, Kocaj. Diesmal darfst du gern für mich bezahlen.«

»Sehr schlau: Den Döner zahlt sie selbst, aber zum Konzert lässt sie sich einladen.«

Ihr Grinsen wird noch breiter.

Die Griessmühle ist weniger als zweihundert Meter vom Dönerladen entfernt, direkt hinter den Gleisen des S-Bahn-Rings. Zum Glück, denn als wir aus der Tür treten, setzt ein eiskalter Herbstgraupel ein, der einen frühen Winter vorausahnen lässt. Ich glaube nicht, dass er sich heute Nacht noch in Schnee verwandelt und liegen bleibt, uns erwarten also morgen nasse Straßen und diese unangenehme Feuchtigkeit, die mit der Kälte ein mörderisches Duo bildet. Vor dem Eingang des Clubs hat sich eine Warteschlange gebildet, ein Plakat verkündet, dass heute die Lemonheads spielen. Keine Ahnung, wer das ist. Electro-Trash-Punk, steht auf dem Plakat. Mir soll es recht sein. Ich entdecke Suly in der Schlange. Er legt den Kopf schräg, als er mich mit Lucia sieht.

»Ich dachte schon, du kommst gar nicht mehr«, sagt er zur Begrüßung.

»Du klingst wie ein Firmenboss aus Mitte. Bloß keine übertriebene Eile, wir sind hier in Neukölln.«

»Freut mich, dich kennenzulernen.« Der Mistkerl ignoriert mich einfach und streckt Lucia die Hand hin. »Suleyman.«

»Sprichst du Englisch?«, radebrecht Lucia auf Deutsch.

»Kein einziges Wort«, antwortet er beinahe stolz. Dann beugt er sich zu mir. »Wer ist das?«

»Meine neue Nachbarin.«

»Mein Name ist Lucia.« Sie sagt es, als hätte sie es vorher auswendig gelernt. Mich freut es fast ein bisschen, dass sie ausnahmsweise nicht alles unter Kontrolle hat, dass sie auch nur ein Mensch mit Schwächen und Fehlern ist. »Ich komme aus Italien.«

»Vögelst du sie?«, fragt mich Suly.

»Nein.«

»Sie ist also frei?«

»Nein.«

»Was ist ›vögeln‹?«, fragt Lucia und schnipst mit den Fingern vor Sulys Gesicht herum. »Vögeln.«

Mein Kollege ist schachmatt. Er hat geglaubt, sie sei dumm, nur weil sie unsere Sprache nicht spricht. Ein Fehler, den wir Einheimischen immer wieder begehen.

»›Vögeln‹ bedeutet tanzen. Wir gehen jetzt tanzen. *Dancing*, okay?«

Lucias Gesichtsausdruck verrät, dass sie weiß, was für ein Blödsinn das ist.

»Dein Kollege ist ein Idiot«, sagt sie auf Englisch zu mir.

»Er kam schon so auf die Welt«, antworte ich. »Er kann nichts dafür.«

»Natürlich kann er was dafür. Aber egal, heute amüsieren wir uns.«

»Was sagt sie?«, erkundigt sich Suly.

»Dass du sehr ausdrucksstarke Augenbrauen hast.«

»Mit anderen Worten: dass ich ein Trottel bin.« Suly bricht in Gelächter aus. Er schüttelt Lucia erneut die Hand. »*You cool.*«

Die Anspannung verflüchtigt sich. Lucias Reaktion auf Sulys plumpen Annäherungsversuch hat das Eis gebrochen. Wir versuchen uns weiter zu unterhalten, während wir Richtung Eingang vorrücken. Ich spiele den Übersetzer, obwohl Lucia versucht, mit ihrem rudimentären Deutsch zurechtzukommen. Um die klamme Kälte dieses Regens, der seinen Namen nicht verdient, zu vertreiben, hüpfen wir auf der Stelle und bewegen die Arme.

Die Griessmühle ist brechend voll. Ein Song von The Clash dröhnt ohrenbetäubend laut aus den Boxen. Wieder rote Lichter, diesmal auf die Bühne gerichtet. Die Clubbesucher bestellen Bier und Moscow Mules an der Bar. Das Publikum ist gemischt, aber es dominieren Ausländer – Franzosen, Spanier, Amerikaner, Skandinavier, alles, wovon es in diesem Teil von Neukölln wimmelt. Nur wenige Türken, aber Suly gehört hier zum Stammpublikum und wird von niemandem blöd angeschaut. Soll nur mal einer versuchen.

Wir haben gerade unsere Jacken an der Garderobe abgegeben, als Suly an meinem Ärmel zieht und mir ins Ohr brüllt:

»Willst du ’n bisschen Emma?«

»Nein, will ich nicht, Suly. Du nervst.«

»Schon gut, schon gut. Hör mal, ich konnte es dir vorhin nicht sagen, aber Nina ist hier.«

»Nina?«

»Sie war ein Stück vor uns in der Schlange. Mit einem Typen.«

Ich spüre einen Stich, ein lästiges Gefühl, das ich im Keim zu ersticken versuche. *Ich denke, wir sollten uns nicht mehr sehen.* Ob sie sich wohl schon mit dem Typen getroffen hat, als sie das zu mir gesagt hat? Hastig bringe ich die Stimme in meinem Inneren zum Schweigen. Wir sind nicht zusammen. Sie kann tun und lassen, was sie will. Das rede ich mir zumindest ein.

»Ist mir egal«, sage ich zu Suly.

»Okay«, erwidert er, doch sein Gesicht verrät, was er denkt: Das glaubst du doch selbst nicht.

In diesem Moment fangen die Leute vor der Bühne an zu kreischen und zu jubeln.

»Guten Abend, Berliiiin!«, schallt es aus den Boxen. Es geht los.

Das Konzert ist richtig gut. Sieben Kerle – oder besser: sieben Verrückte –, die wild auf der Bühne herumhüpfen und sich ein- bis zweimal pro Song ins Publikum werfen. Die Musik ist aufpeitschend, viel Bass, viel Schlagzeug, viel Wut, es wirkt fast schon authentisch. Ein Spektakel. Lucia ist begeistert, sie johlt und tanzt, drückt ihren Rücken gegen mich. Mein Schwanz wird hart wie Stahl. Sie merkt es, dreht sich zu mir um. Jetzt tanzt sie nicht mehr. Ich auch nicht. Wir stehen uns gegenüber. Sie sieht mich an und nimmt einen großen Schluck von ihrem Bier.

In diesem Moment sehe ich etwas aus dem Augenwinkel, was meine Aufmerksamkeit erregt. Vielleicht, weil es statisch ist und aus der tektonisch hin und her wogenden Masse heraussticht. Eine Silhouette. Ganz ruhig, am Rand des Saals. Sie trägt eine Art Umhang, vielleicht ein Regencape, und hat etwas auf dem Kopf. Etwas Seltsames. Es sitzt ein wenig schief und hat zwei spitze Enden, wie ein Neumond, wie eine ...

Eine Mondkrone.

Der Gedanke durchzuckt mich wie ein Blitz. Ich drehe abrupt den Kopf in die Richtung, in der ich die Gestalt wahrgenommen habe, aber da ist nichts. Die Stelle, an der sie gestanden hat, ist leer. Offenbar eine Sinnestäuschung. Es muss am Bier legen. Wie idiotisch. Versau dir nicht den Moment, Kocaj, ermahne ich mich. Doch genau das tue ich, denn als ich zum gegenüberliegenden Ende des Saals blicke, sehe ich dort jemanden tanzen.

Das kann nicht sein.

Dieses Miststück.

Ich löse mich von Lucia.

»Was machst du? Was ist los?«

Ohne zu antworten, bewege ich mich von ihr weg. Ich glaube, sie ruft noch etwas, ich höre ihre Stimme, die vom Lärm des Konzerts übertönt wird. Mit beiden Ellbogen kämpfe ich mich durch die Menge. Ich schubse die Leute beiseite, werde selbst geschubst, halte mich mühsam auf den Beinen. Jemand beschimpft mich, ein Bier zerschellt vor meinen Füßen. Meine Wut wird größer, ich schiebe und stoße noch heftiger, um endlich auf die andere Seite zu gelangen. Ich trenne zwei Amerikaner voneinander, ziehe eine unregelmäßige Linie aus Protesten und Beleidigungen hinter mir her, bis ich bei dem Mädchen ankomme, das ich von Weitem entdeckt habe. Ich packe sie beim Arm und schüttle sie. Inzwischen schäume ich vor Zorn.

»Was machst du hier?«, schreie ich. »Was zur Hölle hast du hier zu suchen?«

Sie erkennt mich sofort. Neben ihr steht ein bärtiger tätowierter Kerl. Er ist muskulös und legt mir die Hand auf die Brust.

»Was willst du? Lass sie in Ruhe!«

»Halt dein verficktes Maul!« Ich schüttle sie weiter. »Was machst du hier? Wie bist du aus dem Internat gekommen? Müsst ihr nachts nicht eigentlich in euren Zimmern sein?«

Ulrike Steiner ist stark geschminkt. Sie hat die Haare zurückgebunden und trägt ein schwarzes Fetzenkleid, an dem Glasperlen und alle möglichen anderen Ziergegenstände baumeln, und darüber eine gelbe Jacke mit Kapuze. Ihre dicken Brillengläser sind verschwunden, offenbar hat sie Kontaktlinsen eingesetzt. Ihr Lidschatten ist so üppig aufgetragen, dass es fast schon karnevalesk wirkt. Ich rüttle sie erneut. Eine neue Geschichte entsteht in meinem Kopf. Eine kranke Geschichte.

»Hast du so was auch mit Rebecca gemacht? Habt ihr euch nachts in Clubs rumgetrieben? Warst du deshalb so nervös? Antworte mir!«

»Ich hab gesagt, du sollst sie loslassen!«

Der Bärtige schubst mich, um mich von ihr zu trennen. Ich taumele durch die Menge und falle auf den Rücken. Vom Boden aus starre ich ihn an.

Das hätte er lieber nicht tun sollen.

Wir gehen zu Fuß nach Hause. Ich habe ein blaues Auge und eine aufgesprungene Lippe, der Kerl hat mir zwei gut platzierte Fausthiebe verpasst. Über das, was ich *ihm* alles zugefügt habe, denke ich lieber nicht nach. Zum Glück haben uns die Security-

Leute getrennt und separat voneinander aus dem Club geworfen.

Zwei Prügeleien an einem Tag, Kocaj. Was für ein toller Hecht du doch bist.

Muss an Ritters Einfluss liegen.

Lucia geht neben mir, die Hände in den Jackentaschen vergraben. Sie ist schweigsam. Suly war der Erste, der unbeholfen versucht hat, mich und den Bärtigen zu trennen. Als ich rausgeflogen bin, ist er drinnen geblieben. Von einem Deutschen, bei dem die Fäuste zu locker sitzen, lässt er sich nicht die Nacht verderben. Ulrike Steiner war nach der Prügelei spurlos verschwunden, aber darum kümmere ich mich morgen. Jetzt laufe ich erst mal zu Fuß nach Hause. Zusammen mit Lucia. An der Ampel überqueren wir die Sonnenallee. Auf meinen Schultern lastet all das, was sie mir nicht sagt. Und alles, was ich sagen könnte, staut sich in meiner Kehle. Ich habe Angst, dass es mal wieder das Falsche ist.

Vor unserer Haustür bleiben wir stehen.

»Hast du den Schlüssel?«, frage ich sie.

Sie packt mich vorn an der Jacke und zieht mich zu sich herunter. Dann beißt sie mir in die Lippe. Fest. Ich reagiere nicht. Sie lässt mich wieder los.

»Das war echt daneben, Kocaj.«

»Und du bist trotzdem nicht sauer?«

»Komm.«

Sie schließt die Haustür auf. Packt meine Hand. Zieht mich mit sich. Wir machen kein Licht im Treppenhaus. Ich stolpere hinter ihr die Stufen hoch, sie lässt meine Hand nicht los. Mit der freien Hand öffnet sie ihre Wohnungstür. Ihr tausendfach verstärkter Duft schlägt mir entgegen, flutet meine Nase. Sie küsst mich wieder, diesmal ohne zu beißen. Dann schließt sie die Tür hinter uns. Sie fängt an, mich zu entkleiden, ich helfe ihr. Es ist dunkel, und ich sehe nichts, aber das macht nichts.

Irgendwann fallen wir auf eine Matratze auf dem Boden. Sie zieht mir Hose und Unterhose vom Leib. Entledigt sich selbst ihrer Kleider. Setzt sich auf mich. Ich spüre Schamhaare, Feuchtigkeit. Ich will sie berühren, meine Hände wandern zu ihren Brüsten, doch sie packt sie und drückt sie wieder auf die Matratze. Dann führt sie meinen Schwanz in sich ein, nur ein kleines Stück. Wärme. Feuchtigkeit. Enge. Sie bewegt sich langsam. Senkt sich noch ein Stück herab. Und noch eins. Sie sieht mich an. Obwohl ich nur ihre Silhouette in der Dunkelheit erkennen kann, weiß ich, dass ihre Augen auf mich gerichtet sind. Ihre Hände umklammern meine. Jetzt ist sie ganz unten angekommen. Sie redet nicht, stöhnt nicht. Atmet nur schwer. Dann fängt sie an, sich zu bewegen. Die Wärme wird intensiver. Ich versuche, ihrem Rhythmus zu folgen, nicht besonders erfolgreich. Es scheint ihr nichts auszumachen. Feuchtigkeit. Sie erschlägt mich mit ihrem Unterleib, prügelt auf mich ein. Sie fickt mich, und wie sie mich fickt. Jetzt stöhnt sie doch. Laut. Wahrscheinlich hört mein Vater sie auch. Ein schlechter Moment, um an meinen Vater zu denken. Ich konzentriere mich. Es gelingt mir nicht, mich mitreißen zu lassen. Ihr ist es egal. Sie wird schneller. Hitze. Als sie merkt, dass ich kurz vor dem Kommen bin, wird sie langsamer. Und wieder von vorn. Ich glaube, die Geräusche, die sie jetzt macht, bedeuten, dass sie einen Orgasmus hat. Und noch einmal wird sie langsamer und dann wieder schneller. So geht es noch ein paarmal, bis sie zulässt, dass ich es ihr gleichtue.

Ich habe Blut an der Lippe.

Sie streckt sich auf dem Bett aus.

»Also, ich bin vollauf befriedigt Kocaj. Wenn du mehr willst, tut es mir leid.«

Ich atme durch die Nase aus.

»Nein, es reicht.«

Sie schnaubt, und es klingt halb schläfrig, halb belustigt.

»Ja, es reicht wirklich.« Sie dreht ihren Körper so, dass sie mich anschauen kann. »Warum hast du diesen Typen geschlagen?«

»Er hat angefangen.«

»Fahr zur Hölle, Kocaj.«

Ja, fahr zur Hölle, Kocaj. Ich starre ins finstere Nichts der Zimmerdecke.

»Ich ermittle gerade im Fall eines vermissten Mädchens.«

Etwas verändert sich an ihrer Körperhaltung. Im Gegenlicht der Straßenlaternen zeichnet sich dunkel ihre Silhouette ab.

»Jetzt sag nicht, dass *er* sie entführt hat!«

»Nein. Aber das Mädchen, das bei ihm war, weiß etwas über den Fall. Wir haben sie gestern befragt, und sie hat uns angelogen.«

Es verstreichen einige Sekunden, in denen nur ihr Atem zu mir spricht.

»Du bist also tatsächlich ein Bulle, der Bösewichte schnappt, was, Kocaj?«

Ich verziehe das Gesicht und stehe auf.

»Ich gehe lieber runter. Ich will meinen Vater nicht die ganze Nacht alleinlassen.«

Nach kurzem Zögern streckt sie sich flach auf dem Bett aus. Aus diesem Zögern lese ich sämtliche Vorwürfe der ganzen Welt heraus: Es hat dir nichts ausgemacht, ihn alleinzulassen, um mit mir einen Döner essen zu gehen. Es hat dir nichts ausgemacht, ihn alleinzulassen, um mit mir in einem Club zu tanzen. Es hat dir nichts ausgemacht, ihn alleinzulassen, um dich mit diesem Idioten zu prügeln. Es hat dir nichts ausgemacht, ihn alleinzulassen, um mit mir zu vögeln, Kocaj. Warum macht es dir jetzt was aus?

»Gute Nacht.«

Mit diesen Worten dreht sie sich von mir weg. Falls sie sauer ist, hat sie mich nichts davon spüren lassen. In der kurzen Zeit,

die ich brauche, um mich anzuziehen, haben sich ihre Atemzüge bereits in ein leises Schnarchen verwandelt. Diese Frau
mit ihrem halb rasierten Schädel ist mir ein Rätsel. Ich taste
mich in den Flur vor. Aus irgendeinem Grund würde es mir wie
ein Sakrileg erscheinen, das Licht einzuschalten. Was hier passiert ist, ist im Dunkeln passiert. Und im Dunkeln soll es auch
enden.

Sorgfältig ziehe ich die Wohnungstür hinter mir zu. Diesmal schalte ich die Treppenhausbeleuchtung ein, bevor ich auf
Zehenspitzen die Stufen hinuntergehe. Als ob ich sie immer
noch wecken könnte.

Als ich im Erdgeschoss ankomme, sehe ich, dass die Tür zu
meiner Wohnung offen steht.

Meine erste Reaktion ist ein Griff an den Gürtel – wie schnell
sich derartige Reflexe einbrennen. Aber natürlich trage ich
meine Dienstwaffe nicht bei mir. Es ist das erste Mal, dass ich
mich ohne sie nackt fühle. Ungeschützt. Ich widerstehe dem
Impuls, brüllend durch die Tür zu stürzen. Stattdessen gleite
ich möglichst lautlos hinein. Der Flur liegt im Dunkeln. Alles
liegt im Dunkeln. Ohrenbetäubende Stille umhüllt die Wohnung wie ein Leichentuch. Die Finsternis bekommt scharfe
Umrisse, es scheint plötzlich von Schneidewerkzeugen, Händen, spitzen Fingernägeln zu wimmeln. Mein Herz pocht wild
in meiner Brust. Ich versuche vergeblich, den Speichel in meinem Mund herunterzuschlucken. Mein Hals ist ein verstopf-
ter Abfluss. Ich schiebe mich einen Schritt voran. Dann noch
einen. Das Zimmer meines Vaters liegt am anderen Ende des
Flurs. Bei jeder Tür, die ich auf dem Weg dorthin passiere, blicke ich mich panisch um, rechne damit, dass mich jemand er-
sticht, erwürgt, mir mit einem schweren Gegenstand den Kopf
einschlägt. In jedem Schatten lauert ein Mörder. Konzentrier
dich, Kocaj. Konzentrier dich, verdammt noch mal. Ich über-

lege, ob ich etwas sagen, den Eindringling, wer auch immer er ist, auf mich aufmerksam machen soll. Ob es ihn vielleicht verscheucht, wenn ich Licht mache. Was, wenn er jetzt gerade im Zimmer meines Vaters ist und ihm ein Messer an die Kehle hält? Erschrecke ich ihn dann? Wird er ihm die Luftröhre durchtrennen? Nein. Nein, nein, nein. Denk nicht an so was. Ich schleiche noch einen Schritt weiter, befinde mich nun auf Höhe der Küchentür. Ich kann sie nicht hinter mir lassen, ohne nachzusehen, ob jemand in der Küche ist. Mit zitternder Hand schalte ich das Licht ein. Ein weißes Nichts voller Brotkrümel. Ich schleiche weiter. Als ich an der Wohnzimmertür vorbeikomme, höre ich ein Geräusch.

Er ist im Wohnzimmer.

Jeder Zentimeter meiner Haut scheint plötzlich unter Strom zu stehen. Ich brauche meine Dienstwaffe, aber die ist in der Sporttasche. Mist, die Tasche steht neben der Wohnungstür, ich hätte mir die Pistole beim Hereinkommen schnappen sollen. Unfähig, einen klaren Gedanken zu fassen, drücke ich mich gegen die Wand und starre auf die halb offene Wohnzimmertür. Bravo, Kocaj. Falls du vorhattest, unerschrocken zu wirken, hättest du es nicht dämlicher anstellen können. Ich will sprechen, der Person jenseits der Tür zubrüllen, dass sie verschwinden soll, doch aus meinem Mund dringt kein einziger Laut. Ich stehe in meiner dunklen Wohnung, in unmittelbarer Nähe eines Fremden, von dem ich nur durch eine Türöffnung getrennt bin. Und ich kann nichts sehen.

Es kostet mich unendliche Überwindung, einen Schritt nach vorn zu machen und an der gegenüberliegenden Wand nach dem Lichtschalter fürs Wohnzimmer zu tasten. Die Vorstellung, dass mich jemand in der Dunkelheit anspringen könnte, ist unerträglich. Für einen kurzen Moment zögere ich, und mir kommt der absurde Gedanke, dass dies vielleicht gar nicht meine Wohnung ist, dass ich mich in der Tür geirrt habe. In diesem Augenblick spüre ich den Schalter unter meinen Fingern und drücke ihn.

»Guten Abend, Süßer.«

Im Wohnzimmer meiner Wohnung steht Babsi. Babsi, die Bettlerin vom Bahnhof Neukölln. Die Bettlerin, die ich früher gehänselt habe und der ich heute hin und wieder ein paar Euros zustecke. Die Bettlerin, die vor vielen Jahren um ein Haar bei lebendigem Leib verbrannt wäre. Ihr Mund ist weit geöffnet, Speichelfäden bilden Brücken zwischen ihren dunkelvioletten Lippen. Und dann ihre Augen. Verdammt, ihre Augen.

Was machst du hier? Was willst du in meiner Wohnung? Wie zur Hölle bist du hier reingekommen? Geh wieder. Hau ab. Was hast du mit meinem Vater gemacht? Woher weißt du, wo ich wohne? Du bist mir gefolgt. Du bist mir hierher gefolgt und in mein Haus eingedrungen. Wo ist mein Vater? Was geht hier vor?

Babsi macht einen wankenden Schritt auf mich zu. Sie bewegt sich wie eine todbringende Lawine, die Kadaver mit sich reißt. Ich weiche zurück. Das hier passiert gerade nicht. Ein Albtraum, es ist nur ein Albtraum.

»Das Erste wird dir die Augen öffnen«, sagt sie und kommt noch einen Schritt auf mich zu. »Das Erste wird dir die Augen öffnen. Das Erste wird dir die Augen öffnen.«

Sie ist umgeben von einer Wolke aus schwindelerregenden Gerüchen, menschlichen, aber auch fremdartigen, animalischen. Ich weiß nicht, warum ich sie erst jetzt bemerke. Mein Magen krampft sich zusammen. Eine atavistische Angst, tief vergraben in irgendeinem Winkel meines Gehirns, räkelt sich, reckt die schwarzen, fauligen Glieder. Babsi rückt mir noch einen Schritt näher.

»Sie ist an einem anderen Ort. Einem schlimmen Ort. Der König hat sie dorthin verschleppt. Sie hängt an seiner Mondkrone. An seiner Mondkrone. Mondkrone.«

Sie hört nicht auf näher zu kommen, wie kann es sein, dass sie nicht damit aufhört, sie kommt näher näher näher. Bleib stehen, nein, nicht zu mir. Mein Rücken stößt gegen die Wohnzimmerwand, ich kann nicht weiter zurückweichen. Babsi lässt sich davon nicht beirren.

»Mondkrone. Nur selten ist eine Tür eine Tür. Mondkrone. Nur selten ist ein Schlüssel ein Schlüssel.«

Und dann ist es so weit: Babsi hat mich erreicht. Meine Angst ergreift von mir Besitz, als ob ich eine Marionette wäre, das Spielzeug eines launenhaften Kindes. Der Geruch ist jetzt so intensiv, dass ich nicht mehr denken kann. Babsis Hände sind feuchte Geier, die sich auf meine Brust setzen. Begehrliche Finger, getränkt mit Urin und Eiter, fahren über meine Haut, wandern zu meinem Gesicht, halten mich fest. Ihre Augen. Ihre Augen. Ihre Augen. Ihr offener Mund, der sich spuckend bewegt.

Sie sagt:

»Rebecca ist im Raucherbereich.«

Und dann:

»Der Einzige, der sie da rausholen kann, bist du.«

Ich stoße sie von mir weg und renne hinaus.

5

Das Feuer

Sie haben das Licht ausgeschaltet. Dieses Detail irritiert mich. Warum haben sie das Licht ausgeschaltet? Jeder weiß doch, dass sie da sind. Jedenfalls haben sie es ausgeschaltet. Es sind auch ein oder zwei Mädchen dabei, der Rest sind Jungen. Sie haben sie mit Hüpfseilen an den Sprungkasten gefesselt und wechseln sich damit ab, Tennisbälle auf sie zu werfen. Bei jedem Aufprall dreht sie den Kopf weg, schreit jedoch nicht. Einer der Jungen ist der Anführer, es ist natürlich der, der alles filmt. »Sag, dass du eine Hure bist«, ertönt seine Stimme. »Sag es. Ich bin eine Hure. Sag, dass du Schwänze lutschst. Ich lutsche Schwänze, sag es.« Sie starrt ins Leere, nur einmal sieht sie kurz in die Kamera, direkt hinein. Möglicherweise wird der Junge, der sie filmt, dadurch nervös, denn die Kamera wackelt plötzlich und schwenkt mehrmals rasch zur Tür. Ihr Blick erstarrt. »Was glotzt du so?«, fragt die Stimme hinter der Kamera. »Schaust du etwa mich an? Willst du mir den Schwanz lutschen? Gib's ihr, Alex. Gib's der schwanzlutschenden Hure.« Einer der Jungen nimmt Anlauf und schmettert ihr einen Medizinball ins Gesicht. Alle johlen, Blut fließt. Dann der Schrei eines Mädchens: »Siekommtsiekommtsiekommt!« Das Licht wird eingeschaltet, und die Stimme der Lehrerin ist zu hören. Das Bild wird unscharf und friert eine halbe Sekunde später ganz ein.

Schweigen ergießt sich über uns, als würde es uns jemand von oben über die Köpfe schütten. Wir ertrinken darin.

»Das Mädchen, das Sie in dem Video gesehen haben, heißt Rebecca Lilienthal«, erklärt Ritter schließlich. »Timo, der Junge, der filmt, war offenbar ihr fester Freund, bis sie sich weigerte, ihn näher an sich heranzulassen. Auf sexuelle Weise, meine ich. Das Ergebnis haben Sie gerade erlebt.«

Ritter geht beim Sprechen im Raum auf und ab. Diesmal sind wir nicht im St.-Marien-Internat. Diesmal ist es keine zwanglose Befragung. Und diesmal ist Ulrike Steiners Mutter sehr wohl anwesend.

Es handelt sich um eine blonde, pummelige Mittvierzigerin, ganz anders als die Mutter von Rebecca Lilienthal. Ein kleines goldenes Kreuz ruht auf ihrer Brust. Sie ist sehr formell gekleidet und hat offenbar nur braune Kleidungsstücke im Schrank. Vom Vater keine Spur. Frau Steiner ist verängstigt, das ist nicht zu übersehen. Wie sollte es auch anders sein, hier in diesem nüchternen Verhörzimmer, bedrängt von diesem Wilden.

»Wir zeigen Ihnen das Video, damit Sie verstehen, dass es sich um eine ernste Angelegenheit handelt«, fährt Ritter fort. »Was auf den Aufnahmen passiert, ist ein schwerwiegendes Vergehen und hatte rechtliche Konsequenzen für die Beteiligten. Aber es ist nicht einmal ein Bruchteil dessen, was Rebecca möglicherweise in ebendiesen Minuten widerfährt. Denn sie ist verschwunden, Frau Steiner, und Ihre Tochter hatte etwas mit diesem Verschwinden zu tun.«

»Aber meine Tochter ist ...«, setzt die Mutter an.

Mein Partner haut mit der Faust auf den Tisch, langsam und kraftvoll. Genauso hat er dem Pädophilen in jenem Keller den ersten Fausthieb verpasst. Frau Steiner zuckt zusammen, Ulrikes Kopf rutscht noch tiefer zwischen ihre Schultern. Ihre Brille droht ihr über die Nasenspitze zu gleiten.

»Du hast uns angelogen!« Ritter zeigt mit einem schwieligen Würstchen von Zeigefinger auf Ulrike. »Wir waren da, um Rebecca zu helfen, und du hast uns dreist ins Gesicht gelogen. Rebecca und du, ihr habt euch nachts aus dem Internat geschlichen und seid feiern gegangen. Möglicherweise hat Rebecca auf einer dieser Partys den Täter kennengelernt, der sie entführt und ihr den Zahn ausgerissen hat.«

»Den *mutmaßlichen* Täter«, würde ich gern korrigieren, aber jetzt ist vermutlich nicht die richtige Zeit für das Beharren auf Formalitäten. Ulrike ist immer noch genauso verschlossen wie beim letzten Mal, ihr Blick ist fest auf den Tisch gerichtet. Auf ihre Mutter zeigt Ritters Tirade hingegen Wirkung. Sie sieht unsicher zu mir herüber, vermutlich fragt sie sich, was ich bei der Befragung zu suchen habe, etwas abseits, am anderen Ende des Tischs. Ich habe bisher nicht ein einziges Wort beigetragen. Vielleicht denkt sie, ich wäre ein Polizeipsychologe, der Gespräche wie dieses begleitet, ohne sich einzumischen. Andererseits müsste der Zustand meines Gesichts diesem Eindruck entschieden entgegenwirken.

»Was für einen Zahn?«, fragt die Mutter verwirrt.

Ritter blinzelt und überspielt die Tatsache, dass er versehentlich ein wichtiges Ermittlungsdetail preisgegeben hat, mit der jahrzehntelangen Erfahrung, die er in Zeugenbefragungen gesammelt hat.

»Frau Steiner, ist Ihnen klar, dass die Lügen Ihrer Tochter unsere gesamten bisherigen Ermittlungsergebnisse zunichtemachen?« Sie reagiert nicht. »So etwas nennt sich Behinderung der Justiz. Ulrike ist noch nicht volljährig, sie wird also keine lange Strafe absitzen müssen, höchstens ein paar Monate, aber ...«

»Strafe absitzen?«, stammelt die Mutter.

»Ja, in einem Gefängnis.« Ritter wartet, bis das Wort Mutter und Tochter wachgerüttelt hat, bevor er präzisiert: »In einer Jugendstrafanstalt, um genau zu sein. Sollte uns Ulrike allerdings von jetzt an die Wahrheit sagen, werden wir dies strafmildernd berücksichtigen.«

Ulrike ist eine Fliege, die im Spinnennetz des Blicks ihrer Mutter gefangen ist. Offenbar weiß die, was ein Aufenthalt in einer Jugendstrafanstalt bedeutet: ein Leben lang Papierkrieg und Probleme beim Erlangen eines Studienplatzes, beim Erlangen eines Jobs, bei allem. Die Zukunft, die sie für ihre Tochter geplant hat, gerät ins Wanken, genau wie die Zukunft, die Ulrike sich für sich selbst erträumt. Es sei denn ...

Das Mädchen schweigt weiter, versteckt sich hinter ihren wie zugeschweißt wirkenden Lippen und der Brille, die ihr das Aussehen einer übernächtigten Schildkröte verleiht. So leicht wird sie nicht mit der Sprache herausrücken. Ich sehe Beunruhigung im Blick der Mutter, und ich sehe auch, dass Ritter schon wieder die Hand zur Faust ballt. Bevor er sie erneut auf den Tisch sausen lässt, folge ich einem Impuls und versuche es so:

»Ulrike, das Beste für Rebecca wäre ...«

Ich schaffe es nicht, den Satz zu Ende zu bringen, denn Ulrike schreckt zusammen, als sie meine Stimme hört. Ihr ganzer Körper weicht ruckartig vor mir zurück, was niemandem im Raum entgeht. Falls doch noch Zweifel bleiben, räumt das Mädchen sie aus, indem sie mit dem Finger auf mich zeigt und mit weit aufgerissenen Augen verkündet:

»Ich sage Ihnen, was Sie wollen, Herr Ritter, solange *er* von mir wegbleibt.«

Die Blicke der um den Tisch Sitzenden schießen hin und her, ein Tennisdoppel. Ich seufze. Mit einem Mal erhält alles einen verhängnisvollen Anstrich: meine gesprungene Lippe, meine kaputte Augenbraue, mein geschwollenes Auge. Meine schneeweißen Fingerknöchel, von denen ich gründlich die Blutflecke geschrubbt habe. Die panische Angst, die Ulrike erfasst hat, sobald ich den Mund aufgemacht habe.

Die Mutter erblasst noch mehr. Sie hebt die Hand an das Kreuz auf ihrer Brust. Im Gegensatz zu ihr ist Ritter ein alter Hase, was Situationen wie diese angeht. Er legt, diesmal ganz sanft, eine Hand auf den Tisch. Beugt sich vor. Und sagt:

»Die Wahrheit. Sofort.«

Endlich beginnt Ulrike zu reden. »Ja, wir sind zusammen ausgegangen. Ein oder zweimal die Woche«, stammelt sie. »Fast von Anfang an.«

»Was meinst du mit ›von Anfang an‹?«

»Nachdem sie an die Schule kam, haben wir uns sofort gut verstanden. Der Grund war eigentlich total albern: Sie wollte gerade auf die Toilette, als ich herauskam, und wir stießen mit den Köpfen zusammen. Ich sagte ›Verzeihung‹ und sie wie aus der Pistole geschossen: ›Verziehen.‹ Irgendwie war das eine seltsame Antwort. Sie sagte nicht ›Kein Problem‹ oder ›Nichts passiert‹ oder so was. ›Verziehen‹. Deshalb bin ich stehen geblieben und habe sie mir genauer angeschaut.« In Ulrikes Gesicht deutet sich bei der Erinnerung ein kaum merkliches Lächeln an. »Mir fiel auf, dass sie eine Agenda mit Cartoons von Calvin & Hobbes in der Hand hatte. Ich bin ein großer Fan von Calvin & Hobbes und habe sie gefragt, wo sie die Agenda gekauft hat. So kamen wir ins Gespräch. Ihr Lieblingscartoon war derselbe wie meiner. Hobbes fragt darin Calvin: ›Glaubst du, dass Gott existiert?‹ Und Calvin antwor ...«

»Wer von euch kam auf die Idee, nachts feiern zu gehen?«, unterbricht Ritter, der endlich zum Punkt kommen will.

Ulrike kehrt abrupt in die Gegenwart zurück und sackt wieder in sich zusammen.

»Rebecca. Eines Tages tauchte sie mit einer Ausgabe der Zitty auf, dem Stadtmagazin. Sie hatte sie in ihrem Rucksack versteckt, auch wenn wir beim Betreten der Schule eigentlich nicht durchsucht werden. Wir blätterten sie zusammen durch, sahen nach, wann Konzerte und Partys und solche Sachen stattfanden. Und dann zogen wir zusammen los, anfangs nur zu Nachmittagsveranstaltungen, aber wir merkten schnell, dass die interessantesten Events nachts stattfinden.«

»Nachts hieß, dass ihr euch heimlich aus der Schule schleichen musstet«, schiebt Ritter ein, den nicht zu überzeugen scheint, dass Rebecca die treibende Kraft hinter den nächtlichen Eskapaden der Mädchen gewesen sein sollte. »Wie habt ihr das angestellt?«

Jetzt hebt Ulrike zum ersten Mal den Blick.

»Wir mussten uns nicht heimlich aus der Schule schleichen.«

Frau Lenskis Tränen zeigen keinerlei Wirkung, außer der, die Luft in der Kapelle zu befeuchten.

»Bitte«, schluchzt sie und zieht mit einem abstoßenden Geräusch den Rotz durch die Nase hoch, »bitte!«

Ritter, die Mutter Oberin und ich stehen um sie herum. Die Jungfrau Maria mit ihrem goldenen Umhang und dem erdolchten Herzen bespitzelt uns von ihrem Podest hinter dem Altar. Wir haben es Suly überlassen, weiter Ulrikes Zeugenaussage aufzunehmen, diesmal hoffentlich die Wahrheit. Unterdessen sind wir zum St.-Marien-Internat gefahren, wo die Pförtnerin nun vor uns auf der vordersten Kirchenbank sitzt. Ich bezweifle, dass sie ihre Stelle noch lange behalten wird.

»Ich habe Tochter in London«, stößt sie heiser hervor. »Sie viele Ausgaben, Stadt sehr teuer.«

»Das ist keine Entschuldigung, Irina«, sagt Raffaela Herzog langsam und betont dabei jede Silbe. »Ihr Verhalten ist unentschuldbar. Sie haben eine wichtige Regel unserer Einrichtung gebrochen.«

»Ich gar nichts gemacht«, wimmert die Pförtnerin. »Mädchen mir Geld gegeben, ich Tür aufgeschlossen. Sonst nichts. Ist nicht illegal.«

Die Mutter Oberin erwidert nichts. Wozu auch?

Ritter stößt mich mit dem Ellbogen an. Ich werfe ihm einen fragenden Blick zu. Die faltigen Fleischlappen, die seine Schweinsäuglein umgeben, werden noch knittriger. Er zeigt unauffällig auf die Pförtnerin. Ich atme tief durch, fühle mich nicht vorbereitet auf diese Prüfung. Aber mir bleibt wohl nichts anderes übrig. Los geht's.

»Frau Lenski.« Für einen kurzen Moment überlege ich, ob ich Polnisch mit ihr sprechen soll. Nein, ich weiß, dass ich mich damit nur lächerlich machen würde, und das wäre kontraproduktiv. »Wir müssen wissen, wie oft Sie Rebecca und Ulrike nachts die Tür aufgeschlossen haben, an welchen Wochentagen. Um wie viel Uhr sie gingen und wann sie wiederkamen. Vor allem müssen wir alles wissen, was Sie uns über die Nacht von Rebeccas Verschwinden erzählen können. Und diesmal bitte die Wahrheit. Ich weiß, dass das viel verlangt ist, aber je mehr Zeit vergeht« – wie formuliere ich es, ohne sie noch mehr in Aufruhr zu versetzen? »... desto schlimmer könnte die Situation für Rebecca werden.«

Okay, so anscheinend nicht. Die Pförtnerin bricht in lautes Wehklagen aus, jeder Schrei geht uns durch Mark und Bein. Ein krampfartiges Zittern erfasst ihren Körper. Die Mutter Oberin streicht sich über die Stirn. Ich sehe Ritter an und erwarte böse Blicke, doch er scheint mich im Gegenteil noch weiter anzustacheln. *Setz sie unter Druck*, sagt sein Gesicht.

Scheiße.

»Denken Sie an Ihre Tochter.« Eine göttliche Eingebung scheint mir die Worte in den Mund zu legen. Ich beschließe, es zu riskieren, und füge auf Polnisch hinzu: »Denken Sie daran, was Sie sich wünschen würden, wenn *ihr* etwas Derartiges zugestoßen wäre.«

Jetzt dringt aus dem Sumpf aus Rotz, Speichel und Tränen eine leise Stimme: »Rebecca jede Nacht ausgegangen.«

»Jede?«, fragt Ritter ungläubig.

Frau Lenski nickt.

»Sie mir fünf Euro gegeben, acht Euro, zehn Euro, kommt auf Tag an. Sie mir Handy geschenkt, damit mich kann anrufen, wenn wieder da. Ich nichts muss machen, hat gesagt. Tür aufschließen, wenn geht, und Tür aufschließen, wenn kommt. Zwei Uhr morgens war zurück, manchmal drei. Nicht später. Manchmal mit Ulrike, ein oder zwei Mal in Woche. Sonst allein.«

»Jede Scheißnacht ... dieses Flittchen«, murmelt Ritter und scheint gar nicht zu merken, dass er laut gedacht hat. »Haben Sie ihr auch am Abend des vergangenen Montags die Tür aufgeschlossen?« Frau Lenski nickt. »Ist sie wieder zurückgekommen?« Frau Lenski nickt wieder. »War jemand bei ihr?«

Die Pförtnerin schüttelt den Kopf. »Nein, Rebecca allein gekommen. Gegangen ist zusammen mit ...« Ihr Blick schießt zwischen uns hin und her. »Mit Ulrike. Zusammen rausgegangen, aber zurückgekommen Rebecca allein. Ulrike später gekommen. Ich nicht können schlafen, aus Fenster geschaut. Gesehen, wie Rebecca mit schwarze Auto vorgefahren.«

»Was für ein Auto war das? Konnten Sie sich das Kennzeichen merken?«

»Auto war schwarz.« Ihr Gesichtsausdruck ist verwirrt, und ihre Stimme klingt, als hätte sie Kies im Hals. »Und groß. Hatte ... Bild an Tür.«

»Was für ein Bild?«

»Sah aus wie Hörner.«

»Hörner?«

Die Pförtnerin nickt, offenbar ist von ihr keine präzisere Beschreibung zu erwarten.

»Ist noch jemand mit Rebecca ausgestiegen? Ist sie mit einer fremden Person ins Internat gekommen? Frau Lenski, falls Sie diese Person reingelassen haben, ist es besser, wenn Sie es uns gleich sagen.«

»Ich nichts wissen!« Ihr Wutanfall nützt ihr nicht viel. Die Last der auf sie gerichteten Blicke schüchtert sie ein und verwandelt ihren Zorn in Verbitterung. »Rebecca ist sehr liebe

Mädchen, immer nett zu mir. Fragt nach mein Tochter und sagt, dass Geld dazu da, ihr zu helfen. Wer hilft mein Tochter? Internat nicht hilft mein Tochter, Polizei nicht hilft mein Tochter, Regierung nicht hilft mein Tochter. Nur Rebecca. Sie mit mir sprechen, mich behandeln wie echte Mensch, sie mir schenken Bücher, damit kann lernen Deutsch, sie ...«

Ich stutze.

»Bücher?«, hake ich ein. »Was für Bücher?«

Mein schroffer Tonfall lässt sie zusammenzucken. Von mir hat sie derart schlechte Umgangsformen offenbar nicht erwartet.

»Bücher«, wiederholt sie zaghaft.

Zehn Minuten später stehen wir in dem Zimmer, das Frau Lenski im Internat bewohnt. Es unterscheidet sich kaum von den Schlafräumen der Mädchen, ist höchstens ein wenig größer und hat ein eigenes Bad. Braune Vorhänge versperren den Blick auf den Hof. Es gibt keine richtige Küche, nur eine einzige Kochplatte und einen Minikühlschrank. Der speckige Glanz von verschlossenen Fenstern, Winter für Winter, haftet an den ockerfarbenen Wänden, an denen ein paar grobkörnige Fotos hängen. Von einer Ecke der Zimmerdecke her breitet sich Schimmel aus – wer weiß, welchen Schaden er bereits in der Lunge dieser armen Frau angerichtet hatte. Ich kann mir nur mit Mühe vorstellen, wie es ist, an einem solchen Ort zu leben, will mir andererseits aber auch nicht ausmalen, wie die Umstände waren, unter denen sie gelebt hat, bevor sie hierherkam. Auch nicht, unter welchen sie in Zukunft leben wird.

Es liegt ein scharfer Geruch in der Luft, nach irgendeinem Gewürz, das ich nicht identifizieren kann. Außerdem rieche ich Talkumpuder, was mich an meine Großmutter erinnert. Ein Bettsofa steht im Raum, davor ein altmodischer Röhrenfernseher auf einem kleinen Regal, an dessen Rand sich fünf oder sechs unterschiedlich große Bücher schmiegen. Ich marschiere direkt auf sie zu, ohne Frau Lenski um Erlaubnis zu bitten.

»Geschenke von Rebecca«, erklärt Frau Lenski mit schwacher Stimme. »Für mich schwierig, auf Deutsch lesen. Aber sie mir bringen die Bücher, damit mir helfen.«

Ich glaube aus Frau Lenskis Tonfall herauszuhören, dass sie hofft, ihre Arbeit behalten zu können, wenn sie so weit wie möglich mit uns kooperiert. Das vielsagende Schweigen der Mutter Oberin scheint ihr entgangen zu sein. Mir ist es nicht entgangen. Hoffentlich gewährt sie der Pförtnerin zumindest eine ausreichende Frist, um sich eine neue Wohnung zu suchen. Während ich die Bücher durchsehe, taucht vor meinem inneren Auge eine unangenehme Vision auf: Frau Lenski in ein oder zwei Monaten, im Wohnzimmer eines Fremden, dem sie von der Ecke, an der sie bettelt, gefolgt ist. Im Dezember. Bei Minusgraden.

Rebecca ist im Raucherbereich.

Mir kommt unvermittelt der Satz in den Sinn, den Babsi gestern Nacht zu mir gesagt hat. Nachdem ich vor ihr davongerannt war, war ich draußen im Kreis herumgelaufen, mein Atem eine weiße Wolke in der schwarzen Nacht. Es dauerte nicht lange, bis mich die Erkenntnis traf: Ich hatte eine Verrückte in meiner Wohnung zurückgelassen. In Gedanken sah ich sie vor mir, wie sie die Augen meines Vaters einsaugte, ihn in den Hals biss, ihm einen Streifen Haut abriss, lang und rot, und ihn zum Mund führte. Ich absolvierte noch ein paar Runden, bevor ich wieder hineinging. Diesmal zog ich am Eingang meine Pistole aus der Sporttasche. Betätigte einen Lichtschalter. Und noch einen und noch einen. Ich schaltete sämtliche Lichter der Wohnung ein, bis ich ins Wohnzimmer kam.

Nichts.

Ich ging in den Flur zurück und öffnete die Tür zum Zimmer

meines Vaters. Er schnarchte friedlich, in seinem Dunst aus Medikamenten und Beruhigungsmitteln. Ich atmete erleichtert auf.

Seither habe ich kein Auge mehr zubekommen. Um fünf Uhr morgens, am Küchentisch, mit einer Tasse Arzneitee zwischen den zitternden Händen, erschien mir allein der Gedanke an Schlaf vollkommen absurd. Hatte ich tatsächlich Babsi gesehen? War sie tatsächlich in meine Wohnung eingedrungen? Oder hatte ich mir alles nur eingebildet?

Rebecca ist im Raucherbereich.

Der Einzige, der sie da rausholen kann, bist du.

Ich stoße einen langen, verärgerten Atemzug aus.

»Was ist los?« Ritters Stimme erinnert mich daran, dass ich nicht allein bin.

Zum Glück habe ich eine Antwort parat. Ich ziehe ein Buch aus dem Regal und zeige es ihm.

»*Wir Kinder vom Bahnhof Zoo*«, verkünde ich unnötigerweise, denn er sieht ja den Buchdeckel.

»Sehr schwierige Buch«, merkt Frau Lenski eifrig an.

»Heilige Scheiße«, murmelt mein Partner.

»Was meinen Sie?« Mutter Raffaelas Blick wandert zwischen uns hin und her. »Das ist ein sehr beliebtes Buch.«

»Moment bitte, Schwester Oberin.« Ritter fertigt sie mit einer Handbewegung ab.

»Mutter Oberin.«

»Dann eben Mutter, wie auch immer.« Er wirft mir einen fragenden Blick zu. »Und, ist was drin?«

Ich blättere das Buch durch, halte inne. Zeige es ihm.

Sein Blick sagt alles. Wieder eine Botschaft.

»Wittenberger Straße«, sage ich. »Das Feuer.«

Ritter verschränkt die Arme.

»Wir werden wohl einen kleinen Ausflug nach Marzahn machen müssen, Podolski.«

Den Schlüssel findest du am Grund des Lochs

»Podolski?«

Die Stimme von Frau Lenski holt uns in die Gegenwart zurück.

»Wir lassen Sie jetzt lieber allein«, ignoriert mein Partner ihre Frage. »Sie haben sicher einiges zu klären. Frau Lenski, verlassen Sie Berlin nicht und bleiben Sie bitte erreichbar. Es könnte sein, dass wir Sie noch einmal anrufen. Vielen Dank, Schwester Oberin.«

»Mutter Oberin.«

Ritter rammt mir mal wieder seinen Ellbogen in die Rippen, und ich folge ihm zögernd zur Treppe. Bevor ich sie hinuntergehe, werfe ich noch einen Blick über die Schulter. Im Dämmerlicht von Frau Lenskis Zimmer stehen sich Pförtnerin und Mutter Oberin gegenüber. Ich weiß nicht, warum, aber ich habe kein gutes Gefühl dabei, die beiden allein zu lassen. Bevor ich davongehe, vernehme ich noch die letzten Worte, die ich von Frau Lenski je hören werde:

»Natürlich ich bleibe in Berlin. Wohin sollte ich gehen?«

»Allmählich hab ich die Schnauze voll von diesem kleinen Miststück.«

Es ist Freitag, der dritte Tag unserer Zusammenarbeit, und ich habe bereits gelernt, Ritters Stimme auszublenden. Ich blicke aus dem Fenster auf die herumwirbelnden braunen Herbstblätter. Es sind nur wenige Menschen auf der Straße, zumindest in diesem Teil der Stadt. Ritter fährt mit derselben Aggressivität, mit der er seine Fäuste einsetzt.

»Um alles wird ein großes Geheimnis gemacht«, echauffiert er sich weiter. »Ein ach so frommes, fleißiges und talentiertes Mädchen, na klar. Eine Musterschülerin, sagen die einen, eine zukünftige Heilige, die anderen. Außerdem stark und verantwortungsbewusst. Soso. Und dann geht sie hin und wirft das Geld, das ihr ihre Eltern jeden Monat schicken, für Konzerte und Partys raus und verpfuscht der armen Pförtnerin das Leben.«

Ich bin todmüde. Nicht nur wegen letzter Nacht, wegen des heißen Tässchens Schlaflosigkeit, das mir Babsis Auftauchen verabreicht hat, ob es nun wirklich passiert ist oder nicht. Eigentlich bin ich schon seit Tagen total gerädert, seit meinem Streit mit Nina, auch wenn man es nicht wirklich einen Streit nennen kann. Trotzdem, ich nehme Nina als Ausgangspunkt, weil ich nicht daran denken will, was in jener Nacht noch alles vorgefallen ist. Dass ich Lucia Angst gemacht, den Pädophilen verprügelt, bis frühmorgens in der *Griessmühle* gefeiert habe.

»Und dann hat sie auch noch einen Flüchtling als Freund! Zumindest soweit es uns bekannt ist.« Er nimmt einen tiefen Zug von der Zigarette zwischen seinen Fingern, ohne auch nur darüber nachzudenken, ein Fenster aufzumachen. »Wer weiß, wie viele Männer sie noch hatte, wie viele sie unter ihrem Rosenkranz begrapschen durften.«

Der Mistkerl gibt einfach keine Ruhe. Ich habe keine Ahnung, ob er nur mit sich selbst redet oder ob er mich aufhetzen und zu einer Reaktion zwingen will, zu empörtem Widerspruch. Wozu? Was würde das bringen? Ich versuche, ihn diesmal wirklich auszublenden, während er erneut die Zigarette zum Mund führt.

»*Der Raucherbereich wartet auf dich. Traust du dich durch die Tür? Den Schlüssel findest du am Grund des Lochs.* Wie passt das alles zusammen?« Ritter schnaubt ratlos und beschleunigt gleichzeitig. »Und überhaupt: Was ist so besonders an *Wir Kinder vom Bahnhof Zoo*?«

Damit fesselt er doch wieder meine Aufmerksamkeit. Ritter selbst weiß offenbar keine Antwort darauf, er hat die Frage einfach so in den Raum geworfen. Vielleicht ist das seine Arbeitsmethode, und er gibt all diesen Blödsinn von sich, damit er besser denken kann. Vielleicht sind sein Chauvinismus und sein Rassismus nichts als Schmieröl für das Getriebe seines Gehirns. Verrückt. Mit seiner letzten Frage hat er mich trotzdem nachdenklich gemacht. Ich erinnere mich daran zurück, wie ich damals *Wir Kinder vom Bahnhof Zoo* gelesen habe. Wir nahmen das Buch im Unterricht durch, ich glaube, ich war ungefähr in Rebeccas Alter, möglicherweise auch ein oder zwei Jahre jünger. Meine ganze Generation hat dieses Buch gelesen. Es gehörte zur obligatorischen Schullektüre. Die Drogenprobleme einer Handvoll Jugendlicher in Westberlin, lange vor der Wende. Ein abschreckendes Beispiel in der hübschen Verpackung eines Jugendromans.

Plötzlich fällt es mir wie Schuppen von den Augen:

»Nichts.«

Ritter stößt noch mehr Zigarettenqualm aus, vermischt mit säuerlicher Atemluft. Er sieht mich fragend von der Seite an.

»Was meinst du?«

»An diesem Buch ist nichts besonders«, erkläre ich. »Jeder kennt es, viele haben es noch irgendwo herumstehen. Es fällt nicht auf in einem Bücherregal. Jeder hat es gelesen, und keiner hat Lust, es noch mal zu tun.

Ritter wiegt den Kopf hin und her. »So lässt sich etwas für alle sichtbar verstecken ... An einem Ort, an dem keiner sich die Mühe macht nachzusehen.«

»Es sind Botschaften«, füge ich hinzu. »Diese Sätze sind Botschaften. Die eine Hälfte eines Dialogs. Aber von wem? An wen gerichtet? Und was bedeuten sie?«

Ich atme tief ein und spüre ein Kribbeln im Bauch. Ist das etwa Jagdfieber? Fühlt sich so ein Schweißhund, wenn er eine Fährte aufgenommen hat? Wird die Handlung des Schauermärchens, dem wir so verzweifelt auf der Spur sind, jetzt konkreter?

»Vielleicht finden wir im Feuer ja ein paar Antworten auf diese Fragen.«

Ich hasse diesen Ort, sobald ich den ersten Fuß hineingesetzt habe.

Wenn es etwas gibt, das ich an Berlin verabscheue, dann die »geheimen« Bars. Erst war es nur eine Mode, dann wurde es zur Plage. Jeder kennt die Paloma Bar, das Monarch oder das West Germany in der Nähe des Kottbusser Tors, aber es gibt noch viele mehr. In Wohnungen, Einkaufszentren oder ehemaligen Arztpraxen versteckte Clubs oder Bars, offene Geheimnisse, damit sich jeder, der länger als eine Viertelstunde in Berlin war, rühmen kann, sie zu kennen, und vor seinen Freunden, die gerade zu Besuch sind, damit angeben kann. Bei manchen muss man sich über eine Sprechanlage anmelden, bei anderen gibt es ein Passwort. Einige wandern umher und wechseln jede Woche die Adresse, machen sich die beschämende Anzahl leerstehender Gebäude zunutze, die es auch jetzt noch, dreißig Jahre nach dem Mauerfall, in Berlin gibt.

Was weniger bekannt ist: dass sich diese versteckte Szene nicht auf Clubs und Bars beschränkt. Warum sollte es auch so sein? Es gibt geheime Restaurants, Fitnessstudios, Anwaltskanzleien, Plattenläden, Reparaturwerkstätten, Instrumentenbauer. Sie alle fügen sich ein in die Hohlräume Berlins, in die Löcher, die der Krieg und sein Bastard, der Kapitalismus, gerissen haben. Vermutlich funktioniert es ein bisschen so wie beim Deep Web: Der Großteil der Leute glaubt, dabei gehe es nur um Kinderpornographie, Drogen und Waffen, dabei tummeln sich dort hauptsächlich gewöhnliche Händler, die einfach nur Steuern sparen wollen.

Wir parken an der Wittenberger Straße, im Herzen von Marzahn, einem jener Viertel im Osten, die von Gott und Teufel gleichermaßen verlassen scheinen. Ein reizender Ort voller Nazis und deutscher Rentner, die noch nie einen Türken gesehen haben, der nicht hinter der Theke eines Dönerladens gestanden hätte. In Berlin gibt es immer Probleme, einen Parkplatz zu finden, aber hier ist die Straße so leer, dass sie aussieht, als hätte man sie für einen bevorstehenden Festzug geräumt. Der wolkenverhangene Himmel ist wie eine Platte aus runzligem Stahl, die uns zu Boden drückt. Die Gebäude drängen sich dicht an dicht, als wollten sie sich so vor der Kälte schützen, und weisen jene Kombination aus schwärzlichem Backstein und dunklen Dächern auf, die an Hexenhäuser erinnert. Über den Dächern ragen ihre Schornsteine in den Himmel, stumme Wächter. Das Ganze wirkt wie ein ödes Fleckchen Erde am Ende der Welt, dabei ist es nur Berlin an der Schwelle eines Winters, der hart und lang zu werden droht. Schon jetzt schmerzt jeder Atemzug, und das ist erst der Anfang.

Wir nähern uns dem Eingang, einer Tür, die genauso nichtssagend ist wie alle anderen. Man könnte tausendmal durch diese Straße kommen, ohne dass sie einem auffallen würde. Allerdings müsste man schon verrückt sein, um tausendmal hier vorbeizugehen. Das Einzige, was ins Auge sticht, ist das von Yousuf beschriebene Graffito an der Hauswand.

Als wir davor stehen bleiben, geht die Tür auf. Heraus kommt ein Typ in der Sorte Daunenjacke, die in Berlin zwischen Oktober und April zur zweiten Haut wird. Er hält den Kopf gesenkt, sein halbes Gesicht wird von einem Strickschal verdeckt. Doch dann bleibt sein Blick an uns hängen, und er entfernt sich hastig, fast schon panisch, die Straße hinunter.

Ich sehe ihm hinterher. Hätte ich es nicht getan, wäre es mir sicher entgangen, aber so werde ich Zeuge des Moments, als er an der nächsten Straßenecke ankommt. Bevor er in der Querstraße verschwindet, dreht er sich noch einmal zu uns um, und ich erkenne sein Gesicht.

»Verdammt.«

»Was ist?«, fragt Ritter.

»Dieser Typ ...« Was ich gerade gesehen habe, ist so unwahrscheinlich, dass es mir schwerfällt, Ritter ins Bild zu setzen. Es klingt einfach zu absurd. »Das war ... das war der Pädophile.«

»Wie, das war der Pädophile?«

»Na, der aus dem Keller.«

Ritter betrachtet die verwaiste Straßenecke.

»Nie im Leben. Das hast du dir nur eingebildet, Podolski. Der Kerl war so dick angezogen, da erkennt man doch gar nichts.«

Ich antworte nicht, starre nur weiter zur Ecke, als könnte er gleich wieder den Kopf hervorstrecken. Natürlich tut er es nicht. Die Sekunden, die verstreichen, tragen meine Gewissheit mit sich fort, höhlen sie aus.

»Und jetzt tu mir bitte den Gefallen und lass den Unsinn, wir müssen uns konzentrieren.« Ritter schlägt mir zweimal mit der flachen Hand auf die Schulter, was mir überhaupt nicht gefällt. »Dieser Ort ist so weit weg vom St.-Marien-Internat, dass diese Göre etwas ganz Konkretes gesucht haben muss. Wir werden versuchen, in Erfahrung zu bringen, wer sie hier gesehen hat, wann sie das letzte Mal da war und was sie hier getan hat. Ich will wissen, was sie anhatte, wie oft ihr Schal um den Hals gewickelt war, welche Farbe ihre Unterhose hatte. Details, Details, Details. Darum geht es bei der Polizeiarbeit, Podolski.«

Er glaubt, dass er mir wertvolle Tipps gibt, mir das Handwerk beibringt. Ich will ihm im Moment lieber nicht widersprechen, ihm nicht vor den Latz knallen, dass ich das alles längst weiß. Offenbar liest er es dennoch von meinem Gesicht ab.

»Darf man erfahren, was mit dir los ist?«

»Mit mir ist gar nichts los.«

»Hör mal zu, Grünschnabel: Ich mag dir vorkommen wie ein dicker alter Trottel, aber ich habe Augen im Gesicht. Mir ist vollkommen klar, dass du keine Lust hast, hier zu sein, und dich für einen besseren Polizisten hältst. Weniger klar ist mir der Grund für deine Überheblichkeit. Was hast du denn bisher Tolles geleistet? Wie viele Verbrecher hast du hinter Gitter gebracht? Wie viele Fälle hast du gelöst?«

Ich schweige weiter. Der Verlauf, den Ritters Monolog genommen hat, behagt mir überhaupt nicht. Er nähert sich mir mit dem Ausdruck eines Kerls, der Streit in einer Bar sucht. Sein stinkender Atem und sein altmodisches Eau de Cologne schlagen mir entgegen.

»Du kannst über mich denken, was du willst. Das fehlte noch, dass ich mir um deine Meinung Gedanken mache. Aber solange du mein Partner bist, vergiss eins nicht: Ich bin der dienstältere Kommissar und du mein Untergebener. Du tust, was ich dir sage, und wenn ich dir was erkläre, nickst du brav mit dem Kopf und bedankst dich. Verstanden?«

Mein Blick schweift erneut zu der Straßenecke ab, um die der Typ von vorhin verschwunden ist. Deshalb kommt es für mich vollkommen überraschend, als Ritter mein Kinn packt und mich zwingt, ihm ins Gesicht zu sehen.

»Ob du verst ...«

Ich kann nicht anders, als ihn mit beiden Händen von mir wegzustoßen. Er gerät aus dem Gleichgewicht, vermutlich weil er nicht mit Gegenwehr gerechnet hat, und landet rücklings auf dem Gehweg. Es ist kein schlimmer Sturz, ganz und gar nicht. Für seinen Stolz muss er sich dennoch anfühlen wie zwanzig Dolchstöße. Die Verblüffung, mit der er mich ansieht, dauert so lange an, wie ein altersschwacher Motor zum Anspringen braucht.

»Fassen Sie mein Gesicht nicht an«, sage ich langsam. »Bitte.«

Wäre dies ein Film, würde der alte Querulant nun in schallendes Gelächter ausbrechen, meine Hand akzeptieren, um wieder aufzustehen, und mir zweimal auf die Schulter klopfen, um anerkennend zu brummen, dass ich das Zeug zum beinharten Bullen habe. Leider sind wir nicht in einem Film. Ritter schnauft wie ein durchlöcherter Kessel, rappelt sich auf und nähert sich mir erneut, auch wenn er diesmal einen Schritt früher stehen bleibt.

»Das bekommst du zurück«, zischt er. »Keine Sorge. Und zwar da drinnen.«

Ich würde mich gern entschuldigen, doch aus irgendeinem Grund bleiben die Worte in dem Treibsand stecken, der meinen Bauch füllt. Ritter ist gefährlich, daran besteht kein Zweifel. Ihn zu verärgern war das Dümmste, was ich hätte tun können.

Andererseits: Habe ich da nicht gerade einen Funken Angst in seinen Augen aufblitzen sehen? Einen Funken Wachsamkeit? Mir bleibt keine Zeit, länger darüber nachzudenken. Was auch immer hinter dieser Tür liegt, es wartet auf uns.

Die Tür führt zunächst in einen trostlosen Innenhof, in dem ganze Generationen von Bauschutt und Mülltüten lagern, deren Inhalt noch nichts davon weiß, dass sich die beiden Teile Deutschlands wiedervereinigt haben. Vom Hof zweigen verschiedene Gebäudeflügel ab. Auf der Metalltür zur Rechten prangt das gleiche Symbol wie draußen neben dem Eingang. Die Kälte und das vorherrschende Grau verstärken noch den Eindruck, ein Gefängnis zu betreten. Hinter der Metalltür liegt eine schmale Treppe mit bröckelnden Wänden, die mit Graffiti, sexuellen Botschaften und Flecken verschiedenster getrockneter Flüssigkeiten beschmiert sind. Nichts davon beunruhigt uns, dieser einladende Willkommensgruß erwartet einen in vielen Berliner Treppenhäusern.

Wir gehen in den zweiten Stock hinauf und stehen vor einer dicken Holztür, in die das Feuersymbol eingeprägt ist. Direkt darunter steht der Name dieses Orts.

Das Feuer
Okkulte Bücher

Ritter rempelt mich unsanft an und zwängt sich vor mir durch die Tür. Ich habe nicht vor, darauf zu reagieren.

Es riecht nach jenem alten DDR-Desinfektionsmittel, das ich aus irgendeinem Grund schon immer mit Katzenpisse assoziiert habe. Das Dämmerlicht, das in den Räumen herrscht, macht die Sache nicht angenehmer. Sämtliche Fenster sind zur Hälfte verdunkelt, nicht etwa mit Jalousien – so etwas Modernes gibt es hier nicht –, sondern mit schweren, auf halber Höhe angebrachten Vorhängen. Überall liegt Staub, seine Partikel, die vielleicht schon älter sind als ich, tanzen träge durch die Luft. Wie die meisten anderen geheimen Orte in Berlin ist auch Das Feuer im Grunde nur eine große Privatwohnung, ein Apartment mit kahler Decke und unverputzten Wänden. Alles ist vollgestellt mit Bücherregalen, in denen sich dicht an dicht verschlissene Buchrücken aneinanderreihen, angenagt vom Zahn der Zeit. Es handelt sich um eine riesige Bibliothek, die sich womöglich über die gesamte Etage erstreckt und die Atmosphäre eines düsteren Tempels verströmt, einer Einsiedelei, tief versteckt in einem vergessenen Wald. In der Luft liegt jene Stille, die nur Millionen Seiten Papier erzeugen können.

Außer uns sind noch vier oder fünf weitere Besucher zu sehen, allesamt Männer mittleren Alters, allesamt mit dem verschämten Blick von Stammgästen eines Pornokinos. Niemand schenkt uns viel Beachtung, nur hin und wieder streift uns ein argwöhnischer Seitenblick, der klarmacht, dass wir hier stören. Holzdielen knarren unter unseren Füßen, und in den Ecken brennen altmodische Stehlampen, die die Bibliothek in ein zeitloses Licht tauchen, ein gedämpftes Sepia. Vermutlich ist es genau das, was alle Geschäfte heutzutage erreichen wollen: dass man die Zeit vergisst, sobald man sie betritt.

Die Bücher scheinen auf den ersten Blick völlig unsortiert in den Regalen zu stehen, die ebenfalls bunt zusammengewürfelt sind: die üblichen Ikea-Aufbewahrungsmöbel neben Wandregalen von vor dem Krieg, dazu offene Truhen und alte Türen auf Sägeböcken als Aufbewahrungsort für weitere staubige Bücherstapel. Das alles erweckt den Anschein eines Friedhofs, eines Orts, an den die Bücher zum Sterben hingehen. Ein einziges Streichholz würde genügen, um alles in Flammen aufgehen zu lassen, was die Ironie des Namens – Das Feuer – noch unterstreicht.

Wir kommen an einer Küche vorbei. Auf einem Tisch drängen sich Becher mit benutzten Teebeuteln, leere Flaschen, schmutzige Teller. Wer weiß, wann sie benutzt wurden oder wann sie jemand abwaschen wird. Das Spülbecken ist gesprenkelt mit jenen weißen Flecken, die das kalkhaltige Berliner Wasser nach dem Trocknen hinterlässt. In seiner Mitte ragt ein Fernsehturm aus benutzten Tellern auf, ein einzigartiges Kunstwerk. Es hätte mich nicht gewundert, wenn eine Kakerlake durch diese Katastrophe von einer Küche gekrabbelt wäre oder eine Maus sich hinter einen verwaisten Besen geflüchtet hätte. Das ist zwar nicht der Fall, aber ich bin mir sicher, dass meine Erinnerung diesen Ort im Nachhinein mit Ungeziefer füllen wird.

»Da hinten.«

Ritters Stimme lässt mich zusammenzucken, dabei hält uns natürlich nichts davon ab, hier drinnen ganz normal miteinander zu reden. Mein Nacken schmerzt, weil ich seit Betreten dieses Orts die Muskeln angespannt habe. Ritter zeigt in eine Richtung, und ich merke, dass ich längst den Überblick über die Bibliothek verloren habe. Die Wohnung, in der sie sich befindet, ist riesig, Raum um Raum reihen sich aneinander, verbunden durch unzählige Flure. Erschwerend hinzu kommt, dass es keine thematischen Unterteilungen gibt, nur Zimmer, die mit Büchern vollgestopft sind, als ob sie die Bäuche papiersüchtiger Monster wären. Es fällt mir schwer, mir Rebecca hier vorzustellen, aber vielleicht kann uns die Person, auf die Ritter gerade zusteuert, diesbezüglich weiterhelfen.

Wir betreten einen Raum, in dem das steht, was in diesem Labyrinth am ehesten einer Ladentheke gleichkommt. In Wirklichkeit ist es auch nur ein weiterer Tisch, über dem jemand einen Koffer voller Bücher ausgekippt zu haben scheint. In seiner Mitte thront ein Laptop, und dahinter kauert ein Typ, der besser in einen Sexshop der Neunziger gepasst hätte.

Der Blick des Mannes ist so starr, dass man meinen könnte, er sei mit offenen Augen eingeschlafen. Ich schätze ihn auf Ende dreißig. Auf beiden Seiten seiner schweißbedeckten, mit Leberflecken und Warzen übersäten Glatze stehen wilde Haarbüschel vom Kopf ab, als hätte er in eine Steckdose gefasst. Seine Gesichtszüge ähneln denen eines Schweins, scheinen beinahe dazu gemacht, Missfallen zu erregen. Gekleidet ist er von Kopf bis Fuß in Schwarz, vielleicht glaubt er, auf diese Weise eleganter zu wirken. Ein fusseliger Bart teilt sich um seine dicken, schuppigen Lippen, und an den Händen trägt er schwarze Wollhandschuhe, die überraschend lange Finger verbergen.

Zwischen dreien dieser Finger hält er eine E-Zigarette, an der er geistesabwesend zieht, um anschließend träge Dampfwölkchen auszustoßen.

Wir bleiben vor dem Kerl stehen, aber er hebt nicht einmal den Kopf. Ritter beschließt, sofort auf Konfrontation zu gehen, vielleicht, weil er noch von unserem Zusammenstoß in Fahrt ist: Er klappt dem Typen einfach den Laptop vor der Nase zu.

»Kriminalpolizei. Ihren Namen, bitte.«

Zack, bumm – eine Information und eine Bitte. Oder vielmehr ein Befehl. Der Typ runzelt verwirrt die Stirn.

»Hannes.«

»Sehr erfreut, Hannes. Wir würden Ihnen gern ein paar Fragen bezüglich einer Kundin stellen.«

Ritter gibt mir mit einer Handbewegung zu verstehen, dass ich das Handy rausholen und dem Kerl das Foto von Rebecca zeigen soll, doch das ist gar nicht nötig, wie sich herausstellt.

»Rebecca«, sagt Hannes.

»Genau«, erwidert Ritter. »Woher wissen Sie das?«

»Es kommen nicht viele Frauen hierher. Eigentlich überhaupt keine.«

»Und warum?«

»Keine Ahnung. Rebecca war jedenfalls das einzige Mädchen, das die Bibliothek besucht hat. Hübscher Hintern und äußerst reizvolle Lippen.« Er zieht mit dümmlicher, halb abwesender Miene an seiner E-Zigarette. Angewidert betrachte ich den Dampf, der aus seinen Nasenlöchern quillt. »Was ist denn passiert?«

»Warum sagen Sie ›war‹?«, hake ich nach. »Weshalb die Vergangenheitsform?«

Ritter wirft mir einen unwirschen Blick zu, sagt jedoch nichts. Hannes nimmt noch einen Zug.

»Weil ich sie letzte Woche rausgeworfen habe. Schade, ich

habe ihr gern dabei zugesehen, wie sie hier durch die Gänge getänzelt ist.«

In diesem Moment überkommt mich eine seltsame Mattigkeit, etwas, das ich nicht benennen kann, das aber trotzdem sehr real ist. Und ich habe plötzlich den Eindruck, dass mich jemand beobachtet. Ruckartig drehe ich mich um. Nichts. Nur Türen, die zu Fluren führen, die wiederum in Räume voller Bücher münden. Trotzdem: Irgendetwas hat sich zwischen den Bücherregalen bewegt, da bin ich mir sicher. Ich atme durch die Nase aus.

»Warum haben Sie sie rausgeworfen?«, erkundigt sich Ritter, als er merkt, dass es mir die Sprache verschlagen hat.

Hannes holt tief Luft, als wollte er sich auf eine große Enthüllung vorbereiten. Dann starrt er wieder eine Zeitlang ins Leere, völlig benebelt. Es fällt mir schwer, ihn mir dabei vorzustellen, wie er eine Kundin vor die Tür setzt. Oder überhaupt irgendetwas anderes tut, als hier vor seinem Laptop zu sitzen und vor sich hin zu starren.

»Ich hatte sie dabei erwischt, wie sie in meinen Büchern rumgeschmiert hat.« Wieder ein Zug an der E-Zigarette, begleitet von einem belustigten Hüsteln. »Ich habe ihr gesagt, dass ich noch mal darüber hinwegsehe, wenn sie mir im Hinterzimmer einen bläst, aber sie wollte nicht.«

Ritter und ich sehen uns an.

»Sie wissen schon, dass Sie von einem sechzehnjährigen Mädchen sprechen, oder?«, frage ich Hannes.

Er fährt sich mit der Zungenspitze über die Lippen. Ich beobachte ihn halb angewidert, halb fasziniert und bin froh, dass er seine Zunge nicht noch weiter herausstreckt. Dann grinst er. Ihm fehlt ein Eckzahn – als ob sein Äußeres nicht schon ekelerregend genug wäre.

»Sobald sie krabbeln können, sind sie im richtigen Alter. Und in der richtigen Position.«

»In welchem Teil der Bibliothek hat sie in den Büchern rumgeschmiert?«, knurrt Ritter, der vermutlich genauso viel Lust verspürt wie ich, diesem menschlichen Ungeziefer die Fresse einzuschlagen.

»Im Hexenraum.«

»Hexenraum«, wiederholt Ritter. »Und wo ist der?«

»Drei Flure weiter, drittes Zimmer links.«

Ritter gibt mir mit dem Kinn ein Zeichen, das nicht schwer zu deuten ist: Geh und schau dich dort um. Es gefällt mir kein bisschen, dass er mich so behandelt, aber ich erkenne eine Racheaktion, wenn ich sie vor mir habe. Er wird mich als Laufburschen behandeln, solange er Lust dazu hat – weil ich ihn zu Boden gestoßen habe, oder einfach nur, weil er es kann. Ich nicke und verschwinde im Gang. Hinter mir höre ich Ritters Stimme:

»Warum heißt er Hexenraum?«

Und die vor Selbstgefälligkeit triefende Antwort von Hannes:

»Hier haben alle Räume Namen von Dingen, die brennen.«

Es muss daran liegen, dass ich nicht geschlafen habe. Dieser verdammte Ort kommt mir von innen viel größer vor als von außen. Was mir bis jetzt nicht aufgefallen ist: In die Türrahmen sind kleine Bilder geritzt, und darunter prangt jeweils das Flammensymbol vom Eingang. Die Bilder wirken grob, wie mit einem Cutter oder einer alten Schere ins Holz gestanzt. Ein Haus, ein Wald, eine Kirche, Kinder, die seilspringen.

Dinge, die brennen. Dieser Hurensohn.

Drei Flure weiter. Als ob das so einfach wäre. Wie viele Flure hat diese Bibliothek insgesamt? Ich überlege, wie viel Miete sie hier wohl zahlen, falls es überhaupt eine Mietwohnung ist. Es riecht so ranzig, dass man fast meinen könnte, die Bücher würden schwitzen. Aus dem Augenwinkel sehe ich eine Silhouette, die irgendwo von einem Raum in den anderen huscht.

Der Schauder, den sie mir über den Rücken jagt, rührt von ihrer ungewöhnlichen Art zu gehen her. Vielleicht habe ich mir das Ganze aber auch nur eingebildet.

Drittes Zimmer links. An der ersten Türöffnung ist ein Feuerwerkskörper eingeritzt. An der zweiten ein Bus. Am dritten Türrahmen ist die rudimentäre Zeichnung einer Hexe zu erkennen, sie besteht nur aus vier oder fünf Linien, die ihren spitzen Hut, den Besen, die Hakennase andeuten. Unverwechselbar.

Der Raum hat nichts Besonderes an sich, jedenfalls ist er nicht ungewöhnlicher als die restliche Bibliothek. Er wird allein von einer Stehlampe in der Ecke beleuchtet, auf deren Schirm verschiedene eingetrocknete Flecken prangen, bei denen man lieber nicht wissen möchte, woher sie stammen. Es wimmelt von scharfkantigen Schatten in dem großen Raum, in dem die Regalreihen nicht wie in den meisten anderen Zimmern die Wände säumen, sondern in drei Reihen quer durch den Raum verlaufen. Ich schlendere zwischen ihnen hindurch, und der Boden knarrt unter meinen Füßen. Bücher über Bücher, dicht gedrängt, ohne jede ersichtliche Sortierung. Ich weiß gar nicht, wo ich anfangen soll. Ohnehin habe ich keine Ahnung, was Ritter von mir erwartet. Soll ich auch hier nach *Wir Kinder vom Bahnhof Zoo* suchen? Soll ich willkürlich Bücher hervorziehen? Schon die Titel sind haarsträubend: *Tore des Schmerzes*, *Pergament aus Haut*, *Tunnel des Bewusstseins mittels Trepanation des Sternums*. Das fehlte noch.

Auf was hast du dich da eingelassen, Rebecca? Du kommst mir längst nicht mehr so unschuldig vor, aber ich will nicht ungerecht sein. Warum sollte ich von dir erwarten, dass du eine Heilige bist, unbefleckt und rein? Dennoch verspüre ich eine gewisse Enttäuschung. Irgendwie wirkt es, als ...

Als hättest du es darauf angelegt.

Was ist nur mit mir los? Ich muss aufhören, so zu denken.

Ich wähle willkürlich ein Buch aus, der Titel auf dem Buchrücken lautet: *Okkulte Gräueltaten*. Als ich es herausziehen will, werde ich auf das Buch daneben aufmerksam: *Raucherbereich*. Ich hebe eine Augenbraue. Nehme das Buch aus dem Regal. Es ist nicht sehr dick, aber schwer. Nervös fahre ich mir mit der Zunge über die Lippen. Aus irgendeinem Grund schrecke ich davor zurück, das Buch zu öffnen. Ich huste, sehne mich nach einem Glas Wasser. Ich blicke zur Türöffnung. Es ist niemand auf dem Flur, auch nicht in den angrenzenden Räumen. Ich schlage das Buch auf, und in diesem Moment knarrt der Fußboden

Ich würde gern behaupten, dass ich erschrocken zurückweiche, dass ich die Hand an die Waffe lege oder irgendetwas anderes tue, egal was, doch das stimmt nicht. Stattdessen stehe ich wie angewurzelt da, mit Gänsehaut am ganzen Körper und weit aufgerissenen Augen. Das Buch fällt mir aus den Händen und schlägt mit einem Geräusch auf dem Boden auf, das an einen Klavierdeckel erinnert, der über zarten Kinderfingern zugeknallt wird. Dabei ist überhaupt niemand da. Außer mir ist kein Mensch im Raum. Du dämlicher Idiot, verfluche ich mich stumm. Der Holzboden hat geknarrt, weil altes Holz nun mal knarrt. Ich löse mich aus meiner Starre, umrunde alle drei Regalreihen und blicke zur Tür hinaus. Nichts. Trotzdem rast mein Herz. Wenn ich heute Abend Feierabend habe, gehe ich nach Hause, lege mich ins Bett und schlafe sechzehn Stunden am Stück. Nachdem ich noch einmal tief durchgeatmet habe, gehe ich zurück, um das Buch aufzuheben. Neben ihm liegt ein Zahn auf dem Boden.

Da liegt ein Zahn auf dem Boden.

Ein verfickter Zahn.

»Ritter«, sage ich, ohne die Stimme zu erheben.

Ich beuge mich weiter nach unten.

»Ritter«, wiederhole ich. Es ist kaum mehr als ein Flüstern.

Ich gehe in die Hocke.

»Ritter«, sage ich erneut, obwohl ich weiß, dass er mich nicht hört.

Da liegt ein Zahn. Ein verdammter Zahn. Vollkommen intakt, die Zahnwurzeln spitz wie winzige Krallen. Mitten in der Bibliothek, die sich Das Feuer nennt. Bedeckt mit einer bräunlichen, eingetrockneten Substanz, die ich nicht ins Labor schicken muss, um zu wissen, um was es sich handelt.

Wieder knarrt der Boden. Ich starre den Zahn an. Ein langgezogener Schatten, erzeugt durch das Licht jener trüben Stehlampe, fällt auf mich, überdeckt meinen eigenen Schatten, überdeckt den Zahn, überdeckt alles. Was auch immer den Schatten wirft, es ist direkt hinter mir, bewegt sich schwerfällig. Der Schatten hat eine eigenartige Form, er trägt etwas auf dem Kopf, es sieht aus wie ein schiefer Hut mit zwei spitzen Enden. Direkt hinter meinem Rücken bleibt das Wesen stehen. Wenn ich mich jetzt umdrehe, sehe ich es. Dreh dich nicht um. Wenn du dich umdrehst, siehst du es. Tu es nicht.

»Podolski«, ertönt Ritters Stimme. Diesmal bin ich nicht wie gelähmt, sondern stoße einen Schrei aus. »Was ist denn mit dir los?«

Ich fahre herum. Er steht nicht mal hinter mir, ist noch drei Räume entfernt. Sonst ist niemand zu sehen. Ich blicke zu Boden. Das Buch. Das Buch und sonst nichts. Da ist kein Zahn. Es hat nie einen Zahn gegeben. Schwindel erfasst mich, als stünde ich auf einem wankenden Schiff statt auf festem Boden. Ich stütze mich an der Wand ab, ringe nach Luft. Ich muss schlafen, und zwar bald. Nachdem ich mich von der Wand gelöst habe, gehe ich Ritter entgegen.

»Hast du was gefunden?«, fragt er mich beiläufig.

»Nein.«

»Total durchgeknallt, die Kleine. Sie kam einmal die Woche und lieh sich angeblich immer dasselbe Buch aus: *Wir Kinder vom Bahnhof Zoo*.«

Ritter erzählt mir im Auto, was er von Hannes erfahren hat. Ich reibe mir den Nasenrücken.

»Das letzte Mal war vor einer Woche. Dieser zugekiffte Wichser hat sie angeblich dabei erwischt, wie sie in einem anderen Buch rumgekritzelt hat.«

Ritter wirft mir einen Seitenblick zu.

»Fragst du mich nicht?«

»Was?«, antworte ich. Mein Herz schlägt immer noch viel zu schnell, und mein Hinterkopf fühlt sich an, als würde er in einer Schraubzwinge stecken. Ich weiß nicht, was gerade passiert ist. Was ich im Hexenraum gesehen habe. Oder vielmehr nicht gesehen habe.

Ritter schnaubt. »Ist nicht so dein Tag heute, was, Podolski?«

Er kramt in seiner Jacke und zieht etwas hervor. Legt es aufs Armaturenbrett. Neben uns wird wütend gehupt. Ritter beschleunigt wieder auf sein übliches wahnwitziges Tempo. Der Gegenstand auf dem Armaturenbrett ist ein schwarzes Buch. Ich greife danach. *Raucherbereich*. Ich fasse es nicht – das gleiche Buch wie vorhin. Es muss das Exemplar sein, in dem Rebecca herumgekritzelt hat, wohingegen im Hexenraum ein neues Buch stand.

»Schlag es auf.«

Ich gehorche. Und runzle überrascht die Stirn. Das Buch ist leer. Es steht nichts drin. Es ist ein Notizblock, ein Fehldruck, was auch immer. Ohne dass Ritter mich dazu auffordern muss, blättere ich mit dem Daumen durch die Seiten und halte unvermittelt inne. Auf einer Seite steht doch etwas.

Ich bin bereit, das erste Opfer zu bringen.
Morgen Nacht hole ich den Schlüssel.

»Was ist denn das für eine Scheiße?«, frage ich und merke, dass ich schon klinge wie mein Partner. Heute ist wirklich nicht mein Tag.

Ritter gibt einen Schnarchlaut von sich, den ich als Lachen interpretiere.

»Das, mein lieber Podolski, ist der andere Teil des Dialogs.« Er bemerkt mein verwirrtes Gesicht. »Denk doch mal nach: Das Mädchen geht einmal die Woche in die Bibliothek. Sie leiht immer das gleiche Buch aus und gibt es nach dem Lesen weiter: an die Pförtnerin, ihren Freund, wer weiß, an wen noch alles. Wie durch Zauberhand steht jede Woche ein neues Exemplar im Regal, das eine neue versteckte Botschaft enthält. Aber das Mädchen nimmt nicht nur ein Buch mit, sie lässt im Gegenzug auch etwas da.«

»Ihre eigene Botschaft.«

»Ihre eigene Botschaft.« Er schlägt leicht mit der Hand aufs Lenkrad. »Irgendein Arschloch muss die Botschaften für sie hinterlegt und im Gegenzug ihre entgegengenommen haben. Das erste Opfer. Keine Ahnung, was das schon wieder für ein Mist ist. Das Ganze lief jedenfalls so lange, bis dieser notgeile Wichser sie erwischte und aus der Bibliothek warf. Aber da war die letzte Botschaft bereits überbracht, und es spielte keine Rolle mehr.«

»Der Raucherbereich wartet auf dich.«

»Der verfickte Raucherbereich wartet auf dich.«

In meinem Kopf beginnt es zu rattern. Ulrike. Die Botschaften. Rebecca und Ulrike, die nachts aus dem Internat abhauen und durch die Clubs ziehen. Die Pförtnerin, die sie hinaus- und wieder hereinlässt. Rebecca, die mit irgendjemandem in dieser geheimen Bibliothek Nachrichten austauscht. Nachrichten, die ihr verraten, was sie suchen, wohin sie gehen soll.

Den Schlüssel findest du am Grund des Lochs.
Morgen Nacht hole ich den Schlüssel.

Der Raucherbereich wartet auf dich.
Morgen Nacht hole ich den Schlüssel.
Den Schlüssel findest du am Grund des Lochs.

»Ich hab's!«, rufe ich, schnappe mir mein Handy und tippe darauf herum.

»Was machst du da«, sagt Ritter genervt, und sein Tonfall könnte nicht weiter von einer Frage entfernt sein. »Jetzt ist nicht der richtige Zeitpunkt, um mit irgendwelchen Leuten zu chatten.«

Es dauert weniger als fünf Sekunden, dann habe ich es gefunden. Es ist schon immer da gewesen, sichtbar für jeden, der weiß, wonach er suchen muss. Wie ein leeres Buch in einem Regal.

Ich zeige Ritter das Handy. Er schielt herüber. Wieder wird neben uns ohrenbetäubend gehupt. Mein Partner sieht mich an.

Zwei Hupkonzerte später wechselt er die Fahrspur, um links abzubiegen.

6

Das Loch

Ritter zieht die Handbremse an, und wir steigen aus. Wir sind in der Gegend um den Ostbahnhof, in jenem Niemandsland voller zerbrochener Flaschen, Crackpfeifen, Zigarettenkippen und Plastikverpackungen, das sich zwischen Bahngleisen und Spree befindet. Früher drängten sich hier die Lagerhallen und Fabriken, unverputzte Backsteingebäude, die ihre Abfälle in den Fluss entließen, als gäbe es kein Morgen, nichtwissend, dass es für sie tatsächlich keine Zukunft geben würde. Die Mauer erhob sich nur wenige Meter entfernt, und so findet sich ganz in der Nähe jene Touristenfalle, die in den Reiseführern unter East Side Gallery firmiert. Von ihr einmal abgesehen ist das hier eine Betonwüste. Die leerstehenden Hallen der Fabriken, die dem Kapitalismus westlicher Machart zum Opfer fielen, verwandelten sich schnell in gigantische Clubs, Kathedralen des Techno, Diskothekenkomplexe, die den Levels des Videospiels Duke Nukem gleichen. Das Berghain ist auch nicht weit entfernt, genau wie der Tresor. Direkt vor dem Parkplatz, auf dem wir gerade das Auto abgestellt haben, ragt ein weiterer der tausend Industrieclubs der Gegend auf. Er heißt Das Loch.

Es fällt auf wie ein schmutziger Grabstein in einem Kindergarten. Es ist sechs Stockwerke hoch, ein quadratischer Betonklotz, der von absolutem Nichts umgeben ist, zumindest wenn man unter Nichts eine Brache voller Gestrüpp, halb erstarrtem Erbrochenen, gefrorenem Urin, Jointstummeln und Glasscherben versteht. Eine weiße Dampfwolke quillt zwischen meinen Lippen hervor. Der Himmel ist ein Leichensack, in den Berlin gezwängt wurde.

»Ist um diese Zeit überhaupt jemand da?«, frage ich. »Es ist nicht mal vier Uhr nachmittags.«

»Klar doch. Diese Läden sind besser gepflegt als ein Apple-Store. Man muss sie, schon Stunden bevor sie aufmachen, auf ihren Einsatz vorbereiten. Reinigungskräfte und Sicherheitspersonal sind auf jeden Fall da. Das Barpersonal trifft so ab sechs Uhr abends ein, vermute ich. Nachmittags tauchen die Eigentümer oder Geschäftsführer solcher Clubs auf, genau wie die Drogendealer und Alkohollieferanten.«

Dieser Mistkerl kennt sich besser aus als ich. Ich nicke, weil ich sonst nichts dazu beizutragen habe. Wir machen uns durch die entmutigende Ödnis der Brachfläche auf den Weg zum Gebäude. Etwa zweihundert Meter von hier entfernt lassen sich japanische Familien und die Teilnehmer von Junggesellenabschieden vor den mit künstlerischen Graffiti vollgesprühten Resten der Berliner Mauer fotografieren. In dreihundert Metern Entfernung raspelt Ali am Schlesischen Tor für den x-ten desorientierten Spanier Dönerfleisch von seinem Drehspieß. Und vierhundert Meter weit weg erhitzt Sven in einem veganen Café auf der Falkensteinstraße die Milch für einen Cappuccino für fünf Euro siebzig. Wir nähern uns unterdessen diesem Ort, bei dem ich aus irgendeinem Grund das Gefühl habe, dass wir ihn nicht lebend wieder verlassen werden.

Was denke ich da für einen Schwachsinn? Das Loch ist auch nur ein Club wie jeder andere. Ein Laden, der Techno, Alkohol und Ecstasy verkauft, aber sonst nicht viel. Außerdem ist er jetzt leer. Dort drinnen kann uns gar nichts passieren. Und doch bin ich mir sicher, dass irgendein Hurensohn Rebecca an ebendiesen Ort gelockt hat. *Den Schlüssel findest du am Grund des Lochs*. Hierher ist sie gekommen, um sich mit dem Arschloch zu treffen, das ihr Woche für Woche neue Botschaften im Feuer hinterlassen hat. Ich denke an die gefährlichen Online-Spiele, denen weltweit gelangweilte Jugendliche zum

Opfer fallen, wie zum Beispiel *Der blaue Wal*. Ein kleiner Adrenalinkick für ein katholisches Mädchen, das sich plötzlich in Berlin wiederfand. Vielleicht war es nur das. Rebecca und Ulrike fingen an, nachts auszugehen, jemand drückte Rebecca die Adresse vom Feuer in die Hand und sagte ihr, dass sie dort das Buch *Wir Kinder vom Bahnhof Zoo* suchen solle. Von da an entwickelte sich ein Spiel auf kleiner Flamme, ein Spiel aus Botschaften und Aufgaben, das darin endete, dass Rebecca Das Loch betrat, um sich im Raucherbereich mit ... ja, mit wem zu treffen? Das ist die entscheidende Frage.

Der König hat sie verschleppt. Sie hängt an seiner Mondkrone.
Sie ist an einem anderen Ort. Einem schlimmen Ort.
Der Einzige, der sie da rausholen kann, bist du.

Der Gorilla an der Tür sieht aus, als wäre er für diesen Beruf geboren worden: ein Türke, dessen Schultern so breit sind wie Ritters Auto mit geöffneten Türen, komplett in Schwarz gekleidet. Bei seiner monströsen Körpergröße wirkt das Funkgerät an seinem Gürtel wie ein Spielzeug. Von seinem rechten Ohr baumelt ein Headset, und er begrüßt uns mit einem unwirschen Blick. Ich wünschte, Suly wäre hier und würde diesen Blick mit seinen ausdrucksstarken Augenbrauen und vielleicht ein paar Worten Türkisch abfedern. Aber vermutlich wird Ritter den Kerl gleich mit seinem üblichen Gebrüll in die Schranken weisen.

»Hallo, Berliner Polizei.« Ritter zeigt ihm seinen Ausweis. »Wir ermitteln in einem Fall und würden dem Geschäftsführer gern ein paar Fragen stellen.«

Ich starre ihn an, genau wie der Türsteher.

»Wir werden ihm nicht viel Zeit stehlen«, fährt Ritter fort. »Es wäre uns wirklich eine große Hilfe.«

Der Türke betrachtet den bleiernen Himmel, als wäre dort die Entscheidung abzulesen, die er zu treffen hat. Obwohl ich zwei Meter von ihm entfernt stehe, rieche ich deutlich sein

Bartöl. Er ist makellos gekleidet und gestylt, wirkt deutlich gepflegter und eleganter als Ritter und ich.

»Warten Sie bitte einen Moment«, sagt er im Tonfall eines Buchhalters. Dann murmelt er mit veränderter Stimme und in einer anderen Sprache etwas in sein Headset. Die Antwort scheint sofort einzugehen, denn er teilt uns mit: »Herr Gupta hat jetzt Zeit. Kommen Sie bitte mit.«

Nach dieser unerwartet freundlichen Aufforderung betreten wir das Innere des Lochs, um besagten Herrn Gupta zu treffen.

Lazlo Gupta – Geschäftsleitung steht auf einem kleinen Schild neben der Tür. Das Büro befindet sich im fünften Stock des Gebäudes. Ich war noch nie in diesem Club, könnte mir jedoch vorstellen, dass die unteren zwei bis drei Etagen für das Publikum zugänglich sind und die oberen Etagen Lagerräumen und Büros wie diesem vorbehalten sind. Falls Gupta so vorausschauend war, den Betonklotz bereits in den frühen Neunzigern zu erstehen, hat er vermutlich nicht mehr als zwanzig- oder dreißigtausend Euro dafür bezahlt – beziehungsweise den Gegenwert in Deutscher Mark. Ein Schnäppchen. Bestimmt hatte sich die Ausgabe schon nach kürzester Zeit amortisiert.

Hochgefahren sind wir mit einem ehemaligen Lastenaufzug im hinteren Teil des Gebäudes. *Nur für Personal* stand auf der Tür. Anschließend sind wir in einen klaustrophobisch engen Flur hinausgetreten. Beleuchtet wird er von den grellsten Neonröhren, die ich je gesehen habe. Ihr Summen erinnert mich an tausend Fliegen, die sich auf eine tote Kuh stürzen. Die Wände sind rissig, genau wie der Rest des Gebäudes, und so werden sie wohl auch immer bleiben. Ritter ist schweigend neben mir hergegangen, hat ausnahmsweise kein chauvinistisches Geplapper von sich gegeben, um die Zeit totzuschlagen.

Der Gorilla klopft mit seinen gewaltigen Fingerknöcheln, die ich hoffentlich nie aus der Nähe sehen werde, gegen die

Tür. Er öffnet sie und bedeutet uns mit einer höflichen Geste hindurchzugehen. Ich überlege, ob er und seine Kollegen wohl für den Umgang mit Behörden einen Benimmkurs durchlaufen haben. Clubs wie dieser bekommen vermutlich so viele Beschwerden zugestellt wie andere Leute Supermarktprospekte. Solche Probleme bleiben nicht aus, wenn man an sechs Tagen die Woche seine Tore für Tausende betrunkene, unter Drogen stehende, aufgeheizte und aggressive Clubbesucher öffnet.

Ich erwarte etwas Schäbiges hinter jener unscheinbaren Tür, nackte Betonwände, schlechte Beleuchtung, Schatten dick wie schlachtreife Schweine, Grobschlächtigkeit, Gestank nach Schweiß, halb gesniffte Kokstütchen, minderjährige Drogensüchtige. Einen Einblick in die raue, ungeschönte Realität. Was wir vorfinden, hätte ich mir jedoch in meinen kühnsten Träumen nicht ausmalen können.

Lazlo Gupta muss um die fünfzig sein, sein lila Hemd und die graue Weste sind so weit aufgeknöpft, dass man die Umrisse seiner enthaarten Brustmuskeln erahnen kann. Die Seitenpartien seiner grauen Mähne sind im Nacken zu einem kleinen Schwänzchen zusammengefasst, und er trägt einen weißen, makellosen Bart, dessen Pflege monatlich mehr kosten muss als ein Kleinwagen. Die Ärmel seines Hemds sind hochgerollt und entblößen seine muskulösen Arme, die über und über tätowiert sind. Dieser Typ hätte sich perfekt auf dem Titelbild einer Werbebroschüre für Detox-Getränke gemacht, würde er sich nicht in dem widerlichsten und unangenehmsten Drecksloch befinden, das ich je in meinem Leben gesehen habe. An der Wand hinter seinem Rücken leuchten zwei riesige Kreuze in Magenta und Zyan, so intensiv, dass sie Schwindel verursachen und den Rest des Raums verdüstern. Ich vermute, dass dieser Effekt gewollt ist. Der Rest des Büros ist der feuchte Traum jedes Spirituellen. Die Fenster, die einst einen spektakulären Blick auf die Spree und die Viertel Kreuzberg und Friedrichshain geboten haben müssen, sind mit schwarzer Farbe zugepinselt, und die Wände sind mit Nägeln und Nadeln in verschiedenen Größen durchlöchert, an denen Jungfrauenbilder, Rosenkränze, Anch-Symbole, Davidsterne, Santería-Amulette, Buddhafiguren, Teufelsdarstellungen, Bilder von Baron Samedi und dem fliegenden Spaghettimonster und Hunderte weitere religiös angehauchte Fetischgegenstände hängen. Doch damit nicht genug: Ich entdecke auch den Kopf einer Babypuppe, mehrere seltsam angemalte Playmobilfiguren und Handyladegeräte, deren Kabel zu wer weiß welchen Symbolen gedreht sind.

Und inmitten dieser bizarren Sammlung, hinter einem blitzsauberen Büroschreibtisch, thront Lazlo Gupta.

»Kommen Sie doch herein«, übertönt er das Summen der nur fünfzehn Zentimeter von seinem Hinterkopf entfernten Neonkreuze. »Darf ich Ihnen eine Club-Mate anbieten?«

Vor dem Schreibtisch stehen zwei Lehnstühle aus rotem Leder, die aus einem Puff im ehemaligen Jugoslawien stammen könnten. Drei weitere Lehnstühle verteilen sich im übrigen Zimmer. Auf einem von ihnen lümmelt ein Mann, bei dem ich vermute, dass es sich um Guptas Leibwächter handelt, auch wenn man es nicht vermuten würde bei seinem grellbunten Jogginganzug, den Tribal-Tätowierungen im Gesicht und den eineinhalb Kilo Piercings in Ohren, Nase, Lippen und Wangenknochen. Der Kerl, besorgniserregend mager und auch sonst nicht sonderlich nett anzusehen, spielt mit einer Gummimaske herum, die einen Tigerkopf darstellt. Er steckt ihr die Finger durch die Augen, dreht sie in unsere Richtung und bewegt ihren Mund, als wäre sie eine Handpuppe, allerdings ohne ein Wort dabei zu sagen. Verdammter Junkie.

»Nein, danke, sehr liebenswürdig.« Ritter lässt sich in einen der Lehnstühle plumpsen, der unter seinem Gewicht ächzt. »Kommissar Ritter, Kriminalpolizei.«

»Lazlo Gupta. Unternehmer. Sehr erfreut.«

Ich nehme neben Ritter Platz. Obwohl ich noch etwa ein-einhalb Meter von Gupta entfernt bin, rieche ich sein Parfüm, das er überreichlich aufgetragen zu haben scheint, und dahinter noch etwas anderes, säuerlich und stechend, wie Schweiß und Tod gleichzeitig. Der Leibwächter, oder wer auch immer der Typ im Jogginganzug ist, lässt uns keine Sekunde aus den Augen, auch wenn er seine Sitzposition nicht verändert hat. Wahrscheinlich ist genau das seine Aufgabe, aber das macht es nicht weniger beunruhigend.

»Wir würden Ihnen gern ein paar Fragen stellen.«

In diesem Moment tut Lazlo Gupta etwas Unangenehmes: Er lächelt. Natürlich ist ein Lächeln an sich nichts Unangenehmes, bei diesem Mann jedoch sehr wohl. Trotz seines Alters, oder vielleicht gerade deswegen, scheint er eine Zahnspange zu tragen, die seinem Gebiss ein Aussehen verleiht, das sich nur als aggressiv beschreiben lässt. Es wirkt, als hätte er keine Zähne im Mund, sondern mit dem Zahnfleisch verwachsene Eisenklumpen, angeordnet nach einem Schema, das ich weder verstehen kann noch verstehen will.

»Selbstverständlich arbeiten wir in allem Nötigen mit den Behörden zusammen. Dazu sind wir da.«

Ritter zieht einen ganzen Stapel Kopien des Fotos von Rebecca im Görlitzer Park aus der Jeanstasche. Ich weiß nicht, wann er die Abzüge gemacht hat; mir hat er jedenfalls nichts davon gesagt. Er streckt sie Gupta hin, der sie nicht entgegennimmt, sondern Ritter mit einer Bewegung seines Kinns bedeutet, sie auf den Schreibtisch zu legen. Keine Ahnung, wie er es schafft, meinen Partner damit nicht auf die Palme zu bringen. Auf mich wirkt die Geste unhöflich und arrogant.

»Könnten Sie diese Fotos bitte an Ihre Angestellten verteilen? Kellner, Barkeeper, Sicherheitsleute, Gogo-Girls.« Es gelingt mir gerade noch, ein Lachen zu unterdrücken. Ritter stammt wohl doch aus einer anderen Ära. »An alle, die vergangene Woche im Club gearbeitet haben. Außerdem würde mich interessieren, ob Sie hier einen Flüchtling mit Vitiligo-Flecken im Gesicht gesehen haben.«

»Hat dieser Flüchtling dem Mädchen etwas angetan?«

Der Automatismus dieser Frage ist nicht das, was mich am meisten stört. Was mich am meisten stört, ist Guptas Hand, die wie eine zuschnappende Schlange nach vorn gleitet, um nach den Fotos zu greifen, sein mit Tätowierungen bedeckter Arm, das Labyrinth aus sich überlagernden Linien. Es ist nicht das erste Mal, dass ich solche Tattoos sehe. Dabei handelt es sich nicht etwa um satanistische Symbole, auch nicht um Pentagramme oder ähnlichen Schwachsinn. Was ich auf Guptas Arm entdecke, ist etwas viel Schlimmeres, nämlich genau die Art von Tribal-Tattoos, die man sich stechen lässt, um zuvor eintätowierte Hakenkreuze zu überdecken. Er trägt sie auf beiden Seiten, sie ziehen sich seine gesamten Arme hinauf.

Es ist wie bei *Wo ist Walter?*. Hat man einmal die Fliege in der Suppe, den seltsam geformten Fleck in der Kloschüssel entdeckt, sieht man sie immer wieder.

»Die Ermittlungsdetails gehen Sie nichts an«, sage ich. »Wir verlangen nur, dass Sie mit uns zusammenarbeiten und uns keine Steine in den Weg legen.«

Alles erstarrt in Guptas Büro. Sogar die Neonkreuze scheinen plötzlich zu flackern. Der Kopf des Leibwächters schießt in die Luft wie der eines Hundes, der einen Hochfrequenzpfiff aus einer Hundepfeife vernommen hat. Ritters Blick versetzt mir siebzehn Messerstiche. Es ist mir egal. Heute geht mir die ganze Welt auf den Sack, ich habe nicht geschlafen und soll jetzt auch noch freundlich sein zu einem Nazi, der sich die einschlägigen Tätowierungen verdeckt, um seine Kunden nicht zu verschrecken. Schluss damit. Ich stehe auf.

»Trommeln Sie bitte Ihre Angestellten zusammen, wir wollen mit jedem einzelnen reden. Und wir brauchen eine Kopie der Aufnahmen aus den Überwachungskameras. Und zwar sofort. Wir sind die Berliner Polizei, hier haben wir das Sagen, verstanden?«

Das Geräusch, das Ritter beim Einatmen macht, erinnert an eine Säge, die über einen Schleifstein gezogen wird. Lazlo Gupta sieht mich an, als hätte er meine Anwesenheit erst jetzt bemerkt. Ich bin inzwischen näher an den Schreibtisch herangetreten und erkenne aus der Nähe, wie viele Fältchen sich um seine Augen drängen, wie fahl und trocken seine Haut unter der künstlichen Bräune aussieht. Als wäre sie nicht mehr mit dem Fleisch verbunden, tote Haut, die man ihm leicht vom Gesicht reißen könnte. Gupta wirkt, als wäre er von innen her verfault. Das Schlimmste jedoch ist sein Blick. Ich weiß nicht genau, was er wahrnimmt, als er mich nun anstarrt. Mein Eindruck ist, dass er etwas in mir sieht, das ich lieber vor ihm verbergen würde. Er lächelt wieder, ein metallenes Grinsen, das an einen Piranha denken lässt.

»Natürlich haben Sie hier das Sagen, Kommissar Kocaj.« Er lehnt sich auf seinem feudalen Bürostuhl zurück. Das Leder knarrt, es scheint sich um ein älteres Modell zu handeln. »Wir machen uns sofort an die Arbeit. Am Montag bekommen Sie alles.«

Damit erwischt er mich erneut auf dem falschen Fuß.

»Am *Montag*?«

Sein Kannibalengrinsen wird noch breiter.

»Diesen Club gibt es seit über zwanzig Jahren, Herr Kocaj. Wir haben sechs Tage die Woche geöffnet, für einen Kundenkreis, der vielleicht nicht der vertrauenswürdigste der Welt ist, aber dafür authentisch und absolut legitim. Mit solchen Leuten muss man umzugehen wissen. Es gab hier schon Schlägereien, Krawalle, Vergewaltigungen, Messerstechereien, Schießereien, sogar Molotow-Cocktails wurden schon geworfen. Glauben Sie also nicht, dass Sie die ersten Polizisten sind, die uns hier besuchen. Wir kennen die Gesetzeslage sehr genau. Sie sind ohne richterlichen Beschluss gekommen und bitten uns um unsere Mitarbeit, und ich versichere Ihnen, dass wir unser Möglichstes tun werden. Es macht uns immer wieder Freude, mit der Berliner Polizei zu kooperieren. Ohne besagten richterlichen Beschluss haben wir laut Gesetz jedoch vierundzwanzig Stunden Zeit, um Ihnen das benötigte Material zur Verfügung zu stellen.«

»Sie könnten uns das Ganze auch innerhalb von fünf Minuten besorgen«, wende ich unsicher ein.

»Natürlich könnte ich das. Aber ich werde es nicht tun. Die Übergabe von polizeilich relevantem Material hat an einem Werktag zu erfolgen. Falls es Ihnen nicht bewusst war: Wir haben jetzt Freitagnachmittag. Sie können mit den Kontaktdaten unserer Mitarbeiter sowie den Aufnahmen der Überwachungskameras also am ... Montagvormittag rechnen.« Sein Lächeln ist verschwunden. »Ein schönes Wochenende, die Herren.«

»Es geht um ein verschwundenes ...«, beginne ich.

Jemand legt mir eine Hand auf die Schulter. Ich fahre erschrocken herum. Ritter steht hinter mir und wirft mir einen finsteren Blick zu.

»Einen schönen Abend, Herr Gupta«, sagt er. »Danke für Ihr Entgegenkommen.«

Der Leibwächter im Jogginganzug erhebt sich echsenartig von seinem Stuhl und eskortiert uns zur Tür. Jetzt sehe ich, dass er kaum eins sechzig groß ist und nicht mehr als vierzig Kilo wiegen kann. Trotzdem wirkt er wie jemand, der einem ohne zu zögern ein Messer in den Bauch rammt, wenn man ihm im falschen Moment über den Weg läuft. Während wir zum Aufzug zurückgehen, spüre ich den von welker Haut eingerahmten Blick Lazlo Guptas im Nacken. Dann fällt seine Bürotür zu, und er bleibt in seiner Welt der Neonkreuze zurück.

Wind ist aufgekommen. Pommes-Tüten und angekokelte Alu-folienfetzen wehen um uns herum. Das Unkraut, das sich zwischen den bröckelnden Betonplatten nach oben schiebt, tanzt hin und her. Ritter marschiert wutentbrannt Richtung Auto, ohne sich noch einmal umzublicken. Diesmal bin ich genauso sauer wie er, vielleicht auf mich selbst, ich weiß es nicht. Jedenfalls bin ich angepisst. So angepisst, dass ich an seinem Auto vorbeistapfe.

»Wo willst du jetzt schon wieder hin?«, herrscht mich Ritter an.

»Nach Hause«, antworte ich knapp, ohne mich nach ihm umzudrehen. »Ich muss mich um meinen Vater kümmern. Bis Montag machen wir hier sowieso keine Fortschritte.«

»Stimmt, und das haben wir dir zu verdanken.«

Ich fahre herum und sehe, wie er die Körperhaltung ändert, sich darauf vorbereitet, dass ich mich auf ihn stürze. Er wird mich gebührend empfangen und es mir heimzahlen, genau wie angekündigt. Bei diesem Gedanken ist plötzlich die Luft raus. Wollen wir uns wirklich hier auf dieser Brachfläche die Köpfe einhauen? Bestimmt beobachtet uns der Türsteher mit den breiten Schultern. Peinlicher geht es ja wohl nicht. Wir sind Polizisten, verdammt noch mal. Wir sind ...

Etwas macht klick in meinem Kopf. Mein Bauch krampft sich zusammen.

»*Kommissar Kocaj*«, stoße ich hervor.

»Was?«

»*Natürlich haben Sie hier das Sagen, Kommissar Kocaj.* Das hat er doch vorhin gesagt. Dabei habe ich mich ihm gar nicht vorgestellt.«

Auch Ritters Aggression scheint in sich zusammenzufallen. Er runzelt die Stirn. »Klar hast du dich vorgestellt.«

»Nein. Nein, habe ich nicht.« Ich halte inne. »Er kannte meinen Namen.«

Ritter legt sein ohnehin schon runzliges Gesicht noch mehr in Falten.

»Geh und ruh dich aus, Grünschnabel.«

Er steigt ein und lässt den Motor an. Sein Honda Civic entfernt sich. Ich marschiere los, die Hände in die Jackentaschen geschoben. Bis zum Ostbahnhof ist es noch ein gutes Stück. Die Stille in diesem Teil des Viertels ist wie ein Fieber, das immer weiter ansteigt und ohrenbetäubend laut *Verrat!* schreit. Meine Schritte knirschen auf dem halb gefrorenen Herbstlaub, ein Geräusch, das an Zähne erinnert, die auf etwas Zähem herumkauen. Etwas, das noch nicht ganz tot ist.

Ich kann nicht schlafen. Die Nacht erstickt mich. Der Wind pfeift. Die Äste der Kastanie weben Gespensterschatten im Innenhof. Ich bin völlig erschöpft, habe Stachelschweine hinter den Augenlidern, bleischwere Knie, schmerzende Schultern. Schlafen kann ich trotzdem nicht. Meine Gedanken kreisen unaufhörlich um Rebecca, um das Video, um die beiden Neonkreuze, die einem die Augen ausstachen wie zwei von Jesus geschwungene Dolche, um das Grinsen dieses verdammten Nazischweins, ob nun bekehrt oder nicht. Irgendwann höre ich auf zu zählen, wie oft ich Gupta mitten im Zimmer stehen sehe, wie oft er mich anstarrt, verschanzt hinter seinem metallisch glänzenden Gebiss. Jedes Mal unterdrücke ich nur mit Mühe den Impuls, die Nachttischlampe einzuschalten. Und was, wenn er wirklich da ist? Wenn er kein Fantasiegespinst ist? Und was, wenn neben ihm noch etwas lauert? Etwas, das eine Mondkrone auf dem Kopf trägt?

Ich kann nicht schlafen. Die Nacht erstickt mich. Es tut mir leid, Rebecca, du musst bis Montag warten. Meine Schuld. Wenn du bereits tot bist, spielt es keine Rolle. Dann wird sich deine Leiche höchstens ein wenig mehr zersetzen, ein wenig schwerer zu identifizieren sein. Die Albträume deiner Mutter, nachdem sie dich auf dem Obduktionstisch gesehen hat, werden schlimmer sein. Und wenn du noch lebst? Wenn du noch lebst? Was tun sie dir dann gerade an?

Ich kann nicht schlafen. Die Nacht erstickt mich. Der Wind pfeift.

Ich kann nicht schlafen. Die Nacht erstickt mich.

Ich kann nicht schlafen.

Ich stehe auf. Gehe in den Flur hinaus. Öffne halb die Tür zum Zimmer meines Vaters. Er schläft tief wie ein Stein. Wie ein Toter. Seine schweren Atemzüge erinnern an ein Tier, das im Dunkeln lauert.

Ich schließe seine Tür wieder und gehe in die Küche. Greife nach meinem Handy. Wähle eine Nummer.

»Suly«, sage ich, sobald er abgenommen hat. »Hast du Lust, mit mir feiern zu gehen?«

Ich verstehe nicht, wie die Leute das aushalten. Die Warteschlange muss inzwischen mehrere hundert Meter lang sein. Mitten in der Nacht stehen sie da, umgeben von Wind und Kälte, die meisten schlecht gekleidet für dieses Wetter. Starr warten sie darauf, in ein geschlossenes, graues Gebäude gelassen zu werden, das anmutet wie ein Gefängnis. Wir werden von Flutlichtern angestrahlt, grell und unangenehm, sie sind auf unterschiedlichen Höhen an der Fassade des Lochs angebracht. Während sie uns beleuchten, verwischen sie die Konturen des Gebäudes, verwandeln es in ein undefinierbares Monster inmitten dieser Betonwüste. Welcher eigenartige Impuls bringt uns dazu, zu denken, dass es sich für das, was uns in diesem Monster erwartet, lohnt, eineinhalb Stunden in der Nacht herumzustehen? Genau wie im Berghain kann es einem auch hier passieren, dass man nach der langen Wartezeit draußen bleiben muss, weil man in den Augen des Türstehers nicht gut genug aussieht, weil man ihn versehentlich schief angeschaut hat oder einfach nur so, aus purer Willkür. Daher gibt es immer wieder Leute, die es nicht einsehen, sich anzustellen. Sie drängen sich ganz vorn in die Schlange oder marschieren direkt zum Türsteher und versuchen ihr Glück. Niemand wagt es, dagegen aufzubegehren, denn wer Krawall macht, wird nicht nur des Geländes verwiesen, sondern kommt womöglich auch die nächsten Male nicht rein. Ein entzückendes System, das dennoch seit vielen Jahren funktioniert. Suly und ich können uns leider nicht vordrängeln – eher geht ein Kamel durch ein Nadelöhr, als dass ein Pole und ein Türke an der Schlange vorbei zur Tür hineinmarschieren.

»In der Griessmühle könnten wir es jetzt so schön haben«, nörgelt Suly. »Da müssten wir uns nicht zwischen lauter Kindern die Beine in den Bauch stehen.«

Ich antworte ihm mit einem ausgiebigen Gähnen. Er mustert mich eingehend. Sagen muss er nichts. Ich habe die Fischernetze aus roten Äderchen im Spiegel gesehen, die meine Augen eingefangen haben, als wären sie zwei Kugelfische, meine eingefallenen Wangen, mein fahles Gesicht. Keine Ahnung, was mit mir los ist. Es ist schließlich nicht das erste Mal, dass ich eine Nacht ausgelassen habe.

Andererseits ahne ich natürlich doch, was mit mir los ist: dieser verdammte Fall, das metallene Grinsen von Lazlo Gupta, Babsi in meinem Wohnzimmer, das Foto von Rebecca, der ausgerissene Zahn. Ich glaube, ich stehe vor der Frage, die sich alle Polizeineulinge irgendwann stellen: Habe ich überhaupt das Zeug dazu, Polizist zu sein? Halte ich das alles aus?

»Warum hast du nicht wieder deine Nachbarin mitgebracht?« Sulys Stimme holt mich in die Gegenwart zurück. »Die Kleine ist echt süß.«

»Ich habe sie den ganzen Tag nicht gesehen.«

Er hebt eine seiner buschigen, an ein Frettchen erinnernden Augenbrauen und mustert mich erneut. Entweder ist es Telepathie, oder es steht mir ins Gesicht geschrieben. »Hast du sie gestern noch flachgelegt?«

Wieder erntet er nur ein Gähnen.

»Und ob du sie flachgelegt hast, du Wichser! Offenbar steht sie auf Schlägertypen.«

»Ich bin kein Schlägertyp.« Die Flutlichter nerven. Allmählich bekomme ich Kopfschmerzen. Ich gähne zum dritten Mal.

»Scheiße, Kocaj, was machen wir hier? Du kannst dich doch kaum auf den Beinen halten.«

Er hat vollkommen recht, aber das ist mir egal. Ich kann sowieso nicht schlafen. Und ich will ins Loch. Rebecca war in diesem Club. Wenn es den Raucherbereich wirklich gibt, dann ist er hier. *Den Schlüssel findest du am Grund des Lochs.* Des Lochs. Keine Ahnung, ob ich heute Nacht noch etwas Neues zutage fördern kann, aber ich will auf keinen Fall bis Montag warten.

»Geh doch nach Hause, wenn du keine Lust hast.«

»Mach ich auch gleich.« Er kramt in der Innentasche seines Mantels und zieht ein Plastiktütchen hervor. »Na los, mit dem Zeug bist du sofort wieder am Start.«

»O Mann, Suly, es ist immer dasselbe mit dir.«

Mein Freund spielt den Beleidigten und steckt das Tütchen wieder ein. »Ganz wie du willst.«

Ich schüttle den Kopf. Betrachte die immer länger werdende Schlange. Wir haben noch ein gutes Stück vor uns, bis wir an der Tür angekommen sind. Ich schnalze mit der Zunge. »Jetzt gib schon her.«

Suly holt das Plastiktütchen erneut hervor, es enthält ein Pulver, das eher gelblich als weiß ist. Mit der freien Hand zieht er einen kleinen Schminkspiegel in einer roten Hülle aus der Jeanstasche. Der Mistkerl ist vorbereitet. Er verteilt das Pulver auf vier Linien.

»Den Geldschein musst du selbst rollen.«

»Was, hier?«

»Schau dich mal um, Kocaj. So was interessiert hier keinen. Was sollten die auch tun, protestieren? Die Polizei rufen? Das ist doch Quatsch.«

Ich zögere noch ein paar Sekunden und hole dann einen Zehner hervor und rolle ihn zu einem Röhrchen. Ich ziehe meine beiden Lines und sehe mich um. Es stimmt, dass uns niemand allzu viel Aufmerksamkeit schenkt. In diesem Moment trifft mich ein eisiger Schlag am Hinterkopf.

»Uff.«

»Ja, oder?«, fragt er. Inzwischen hat er sich seine beiden Lines ebenfalls reingezogen. »Besseres Keta kriegst du in ganz Berlin nicht.«

»Wie bitte? Du hast mir grade Ketamin untergejubelt?« Ich brülle regelrecht, aber das ist mir egal. »Bist du bescheuert? Ich dachte, das wäre Koks!«

»Was beweist, wie wenig Ahnung du hast, Kocaj. Hast du die Farbe nicht gesehen?«

»Fick dich, Suly. Wenn sie uns ...«

»Ja, ja, ja, kontrollieren, bla, bla, bla, oder wenn uns die Haare ausfallen und überhaupt. Ich hab dir keine Pistole an den Kopf gehalten oder so was, also tu mir den Gefallen und schieb's nicht auf mich. Du hast dir das Zeug reingezogen, weil du Bock drauf hattest.«

Ich habe plötzlich Lust, ihm die Faust ins Gesicht zu rammen. Er merkt es und weicht zur Seite aus. In meinem Kopf schrillen die Alarmglocken – schon wieder bin ich kurz davor auszurasten. Vergeblich versuche ich, mich zu beruhigen, aber die Aggression lässt sich nicht unterdrücken, sie brennt an einem Punkt hinter meinem Brustbein und droht alles zu versengen.

»Hallo? Wollt ihr nicht rein?«, fragt eine Stimme hinter uns. Sie gehört einem blonden, abgemagerten Kerl mit bescheuerter Frisur und Röhrenjeans. Am liebsten würde ich ihn zu Boden zu stoßen. Suly zieht mich weiter, wir sind am Anfang der Schlange angekommen.

Ich mache einen Schritt auf die Tür zu, bleibe jedoch sofort wieder stehen. Na toll. Der muskelbepackte Türke von heute Nachmittag starrt mir mit der gleichen stirnrunzelnden Professionalität entgegen. Das Headset, das auf seine Schulter baumelte, ist jetzt an seinem Ohr befestigt. Sein Blick spricht Bände, aber er sagt nur:

»Guten Abend, Herr Kocaj.«

»Hallo.« Ich gebe mir Mühe, möglichst herablassend zu klingen. Sulys Blick schießt überrascht zwischen mir und dem Türken hin und her. »Wir wollen rein.«

Vielleicht habe ich noch Ketareste an der Nase, oder ich erwecke anderweitig den Anschein eines zugedröhnten Polen. Oder das alles sind nur Hirngespinste meinerseits. Ich weiß es nicht. Jedenfalls verstreichen einige Sekunden, in denen der Gorilla schweigend dasteht. Möglicherweise versucht er abzuschätzen, wie ich reagiere, wenn er mir den Eintritt verweigert. Dass er mir körperlich überlegen ist, liegt auf der Hand, aber vielleicht bin ich schnell genug, um ihm einen Finger ins Auge zu stechen oder ihn in die Wange zu beißen. Hoffentlich weiß er, dass wir Polizisten gelernt haben, wie man jemandem möglichst schnell möglichst große Schmerzen zufügt.

»Gehen Sie durch«, sagt er schließlich. »An der Kasse können Sie Masken kaufen.«

»Masken?«, wiederhole ich dämlich.

»Du wolltest hierher und kanntest nicht mal das Motto?«, fragt mich Suly vorwurfsvoll.

Und so beginnt eine der schlimmsten Nächte meines Lebens.

Animalische Nacht steht auf dem Plakat am Eingang. Mottopartys sind in Berlin nichts Ungewöhnliches, doch was heute hier im Loch stattfindet, ist ein richtiger Maskenball. Wer ein eigenes Tierkostüm mitbringt, bekommt ermäßigten Eintritt. In der Schlange ist es mir nicht aufgefallen, aber unter den Wartenden waren offenbar einige, die ihre Pferde- oder Gorillaköpfe in der Hand hielten, um sie nach Betreten des Clubs aufzusetzen. Weil Suly und ich keine Masken dabeihaben, müssen wir sie an der Kasse teuer erstehen. Eintritt, Getränk und Maske kommen auf achtundzwanzig Euro pro Kopf. Suly beschimpft mich auf Türkisch und zeigt mir seine Daumenspitze zwischen Mittel- und Zeigefinger. Ich bezahle für uns beide, schließlich hat er mich schon zum Ketamin eingeladen. Froschmaske für Suly, Stierkopf für mich. Unter dem Gummi ist es ekelhaft heiß. Ich frage mich, wie viele Leute wohl wegen Überhitzung einen Schwächeanfall erleiden oder in Ohnmacht fallen werden. Die hinter uns Hereingekommenen stürzen sich dennoch ins Getümmel. Wir folgen ihnen zögernd.

Mit dem Stierkopf sehe ich so gut wie nichts. Die Augenschlitze sind schmal und viel zu weit oben, ich muss die Maske ständig nach unten ziehen. Nach gefühlten drei Sekunden habe ich Suly bereits verloren. Egal, ich bin schließlich nicht hier, um mich zu amüsieren. Noch habe ich nicht das Gefühl, dass mich das Keta beeinträchtigt, aber wer weiß? Meine Sinne sind abgestumpft im Inneren der Maske, zumal die Beleuchtung im Eingangsbereich schummrig ist. Meinen Parka habe ich an der Garderobe abgegeben, glaube ich zumindest.

Ich gehe weiter ins Loch hinein und werde von einem Wirbel aus grellen Scheinwerfern und schwallartigen Ergüssen der Nebelmaschinen verschluckt. Die Decke ist hoch, wie es sich für ein umgewandeltes Industriegebäude gehört. Über den Köpfen der Clubbesucher erstreckt sich ein Himmel aus Stein und Metall – überall mit Nieten versehene Dachträger und schwebende Bühnen an Ketten, deren Quietschen von der hypnotischen elektronischen Musik übertönt wird. Dazu mit

Graffiti besprühte Rohre und ein endloses Geflecht aus Metallschienen, Scheinwerfergestellen und Boxen. Zwischen dem Diskonebel und dem Zigarettenqualm, die alles einhüllen, mache ich ein paar Käfige nach Sadomaso-Art aus, in denen sich junge Männer und Frauen in Lederkluft damit abmühen, ihr Gezappel sinnlich wirken zu lassen. Der Boden jedoch gehört den Tieren.

Eine oberkörperfreie Schar von Hunden, Affen, Pferden, Tigern, Insekten, Adlern, Krokodilen, Wölfen, Schlangen, Ratten und weiterem Getier windet und krümmt sich zu dem gleichförmigen Rhythmus, der aus unzähligen Boxen schallt. Lichtkegel wandern zwischen den Tierköpfen mit Menschenkörpern umher, streicheln sie, stacheln sie an. Es sind einige dabei, die sich vollkommen entkleidet haben, ein Funke, der sich schon bald ausbreiten und ein Lauffeuer entfachen wird. Hier scheint niemand mehr menschlich zu sein, alle haben sich in Bestien verwandelt. Die Personen sind hinter den Masken verschwunden, wurden von ihnen verschlungen. Jetzt können alle tun, wonach ihnen der Sinn steht.

Es riecht stark nach Zigaretten, säuerlichem Alkohol, eiligem Sex. Überlagert wird all das von jenem bitteren, beißenden Schweißgeruch, den man ausdünstet, wenn man Adrenalin und Endorphine im Blut hat. Albtraumhafte Szenen spielen sich vor mir ab, und ich fühle mich an ein berühmtes Gemälde erinnert, auf dem die Hölle abgebildet ist, ein Gemälde jenes Künstlers, dessen Name mir gerade nicht einfällt, weil meine Gedanken ins Stocken geraten sind, in einer Gummizelle mit Hörnern und schlecht platzierten Augenlöchern feststecken.

Es wäre so einfach, mich von meiner Umgebung mitreißen zu lassen, mich in diese wild gewordene Menge zu stürzen und das Ketamin auszuschwitzen, das durch meine Adern fließt und das ich jetzt sehr wohl spüre. Aber ich bin hergekommen, um im Fall Rebecca zu ermitteln, zumindest glaube ich das.

Mein Körper fühlt sich schwer an, und doch ist er beweglich und treibt wie ein Planet durchs Weltall. Die grellen Scheinwerfer lösen ein Hämmern in irgendeinem verborgenen Winkel meines Kopfes aus, die ganze Welt ist in schmutziges Neon getaucht. Menschen prallen gegen mich, und jeder Zusammenstoß macht mich wütender. Ich packe ein schwitzendes Eichhörnchen beim elastischen Band seines BHs und ziehe es zu mir her. Durch die Augenlöcher sehe ich eine jähe und dennoch greifbare Panik. Ich beuge mich über die junge Frau und hebe seitlich ihre Maske an.

»Wo ist der Raucherbereich?«

Sie mustert mich unsicher. Plötzlich scheint ihr bewusst zu werden, dass unter dem Stiefkopf auch nur ein Kerl steckt. Ein Arschloch, um genau zu sein. Ihre Panik verwandelt sich in Ärger.

»Bist du dumm? Lass mich los!«

Sie versucht abzuhauen. Ich halte sie fest.

»Der Raucherbereich?«

»Alles hier ist ein einziger Raucherbereich. Du sollst mich loslassen!«

Sie befreit sich, weicht fünf Schritte zurück. Sofort schiebt sich eine Vielzahl von Körpern zwischen uns, von Tieren, die sie vor dem gefährlichen Stier beschützen, von Tänzern dieser Zeremonie, die ich weder verstehe noch verstehen will. Sie hat recht: Der gesamte Club ist der Raucherbereich. Ich bin hier. Rebecca war hier. Was ich immer noch nicht weiß, ist, was ich tun muss, um sie zu finden.

Ich weiß nicht, was ich tun muss, um dich zu finden.

Es war ein Fehler, hierherzukommen. Ich werde gar nichts herausfinden. Nicht so. Ich muss raus. Hau ab, Kocaj. Die Fingernägel einer toten Greisin beginnen, mir die Arminnenseiten zu zerkratzen. Hastig steuere ich dem Ausgang zu. Es dauert genau zehn Schritte, bis mir aufgeht, dass ich keine

Ahnung habe, wo es rausgeht. Ich weiß nicht, in welchem Teil des Lochs ich mich befinde. Vielleicht liegt es am Ketamin. Mir ist schwindelig, und ich spüre ein leichtes Zusammenziehen in meinem Bauch, das sich noch nicht als Brechreiz bezeichnen lässt. Falls es doch dazu kommt, dass ich mich übergeben muss, wird es ein heftiger Strahl, ein Strahl, der mich im Inneren der Maske ersticken lässt. Ertrunken in der eigenen Kotze. Besser die eigene als eine fremde. Immer mehr Tiere starren mich an. Sie starren mich an. Das gefällt mir nicht. Ich muss ein Waschbecken finden, ein Fenster, frische Luft. Es stinkt entsetzlich. Vielleicht bin ich es selbst. Ich kämpfe mich durch die Menge, schubse Tänzer beiseite und werde ebenfalls geschubst. Der Rand der Tanzfläche. Geh an den Rand, Kocaj. Wer ist Kocaj? Ich bin ein Stier. Ich bin der Minotaurus in diesem Labyrinth aus Körpern, in diesem stinkenden Loch. An den Rand. Falls es Waschbecken oder Toiletten gibt, sind sie irgendwo am Rand. Einmal glaube ich ein metallenes Grinsen zu sehen, inmitten dieser Menschenmasse, die inzwischen zu einem einzigen Körper verschmolzen scheint, einem Körper mit Hunderten wogenden Armen und Metallzähnen, die begierig darauf sind, sich in mein Fleisch zu bohren. Mein Herz pocht wie verrückt. Er ist hier. Er ist hier, um mich zu holen. Grinsen. Zähne. Ich renne oder glaube zu rennen, dazwischen besteht kein Unterschied. Haut, Schweiß, Latex. Ein Bär knurrt mich an. Ein Orang-Utan kreischt mir ins Gesicht. Eine Libelle leckt mit ihrer langen, kratzigen Zunge meinen Hals, eine Hyäne lacht mich aus. Eine Gottesanbeterin streckt ihre Finger nach mir aus, mit langen, phosphoreszierenden Nägeln. Die Musik ist keine Musik mehr, ist nie Musik gewesen. Es sind die Fehlzündungen eines kaputten Motors, die von den Wänden widerhallen, die in meiner Brust vibrieren. Rebecca war hier. Rebecca ist hier. *Der Raucherbereich wartet auf dich. Den Schlüssel findest du am Grund des Lochs.* Mir bluten die Ohren. Ich will nach oben. Ich will nach draußen. Ich will nach draußen ich will nach draußen ich will nach draußen lasst mich raus. Plötzlich kommt mir in den Sinn, den Blick zu heben, und da sehe ich ihn.

Noch nie in meinem Leben hatte ich das Gefühl, versteinert zu sein, aber er ist hier, und genauso fühlt man sich in seiner Gegenwart. Meine Arme hängen schlaff herunter. Speichel tropft mir von den offenen Lippen aufs Kinn, lästig und stinkend. Meine Beine sind verschwunden. Auch der Rest von mir ist weg. Es existiert nur noch das, was ich dort oben sehe, am Himmel. Ja, am Himmel.

Hier drinnen, wo auch immer das ist, gibt es einen Himmel. Er erstreckt sich schwarz wie Tumore auf einem Röntgenbild, wie Karies im Mund der Welt über den sich windenden Körpern, über den Tierköpfen, die heulen und zwitschern, blöken und kreischen, knurren und mit den Zähnen knirschen, Zähnen, an denen heiße, noch pulsierende Klumpen kleben. Der Himmel ist über uns allen, über *ihnen* allen, denn ich bin nicht mehr hier. Ich bin nur noch zwei Augen, die den Mond betrachten. Einen nach oben offenen Neumond, einen zunehmenden Mond, der seine Spitzen ins schwarze Nichts reckt, inmitten jenes Himmels, der eigentlich nicht da sein darf, nicht da sein kann und dennoch da ist, der uns alle dominiert wie eine ... wie eine Krone.

So unmöglich es scheint: Dieses Wort, das plötzlich in meinem Kopf auftaucht, setzt in Gang, was daraufhin passiert. Stroboskopische Lichter beginnen wie aus dem Nichts zu blinken, Blitze verwandeln die Zuckungen der Menschenmassen, die an dieser Zeremonie teilnehmen, in eine Aneinanderreihung fleischlicher Momentaufnahmen, in qualvolle Körperhaltungen, in denen sich Lust und Schmerz umarmen.

In jedem Moment der Dunkelheit spüre ich, wie sich meine Eingeweide zusammenziehen, was daran liegt, dass ich in jedem Moment des flüchtigen Lichts sehe, dass die Mondkrone am Himmel einen Kopf hat, an den sie sich schmiegt, einen Kopf und einen Körper. Jeder Lichtblitz erhellt seine Gestalt, riesig und unüberschaubar herrscht er über uns alle, betrachtet uns und erfreut sich an diesem Tanz, dieser Gewalt, die ihm zu Ehren stattfindet. An seinem albtraumhaften Körper hängen Lumpen, und er trägt den Mond als Krone auf einem Kopf, dessen Gesicht von einem Gallefilm bedeckt scheint, schuppig und gelblich. Er nimmt einen Großteil jenes Himmels ein, der eigentlich nicht existieren kann, nicht existieren darf. Ich weiß nicht, ob er zehn Meter misst oder zwanzig oder hundert. Ich weiß nur, dass er mich gesehen hat.

Er betrachtet mich. Ein milchiges Grauen ergießt sich über meine Haut. Ich weiche zurück und merke, dass ich doch noch einen Körper besitze. Jener unerträgliche Blick löst sich von mir und senkt sich hinab auf die Menschenmenge. Ich folge ihm, obwohl ich weiß, dass ich es lieber nicht tun sollte. Was mich am Ende jenes Blicks erwartet, durchfährt mich wie ein Stromstoß und lässt mir die Haare zu Berge stehen.

Er ist da. Am Fuße jener riesigen Gestalt mit der Mondkrone. Zwischen den Tänzern. Unterhalb des blinden Flecks, den der Himmel darstellt. Wahrscheinlich starrt er mich schon die ganze Zeit an, doch erst jetzt beginnt er, auf mich zuzugehen. Langsam. Er hat es nicht eilig, schließlich weiß er, dass er mich erreichen wird. Die Tiere tänzeln um ihn herum, hüpfen und lachen und werfen sich zu Boden, umarmen und prügeln sich, weinen und vögeln, alles gleichzeitig. Seine Arme sind dick, sie sind von dichtem Flaum bedeckt, der sich über seine Schultern erstreckt, über seine nackte Brust, in einer geraden Linie bis zu seiner Scham, an der ein verkümmerter, übelriechender Penis hängt. Über seine Oberschenkel rinnt eine klebrige Flüssigkeit, die erblickt zu haben ich sofort bereue. Seine Haut dünstet einen weißlichen Rauch aus, der ihn umgibt wie Küstennebel.

Das Schlimmste aber ist sein Gesicht, denn es gehört ihm nicht. Es ist ein Gesicht, das ich schon einmal gesehen habe, auf einem Foto an einer Pinnwand, in einem Zimmer in einem katholischen Mädcheninternat, in einem Viertel, das nur wenige U-Bahn-Stationen von meiner Wohnung entfernt ist. Es ist Rebecca. Er hat sich das abgetrennte Gesicht von Rebecca übergestülpt. Wie eine Maske. Und kommt damit auf mich zu.

In der Hand hält er ein Sägemesser.

Mich durchzuckt ein elektrischer Schlag, der noch das letzte meiner Nervenenden reizt. Ich will weiter zurückweichen, doch es gelingt mir nicht. Ich sehe ihn näher kommen, wogendes Fleisch in einem rachsüchtigen Meer. Eine Hand mit schwarzen Fingernägeln streckt sich nach mir aus und zerkratzt mir den Arm, rote Furchen, die sich rasch entzünden werden.

Der Schmerz rüttelt mich wach. Ich renne, ohne zu wissen, wohin. Körper versperren mir den Weg, ich schlage und trete sie beiseite, stolpere über leere Flaschen, falle auf die Knie und rapple mich hastig wieder auf. Ich habe mich angepinkelt, bemerke meine nasse Hose. Bei jedem erneuten Aufblitzen des stroboskopischen Lichts sehe ich ihn hinter mir. Die Momente der Dunkelheit sind noch schwerer zu ertragen, sie machen mich wahnsinnig. Er kommt. Er will mich holen. Er trägt Rebeccas Gesicht und will mich holen. Ich pralle gegen einen Lautsprecher, der mit einem Quietschen umfällt. Springe über eine Bar. Flaschen und Gläser stürzen zu Boden. Er ist jetzt fast bei mir. Die Schmerzen der Kratzspuren am Arm sind kaum noch auszuhalten, und die Musik ist ein glühender Schürhaken, der in meinem Gehirn herumstochert. Auf einmal verschwindet der Boden unter meinen Füßen. Eine Treppe. Ich erkenne es zu spät, verliere das Gleichgewicht, falle, rolle. Möglich, dass ich mich verletze, aber ich merke nichts, nur dass es bergab geht, dass ich stürze, dass ich in den Tiefen des Lochs versinke. Und plötzlich bin ich allein.

Ich bin allein. Nachdem ich eine Treppe hinuntergekullert bin. Ich stoße einen Laut aus, der eigentlich ein Schrei sein soll, jedoch kaum als das Winseln eines Hundes durchgeht. Obwohl das Adrenalin in meinem Körper verrücktspielt, kann ich nicht aufstehen. Ich schaffe es nicht, auch nur einen einzigen Muskel zu bewegen. Offenbar befinde ich mich in einem Gang, wo genau, weiß ich nicht. Ich bin klatschnass geschwitzt, ein benutzter Teebeutel. Mir ist kalt, ich weiß, dass mir kalt ist, und dennoch spüre ich die Kälte nicht. Hier unten ist niemand außer mir. Warum ist hier niemand? Was ist passiert? Der Gang wird von einer Prozession aus Halogenspots beleuchtet. Nein. Es sind keine Spots, es sind Kreuze. Kreuze, die sich die Decke entlangziehen und kreuzförmige Lichtlachen auf dem Boden erzeugen, auf dem Urin und stehendes Wasser einen Film bilden. Wo zur Hölle bin ich? Mein Gehirn erklimmt eine Stufe zurück Richtung Bewusstsein. Hier gibt es keinen endlosen Himmel. Auch keine Mischwesen aus Mensch und Tier. Nur einen stinkenden Boden, bedeckt mit Urin, der von mir stammen könnte. Und diese Neonkreuze an der Decke. Das Maschinengewehrknattern, das ich zu hören glaube, ist mein eigener Herzschlag. Das Ketamin ist noch nicht aus meinem System verschwunden, bei Weitem nicht, aber ich bin mir wieder bewusst, dass die Zeit vergeht, dass ich ich bin und kein Stier, dass ich mich an irgendeinem Ort befinde.

Meine Augen wandern umher, ohne dass ich sie in Bewegung setze. Sie schweifen über jenen nackten Boden voller Pfützen, bis sie auf eine Tür stoßen. Eine mit unregelmäßigen Pinselstrichen blau angemalte Tür. In ihrer Mitte prangt die Mondkrone. Die Tür scheint mich zu rufen.

Ein Knacken. Sie beginnt sich zu öffnen.

In diesem Moment höre ich die Schritte. Sie nähern sich, kommen die Treppe herunter. Er verfolgt mich immer noch. Nein, er ist schon da. Ich spüre ihn über mir, kann mich jedoch

nicht bewegen. Er wird mich umbringen. Es ist nicht mehr die
Angst, die mich blockiert, darüber bin ich längst hinaus. Es ist
ein seelischer Schmerz, ein Selbstmitleid, von dem ich nicht
weiß, wo es herrührt. Die Schritte verharren neben meinem
reglosen Kopf, und ich sehe Füße, die in teuren Lederschuhen
stecken. Ihr Besitzer beugt sich zu mir herunter.

»Geht es Ihnen gut, Herr Kocaj?«

Ich hebe den Blick, bereue es jedoch sofort, denn ich sehe
wieder dieses Grinsen, das metallene Gebiss, die graue Mähne
und den weißen Luxusbart. Lazlo Gupta betrachtet mich mit
seinem ewigen Lächeln, aber in seinen von toter Haut umgebenen Augen ist keine Spur von Heiterkeit zu erkennen.

»In unserem Club ist jeder willkommen, aber ich wäre Ihnen
sehr dankbar, wenn Sie nicht ohne Genehmigung in die Lagerräume im Untergeschoss eindringen würden. Wer weiß, worauf Sie hier unten stoßen könnten.«

Ich möchte etwas sagen. Natürlich möchte ich etwas sagen,
aber mein Körper und mein Verstand haben sich voneinander
verabschiedet. Gupta greift ins Innere seines Jacketts, das bestimmt mehr gekostet hat als das Bett meines Vaters, und zieht
einen kleinen USB-Stick hervor.

»Ich wäre Ihnen außerdem dankbar, wenn Sie in unseren
Räumlichkeiten keine Drogen konsumieren würden, vor allem
wenn diese eine solche Wirkung auf Sie zeigen. Natürlich steht
es Ihnen absolut frei, die Drogen zu nehmen, auf die Sie Lust
haben, aber wir mögen es nicht, wenn unsere Gäste ausfallend
werden. Sie haben mehrere Personen mit Ihrem Verhalten be-
lästigt.« Darauf bedacht, mich nicht zu berühren, legt er mir
den Stick auf die Brust. »Hier haben Sie die Aufnahmen, um
die Sie mich heute Nachmittag gebeten haben, sowie eine Ex-
cel-Tabelle mit den Kontaktdaten all meiner Mitarbeiter. Auch
wenn Sie es mir vielleicht nicht glauben: Wir kooperieren tatsächlich gern mit der Justiz.«

Er macht eine Handbewegung außerhalb meines Sichtfelds, woraufhin wie aus dem Nichts der breitschultrige Türke von der Tür auftaucht.

»Ghokan wird bei Ihnen bleiben, bis Sie sich wieder erholt haben. Sobald Sie in der Lage sind zu gehen, möchte ich Sie bitten, meinen Club zu verlassen und ihn nie wieder zu betreten. Vergessen Sie, was Sie hier gesehen haben. Wahrscheinlich war es ohnehin nur den Drogen zuzuschreiben.«

Wahrscheinlich. Gupta richtet sich wieder auf. Ich sehe ihn durch die kreuzförmigen Lichtlachen davongehen. Meine Augen hüpfen wie frisch gefangene, mit dem Tod ringende Fische durch den Gang. Die Tür mit der Mondkrone, was auch immer diese darstellt, ist verschwunden.

»Gute Nacht, Herr Kocaj.«

Guptas Grinsen bleibt bei mir, obwohl er selbst längst verschwunden ist.

7

Prinzessinnen

Ritter fand es überhaupt nicht witzig, am Wochenende auf die Wache kommen zu müssen. Über mein Aussehen hat er kein Wort verloren, vermutlich sieht er, dass ich gestraft genug bin. Obwohl ich zu Hause ausgiebig geduscht und mir frische Kleidung angezogen habe, müsste man schon sehr naiv sein, um meine Augenringe nicht richtig zu interpretieren, mein fahles, eingefallenes Gesicht, die Abgestumpftheit von der Droge, die mich meinen Job kosten könnte. Er hat auch nichts zu meinem improvisierten Verband am Arm gesagt. Nachdem mein Gehirn wieder einigermaßen funktionierte, bemerkte ich die Kratzspuren. Sie sind echt und schmerzen höllisch. Es war nicht leicht, sie zu desinfizieren und mir selbst einen Verband anzulegen. Am schwersten jedoch fiel es mir, nicht daran zu denken, wer sie mir beigebracht hat.

Der Polizeirat nimmt meinen erbärmlichen Zustand ebenfalls zur Kenntnis, aber wir haben wichtigere Dinge, um die wir uns kümmern müssen. Zu dritt drängen wir uns wie Geier um den Laptop. Es hat an die fünf Stunden gedauert, bis Ritter und ich auf diesen Ausschnitt gestoßen sind, den einzigen, der uns vielleicht weiterbringt. Ich hoffe, es war die Mühe wert.

Auf dem Bildschirm sind die Aufnahmen einer vor dem Eingang des Lochs angebrachten Sicherheitskamera zu sehen. Eine unregelmäßige Schlange Menschen, die darauf wartet, eingelassen zu werden, Trennzäune neben den Sicherheitskräften, Grüppchen von Zurückgewiesenen, die sich echauffieren, während sie kleine Fläschchen Jägermeister kippen, um die Kälte zu vertreiben, bevor sie es in einem anderen Club der Gegend probieren. Die Qualität der Aufnahmen ist gut, die Bilder sind weder körnig noch schwarzweiß. 4K-Auflösung, alles in Farbe. Zum Glück, denn nur so gelingt es uns, Rebecca zu identifizieren.

Sie verlässt den Club allein, um genau 02.43 Uhr. Das Erste, was ins Auge sticht, ist die Tatsache, dass sie keine Jacke trägt. Sie ist auch nicht partymäßig gestylt, trägt nur eine enge schwarze Jeans und ein lilafarbenes, schulterfreies Top. Sie muss furchtbar frieren in der Kälte. Wie dem auch sei, wir erkennen sie nur, weil kurz darauf Ulrike auftaucht. Ihre Haare sind zu einer komplizierten Frisur hochgesteckt, ähnlich wie an dem Abend, als ich sie in der Griessmühle gesehen habe. Sie geht eilig hinter Rebecca her und packt sie beim Arm. Ihre Freundin dreht sich zu ihr um, und erst da erkennen wir ihr Gesicht. Die beiden Mädchen streiten, zumindest sieht es so aus. Ulrike wirkt aufgebracht und gestikuliert wild, ein großer Kontrast zu Rebeccas offenkundiger Ruhe. Statt zu antworten, schüttelt sie nur den Kopf. Wenn wir uns einen professionellen Lippenleser leisten könnten, würde uns das Zwiegespräch vielleicht weiterbringen. Aber das kann ich vergessen. Ulrike stößt ihre letzte erregte Bemerkung hervor, macht auf hohen Absätzen kehrt und marschiert zurück zum Eingang des Clubs. Dann ist sie aus dem Bild verschwunden. Rebecca verharrt noch etwa eineinhalb Sekunden an Ort und Stelle, und wir sehen, dass sie etwas in der Hand hält, doch die Entfernung ist zu groß, als dass wir Genaueres erkennen könnten. Es könnte sich um eine Taschenlampe handeln, ein Mikrofon oder sogar einen Schraubenschlüssel. Dann entfernt sie sich. Taucht zwischen den dunklen Backsteingebäuden der Gegend ab.

Hier könnte die Szene enden, aber in diesem Augenblick passiert es: Aus den Schatten jenseits der Scheinwerfer taucht ein Auto auf. Es ist ein schwarzer Volvo 760, lang, jedoch nicht lang genug, um wie ein Leichenwagen auszusehen. Er scheint die ganze Zeit in der Dunkelheit gewartet zu haben. Nummern-

schilder hat der Volvo nicht, außerdem ist einer seiner Front-
scheinwerfer defekt. Er rollt langsam die Straße vor dem Loch
entlang, dann verschwindet er erneut im Schatten, diesmal auf
der Seite, auf der Rebecca davongegangen ist. Nachdem der
Wagen aus dem Bild gefahren ist, stoppt die Aufnahme.

Ich zucke zusammen, aber es war natürlich Ritter, der sie
unterbrochen hat. Er spult mithilfe des Cursors zurück und
beweist ein technisches Geschick, das ich einem Mann seines
Alters nicht zugetraut hätte. Play. Das Auto taucht wieder aus
dem Schatten auf, fährt vor dem Loch vorbei. Pause. Wenn die
Kamera nicht so gut wäre, hätten wir immer noch nichts in der
Hand, aber so erkennen wir auf der hinteren Tür des Wagens
ein Symbol.

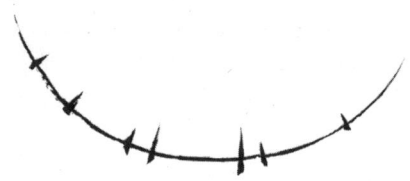

»Genau dieses Auto hat Rebecca zwanzig Minuten später vor
dem St.-Marien-Internat abgesetzt«, erklärt Ritter. »Es ist derselbe Wagen, den uns die Pförtnerin beschrieben hat. Sie erkannte Hörner in dem Symbol auf der Tür.«

Mir haben sich die Nackenhaare aufgestellt. Wie gebannt
starre ich auf das Standbild. Das sind keine Hörner. Das ist
eine Krone. Eine Mondkrone. Ich habe sie an einem Himmel
gesehen, der nicht sein konnte, in einer zu einem Club um-
funktionierten Industriehalle. Und an jener Tür ganz unten am
Grund des Lochs. Wenn man mich noch vor fünf Minuten gefragt hätte, hätte ich geantwortet, dass das alles nur in meinem
Kopf existiere, dass alles nur der Droge und dem Schlafmangel
zuzuschreiben sei. Aber jetzt ist sie dort, auf die hintere Tür

des Volvos gemalt. Sie ist meinen Träumen, meinen Albträumen, den Irrgängen meiner Fantasie entstiegen und im Video der Überwachungskameras aufgetaucht. Dort sehen sie auch Ritter und der Chef. Unglücklicherweise ist sie auch schon das Einzige, was wir sehen. Der Wagen hat keine Nummernschilder, zumindest keine erkennbaren.

»Sehr stichhaltig ist diese neue Spur nicht«, gibt mein Partner zu. »Aber etwas anderes haben wir nicht.«

»Das sagt mehr über Ihre Ermittlungen aus als über den Fall.« Ritter ignoriert die Spitze des Polizeirats. Er weiß, was ihm blüht, wenn er widerspricht. »Aber es ist, wie es ist. Wir werden versuchen, den Volvo ausfindig zu machen. Vielleicht können uns die Kollegen von der Cyberkriminalität mit dem Symbol an der Autotür weiterhelfen. Leicht wird es sicher nicht.«

Das kann er laut sagen. Wenigstens ist der Rat keiner von diesen Leuten, die glauben, eine Brillenschlange mit Computer wäre ein Magier, der viermal auf der Tastatur herumtippt und jede beliebige Information hervorzaubert. Das Auto aufzuspüren kann Stunden, Tage oder sogar Wochen dauern. Wenn wir es überhaupt finden.

»Haben Sie wirklich nichts außer dem Wagen?«

»Wir könnten Lazlo Gupta unter die Lupe nehmen«, schlage ich mit brüchiger Stimme vor. »Vielleicht hat er etwas mit der Sache zu tun. Das ist der Inhaber von ...«

»Ich weiß, wer das ist«, unterbricht mich der Chef. Ritter interessiert sich auf einmal sehr für den Teppichboden. »Sein richtiger Name ist Manfred Hübner. Ich nehme an, das war ihm nicht cool genug für die Berliner Szene. Er hat ein halbes Dutzend Verfahren am Laufen: wegen Steuertricksereien, Drogenhandel, Geldwäschedelikten. Nichts wirklich Schwerwiegendes. Also, meine Herren, wenn Sie sonst nichts mehr vorweisen können ...«

Das Schweigen im Raum wird so zäh und trocken, wie sich

meine Zunge anfühlt. Ich brauche Wasser, ich brauche Schlaf, und ich kann den enttäuschten Blick des Polizeirats nicht länger ertragen, seine offenkundige Überzeugung, dass wir zwei unfähige Idioten sind.

Nachdem er eine Weile vergeblich gewartet hat, sagt unser Vorgesetzter das Einzige, was es noch dazu zu sagen gibt: »Schreiben Sie bitte einen Bericht über alles und stellen Sie ihn ins Intranet.«

Eine hübsche Umschreibung für: Raus hier, Rebecca könnte jetzt, in diesem Moment, sterben, ohne dass ihr beide in der Lage wart, es zu verhindern. Vielleicht interpretiere ich diese unterschwellige Botschaft nur in seine Worte hinein, aber mit diesem Kopf voller Batteriesäure und Stahlbeton kann ich an nichts anderes denken.

Wir verlassen das Büro.

»Wie bist du nur auf die Idee gekommen, allein in diesen Club zu gehen?«, tadelt mich Ritter. »Die hätten dir den Bauch aufschlitzen können.«

Ich habe nicht vor, ihm zu erzählen, dass Suly bei mir war, auch nicht, dass ebenjener Suly mich vor ein paar Stunden in beklagenswertem Zustand wieder eingesammelt hat. Die Fingernägel, die mir den Arm zerkratzt haben, verschweige ich Ritter ebenfalls. Daran möchte ich lieber nicht zurückdenken.

»Tut mir leid«, sage ich stattdessen. »Ich konnte nicht schlafen.«

»Und heute Nacht wirst du wieder nicht schlafen können bei der ganzen Scheiße, die du im Blut hast.« Er mustert mich eingehend, wendet den Blick ab und leckt sich mit der Zunge über die Lippen, bevor er mich wieder ansieht. »Ab in die Küche. Ich mache dir einen Wiedererweckungstrunk.«

»Einen was?«

»Ein Gebräu, das ich mir jedes Mal hinter die Binde gieße, wenn ich so fertig bin wie du gerade.«

Er schlurft Richtung Dienstküche davon, ohne sich zu vergewissern, dass ich ihm folge. Natürlich folge ich ihm.

O Mann.

Die Küche unserer Abteilung ist kaum mehr als ein umgerüstetes Stück Flur, ein Schlauch von einem Raum mit einem Spülbecken über einer Spülmaschine, zwei Hängeschränken, einem Minikühlschrank und einem Klapptisch mit zwei stark beanspruchten Stühlen. An der Wand hängt die Büroversion obszöner Toilettenschmierereien: laminierte Botschaften mit passiv-aggressivem Inhalt wie die, dass man abzuspülen hat, was man benutzt hat, die Spülmaschine einschalten soll, wenn sie voll ist, sie auszuräumen hat, wenn sie fertiggelaufen ist, und so weiter und so fort. Ich glaube nicht, dass jemals jemand sämtliche Aufforderungen gelesen hat.

. Ritter stellt mir einen Becher vor die Nase, aus dem Dampf aufsteigt. Ich wage nicht, an ihm zu riechen.

»In kleinen Schlucken, das Zeug ist heiß.«

Ich betrachte den Becher genauer. Er trägt die Aufschrift I♥NK, für Neukölln anstelle von New York. Sie ist schon ganz verblichen vom vielen Gebrauch. Die Frage, was der Becher wohl enthält, macht mir Angst. Es könnte Frostschutzmittel sein, Dieselöl, Tomatensaft, versetzt mit einem Schuss Pisse von Ritter höchstpersönlich. Aber sein Blick lässt mir keine andere Wahl. Ich umfasse den Henkel. Hebe den Becher an den Mund. Stelle unauffällig die Nasenatmung ein. Was auch immer ich gleich trinken werde, ich möchte es nicht riechen. Zaghaft nippe ich am Becher und hebe ungläubig die Augenbrauen.

»Das ist ja Jasmintee.«

»Mit Ingwer«, ergänzt Ritter und setzt sich zu mir an den Tisch. »Der Tee ist nur dazu da, dass er dir nicht zu sehr in die Kehle kratzt, aber was dich wiederherstellt, ist der Ingwer. Ein altbewährtes Kräftigungsmittel.«

Er wirft mir einen vorwurfsvollen Blick zu und schnaubt. »Was dachtest du, was ich dir vorsetze, Affensperma?«

Ich weiß nicht, was ich sagen soll. Zum Glück scheint er keine Antwort zu erwarten.

»Trink.«

Ich wage noch einen Schluck.

Völlig unvermittelt sagt er: »Und jetzt erzählst du mir, warum du noch blasser geworden bist als sowieso schon, als du das Symbol an der Autotür gesehen hast.«

Was wird passieren, wenn ich ihm die Wahrheit sage? Was wird er denken, wenn ich ihm erzähle, was ich im Inneren des Lochs erlebt habe, oder ihm von Babsi berichte? Wird er mir glauben? Wird er seine Schlüsse daraus ziehen und die an den Chef weitergeben? Oder wird er die Klappe halten und anfangen, mich noch schlimmer zu behandeln als bisher?

»Es kam mir irgendwie verdächtig vor, das ist alles.«

Er runzelt die Stirn. Keine Ahnung, welche Antwort er von mir erwartet hat. Diese jedenfalls nicht.

»Du musst anfangen, mit mir zusammenzuarbeiten, Podolski.«

Ich reagiere nicht. Trinke noch einen Schluck von meinem Tee. Wenn ich ehrlich bin, schmeckt er gar nicht übel. Ich denke an die Mondkrone am finsteren Himmel des Clubs – sie sah genauso aus wie das Symbol auf dem Auto. An die Gestalt, die sie auf dem Kopf trug. An jene Masse aus nacktem, blutigem Fleisch, die Rebeccas Gesicht wie eine Maske aufgesetzt hatte. An Babsi in meinem Wohnzimmer. Mir wird immer unklarer, was ich gesehen habe oder gesehen zu haben glaube. Erneut verschanze ich mich hinter dem Teebecher. Ritter bedrängt mich weiter:

»Inzwischen ist es ziemlich wahrscheinlich, dass sie tot ist. Das siehst du doch ein, oder?«

Ich huste. Stelle den Becher auf den Tisch.

»Das wissen wir nicht.«

»Aber wir müssen davon ausgehen. Seit ihrem Verschwinden sind vier Tage vergangen, und mit jedem Tag wird offensichtlicher, dass es sich nicht um irgendeinen dummen Streich oder eine unbedachte Anwandlung handelt. Sie ist nicht abgehauen und schläft auch nicht in der Wohnung irgendeines Kerls, den sie auf einer Party kennengelernt hat, ihren Rausch aus. Das Blut auf dem Boden des Internatszimmers ist bestimmt nicht das Einzige, das sie verloren hat. Wir müssen uns eingestehen, dass wir nach einer Leiche suchen.«

Er hat natürlich recht. Trotzdem muss ich seine Worte erst mal verdauen. Scheiße. Keine Ahnung, ob wir es hätten verhindern können. Am liebsten würde ich Ulrike die Schuld geben, weil sie uns nicht von Anfang an die Wahrheit gesagt hat. Oder diesem Widerling aus der Bibliothek, weil er nicht früher gemerkt hat, dass Rebecca mit irgendjemandem Botschaften austauschte. Oder Lazlo Gupta oder wie auch immer das Arschloch wirklich heißt. Sogar Rebecca selbst möchte ich die Schuld geben. Aber wenn ich ehrlich bin, weiß ich schlicht und ergreifend nicht, wer für all das verantwortlich ist.

»Sie war in irgendwas Schlimmes verwickelt«, sage ich.

Ritter nickt. Ich glaube, es ist das erste Mal, dass ich ihn müde sehe.

»Die geborene Märtyrerin«, murmelt er.

»Was?«

»Das hat doch die Pförtnerin zu dir gesagt, oder?«

Woher weiß er das? Woher, zur Hölle, weiß er das? Ritter fährt sich mit der Hand übers Gesicht. Trotz der Kälte haben sich am Rand seines Schnurrbarts ein paar Schweißtröpfchen angesammelt.

»Ich hab mir das Turnhallenvideo angeschaut«, erzählt er. »Öfter, als mir guttun würde. Es gibt einen Moment, direkt vor der Attacke mit dem Medizinball, in dem ihr Blick sich in der

Ferne verliert. Vielleicht schlafe ich gerade auch zu wenig, aber irgendwie kommt es mir so vor, als hätte Rebecca da was gesehen. Inmitten dieser ganzen sinnlosen Gewalt hat sie irgendwas entdeckt. Direkt nach dem Vorfall bat sie darum, hierher umziehen zu dürfen. Rebecca ist nach Berlin gekommen, weil sie etwas Bestimmtes gesucht hat. Wir wissen nicht, mit wem sie geredet und an welche Türen sie geklopft hat, nur dass sie irgendwann auf Das Feuer gestoßen ist. Dort wartete etwas auf sie, das anfing, sich mit ihr zu unterhalten.«

Ich lausche halb fasziniert, halb benommen diesem TED-Talk, den er mir da hält.

»Wir kennen nicht sämtliche Details des Dialogs, aber es sieht ganz danach aus, als hätte jemand mit ihr gespielt wie mit einer Marionette, ihr eine Karotte vor die Nase gehalten, um sie in die gewünschte Richtung zu lenken. Das Ganze ist wie ein Leiterspiel. Wenn derjenige gleich am Anfang etwas Wahnwitziges von Rebecca verlangt hätte, zum Beispiel in ein schwarzes Auto ohne Kennzeichen zu steigen, hätte sie es im Leben nicht getan. Darum hat er zuerst kleinere Prüfungen von ihr verlangt, und sie hat eine Leiter nach der anderen erklommen. Die finale Prüfung war vielleicht, noch einmal in das Auto zu steigen und sich an jenen Ort bringen zu lassen, an dem sie jetzt ist.« Er stößt einen Seufzer aus, der nach Bier riecht, und zitiert dann: »*Ich bin bereit, das erste Opfer zu bringen.*«

Ich denke ausgiebig über seine Theorie nach, seine Version des Schauermärchens. Die Handlung, die wir seit Tagen zu rekonstruieren versuchen, hat erneut die Richtung gewechselt. Und mittendrin ist dieses Symbol. Diese Mondkrone. Ich atme tief durch, als könnte ich so die nötige Kraft schöpfen, um auszusprechen, was mir durch den Kopf geht.

»Glaubst du ...?« Es gibt keine vernünftig klingende Art, diese Frage zu formulieren. »Glaubst du, dass es sich um eine Art ... übersinnliches Wesen handelt? Einen Geist?«

Ritter sieht mich so ruckartig an, als hätte jemand hinter meinem Rücken eine Tür zugeschlagen. Er erhebt sich mit einem Ächzen, das an ein verletztes Mammut erinnert.

»Trink deinen Tee leer und geh schlafen.«

Er legt die vier Schritte zurück, die das Tischchen von der Küchentür trennen. Ich weiß nicht, warum ich es sage, aber ich sage es: »Ihr wurde das Gesicht abgetrennt.«

Er bleibt stehen. Ohne sich umzudrehen. Mit dem Rücken zu mir stößt er ein Schnauben aus, dann verharrt er schweigend. Es ist ein gutes Gefühl, dass ich ihn sprachlos gemacht habe. Vielleicht fahre ich deshalb fort:

»Ich habe es letzte Nacht im Loch gesehen. Ein ekelerregendes Wesen hatte sich Rebeccas Gesicht wie eine Maske aufgesetzt. Und ich habe das Symbol gesehen, das auch auf dem Auto war. Es ist eine Krone. Eine Mondkrone.«

Ritter lässt den Kopf hängen. Es dauert einige lange, unendlich lange Sekunden, bis er reagiert. Dann sagt er:

»Nimm dir ein paar Tage frei. Wir sprechen uns, wenn du dich erholt hast.«

Er verlässt die Küche. Ich bleibe sitzen. Trinke noch einen Schluck von dem Tee. Er ist wirklich gut.

Tolles Timing. Als ich den Abschnitt 54 verlasse, empfängt mich ein eisiger Regen, der gerade in Schnee übergeht und sich anfühlt, als würde mir eine halbtote Katze das Gesicht zerkratzen. Obwohl es drei Uhr nachmittags ist, sind kaum noch Menschen auf der Straße. Noch eine knappe Stunde Tageslicht, dann wird es wieder dunkel. Die Kreuzung gleicht einer apokalyptischen Postkarte. Ein Geisterbus der Linie M41 fährt vorbei. Es sitzt nur der Fahrer drin, sonst niemand. Eine mit Mantel, Schal und Mütze verhüllte Gestalt rennt an der Fußgängerampel über die Straße. Ich werfe einen Blick auf mein Handy, und meine Wetter-App bestätigt mir, was meine Augen bereits wahrnehmen: dass der erste Schneefall des Jahres im Anmarsch ist und dass er heftig ausfallen wird.

Wo bist du, Rebecca?

Ist dir kalt, oder hast du die Kälte hinter dir gelassen?

Was haben sie dir angetan?

Wer hat es dir angetan?

Mit einem Kopfschütteln biege ich in die Donaustraße ein. Was war nur vorhin mit Ritter los? Warum hat er so reagiert? *Nimm dir ein paar Tage frei.* Das kann er nicht ernst meinen. Eben noch macht er mir einen Ingwertee, damit ich wieder fit werde, und im nächsten Moment entbindet er mich von unserem Fall. Scheiß auf ihn. Vielleicht hätte ich allein mit dem USB-Stick aus dem Loch zum Polizeirat gehen sollen. Oder ich ermittle einfach auf eigene Faust weiter, statt nach Hause zu gehen. Was dagegen spricht, sind die Heißluftballongewichte, die gleichzeitig an meinen Knien und Augenlidern zu ziehen scheinen. Eiskalter Wind bläst mir entgegen, und halb gefrorene Eiskristalle sammeln sich in den Vertiefungen unter meinen Augen. Eine Schneeflocke mogelt sich in meinen Kragen und rinnt mir eiskalt den Rücken hinunter. Scheiß auf mein verdammtes Leben. Wo zur Hölle steckst du, Rebecca? Warum bist du in dieses Auto gestiegen? Ich spüre einen Druck am Hinterkopf, der jedes klare Denken verhindert. Muss am Kater liegen. Es fühlt sich an wie ...

Puh. Als hätte mich eine Kneifzange im Griff. Genau so.

Ich beschleunige meine Schritte.

Mit zwei Umdrehungen meines Schlüssels öffne ich die Wohnungstür. Es überrascht mich, dass Jana sich von innen einschließt, wenn sie bei meinem Vater ist. Andererseits sind gewaltsame Einbrüche in diesem Viertel keine Seltenheit.

Als sie mich hört, stürzt sie erschrocken in den Flur. Ich hebe die Hände, als wäre ich nicht in meiner eigenen Wohnung.

»Ich war heute früher fertig«, sage ich entschuldigend. »Gehen Sie nach Hause, wenn Sie wollen, ich kümmere mich um alles.«

Sie sieht mich finster an. Offenbar hat sie die Nase gestrichen voll von mir oder von meinem Vater. Oder von uns beiden.

»Ich rechne trotzdem den ganzen Tag ab.«

»Aber Jana ...«

»Ich rechne ihn ab.«

Sie verschwindet wieder in der Küche, und ich höre sie herumhantieren, während ich die Pistole in meine Sporttasche schiebe, die wie immer neben der Tür steht. Als ich mir die Jacke ausgezogen habe, ist Jana bereits aufbruchbereit. Ohne einen Funken Herzlichkeit schiebt sie sich an mir vorbei.

»Heute ist er besonders schwierig«, teilt sie mir mit. *Viel Spaß*, würde sie bestimmt gern hinzufügen, aber sie tut es nicht.

Die Wohnungstür ist schon hinter ihr zugefallen, bevor ich mich bei ihr bedanken kann. Was ich jetzt vorhabe, wird mich Überwindung kosten. Trotzdem, es muss sein. Mit Senkblei in den Füßen schleppe ich mich den Flur entlang. Bleibe vor seiner Tür stehen. Das Murmeln des Fernsehers ist zu hören. Ich trete ein.

»Wusste ich's doch, dass sie dich früher oder später rausschmeißen.«

Er sitzt wie immer auf seinem Krebskrankenthron. Jana hat ihn gewaschen und die Bettwäsche gewechselt. Sehr gut. Besser für mich, wenn mich nichts ablenkt.

»Sie haben mich nicht rausgeschmissen«, antworte ich. »Ich will mit dir reden.«

»Aber ich nicht mit dir.«

Er stellt den Fernseher so laut, dass er durch die ganze Wohnung dröhnt. Die Kneifzange an meinem Hinterkopf drückt immer fester zu. Ich gehe zur Wand und ziehe kurzerhand den Stecker. Mein Vater verengt die Augen zu Schlitzen, rührt sich jedoch nicht. Wenn ich so etwas vor zehn Jahren gemacht hätte ... ach was, noch vor drei Jahren, er hätte mir eine Tracht Prügel verpasst. Jetzt sieht er mich nur an und wickelt sich das Bettlaken um die Hand. Ich komme näher und setze mich auf den Stuhl neben seinem Bett.

Dann sage ich: »Otto Ritter.«

Der Ausdruck im Gesicht meines Vaters verändert sich abrupt, als wäre eine Windböe über die zerfurchte Landschaft gefegt.

»Was ist mit Otto Ritter?«

»Ich wurde ihm als Partner zugeteilt. Es geht um den Fall eines verschwundenen Mädchens.«

»Dann hast du's verkackt. Als Mensch ist Otto Ritter der letzte Dreck. Aber als Polizist taugt er mehr als du. Falls du in der Abteilung der große Star werden wolltest, kannst du es jetzt vergessen.«

Diese Worte hätten mich geschmerzt, hätte ich nicht den zögerlichen Tonfall dahinter wahrgenommen. Ich sehe, wie sein Blick flattert, wie sich sein Mundwinkel verzieht. So leicht wird er mich nicht los, und er weiß es.

»Erzähl mir von ihm.«

»Nein. Was auch immer du wissen willst, kannst du in diesem Scheißgerät nachschauen, das du in der Hosentasche mit dir herumschleppst. Falls es überhaupt noch funktioniert vor lauter Fotos von Negerschw...«

Ich weiß nicht, was über mich kommt. Ich würde gern behaupten, dass meine Hand von allein nach vorn schießt, doch das ist eine Lüge. Ich bewege sie bewusst, sehr bewusst, und greife nach der Fernbedienung, um sie ihm mit einem Ruck aus der Hand zu reißen und gegen die Wand zu schmettern. Es ist das erste Mal, dass ich im Gesicht meines Vaters so etwas wie Angst wahrnehme. Er hat sich sofort wieder unter Kontrolle.

»Was willst du machen? Mich schlagen? Soll ich lachen?«

»Otto. Ritter«, wiederhole ich. »Was ist damals mit seiner Tochter passiert?«

Er hält meinem Blick stand. An jedem anderen Tag hätte ich mich geschlagen gegeben, aber ich bin so müde, so mitgenommen, so durchgefroren und angekotzt, dass ich nicht klein beigebe. Heute nicht. Rebecca ist an irgendeinem finsteren Ort und friert vielleicht noch mehr als ich. Wenn sie nicht schon tot ist. Ich muss dafür sorgen, dass ich endlich ein paar Antworten erhalte.

Er scheint zu verstehen, wie ernst es mir ist, denn er fragt mit einem unwirschen Knurren:

»Was willst du wissen?«

»Alles, was *du* weißt.«

Er stößt ein Schnauben aus, das offenbar belustigt klingen soll. »Was *ich* weiß, passt niemals alles in deinen Kopf.«

Trotz seiner herablassenden Worte nimmt er mich endlich wirklich wahr. Er sieht mich nicht nur an, er sieht *mich*. Und merkt, dass es Zeit ist, mit dem dämlichen Spiel aufzuhören.

»Ich war schon Hauptkommissar, als Ritter bei der Kripo anfing. Es dauerte nicht lange, bis er aufstieg. Ein eiskalter Typ, sehr analytisch. Und ein verdammt guter Schütze. Was er am besten konnte, waren Verhöre – eigentlich gab es kein Ermittlungsfeld, das er nicht beherrschte. Er ließ damals im Alleingang einen Prostitutionsring auffliegen, der Frauen mit vermeintlichen Schauspielverträgen nach Berlin lockte und sie in verschiedenen Neuköllner Bordellen wie Sklavinnen für sich schuften ließ, vollgepumpt mit Heroin.«

Mich durchläuft ein Schauder. *Bring eine andere Tote, Lola ist voll.* Dieser Scheißkerl.

Es sind immer Frauen.

»Selbstbeherrschung war allerdings nicht gerade seine Stärke«, fährt mein Vater fort. »Du kennst ja den Spruch, dass es vier

Kollegen braucht, um einen Verdächtigen zu überwältigen, der sich wehrt. Das liegt daran, dass man immer versucht, der betreffenden Person keinen Schaden zuzufügen. Vier Kerle sind nötig, damit sie keine Prellungen oder Knochenbrüche davonträgt. Ritter war das vollkommen egal. Er war sich selbst mehr als genug und überwältigte, wen auch immer er wollte. Woraufhin derjenige meist im Krankenhaus landete. Die Beschuldigten vom Frauenhändlerring konnten ein Lied davon singen: gebrochene Gliedmaßen, abgerissene Ohren, zerquetschte Finger ... Einer verlor sogar ein Auge. Wie dem auch sei, der Erfolg gab ihm recht. Die ganze Abteilung war sich sicher, dass es Ritter bis zum Polizeirat schaffen würde ... Zumindest bevor diese Sache passierte.«

Ich beuge mich vor.

»Und was war das für eine Sache?«

Mein Vater gibt ein heiseres Röcheln von sich, es klingt, als würde ein Pantoffel über Sand schleifen. Etwas hat sich zwischen uns verändert: Ich sitze am Bett eines alten Mannes. Eines alten Mannes, der im Sterben liegt und sich dessen gerade bewusst geworden ist.

»Kannst du mir ein Glas Wasser bringen?«

»Nein. Was ist damals passiert?«

Mein Vater schiebt das Kinn vor, seine Lippen zittern. Es ist mir egal, und er weiß, dass es mir egal ist. Ein Husten entschlüpft ihm, das Einzige, was er nicht durch Willenskraft zurückdrängen konnte. Dann sagt er:

»Seine Tochter wurde entführt und umgebracht. Er selbst ist während der Ermittlungen auch fast ums Leben gekommen.«

»Wie kann das sein? Wenn es seine Tochter war, musste er den Fall doch anderen überlassen, oder?«

»Natürlich. Bei eigenen Familienmitgliedern ist man raus aus den Ermittlungen. Die emotionale Nähe würde einem sonst den Verstand vernebeln. Aber Ritter ließ sich zu dem

Zeitpunkt längst nichts mehr vorschreiben. Seine Tochter war verschwunden, und für ihn war klar, dass er nicht untätig herumsitzen würde. Er brach sämtliche Regeln und begann, auf eigene Faust zu ermitteln. Er befragte ihre Lehrer, ihre Klassenkameraden, deren Eltern, sämtliche Personen, deren Tagesablauf mit dem Schulweg seiner Tochter kollidierte ... und fand sie schließlich.«

»Wie hat er das geschafft?«

»Er stieß auf eine heiße Spur: Augenzeugen hatten sie dabei beobachtet, wie sie nach dem Unterricht ins Auto eines Lehrers einstieg. Dieser Lehrer war seit dem Tag des Verschwindens des Mädchens wegen Depressionen krankgeschrieben. Er besaß ein Einfamilienhäuschen in Zehlendorf. Und dort ist Ritter hingefahren.«

»Was natürlich ebenfalls gegen die Regeln verstößt.«

»Wen interessieren die Scheißregeln, wenn man gerade herausgefunden hat, wer vielleicht die eigene Tochter gefangen hält?« Mein Vater versucht sich an einer sarkastischen Grimasse, die zu einer bitteren Fratze zerfällt. Wir wissen beide, dass er für mich nicht derart viel riskiert hätte. »Er ist nicht nur auf eigene Faust hingefahren, er hatte natürlich auch keinen Durchsuchungsbefehl, weil er offiziell nicht mit dem Fall betraut war. Wie auch immer, er verschaffte sich kurzerhand Zutritt zum Haus des Lehrers. Ohne auch nur anzuklopfen. Er trat einfach die Tür ein und ging rein.«

»Klingt ganz nach Ritter.«

Mein Vater atmet durch, lässt sich Zeit. Vermutlich kommt jetzt der Teil, den er mir lieber nicht erzählen würde.

»Das Haus selbst hatte nichts Ungewöhnliches an sich. Ein großzügig geschnittenes Einfamilienhaus, vielleicht hatte der Lehrer es geerbt. Im Inneren die typischen geschmacklosen Möbel aus den Achtzigern. Sämtliche Jalousien waren heruntergelassen, man sah kaum etwas, aber der Geruch, der Ritter entgegenschlug, überzeugte ihn davon, dass er lieber sofort seine Waffe zog. Dann nahm er eine Bewegung am Ende des Flurs wahr und erkannte seine Tochter.«

Ich atme erleichtert auf, entspanne meinen ganzen Körper. Ein Fehler.

»Also hat er sie gerettet, bevor der Kerl sie ...«, setze ich an.

»Das war nicht seine Tochter am Ende des Flurs«, unterbricht mich mein Vater. »Der Lehrer hatte sie tatsächlich entführt und anschließend getötet. Die Obduktion ergab, dass er sie mehrmals vergewaltigt hatte. Er trennte ihr das Gesicht ab und trug es wie eine Maske. Was Ritter gesehen hatte, war der Lehrer mit dem Gesicht seiner Tochter über dem eigenen.«

Ein Druck auf meiner Brust erinnert mich daran, dass ich einatmen muss, was ich offenbar schon eine ganze Weile nicht mehr getan habe.

»>Papa‹, sagte der Lehrer zu ihm. ›Papa, ich bin hier. Komm, Papa‹. Kann sein, dass dieser Teil gelogen ist, ich war nicht dabei. Aber so wurde es mir erzählt. Was auf jeden Fall stimmt, ist, dass der Lehrer sich auf ihn stürzte. Er hatte ein Messer in der Hand ...«

»Ein Sägemesser.«

Jetzt bin ich es, der einen trockenen Mund hat. Staubtrocken. Ein Migräne verursachender Lichtblitz zuckt durch meinen Kopf, ich sehe wieder das albtraumhafte Wesen aus dem Loch vor mir.

»Hat Ritter auf ihn geschossen?«

»Offenbar hat er es nicht mehr geschafft, die Waffe zu heben. Wundert mich nicht. Ich mag mir lieber nicht vorstellen, wie man sich fühlt, wenn ein Typ mit Messer in der Hand und dem blutigen Gesicht deiner Tochter vor der Visage auf dich zugerannt kommt. Die beiden prallten aufeinander und fielen zu Boden. Ritter trug mehrere Messerstiche davon, in die Niere, in den Unterleib, in die Brust. Und das alles, während er ins Gesicht seiner Tochter starrte.«

»Wie kam es, dass der Kerl ihn nicht umgebracht hat?«

»Ritter konnte einen Arm befreien und legte die Hand an den Hals seines Angreifers. Er war damals schon ein Bär von einem Mann.« Wieder ein Husten. »Mit dieser Hand hat er den Kehlkopf des Lehrers gepackt und zugedrückt, ihn richtiggehend abgezwickt.«

Wir schweigen beide. Schon vor Betreten dieses Raums habe ich mich gefühlt wie ein geprügelter Hund. Jetzt komme ich mir vor, als hätten mich gerade fünfzehn Rudelmitglieder mit Syphilis angepinkelt. Was ich erfahren habe, stellt alles auf den Kopf, was ich über Ritter zu wissen glaubte. Sogar mein Vater, dieses herzlose Arschloch, das meine Mutter dazu getrieben hat, sich in ebendieser Wohnung das Leben zu nehmen, scheint ein schlechtes Gewissen zu haben, weil er mir die Geschichte erzählt hat. Aber ich habe es ja so gewollt.

Ich stehe auf.

»Warte, ich bringe dir ein Glas Wasser.«

Ich gehe in den Flur hinaus, betrete die Küche, öffne den Hängeschrank. Hole ein Glas heraus, drehe den Wasserhahn auf und fülle es bis unter den Rand. Nehme noch ein Glas, lasse es volllaufen und trinke es selbst. Mit dem ersten Glas gehe ich wieder in den Flur und kehre ins Zimmer meines Vaters zurück. Bei all diesen Handlungen werde ich von einem Mann verfolgt, der das abgetrennte Gesicht eines Mädchens als Maske trägt. Ich glaube nicht, dass er je wieder verschwinden wird.

»Ritter war eine Zeitlang krankgeschrieben«, erzählt mein Vater, nachdem er das Wasser leergetrunken hat. »Als er seinen Dienst wieder aufnahm, war er geschieden und sprach so gut wie kein Wort mehr. Und er war noch tausendmal aggressiver als vorher, und das will etwas heißen. Die Gerüchteküche brodelte natürlich. Die Geschichte wurde aufgebauscht, um den

Polizeineulingen Angst zu machen, du weißt schon. Es gibt jede Menge Details, die nicht ganz schlüssig sind. Welches Motiv hatte der Lehrer, um all diese Dinge zu tun? Wie kann es sein, dass er mit zugezogenen Jalousien und dem Gesicht des Mädchens auf dem Kopf bereitstand, als Ritter kam? Hat er etwa nicht getrunken, nicht gegessen, ist nicht aufs Klo gegangen? Warum hat er überall im Haus dieses Symbol an die Wände geschmiert? Von allem, was ich dir gerade erzählt habe, stimmen wahrscheinlich nur zehn Pro ...«

»Symbol?«, unterbreche ich ihn in einem Ton, der ihn den Kopf einziehen lässt, als hätte er Angst, ich würde ihn der gleichen Behandlung unterziehen wie Ritter den Lehrer. »Welches Symbol?«

Er blinzelt.

»Hab ich dir doch vorhin erzählt.«

»Nein, hast du nicht.«

»Ich hätte schwören können, dass ich es erwähnt habe. Na ja, das mit dem Symbol war jedenfalls ein weiteres Detail, das die Runde machte. Keine Ahnung, ob es stimmt. Angeblich hatte der Lehrer ein Symbol von der Art, wie es in Filmen immer mit Ritualverbrechen in Verbindung gebracht wird, an sämtliche Wände seines Hauses geschmiert. Einen nach oben offenen Halbkreis. Wie ein Croissant, oder wie zwei Hörner, oder wie ...«

»Eine Krone«, murmele ich.

»He«, sagt mein Vater, als er sieht, dass ich das Zimmer verlasse. Vom Flur her höre ich ihn rufen: »He, wo gehst du hin?«

»Ich mache dir später dein Abendessen«, rufe ich zurück, während ich die Pistole aus der Sporttasche hole und sie mir in den Gürtel schiebe.

Inzwischen ist es richtiger Schnee, der vom dunklen Himmel fällt. Ich gehe die Braunschweiger Straße entlang. Von fünf Straßenlaternen sind drei kaputt. Überall halb entfernte Graf-

fiti und heruntergelassene Rollläden, die die Kälte ausschlie-
ßen sollen. Das feuchte Schneegestöber scheint sich vorgenommen zu haben, meine Schritte zu bremsen. Keine Chance,
ihr könnt mich nicht aufhalten. Ich werde dich aufspüren, Rebecca. Ich werde herausfinden, was da vor sich geht. Wer dir geschrieben hat, wer am Steuer des schwarzen Autos saß, was in
seinem Inneren vorgefallen ist, wer dir den Zahn ausgerissen
hat und wo der Rest von dir ist. Auch wenn ich zu spät komme.

Als ich die Braunschweiger Straße verlasse und auf den
Bahnhof Neukölln zugehe, weht ein eisiger Wind. Meine Hals-
muskeln fühlen sich an wie straff gespannte Seile. Die Lichter
des Bahnhofs blitzen auf wie die Zielfernrohre von Hecken-
schützen. Auf der Straße missachten zwei oder drei Autos die
rote Ampel, und auf dem Gehweg wartet der Schnee nicht mal
bis morgen, um schmutzig braun zu werden.

Dort ist sie. Ich entdecke sie weniger als dreißig Meter von
mir entfernt. Eingemummt in ihre tausend Kleidungsschichten thront sie auf einem Sessel aus Schnee, die Haut fahl und
schlecht durchblutet. Vielleicht fragt sie sich gerade, ob heute
der Tag ist, diese Woche die Woche, dieser Winter der Winter,
in dem man sie leblos auf der U-Bahn-Treppe des Bahnhofs
Neukölln finden wird.

Bei ihr angekommen bleibe ich stehen, vor Schnee und Wut
triefend. Sie hebt den Blick und späht wie durch einen Nebel zu
mir nach oben. Dann erkennt sie mich.

»Guten Abend, Süßer.«

»Wir müssen reden, Babsi«, sage ich. »Über die Mondkrone.«

Ich gebe zu, dass ich keine Ahnung habe, was ich tue. Vielleicht
ist das Ganze ein unüberlegter Schnellschuss, den ich schon
bald bereuen werde. Dafür spricht, dass sich mir die Nackenhaare sträuben, dass ich Gänsehaut an den Armen und in den
Kniekehlen habe. Ich folge Babsi die Braunschweiger Straße

entlang, ohne zu wissen, wohin. Inmitten dieses Sturms, dieses herumwirbelnden Schnees, dieser Dunkelheit, die heute die Berliner Nacht heimsuchen.

Nach meiner Aufforderung hat Babsi mich zunächst lange gemustert, mit ernstem Blick. Dann ist sie mühsam aufgestanden und losgegangen, zurück in Richtung meiner Wohnung. Sie in Bewegung zu sehen löst ein seltsames Gefühl in mir aus. Ich bin es gewohnt, dass Babsi auf der U-Bahn-Treppe kauert. Anders habe ich sie noch nie erlebt, außer neulich, in meinem Wohnzimmer. Aber das war vielleicht nur eine Erscheinung. Es kommt mir surreal vor, dass sie sich nun von dem Ort entfernt, an den sie in meinen Augen gehört. Sie humpelt nicht. Ich hätte gedacht, dass sie humpelt, keine Ahnung, warum. Sie wankt auch nicht mehr, als man es bei einer Person wie ihr vermuten würde, ungepflegt und verborgen unter Kleiderbergen. Ein durchdringender Geruch weht hinter ihr her, ich nehme ihn wahr, obwohl Kälte und Schnee meinen Geruchssinn betäuben. Babsi durchquert die Niemetzstraße, ohne anzuhalten. Sie sagt kein Wort. Ich schweige ebenfalls und gehe einige Schritte hinter ihr. Sie dreht sich nicht ein einziges Mal um, um nachzusehen, ob ich ihr folge.

Auf Höhe der Reparaturwerkstatt in der Böhmischen Straße wird sie langsamer. Gegenüber ist der Gehweg durch einen Zaun von einer kiesbedeckten Brachfläche abgetrennt, auf der schon seit ich denken kann zwei Reihen niedriger Bretterbuden stehen. Vielleicht dienten sie vor hundert Jahren als Stallungen für die Bewohner der Gegend. Jetzt beherbergen sie Motorräder in verschiedenen Stadien der Verwitterung und mit Plastikplanen abgedeckte Arbeitsgeräte. Wenn ich hier vorbeikomme, beachte ich die Holzschuppen normalerweise kaum, aber als wir jetzt im trüben Licht der Straßenlaternen vor ihnen stehen bleiben, erscheinen sie mir als idealer Ort, um jemanden unbemerkt einzusperren und zu foltern, ihn über Jahre gefangen zu halten. Etwas zu verstecken, für alle sichtbar und doch unauffindbar.

Babsi kramt in ihren Kleiderschichten nach etwas. Ich höre einen Schlüssel klimpern, sehe jedoch nichts. Es folgt das Knacken eines Vorhängeschlosses am Zaun. Endlich wendet sich Babsi zu mir um.

»Du kommst her, weil du es so willst.« Ihre Stimme klingt wie Schleifpapier. Ich blinzle überrascht, weil ich sie das erste Mal einen sinnvollen, zusammenhängenden Satz äußern höre. »Du beleidigst mich nicht, wenn du mit mir dort drinnen bist. Wenn dir nicht gefällt, was du hörst oder siehst, haust du ab.« Sie beugt sich zu mir. »Und lass den Bären in Ruhe.«

Na gut, der letzte Satz passt schon eher zu der durchgeknallten Babsi, die ich kenne. Sie nähert sich einer der Bretterbuden und hantiert erneut mit dem Schlüssel herum. Die Tür geht lautlos auf, sie ist gut geölt. Babsi verschwindet im Inneren, ohne sich umzublicken. Ich bleibe wie angewurzelt auf dem mit Unkraut gesprenkelten Kies der Brachfläche stehen. Jenseits des Zauns, dessen Tor immer noch offen steht, befindet sich einerseits die Böhmische Straße, aber dort sind auch mein Verstand, meine Steuererklärung, die Miete, die ich zahlen muss, die Medikamente meines Vaters. Auf dieser Seite ist ein Schuppen, der nicht größer sein kann als neun Quadratmeter und dessen Tür offen steht. Ein schwarzes Rechteck in einer sturmumtosten Nacht.

Es pfeift in meinen Ohren, und mir ist ein wenig schwindelig. Wenn ich doch nur endlich schlafen könnte – kehrtmachen, in meine Wohnung zurückgehen, mich ins Bett legen und vergessen, dass Rebecca vielleicht in diesem Moment stirbt, oder in diesem, oder in diesem. Aber ich kann nicht. Möglicherweise ist es das, was einen schlechten Polizisten ausmacht: die Unfähigkeit, einen Fall nach Feierabend hinter sich zu lassen, das Opfer wie eine Nummer, einen Gegenstand zu betrachten. Mir wird das vermutlich nie gelingen. Du bist ein Mensch, Rebecca, ein Mensch mit Geheimnissen. Vielleicht finde ich in diesem Schuppen, der mich immer mehr an ein Hexenhäuschen erinnert, den Schlüssel zu diesen Geheimnissen. Vielleicht auch nicht.

Zwischen meinen Füßen häuft sich bereits der Schnee an.

Ach, lasst mich doch alle in Ruhe.

Ich trete durch die Tür.

Und bin völlig perplex.

Zunächst einmal bin ich perplex, weil ich feststelle, dass Babsi hier wohnt, keine sechshundert Meter von meinem Haus entfernt. Wir sind quasi Nachbarn. Genauso wie ich mir Babsi nie stehend oder gehend vorstellen konnte, konnte ich mir nicht vorstellen, dass sie irgendetwas anderes machen könnte, als am Bahnhof zu sitzen und zu betteln. Ich würde mich dafür schämen, wenn mich das, was ich hier sehe, nicht vollkommen in Anspruch nehmen würde.

Das Erste, was ins Auge sticht, sind die Stadtpläne, sie bedecken drei der vier Wände des Schuppens. Es sind sämtliche Stadtviertel Berlins, die darauf abgebildet sind, in verschiedenen Maßstäben, überlappend, mit Reißzwecken, Nägeln, Schrauben, Heftklammern und sogar Nieten befestigt. Was ich hier vor mir habe, ist eindeutig das Werk einer Besessenen. Obendrein hat Babsi mit der Akribie einer Insektenforscherin Zeitungsausschnitte, Fotos, auf Zettel gekritzelte Notizen und Ähnliches auf die Pläne gepinnt, ein Sammelsurium wie aus einem Film über einen Massenmörder.

Doch obwohl dieses gewaltige Puzzle aus Stadtplänen den Raum dominiert, ist es nur ein kleiner Teil der Einrichtung. Auf dem Boden stapeln sich Zeitschriften und Zeitungen, in einer Ecke liegt eine flohverseuchte Matratze und irgendwo ragt ein kleiner Turm aus Klopapierrollen in die Luft. Auf einem

Hocker ist ein Tablett voller billiger Weinflaschen abgestellt, und ein Barkühlschrank mit Glastür beherbergt eine kleine Bibliothek. Kerzen finden sich nirgendwo, auch wenn man sie vielleicht an einem solchen Ort vermuten würde. Bei so viel Papier wären sie auch nicht sehr angebracht, vermute ich. Beleuchtet wird das Innere des Bretterverschlags stattdessen von einer Glühbirne, die wenige Zentimeter von meinen Augen entfernt an der Decke baumelt. Ich habe keine Ahnung, wo der Generator ist, der sie mit Strom versorgt.

Neben der Tür ist eine Schultafel an der Wand befestigt. Ein Lappen, der so schmuddelig ist wie ein jahrtausendealtes heiliges Schweißtuch, hängt an einem krummen Nagel. Unterhalb der Tafel stehen dicht nebeneinander zwei Ohrensessel, und ich habe plötzlich das verrückte Gefühl, dass dieser Ort von innen größer ist als von außen. Reiß dich zusammen, Kocaj. Es reicht, wenn du dir hier in diesem Drecksloch was einfängst. Behalte wenigstens einen klaren Kopf.

»Wie bist du in meine Wohnung gekommen, Babsi?«, höre ich mich fragen, als wäre ich jemand, der im Nebenzimmer redet.

»Die Nacht hat mich hingebracht.«

Die Nacht. Na klar.

»Ich wiederhole: Du bist hergekommen, weil du es so wolltest«, sagt sie. »Wenn es dir hier nicht gefällt, hau ab. Und lass den Bären in Ruhe.«

Fast rechne ich damit, dass sie auf irgendeinen an die Wand genagelten Plüschteddy zeigt, aber nein, natürlich ist von einem Bären weit und breit nichts zu sehen. Ich räuspere mich, beginne, mir eine Ausrede zurechtzulegen, um von hier verschwinden zu können. Als ob ich dafür eine Erklärung bräuchte, als ob ich vor dieser Frau irgendeinen Schein wahren müsste. In diesem Moment ruft mir Babsi den Grund für meine Anwesenheit in Erinnerung.

»Rebecca ist im Raucherbereich.«

Und so steige ich die nächste Stufe hinab in Richtung Wahnsinn.

»Was ist der Raucherbereich, Babsi? Was ist diese Mondkrone und dieses ... dieses Wesen, das sie trägt? Was geht hier vor? Wo ist Rebecca? Was weißt du über diese ganze Sache?«

Meine Nachbarin kommt näher. Für einen kurzen Moment glaube ich, dass sie mich küssen will, doch sie geht an mir vorbei und tritt vor den Stadtplan, fährt mit einer Hand darüber, deren Nägel so dick und hart sind, dass sie damit Bierflaschen öffnen könnte.

»Melinda Vogel, sechzehn Jahre alt, siebenunddreißig Messerstiche, zwei davon in die Augen, gefunden in der Kreuzbergstraße. Lena Rohrer, einundzwanzig Jahre alt, zerstückelt, Spermareste an Bein- und Armstümpfen, gefunden in der Manteuffelstraße. Susanne Koller, zwölf Jahre alt, enthauptet am Chamissoplatz.« Ihre Hand gleitet über den Stadtplan wie ein herabstoßender Geier. »Anne Richter, elf Jahre alt, vergewaltigt und zu Tode geprügelt, abgetrenntes Gesicht, Echtermeyerstraße. Saskia Hoffmann, einunddreißig Jahre alt, teilweise von Hunden gefressen, die mit ihr tagelang in einem Keller eingesperrt waren, Kranoldplatz. Connie von Scheel, sechs Jahre alt, vergewaltigt. Renate Schilling, acht Jahre alt, vergewaltigt. Claudia Haag, zweiundsiebzig Jahre alt, vergewaltigt. Hanife Karaoğlan, dreizehn Jahre alt, vergewaltigt. Anika Jansson, acht Monate alt, vergewaltigt.«

Bei jedem Namen, den sie nennt, ziehe ich ein wenig mehr die Schultern ein. Als Polizist kenne ich natürlich die Statistiken bezüglich sexualisierter Gewalt in Berlin. An der Polizeiakademie musste ich sie auswendig lernen und eine Seminararbeit darüber schreiben. Aber die Zahlen sind eine Sache, diese Aufzählung von Namen, Altersangaben und Fundorten eine ganze andere. Vielleicht bin ich kein guter Polizist. Vielleicht kann es niemand sein angesichts dieser unfassbaren Brutalität.

»Es sind immer Frauen«, murmele ich.

Babsi fährt zu mir herum, als hätte ich mit einem Hammer auf den Tisch geschlagen.

»Nein, da irrst du dich.« Sie zeigt zum Stadtplan, eine vage, tiefbetrübte Geste. »Es sind immer Männer.«

Sie kommt erneut auf mich zu.

»Es sind immer Männer. Sie vergewaltigen, morden, zerstückeln, häuten, erstechen, prügeln.«

Sie macht noch einen Schritt auf mich zu. Langsam, fast wie bei einem absurden Striptease, zieht sie ihre unzähligen Kleiderschichten aus, eine nach der anderen. Es dauert ewig, bis sie von der Taille aufwärts nackt vor mir steht.

»Sie waren zu dritt, haben nicht mal ihre Gesichter vermummt. Mit voller Wucht haben sie auf mich eingetreten. Damals schlief ich nachts noch unter der Bahnbrücke. Danach war ich komplett zerstört, innerlich wie äußerlich.«

Mehrere schrecklich anzusehende, eitrige Narben bilden eine Mondlandschaft auf ihrer linken Seite. Ihr fehlt eine Brust, an ihrer Stelle ist ein veilchenblauer Krater. Bräunliche und rötliche Flecken überziehen ihre Haut, Vulkanausbrüche, die eingebrannte Chronik einer Katastrophe.

»Dann zog einer von ihnen, ein Rothaariger, einen Kanister Feuerzeugbenzin hervor. Er kippte den ganzen Kanister über mir aus. Es brannte höllisch, ich hatte solche Schmerzen, dass ich mich nicht bewegen konnte. Aber der Schmerz stoppt leider nicht die Angst. Ich schrie wie verrückt. Niemand kam. Sie warfen ein brennendes Zippo-Feuerzeug auf mich.«

Beim Reden rückt sie Stück für Stück näher an mich heran. Es ist kaum Platz da, um ihr auszuweichen.

»Ich sah ihn zwischen den Flammen. Er war hinter ihnen. Über ihnen. Und er war groß. Er war alles. Sein gelber Blick – er betrachtete uns von Weitem, vom Himmel her, obwohl seine Füße im Boden versanken. Ich sah seine Mondkrone.«

»Wer ...« Ich kann nicht glauben, dass ich ihr tatsächlich diese Frage stelle. Die Szene aus dem Loch blitzt vor meinem inneren Auge auf. »Wer ist er?«

»Er ist der König«, antwortet Babsi, vier Wörter, die nach Gift schmecken. »Sie sind seine Untertanen. Ihr seid seine Untertanen. Es sind immer Männer.«

»Ich verstehe nicht ...«

»Umso schlimmer für dich.«

Sie wendet sich von mir ab und bedeckt sich – dem Himmel sei Dank –, streift ein Hemd über, das steif ist von getrocknetem Schweiß. Erneut tritt sie an den Stadtplan heran. Wieder überkommt mich das Gefühl, dass das hier nicht nur neun Quadratmeter sein können. Die Schatten, die die Glühbirne erzeugt, scheinen schwerer geworden zu sein, sie drücken mich nach unten. Ich würde mich gern irgendwo abstützen, um nicht das Gleichgewicht zu verlieren, und will andererseits nichts anfassen.

»Er hätte mich damals in sein Reich holen können, aber ich bin ihm von der Schippe gesprungen. Das Leben auf der Straße härtet ab. Die Flammen verbrannten mich zwar, töteten mich jedoch nicht. Seither wohne ich in diesem Schuppen. Ich habe gelernt, richtig hinzusehen. Ich habe vieles gelernt. Ich observiere ihn. Ich folge ihm. Er hingegen interessiert sich nicht für mich. Er hat mehr als genug andere Opfer. Wir sind immer Frauen. Ihr seid immer Männer.«

»Er hat auch Rebecca, oder?« Babsi antwortet nicht. »Wo ist sie? Wo finde ich den König?«

Babsi streckt die Arme aus, als wollte sie die ganze Stadt voll toter, vergewaltigter, misshandelter Frauen mit ihren schwieligen Händen umfassen.

»Sein Königreich ist hier.« Sie schiebt einen Finger zwischen die überlappenden Stadtpläne »Hier lebt er. Von hier aus beobachtet er uns. Hier fordert er seinen Tribut.«

»Der Raucherbereich?«

»Ist einer der Namen für sein Reich, ja«, sagt Babsi. »Aber dort wohnt er nicht. Er lebt jenseits des Raucherbereichs, auf der anderen Seite. In Berlin gibt es mehr Orte, als du dir vorstellen kannst. Er beherrscht die Spalten und Ritzen, die Zwischenräume. Ruinen und Trümmer sind seine Welt. Er badet im Schmerz der Stadt. Der Raucherbereich ist jener Ort, an dem er seine Prinzessinnen aufbewahrt, seine Gefangenen. Der Raucherbereich ist schlau. Der Raucherbereich wartet. Der Raucherbereich hat Zähne, die knirschen.«

Sie verfällt wieder in ihren üblichen zusammenhanglosen Singsang. Ich muss versuchen, ein wenig Wahrheit aus all diesem Schwachsinn zu klauben, und um das zu erreichen, muss ich Babsis Sprache sprechen. Allerdings pocht die Kratzwunde an meinem Arm, als hätte mir jemand dort ein zweites Herz unter die Haut gepflanzt. Das Herz eines panischen Tieres.

»Wie gelangt man zum Raucherbereich?«

Babsis Stimme scheint eine Treppe hinunterzusteigen, Stufe um Stufe, eine Treppe, die im Morast mündet.

»Zugänge gibt es überall. In ganz Berlin. Eine Ecke des Körnerparks. Ein Raum in den verlassenen Gebäuden am Teufelsberg. Ein Keller in Köpenick. Ein vermeintliches Blumengeschäft in der Skalitzer Straße. Eine leerstehende Wohnung im Wedding, die niemand je anmietet. Ein paar alte Lagerhallen in Tempelhof. Der gesamte Isolierpavillon des ehemaligen Säuglings- und Kinderkrankenhauses Weißensee. Hier in Berlin sind mehr Gräueltaten begangen worden als an jedem anderen Ort der Welt, von einer oder zwei Ausnahmen abgesehen. Die gesamte Stadt ist wurmstichig, durchlöchert, faulig. Und wenn etwas vor sich hin fault, beginnt sich schon bald Leben in seinem Inneren zu regen. Der König zieht sie an. Sie scharen sich um ihn herum, bauen sich ihre Nester, ihre Nischen, ihm zu Ehren. Er ist der Wal, und sie sind die Schiffshalter, die sich an ihn heften.« Ihr scheint mein Gesichtsausdruck aufzufallen, die Art, wie ich den Kopf schüttle, denn sie stößt wieder dieses herablassende Schnauben aus. »Ich habe dir gesagt, du sollst den Bären in Ruhe lassen!«

Ihr plötzliches Abweichen vom Thema verwirrt mich, bis ich den Geruch wahrnehme, der mich in diesem Augenblick erreicht, ein durchdringender Gestank, der meine Nasenlöcher flutet. Etwas bewegt sich hinter meinem Rücken, schwerfällig, unbeholfen. Etwas, das trübe Luft um sich herum verdrängt, das Wärme ausströmt. Ich sehe Fliegen, die vorher nicht da waren, dick wie Datteln. Ein Teil meines Körpers will zu Stein erstarren, sich nicht umdrehen, sich niemals umdrehen. Der andere Teil muss einfach nachsehen. Ich fahre herum.

Ein Schlund. Ich blicke in einen Schlund, weit geöffnet wie ein Ofen, er sabbert, beherbergt eine faulige Zunge, die größer ist als mein Kopf, und Zähne, die aussehen wie halb zermahlene Steine, scharfkantig und schmutzig. Darüber funkeln zwei triefende Augen, die umgeben sind von schorfigen Krusten, Ekzemen und violett schimmernden Adern. Ihr giftiger Blick bohrt sich in mich hinein. Als ich das Brüllen höre, liege ich bereits am Boden, ich bin rücklings hingefallen. Es ist ein markerschütterndes Brüllen, eine Mischung aus Schmerzensschrei, rostigem Quietschen und weißglühendem Zorn.

»Ganz ruhig«, beschwichtigt Babsi, und aus irgendeinem Grund kommt ihre leise, raue Stimme gegen den Lärm an. Auf einmal sind wir wieder allein in einer mit Stadtplänen tapezierten Bretterbude. »Ich habe ihn vor vielen Jahren aus dem Zoo geholt. Er ist zu meinem Schutz hier. Falls der König mich doch sucht und findet. Aber wahrscheinlich könnte er ihn nur ein wenig hinhalten, damit ich Zeit habe abzuhauen.«

Meine Lunge pumpt wie ein Blasebalg, ich zittere am ganzen Körper. Meine Hand ist instinktiv zur Pistole geschossen, aber wir sind allein. Es war nur eine Halluzination. Etwas anderes kann es nicht gewesen sein. Diese Irre muss irgendwo einen Luftbefeuchter versteckt haben, der LSD herumsprüht, oder was weiß ich. Ich merke selbst, wie absurd dieser Gedanke ist. Doch was ist sonst gerade passiert?

»Tu mir den Gefallen und steh vom Boden auf und setz dich«, sagt Babsi. »Beruhige dich. Wir haben es nicht eilig.«

Ich befolge ihre Anweisung, weil ich nicht weiß, was ich sonst tun soll. Mein Puls hämmert rasend schnell von innen gegen meine Schläfen, eine Salve, die einem Staatsbegräbnis angemessen gewesen wäre. Ich fürchte, es ist mein Verstand, der zu Grabe getragen wird. Aber ich habe diese Bestie wirklich gesehen. Die Sekunden verstreichen. Ja, ich habe sie gesehen, und dennoch verdrängt mein Gehirn diese Möglichkeit, ordnet die Welt um sich herum neu. Suggestion. Hypnose. Irgendetwas in der Art. Es ist mir egal, wie abwegig diese Erklärungen sind. Die Alternative würde bedeuten, dass ich die Regeln dieses wahnsinnigen Spiels akzeptieren müsste, all die jeder Vernunft widersprechenden Vorkommnisse als real ansehen müsste, die Vorstellung schlucken müsste, dass in irgendeiner verborgenen Nische dieses Schuppens ein halb vergammelter Bär lauert, um Babsi für den Fall zu verteidigen, dass sie von einem übernatürlichen Wesen angegriffen wird, einem Wesen, das in den Spalten und Rissen Berlins lebt und »der König« genannt wird, einem Wesen, das auf irgendeine Weise für all die Gewalt, die in dieser Stadt gegen Frauen verübt wird, verantwortlich ist und Rebecca an einem Ort gefangen hält, den alle beharrlich den »Raucherbereich« nennen.

Und das kann ich nicht. Ich kann es nicht akzeptieren. Wenn ich das alles einfach so schlucke, kann ich danach nie wieder schlafen. Es ist nicht kompatibel mit meiner Arbeit bei der Polizei, mit dem Krebs meines Vaters, mit der Böhmischen Straße, mit Lucia und Nina und dem Tag, an dem ich meine Mutter erhängt in der Kammer fand, in der ich heute regelmäßig trainiere.

Das Schweigen zieht sich in die Länge. Babsi sieht mich an.

»Am Anfang ist es schwer zu verdauen«, sagt sie. »Nimm dir die Zeit, die du brauchst. Du kannst mich gern beschimpfen, wenn du willst. Manchmal hilft das.«

Ich werde sie nicht beschimpfen. Ich werde gar nichts tun. Ich werde aufstehen, zu dieser Tür hinausgehen und ins normale Leben zurückkehren, in meine Wohnung. Ich werde schlafen und weiter an dem Fall eines verschwundenen Mädchens arbeiten, einem von Hunderten ähnlichen Fällen, die sich in Berlin jedes Jahr ereignen, denn Berlin ist eine große Stadt, und das einzige Problem in großen Städten ist, dass viele Menschen in ihnen leben, was gleichzeitig auch viele Arschlöcher bedeutet. Sonst nichts.

Viele Arschlöcher, genau.

Es sind immer Männer.

Der Einzige, der sie da rausholen kann, bist du.

»Wie kann ich Rebecca aus dem Raucherbereich befreien?«

Ich kann nicht glauben, dass ich das gefragt habe.

»Der Raucherbereich öffnet sich nicht für jeden.« Sie schnaubt verächtlich. »Zuerst muss man ein Opfer bringen.«

Ich habe plötzlich ein flaues Gefühl im Magen. *Ich bin bereit, das erste Opfer zu bringen* hat Rebecca in das leere Buch im Feuer geschrieben.

»Was für ein Opfer?«

»Das erste Opfer wird dir die Augen öffnen«, sagt sie langsam und deutlich. »Das zweite wird dir die Tür öffnen. Das dritte ...«

Ein schrilles Geräusch unterbricht sie. Wir zucken beide zusammen. Es kommt aus meiner Hosentasche. Mein Handy! Ich fasse es nicht. Erst jetzt merke ich, dass ich schwitze. Ich schwitze und zittere gleichzeitig vor Kälte. Ungeduldig fummle ich an der Öffnung meiner Hosentasche herum, bis ich das Ding endlich hervorgezogen habe. Dann gehe ich dran.

»Kocaj.« Es ist Suly. »Verdammt, warum gehst du nicht ans Telefon? Ich hab dich tausend Mal angerufen!«

»Ich kann jetzt nicht reden, Suly.«

»O doch, kannst du.« Sein Tonfall verrät mir sofort, was los ist. »Wir haben sie gefunden.«

Ich bin der schlechteste Polizist aller Zeiten. Ich muss mir doch tatsächlich ein Taxi nehmen, ein Taxi zum Tatort. Denn es ist ein Tatort, da bin ich mir sicher. Der König hat Rebecca. Im Raucherbereich. Wo er seine Prinzessinnen einsperrt. Seine Gefangenen. Während ich in besagtem Taxi sitze, löst sich alles, was in jenem Bretterverschlag passiert ist, im zärtlichen Morphium der Realität auf. Wir haben sie gefunden. Vielmehr haben die anderen sie gefunden. Ich habe gar nichts getan. Suly gibt mir die Einzelheiten am Telefon durch:

»Die Jungs von der Cyberkriminalität haben das Auto ausfindig gemacht. Das Symbol ist das Logo von Dillhof & Colière, einem Weinimporteur aus den Zeiten vor der Wiedervereinigung. Er musste kurz nach dem Mauerfall dichtmachen, aber damals begann man im Westen bereits damit, Firmen digital zu registrieren. Anscheinend soll dieser unvollständige Kreis den Abdruck eines Weinglases auf einer Tischdecke darstellen.«

Es ist eine Krone, denke ich, sage es jedoch nicht laut.

»Dillhof & Colière hatte sechs Fahrzeuge auf die Firma eingetragen: drei Lastwagen, zwei Lieferwagen und einen Volvo 760. Die Kollegen haben im Grundbuchregister nachgesehen und festgestellt, dass die Lagerräume der Firma bis heute leer stehen. Sie befinden sich an der Adresse, die ich dir gerade gegeben habe, Tempelhofer Gegend.«

»Das bedeutet noch nicht, dass Rebecca auch wirklich dort

ist, Suly«, wende ich ein. Ich will es glauben und andererseits auch nicht.

»Ich weiß. Sag das mal Ritter.«

Mein Herz setzt einen Schlag aus.

»Wo ist er?«

»Sobald die Meldung von den Kollegen reinkam, ist er zur Tür hinaus. Er hätte natürlich nicht allein losfahren dürfen, aber keiner hat sich getraut, ihn zurückzuhalten. Es sind zehn Einheiten auf dem Weg dorthin, allerdings glaube ich nicht, dass sie ihn noch einholen. Er hat einen deutlichen Vorsprung.«

»Wann ist er los?«

»Vor einer Viertelstunde, so lang hat es nämlich gedauert, bis ich dich an der Strippe hatte, du Trottel. Wo hast du gesteckt?«

»Ihr müsst Ritter anrufen, Suly. Ihn irgendwie stoppen. Er darf nicht allein da rein.«

»Ist ja auch total einfach.«

»Fahren Sie bitte schneller«, sage ich zum Taxifahrer. Er antwortet mit typischer Berliner Schnauze und zetert Unverständliches vor sich hin. Ich fühle mich versucht, die Knarre zu ziehen und sie ihm an den Kopf zu halten. Stattdessen atme ich tief durch. Meine Hände ballen sich auf meinen Knien zu Fäusten, während ich in den Schnee hinausstarre, der Berlin immer fester im Griff hat.

Um dreißig Euro ärmer und mit zum Zerreißen gespannten Nerven steige ich aus dem Taxi. Ich kann nur hoffen, dass es stimmt, was Suly mir erzählt hat: dass hier die Lagerräume der ehemaligen Weinimportfirma sind. Gefunden hätte ich sie auf eigene Faust nie. Ich stehe in einer langen, dunklen Straße, die von kaputten Straßenlaternen gesäumt ist. Ich glaube, die Ringbahn fährt nicht weit von hier. Auf beiden Seiten der Straße erheben sich Backsteinmauern, gespickt mit Glasscherben, die auf einer unregelmäßig aufgetragenen Schicht Kitt kleben. Diese Vorrichtung soll offenbar verhindern, dass man einfach so über die Mauern springen kann. Ich habe keine Ahnung, was sich dahinter verbirgt, auch nicht, wo ich verdammt noch mal hinmuss. Das Taxi entfernt sich mit Vollgas. Als ich ihm hinterherblicke, sehe ich ihn: Ritters Honda Civic ist hundert Meter weiter nachlässig am Straßenrand geparkt. Ich renne auf ihn zu. Die Kälte hat alles mit einer eisigen Glasur überzogen, der Schlamm zu meinen Füßen ist gefroren. Ich bin nicht richtig angezogen für diesen verfrühten Wintereinbruch, aber das ist jetzt zweitrangig. Ich entdecke Ritter. Er steht vor dem einzigen Metalltor, das in der ganzen Straße zu sehen ist, und tritt es auf. Die Konsequenzen sind ihm offenbar gleichgültig. Ihm ist alles gleichgültig, verdammte Scheiße. Keuchend schließe ich zu ihm auf und packe ihn beim Arm. Erst da bemerke ich, dass er seine Pistole in der Hand hält.

»Warte!«

Er dreht sich zu mir um, als hätte er bereits mit mir gerechnet. Seine um den Abzug geschlossenen Finger sind weiß.

»Du wirst mich nicht aufhalten, Podolski.«

»Du kannst da aber nicht einfach so reinstürmen. Die Verstärkung ist schon auf dem Weg, die Kollegen müssten jeden Moment hier sein.«

Es ist einer dieser dämlichen Zufälle, die hinterher niemand glaubt, dass genau in diesem Moment aus der Ferne Polizeisirenen zu hören sind, als hätten sie nur darauf gewartet, dass ich sie erwähne. Ritter sind sie natürlich vollkommen schnurz.

»Es kann sein, dass Rebecca da drinnen ist, Podolski. Willst du wirklich eine Sekunde zu spät kommen?« Er drückt meinen Arm mit seiner Hand, die mal einen Kehlkopf abgerissen hat. Es tut weh. »Willst du dein restliches Leben mit dem Wissen klarkommen müssen, dass du eine Sekunde zu spät gekommen bist, um sie zu retten?«

Ich blicke durch das offene Tor und erspähe ein zugewuchertes Gelände, in dessen Mitte die Lagerhallen der Weinimportfirma stehen – zwei kompakte Backsteingebäude, dreistöckig und quadratisch. Zwei schwarze Ungeheuer inmitten der immer weißer werdenden Nacht. Ob sie Rebecca verschlungen haben? Nasser Schnee tropft von den Gebäudekanten, von den gezackten Resten der Fensterscheiben. Die Sirenen kommen näher. Ich senke den Blick und sehe weiße, um die Waffe gekrampfte Finger, und damit meine ich nicht die von Ritter. Ich habe ebenfalls die Pistole gezogen.

»Scheiße!«, fluche ich. »Das ist ein Himmelfahrtskommando, keine Polizeiarbeit!«

»Doch, genau das ist Polizeiarbeit, Lukas.«

Fahr zur Hölle. Fahr zur Hölle, du fettes Arschloch. Du manipulierst mich. Du hast gerade zum ersten Mal meinen Namen richtig gesagt, weil du weißt, dass ich kurz davor bin, auf deine Seite hinüberzuwechseln, weil du weißt, dass du nur noch einen letzten Knopf drücken musst, damit ich so skrupellos werde wie du. Ein kleiner Schubs, und schon setze auch ich mich über sämtliche Regeln hinweg und stürme wie Rambo dort hinein. Dort hinein, wo vielleicht Rebecca ist. Wo sie vielleicht noch am Leben ist. Wo sie in ebendiesem Moment sterben könnte. Oder in diesem. Oder in diesem. Oder in diesem.

»Dann los.«

Noch während ich es sage, sehe ich die Scheinwerfer der Streifenwagen am Ende der Straße auftauchen. Sie werden in zwanzig Sekunden hier sein. Zwanzig mögliche Tode von Rebecca.

Meine Aufforderung ist alles, was Ritter braucht. Er packt die Waffe mit beiden Händen und rennt mit dem unbeholfenen Gang eines schwindsüchtigen Elefanten auf die Gebäude zu. Ich folge ihm. Diesmal verleiht mir die Pistole kein Gefühl von Sicherheit.

Wir entscheiden uns für die Lagerhalle, die dem Tor am nächsten ist, und verharren auf beiden Seiten der Eingangstür. Ritter sieht mich an. Ich weiß nicht, was dieser Blick bedeutet, ob mein Kollege irgendetwas Bestimmtes von mir erwartet. Er löst sich von der Wand und verpasst der Tür einen Fußtritt. Sie ist unverschlossen. Sogar ich weiß, dass das kein gutes Zeichen ist. Vor uns liegt ein schwarzes Loch, das die Nacht verschluckt, die Sirenen, die Scheinwerfer, uns beide. Eine absolute Finsternis, aus der nichts Gutes kommen kann, das Ende dieses Schauermärchens, das wir uns ausgedacht haben, die Antwort auf die Frage, die seit Tagen an uns nagt. Wir sind kurz davor, in sie einzutauchen. Jenseits der Mauer bremsen die Streifenwagen.

Ritter und ich sehen uns an.

Und gehen hinein.

8

Ein Schreck

»Keine Hinweise auf Sperma, jedoch auf vaginale und anale Penetration, zunächst mit einem stumpfen Gegenstand. Zahlreiche Schnittwunden und Muskelrisse. Zerteilte Brustwarzen. Gebrochene Rippen, gebrochene Oberarmknochen ...« Der Polizeirat bricht ab und überfliegt die nächsten Zeilen. »Zusammengefasst: eine gute Handvoll Knochenbrüche. Fußsohlen verletzt, Fingerkuppen abgefeilt, Epidermis des Gesichts abgesägt und entfernt. Unauffindbar. Perforation des Unterkiefers durch den Haken, an dem ihr Körper hing. Der Blutgerinnung nach zu schließen, wurden all diese Dinge an ihr verübt, während sie noch lebte. Sie haben sie an einem Haken aufgehängt, der ihr zum Mund wieder herauskam, und sie dann zu Tode gefoltert. Es liegt noch keine Einschätzung dazu vor, wie lange es gedauert hat, bis sie tot war.«

Ich wäre gern sauer. Ich wäre gern wütend, fuchsteufelswild vor Zorn. Sogar angewidert wäre mir recht. Aber nein. Ich bin traurig. Der Obduktionsbericht aus dem Mund des Chefs macht mich zutiefst traurig. Ich denke an Nina, an Lucia. An den Pädophilen im Keller. Ich denke an unseren Besuch im St.-Marien-Internat und die Verfolgung von Yousuf auf der Karl-Marx-Straße. Ich denke an Das Feuer, Das Loch, die Griessmühle. Während ich all diese Stationen durchlief, erlebte Rebecca jene Qualen, die mein Vorgesetzter gerade so nüchtern katalogisiert hat, als würde er Inventur in einer Videothek machen. Eine Sekunde zu spät. Fünf Tage zu spät. Das Ergebnis ist dasselbe.

Es ist Montagmorgen. Ich habe den gesamten gestrigen Tag im Bett verbracht. Es ist schon lange her, dass ich das letzte Mal zwanzig Stunden am Stück geschlafen habe. Genützt hat es mir nichts. Ich habe immer noch ein Tellereisen am Hinterkopf, das mein Gehirn zusammenpresst, und meine Augen fühlen sich an, als hätte mir jemand Batteriesäure vermischt mit Fußnägeln hineingekippt. Mich lähmt eine melancholische Stumpfheit, das Gefühl, auf ganzer Linie versagt zu haben. Vermutlich empfindet jeder Polizist so, wenn er zu spät gekommen ist.

»Das Einzige, was sie an ihr unversehrt gelassen haben, war ihr Gebiss«, fährt der Rat fort, »von dem Zahn, der ihr in ihrem Internatszimmer ausgerissen wurde, natürlich abgesehen. Anhand des Gebisses konnten wir sie auch identifizieren. Zum Glück, denn ich wünsche es wirklich keinem Elternteil, sich so etwas anschauen zu müssen.«

Damit meint er die Fotos, die dem Bericht des Rechtsmediziners beigelegt sind. Ich brauche sie nicht zu sehen. Ich habe das Ganze schon in natura erlebt, nachdem ich mit der Knarre in der Hand in die Lagerhalle der Weinimportfirma in Tempelhof eingedrungen war. Unsere Schritte wurden jäh gestoppt, als wir allmählich erahnten, was sich in der Halle befand, es im blinkenden Licht der Rettungsfahrzeuge ausmachten, das durch die offene Tür und die Fenster hereinfiel. Ich erinnere mich daran wie an einen Albtraum, denn genau das war es, nur dass ich dabei nicht schlief. Ritter verharrte neben mir, und der Seufzer, den mein Partner ausstieß, brannte sich mit aller Schärfe in mein Gedächtnis ein. Ich höre ihn noch, als hätte er ihn jetzt gerade ausgestoßen, hier, im Büro des Polizeirats.

»Gehen wir.«

Warten wir auf die Spurensicherung. Hier können wir nichts mehr tun. Auch das hätte ich sagen können. Ich tat es nicht. Alles reduzierte sich auf ein »Gehen wir«, eine Pistole, die wieder am Gürtel verstaut wurde, Schritte, die sich entfernten. An der Tür kam uns die Verstärkung entgegen, die genau wie wir zu spät kam. Sie ließ uns passieren.

Erst drei Stunden später kehrten wir wieder an den Tatort zurück, nachdem alles abgesperrt, durchsucht, vermerkt war. Drei Stunden, in denen Ritter nicht ein einziges Mal den Mund aufgemacht hatte. Drei Stunden, in denen in seinem kahlen, verschwitzten Kopf furchtbare Dinge wiederauferstanden sein mussten. Ich hätte mich darüber freuen können, hätte denken können: Geschieht ihm recht, diesem rassistischen, despotischen Macho. Aber ich freute mich nicht. Er hatte es nicht verdient. Niemand verdient so etwas. Rebecca am allerwenigsten.

»Die Mutter wurde in die Charité eingewiesen, sie hat einen Nervenzusammenbruch erlitten. Der Vater ist bei ihr. Die beiden waren seit letztem Dienstag im Motel One in der Prinzenstraße und haben darauf gewartet, dass ihre Tochter wiederauftaucht. Sie meinten zwar, die Schule habe ihnen angeboten, in einem der Gästezimmer des Internats zu wohnen, aber sie haben das Hotel vorgezogen.«

Der Chef lässt seinen Blick zwischen uns hin- und herwandern. Vielleicht erwartet er, dass wir etwas sagen, oder es ist eine seiner Kunstpausen, die er gern in Ansprachen an Untergebene einstreut. Ich bin zu benommen, um den Unterschied zu erkennen. Ritter hat sich an einen Ort tief in seinem Inneren verkrochen.

Bevor wir die Lagerhalle nach unserem schrecklichen Fund wieder verlassen hatten, waren wir wie zwei orientierungslose Touristen in ihr herumgeirrt. Nein, falsch. Der orientierungslose Tourist war allein ich gewesen. Ich hatte nicht einmal wahrgenommen, was Ritter tat, war wie in Trance zwischen den Säulen herumgelaufen, von denen der Putz blätterte, hatte den Tatort umkreist, ohne es zu wagen, in seine Mitte zu blicken. Es war ein Elefant in diesem Raum, ein blutüberströmter Elefant, der schlaff etwa dreißig Zentimeter über dem Boden hing. Sein Geruch war nicht besonders unangenehm, die Kälte, die durch die mit Steinwürfen durchlöcherten Fensterscheiben drang, hatte alles im Inneren der Lagerhalle konserviert. Der Tatort war eher traurig als grauenerregend. Keine Polizisten, die raus- rannten, um sich zu übergeben. Wir hatten menschliche Über- reste vor uns. Einen Gegenstand. Rebecca war nicht mehr hier.

»Der Vermisstenfall hat sich zum Mordfall entwickelt«, stellt der Polizeirat schließlich überflüssigerweise fest und macht erneut eine Pause, um uns anzusehen. »Welche Spuren kön- nen Sie diesbezüglich vorweisen?«

Schweigen unsererseits. Der Chef schüttelt den Kopf und überfliegt die Unterlagen auf seinem Schreibtisch.

»Der Volvo 760 ist nicht aufgetaucht. Ich glaube ohnehin nicht, dass er uns weiterbringen würde. Vielleicht war er schon seit Jahrzehnten irgendwo abgestellt, und jemand hat ihn auf- gebrochen und kurzgeschlossen. Meine persönliche Vermu- tung ist jedoch, dass der Schuldige zufällig auf die verlassenen Lagerhallen in Tempelhof stieß und den Volvo dort auf dem Parkplatz vorfand. Sozusagen ein Sechser im Lotto: ein Ort, wo er das Mädchen foltern konnte, und ein Transportmittel gratis dazu.« Er blickt auf den Bericht hinunter, um uns Informatio- nen mitzuteilen, die er längst im Kopf hat. »Das hier wird Sie entzücken: Die Weinimportfirma gab es gar nicht. Offenbar handelt es sich um eine Scheinfirma des Geheimdienstes. In den Lagerhallen wurden Leute gefoltert, die über die Mauer ge- flohen waren, um herauszufinden, ob es sich um DDR-Spitzel handelte. Dieser Ort hat mehr Blut und Schmerzen gesehen als ein Feldlazarett.«

»Das verstehe ich nicht«, sage ich. »Was für ein Geheim- dienst? Tempelhof lag doch im Westen, und die Stasi ...«

»Jetzt seien Sie kein Idiot, Kocaj«, unterbricht mich der Chef. »Auch die Alliierten haben gefoltert, genau wie die BRD-Ge- heimdienste. Sie glauben doch hoffentlich nicht dieses Mär- chen vom guten Westen und den bösen Kommunisten. Der

Kalte Krieg war genau das: ein Krieg. Und wie in jedem Krieg konnten beide Seiten nur verlieren.«

Ich nicke stumm. Nur ungefähr ein Drittel der Zurechtweisung des Polizeirats bleibt bei mir hängen. Die Botschaft ist dennoch klar: Ich soll den Mund halten.

Es dauerte eine Weile, bis ich den Mut aufbrachte, mich dem hängenden Körper zu nähern. Deinem Körper, Rebecca. Ich beschrieb einen schiefen Kreis durch die Lagerhalle, eine Pendelbewegung, die mit deiner Leiche kollidierte. Blutüberströmt ist der falsche Ausdruck. Das Blut, das dich bedeckte, hatte sich durch die kalte Witterung in eine Kruste verwandelt, in eine dunkelbraune Glasur. Ritter kauerte schon neben dir. Ich blieb vor ihm stehen. Deine Füße hingen in der Luft, nackt, schmutzig. Ich ließ den Blick nach oben wandern, und an irgendeinem Punkt des gewundenen Weges, den er bis zu deinem Gesicht zurücklegte, füllten sich meine Augen mit Tränen. Nur verschwommen nahm ich den dunklen Fleck deines Gesichts wahr. Ich wollte mir die Tränen wegwischen, mich zwingen, dich anzusehen, aber ich schaffte es nicht. Ritters Stimme rettete mich.

»Podolski.«

Welcher Segen, den Blick wieder zu senken, welche Barmherzigkeit, mich von dir abzuwenden. Ritter zog sich den Hemdsärmel über die Finger und hob einen Gegenstand zu deinen Füßen auf. Es war ein goldenes Kettchen, an dem die Hälfte eines goldenen Herzens hing, von vier Dolchen durchbohrt. Einige Tropfen deines Bluts waren darauf zu sehen.

»Die andere Hälfte des Herzanhängers«, stellte Ritter fest. »Die, die zu der Herzhälfte passt, die Rebecca um den Hals trägt.«

Das zweite Mal kostete es mich weniger Mühe, den Blick zu heben. An deinem Hals hing tatsächlich das halbe Herz mit den drei Dolchen, dasselbe, das ich auf deinem Foto aus dem

Görlitzer Park gesehen hatte. Die Ergänzung des Anhängers, den Ritter in der Hand hielt.

»Ihr Freund ist der Täter. Dieser Yousuf.«

Ritter sagt es, ohne den Chef anzusehen.

»Wenn Ihre Anschuldigung auf dem Anhänger beruht, dann ist das lediglich ein Indiz, kein Beweis«, wehrt dieser ab.

»Der Anhänger ist ein in der Mitte zerteiltes Herz. Sie trug die eine Hälfte, und die andere ist dem Mörder runtergefallen, als er sie folterte. So eine Herzhälfte schenkt man nicht einfach unbedacht her. Rebecca hat sie mit Sicherheit ihrem Freund geschenkt, diesem Flüchtling. *Er* hat sie ermordet.«

In Ritter brodelt ein Vulkan, der kurz vor dem Ausbrechen ist, das merkt sogar der Polizeirat. Er nimmt seine Brille ab und betrachtet meinen Partner von der hohen Warte seines Schreibtischs aus.

»Der Anhänger ist nur ein Indiz«, wiederholt er sein Urteil. Er sagt es langsam, mit der Vorsicht eines Dompteurs, der sich einem unleidigen Löwen nähert. »Auf dem Kettchen, das auf dem Boden der Lagerhalle lag, wurden zwar Fingerabdrücke gefunden, aber sie gehören nicht Herrn Harouni. Jeder Anwalt mit eineinhalb Monaten Berufserfahrung würde den Herzanhänger als Beweisstück zerlegen. Wir brauchen was Besseres.«

»Ihr Freund ist der Mörder!« Es klingt widerborstig, kindisch, machtlos. Ritter bebt innerlich vor Erregung.

»Ich möchte den Schuldigen genauso dringend fassen wie Sie, aber die Beweisführung muss wasserdicht sein, sonst kommt er wieder auf freien Fuß.«

»Also, was machen wir jetzt?«, frage ich.

Ein Fehler. Noch während ich die Frage formuliere, wird mir klar, dass es das Dämlichste ist, was ein mit einem Fall beauftragter Polizist sagen kann. Die Blicke von Ritter und dem Chef bestätigen diesen Eindruck. In mir regt sich frühmorgendlicher Ärger. Leckt mich doch alle am Arsch, denke ich. Wenn er uns jetzt sagt, dass wir einen Bericht schreiben sollen, ziehe ich die Knarre und ballere um mich. Wenn er es sagt, dann ...

»Sie schreiben einen Bericht ...«

Ich verharre reglos.

»... und suchen weiter nach dem Täter. Die Kollegen von der Pressestelle kümmern sich um die Pressemitteilung und alles Weitere. Sie beide konzentrieren sich auf die Ermittlungen. Es geht nicht mehr um ein verschwundenes Mädchen, sondern um einen Mord. Wenn Sie tatsächlich die Theorie haben, dass der Freund der Täter ist, sammeln Sie Beweise, die es uns erlauben, diese Theorie vor Gericht zu verteidigen. Denken Sie ausnahmsweise wie Polizisten. Ich wünsche Ihnen eine erfolgreiche Woche.«

Mit dieser jähen Verabschiedung entlässt uns der Chef. Er schließt den Obduktionsbericht und legt ihn auf einen Stapel mit anderen Berichten, die ebenso voller Gewalt stecken, neben seinen Paw-Patrol-Becher, der halbvoll ist mit kaltem Nespresso-Kaffee. Ritter schnaubt und macht auf dem Absatz kehrt. Bevor er zur Tür marschiert, wirft er mir einen Blick zu.

Ich weiß, was er denkt.

»Der Flüchtling.«

Ich will es nicht glauben.

»Der Flüchtling war es, Podolski.«

Ich will nicht.

»Es kann niemand anders gewesen sein.«

Aber der Anhänger.

»Es gibt sogar einen Präzedenzfall. Das Mädchen hatte schon einmal einen Freund, der beschloss, sie zu quälen und zu demütigen, weil sie nicht mit ihm schlafen wollte. Sie wurde zur Märtyrerin geboren, das hat dir doch sogar die Pförtnerin gesagt. Rebecca ist ihrem Schema treu geblieben und hat sich wieder einen aggressiven Kerl gesucht und ihm den Anhänger geschenkt. Der Araber war natürlich überglücklich. Zu dumm nur, dass sie sich weigerte, die Beine breit zu machen. Ihr Freund verlor die Nerven und nahm sich das, was ihm seiner Meinung nach zustand, mit Gewalt. Dabei schoss er entweder übers Ziel hinaus, oder er bekam Schiss und brachte sie deshalb um.«

Dieser alte Wichser. Er krallt sich die Details, die am besten zu seiner Version passen, und entsorgt alles andere. So läuft das bei der Polizei aber nicht. So darf es nicht laufen. Oder etwa doch?

»Nur ein Indiz, sagt das Arschloch. Natürlich nur ein Indiz! Weil ich immer viel zu nachsichtig bin mit diesen Leuten. Schluss damit. Eins verspreche ich dir: Der kommt mir nicht davon. Ich schwöre dir, dass er dafür bezahlen wird!«

Ein Schlag auf den Tisch lässt ihn verdutzt innehalten. Alle, absolut alle Gespräche im Großraumbüro verstummen. Sämtliche Augenpaare richten sich auf mich. Ich zittere innerlich.

»Nein!«, fauche ich. »Nein!« Ich beuge mich noch näher an Ritter heran. »NEIN!«

Dann wende ich mich von ihm ab. Die Stille im Raum wird noch tiefer, die Luft ist zum Schneiden. Wutentbrannt stürme ich los und schlängle mich durch die Schreibtische. Nach gefühlten siebzehn Jahren habe ich endlich den Ausgang erreicht. Ritter sagt noch immer nichts. Niemand sagt etwas. Mir ist es gleichgültig. Ich will sowieso nichts mehr hören, will nur noch zurück ins Bett und schlafen. Schließlich drängt die Zeit jetzt nicht mehr.

Ich klingle, klingle, klingle, klingle. Klingle, schlage gegen die Tür, schlage noch mal dagegen, verpasse ihr einen Tritt. Keine Antwort. Wo kann Lucia an einem Montagvormittag sein? Versteckt sie sich etwa vor mir? Was macht sie? Mit wem ist sie zusammen? Vergreift sich gerade jemand an ihr?

Immer zwei – nein, drei – Stufen auf einmal nehmend renne ich die Treppe wieder hinunter. Bleibe vor der Tür zu meiner Wohnung stehen. Blicke auf die Uhr. Halb elf. Jana ist drinnen bei meinem Vater. Ich will mich jetzt nicht mit ihr auseinandersetzen. Also gehe ich auf die Straße hinaus. Die Niemetzstraße ist mit einer grauen Schneeschicht bedeckt, durch die die Hälfte der Stiefel des Viertels gestapft zu sein scheint. Die Pfade, die der Räumdienst auf den Gehwegen freigeschoben und gestreut hat, sind schmal und ebenso schmutzig. Ich spüre die beißende Kälte wie Stecknadeln auf Wangen und Kinn und dampfe beim Atmen wie eine Lokomotive. Was mache ich? Wo soll ich hin? Mit wem kann ich reden? Will ich überhaupt mit jemandem reden? Rebecca ist tot. Ich schaue mir auf dem Handy noch einmal das Foto des Hügels im Görlitzer Park an. Das gelbe Kleid. Den halben Herzanhänger. Rebecca, lebendig, vielleicht sogar glücklich, blickt mir mit ihrer Sonnenbrille entgegen, zwei kleine Lichtflecke auf dem Display.

Was haben sie dir angetan? Wer hat dir das angetan? Wie finde ich den Täter?

Die Idee taucht in meinem Gedankenfluss auf wie ein Lachs, der gegen den Strom schwimmt, aus dem Nichts. Ich rufe meine Kontaktliste auf. Suche nach dem Namen. Drücke auf Anruf und warte.

»Hallo«, sage ich, als sie drangeht.

Dann frage ich:

»Bist du zu Hause?«

Ich antworte:

»Nein, nur so. Wollte wissen, wie es dir geht.«

Dann frage ich:

»Kann ich vorbeikommen?«

Ich antworte:

»Um dich zu sehen, mehr nicht.«

Dann sage ich:

»Okay.«

Und lege auf.

Ich gehe zum S-Bahnhof Sonnenallee. Die Ringbahn fährt mal wieder nicht. Na toll. Ich nehme den M41-er Bus und brauche ungefähr zehn Minuten bis zum Hermannplatz. Dort steige ich die Treppe hinunter zur U8, fahre bis Gesundbrunnen, zwanzig Minuten. Die U-Bahn ist gerammelt voll, ein Bienenstock, überall mit Schals vermummte Gesichter. In der Luft liegt der Schweißgeruch all jener, die sich winterlich angezogen haben, obwohl noch Herbst ist, die bei zwei Grad plus Pelzjacken und dick gefütterte Mäntel tragen, als wären es minus fünfzehn. Am Gesundbrunnen steige ich aus und gehe noch einmal zehn Minuten, bis ich vor dem Haus stehe. Ich klingle. Sie macht mir auf. Ich steige die Treppe bis in den dritten Stock hinauf. Die Wohnungstür ist halb geöffnet. Sie steht da und wartet auf mich.

»Hallo«, sage ich.

Ich trete ein. Packe sie bei den Oberschenkeln, hebe sie hoch. Ich küsse sie, heftig, mit Zunge. Nach einer kurzen Schrecksekunde erwidert Nina den Kuss. Mit dem Fuß stoße ich die Wohnungstür zu, trage sie ins Schlafzimmer. Das Bett ist ungemacht. Ich lasse mich auf Knien darauf nieder, zerre ihr den Pullover vom Leib. Ziehe ihr die Hose herunter, dann den Slip. Sie spielt mit. Ich schiebe mir die Hose auf die Knöchel hinunter. Nina tastet auf dem Nachttisch nach Kondomen. Ich halte ihre Hand fest. Beiße ihr in den Hals. Dringe in sie ein. Sie stößt einen kleinen Schrei aus. Ich hebe eins ihrer Beine an, lege es mir über die Schulter. Dann ficke ich sie hart, stemme die Füße gegen die Matratze, den Bettrahmen, rutsche ab, fange mich wieder. Ich löse mich von ihrem Mund. Ficke sie hart. Ich glaube, es gefällt ihr. Ich ficke sie hart. Meine Hände wandern hinauf zu ihrem Gesicht. Ich umrahme es, umfasse ein Stück ihrer Haut, ziehe daran. Als wollte ich es ihr abreißen.

»Was machst du?«, haucht sie.

Ich ficke sie hart. Jetzt gefällt es ihr nicht mehr. Ich packe ihr Gesicht. Ziehe an ihrer Haut. Als wollte ich sie ihr abreißen. Ich ficke sie hart. Ziehe stärker an ihrem Gesicht.

»Verdammt, was machst du da?«

Plötzlich geht gar nichts mehr. Sie merkt es auch. Ich versuche es noch ein paarmal, bewege mich ein bisschen in ihr. Ohne Erfolg. Es geht gar nichts mehr. Sie merkt es auch. Ich ziehe ihn raus, rolle vom Bett. Verkrieche mich in die Zimmerecke. Nina sitzt nackt auf der Matratze. Mit roten Streifen am Kiefer, an den Wangen, von meinen Fingern.

»Ist doch nicht schlimm, Kocaj«, sagt sie und tut noch etwas: Sie bedeckt sich mit dem Kopfkissen.

Mir wird schlagartig klar, dass es das letzte Mal ist, dass ich sie sehe. Schwer atmend stehe ich auf und ziehe mir die Hose hoch. Ich drehe mich um und verlasse Ninas Wohnung. Mache leise die Tür hinter mir zu.

Zwischen Gesundbrunnen und meiner Wohnung liegen etwas mehr als zehn Kilometer. Das bedeutet eine gute halbe Stunde mit U-Bahn und Bus oder zweieinviertel Stunden zu Fuß. Ich weiß nicht, wohin, deshalb fange ich einfach an zu gehen. Rebeccas Mörder ist irgendwo hier draußen, atmet dieselbe kalte Luft, sieht dasselbe tote Grau des Himmels. Ich weiß nicht, wie ich ihn finden soll. Ich kann nichts mehr für dich tun, Rebecca.

Gegen ein Uhr mittags betrete ich die Charité. Am Empfang gebe ich mich als Freund der Familie aus und ernte einen skeptischen Blick. Es wäre wohl einfacher gewesen, sich als Polizist zu erkennen zu geben. Zu spät. Widerwillig beschreibt mir der Mann den Weg zu ihrem Zimmer.

»Sie haben Glück«, sagt er. »Sie wurde gerade entlassen, wartet aber noch auf ihre Papiere.«

»Danke.«

Ich bin weniger als fünf Schritte vom Empfangstresen entfernt, als ich höre, wie der Typ nach dem Haustelefon greift und mit jemandem redet. Ich fahre mit dem Aufzug nach oben. Auf dem Flur steht ein Security-Mitarbeiter. Natürlich. Ich gehe an ihm vorbei und grüße, laut und deutlich. Er erwidert den Gruß nicht. Mit den Fingerknöcheln klopfe ich an die Zimmertür. Keine Antwort. Ich trete ein.

Was ich im Krankenzimmer sehe, trifft mich völlig unerwartet. Rebeccas Mutter isst gerade zu Mittag. Sie kaut hörbar, ein rohes Schmatzen. Ihr Rücken ist mir zugewandt, sie sitzt gebeugt an einem Tisch, mit zerzausten Haaren. Das Krankenhaushemd steht hinten offen und entblößt ihre nackte Haut. Ich wende den Blick ab, ergriffen von einer plötzlichen Scham, die noch verstärkt wird durch die unerträgliche Hitze, die die Krankenhausheizung verströmt.

»Frau Lilienthal? Ich bin Lukas Kocaj, einer der Ermittler im Fall Ihrer Tochter.«

Sie antwortet nicht. Ich nähere mich ihr so vorsichtig, als hätte ich gerade ein lebendes Krokodil auf dem Flur entdeckt. Rebeccas Mutter lässt die Füße in der Luft baumeln, ihre Beine reichen nicht bis zum Boden. Neben ihr steht ein Tablett mit dem üblichen schalen Krankenhausfraß, unberührt. Was Frau Lilienthal sich einverleibt, ist ein dickes Steak, rare gebraten. Fett und roter Fleischsaft triefen ihr aus den Mundwinkeln.

»Wie geht es Ihnen, Frau Lilienthal?«, frage ich, um das Schweigen zu füllen. »Das ... das ist aber nicht das Essen, das hier normalerweise serviert wird, oder?«

»Das Steak habe ich bei meinem Mann bestellt«, nuschelt sie mit vollem Mund.

»Freut mich, dass Sie so guten Appetit haben. Das ist ein gutes Zeichen.«

Kein gutes Zeichen ist ihr Blick, der sich irgendwo jenseits des Fensters verliert. Ihre ausgeprägten Augenringe. Der irre

Gesichtsausdruck. Ihr offener Kiefer, der große, halb gegarte Fleischstücke zermalmt.

»Ich habe gehört, Sie werden heute entlassen«, improvisiere ich. »Wie schön.«

Frau Lilienthal schneidet mit einem Sägemesser ein weiteres Stück Steak ab und führt es zum Mund, trifft ihr Ziel nicht, versucht es erneut. Diesmal schafft sie es.

»Kehren Sie und Ihr Mann heute nach Augsburg zurück?«

»Ich bleibe noch ein paar Tage im St.-Marien-Internat.« Ihre unregelmäßigen Zähne zermahlen das Fleisch, ohne dass sie sich die Mühe machen würde, den Mund zu schließen. »Um die Sachen meiner Tochter zusammenzupacken.«

Plötzlich hört sie auf zu kauen. Verharrt mit offenem Mund und abwesendem Blick. Die Sekunden verstreichen.

»Geht es Ihnen ...?« Ich beende meine Frage nicht. Wie sollte es ihr gutgehen? Der Frau, die ich vor mir habe, wird es vielleicht nie wieder gutgehen. »Ich wollte Ihnen mein Beileid aussprechen, Frau Lilienthal. Und ich wollte Sie bitten, sich zu melden, falls Ihnen noch irgendetwas einfällt, irgendein Detail, wie unbedeutend es Ihnen auch vorkommen mag ... irgendetwas, was uns bei den Ermittlungen helfen könnte ...«

Sie reagiert nicht. Das Sägemesser trennt erneut ein Stück Fleisch ab. Auf dem Teller vermischen sich Soße und blutiger Fleischsaft. Die Gabel hebt sich zum Mund. Noch mehr Bratenfett bleibt an ihren Lippen hängen. Ihre Augen blicken starr ins Nichts.

Meine nächste Frage entschlüpft mir völlig unbedacht. Zu spät merke ich, wie unangebracht sie ist.

»Bereuen Sie es, sie hierher geschickt zu haben?«

Das Messer kommt zum Stillstand. Zum ersten Mal dreht mir Rebeccas Mutter den Kopf zu. Gebannt starre ich auf das Spinnennetz aus roten Äderchen, das ihre verquollenen Augen durchzieht. Es könnte mich einfangen wie ein Insekt.

»Ich bereue nichts, Herr Kocaj. Und Sie?«

Ich könnte mich umbringen. Wie immer habe ich es vermasselt. Wie immer, immer, immer.

»Entschuldigen Sie, dass ich Sie gestört habe«, stoße ich hastig hervor. »Weiterhin guten Appetit und gute Besserung.«

Zögernd schiebe ich mich aus dem Zimmer. Der Security-Mann steht immer noch im Flur. Sein strenger Blick verrät, dass ich schon viel zu lange geblieben bin. Diesmal grüße ich ihn nicht, sondern senke den Blick. Vielleicht stoße ich deshalb mit jemandem zusammen.

»Verzeihung.«

Das Wort bleibt mir im Mund stecken. Es ist Rebeccas Vater. Erschrocken starre ich ihn an. Ich weiß, dass es ein Klischee ist, aber er ist in den letzten fünf Tagen tatsächlich um Jahre gealtert: Tränensäcke unter den Augen, verschwitzte Stirn, gelbliche, ungesunde Gesichtshaut. Der stämmige, aufrechte Körper, den ich im St.-Marien-Internat wahrgenommen habe, hat sich in einen Kartoffelsack mit hängenden Schultern verwandelt, schon bald wird ihm seine Kleidung zwei Nummern zu groß sein. Ich versuche ihm auszuweichen und weiterzugehen, doch er packt mich an beiden Armen, drückt schmerzhaft zu.

»Bitte helfen Sie mir!« Seine Stimme ist brüchig, er klingt wie ein alter Mann.

»Wir tun, was wir können, Herr Lilienthal«, murmele ich. »Ich verspreche Ihnen, dass wir weiter ermitteln werden.«

»Nein.« Er schüttelt den Kopf, heftig und lang. Dann fleht er wieder: »Helfen Sie mir!«

»Ich verspreche es Ihnen.«

Ich weiß nicht, was ich sonst noch sagen soll. Nachdem ich mich von ihm gelöst habe, ihn vielmehr gezwungen habe, sich von mir zu lösen, gehe ich den Flur entlang davon. Mir fehlt der Mut, mich noch einmal umzudrehen.

Beim Verlassen der Charité lastet eine Traurigkeit auf mir, die noch größer ist als die, die ich vorher mit mir herumgeschleppt habe. Die Kälte umschließt mich. Ich schiebe die Hände in die Taschen und gehe los, ohne Ziel.

Um zwanzig vor acht betrete ich meine Wohnung.

»Schon wieder«, keift eine Stimme. »Schon wieder, Lukas. Wie können Sie nur so verantwortungslos sein?« Jana steht in der Mitte des Flurs, mit einer Thermoskanne, in die sie vermutlich einen Teil der Gemüsesuppe gefüllt hat, die sie für meinen Vater gekocht hat. Für ihre Kinder. Sie hat die Hände fest um die Kanne geschlossen, ist stocksauer.

»Ab jetzt berechne ich Ihnen jede Stunde, die Sie zu spät kommen, doppelt, mal schauen, ob Sie es auf die Weise ...«

Der Rest der Atemluft, den sie benutzt hätte, um ihren Satz zu Ende zu bringen, dringt als erschrockenes Ächzen zwischen ihren Lippen hervor. Ich habe gerade die Pistole aus dem Gürtel genommen. Dabei tue ich gar nichts Besonderes damit. Ich halte sie nur in der Hand. Dann entsichere ich sie, sehe Jana an. Sie steht wie erstarrt da. Die Thermoskanne fällt ihr aus den Fingern und prallt vom Boden ab, öffnet sich jedoch nicht. Ich stütze die Pistole mit der anderen Hand ab. Jana macht den Mund auf und zu, als würde sie ertrinken. Meine Kieferknochen schmerzen. Ich merke, dass ich eine Erektion habe. Janas Augen füllen sich mit Tränen. Sie weiß nicht, was sie sagen soll.

Ich sichere die Waffe wieder. Gehe in die Hocke und verstaue sie in der Sporttasche neben der Tür.

»Entschuldigen Sie die Verspätung.«

Es vergehen zehn Sekunden, eine gefühlte Ewigkeit, in denen sich ihr Schreck in Ungläubigkeit verwandelt und schließlich in Wut entlädt.

»Fahren Sie zur Hölle, Sie verdammtes Arschloch!«

Sie nimmt sich nicht einmal die Zeit, ihren Mantel anzuziehen, wickelt nur alle ihre Sachen zu einem Bündel und rennt damit zur Tür. Um sich vor mir in Sicherheit zu bringen. Als wäre ich ein Gewitter. Als wäre ich gefährlich.

»Wir sehen uns dann morgen«, sage ich.

Ihre Antwort ist die zugeschlagene Tür, die im Treppenhaus verhallenden Schritte.

Durch den dunklen Flur nähere ich mich seinem Zimmer, mache die Tür halb auf. Das übliche Dämmerlicht, durch das wellenartig das Licht des Fernsehers flackert. Die altvertraute Ausdünstung von Schmerzmitteln und anderen Medikamenten, die längst keine Wirkung mehr zeigen.

»Hat sie dir dein Abendessen gegeben?«

»Ja.«

»Und dir eine Windel angezogen?«

Mein Vater wirft mir einen Blick zu, halb verdeckt von der Fernbedienung.

»Ob sie dir eine Windel angezogen hat.«

»Ja.«

Es ist nur eine einzige Silbe, aber ich spüre es sofort: Das Machtverhältnis zwischen uns hat sich verschoben. Vielleicht hat mein Vater bisher gar nicht richtig wahrgenommen, dass er kraftlos in einem Bett liegt und von mir gepflegt wird. Dass er mir ausgeliefert ist. Ich werde ihm nichts tun, natürlich nicht. Eines muss ihm dennoch inzwischen klar geworden sein: Wenn ich ihn einfach verrecken lassen würde, würde sich niemand darüber wundern. Niemand würde ihn vermissen. Er ist der letzte Holzspan, der noch vom einstigen Baumstamm übrig geblieben ist. Bald wird auch ihn der Fluss fortreißen. Seine Welt ist verschwunden. Jetzt lebt er in meiner.

»Mach mir heute keinen Ärger«, sage ich zu ihm. »Ich bin todmüde.«

Er antwortet nicht. In seinen von Falten umgebenen Augen ist ein ganzer Roman zu lesen.

»Wir haben das verschwundene Mädchen gefunden. Tot. Ihr wurde das Gesicht abgetrennt.«

Ein einzelner tiefer Atemzug ist seine Reaktion. Dann:

»Die wird schon nicht ganz unschuldig gewesen sein.«

Früher hätte er mich mit diesem Kommentar, dieser Provokation zur Weißglut gebracht. Jetzt nicht mehr. Er merkt es.

»Kannst du mir ein Glas Wasser bringen?«, bittet er. »Ich habe einen trockenen Hals. Es geht mir nicht gut.«

Ich schließe die Tür.

Hoch, ausatmen, runter, einatmen. Keine Ahnung, wie viele Klimmzüge ich schon hinter mir habe. Mir brennen die Arme. Mein Blick fällt auf meine Füße, die sich in der dunklen Fensterscheibe spiegeln. Nein, es sind nicht meine Füße, die ich da sehe. Es sind die Füße meiner Mutter. Die Füße von Rebecca.

Füße, die in der Luft baumeln.

Hoch, ausatmen.

Runter, einatmen.

Mit Schwung lasse ich mich auf den Boden fallen. Ein elektrisches Kribbeln wandert die Innenseiten meiner Arme entlang. Irgendwo in meinem Inneren, in irgendeinem versteckten Winkel meiner selbst regt sich nervöse Unruhe. Dort hängt ein Mädchen an einem Haken, ein Mädchen, das ich nicht abnehmen kann. Ich kann denjenigen nicht finden, der es getan hat, und selbst wenn? Was würde es bringen? Rebecca ist tot.

Scheiß auf das alles. Vielleicht hat Suly noch Keta. Ich greife zum Handy.

Es dauert eine Weile, bis er drangeht, was ungewöhnlich ist bei ihm. Als er sich endlich meldet, tut sich ein Loch in meinem Bauch auf.

»Was willst du?«

Warum flüstert er?

»Suly, lass uns um die Häuser ziehen.«

»Ich kann nicht, Kocaj.«

Das Loch in meinem Bauch dehnt sich aus. Mein Unterbewusstsein hat längst eins und eins zusammengezählt. Der Rest von mir ist weiter ahnungslos.

»Komm schon, Suly, wir gehen feiern. Ich warte im Magendoktor auf dich.«

»Ich hab keine Lust, Kocaj.«

»Das glaube ich dir nicht.« In diesem Moment beginnt auch meinem Verstand zu dämmern, dass etwas nicht stimmt. »Warum flüsterst du? Wo bist du?«

Er zögert eindeutig zu lange.

»Unterwegs.«

»Nichts da, unterwegs. Wo du bist, will ich wissen!«

»Ich muss auflegen, Kocaj.«

Das letzte Puzzleteil fällt an seinen Platz. Die Unruhe, die Erschöpfung, die Trauer über mein Scheitern – all das tritt in den Hintergrund. Panik macht sich in mir breit.

»Du sollst mir sagen, wo du bist, du Idiot! Was machst du?«

In der Leitung herrscht einige Sekunden Schweigen.

»Diesmal wollte er dich nicht dabeihaben.«

Mit einem Trommelwirbel in meiner Brust hält die Gewissheit Einzug, die Erkenntnis, das Grauen.

»Nein!«

Und als würde er sich direkt an mich wenden, höre ich plötzlich im Hintergrund, gedämpft durch die Entfernung und die davorstehenden Körper, seine Stimme:

»Ich werde euch jetzt eine Geschichte erzählen. Mal sehen, ob sie euch gefällt.«

Suly beendet das Gespräch. Die Leitung ist tot.

Scheiße.

Mit einem Satz bin ich an der Tür. Ich weiß, wo sie sind.

Renn, Kocaj, renn. Auch wenn du noch zwei Kilometer vor dir hast. Auch wenn du weißt, dass du zu spät kommen wirst. Renn, Kocaj, um alles, was dir lieb ist. Auch wenn du es nicht schaffen wirst, sie aufzuhalten. Renn, Kocaj. Auch wenn du zu spät kommst.

Ich habe nicht mal geduscht nach dem Training, der Schweiß auf meinem Rücken, in meinem Nacken, auf meiner Brust friert zu Eiskristallen. Ich renne, so schnell es meine Beine erlauben. Eine Jacke habe ich nicht übergezogen. Egal. Wen kümmert die Unterkühlung, wen kümmert die Lungenentzündung. Hauptsache, ich komme nicht zu spät.

Ich komme zu spät.

Etwa zwanzig Meter von der Flüchtlingsunterkunft entfernt bleibe ich stehen. Weißlicher Rauch züngelt aus den Fenstern. Menschen strömen aus der Tür nach draußen, rempeln sich gegenseitig an, treten sich auf die Füße. Großeltern, die ihre Enkel auf dem Arm tragen, Männer und Frauen mit verstörten Gesichtern und roten Augen. Rauch. Selbstgebastelte Rauchbomben. Zumindest bete ich, dass es sich darum handelt, dass sie nicht so verkommen waren, das Wohnheim in Brand zu stecken. Nein. Sie wollten nur erreichen, dass alle das Gebäude verlassen. Sosehr Ritter diese Leute auch verachtet, er will keine dreihundert Flüchtlinge auf dem Gewissen haben. Er will nur einem ganz bestimmten Flüchtling einen Schrecken einjagen. So muss es sein. Einen Schrecken.

Dieser Hurensohn.

Die Kälte betäubt mich, lässt mich abstumpfen. Von der Feuerwehr ist noch nichts zu sehen, aber ich entdecke mehrere Personen mit Handy am Ohr. Es wird also nicht mehr lange dauern. Wer weiß, was sie Yousuf bis dahin alles antun werden. Ich atme tief ein, und es fühlt sich an, als würde ich eine Eisscholle herunterschlucken. Ich kann nicht einfach untätig hier herumstehen, ich muss etwas unternehmen. Also bahne ich mir mit den Ellbogen einen Weg zum Eingang des Wohnheims, schubse achtlos Menschen beiseite. Eine ältere Dame stürzt wegen mir zu Boden. Ich entschuldige mich nicht. Ein bärtiger Kerl versucht mich festzuhalten, offenbar hat er in meinen slawischen Gesichtszügen eine Bedrohung erkannt. Ich entledige mich seiner mit einem Fausthieb. Aus dem Augenwinkel nehme ich das Blut wahr, das ihm aufs Hemd tropft. Ich dringe durch die Tür ins Innere des Gebäudes ein und werde von einer Rauchwolke empfangen, die mich völlig außer Gefecht setzt. Ich huste, mir tränen die Augen. Ich bedecke mir Mund und Nase mit dem Arm und bewege mich zögernd die Treppe hinauf. Auf halbem Weg stolpere ich, falle auf die Knie und rapple mich wieder auf. Die Wände scheinen immer näher zu kommen. Oben im ersten Stock mühe ich mich mit der Tür ab, ohne zu merken, dass es sich nicht um den Zugang zur Unterkunft, sondern um den zum Parkhaus handelt. Wie vielen der hier Wohnenden mag es auf der Suche nach dem Ausgang wohl genauso gegangen sein? Mir fällt auf, dass nirgendwo bewusstlose Menschen auf dem Boden herumliegen, auch keine verkohlten Leichen. Es ist noch nicht mal besonders heiß. Es handelt sich also tatsächlich um Rauchbomben. Sie verwirren zwar und erschweren einem das Atmen, aber sie töten nicht. Allerdings lösen sie zuverlässig Panik aus, vor allem wenn sie auf vom Krieg traumatisierte Menschen geworfen werden. Ideal, um sämtliche Bewohner zu vertreiben. Ideal, um nur den einen zurückzubehalten, dem man eine Lektion erteilen will.

Inzwischen habe ich die richtige Tür gefunden und betrete den Saal mit den abgetrennten Wohnkabinen. Der Rauch verwischt die Ränder des Raums, er wirkt endlos, geheimnisumwoben. Ich dringe weiter vor, so gut ich kann, auch wenn ich schon bald keine Ahnung mehr habe, wo ich mich befinde. Hustend taumele ich an den Wänden der Abteile entlang. Ein

Schatten taucht aus dem Rauch auf und prallt gegen meine Schulter. Ich strecke die Hand aus, um nach ihm zu greifen, und werde von einem weiteren Hustenanfall überwältigt. Als ich wieder handlungsfähig bin, sehe ich nur noch, wie die Gestalt sich von mir entfernt. Sie ist schwarz gekleidet und hat eine Sturmhaube auf dem Kopf. Es ist also ein Kollege, einer von denen, die heute Nacht hergekommen sind, um Ritters vergiftete Gerechtigkeit auszuüben. Habe ich da gerade Blut durch die Löcher der Sturmhaube gesehen? Ich war in zu viele alberne Schlägereien im Viertel verwickelt, um eine gebrochene Nase nicht zu erkennen, und sei es nur im Vorbeigehen. Eine ungute Vorahnung überkommt mich. Ich taste mich weiter voran. Der Rauch bremst mich, er scheint aus Blei zu sein. Am liebsten würde ich schreien, aber meine Lungenflügel sind auf die Größe getrockneter Tomaten geschrumpft. Meine Augen brennen. Schwarze Pfropfen verstopfen mir die Nasenlöcher. Ich taumele weiter. Stoße gegen eine Wand. Mache kehrt. Gehe in die entgegengesetzte Richtung. Ein weiterer Schatten rennt an mir vorbei, diesmal ist er zu weit weg, um ihn zu berühren. Wo bin ich? Wo sind alle anderen?

Ich höre es, lange bevor ich es sehe, und das ist meine Rettung. Inmitten der zähen, schlammartigen Luft dringt ein feuchtes, grauenerregendes, rhythmisches Geräusch an mein Ohr, das ich sofort erkenne. Es ist das Geräusch von Schlägen, von Fleisch und Knochen, die auf noch mehr Fleisch prallen und den darunterliegenden Knochen zusetzen. Ich lasse mich von ihm leiten, lege eine Strecke zurück, die nicht länger als acht oder neun Meter sein kann, mir jedoch endlos vorkommt. Dann mache ich plötzlich Silhouetten aus, deren Haltung mir verrät, dass hier jemand gerade eine gehörige Tracht Prügel bezieht. Ein kaputter Stuhl, die leblosen Schlangen zweier Gürtel, ein massiger Körper auf dem Boden und ein zweiter Körper darüber, schlanker und agiler, besessen von einem Willen und einer Verzweiflung, die ich wohl nie ganz verstehen werde. Yousuf sitzt rittlings auf Ritter und richtet das Gesicht meines Partners so zu, wie ich seins vor weniger als vier Tagen zugerichtet habe. Ich habe keine Ahnung, wie es dazu kommen konnte. Klar ist nur, dass Ritters Schuss nach hinten losgegangen ist. Den Schreck hat diesmal *er* davongetragen.

Wenn ich Yousuf nicht aufhalte, bringt er ihn womöglich um.

Wie verlockend wäre es, einfach auf dem Absatz kehrtzumachen. Dahin zurückzugehen, wo ich hergekommen bin, zuzulassen, dass dieser Wichser seine gerechte Strafe erhält.

Aber ist sie wirklich gerecht? Wer bin ich, dass ich mir diesbezüglich ein Urteil anmaßen könnte? Wenn ich zulasse, dass Yousuf weiter auf ihn einprügelt, erhebe ich mich dann nicht genauso zum Richter wie Ritter? Entscheide ich dann nicht wie er nach Gutdünken über richtig und falsch?

Das Knirschen von Ritters Wangenknochen zerstreut meine Zweifel. Kurzentschlossen marschiere ich auf Yousuf zu. Er hebt den Kopf mit der Beunruhigung eines Vogels, der ein kilometerweit entferntes Erdbeben spürt, und erkennt mich sofort wieder. Ich will mir lieber nicht ausmalen, wie die Szene aus seiner Sicht wirkt, was er wohl empfindet, als er den Typen, der ihm das Gesicht zerstört hat, aus dem Rauch auftauchen sieht. Er macht einen gewaltigen Satz in die entgegengesetzte Richtung, seine Beine berühren kaum den Boden, als er davonrennt. Dann verschlingt ihn der Rauch. Ich könnte die Verfolgung aufnehmen, aber wozu? Was würde ich tun, wenn ich ihn erwischen würde? Ihm noch eine Tracht Prügel verpassen? Soll er abhauen. Der Schreck, den wir heute alle davongetragen haben, war auch so groß genug.

Ich knie mich neben Ritter. Sein linker Wangenknochen ist eingedrückt, sein Gesicht voller Blut. Ich habe keine Ahnung, ob es eine schwere Verletzung ist oder nicht. Der Rauch vernebelt mir das Hirn.

»Mir geht's gut«, ächzt er. Blut quillt zwischen seinen Lippen hervor. »Mir geht's gut.«

Ich packe ihn bei den Armen und helfe ihm, sich aufzusetzen. Vielleicht ist es nicht die beste Idee, ihn in seinem Zustand zu bewegen, aber ihn hierzulassen, damit er an einer Rauchvergiftung stirbt, wäre noch schlimmer. Ich lege mir einen seiner voluminösen Arme über die Schulter und gehe in die Knie. Ritter erhebt sich mit meiner Hilfe auf die Beine. Er wiegt weniger, als ich gedacht hätte.

»Sie haben uns erwartet.«

»Nein, sie haben euch nicht erwartet«, widerspreche ich.

»Es waren mehrere.«

»Ihr wart auch mehrere«, wende ich ein.

»Ich weiß nicht, wo die alle plötzlich herkamen.«

»Aus ihren Zimmern, vermute ich.«

Er kann kaum laufen, und ich schleppe ihn mühsam in die Richtung, in der ich die Treppe vermute. Inzwischen sind die ersten Feuerwehrsirenen zu hören. Immerhin etwas. Wir müssen schleunigst aus dem Rauch verschwinden, wenn wir uns keine Woche im Krankenhaus einhandeln wollen. Kurz bevor wir die Tür erreicht haben, bleibt Ritter abrupt stehen und zwingt mich, dasselbe zu tun. »Kocaj«, sagt er. »Kocaj.«

Er klopft mir auf die Brust, auf die Wange. Zieht mich zu sich heran. Ich glaube, er will mir etwas mitteilen. Du musst mir nicht danken, du Dreckskerl, würde ich am liebsten sagen.

Er flüstert: »Schau ihn nicht an.«

Zuerst weiß ich nicht, worauf er hinauswill, aber meine Verwirrung dauert nur eine Sekunde. Dann höre ich ihn. Nein, in Wirklichkeit höre ich ihn schon die ganze Zeit, auch wenn es mir erst jetzt bewusst wird. Es ist ein kratzendes, unangenehmes Geräusch, bisweilen übertönt von den aufgeregten Stimmen auf der Straße. Es hört sich an wie etwas, das über den Boden geschleift wird. Und es kommt immer näher.

»Schau ihn nicht an, Kocaj.«

Es gelingt mir nicht. Ich muss einfach hinsehen. Nachdem ich lokalisiert habe, woher das Schleifen kommt, kann ich nicht mehr den Blick abwenden. Ich höre auf, meine Gliedmaßen zu spüren, verliere das Bewusstsein für meinen Körper. All meine Sinne sind auf die sich nähernde Silhouette konzentriert. Sie taucht zwischen den Rauchschwaden auf wie die Geistererscheinung, die sie ist. Auf ihrem Kopf ruht eine Krone mit zwei hochgewölbten Spitzen. Daran hängt er seine Opfer auf, seine Prinzessinnen. Das weiß ich jetzt. Die Gewissheit sprießt aus meinen Eingeweiden wie eine Blume, die in einem Misthaufen erblüht. Er trägt einen langen, unendlich langen Umhang über den Schultern, der über den Boden schleift und das grauenerregende Geräusch erzeugt. Er besteht nicht aus Stoff, sondern aus Zähnen. Von den gelblichen Schultern des Königs hängen Dutzende, vielleicht Hunderte ausgerissene Zähne. Blutige Zähne. Rote Zähne.

»Schau ihn nicht an.«

Unmöglich. Es ist unmöglich, ihn nicht anzusehen. Es ist unmöglich, nicht zu beobachten, wie er näherkommt. Sein Gesicht ist von sich überlappenden, gelblichen Pergamentfetzen bedeckt, in denen ich einen Mundwinkel erkenne, ein fauliges Augenlid, eine Brustwarze. Der Rest ist ein schwarzes Loch, ein Abgrund, der das Licht schluckt, den Rauch, die Sirenen der Rettungsfahrzeuge und bald auch uns.

Ritters Pranke krallt sich um mein Kinn. Der Schmerz weckt mich auf, reißt mich aus meiner Benommenheit. Mit einer Drehung seines Handgelenks, die niemand als sanft beschreiben würde, wendet er mein Gesicht in seine Richtung.

»Schau *mich* an«, formt er mit den Lippen. »Und beweg dich nicht.«

Es ist das Schwierigste, was ich je in meinem Leben getan habe. Hundertmal schwieriger, als die täglichen Demütigungen meines Vaters zu ertragen, tausendmal schwieriger, als den Notruf zu wählen, nachdem ich meine Mutter erhängt in der Kammer vorgefunden habe. Jeder Zentimeter meines Körpers will schreien, will weinen, will davonrennen und sich wie ein Kind unter einer Bettdecke verkriechen, einer Bettdecke, die es vor diesem Monster beschützt, das jetzt, genau in diesem Moment, nur noch zwei Schritte entfernt ist. Der Geruch. Mein Gott, der Geruch. Ich habe angefangen zu weinen. Ritter drückt mein Gesicht noch fester, meine Tränen sickern durch den Abfluss seiner Finger. Seine Kiefermuskeln sind so angespannt, dass sie jeden Moment bersten könnten. Das Blut, das aus seinen Wunden rinnt, sammelt sich in den Falten seines Gesichts, durchtränkt seinen Schnurrbart, steht in den dunklen Becken seiner Augen. Aber er bewegt sich nicht, und seine Hand bewirkt, dass auch ich mich nicht bewege.

Der König ist hier. Es ist alles wahr.

Dieses schreckliche Wesen, wenn man es überhaupt ein Wesen nennen kann, ist neben uns. Es bleibt nicht stehen, geht einfach nur an uns vorbei, mit seinem rhythmischen, fast könnte man sagen triumphierenden Gang. Es schreitet dahin, das ist es, was Könige tun. Der Gestank, den es ausströmt, ist so stark, dass ich Angst habe, in Ohnmacht zu fallen. Ich schließe die Augen, als ob mir das helfen würde. Es hilft kein bisschen. Ich bemerke ein Zittern an Ritters Hand, seine Muskeln verraten ihn. Keiner von uns wagt auch nur zu atmen. Vielleicht werden wir es nie wieder tun. Ein kaum merkliches Stocken im Gang des Königs. Dann bleibt er stehen, nun doch, ein paar Meter hinter uns. Er bewegt den Kopf. Seine Krone pendelt hin und her. Ihre spitzen Enden kratzen durch die Luft, ich weiß nicht, wie ich das, was ich sehe, sonst beschreiben soll. Kratzspuren im Gewebe der Luft, die uns umgibt. Wenn er sich umdreht, wenn er uns anschaut, fange ich an zu schreien, das weiß ich mit derselben Gewissheit, mit der mir manchmal nachts bewusst wird, dass ich eines Tages sterben werde.

Er dreht sich nicht um. Er setzt sich wieder in Bewegung. Aus dem Augenwinkel erkenne ich die Rückseite jenes haarsträubenden Umhangs, jenes Drachenschwanzes aus ausgerissenen Zähnen, gefärbt mit geronnenem Blut, jenes Monuments des unsäglichen Schmerzes, das den König auf Schritt und Tritt begleitet. Der Umhang hinterlässt eine rötlich bräunliche Spur, die sich aus dem getrockneten Blut all seiner Prinzessinnen, all seiner Gefangenen zusammensetzt. Der König taucht wieder in den Rauch ein. Nach wenigen Sekunden ist er verschwunden. Von ihm bleibt nur diese offene Wunde zurück, diese schmerzhafte Unmöglichkeit, die gerade die gesamte Wirklichkeit um uns herum erschüttert hat.

»Halluzination.« Es ist weniger eine Behauptung als ein Flehen, eine Bitte meines Verstands, der sich an das zu klammern versucht, was er als Realität kennt. »Das war eine Halluzination. Der Rauch ist giftig und hat in uns eine ...«

»Gehen wir«, sagt Ritter.

Diesmal ist er es, der mich hinter sich herzieht. Die Rollen haben sich vertauscht. Das Einzige, was bleibt, ist die Angst. Das Einzige, was bleibt, ist der Schreck, den wir davongetragen haben.

9

Kneifzange junior

Ich klingle an der Tür. Nichts passiert. Ich klingle noch mal. Nichts. Auf dem Treppenabsatz herrscht Stille. Andererseits: Wie hätte es anders sein sollen? Treppenabsätze sind dafür gemacht, dass auf ihnen Stille herrscht. Ich habe Kopfschmerzen. Wieder eine Nacht ohne Schlaf.

Ritter und ich verließen das Flüchtlingswohnheim durch die Tür im Seitentrakt. Die Blicke der Menschen, die starr vor Kälte auf der Anzengruberstraße standen, sagten alles, was es zu sagen gab. Zwei übel zugerichtete Deutsche, die inmitten einer Rauchwolke aus ihrem Wohnheim kamen. Die Erkenntnis, dass wir es waren, die ihnen so übel mitgespielt hatten, und dass sie wenig dagegen tun konnten. Die Mütter beschützten die Kleinsten mit ihren Körpern. Die Großeltern waren abgebrühter, wie immer, sie scharten sich zusammen und ließen ihrem Hass freien Lauf. Vielleicht ergötzten sie sich an Ritters zertrümmertem Gesicht. Vielleicht reichte ihnen das nicht. Mehrere Kinder jammerten in der Menge. Die Szenerie erinnerte an die Kriegsbilder, die wir hier in Deutschland nur aus dem Fernsehen kennen und die uns weit weg und unwirklich vorkommen. So etwas passiert immer nur den anderen, und selbst hier, in diesem Moment, passierte es ihnen, nicht uns. Von Yousuf keine Spur. Die Blaulichter der Feuerwehr waren schon auf der Karl-Marx-Straße zu sehen. Ritter und ich gingen in die andere Richtung davon. Niemand hielt uns auf. Wozu auch? Was hätten sie sagen sollen? Wer hätte ihnen Beachtung geschenkt?

An der Ecke Sonnenallee trennten wir uns. Ritter ließ sich in ein Taxi plumpsen, und ich sagte dem Taxifahrer, er solle ihn ins Klinikum Neukölln bringen. Aber vermutlich hat Ritter ihm nach dem Losfahren ein ganz anderes Ziel genannt. Ich selbst ging zu Fuß nach Hause, eine Viertelstunde mit kurzen Ärmeln durch Kälte und Schnee. Es überrascht mich, dass ich nicht mit einer Lungenentzündung aufgewacht bin. Allerdings muss man um aufzuwachen erst einmal eingeschlafen sein, und für mich ist es immer noch derselbe Tag. Geschlafen habe ich keine Minute. Jeder einzelne Schatten in meinem Zimmer hatte eine Mondkrone auf dem Kopf. Jede einzelne finstere Möbelkante war ein mit roten Zähnen gespickter Drachenschwanz.

Am Morgen hatte ich gerötete Augen und lag mit fiebrigem Körper unter meiner Decke. Ich rief Jana einen guten Morgen zu. Sie antwortete nicht. Ich duschte, trank so viel Kaffee, dass selbst ein Seelöwe einen Herzinfarkt erlitten hätte, und ging zwei Stufen auf einmal nehmend die Treppe in den ersten Stock hinauf. Aber Lucia ist nicht da.

Warum ist sie nicht da? Ist ihr etwas zugestoßen? Der Wunsch, ihre Tür einzutreten, setzt sich mit Fledermauskrallen in meinem Kopf fest. Nur mit Mühe gelingt es mir, ihn zu unterdrücken. Ich ziehe mein Handy aus der Hosentasche. Stelle fest, dass ich Lucias Nummer nicht habe. Warum habe ich sie nicht? Warum hat sie sie mir nicht gegeben? Wollte sie nicht? Was hat sie zu verbergen? Hör auf, Kocaj. Sie hat sie dir nicht gegeben, weil sie noch keine Gelegenheit dazu hatte. Weil ihr mit Ficken beschäftigt wart und sie buchstäblich acht Meter von dir entfernt wohnt. Aber sie ist nicht da. Wo ist sie? Ich atme geräuschvoll aus – die sinnloseste Angewohnheit der Welt. Dann wähle ich Sulys Nummer.

»Kocaj, was willst du?« Sein Ton gefällt mir überhaupt nicht. Allmählich nervt es mich wirklich, dass alle so mit mir reden. Ich atme tief ein, noch so eine sinnlose Angewohnheit, die meinen Ärger kein bisschen dämpft.

»Ist Ritter irgendwo in der Nähe?«

»Ist er nicht bei dir?«

»Nein.«

»Also, hier sehe ich ihn nirgendwo.«

So langsam platzt mir der Kragen.

»Warte, ich frage nach«, schiebt Suly hinterher.

Ich warte. Die Stille des Treppenhauses heftet sich an meine Haut. Es ist noch früh. Wenn Lucia nicht da ist, heißt das dann, dass sie nicht in ihrer Wohnung übernachtet hat? Wo hat sie stattdessen übernachtet? Hat ihr jemand etwas angetan?

»Anscheinend kommt er heute nicht zur Arbeit. Er hat angerufen und sich krankgemeldet.«

Natürlich.

»Krankgemeldet, soso. Wir beide sprechen uns noch, Suly.«

»Hör mal ...«

»Nix hör mal. Du wirst mir erklären, was gestern Nacht passiert ist. Und du wirst mir erklären ...«

»Du kannst mich mal, Kocaj«, unterbricht er mich. »Das mit gestern Nacht war scheiße, genau wie die Aktion letzte Woche. Aber ich hab nichts, was ich dir erklären müsste. Komm bloß nicht auf die Idee, mich bevormunden zu wollen, wie ihr Deutschen es so gerne macht. Dass ich Türke bin, heißt nicht, dass du irgendwie über mir stehst und mich belehren oder Erklärungen von mir verlangen könntest, verstanden? Mach hier nicht auf Held oder Heiliger, du bist keins von beidem.« Er senkt die Stimme. »Falls du dich nicht mehr erinnerst: Ich stand auch in dem Heizungskeller an der Blaschkoallee und habe gesehen, was du getan hast. Jeder trifft seine eigenen Entscheidungen und muss mit den Konsequenzen leben.«

Ich schließe die Finger fester um mein Handy.

»Diesen dämlichen Mist, den du von dir gibst, glaubst du doch selbst nicht«, sagt er abschließend. »Einen schönen Tag noch.«

»Warte kurz«, bitte ich ihn.

»Was ist?«

Eigentlich wäre eine Entschuldigung fällig. Stattdessen sage ich:

»Kannst du mir Ritters Adresse geben?«

Die Weserstraße. Ich glaube es nicht. Otto Ritter, der rassistischste, machohafteste, altmodischste Bulle von ganz Berlin, wohnt in der angesagtesten Straße Neuköllns, der Straße, die sich in den letzten zehn Jahren am meisten verändert hat. Diese Ecke des Viertels war mal ein mit benutzten Spritzen übersätes Stoppelfeld, ein tristes Niemandsland, in dem sich die Gehwege aufwölbten und Dunkelheit und Einsamkeit eine feste, nicht zu trennende Verbindung eingingen. Ritter tut mir fast schon leid, wenn ich daran denke, wie er wohl die Gentrifizierung erlebt hat, diese Kapitalisierung im Schnelldurchlauf, die die gesamte Straße überrollt und sie mit Designstudios, Vintage-Cafés und Antiquariaten gefüllt hat, in denen ein Buch fünfunddreißig Euro kostet. Außerdem drängen sich hier Restaurants, die überfüllt sind mit genau der Klientel, die bei ihm vermutlich Brechreiz auslöst. Ich nehme an, er fühlt sich in der Weserstraße selbst manchmal wie ein Flüchtling. Er wurde gewaltsam aus seiner vertrauten Umgebung gerissen, ohne sich auch nur vom Fleck zu bewegen. Dieses Neukölln gehört niemandem mehr, am allerwenigsten Ritter.

Seine Wohnung liegt auf Höhe der Weichselstraße, nicht weit vom Hermannplatz und seinem Heer aus Drogensüchtigen und Betrunkenen entfernt, die an den Ecken herumlungern, als wollten sie sich für einen drittklassigen Zombiefilm bewerben. Die Straße ist hier noch gepflastert, nicht asphaltiert. Es ist ein nichtssagendes Gebäude, ein typischer Altbau, der vor Ewigkeiten mal renoviert wurde. Im Grunde wie Ritter. Die Fassade ist mit Balkonen gesprenkelt, auf denen kraftlose

Pflanzen vor sich hin kümmern, die niemand jemals gießt. Auf einem Balkon hängt eine Flagge von wer weiß welchem Land. Auf einem anderen stapeln sich Klappstühle. Überall liegt schmutziger, verkrusteter Schnee. Das ärmliche, von digitalen Nomaden in die Ecke getriebene Berlin, ein letztes proletarisches Bollwerk. In weniger als einer Generation wird es einknicken vor den Immobilienspekulanten, die sich mit Heißhunger das Viertel einverleiben und weniger die vielen Expats als die Einheimischen zu hassen scheinen.

Ich drücke auf den Klingelknopf neben Ritters Namensschild.

»Ja?«, knistert seine Stimme aus der Gegensprechanlage.

»Ich bin's, Kocaj.«

Anhaltende Stille. Ich denke gerade darüber nach, was ich noch hinzufügen könnte, als mit einem Summen die Tür aufgeht. Er hat mir nicht das Stockwerk genannt. Ich gehe die Treppe hinauf, bis ich im dritten Stock auf eine angelehnte Tür stoße. Neben der Klingel steht Ritters Name, von Hand geschrieben, in gut leserlichen Buchstaben. Ich halte die Luft an, wappne mich innerlich für die Bruchbude, die ich jenseits dieser Tür vermute.

»Noch mehr Jasmintee?«, frage ich.

»Nein«, antwortet Ritter im Tonfall eines Mannes, der nicht in der richtigen Stimmung ist für Witzchen. Neben den dampfenden Becher, den er mir gerade vorgesetzt hat, stellt er ein Töpfchen mit weißem Zucker. »Stinknormaler Kaffee. Milch ist im Kühlschrank.«

Normalerweise müsste ich jetzt zugeben, dass mich Ritters Wohnung überrascht hat, aber mittlerweile gibt es nichts mehr, was mich erstaunt, schon gar nicht eine Wohnung, wie sie normaler nicht sein könnte. Wohnzimmer, Bad, Küche, zwei Schlafzimmer, von denen eins für immer und ewig verschlossen ist. Fernsehschrank, Sofa, ein Tischchen mit zwei Stühlen am Fenster. An den beigefarbenen Wänden vier Landschaftsgemälde, die früher vielleicht mal als elegant galten. Nirgendwo Fotos von der Frau, die nicht mehr da ist, auch nicht von der Tochter, nach der ich nicht fragen will. Die Wohnung ist dreckig, aber auch nicht viel dreckiger als meine. Es ist der Grad an Vernachlässigung, den jeder bei einem vielbeschäftigten, allein lebenden Kommissar erwarten würde.

Ritter trägt einen ausgeblichenen Sweater und eine dunkelblaue Jogginghose, bei der sich im Schritt und an den Nähten bereits Knötchen gebildet haben. Der private Ritter gefällt mir noch weniger als der Ritter, den ich von der Arbeit kenne. Es scheint, als wäre er gestern doch noch in der Klinik gewesen, denn er ist an mehreren Stellen im Gesicht genäht und trägt ein dickes Pflaster über dem Wangenknochen, elegant umrahmt von getrocknetem Blut. Er lässt sich aufs Sofa plumpsen und nimmt einen Schluck von seinem eigenen bis obenhin gefüllten Becher Filterkaffee, schwarz, ohne alles. Und sieht mich abwartend an. Dass ich den ersten Schritt machen muss, war eigentlich klar. Ich überlege, ob er alles abstreiten wird, ob er behaupten wird, ich hätte mir das mit letzter Nacht nur eingebildet. Keine Ahnung, wie ich es am besten formuliere, ich habe mir nichts im Vorfeld zurechtgelegt. Stattdessen bin ich einfach dem Impuls gefolgt, vor ihm aufzutauchen und ihm zu sagen, dass ... ja, was?

»Es war nicht das erste Mal, dass Sie ihn gesehen haben, oder?«, improvisiere ich.

Ritter trinkt noch einen Schluck von seinem Kaffee und schüttelt den Kopf.

»Warum hat er uns nichts getan?«

»Ich glaube, wir interessieren ihn nicht. Ihn interessieren nur seine Opfer.«

»Was will er?«

Ritter zuckt mit den Schultern und führt die Geste dann mit Worten aus:

»Ich weiß es nicht, und es ist mir auch egal.«

Wieder entzündet sich an einer Stelle hinter meinem Brustbein ein Funke der Wut.

»Wie können Sie dabei so ruhig bleiben?«, stoße ich hervor. »Er ist ... er hatte ... er hatte einen Umhang aus ausgerissenen Zähnen an. Eine Mondkrone. Er ist ... er ist ein Monster.«

»Du bist noch nicht lange genug dabei, Podolski.«

Wieder dieser ärgerliche Spitzname, aber es gibt gerade Wichtigeres, als mich darüber aufzuregen.

»Irgendwann wirst du aufhören zu zählen, wie vielen Monstern du pro Jahr begegnest, in schlimmen Zeiten sogar, wie viele es pro Monat sind.«

»Aber das ... das gestern war doch ...«

Ich zwinge mich, innezuhalten und tief durchzuatmen. Wenn ich jetzt weiterrede, fange ich an zu schreien, und ich habe keine Ahnung, wann ich wieder damit aufhöre. Ritter scheint es zu merken, denn er ergreift die Initiative und erzählt:

»Meine erste Begegnung mit ihm war vor vielen Jahren. Damals hätte mich beinahe ein Typ umgebracht, der sich das Gesicht meiner Tochter aufgesetzt hatte.«

Ich nicke, schweige jedoch vorsichtshalber weiter. Mein Kinn zittert.

»Was weißt du über die Sache mit meiner Tochter?«

Mir ist plötzlich kalt. Ich skizziere ihm in groben Zügen, was mir mein Vater erzählt hat.

Ritter richtet sich abrupt auf dem Sofa auf, dessen Lederbezug knarzend protestiert.

»Ich wusste von Anfang an, dass es der Lehrer war. Schon bei unserem ersten Aufeinandertreffen fiel mir auf, wie er Anna anstarrte. Manchmal, wenn ich nicht zu viel zu tun hatte, fuhr ich zu den Pausenzeiten beim Schulhof vorbei. Er stand immer da und glotzte sie an, auf diese seltsame Weise. Ich hatte nie Gelegenheit, ihn zu fragen, was er in ihr sah, warum meine Tochter und nicht irgendein anderes Mädchen. Seiner Reaktion nach zu urteilen, als ich sein Haus betrat, wäre er wohl ohnehin nicht bereit gewesen, mir diese Frage zu beantworten.«

Ich verschanze mich hinter meinem Kaffeebecher und trinke einen Schluck. Einen großen. Der Kaffee verbrennt mich von innen, was aus irgendeinem Grund meine Nerven beruhigt.

»Die Kollegen haben dir sicher erzählt, ich hätte mich über sämtliche Regeln hinweggesetzt und wäre Hals über Kopf bei ihm eingedrungen, aber das stimmt nicht. Ich wollte ausnahmsweise alles richtig machen. Es ging um mein kleines Mädchen, verstehst du? Deshalb wollte ich auf keinen Fall riskieren, dass dieser Kerl ungeschoren davonkommt, nur weil ich mein Temperament nicht zügeln konnte. Ich befragte Mitschüler und Lehrer, Anwohner der Gegend um die Schule. Ich brauchte Zeugen, die bestätigten, dass *er* sie entführt hatte, Informationen, die ich an die Kollegen weiterleiten konnte, die offiziell mit dem Fall betraut waren. Und ich überwachte ihn und sein Haus, natürlich ganz diskret. Nie wäre ich auf die Idee gekommen, einfach so ohne Durchsuchungsbefehl die Tür einzutreten. Wenn ich sie nicht gesehen hätte.«

Wenn er wen nicht gesehen hätte? Ich spare mir meine Frage, denn im Grunde weiß ich die Antwort bereits.

»Ich sah Anna. Ich sah meine Tochter im Fenster seines Hauses in Zehlendorf und erkannte sie sofort.« Er gibt ein Schnauben von sich, das nichts mit Belustigung zu tun hat, ein Geräusch voller Verbitterung. »In Wirklichkeit war Anna natürlich längst tot. Er war es, den ich im Fenster gesehen hatte, mit dem Gesicht meiner Tochter über dem eigenen. Aber das wusste ich zu dem Zeitpunkt noch nicht. Ich verlor die Nerven, das gebe ich zu. Welcher Vater, der seine verschwundene Tochter im Fenster eines Hauses sieht, rennt erst los und besorgt den Wisch, der es ihm offiziell erlaubt, sein Kind da rauszuholen? Wenn die Kollegen sagen, dass ich einen Fehler gemacht habe, können sie mich mal am Arsch lecken. Ich bin rein, um meine Tochter zu retten. Und stand stattdessen ihm gegenüber.«

Ich muss an die Schilderung meines Vaters denken und werde innerlich eiskalt, so kalt, dass es mich nicht gewundert hätte, wenn der Kaffee beim Trinken gefroren wäre.

»Er stürzte sich auf mich, sobald ich die Tür eingetreten hatte, mit Annas Gesicht. Dieses kranke Arschloch hatte eine Erektion, und die Wände seines Hauses waren mit diesem Symbol beschmiert. Wie sich später herausstellte, hatte er dazu sein eigenes Blut mit dem von Anna vermischt. Die Handlung eines Geisteskranken, hätte ich gedacht, wenn ich nicht den König gesehen hätte.«

»Du ...«, stammle ich, »du nennst ihn auch so.«

Ritter zuckt mit den Schultern.

»Irgendwann habe ich angefangen, ihn in Gedanken König zu nennen, das kam mir irgendwie ... passend vor. Schließlich trägt er eine Krone. Ich glaube, der Lehrer wollte ihn ... ich weiß auch nicht. Ihn herbeirufen, ihn heraufbeschwören. Ihm ein Opfer darbringen. Er stürzte sich jedenfalls auf mich und fing an, wie wild auf mich einzustechen. Die linke Niere haben sie mir wieder zusammengeflickt, aber sie funktioniert immer noch nicht besonders gut. Ich ergab mich. Nach dem ersten Stich hörte ich auf, mich zu wehren. Was kümmerte es mich noch? Ich hatte das abgetrennte Gesicht meiner Tochter vor der Nase, Podolski – nach diesem Horror wollte ich nicht mehr weiterleben, wollte nicht für den Rest meiner Existenz der arme Schlucker sein, dessen Tochter auf diese schreckliche Weise ermordet worden war. Ich hätte also zugelassen, dass er mich umbringt, und damit Ehre Gott und Friede den Menschen. Doch dann sah ich ihn. Er schien in einer Ecke des Wohnzimmers zu schweben, oben an der Decke. Und uns zu beobachten. Wie eine Spinne in ihrem Netz. Seine Mondkrone, wie du sie nennst, hinterließ Spuren im Nichts. Die ausgerissenen Zähne hingen bis zum Boden und wogten in der Brise, die durch die Tür hereinwehte, die Tür, die ich zuvor eingetreten hatte. Sie machten ein knirschendes Geräusch.«

Er hat recht. Genau das haben die Zähne auch gestern gemacht, als sie über den Boden geschleift wurden. Vielleicht liegt es gar nicht am Schleifen. Vielleicht knirschen sie immer. Weil sie dieses Geräusch gemacht haben, als sie aus dem Zahnfleisch gerissen wurden, oder weil sie das schmerzerfüllte Stöhnen seiner Opfer umgibt. Was für ein seltsamer Gedanke. Keine Ahnung, woher er plötzlich gekommen ist.

»Unter normalen Umständen hätte ich bestimmt gedacht, dass ich mir das mit dem König nur einbilde«, fährt Ritter fort. »Aber irgendwas in meinem Inneren sagte mir, dass er für all das verantwortlich war, dass er derjenige war, der meine Anna getötet hatte. Der Lehrer war nur die Waffe, die er dafür benutzt hatte. Also machte ich das, was Polizisten nun mal tun: Ich entwaffnete ihn. Ich packte die Hand des Lehrers, bevor er mir mit seinem Sägemesser die vielleicht letzte und tödliche Verletzung verpassen konnte, und griff mit der zweiten Hand nach seinem Hals. Was anderes fiel mir auf die Schnelle nicht ein. Ich nahm seinen Kehlkopf zwischen die Finger und drehte das Handgelenk. Aus dem Mund des Lehrers, nein, aus Annas Mund, spritzte Blut, es ergoss sich regelrecht über mich. Bevor ich auch nur darüber nachdenken konnte, wie lang ich zudrücken musste, um ihn zu töten, war bereits jedes Leben aus ihm gewichen. Ich warf ihn zur Seite, griff nach meiner Dienstwaffe und zielte zur Decke, aber der König war verschwunden.«

Er verstummt. Sein Schweigen dauert so lange, dass ich mir einbilde, die Schatten in seiner Wohnung wandern zu sehen. Ich ahne, dass die ganze Geschichte noch einmal vor seinem inneren Auge abläuft. Vielleicht sollte ich etwas sagen, ihn da rausholen, weg von diesem Ort, der nur die Hölle auf Erden sein kann. Ich sage nichts. Er ist es, der nach einer halben Ewigkeit wieder das Wort ergreift:

»Ich machte meine Aussage, schluckte sämtliche Strafen, die sie mir auferlegten, nahm an den Lehrgängen teil, die sie von mir verlangten, sprach zweimal die Woche mit einem Therapeuten, fünf Jahre lang. Ach ja: und ließ mich scheiden, falls du dich das gefragt haben solltest. Aber ich kehrte zur Polizei zurück. Die Waffe, mit der der König Anna getötet hatte, war eliminiert, doch der Schuldige läuft nach wie vor frei herum. Seit damals tue ich nichts anderes, als ihn zu suchen.« Er fährt sich mit der Zunge über die Lippen. »Inzwischen habe ich neunzig Prozent der Fälle von verschwundenen, vergewaltigten, getöteten und gefolterten Frauen der letzten zwanzig Jahre überprüft. Er steckt hinter allen. Ich habe versucht, so viele seiner Waffen wie möglich aus dem Verkehr zu ziehen, und was ich dabei alles gesehen habe, hat mich mehr abgehärtet, als es einem Menschen guttut. Ich habe schreckliche Dinge getan, Dinge, die das Gesetz, wie wir es kennen, mit Füßen treten, aber das ist mir egal. Es sind immer Männer. Ehemänner, Brüder, Verlobte, Nachbarn, Lehrer, Bekannte. Und sie stehen immer im Dienst des Königs, ob es ihnen nun bewusst ist oder nicht. Niemand hält sie von ihren Gräueltaten ab, Podolski, niemand stoppt sie. Deshalb tue ich es.«

Er trinkt den Rest seines Bechers in einem Zug leer. Ich kann nur hoffen, dass der Kaffee mittlerweile so weit abgekühlt ist, dass er sich nicht innerlich verbrüht. Vielleicht käme ihm das gerade recht.

»Weißt du, was das Einzige ist, das ich nie geschafft habe?«, fragt er, und man sieht ihm die Last der vergangenen Jahrzehnte überdeutlich an. »Zu weinen. Ich habe es nie geschafft, um Anna zu weinen. Nicht eine Träne habe ich für sie vergossen.

Wahrscheinlich hat mich Julia deshalb verlassen. Ich hätte mir gewünscht, weinen zu können, aber es ging nicht. Es wollten einfach keine Tränen fließen.«

Mein Mund ist staubtrocken. Es fällt mir schwer, das alles zu verdauen. Was ich gerade erfahren habe, verändert meine Sicht auf Ritter grundlegend. Glaube ich zumindest. Andererseits: Ist er nicht trotzdem ein durchgeknallter Scheißkerl, der denkt, er stehe über dem Gesetz, und der erst gestern eine Gruppe junger Polizisten dazu angestiftet hat, Rauchbomben in eine Flüchtlingsunterkunft zu werfen? Und das alles nur, um einen jungen Mann zu überführen, den er völlig willkürlich als Schuldigen ausgemacht hat. Es fällt mir ebenso schwer, ein Urteil über Ritter zu fällen wie über Yousuf.

Plötzlich kommt mir ein Gedanke.

»Eins verstehe ich nicht«, sage ich langsam. »Wenn Sie doch schon so lange hinter dem König her sind, warum haben Sie dann gestern nicht auf ihn geschossen? Warum haben wir stattdessen stillgehalten, bis er weg war?«

Einer von Ritters Mundwinkeln zieht sich zu dem ersten richtigen Lächeln nach oben, das ich je an ihm gesehen habe. Es liegt so viel Verbitterung, so viel Niederlage in ihm, dass mir angst und bange wird.

»Im Laufe der letzten zwanzig Jahre habe ich insgesamt achtunddreißig Mal auf ihn geschossen. Ich habe mitgezählt. Immer auf den Kopf, sechzehn Mal aus nächster Nähe. Pistolenkugeln können ihm nichts anhaben. Ich weiß nicht, wie man diese Bestie umbringt. Ich weiß nicht, ob sie überhaupt sterben kann. Woher sie gekommen ist, weiß ich auch nicht, und noch viel weniger, warum. Was ich sehr wohl weiß, ist, dass der König für das Leid unzähliger Frauen seit wer weiß wie vielen Jahren verantwortlich ist. Und ich weiß noch was: Wen man sehr wohl aufhalten kann, bevor es zum Schlimmsten kommt, sind seine Handlanger. Die Waffen in seiner Hand.«

»Indem Sie ihnen einen ›kleinen Schreck‹ einjagen«, sage ich sarkastisch. Dieser Hurensohn.

»Manchmal genügt ein Schreck, manchmal muss es mehr sein.« Die Worte knacken in Ritters Mund, als würde er auf Knochen herumkauen. »Manchmal ist es eine vorbeugende Maßnahme, manchmal eine Racheaktion. Die Alternative ist, dass die Frauen wie Rebecca enden.«

Rebecca. Wieder dein Name. Diese Füße, die in der Lagerhalle in Tempelhof baumelten. Dieses leblose Ding, das nicht mehr menschlich war. Diese blutbeschmierte Puppe.

»Sie können nicht ewig so weitermachen.« Der Satz entschlüpft mir unwillkürlich. Ich hoffe, er nimmt ihn mir nicht übel.

»Natürlich nicht, Podolski. Dafür habe ich dich ja auserwählt.«

Eins meiner inneren Organe, ich weiß nicht welches, krampft sich zu einem Knäuel zusammen.

»Mich?«

»Ja, dich, Podolski. Du bist ein Bulle, wie es sie heute nicht mehr gibt, auch wenn du es nicht zugeben willst. Das wollte ich am Anfang auch nicht. Dir zittert die Hand nicht, wenn es darum geht, jemandem seine gerechte Strafe zukommen zu lassen. Der König wird weitermachen, auch wenn ich längst nicht mehr da bin. Aber es wird jemand da sein, der ihn in seine Schranken weist. Eine Zeitlang dachte ich, es könnte dein Freund Özil sein. Der gestrige Abend hat mich davon überzeugt, dass du es bist. Ich habe das Gesicht des Arabers gesehen, als du aufgetaucht bist. Der wird niemandem mehr Schaden zufügen, weil er weiß, dass du da bist und es verhindern wirst.«

»Ich werde nichts dergleichen tun«, presse ich hervor. Meine Kiefermuskeln sind so angespannt, dass ich kaum sprechen kann.

Ritter schüttelt seinen kahlen, schweißbedeckten Schädel.

»Dir wird nichts anderes übrigbleiben. Du hast Rebecca gesehen, hast gesehen, was der König tut. Du wirst nicht zulassen, dass es noch mal passiert, auch nicht, dass die Schuldigen ungeschoren davonkommen. Für einen Rückzieher ist es zu spät, du steckst schon mittendrin, Podolski. Du bist der ideale Kandidat. Dass ich nicht mehr lange weitermachen kann, dürfte dir klar sein. Der Flüchtling und seine Bande haben mich gestern eiskalt erwischt. Es ist nur eine Frage der Zeit, bis ich an einem Herzinfarkt sterbe oder wieder jemandem in die Falle tappe. Die Untertanen des Königs werden mich entweder massakrieren oder in den Raucherbereich bringen, was im Prinzip dasselbe ist.«

»Glauben Sie, dass Rebecca ...« Ich weiß nicht, wie ich es formulieren kann, damit es nicht vollkommen verrückt klingt. Andererseits: Was an dieser Geschichte klingt nicht verrückt? »Glauben Sie, dass Rebecca in den Raucherbereich *wollte*? Freiwillig?«

Ritter grübelt über die Frage nach, als hätte er wirklich eine Antwort darauf zu geben, als wäre das, was er gleich sagen wird, nicht eine ebenso vage Mutmaßung, wie sie jeder andere auch anstellen könnte.

»Ich glaube, dass Rebecca ein äußerst gefährliches Spiel gespielt hat. Auch sie muss den König gesehen haben, als sie in Augsburg von ihren Mitschülern gequält wurde, woraufhin sie beschloss, ihn hier in Berlin zu suchen. Sie hat offenbar versucht, den ›Schlüssel‹ zu ihm zu finden, und dieser Schlüssel, der sie angeblich am Grund des Lochs erwartete, diente dazu, ihm ein Opfer zu überbringen, davon bin ich überzeugt. Sie dachte, so könnte sie zu ihm gelangen, doch er kam ihr zuvor und tötete sie mithilfe einer seiner menschlichen Waffen. Wahrscheinlich war es von Anfang an er, der sie mit den Botschaften in die gewünschte Richtung lenkte. Sobald sie nah genug an ihm dran war, ließ er sie büßen für das, was sie vorhatte.«

»Und was hatte sie vor?«

Ritter wehrt mit einem Kopfschütteln ab. Es gibt nichts mehr zu sagen.

»Wie geht es jetzt weiter?«, frage ich.

Darauf hat Ritter sehr wohl eine Antwort. Vermutlich ist es der Verhaltenskodex, an den er selbst sich seit vielen Jahre hält, wenn er mal wieder eine Frau an dieses Monster verloren hat.

»Jetzt setzen wir unsere Ermittlungen im Fall Rebecca fort. Wir haben zwei Tage Verspätung. Ab morgen bin ich wieder im Büro. Wir gehen noch mal durch, was wir bisher haben, und stoßen hoffentlich auf eine Spur, die uns zu Rebeccas Mörder führt. Ich denke da zum Beispiel an ein Foto, das Yousuf mit der anderen Herzhälfte um den Hals zeigt. Wir müssen außerdem Zugriff auf sein Handy beantragen, auch auf die Mobiltelefone seiner Freunde und Bekannten. Wenn wir keine Verbindung finden, bleibt der Fall ungelöst, und wir bekommen eins auf den Deckel. Egal, wir machen weiter – es gibt immer einen neuen Fall.«

Noch nie hat mich eine Erklärung derart mutlos zurückgelassen. Wie absurd das alles ist. Wie sinnlos.

»Ich könnte heulen«, gebe ich zu, vielleicht zum ersten Mal in meinem Leben.

»Dann heule«, fordert er mich auf. »Das Schlimme an unserer Arbeit ist, dass dir die Lust zum Heulen vergehen wird. Du wirst abstumpfen. Bald wirst du all das Leid nur noch als Fallzahl betrachten, als neue Akte, die du füllen musst, damit der Chef die Ausgaben rechtfertigen kann. Als Nächstes wirst du anfangen, schlechte Witze zu reißen, über die Opfer zu sprechen, als wären sie Schaufensterpuppen, Anekdoten zu erzählen, die sich anhören, als wären sie anderen passiert. Und ob es dir nun gefällt oder nicht, es ist gut, dass es so kommen wird. Denn nur so wirst du nachts schlafen können. Ich weiß, dass dir das momentan nicht gelingt. Wer weiß, vielleicht wirst du eines Tages sogar so ein unverbesserlicher Kotzbrocken wie ich.« Er stößt ein verächtliches Schnauben aus. »Die haben ja schon angefangen, dich Kneifzange Junior zu nennen.«

Ich stehe auf, weil ich irgendetwas tun muss. Meine Muskeln gehorchen mir nicht. Es ist, als wäre ich gerade zu einer lebenslangen Freiheitsstrafe verurteilt worden. Dieser Hurensohn hat einfach so beschlossen, dass ich den Rest meines Lebens damit verbringen soll, gegen dieses Wesen zu kämpfen, dieses Ungeheuer, das nach Lust und Laune Frauen tötet. Und das Einzige, was ich tun kann, um nicht wahnsinnig zu werden, ist, schlechte Witze zu erzählen und mich zu prügeln. Ich möchte schreien. Möchte diese Wohnung packen und schütteln, und ihren Bewohner dazu. Ich möchte die Welt in den Würgegriff nehmen, bis Rebecca zurückkommt, bis nichts von alldem wahr ist.

»Ich muss gehen«, sage ich, als ich längst auf dem Weg zur Tür bin.

»Du bist ein guter Junge, Podolski«, teilt mir Ritter mit, ohne vom Sofa aufzustehen. »Geh nicht daran kaputt.«

So wie ich. Aber das spricht er nicht laut aus.

Ich verlasse die Wohnung.

Die Kälte auf der Weserstraße kommt nicht gegen die Kälte in meinem Inneren an. Der Schneefall hat klein beigegeben, was nicht heißt, dass der verfrühte Winter das Gleiche tun wird. Zu der Feuchtigkeit, die die Luft beschwert, kommt ein Wind, der stark genug ist, um die halb abgestorbenen Blätter von den Bäumen zu reißen und achtlos weggeworfene Dosen und Plastiktüten fortzuwehen. Diesmal gehe ich zum U-Bahnhof Hermannplatz, dem Junkie-Treffpunkt des Viertels. Ein Kerl mit nackten schwarzen Füßen brüllt neben dem asiatischen Imbiss Beleidigungen, die an niemand Bestimmten gerichtet sind. Die Verkaufsstände auf dem Platz sind geöffnet, auch wenn keiner der türkischen Lebensmittelhändler Lust zu haben scheint, lautstark seine Ware anzupreisen. Überall dicke Wollmützen und Handschuhe nach Art norwegischer Seeleute. Nichts vermag das scheußliche Wetter zu vertreiben. Die Bestie, die sich Dezember nennt, lauert bereits in der Ferne. Bald wird uns der Winter vollends seine Zähne ins Fleisch graben. Sein Atem ist bereits zu spüren. Ich will nach Hause.

Aber ich gehe nicht nach Hause. Ich steige die Treppe hinunter und erwidere den steinernen Blick der beiden Security-Typen, die wie Cowboys im Zwischengeschoss patrouillieren. Die Rolltreppen ins zweite Untergeschoss sind kaputt. Mal was Neues. Eine junge Frau, die einen leeren Kinderwagen schiebt, weint in ihr Handy. Obwohl ich nicht weiß, warum, bin ich mir plötzlich sicher, dass es ausgeschaltet ist. Niemand nähert sich ihr. Ich auch nicht. Wie in allen Berliner U-Bahnhöfen hat auch hier irgendein Sadist die Heizung voll aufgedreht. Die Hitze ist eine Qual, vor allem unter den dicken Kleidungsschichten. Die U-Bahn kommt nicht. Unter den dicht gedrängt stehenden Fahrgästen verbreitet sich murmelnd das Gerücht, am U-Bahnhof Mehringdamm habe sich jemand auf die Gleise geworfen. Jacken werden geöffnet, Schals aufgeknotet. Der Schweiß breitet seine Drachenflügel aus. Irgendwann trifft mit großer Verspätung die U-Bahn ein, ein lärmender, hektischer Wurm, der mit seinem graffiti-beschmierten Körper in die Station eindringt. War die Hitze auf dem Bahnsteig schon drückend, ist sie im Waggon regelrecht unerträglich. Die Fahrt dauert eine gefühlte Ewigkeit. Ich steige aus und stapfe durch den deutlich weißeren Schnee von Rudow. Sogar der Schnee stellt klar, wer in Berlin besudelt ist und wer nicht.

Als ich vor der St.-Marien-Schule ankomme, spüre ich meine Hände und Füße nicht mehr. Ich durchquere den Hof und gehe die Eingangstreppe hoch. An der Seite des Gebäudes entdecke ich eine Gestalt im Arbeitsoverall, die trockenes Laub zusammenharkt, vermischt mit gefrorenen Erdklumpen und Steinchen. Vermutlich der neue Pförtner. Die arme Frau Lenski. Wer weiß, wo sie jetzt ist, womöglich ungeschützt der Kälte ausgesetzt. Ich stelle sie mir dabei vor, wie sie überall Zettel aufhängt, auf denen sie ihre Dienste anbietet, vom Schnee aufgeweichte Aushänge, die nie jemand lesen wird.

Beim Betreten der Schule hält mich eigenartigerweise niemand auf. Ich durchquere die Eingangshalle mit den alten Abschlussfotos und gehe einen Flur entlang. Keine Menschenseele. Mir schießt der Gedanke durch den Kopf, dass das alles ein Bühnenbild ist, dass die Schule nur Teil einer Vorführung war, ein Scherz, weiter nichts. Die Erinnerung an Rebeccas verletzte Füße, die in der Lagerhalle in Tempelhof baumelten, vertreibt den Gedanken schnell. Wenn ich ehrlich bin, weiß ich nicht genau, was ich hier suche. Ich könnte in Rebeccas Zimmer gehen, aber das ist vermutlich versiegelt. Oder sie haben es bereits ausgeräumt. Außerdem würde ich mich auf dem Weg dorthin sicher verlaufen. Ich stoße auf eine andere Tür, die ich von unseren letzten Besuchen kenne. Nach kurzem Überlegen gehe ich hindurch.

In der Kapelle herrscht Stille. Überall gedämpftes Licht aus Lämpchen, die sich als Kerzen tarnen. Dieses Dämmerlicht soll vermutlich gemessen und geheimnisvoll wirken. In meinen Augen ist es nur abstoßend, vielleicht weil meine Mutter mich früher jeden Sonntag in die Kirche geschleift hat. Ich setze mich in die zweite Reihe und betrachte die Marienfigur mit ihrem goldenen Umhang und ihrer Leidensmiene. Rebecca kam regelmäßig zum Beten hierher, heißt es. Wie oft hast du dich auf genau diese Kirchenbank gesetzt? Wie oft hast du den Blick gehoben zu dieser Schaufensterpuppe aus Gips, deren Kopf von Drähten gehalten wird? Hast du sie um Hilfe angefleht? Hast du sie gefragt, ob du das Richtige tust oder auf dem Irrweg bist? Wie oft hat dir die Stille geantwortet?

»Mir wurde gemeldet, dass Sie die Schule betreten haben.«

Ein kalter Schauder durchläuft mich. Ich fahre herum, weil mir plötzlich bewusst wird, dass ich es nicht gemerkt hätte, wenn sich jemand hinter mich geschlichen hätte, um mir den Hals aufzuschlitzen. Aber natürlich ist es nur die Mutter Oberin. Sie wird ganz sicher niemanden aufschlitzen. Ich sehe sie an. Sie wirkt genauso blass und übernächtigt wie ich. Es ist für niemanden eine leichte Zeit.

»Warum lässt Gott diese Dinge zu, Mutter Raffaela?«

Es ist nicht die Frage, die zu stellen ich hergekommen bin. Eigentlich bin ich überhaupt nicht gekommen, um Fragen zu stellen. Ich wollte nur an einem Ort sein, an dem auch Rebecca war. An dem auch du warst. Ich wollte in aller Ruhe an dich denken – als ob dich das wieder zurückbringen könnte. Du bist nur ein Phantom für mich. Ich vermisse dich, dabei habe ich dich nie kennengelernt. Ich vermisse es, nach dir zu suchen.

Mutter Raffaela schüttelt den Kopf. Zu meiner Überraschung hat sie dennoch eine Erwiderung auf meine Frage parat.

»Gott lässt vieles zu, Herr Kocaj. Gott tötet uns, so war es schon immer. Es fing damit an, dass er uns dafür bestrafte, dass wir uns nicht seinem Willen beugten. Er schuf den Menschen nach seinem Bilde, und der erste Mensch zeugte den ersten Mörder. Ein todbringendes Geschlecht. Rebecca ist nur das letzte Opfer von unendlich vielen. Wobei sie jetzt, eine Woche später, vermutlich längst nicht mehr das letzte ist.«

Die Nonne wendet den Blick von mir ab und lässt ihn durch die Kapelle schweifen, bis er auf der Marienstatue hinter dem Altar verharrt.

»Wussten Sie, dass die zentrale Figur des Katholizismus nicht Jesus ist, sondern Maria? Die Verkörperung des Gehorsams. Und der Schmerzen. Marias Schmerzen werden von diesen sieben Dolchen repräsentiert, die ihr Herz durchbohren. ›Der Schmerz wird dir wie ein Schwert durchs Herz dringen‹ – so lautete eine Weissagung des Propheten Simeon. Diese Weissagung war der erste Schmerz. Der zweite war die Nachricht, dass Herodes ihr Kind umbringen wollte. Der dritte war der drei Tage während Verlust des zwölfjährigen Jesus im Tempel. Der vierte war der Anblick ihres Sohnes mit dem Kreuz auf der Schulter. Der fünfte war seine Kreuzigung, der sechste die Kreuzabnahme und die Feststellung seines Todes. Und der siebte seine Grablegung.« Die Mutter Oberin schüttelt erneut den Kopf, mit zusammengepressten Lippen und finsterer Miene. »Die schlimmsten Schmerzen des Lebens gehen von den Kindern aus, und es sind immer die Mütter, die sie ertragen müssen. Gott schenkt dir ein Kind, du ziehst es auf, hast es immer an deiner Seite, und dann wird es dir von Gott entrissen, in einem Moment, den er vorherbestimmt hat. Als Gott von Abraham verlangte, er solle ihm Isaak opfern, fragte niemand dessen Mutter. Eine schlimmere Form von Gewalt als diese gibt es nicht, Herr Kocaj. Der Lohn für uns Frauen ist ewige Herrlichkeit, aber jede Herrlichkeit hat ihren Preis. Der Preis wird in Blut beglichen, in Schmerzen.«

Nicht einmal die düsterste, blutrünstigste Metal-Band könnte sich einen derart harten, unbarmherzigen Text ausdenken. Aus dem Mund einer Nonne klingen die Worte sogar noch grausamer.

»Was wollen Sie mir damit sagen?«

Sie zuckt mit den Schultern.

»Ich denke, damit will ich sagen, dass ich wütend bin. Sehr wütend, genau wie Sie. Das Einzige, was wir mit dieser Wut tun können, ist, sie in Hoffnung zu verwandeln. Hoffnung darauf, dass die Verhältnisse sich bessern. Dass wir dazu beitragen können, sie zum Guten zu wenden.«

Daran glaubt nicht einmal sie selbst. Wahrscheinlich muss sie solche Dinge sagen, weil sie ihr ihr ganzes Leben lang eingetrichtert wurden. Sie senkt den Kopf. Die Wege des Herrn sind unergründlich. Stelle sie nicht infrage, sondern akzeptiere sie. Unterwirf dich.

»Bleiben Sie, solange Sie wollen«, sagt sie schließlich zu mir. »Dies ist ein Ort des Gebets, was auch nur ein anderes Wort für Nachdenken ist.«

Mit einem sanften Rascheln ihres Habits macht sie kehrt und geht wieder auf die Tür der Kapelle zu.

»Hoffnung ist nicht genug, Mutter Raffaela«, murmele ich.

Bevor sie die Kapelle verlässt, höre ich sie noch sagen:

»Ich werde dafür beten, dass Sie damit nicht recht behalten.«

Als ich nach Hause komme, ist der sterbende Riese, der sich Nacht nennt, bereits seit einer ganzen Weile über Berlin zusammengebrochen. Noch ein Tag ohne Ermittlungen. Noch ein Tag, an dem der Mörder auf freiem Fuß bleibt. Andererseits: Was macht es schon für einen Unterschied? Mein Kopf ist angefüllt mit einer lauwarmen Brühe, in der herumschwappt, was mir Ritter erzählt hat und was die Nonne zu mir gesagt hat. Ich blicke auf die Uhr. Zwanzig vor sieben. Endlich ein Tag, an dem ich zu früh komme. Ich kann Jana vorzeitig nach Hause schicken, ihr sagen, dass ich mich um alles kümmere. Wenigstens eine kleine Wiedergutmachung. Ich stecke den Schlüssel ins Schloss. Öffne die Tür.

Eine bleischwere Stille, die noch beklemmender ist als die in der Kapelle, fällt mich an, zerkratzt mir das Gesicht, hängt sich an meine Schultern. In der Luft liegt der gleiche Geruch wie immer, nach Medikamenten und Windeleimer, nach Bettpfanne und Haferbrei. Und doch ist da noch etwas anderes.

»Jana«, sage ich laut. »Jana, ich bin da.«

Keine Antwort. Nein. Das hat sie nicht getan. Die Erinnerung an den gestrigen Vorfall walzt mich nieder, überfährt mich wie ein schwarzes Auto, auf dessen Rückbank ein Mädchen sitzt, ein Mädchen, das dazu geboren wurde, Märtyrerin zu sein, oder Opfer, je nachdem, wen man fragt. Es darf nicht sein. Jana, was haben Sie getan? Aber es war natürlich nicht Jana. Der Schuldige bin ich.

Ich schlucke und stelle fest, dass ich einen ganzen Trümmerhaufen in der Kehle habe. Der Flur zum Zimmer meines Vaters ist dunkel, nur unter der Tür ist ein Streifen Licht vom Fernseher zu erkennen. Es ist Abend. Draußen ist es schon seit Stunden dunkel. Ich bin heute in aller Frühe aufgebrochen. In aller Frühe. Scheiße. Nein. Ich will nicht weiter den Flur entlanggehen. Widerstrebend bewege ich erst einen Fuß, dann den anderen. Es wird schon alles in Ordnung sein. Er wird dasitzen, quietschfidel. Er wird mich mit einem neuen Aufguss emotionaler Erpressung begrüßen, weil ich ihn den ganzen Tag alleingelassen habe, ohne Essen und Trinken. Und das habe ich absolut verdient. All die Male, die ich nachts ausgegangen bin. Die Partys, die Bettgeschichten. All die Nächte, in denen ich dachte, wird schon nichts passieren, bin ja nicht lange weg. Und dann die langen Stunden bei der Arbeit, und immer die Gewissheit: Jana kümmert sich schon um ihn. Aber heute nicht. Heute nicht. Heute ist Jana nicht gekommen, und ich bin trotzdem gegangen. Heute ist er alleingeblieben. Es wird schon nichts passiert sein. Er wird schlafend oder schmollend im Bett liegen. Nur ein kleiner Schreck. Ein Schreck.

Auf einmal stehe ich vor der Zimmertür, ohne den Flur bewusst zurückgelegt zu haben. Ich starre auf die Türklinke. Fahre mir mit der Zunge über die Lippen. Öffne die Tür.

Mein Vater ist in seinem Zimmer. Und er ist nicht allein. Der Tod ist bei ihm. Bei ihm, der es letzten Endes doch noch getan hat: Er hat sich die Kanüle rausgerissen. Das Ergebnis ist nicht so, wie ich es mir vorgestellt hatte. Die Blutlache ist überraschend glatt und gleichmäßig. Es muss schon eine Weile her sein, vielleicht mehrere Stunden, dass aus seiner durchlöcherten Vene das letzte Blut getropft ist. Auch den starken chemischen Geruch, den das Blut meines Vaters verströmt, hätte ich mir vorher nicht vorstellen können, genauso wenig wie die kalkweiße Gesichtsfarbe und den klaffenden Mund. Und vor allem nicht die Augen. Diese offenen, ziellosen Augen, wie Murmeln, die gerade noch herumgerollt und nun in den tiefen Höhlen über seinen Wangenknochen gelandet sind. Sie sind in der perfekten Position liegen geblieben, um mir einen letzten Blick zuzuwerfen. Nein, nicht mir. Der Tür. Mein Vater ist gestorben, während er auf die Tür starrte, während er darauf wartete, dass sie aufging und jemand hereinkam. Vergeblich.

Ich trete näher an ihn heran.

»Was hätte ich denn noch tun sollen?« Ich will die Frage hinausschreien, bringe jedoch kaum ein Krächzen hervor. »Ich schaffe es nicht. Ich bin Polizist, aber ich konnte sie nicht rechtzeitig finden. Mein Kühlschrank ist voll mit vergammeltem Essen. Meine Wohnung stinkt. Meine verdammte Wohnung stinkt!«

Ich bin auf dem Boden. Ich glaube, ich bin gefallen. Gestolpert oder ausgerutscht, ich weiß es nicht. Und ich weine. Ich vergrabe das Gesicht in meinen Händen. An meinem Kinn vermischen sich Spucke und Rotz.

»Meine Wohnung stinkt, verdammte Scheiße. Meine Wohnung stinkt.«

Ich verharre lange auf diese Weise, unmöglich abzuschätzen, wie lange. Die Nacht sieht immer gleich aus. Der Fernseher taucht uns beide in sein gespenstisches Licht. Er wird nicht wiederkommen. Mein Vater wird nicht wiederkommen. Meine Mutter wird nicht wiederkommen. Rebecca wird nicht wiederkommen. Ich konnte es nicht verhindern, dass sie gegangen sind.

Irgendwann stehe ich auf. Es gibt bestimmt viel zu tun. Ich müsste jemanden anrufen, Bescheid geben, keine Ahnung. Mein Vater liegt seit über zwei Jahren im Sterben, und ich habe nie darüber nachgedacht, was ich alles zu erledigen habe, wenn es tatsächlich so weit ist. So verschließen wir Menschen die Augen vor der Realität. Ich muss mit jemandem reden, wenigstens das.

Ich verlasse das Zimmer und schließe die Tür hinter mir. Der Fernseher läuft weiter. Ich gehe den Flur entlang. Trete auf den Treppenabsatz hinaus. Zögere kaum drei Sekunden. Dann steige ich die Treppe in den ersten Stock hinauf. Mit den Fingerknöcheln klopfe ich an Lucias Tür. Ganz sanft. Dann weniger sanft. Ich klopfe noch einmal, diesmal fester. Niemand macht auf. Ich lehne die Stirn gegen die Tür. Sie fühlt sich kalt an. Mein Kinn zittert.

Ich höre unten ein Geräusch. Die Haustür zur Straße wird geöffnet und fällt wieder zu. Jemand kommt die Treppe herauf. Ich löse mich von der Tür, gehe ein paar Stufen hinunter. Dann sehe ich sie.

Lucia bleibt in der Treppenkurve stehen. Nur noch wenige Stufen trennen uns voneinander. Bei ihr ist ein Typ, den ich erst nach fünf langen Sekunden wiedererkenne. Ich habe ihn vor einigen Tagen in der Griessmühle gesehen. Es ist der tätowierte Bärtige, der mich zu Boden gestoßen hat und mit dem ich mich anschließend geprügelt habe. Sein Gesicht weist die gleichen Kampfspuren auf wie meins, auch wenn sie genau wie bei mir schon dabei sind zu verheilen. Mehr noch als sein Gesicht interessieren mich seine Finger, die mit Lucias Fingern verschränkt sind. Wie klein doch die Welt ist.

»Hallo, Kocaj«, sagt sie.

Ich antworte nicht. Mein Schweigen ist vielsagend genug.

»Wäre es für dich okay, wenn du ein andermal mit zu mir kommst?«, fragt Lucia den Bärtigen. »Mein Nachbar und ich haben noch was zu besprechen.«

Der Bärtige zögert. Auch er hat mein Schweigen richtig interpretiert. Aber das Fleisch ist weise. Sein Körper erinnert sich noch genau an die Schmerzen, die ich ihm zugefügt habe. Trotzdem versucht er das Gesicht zu wahren.

»Sicher?«, fragt er Lucia.

»Sicher«, antwortet sie, so entspannt, so cool wie eine echte Berlinerin. »Mach dir keine Sorgen.«

Der Tätowierte wirft mir noch einen Blick zu, aus dem herauszulesen ist, dass er sich sehr wohl Sorgen macht. Diese Sorgen scheinen allerdings nicht ganz so schwer zu wiegen wie seine Angst. Er löst die Finger aus Lucias Hand und verabschiedet sich mit einem kurzen Kuss von ihr, den er mit einem letzten Blick in meine Richtung begleitet. Ich stehe schwer atmend auf der Treppe. Der Bärtige geht die Treppe wieder hinunter und verschwindet durch die Haustür. Das Letzte, was ich noch von ihm sehe, ist, dass er nach seinem Handy greift. Lucia legt die wenigen Stufen zurück, die uns noch trennen. Sie sieht mich mit derselben leicht amüsierten Überheblichkeit an, mit der sie mich von Anfang an behandelt hat. Mit verschränkten Armen lehnt sie sich an die Wand des Treppenhauses. Ihr linker Mundwinkel ist zu einem angedeuteten Lächeln nach oben gezogen, das die Dramatik der Situation herunterspielen soll.

»Komm schon, Kocaj«, sagt sie. »Zieh nicht so ein Gesicht. Es ist ja nicht so, als wären wir beide ...«

Der erste Fausthieb bringt sie aus dem Gleichgewicht. Er trifft ihre linke Gesichtshälfte, ein rechter Haken. Sie reißt die Augen auf, mit einer Mischung aus Überraschung und dunkler Vorahnung auf die Schmerzen, die noch nicht da sind, aber sich bereits andeuten. Ihre Arme hängen schlaff nach unten. Den nächsten Fausthieb versetze ich ihr in den Bauch. Ihr entweicht die gesamte Atemluft durch den Mund, begleitet von Speichel und Galle, die ihr aus dem Magen nach oben gestiegen ist. Sie krümmt sich nach vorn und taumelt, versucht, die letzten Stufen nach oben zu klettern. Vielleicht will sie in ihrer Wohnung ein Messer suchen, um es mir zwischen die Rippen zu rammen. Sie wird nicht dort ankommen. Drei Stufen hat sie schon hinter sich, als ich sie bei den Haaren packe und nach hinten reiße. Mit einem lauten Poltern stürzt Lucia die Treppe hinunter. Es sind nur ein paar Stufen, bis sie liegen bleibt, ernsthaft verletzt hat sie sich bestimmt nicht. Als ich bei ihr ankomme, ist sie dabei, sich aufzurappeln. Ich verpasse ihr einen Tritt gegen das Kinn. Ihr Kopf schießt wie ein Projektil nach hinten, sie schlägt mit dem Hinterkopf auf der Stufenkante auf. Ein Blutstrahl aus ihrem Mund malt fantasievolle Bilder an die Wand. Inzwischen versucht Lucia nicht mehr, sich aufzurichten, aber sie bringt noch genug Willenskraft auf, um sich mit den Händen durch ihr eigenes Blut hindurch die Stufen hinunterzuziehen, die Treppe hinab Richtung Haustür. Mit dem Absatz trete ich auf jene Hand, die mit der Hand des Bärtigen verschränkt war. Ich höre das Knirschen ihrer Knochen, spüre durch die Schuhsohle, wie sie knackend zerbrechen. Es ist ein seltsames Gefühl. Zum ersten Mal schreit Lucia auf. Ich kauere mich neben sie, packe sie am Kinn. Mit der anderen Hand schiebe ich ihre Hand weg, die versucht, zu meinem Gesicht zu gelangen, vielleicht, um es mir zu zerkratzen. Ich muss sie noch mehrmals entfernen, dann ramme ich ihr die Faust mitten ins Gesicht. Wieder und wieder. Das Blut fließt in Strömen. Zwischen Lucias glucksenden Schreien glaube ich ein schleifendes Geräusch wahrzunehmen, ein Knirschen. Aber ich schenke ihm keine Beachtung, bin ganz auf das konzentriert, was ich hier tue.

Es ist ein ganz gewöhnliches Zimmer. Ein Tisch, drei Stühle, Neonröhren an der Decke, weiße Wände. Ich sitze am Kopfende des Tisches, die Hände in Handschellen. Das Blut an meinen Fingerknöcheln ist noch immer nicht ganz getrocknet. Das Summen der Leuchtröhren nervt mich. Ich kann nichts dagegen tun.

Der Polizeirat sitzt mir gegenüber. Finstere Miene, Augen wie Asche, Januargesicht. Vor ihm auf dem Tisch eine Mappe, zugeklappt. Hinter ihm, stehend und mit verschränkten Armen, Ritter.

Der Polizeirat sagt: »Herr Kocaj.«

Er räuspert sich und fängt noch einmal von vorn an. Offenbar hatte er keine Zeit, diese Ansprache vorher einzustudieren.

»Herr Kocaj, Sie haben diese junge Frau krankenhausreif geprügelt. Wenn ihr Begleiter nicht die Polizei gerufen hätte, wäre sie jetzt vermutlich tot.«

Er hält inne und fragt dann:

»Haben Sie etwas dazu zu sagen, Kocaj?«

Ich antworte nicht. Es gibt nichts zu antworten. Ich sehe ihn nicht mal an. Der Chef ist gar nicht da. Niemand ist da. Alles ist im Eimer. Sie werden mich nicht nur rauswerfen, ich werde im Gefängnis landen.

»Frau Lombardi ist inzwischen wieder bei Bewusstsein«, fährt der Polizeirat im Tonfall eines Nachrichtensprechers fort. »Ich kann mir ihre Beweggründe nicht erklären, aber sie will keine Anzeige gegen Sie erstatten. Ein Kollege hat mit ihr gesprochen, und sie hat offenbar vor, nach Italien zurückzukehren, sobald sie aus dem Krankenhaus entlassen wird. Vermutlich, um diesen bedauernswerten Vorfall zu vergessen.«

Das Gefühl, den Verlauf ihres Lebens beeinflusst zu haben. Diese Macht. Mir wird schwindelig.

»Polizei und Staatsanwaltschaft könnten sehr wohl Anklage gegen Sie erheben«, sagt der Polizeirat. »Wir werden jedoch davon absehen.«

Ritter und ich heben gleichzeitig den Blick, in einer identischen, wie einstudiert wirkenden Geste.

»Wie uns soeben bestätigt wurde, ist Ihr Vater am gestrigen Vormittag verschieden. Uns ist bewusst, dass es eine traumatische Erfahrung für Sie war, seine Leiche in der Wohnung vorzufinden. Diese Erfahrung muss irgendetwas in Ihnen ausgelöst haben. Aber genau dafür sind wir Kollegen da, Herr Kocaj. Um aufeinander aufzupassen.«

Unter Ritters starrem Blick schiebt der Chef die geschlossene Mappe zu mir hinüber.

»Gegen Sie wird ein Disziplinarverfahren eröffnet, und Sie werden zwei Wochen vom Dienst freigestellt. Hier das Transkript Ihrer Aussage. Wenn Sie es bitte unterschreiben würden. Und sich in Zukunft zügeln. Das müssen Sie mir versprechen, bei allem, was Ihnen lieb ist.«

Bei allem, was mir lieb ist. Ich weiß nicht, was mir lieb ist. Nichts, wenn ich ehrlich bin. Der Chef steht auf. Er wirf Ritter einen kurzen Blick zu, bevor er zur Tür geht.

»Mein herzliches Beileid zum Tod Ihres Vaters«, sagt er zum Abschied. »Sie sind kein schlechter Polizist, Lukas. Aber Sie müssen lernen, sich besser unter Kontrolle zu haben. Wenn Sie das nächste Mal kurz davor sind, die Nerven zu verlieren, beißen Sie die Zähne zusammen und zählen bis zehn.«

Er verlässt den Raum und macht die Tür hinter sich zu. Ich springe auf. Mein Stuhl fällt um. Ich taumele rückwärts zur Wand, presse den Rücken dagegen. Ritter hat sich am anderen Ende des Zimmers noch immer nicht bewegt. Er sieht mich nur an. Ich weiß nicht, ob sich hinter seinem steinernen Ausdruck Erschöpfung, Enttäuschung oder rasende Wut verbirgt.

»Schlagen Sie mich nicht«, stammle ich.

Meine Stimme scheint ihn zu animieren. Er macht einen Schritt in meine Richtung.

»Bitte schlagen Sie mich nicht«, flehe ich.

Noch ein Schritt. Seine Augen sind blutunterlaufen, der Schnurrbart verschwitzt, trotz der Kälte.

»Ich bin ein guter Junge«, stoße ich hervor. »Das haben Sie selbst gesagt.«

Ritter macht noch einen Schritt. Bilder blitzen vor meinem

inneren Auge auf: Fausthiebe auf den Tisch; der erste Schlag, der den Pädophilen trifft; *das bekommst du zurück*, am Eingang zum Feuer. Die genähten Wunden in seinem Gesicht scheinen eine eitrige, tollwütige Flüssigkeit abzusondern. Ritter rückt mir noch näher. *Niemand hält sie auf, Podolski. Niemand stoppt sie. Also tue ich es.*

»Bitte«, wimmere ich. »Schlagen Sie mich nicht. Ich habe Ihnen das Leben gerettet, habe Sie aus der Flüchtlingsunterkunft geholt. Diese verdammten Araber hätten Sie sonst umgebracht. Scheißflüchtlinge, stimmt's? Die sprechen sich untereinander ab. Aber ich habe Sie gerettet. Bitte! Ich bin ein guter Junge.«

Das Beben meiner Stimme findet seine Entsprechung in dem Zittern, das meinen ganzen Körper durchläuft. Ritter ist inzwischen angekommen. Er bleibt auf Kopfstoßdistanz vor mir stehen, auf Kussdistanz, Beißdistanz. Seine Alkoholfahne lässt sich unmöglich ignorieren. Seine gelblichen Augen blicken mich aus Tiefen an, in denen ich ertrinken könnte. Noch hängen seine Arme schlaff auf beiden Seiten seines Körpers herunter. Er kann sie jeden Moment in Bewegung setzen.

»Bitte.« Es ist das letzte Wort, das ich zu ihm sage.

Ritter macht auf dem Absatz kehrt. Sein ausladender Körper entfernt sich von mir, als wäre er ein mythologisches Ungeheuer, dem gerade aufgegangen ist, dass es sich an mir den Magen verderben würde. Mein Partner verlässt den Raum und lässt mich hier zurück, wo das Summen über meinem Kopf an Fliegen erinnert, die über einem Kadaver kreisen. Ein ganz normales Zimmer, nur dass es mir gerade für einen Moment wie eine Verhörzelle der Gestapo vorgekommen ist.

Es dauert eine Weile, bis das Zittern aufhört. Bis mein Körper kapiert, dass niemand kommen wird, um ihn windelweich zu prügeln. So windelweich, wie ich den Pädophilen geprügelt habe, wie ich Yousuf geprügelt habe, wie ich den Bärtigen geprügelt habe. Und Lucia.

Disziplinarverfahren und zwei Wochen Suspendierung. Ich nähere mich benommen dem Tisch. Klappe die Mappe auf. Sie enthält ein einziges Blatt Papier. Laut dem Kommissar handelt es sich um das Transkript meiner Aussage, damit ich es unterschreibe. Als mein Blick auf das Blatt fällt, kneife ich unwillkürlich die Augen zu. Meine Brust schnürt sich zusammen, und mein Herz setzt einen Schlag aus.

Ich verlasse das Gebäude. Es dämmert bereits. Meine Pistole, meine Dienstmarke, meine Akkreditierung, der Gewerkschaftsausweis – all das wird zurückgelassen. Disziplinarverfahren und zwei Wochen Suspendierung. Fürs Erste stehe ich auf der Straße. Auf der Eingangstreppe kommt mir Suly entgegen, der gerade mit einer Kollegin auf dem Weg zur Arbeit ist. Er wirft mir einen stechenden Blick zu, der überdeutlich ausdrückt, was er gern mit mir anstellen würde. Ich ziehe den Kopf ein und gehe weiter, aber ich spüre ihn immer noch, spüre die Botschaft in seinem türkischen Piratenblick: Ich muss bald damit rechnen, vielleicht schon heute Nacht. Ob sie mich wohl auf offener Straße schnappen, mir einfach einen schwarzen Stoffbeutel über den Kopf stülpen werden? Und dann? Werde ich auf einen Stuhl gefesselt in einem Keller in der Nähe der Blaschkoallee aufwachen? Werden sie auch diesmal aufhören, bevor es zum Äußersten kommt, oder werden sie mich weiter schlagen, bis sie mich umgebracht haben? *Jeder, der halbwegs geradeaus denken kann, weiß, dass sich die Justiz bisweilen irrt. Und wenn die Justiz sich irrt, ist es an uns Bürgern, an ihrer Stelle zu handeln. Überlegt euch, was ihr tun würdet. Und tut es, verdammte Scheiße. Tut es.*

Die Luft in Berlin ist bei Tagesanbruch blaues Feuer, das in der Lunge schmerzt. Ein Vorgeschmack auf weitere Schmerzen. Ich knöpfe mir nicht einmal die Jacke zu. Ich warte an der Bushaltestelle auf den M41er. Am Hermannplatz steige ich in die U8 um und an der Jannowitzbrücke in die S3. Mit ihr fahre

Der Raucher- bereich wartet auf d i ch

ich nur eine Station. Am Ostbahnhof steige ich aus. Dann gehe ich durch die kaputten Reste der Nacht, die aus den Schneeklumpen auf dem Gehweg ragen. Die Welt ist grau, und ich bin es auch.

Als ich mich dem Loch nähere, erblicke ich den türkischen Türsteher schon von Weitem. Er sieht mich ebenfalls. Normalerweise würde ich mich jetzt fragen, ob der Typ hier wohnt, aber es ist mir mittlerweile egal. Die einzige Veränderung, die ich wahrnehme, ist die Tatsache, dass sein Anzug nach den langen Nacht- und Morgenstunden nicht mehr ganz so makellos sitzt. Kurz bevor ich bei ihm eintreffe, faltet er wie ein Bischof die Hände vor der Stirn und steht stramm, eine Pose, mit der er sich darauf vorzubereiten scheint, mich aufzuhalten. Ich bleibe vor ihm stehen.

»Ich will rein.«

»Das wird nicht möglich sein, Herr Kocaj.«

Der Kerl hat Eier in der Hose, das steht fest. Sämtliche Fahrgäste, die auf der Fahrt hierher meinem Blick begegnet sind, sind mir ausgewichen, haben den Sitzplatz gewechselt oder sogar den Waggon. Er hingegen wahrt die Haltung, auch wenn mir irgendetwas an seinem Gesichtsausdruck verrät, dass er nicht sicher ist, wozu ich in der Lage bin, und diese Ungewissheit macht ihm Angst.

Ein Knistern aus seinem Headset. Er schirmt sich den Mund mit der Hand ab und raunt einige Worte ins Mikro. Die Antwort scheint ihn zu erleichtern.

»Gehen Sie.«

Die Musik, die aus den Boxen im Inneren des Lochs schallt, ist genauso nervig, wie ich sie erwartet habe. Der schwarze Himmel ist nur noch eine hohe, mit Schienen, Stahlträgern und Scheinwerfern durchzogene Hallendecke. Es tanzen noch mehr als hundert Personen auf der Tanzfläche, falls man dieses krampfartige Zucken mit gesenktem Blick und offen stehendem Mund Tanzen nennen kann. Hinter den Bars langweilen sich die Kellner. Mir wird schwindelig von der plötzlichen Hitze. Meine Jacke lasse ich trotzdem an und durchquere die Halle. Die Anwesenden starren mich an, aber keiner hält mich auf. Ich gehe die Treppe vom letzten Mal hinunter, schwarz, so schwarz, erreiche den Gang, in dem ich gelegen hatte. Neonkreuze an der Decke. Das gleiche Summen wie im Revier. Mir kommt der Gedanke, dass es vielleicht gar nicht von den Lampen herrührt. Dass ich es in mir trage.

»Guten Morgen, Herr Kocaj«, sagt jemand hinter meinem Rücken.

Zuerst sehe ich das metallene Grinsen, gequält und blutig. Dann entdecke ich auch den Rest von Lazlo Gupta. Er kauert im Schatten zwischen den Lichtlachen, mit offen stehendem Hemd. Graue, verfilzte Strähnen baumeln an seinen Schläfen. Sie zappeln wie Würmer, lange Würmer.

»Wir haben Sie schon erwartet.«

Ich bekomme Gänsehaut, sämtliche Nervenenden kreischen, jaulen, flehen. Ich ignoriere sie. Gehe weiter den Gang entlang. Ein paar Schritte weiter sehe ich, was sich an seinem Ende befindet: eine mit unregelmäßigen Pinselstrichen blau angemalte Tür, auf der die Mondkrone prangt. Ich bleibe vor ihr stehen. Die Türklinke scheint zu pulsieren. Ich greife nach ihr. Sie fühlt sich heiß an. Zu heiß, sie verbrennt mir die Handfläche. Ich lasse trotzdem nicht los, sondern öffne die Tür.

Und trete ein.

Ich hatte eine Art Hölle auf der anderen Seite erwartet. Was ich stattdessen vorfinde, ist ein beklemmend winziges Zimmerchen. Es passen keine zwei Personen hinein, aber das ist auch nicht nötig. Vor mir steht ein kleiner, morscher Tisch. Ein Licht, das aus dem Nichts zu kommen scheint, beleuchtet ihn von oben. Auf dem Tisch liegt etwas. Ich schlucke. Mir fällt eine der Botschaften aus den *Wir Kinder vom Bahnhof Zoo*-Büchern ein: *Den Schlüssel findest du am Grund des Lochs.* Und genauso ist es. Er ist hier. Vor mir. Der Gegenstand auf dem Tisch ist eine rostige Zange. Ich greife danach. Die Tür steht offen. Ich gehe wieder hinaus. Auf dem Gang verfolgt mich Lazlo Guptas blutiges Grinsen. Nachdem ich die Treppe hochgegangen bin, nehme ich ohne jedes Erstaunen wahr, dass sämtliche Personen im Loch das gleiche metallische, gequälte Grinsen auf dem Gesicht haben. Die Tänzer haben aufgehört zu tanzen, die Kellner haben aufgehört, sich zu langweilen. Alle stehen da und starren in meine Richtung, mit diesem triefenden, schaurigen Lächeln. Ich gehe langsam auf den Ausgang zu. Die Zange liegt schwer in meiner Hand. Ich lasse sie nicht los.

Ich trete ins Freie. Ich muss viel Zeit im Inneren des Lochs verbracht haben, viel mehr als gedacht, denn es ist wieder dunkel geworden. Vielleicht herrscht hier ewige Nacht. Ich atme tief die eisige, beißende Luft ein. Das Auto. Der schwarze Volvo ist vor dem Eingang geparkt. Die hintere Tür steht offen. Ich gehe am türkischen Türsteher vorbei, gebe mir Mühe, ihn nicht anzusehen, weil ich sein metallenes Grinsen nicht von Nahem sehen will. Ich erreiche das Auto und steige ein. Schließe die Tür hinter mir.

Es riecht nach Naphthalin und Leder. Die Fensterscheiben sind getönt. Die Sitze sind rau und faltig. Der Fahrer ist ein schwarzer Fleck inmitten einer klebrigen Dunkelheit.

»Ich habe den Schlüssel«, sage ich. »Ich bin bereit, das erste Opfer zu bringen.«

Vielleicht hätte ich gar nichts sagen müssen. Der Wagen setzt sich in Bewegung.

»Das erste Opfer wird dir die Augen öffnen«, sagt eine Stimme, die keine Stimme ist. Vielleicht ist es der Fahrer, vielleicht auch nicht. »Das zweite wird dir die Tür öffnen. Das dritte lässt dich zurückkehren.«

Wir fahren eine Strecke, die mir zu kurz vorkommt. Dann

bleibt der Wagen stehen. Die Tür wird entriegelt. Ich verstehe und öffne sie. Beim Aussteigen spüre ich zum ersten Mal, seit mein Vater gestorben ist, etwas sehr Konkretes: Angst.

Ich bin an der Ecke Sonnenallee und Mareschstraße. Es ist dunkel. Ich drehe mich um, obwohl ich schon weiß, was ich sehen werde. Das Auto ist verschwunden. Es hat mich an den Ort gebracht, der mir gebührt. Ich schließe die Finger um die Zange und fange an, die Mareschstraße entlangzugehen.

Wie still es hier ist.

Ich spüre ihre Gegenwart mehr, als dass ich sie sehe. Ich tue so, als würde ich ein Schaufenster betrachten, und verschaffe mir Gewissheit: Mir folgt eine Gestalt. Mein Herzschlag beschleunigt sich. Es könnte irgendjemand sein, ein Unbekannter. Oder auch nicht. Vielleicht ist es heute Nacht schon so weit, dass sie mich schnappen, mir einen Stoffbeutel über den Kopf stülpen, mich in einen Keller schleifen. Nein. Nein, bitte nicht. Ich will nicht losrennen, habe Angst, dass mein Verfolger dann ebenfalls losrennt. Also gehe ich stattdessen ein wenig schneller, nur ein wenig. Er ist immer noch hinter mir. Die Bäume entlang des Gehwegs haben schon ihre Blätter verloren. Über uns kreuzen sich tote Zweige.

Vielleicht ist es nur Zufall. Vielleicht ist es nur ein ganz normaler Mensch. Nachts allein in Neukölln, noch dazu bei dieser Kälte und Dunkelheit, da ist jemand, der einem so dicht folgt, ganz bestimmt kein normaler Mensch. Ich habe vorhin nicht wirklich etwas erkannt, will mich aber nicht noch mal umdrehen. Vielleicht trägt die Person Sturmhaube, Handschuhe, einen schwarzen Trainingsanzug. Ich beschleunige erneut meine Schritte. Auch die Schritte hinter mir werden schneller. Alles in mir verkrampft sich vor Panik. Er ist direkt hinter mir. Ich erreiche die Abzweigung Schudomastraße, biege rechts ab. Die Gestalt auch. Mir bleibt die Luft weg. Sie könnte sich jeden Moment auf mich stürzen. Ich könnte heulen. Am Böhmischen Platz, gegenüber der Apotheke, biege ich links ab, mein Verfolger ebenfalls. Er ist jetzt ganz nah. Renn! Nein, nicht rennen, Kocaj. Wenn du rennst, wird er dich packen. Wenn du rennst, beantwortet sich die Frage, ob er dir folgt oder ob er nur hinter dir hergeht, weil … Ja, warum? Warum wechselt er nicht die Straßenseite? Warum holt er nicht sein Handy raus und ruft jemanden an, um sich über Fußball zu unterhalten oder über was auch immer, und mir zu zeigen, dass er auch nur ein ganz normaler Mensch ist? Er tut es nicht. Stattdessen geht er im gleichen Rhythmus weiter wie ich, immer hinter mir her. Ich biege in die Niemetzstraße ab und renne jetzt fast. Er auch. Ich ertrage es nicht mehr. Ich spüre seine Körperwärme, die Luft, die er mit seinen Schritten verdrängt. Dann komme ich vor meiner Haustür an. Ich verliere die Nerven und drehe mich um, mit weit aufgerissenen Augen und rasendem Herzen.

»Was willst du, verdammte Scheiße? Komm mir nicht …«

Niemand. Ich bin allein auf der Niemetzstraße. Vielleicht ist es das, was mir die größte Angst einjagt. Das Einzige, was mich umgibt, ist die Stille, dieses schneebedeckte Nichts, beschienen vom schmutzigen Licht der Straßenlaternen. Ich mache Silhouetten in den Fenstern der umliegenden Häuser aus. Leute aus dem Viertel. Sie kennen mich. Wissen, das ich getan habe. Ein metallisches Klirren lässt mich zusammenzucken. Die Zange. Sie ist mir aus der Hand gefallen. Ich hebe sie auf und stecke den Schlüssel ins Schloss.

Meine Wohnung stinkt. Ich bleibe in der Tür stehen. Alles ist dunkel. Kein einziges Geräusch. Ich zittere. Erreiche die Tür zum Zimmer meines Vaters. Gehe hindurch.

Das Bett ist leer. Sie haben die Leiche meines Vaters abtransportiert, während ich im Abschnitt 54 war. Eine unbeschreibliche Abwesenheit, majestätisch und schreckenerregend wie ein Seebeben, wie der Leichnam Gottes. Als ich sie erblicke, verstehe ich, was ich zu tun habe. *Den Schlüssel findest du am Grund des Lochs.* Ich bin bereit, das erste Opfer zu bringen. Das erste Opfer öffnet dir die Augen. Jetzt verstehe ich es. Jetzt verstehe ich, was Rebecca getan hat. Ich verstehe dich.

Ich führe mir die Zange in den Mund ein. Schließe sie um meinen oberen rechten Schneidezahn. Das Vorausahnen der Schmerzen ist womöglich noch schlimmer als die Schmerzen selbst. Nein, ich werde rasch merken, dass das ein Irrtum ist. Ich umschließe die Griffe der Zange fester und fange an zu ziehen. Es ist, als würde mich ein Blitzstrahl treffen, als würde der ganze Schmerz dieser Welt durch einen Trichter in meinen Kopf gegossen. Es ist ein dumpfer Schmerz, der meinen Schädel in alle Richtungen durchquert, ihn zermahlt, ihn zertrümmert. Meine Stirn will explodieren, meine Nase versinkt, mein Kiefer zersplittert. Ich fühle mich, als würde ich mir mit der Zange nicht den Zahn, sondern den ganzen Kopf abreißen. Das Blut spritzt. Mit einem letzten Schrei, der ein Klagen, ein Flehen, ein Abschied ist, einem Schrei, den niemand hört, reiße ich mir den Schneidezahn heraus. Der Schmerz löscht mich aus, hüllt mich in Nebel, entfernt mich von mir selbst. Inmitten eines Blutstrahls fällt der Zahn zu Boden. Die Zange landet daneben.

In diesem Moment öffnen sich mir die Augen und ich sehe.

Aus den Umrissen des Betts meines Vaters entsteht ein Fleck von planetarischen Ausmaßen. Er breitet sich aus wie ein Lauffeuer, die Wände hinauf, in beide Richtungen, bis er eine konkrete Form angenommen hat.

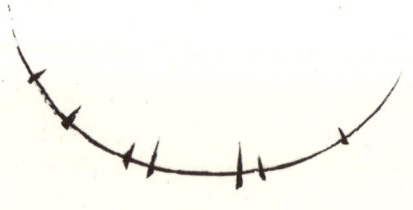

Dies ist eins seiner Machtzentren, eine seiner Weihestätten. Schon von Anfang an. Es hat sich zu viel Leid zwischen diesen Wänden abgespielt. Jetzt wird es mir klar. Ich habe das erste Opfer gebracht.

Hinter meinem Rücken sagt eine Stimme:

»Das erste wird dir die Augen öffnen.«

Ich drehe mich um. Im Zimmer ist eine Gestalt. Sie ist schon die ganze Zeit hier, aber erst jetzt nehme ich sie wahr, erst jetzt erkenne ich sie. Meine Augen weiten sich, nicht vor Überraschung, sondern weil mich die Erkenntnis trifft. Weil ich verstehe. Ich schleppe mich zum Flur. Dort erwartet mich noch eine Gestalt. Sie betrachtet mich von Kopf bis Fuß und sagt:

»Das zweite wird dir die Tür öffnen.«

Die beiden Gestalten folgen mir. Ich schleppe mich weiter. Etwas zieht an mir, zieht mich auf die Kammer zu. An ihrer geschlossenen Tür steht eine dritte Gestalt. Vielleicht ist sie es, deren Anblick mich am meisten überrascht. Als ich neben ihr stehen bleibe, sagt sie:

»Das dritte lässt dich zurückkehren.«

Alle drei sind nun an meiner Seite. Meine Hand zittert, als ich sie zur Klinke hebe. Jemand ist in dem Zimmer. Ich höre es, bevor ich es sehe. Ich schalte das Licht ein.

Meine Mutter hängt vor dem Fenster. Ihre Füße baumeln in der Luft. Die dunkelvioletten Einschnitte des Seils an ihrem Hals sind Material für Albträume, sind das totale Grauen. Die Zunge meiner Mutter, ein geschwollenes, wulstiges Ding von gräulicher Farbe, hängt schlaff zwischen ihren Lippen. Ihre Augen sind geöffnet. Sie sind auf mich gerichtet. Meine Mutter sieht mich an.

»Das erste öffnet dir die Augen. Das zweite öffnet dir die Tür. Das dritte lässt dich zurückkehren.«

Das sagen die drei Gestalten. Sie umzingeln mich. Vor mir hängt meine Mutter. Tot, lebendig, keins von beidem und beides gleichzeitig. Meine Mutter streckt, ohne mich aus den Augen zu lassen, die Arme nach mir aus. Ihre Hände öffnen sich in einer Geste des Willkommens.

»Der Raucherbereich wartet auf dich«, sagen die drei Gestalten. »Der Raucherbereich wartet auf dich.«

So ist es. Der Raucherbereich wartet auf mich. Das nächste Opfer muss gebracht werden. Ich weine. Und lache. Beides gleichzeitig.

Auch ich breite die Arme aus, als ich meiner Mutter entgegengehe.

Interludium

Heute hat Miriam sie umarmt. Sie hat die Umarmung natürlich erwidert. Die menschliche Berührung hat sie getröstet, zumal in diesem Schneesturm, der nicht nur Berlin im Griff hat, sondern auch in ihrem Leben herrscht. Die Schäden in der Flüchtlingsunterkunft sind zum Glück nicht gravierend, aber die Ärmel hochkrempeln müssen sie trotzdem. Die Rauchbomben, die diese Idioten geworfen haben, haben die Wände geschwärzt, die eine oder andere Matratze versengt, mehrere Fensterscheiben beschädigt und vor allem einen penetranten Gestank in der Luft hinterlassen, der schwer zu vertreiben sein wird. Miriam meinte, der Anschlag habe sie nicht überrascht. Die Neonazis aus Vierteln wie Marzahn oder Köpenick kommen alle paar Monate in Neukölln vorbei, um Autos anzuzünden, Schaufenster zu zerstören oder – und das ist das Schlimmste – jeden Flüchtling zu verprügeln, der das Pech hat, ihnen allein zu begegnen. Manchmal sind es aber auch gar keine Neonazis aus weit entfernten Vierteln. Manchmal kümmern sich die ehrenwerten AfD-Wähler selbst darum, die unauffällig in Kreuzberg oder Tempelhof wohnen, Berliner Wölfe im alternativen Schafspelz. Und das neueste Opfer ist eben die Flüchtlingsunterkunft in der Anzengruberstraße. Wenn doch nur genügend Mittel vorhanden wären, um die Unterkunft auch bei Nacht bewachen zu lassen, aber das ist leider nicht der Fall. Die Security-Männer, die tagsüber am Eingang stehen, scheinen eher dazu da zu sein, die Sozialarbeiter zu beschützen als die Bewohner. Was Miriam ihr natürlich niemals so deutlich sagen würde.

Sie hat den Nachmittag zwischen Besen, Wischmopps und Excel-Tabellen verbracht, in die sämtliche entstandenen

Schäden eingetragen werden müssen. Glücklicherweise sind genügend Helfer da. Der Großteil der Bewohner beteiligt sich an den Aufräumarbeiten, wie es jeder tun würde, der plötzlich gezwungen wäre, sein eigenes Zuhause wieder herzurichten. Nur dass es diese Menschen immer wieder tun müssen. Ein Baumarkt aus dem Viertel hat Wandfarbe, große Plastiktüten, Pinsel und Farbrollen gespendet. Die Alten passen auf die Kinder auf, die ihnen entwischen und durch das übel zugerichtete Wohnheim toben, als ob es ein großer Spielplatz wäre. Verkohlt und stinkend, aber ihrs. Das kann ihnen niemand wegnehmen.

Einmal hat sie auch Yousuf von Weitem gesehen. Er hat sie auch gesehen. Sie haben nicht miteinander geredet.

Um kurz vor sieben verlässt sie das Flüchtlingswohnheim. Ihr tun die Arme weh. Der Geruch von chemischen Reinigungsmitteln klebt an ihren Fingern. Sie ruft Bernhard an, den neuen Pförtner, und sagt ihm, dass sie ein wenig später kommt. Die Aufräumarbeiten im Wohnheim würden sich in die Länge ziehen, sie wolle bis zum Schluss mit anpacken. Bernhard antwortet, das gehe für heute ausnahmsweise in Ordnung, aber nur weil sie es sei – es bleibe ihr gemeinsames kleines Geheimnis. Sie beendet das Gespräch und geht zu Fuß ins Stadtbad Neukölln, das nicht weit vom Wohnheim entfernt liegt. Die Kälte kommt ihr gerade recht, der eisige Wind bläst ihr den Kopf frei. Sie bezahlt den Eintritt, zieht sich um und entscheidet sich für das große Schwimmbecken. Das Stadtbad Neukölln muss das einzige Hallenbad in Berlin sein, in dem ordentlich geheizt wird. Es ist in jenem pompösen neoklassizistischen Stil erbaut, der an alte Thermalbäder in Budapest erinnert. Sie lässt die Umgebung auf sich wirken, während sie ihre Schwimmzüge macht, lässt sich die Haut und die Gedanken vom Chlorwasser reinigen. Seit Tagen befindet sie sich in einem dumpfen Dämmerzustand. Bei der fünften oder sechsten Wende merkt sie, dass ein Junge aufmerksam jede ihrer Bewegungen verfolgt.

Zumindest hat sie diesen Eindruck. Ohne Brille nimmt sie die Umrisse der anderen Badegäste nur verschwommen wahr. Der Junge scheint ganz süß zu sein. Sein Mund ist vielleicht ein bisschen zu breit, dafür hat er schöne Zähne. Die blonden Haare kleben ihm an der Stirn. Sie macht ihre Wende und beginnt eine neue Bahn. Als sie das nächste Mal vorbeikommt, ist sie es, die den Jungen ansieht. Es dauert noch zwei Wendungen, bis sie beschließt, dass sie nicht in der Stimmung ist zu flirten. Sie hört auf, ihn zu beachten, was das Interesse des Jungen nur noch zu steigern scheint.

Eine Stunde später verlässt sie das Hallenbad, dick eingemummt in ihre warme Jacke und ihre Wollmütze, die ihre frisch geföhnten Haare plattdrückt. Ihre Brille beschlägt. Der Junge aus der Schwimmhalle tritt direkt nach ihr aus dem Gebäude. Sie geht zur Bushaltestelle, der Junge folgt ihr. Der 171er Bus kommt, genau rechtzeitig. Sie steigt ein und sieht, dass der Junge ebenfalls einsteigt, durch die hintere Tür.

»Der da hinten verfolgt mich«, sagt sie zum Busfahrer.

»An welcher Haltestelle musst du raus?«

»Herzblattweg.«

»Setz dich hinter mich.«

So macht sie es. Der Junge starrt sie vom hinteren Teil des Busses aus unverhohlen an. Jedes Mal wenn sie sich nach ihm umdreht, wendet er für ein paar Sekunden den Blick ab. Nachdem sie auf diese Weise zwanzig Minuten Pingpong gespielt haben, erreicht der Bus die Haltestelle. Der Fahrer öffnet die vordere Tür. Sie steigt aus. Der Junge drückt auf den Knopf für die hintere Tür, aber der Fahrer schließt die vordere Tür wieder und fährt los. Sie kann noch sehen, wie sich der Junge verärgert gegen die Glasscheibe drückt.

Während sie den kleinen Weg entlanggeht, der zur Schule führt, wählt sie eine Nummer und lässt es zweimal klingeln, bevor sie wieder auflegt. Die Silhouette des Pförtners zeichnet sich in einem Fenster im Erdgeschoss ab. Kurz bevor sie vor der Eingangstür angekommen ist, geht diese auf.

»Ich hab mir schon Sorgen gemacht.«

»Ach was, mir passiert nichts.«

»Natürlich passiert dir nichts.«

Warme Heizungsluft schlägt ihr entgegen. Die Blicke der ehemaligen Schülerinnen auf den Abschlussfotos scheinen ihr durch die Eingangshalle zu folgen. Ohne stehen zu bleiben, öffnet sie ihre Jacke. Die Wollmütze nimmt sie erst ab, nachdem sie außer Sichtweite des Pförtners ist. Er soll ihre halbnassen Haare nicht sehen. Den Jungen aus dem Schwimmbad hat sie bereits vergessen. Sie steckt den Schlüssel ins Schloss ihrer Zimmertür, geht hinein, hängt ihre Jacke auf. Ein seltsamer Geruch steigt ihr in die Nase. Vor dem Fenster kauert eine Gestalt, die Arme um die Knie geschlungen, und starrt ihr aus wässrigen Augen entgegen. Ihr Gesicht ist eine blutige Masse aus durchtrennten Muskeln.

Sie bleibt wie angewurzelt stehen. Hinter ihr fällt die Tür ins Schloss.

»Ulrike«, sagt die Gestalt. »Ich bin zurückgekommen.«

Sie schreit.

2 Rebecca

10

Und die Nacht gehorchte mir

Glaub nicht, du würdest mich kennen. Glaub nicht, du wüsstest alles über mich. Du hast keine Ahnung, wer ich bin, hast nicht die geringste Vorstellung davon, was ich durchmachen musste. Komm also bloß nicht auf die Idee, mich zu verurteilen. Etwas in der Art sagte ich zu Ulrike, als wir uns wegen dieser Sache stritten. Es stimmte schon, dass ich schuld war, aber ich hatte sie schließlich zu nichts gezwungen. Sie hätte auch einfach kehrtmachen und seelenruhig aus dem Geschäft spazieren können. Was mich bei ihr allerdings sehr gewundert hätte.

»Pssst«, raunte ich ihr zu. »Wenn ich dir ein Zeichen gebe, wirfst du das Tablett runter.«

»Was? Auf keinen Fall!«

»Schau mal, wie hübsch!« Ich zeigte ihr den Silberring mit Tribal-Muster, den ich gerade von besagtem Tablett genommen hatte. »Also: Wenn ich dir ein Zeichen gebe, wirfst du das Tablett nach hinten um.«

»Ich habe nein gesagt.«

»Soll ich es lieber machen?«

Die Verkäuferin beäugte uns misstrauisch. Zwei Mädchen, die in einem Hippie-Schmuckladen in der Simon-Dach-Straße zusammenstehen und tuscheln, führen meist nichts Gutes im Schilde. Wir durften keine Zeit verlieren.

»Vertraust du mir?«

»Natürlich *nicht*!«

Ich ließ ihr keine Zeit, noch mehr zu entgegnen. Mit einer schnellen Bewegung schlug ich das Tablett vorne hoch, sodass es nach hinten auf die Verkäuferin fiel. Bunte Perlenarmbändchen und Silberschmuck gingen auf sie nieder. Ein Moment der Verblüffung, mehr als ausreichend für uns, um die Flucht zu ergreifen. Wir rannten, so schnell wir konnten, doch die Verkäuferin nahm die Verfolgung auf. Es war nicht meine Schuld, dass sie schneller war als Ulrike. Ich bog um die nächste Ecke und raste wie eine Verrückte Richtung Revaler Straße. Die kalte Februarluft brannte in meiner Lunge. Ulrike rannte weit abgeschlagen hinter mir, die Verkäuferin hatte sie fast eingeholt. Ich hätte stehen bleiben und versuchen können, ihr zu helfen. Hätte ich, klar. Aber ich tat es nicht. Stattdessen stürzte ich die Stufen zum RAW-Gelände hinunter, mit seinen in Clubs und Läden umgewandelten Industriegebäuden, und rannte auf die Treppe zu, die zu den Bahngleisen hinunterführte. Ich sprang an den Zaun und hatte ihn in weniger als eineinhalb Sekunden überwunden. Als ich auf der anderen Seite auf den Boden sprang, hörte ich ein Stück hinter mir einen Schrei und spähte durch den Zaun. Ulrike hatte inzwischen ebenfalls das RAW-Gelände erreicht, doch die Verkäuferin hatte sie bei den Haaren gepackt und hielt sie fest. Jetzt konnte ich natürlich nicht mehr zurück. Ich fing Ulrikes Blick auf, grinste und zuckte mit den Schultern. In ihrem Blick flackerte Panik auf, als ihr aufging, dass ich sie allein zurücklassen würde. Ich rannte die verschneiten Gleise entlang. Meine Füße trommelten zwischen den Schienen auf den Boden, weg, nur weg.

»Du bist eine Scheißfreundin! Ich rede nie wieder ein Wort mit dir!«

Das sagte Ulrike an jenem Abend zu mir, nachdem sie in die Schule zurückgekehrt war.

»Ich musste deinen Ring bezahlen. Zum Glück hatte ich Geld dabei, sonst hätte sie die Polizei gerufen. Und meine Mutter benachrichtigt.«

Sie war stinksauer, marschierte in meinem Zimmer im Kreis

herum. Wenn sie die Wände hochgegangen wäre und von der Zimmerdecke Gift und Galle auf mich gespuckt hätte, es hätte mich nicht gewundert. Ich lag auf dem Bett und sah ihr zu, darum bemüht, nicht zu lachen. Es gelang mir mehr schlecht als recht.

»Findest du das etwa witzig? Ist das alles nur ein großer Spaß für dich? Weißt du, was du bist? Eine verzogene Göre, die denkt, sie könnte sich alles nehmen, worauf sie Bock hat. Ach, meine Mama ist nicht da, um mir den Ring zu kaufen? Dann soll ihn eben die dämliche Ulrike bezahlen!«

»He!« Ich sprang vom Bett auf. »So redest du nicht mit mir, verstanden? Glaub ja nicht, dass du mich kennst. Glaub ja nicht, dass du alles über mich weißt. Du hast keine Ahnung, wer ich bin, hast nicht die geringste Vorstellung davon, was ich durchmachen musste. Komm also bloß nicht auf die Idee, mich verurteilen zu wollen!«

Sie verzog das Gesicht und setzte sich mit verschränkten Armen aufs Bett. Ihre Augen, die riesig wirkten hinter den dicken Brillengläsern, füllten sich mit Tränen. Ich schnalzte mit der Zunge.

»Komm schon, Ike, sei nicht sauer. Ich dachte, ein kleiner Ladendiebstahl könnte ganz witzig werden.«

Der Ring war stummer Zeuge unseres Streits, er lag auf dem Schreibtisch. Ich nahm ihn zwischen die Finger und hängte ihn auf eine der Stecknadeln an meiner Pinnwand.

»Siehst du? Ich ziehe ihn erst an, wenn du mir die Erlaubnis dazu gibst. Verzeih mir, bitte.«

Sie starrte für ein paar Sekunden auf den Ring. Ich spürte ihr Lächeln schon, bevor es sich auf ihrem Gesicht andeutete.

»Verziehen.«

Ich brach in Gelächter aus. Ike stimmte nach kurzem Zögern mit ein.

»Mich einfach so da stehen zu lassen!«, sagte sie mit einem

halb amüsierten, halb entrüsteten Schnauben. »Wer macht denn so was?«

Ich legte mich neben sie. Zusammen betrachteten wir die nichtexistenten Sterne an meiner Zimmerdecke.

»Bei mir war es auch das erste Mal, dass ich so was gemacht habe«, gestand ich ihr. »Ich hab mich noch nie so ... keine Ahnung, so ...«

»Lebendig gefühlt?«

Ich sah ihr in die Augen. Lebendig, genau. Während ich mit brennender Lunge die verschneiten Gleise entlanggerannt war, hatte ich mich lebendig gefühlt. Daran denke ich nun zurück, als meine nackten, blutigen Füße erneut zu rennen beginnen.

Ich habe nur noch vage Erinnerungen an das, was passierte, nachdem ich mir den Zahn ausgerissen hatte. Das meiste ist weg, ein schwarzes Loch. Vermutlich hat sich mein Verstand so vor dem Grauen geschützt. Es gibt aufblitzende Szenen, verdrängte Bilder, verzerrte Geräusche, abgewürgte Gerüche. Da ist zunächst das schreckliche Gefühl, als der Zahn endlich aus meinem Zahnfleisch glitt, dann der verblüffende Moment, als der Schmerz für kurze Zeit nachließ. Und plötzlich die Gewissheit, nicht allein zu sein. Es war noch jemand in meinem Zimmer. Es waren drei, drei Gestalten, die sich wie gierige Geier auf mich stürzten. Sie hielten mich fest, und alles wurde dunkel. Dann begannen die wahren Schmerzen, so heftig, dass mein Bewusstsein sich in sich selbst zurückzog und meine Welt sich in einen schwarzen Trichter verwandelte, der mich aufsaugte, bis ich verschwunden war. Ich sage Schmerzen, aber das trifft es nicht ganz, denn sie wurden begleitet von ihren steinernen Gästen, der Angst und dem Kummer. Irgendwann hörte ich auf, mich zu fragen, ob ich in der Hölle war. Ich nehme an, das ist der Moment, in dem sich die Höllentore öffnen: wenn dir keine Zweifel mehr bleiben.

Und dann stellte ich mit einem Mal fest, dass ich rannte. Ich rannte und rannte, meine Fußsohlen trommelten gegen ein schwarzes Nichts. Der Impuls zu rennen, zu entfliehen lastete auf mir wie eine schwere, mit Benzin getränkte Decke. Unmöglich, zu verstehen, wo ich war, was passiert war, was passieren würde. Ein Übergangszustand, ein Schwindelgefühl, die Ränder meines Sichtfelds bogen sich nach innen, breiteten sich wieder aus. Ich fiel zu Boden, auf die Knie, obwohl ich wusste, dass der Grund, aus dem ich rannte, noch immer hinter mir war.

Ich hob die Hände und sah, dass sie blutig waren, an meinen Fingerkuppen klebten braune Krusten. Hinter meinen Fingern erahnte ich eine Silhouette. Ich saß auf dem Boden, zwischen Resten meines eigenen Bluts, in einem sehr kleinen Zimmer. Die Silhouette wurde deutlicher. Vor mir hing der Körper eines jungen Mannes. Ein Springseil, verschlissen und abgenutzt, war um seinen Hals geschlungen, das andere Ende um eine Klimmzugstange geknotet. Diese Stange war an einem Fenster befestigt, hinter dem vollkommene Dunkelheit herrschte. Was mich dazu brachte zu schreien, waren nicht die weit aufgerissenen Augen des jungen Mannes, die blutverschmierte Zunge, die zwischen seinen vom Todeskampf verzerrten Lippen hing, auch nicht der in einem albtraumhaften Winkel abgeknickte Hals. Was mich zum Schreien brachte, war die Tatsache, dass diesem Mann, wer auch immer er war, ein Zahn fehlte. Ich schrie aus vollem Hals und merkte erst da, dass mit meinem Gesicht etwas nicht stimmte.

Ich berührte es mit den Händen, und meine Finger durchwanderten eine völlig fremde Landschaft, ein lederartiges Auf und Ab, das ich nicht einordnen konnte. Wenn ich doch nur mehr Zeit gehabt hätte, meine Entdeckung zu verdauen, aber die blieb mir nicht.

Die Fensterscheibe hinter dem Erhängten zersplitterte. Inmitten der Finsternis auf der anderen Seite zeichnete sich eine gewaltige graue Silhouette ab, eine Masse fettigen Fleisches, die es schaffte, einen Arm in das Zimmerchen hineinzuschieben. Eine Hand, groß wie ein Jagdhund und mit schwarzen Fingernägeln, begann, im Inneren herumzutasten. Es war kein Laut zu hören, nicht einmal ein Atemzug, doch ich wusste sofort, dass die Hand mich suchte. Ich sprang auf und hechtete zur Tür der Kammer. Sie ging auf einen Flur, von dem die Nacht Besitz ergriffen hatte. Ich drang in sie ein, und sie trug mich fort, fort von dem Zimmer und der grauen Masse. Anders kann ich es nicht erklären. Plötzlich rannten meine nackten Füße Bahngleise entlang, die mit frisch gefallenem Schnee bedeckt waren. Ich war im Freien. Die Nacht hatte mich fortgeholt und an den Ort gebracht, an dem ich damals mit Ulrike vor der Verkäuferin geflüchtet war. Und jetzt floh ich wieder. Irgendwann strauchelte ich und fiel der Länge nach hin. Der Boden bereitete mir einen eisigen Empfang, verabreichte den unzähligen klaffenden Mündern auf meiner Haut weiße Küsse.

Die Scheinwerfer einer S-Bahn blendeten mich. Sie tauchte vor mir auf wie der Tod, unvermittelt, ohne sich anzukündigen. Ich bedeckte meinen Kopf mit den Armen, als könnte ich mich dadurch schützen. Gleißendes Licht, ein schriller Warnton, Luftwirbel, die mich fortrissen. Wieder war es die Nacht, die mich rettete und von den Gleisen holte, um mich an einen noch schlimmeren Ort zu bringen.

Ich befand mich in einem gekachelten, klinisch sauberen Saal, in dem in Schränkchen mit Glastüren verschiedene chirurgische Instrumente lagen. Die Luft war kalt und roch nach Desinfektionsmitteln, und es war dunkel bis auf die Lichter über den Notausgängen. Ich erkannte den Ort, obwohl ich ihn noch nie zuvor gesehen hatte: Es war ein Leichenschauhaus. So blutbesudelt ich selbst war, so makellos rein war alles in diesem Saal. Meine Finger legten sich auf einen Schalter, ohne Abdrücke zu hinterlassen, und das aufflammende Licht fiel auf Tragbahren, auf denen in Säcken verschlossene Leichen in verschiedenen Stadien der Zersetzung ruhten. Ihnen gegenüber erhob sich eine Wand aus senkrechten metallenen Schubfächern. Eins davon rief nach mir, unmissverständlich. Meine Hand griff nach dem herausstehenden Ende einer Platte und zog daran.

Auf der Platte lag ich.

Ich betrachtete meinen eigenen Leichnam. Er ruhte in seiner metallenen Grabnische, ausgeblutet, leer. Ich sah die offenen Wunden auf meiner Haut, zeichnete die Spuren eines Schmerzes nach, an den zu erinnern mein Verstand sich weigerte und der trotzdem in ihn eingebrannt war. Meine Hand näherte sich dem gesichtslosen Kopf der Leiche, hielt jedoch einige Zentimeter davor inne. Ich traute mich nicht, ihn zu berühren – *mich* zu berühren –, war unsicher, was ich vielleicht zerstören würde, welche Ecken der Realität splittern würden, wenn ich mich selbst anfasste. Ich war zwei in einer, diejenige, die vernichtet wurde, und diejenige, die zurückgekehrt war. Meine Finger mit den ausgerissenen Nägeln schwebten wie ein gefolterter Schmetterling über meinem zweiten Ich. Ich sah, dass mein Gebiss intakt war, bis auf einen fehlenden Zahn.

Nachdem ich benommen zurückgewichen war, tastete ich mich zur Wand vor, löschte das Licht. Ich befahl der Nacht, mich noch einmal mit sich fortzutragen, und die Nacht gehorchte mir.

Die Hitze der übermäßig aufgedrehten Heizung schnürte mir die Luft ab. Mir drang die vertraute Mischung aus Körpergerüchen in die Nase, die mich seit fast zwei Jahren begleitete. Ich war in meinem Zimmer im St.-Marien-Internat. Auf dem Bett saß eine einsame Gestalt. Es war meine Mutter.

Sie hatte meine Sachen weggepackt, die offenen Türen meines Kleiderschranks offenbarten ein dunkles Nichts. Auf der Pinnwand waren nur noch die Stecknadeln zurückgeblieben, mit denen meine Fotos, der Stadtplan von Rom und der Ring befestigt gewesen waren – der Ring, den Ulrike bezahlt hatte und den ich nie angezogen hatte. Alle meine Erinnerungen passten in einen nicht besonders großen Koffer, der neben der Heizung an der Wand lehnte. Meine Mutter saß da, zerknitterte das Laken auf jenem Bett, auf dem der Abdruck ihres Körpers den meinen ausradiert hatte. Das Licht der Schreibtischleuchte, der einzigen eingeschalteten Lampe, zeichnete Schatten in ihr Gesicht. Sie trug den verschlissenen Pyjama, den ich ihr vor sechs Jahren zu Weihnachten geschenkt hatte. Was für ein grausamer Scherz, sie einzuladen, im Internat zu übernachten, und ihr dann ausgerechnet das Zimmer ihrer toten Tochter zuzuweisen.

Sie tat nichts, beschränkte sich darauf, durchs Fenster in die Nacht hinauszustarren und stumm vor sich hin zu weinen. Dabei unterdrückte sie Schluchzer, die ohnehin niemand gehört hätte, vielleicht aus einem Schamgefühl heraus, das sie schon länger als ihr halbes Leben begleitete. Ich wollte zu ihr gehen, ihr sagen, ich bin hier, ihr sagen, ich bin es, ich bin wieder da. Als ich einen Schritt nach vorn machte, erhaschte ich einen Blick auf mein Spiegelbild im Fenster. Das bin ich jetzt: eine Geistererscheinung in der Fensterscheibe, ein Monster. Auch meine Mutter sah mein Spiegelbild, zumindest las ich es an ihren sich weitenden Augen ab, ihren sich zusammenkrampfenden Händen, ihrem ruckartig in meine Richtung herumschwenkenden Kopf.

Nein. Ich traute mich nicht, ihr gegenüberzutreten. Also befahl ich der Nacht, mich wieder mit sich fortzutragen, und die Nacht gehorchte mir. Jetzt bin ich hier.

Ich schleppe mich zur Wand gegenüber der Tür, schlinge die Arme um die Knie und warte. Es dauert nicht lange, bis sie kommt. Sie steckt den Schlüssel ins Schloss, geht durch die Tür, hängt ihre Jacke auf. In diesem Moment erreicht sie der Gestank, den ich vermutlich ausströme. Mit der Behändigkeit einer Tarantel schießt ihre Hand Richtung Lichtschalter, aber sie kommt nicht dazu, ihn zu betätigen.

»Ulrike«, sage ich zu ihr. »Ich bin zurückgekommen.«

Und Ulrike schreit.

»Erinnerst du dich an irgendwas?«

»Nein.«

Das ist gelogen, ich erinnere mich an den Geruch meines eigenen Bluts und meiner Exkremente, an das Jucken des Urins, der an meinen Beinen trocknete. Auch an die Demütigung und den unendlichen Kummer, den ich empfand, als ich verstand, dass mir das Schlimmste passierte, was mir hätte passieren können. An den Schrecken, mit dem ich mich fragte, was sie mir wohl als Nächstes antun würden, die Bestürzung, mit der ich sah, wie sie meinen Körper aufschlitzten. Ulrike verrate ich nichts davon, ich will ihre Träume nicht in Albträume verwandeln.

»Und du weißt auch nicht mehr, wie du zurückgekommen bist?«

Ich würde ihr gern von den Augen des erhängten Mannes erzählen, von meinen roten Fußspuren auf den Bahngleisen, von der Umarmung der Nacht, von meiner Mutter und von meinem Kadaver in der Leichenhalle. Es ist schwer, ohne Lippen zu sprechen, also schweige ich lieber, was Ulrikes nächste Frage nur beschleunigt. Bestimmt brennt sie ihr schon die ganze Zeit auf der Zunge:

»Wie ist so was möglich?«

»Ich weiß es nicht.«

Ich wüsste es zu gern, aber ich weiß nur eins: dass ich jetzt hier bin. Ulrike hat sich inzwischen aufs Bett gesetzt und umschlingt ebenfalls die Knie mit ihren Armen, wobei sie sich eng an die Wand drückt. Sie hat Angst vor mir, verständlicherweise. Es ist unmöglich, keine Angst vor mir zu haben. Ich sehe mich selbst in ihrem Gesichtsausdruck, meine freiliegenden Zähne, die halb durchtrennten Muskeln, die fehlende Nase, die fehlenden Lippen. Es ist schrecklich, kein Gesicht zu haben, aber man gewöhnt sich daran. Hoffentlich gewöhnt sich auch Ulrike irgendwann an mein neues Aussehen. Immerhin sitzt sie mit mir in einem Zimmer, hat nicht nach Hilfe gerufen, hat kein zweites Mal geschrien, auch wenn sie sich hartnäckig weigert, mir direkt ins Gesicht zu sehen. Stattdessen starrt sie auf einen unbestimmten Punkt neben meiner rechten Schulter, und so wird es wohl noch eine ganze Weile bleiben.

»Ich dachte erst, du würdest dir das alles ausdenken«, sagt sie, und in ihrer Stimme schwingt etwas mit, das ich nicht benennen kann. »Ich dachte, das wäre nur wieder eins deiner Spielchen – dieses ganze Gerede vom König, die Botschaften aus dem Feuer. Deshalb war ich so sauer, als du plötzlich aus dem Loch spaziert bist, und habe versucht, dich aufzuhalten.«

Danke, könnte ich zu ihr sagen. Aber wozu?

»Dass alles wahr ist ... damit hätte ich nie gerechnet. Auch nicht mit ... dem hier.«

Sie sagt es halb ehrfürchtig, halb angewidert. Offenbar meint sie mich, diese Geistererscheinung in ihrem Zimmer, dieses Monster unter ihrem Fenster.

»Hast du wenigstens erreicht, was du dir vorgenommen hattest?«

Eine gute Frage. Die Antwort ist weniger gut. Statt sie auszusprechen, schüttle ich leicht den Kopf, wodurch Ulrike gezwungen ist, mich anzusehen. Sie wendet sofort wieder den Blick ab. Vielleicht sollte ich verschwinden, aber ich habe keinen Ort, wo ich hinkönnte.

»Entschuldige. Es ist nicht leicht, ich weiß.«

»Nein, es ist nicht leicht.«

Ohne Lippen, die sie formen, klingen meine Worte so zerstückelt, wie ich es bin, so unvollständig wie mein Körper. Ulrike scheint mich dennoch zu verstehen, sie gibt sich zumindest Mühe, diesen Eindruck zu erwecken.

»Ich dachte die ganze Zeit, du würdest noch leben. Hättest dich versteckt oder so. Als sie dann deine Leiche in dieser Lagerhalle fanden ...«

»Welcher Lagerhalle?«

»Einer Lagerhalle in Tempelhof. Dort wurdest du vor zwei Tagen gefunden. Es kam in den Nachrichten, deine Leiche war dort.«

Meine Leiche war dort. Der Kadaver, der jetzt im Leichenschauhaus liegt, ist also in einer Lagerhalle zurückgeblieben, während ich an einen anderen Ort geflohen bin. Ich stehe auf. Ulrike zuckt zusammen. Sie wird noch lange brauchen, um sich an meinen Anblick zu gewöhnen. Falls es überhaupt je dazu kommt.

»Ich muss dorthin.«

»In die Lagerhalle? Warum?«

»Weil in ihr etwas Wichtiges passiert ist.«

Ja, dort ist etwas Wichtiges passiert. An irgendeinem Punkt meiner Qualen wurde ich aus meinem Körper gerissen und in den Raucherbereich gebracht. In der Lagerhalle blieb nur eine leere Hülle zurück. Ich muss den Ort sehen.

»Dort ist nichts, Rebecca.«

Ich schüttle den Kopf.

»Du musst ja nicht mitkommen, wenn du nicht willst.«

Ich weiß, dass sie nicht will. Ikes Blick flüchtet sich in die dunkelsten Ecken des Zimmers, nur damit er nicht auf meinen trifft. Schließlich sagt sie:

»Wenn du raus auf die Straße willst, musst du dir was überziehen.«

317

Sie durchsucht ihren Kleiderschrank und wirft mir eine gelbe Jacke mit Kapuze zu. Für einen kurzen Moment bin ich gerührt, empfinde Zärtlichkeit für dieses Mädchen, dem ich eines Abends vor vielen Monaten all meine Geheimnisse anvertraut habe, dieses Mädchen, das einwilligte, mir zu helfen, so gut es konnte. Ich schlüpfe in die Jacke. Ulrike ist kleiner als ich, die Ärmel enden ein paar Zentimeter über meinen Handgelenken, aber es ist besser als nichts. Ich setze mir die Kapuze auf. Obwohl ihr Schatten nicht mein ganzes Gesicht verdeckt, verrät mir Ikes Gesichtsausdruck, dass sie es zu schätzen weiß. Jetzt wird es sie nicht mehr ganz so viel Überwindung kosten, in meine Richtung zu blicken.

Als sie schon auf dem Weg zur Zimmertür ist, halte ich sie zurück.

»Vorher will ich aber noch woandershin.«

Ulrike dreht sich zu mir um.

»Woanders?«

Die Kapelle liegt im Dunkeln. Ich brauche kein Licht, um sehen zu können, das wird mir jetzt bewusst. Trotzdem schalte ich eine der künstlichen Kerzen ein, deren gedämpftes Licht den tiefschwarzen Schatten unter meiner Kapuze betont und mit den Linien in Ikes verängstigtem Gesicht spielt. Es ist tiefschwarze Nacht, immer ist es tiefschwarze Nacht, draußen wie drinnen. Wir müssen dennoch vorsichtig sein. Ich mag gar nicht darüber nachdenken, was passieren würde, wenn uns jemand hier drinnen erwischen würde, wenn plötzlich Mutter Raffaela in die Kapelle platzen, nach meiner Kapuze greifen und sie mir vom Kopf reißen würde.

Ich nähere mich dem Altar und setze mich auf die vorderste Bank. Das Kreuz verschwimmt vor meinen Augen, ich fokussiere einen Punkt dahinter. Das leidende Gesicht der Jungfrau Maria blickt unter ihrem vergoldeten Umhang auf mich herab, in den

Händen hält sie ein von sieben Dolchen durchstoßenes Herz. Ich greife mir ans Dekolleté, eine unwillkürliche Geste, aus alter Gewohnheit. Die Kette mit dem halben Herzen hängt noch um meinen Hals, was mir bisher nicht aufgefallen war. Meine Finger mit den verschorften Kuppen streicheln es abwesend, während ich weiter zur Marienfigur hinaufblicke. *Was bin ich?*, frage ich mich und sie. *Wer bin ich? Warum gehorcht mir die Nacht, was ist im Raucherbereich passiert, warum bin ich diesem Ort wieder entkommen? Wer war dieser erhängte Mann, wer die drei Gestalten, die mich gefoltert haben? Hilf mir, Mutter!*

Schweigen. Ich möchte die Augen schließen, aber in der Schwärze hinter meinen Augenlidern sind auch keine Antworten zu finden. Ich bin Rebecca, oder die Erinnerung an Rebecca, ihr Schatten. Vielleicht bin ich ein Geist. Ich habe es noch nicht gewagt, Ike anzufassen, es würde sie erschrecken, glaube ich. Andererseits: Ich trage ihre gelbe Jacke, stecke in einem Körper, so verunstaltet er auch ist. *Was bin ich, wer bin ich? Mutter, hilf mir!*

Hilf mir, verdammt noch mal!

Schweigen.

»Gehen wir.«

»Es wird nicht leicht werden, aus dem Schulgebäude zu kommen. Der neue Pförtner ist zwar nett, aber ich weiß nicht, ob er mir heute noch mal hilft.«

»Der neue Pförtner?«

Ike erzählt mir, dass Frau Lenski entlassen und ersetzt wurde. Die Heilige Jungfrau lauscht ihrer Erklärung im Lichtschein der einzigen brennenden Kerze, die gar keine echte ist. Sie wird von einer kleinen Glühbirne beleuchtet, ist nur noch der Schatten einer Kerze, der Geist. Genau wie ich. Arme Frau Lenski, und ich bin schuld. Sie ist dem Krieg zum Opfer gefallen, den ich mir vorgenommen habe zu führen, ohne dass es jemand von mir verlangt hätte.

»Wir müssen gar nicht zur Tür hinaus.«

»Ach nein?«

Ich nehme Ulrike bei den Handgelenken. Genau wie erwartet, versucht sie, sich von mir zu lösen. Ich halte sie fest.

»Nein!«

Die Nacht umschließt uns, oder vielmehr umschließt sie mich. Ich spüre bei Ulrike eine Beklemmung, die mir selbst inzwischen fremd ist. Durch meine Berührung nimmt die Nacht auch meine Freundin in sich auf, und als sie uns wieder aus ihrem Griff entlässt, befinden wir uns vor dem Tor zu einem Industriegelände in Tempelhof.

Hier wurde ich also ermordet.

Das Polizeiabsperrband, das eigentlich das Tor abriegeln sollte, hängt schlaff herunter wie eine durchtrennte Sehne. Der Schnee fällt träge vom Himmel, als hätte er es nicht eilig, auf das Streugut zu treffen, das jeden Tag auf die Gehwege geschaufelt wird, damit die Leute nicht ausrutschen. Es gibt hier nur wenige funktionierende Straßenlaternen, aber sie genügen, um Schatten auf die Lagergebäude jenseits des Tors zu werfen. Ulrike schaudert, und ich glaube, es müsste mir eigentlich genauso gehen. Obwohl kein Lüftchen weht, ist die Kälte schneidend. Eine Masse aus dunklen Backsteinen erhebt sich vor uns, blinde Fenster, teilweise eingeworfen, Zahnstummel aus gezacktem Glas. Der ausgefranste, schmutzige Rahmen einer ausgehängten Tür, die ins tiefschwarze Innere des Gebäudes führt. Sogar hier draußen, in dieser alles betäubenden Kälte, lässt sich ein Geruch wahrnehmen. Es ist kein guter Geruch.

Ike will nicht hinein in diesen Schlund.

»Dann bleib hier.«

»Na klar, wir trennen uns. Das geht immer gut aus.«

Sie hat recht. Ich berühre erneut die Herzhälfte, die ich um den Hals trage, das Einzige, was sie mir nicht entrissen haben, warum auch immer. Dann gehe ich auf die letzte Tür zu, die ich lebend durchquert habe. Und Ulrike folgt mir.

Die Kälte von draußen hat sich auch in der Halle häuslich eingerichtet. Freiliegende Dachträger, hochgedrückte Bodenbretter, gekrümmte Eisenteile, die mal zu wer weiß welchem Mobiliar gehört haben, Schmierereien an den Wänden. Und der Haken.

Ich bleibe wie angewurzelt stehen. Dort ist er, er hängt an einer doppelt um einen Dachbalken geschlungenen Kette. Ich weiß nicht, warum ihn die Polizei nicht mitgenommen hat. Er ist mit einer zähen, klebrigen Masse bedeckt: getrocknetem Blut. Meine verkrusteten Finger schießen zu meinem Kiefer. Sie ertasten das Loch, das der Haken gebohrt hat. Es wird immer dort sein. Ulrike zieht die Nase hoch. Ich nähere mich langsam dem Haken, bis hinter mir plötzlich ein helles Licht aufleuchtet und ich erschrocken herumfahre. Es ist nur Ulrike, die die Taschenlampe ihres Handys eingeschaltet hat. Ihr Lichtstrahl trifft mich mitten ins Gesicht, was dazu führt, dass meine Freundin zurückweicht, noch verängstigter als vorher, falls das überhaupt möglich ist.

Auf dem Boden liegt Bauschutt herum, faulige Holzstücke in jeder vorstellbaren Größe, Plastikbierflaschen, zerdrückte Dosen, hier und da eine zertrampelte Spritze. Der Bereich um den Haken ist hingegen sauber, so sauber, dass es kein Zufall sein kann. Offenbar haben sie die Junkie-Überreste von dem Ort entfernt, an dem sie mich töten wollten, als ob es einen Unterschied machen würde, wenn sich meine Wunden durch den Dreck infizierten. In meinem Kopf blitzen rötlich gefärbte Bilder auf, glühende Erinnerungen, die ich lieber schnell unterdrücke. Sie waren zu dritt, das konnte ich hinter dem Schleier aus Blut, das mir über die Augen floss, erkennen. Gedrungene, kompakte Gestalten mit präzisen Bewegungen. Zwei von ihnen über mir, um zu schneiden, aufzuschlitzen, in den Wunden herumzustochern. Eine der Gestalten trug eine schwarze Tunika. Die dritte hielt sich ein wenig abseits, beobachtete uns von ihrem Standort neben den Instrumenten – was für ein schreckliches, steriles Wort für scharfe Gegenstände, die so viel Schmerz verursachen.

»Sieht aus, als hätten sie den Boden freigeräumt, bevor sie ...«

Ulrike schafft es nicht weiterzusprechen, sie wendet das Handy von dem Ort ab, an dem der Haken baumelt. Der Lichtstrahl der Taschenlampe beleuchtet die kaputten Fenster, die Dachträger, die sich über unseren Köpfen kreuzen, die vergitterte Hebebühne hoch oben an der Decke.

»Tut mir leid, dass du das hier sehen musst.«

»Kein Problem.«

Ihre Antwort könnte nicht unzutreffender sein. Ulrike hat vor Kälte blaue Lippen, ihre Nase tropft, und ihre Augen hinter den dicken Brillengläsern ähneln denen eines verschreckten Lemuren. Ich will gerade zu ihr sagen, dass sie recht hatte, dass hier wirklich nichts ist und wir gehen können, als wir plötzlich ein Geräusch hören.

Man glaubt nie an das Übernatürliche, bis mitten in der Nacht der erste Teller herunterfällt, ist skeptisch, bis man einen sich bewegenden Schatten sieht, der nicht da sein dürfte, wirft erst dann jede Vernunft über Bord, wenn die Katze nervös eine leere Zimmerecke anfaucht. Genauso geht es Ulrike und mir in diesem Augenblick. Wir hören ein vages, unbestimmtes Geräusch am anderen Ende der Lagerhalle und kommen beide zum gleichen Schluss: Irgendjemand, irgendetwas ist gekommen, um uns zu holen.

»Rebecca.«

Die Angst färbt Ulrikes Stimme. Ihre Arme hängen schlaff herunter, die Taschenlampe beleuchtet ihre Schuhe. Sie starrt geradeaus, als würde ein Erschießungskommando auf uns zumarschieren. Jetzt sehe ich es auch: Am gegenüberliegenden

Ende der Lagerhalle, so weit weg, dass wir es in der Dunkelheit eigentlich gar nicht sehen dürften, öffnet sich an einer mit Graffiti vollgeschmierten Wand ein Tunnel. Er verbreitert sich weiter, während wir ihn betrachten. Eigentlich ist es weniger ein Tunnel als ein Knick, eine Falte, die an der Wand entsteht und einen Korridor bildet, der nicht schwarz ist, sondern grau, einen Korridor, der das wenige Licht in der Halle einzusaugen scheint, um ein Negativ daraus entstehen zu lassen, einen alten Holzschnitt. Durch diesen immer tiefer werdenden Korridor dringt das Geräusch zu uns.

Durch diesen immer tiefer werdenden Korridor nähert sich etwas.

Wir sehen es beide gleichzeitig: Es ist eine wuchtige Gestalt, die wie blind auf uns zu wankt. Sie ist nackt. Ein verschwitzter Flaum bedeckt ihre Schultern, ihre Arme, ihren Bauch, in den ein Kind im Vorschulalter passen würde, den schroffen Spalt zwischen ihren von Krampfadern überzogenen Beinen, die Hand, in der sie ein Sägemesser hält. Aus ihrer Haut steigt eine Art zäher Rauch auf, der in der Luft die irrwitzigsten Formen bildet.

Wenn das doch nur alles gewesen wäre, wenn es doch nur bei diesem abstoßenden Monster geblieben wäre, aber es kommt noch viel schlimmer. Fünf schwankende Schritte später erkennen wir es: Das Monster bin ich, es hat mein Gesicht. Die Gestalt hat sich mein abgetrenntes Gesicht aufgesetzt, trägt es wie eine Maske. Von meinen Augen, meinem Mund, meiner Nase steigt der gleiche eigenartige Rauch auf.

»Weg hier.«

Was macht es für einen Unterschied, ob Ulrike es sagt oder ich. Was macht es für einen Unterschied, dass die Stimme dabei zittert. Wir wollen die Flucht ergreifen, doch eine diffuse Angst verwurzelt uns im Boden. Wir können uns nicht bewegen. Das Monster kommt näher.

»Wer ... was ist das?«, stammelt Ulrike.

Diese Frage reißt mich aus meiner Starre. Plötzlich wird mir bewusst, wo ich bin, wo Ulrike ist, und vor allem: wo dieses albtraumhafte Wesen ist. Ich packe Ike beim Arm und gehe rückwärts. Die Gestalt, die mein Gesicht trägt, scheint es nicht im Geringsten eilig zu haben, sie rückt im gleichen Rhythmus vor, wie wir zurückweichen. Wenn wir uns jetzt umdrehen und ihr den Rücken zuwenden, um davonzurennen, wird sie uns schnappen, das weiß ich. Die Lagerhalle scheint größer geworden zu sein, die Eingangstür liegt in kilometerweiter Ferne.

Das Monster rückt immer näher. Tropfen einer sperma-ähnlichen, parasitenverseuchten Flüssigkeit laufen ihm über die Oberschenkel. Es hebt den Arm hoch über den Kopf und schlägt mit der Faust gegen eine Säule. Die ganze Welt erzittert. Ulrike kreischt, und ihr Kreischen weckt den Schrei des Monsters. Es stößt einen gespaltenen Laut aus, kehlig und gleichzeitig schrill, ein zerlegtes Brüllen, das den Bauschutt erbeben lässt und das Ungeziefer in den Ecken aufscheucht. Wir bewegen uns dennoch weiter, genau wie unser Verfolger. Noch ein Fausthieb, diesmal gegen eine Wand, an der sich ein Netz aus feinen Rissen bildet. Ich wage es, einen flüchtigen Blick über die Schulter zu werfen: Die Tür ist inzwischen fast in Reichweite. Aber der Blick war ein Fehler, das merke ich, als ich wieder nach vorn sehe: Das Wesen, das mein Gesicht trägt, ist bei uns angekommen und streckt die Hand nach mir aus. In diesem Moment richtet Ulrike – was würde ich ohne sie tun? – die Taschenlampe direkt auf sein Gesicht. Wir sehen beide klar und deutlich meine abgetrennten Gesichtszüge, begraben unter getrocknetem Blut, Schorf und Ungeziefer. Die Kreatur stößt erneut einen gellenden Schrei aus, der die ganze Welt erschüttert, und weicht zurück. Ich glaube nicht, dass das Licht der Taschenlampe ihr Schmerzen zugefügt hat, es hat sie wohl nur überrascht. Doch der kurze Moment genügt uns, um zur Tür zu gelangen. Ich umfasse Ulrikes Taille und werfe mich durch die Öffnung nach draußen.

Wir prallen auf einen Teppich aus Schnee, der längst nicht so weich ist, wie er aussieht, rollen weiter, ziehen uns mit den Armen voran, kriechen weg, so weit wir können. Die Kälte schließt sich wie Fußeisen um unsere Gliedmaßen. Zwischen Ulrikes Lippen quellen Atemwolken hervor, die an eine Dampflokomotive erinnern. Uns beleuchtet das schräge Licht einer Straßenlaterne. Erst jetzt wagen wir es, den Blick zu heben.

Das Monster ist in der Türöffnung der Lagerhalle stehen geblieben, umgeben von jener grauen Rauchwolke, die aussieht, als hätte sie Reißzähne, die gierig nach uns schnappen. Es steht unbeweglich da, aber wir wissen, dass es uns ansieht. Langsam und bedächtig zeigt es mir das Messer.

»Wer ist das?« Die Hysterie hat Ulrikes Stimme noch immer fest im Griff. »Warum kommt er nicht raus?«

Ich beschließe, zuerst die letzte Frage zu beantworten: »Er kommt nicht raus, weil er nicht hier ist. Er ist dort. Sein Reich ist der Raucherbereich.«

Ich höre, wie die Luft Ulrikes Lunge verlässt, wie sie außerhalb ihres Munds gefriert, spüre, dass ihre immer panischer werdenden Gedanken die wildesten Abzweigungen nehmen. Nicht mein Verschwinden, nicht meine Rückkehr, nicht mein fehlendes Gesicht – nein, erst dieses Erlebnis hat ihr klargemacht, dass alles echt ist. Der König, der Raucherbereich, die Gefahr, die Möglichkeit des Todes, die Gewissheit, dass ihm schreckliche Schmerzen vorausgehen werden. Das ist zu viel für sie. Es wäre zu viel für jeden.

Ich packe Ike beim Arm und befehle der Nacht, uns von hier fortzubringen.

Ulrike läuft schweißüberströmt in ihrem Zimmer im St.-Marien-Internat auf und ab. Ihr Puls rast, ihr zittern die Knie, die Hände, das Kinn.

»Das kann nicht sein. Unmöglich. Ich kann nicht, Rebecca. Ich kann nicht.«

Ich weiß genau, was sie mir sagen will, lasse jedoch zu, dass sie es ausspricht, dass sie es sich von der Seele redet. Mir ging es schließlich genauso. Ulrike macht dasselbe durch wie ich am Anfang. Sie ist kreidebleich, und ich glaube nicht, dass sich ihre Gesichtsfarbe in nächster Zeit wieder normalisieren wird. Heftig atmend setzt sie sich aufs Bett. Sie weigert sich immer noch, mich anzusehen.

»Das war ein Monster, oder?«

»Es war das, was auf der anderen Seite ist.«

»Im Raucherbereich.«

Ich nicke.

»Ein Diener des Königs.«

Ich nicke.

»Einer von denen, die seine Prinzessinnen foltern.«

Ich nicke ein letztes Mal und blicke aus dem Fenster. Es ist ein graues, schäbiges Berlin, das ich draußen sehe, ein Berlin, in dem irgendwo eine Kreatur mit einem Sägemesser in der Hand lauert. Mit diesem Wissen wäre wohl jeder überfordert.

»Und was machen wir jetzt?«, fragt Ulrike.

»Wir werden jemanden um Hilfe bitten.«

»Und wen?«

In ihrer Stimme liegt eine unschuldige Verwirrung, die in mir eine unerklärliche Zärtlichkeit für sie wachruft. Ihr hellblondes, fast farbloses Haar klebt ihr in zerzausten Strähnen an den Schläfen, und ihre spitze Nase läuft immer noch. Meine Ike.

»Die Person, die mich auf die Fährte des Königs gebracht hat.«

»Und wer ist das?«

Ich sage es ihr. Ulrike sieht mich ungläubig an. Dann fällt ihr ein, was sich unter der gelben Kapuze verbirgt, die immer noch meinen Kopf bedeckt, und sie wendet rasch wieder den Blick ab.

»Weißt du, dass ich nach deinem Verschwinden jede Nacht unterwegs war?« Sie schiebt sich die Brille hoch, die ihr immer wieder die Nase hinunterrutscht. Sie ist noch störrischer als Ike selbst. »Jede einzelne Nacht. Ich war in sämtlichen Clubs, in die wir beide zusammen gegangen sind, weil ich gehofft habe, dich irgendwo zu entdecken. Ich war mir sicher, dass alles nur ein dummer Scherz war. Irgendwann bin ich sogar einem der Polizisten begegnet, die deinen Fall untersucht haben.«

Ich weiß nicht, was ich dazu sagen soll. Also strecke ich die Hand in ihre Richtung aus, aber Ulrike schüttelt ohne mich anzusehen den Kopf.

»Hätte ich dich bloß einfach vergessen. Oder besser noch, nie mit dir geredet, dich nie nach dieser blöden Calvin & Hobbes-Agenda gefragt.«

Ich lasse die Hand wieder sinken und drücke mich ans Fenster. Es ist kalt in Ulrikes Zimmer, oder vielleicht kommt es mir nur so vor.

»Warum hast du mich in das alles reingezogen, Rebecca? Warum konntest du mich nicht einfach in Ruhe lassen?«

Eine gute Frage. Ich könnte sie ihr beantworten, ziehe es jedoch vor, zu schweigen.

»Du bist selbst ein Monster, weißt du das? Du bist ein verdammtes Monster. Komm mir bloß nicht zu nahe!«

Sie zieht mit einem Ruck ihre Tagesdecke beiseite und legt sich vollbekleidet ins Bett. Ich frage zaghaft:

»Wo kann ich schlafen?«

»Schlaf, wo du willst. Ich werde versuchen, dich und alles, was passiert ist, zu vergessen. Wenn ich morgen aufwache, hoffe ich, dass du nicht mehr da bist. Ich will nichts mehr von dieser ganzen Sache wissen.«

Es ist die Angst, die aus ihr spricht. Wie sollte sie auch keine Angst haben, wie sollte sie auch nicht die Möglichkeit zurückweisen, dass es all diese schrecklichen Dinge wirklich gibt? Wie sollte sie nicht die Flucht ergreifen wollen, ohne auch nur einen einzigen Blick zurückzuwerfen? Ike dreht sich auf dem Bett zur Wand. Ich setze mich auf den Boden. Wir sprechen kein Wort mehr miteinander, aber schlafen können wir auch nicht.

11

Gorgone

Ich war auf dem Weg nach Hause, wie jeden Tag. Den Nachmittag hatte ich in der Unterkunft in der Anzengruberstraße
verbracht. Youyou und ich hatten entlang des Kanals einen
Spaziergang gemacht, und er hatte mir von einer Band namens
Gogol Bordello erzählt. Wir hörten uns zusammen eins ihrer
Lieder auf meinem Handy an und tanzten oben auf dem Elsensteg dazu, ein Stöpsel in meinem Ohr, einer in seinem. Eine Frau verzog das Gesicht, als sie an uns vorbeiging, sie war
bestimmt schon Mitte dreißig und wohl länger nicht mehr
richtig hergenommen worden. Das sagte ich zu Youyou, er
musste lachen. Wir küssten uns, unser erster Kuss. Sein Mund
schmeckte nach Tabak, was mir gar nicht gefiel. Aber seine Lippen waren weich, und er küsste, als wäre es ihm ein wenig peinlich, was mir wiederum sehr gut gefiel. Ich ließ zu, dass er eine
meiner Brüste berührte, nur eine. Die andere durfte er nicht
anfassen, einfach so, aus keinem bestimmten Grund. Beim
nächsten Mal dann.

An dieses nächste Mal dachte ich, als ich den Heimweg in
die St.-Marien-Schule antrat. Ich wollte gerade die Treppe zur
U7 hinuntergehen, am Bahnhof Neukölln, als mich plötzlich
jemand am Handgelenk packte. Ein Ziehen, nicht sehr fest,
aber ausreichend, damit ich mich umdrehte.

»Du suchst ihn«, sagte sie zu mir. »Was du nicht weißt, ist,
dass er dich ebenfalls sucht.«

Ein Hämmern rüttelt mich wach. Jemand klopft energisch gegen die Tür. Für einen kurzen Moment überfällt mich eine animalische Angst, die mir ins Ohr brüllt, dass sie zurückgekehrt

sind, dass sie hier sind, dass mich der Haken erwartet. Dann merke ich: Ich bin in Ulrikes Zimmer, liege vor dem Fenster, wo ich offenbar doch irgendwann eingeschlafen bin. Neben dem Bett taucht die Hand meiner Freundin auf, die herumtastet, bis sie ihr Handy gefunden hat. Sie schaltet es ein und verzieht das Gesicht, als sie das aufleuchtende Display blendet.

»Scheiße.«

Sie steht mit den erschöpften Bewegungen eines Menschen auf, der schon zu lange nicht mehr richtig geschlafen hat. Außerdem hat sie eine Nacht voller Angst hinter sich, und von Angst bekommt man einen schlimmeren Muskelkater als von Sport. Wieder klopft es an der Tür. Ulrikes Blick schießt zu mir. Ich stelle mich in den toten Winkel hinter der Tür, und sie macht auf.

»Guten Morgen.«

»Genau das wollte ich dir auch gerade wünschen: Guten Morgen! Alles in Ordnung?«

»Ich habe verschlafen. Der ... der Wecker hat zwar geklingelt, aber ich habe ihn nicht gehört. Tut mir leid.«

»Verstehe. Nach allem, was in letzter Zeit passiert ist, jagst du uns besser nicht mehr einen solchen Schrecken ein, indem du morgens nicht auftauchst.«

»Okay.«

Schweigen jenseits der Tür und Schweigen auf Ulrikes Seite. Wenn ich mich ein paar Zentimeter bewegen würde, könnte ich durch den hinteren Türspalt spähen, aber ich traue mich nicht.

»Sicher, dass alles in Ordnung ist?«

»Ja, klar.«

»Hast du in Straßenkleidung geschlafen?«

»Ich war gestern Abend todmüde.«

»Das kann ich mir vorstellen.« Und dann, nach einer kurzen Pause: »Dieses eine Mal lasse ich es durchgehen. Aber das bleibt unter uns. Unser kleines Geheimnis, ja?«

»Unser kleines Geheimnis.«

»Also, dann beeil dich jetzt. Du hast schon die erste Unterrichtsstunde versäumt.«

Ulrike macht die Tür wieder zu und dreht sich zu mir um. »Der Pförtner.«

»Ihr scheint euch gut zu verstehen.«

»Ist ein netter Kerl.« Sie hält inne und fügt hinzu: »Ich muss jetzt in den Unterricht.«

Natürlich.

»Ich warte hier, bis du fertig bist.«

Ulrike zieht sich schweigend um. Wir haben es schon hundertmal so gemacht: im Schwimmbad geduscht, in der Flüchtlingsunterkunft, in der Umkleide des Rudervereins, uns morgens hastig umgezogen, in ihrem Zimmer, in meinem. Diesmal ist es anders. Sie dreht sich in gebeugter Haltung von mir weg, als wollte sie ihren Körper nicht dem nackten Fleisch meines Gesichts aussetzen. Die Sekunden verstreichen quälend langsam. Ich würde gern zum Fenster zurückkehren und ihr den Rücken zuwenden, aber dafür müsste ich quer durchs ganze Zimmer, direkt an ihr vorbei. Ich weiß nicht, was ich machen soll, und noch viel weniger, was ich nicht machen soll.

Draußen scheint die Sonne, der erste wolkenlose Tag des gesamten bisherigen Herbstes, was allerdings bedeutet, dass es noch kälter geworden ist. Ich beschäftige mich damit, aus dem Fenster zu schauen. Eine träge Brise streicht um die Bäume im Hof, wiegt ihre schlafenden Zweige hin und her. Das Monster von heute Nacht ist irgendwo dort draußen, mit meinem Gesicht. Es lauert jetzt womöglich in einem anderen Korridor, in dem keine Farben existieren, in einer anderen Ritze der Stadt.

Ich frage mich, ob es schläft, ob es etwas tut, das auch nur annähernd einem normalen Leben gleicht.

Die Zeit in Ulrikes Zimmer kommt mir wie eingefroren vor. Zum Glück gibt es im St.-Marien-Internat keinen externen Reinigungsdienst. Um das Putzen unserer Zimmer kümmern wir Schülerinnen uns selbst, mal mehr, mal weniger erfolgreich. Ulrike hat heute Geschichte, Deutsch, Physik und ... komisch, mir fällt nicht mehr ein, was noch. Dabei habe ich sie noch bis vor wenigen Tagen in all diese Unterrichtsstunden begleitet. Inzwischen gehören sie zu einem anderen Leben, einer anderen Rebecca. Jetzt ist das hier mein Leben, ein Schattenreich.

Wie gern würde ich hinüber in mein eigenes Zimmer gehen. Die Tür aufmachen und erneut vor meiner Mutter stehen, diesmal darauf vorbereitet, sie zu sehen. Nein, lieber nicht. Keine Ahnung, was passieren würde. Würde sie in Ohnmacht fallen? Würde sie mich überhaupt erkennen?

Der Gedanke an meinen leeren Kleiderschrank und meine verwaiste Pinnwand überzeugt mich, es gar nicht erst zu versuchen. Jenes Zimmer ist nur noch ein Gespenst, das mit Rebecca nichts mehr zu tun hat. Meine Mutter soll nicht das Gleiche denken, wenn sie mich sieht.

Als Ulrike einige Stunden später ihre Zimmertür öffnet, findet sie mich unter dem Fenster auf dem Boden vor, mit aufgesetzter Kapuze. Sie stößt ein Seufzen aus, das ich nicht deuten kann. Vielleicht hat sie die Nase endgültig voll von mir, oder von sich selbst. Sie lässt ihren Rucksack mit den Schulbüchern neben der Tür stehen, kommt zu mir und setzt sich neben mich.

»Verzeihung.«

Nur ein Wort. Mehr ist nicht nötig, damit ist alles gesagt.

»Verziehen.«

Nur ein Wort. Ich wünschte, es hätte magische Kräfte und

könnte Ulrikes Worte von gestern Nacht ungeschehen machen. Die hat es nicht, aber es wird reichen müssen.

»Du musst wirklich nicht mitkommen«, stelle ich klar.

Sie schiebt sich die Brille zurecht. Ihre Haare hat sie zu einem Pferdeschwanz zurückgebunden. Die Schuluniform wird ihr allmählich zu klein. Ich überlege, ob auch ich noch zu Wachstumsschüben in der Lage bin. Ich weiß nicht das Geringste über mein neues Ich. Keine Ahnung, wer ich jetzt bin. Immerhin weiß ich, wem ich diese Frage stellen kann.

»Ich werde nicht zulassen, dass du allein gehst, Rebecca.«

Vor Erleichterung würde ich sie am liebsten umarmen.

»Dann lass uns aufbrechen.«

Am Bahnhof Neukölln herrscht wie immer geschäftige Betriebsamkeit. Die Kreuzung davor ist übersät mit Zigarettenstummeln, Capri-Sun-Verpackungen, schmutzigem Streugut, das auf noch schmutzigerem Schnee liegt. Es dämmert bereits, und die Lichtkegel der Straßenlaternen vermischen sich mit der Beleuchtung des türkischen Obst- und Gemüsestands an der Ecke Braunschweiger Straße und der grellen Leuchtreklame des Matratzenoutlets an der gegenüberliegenden Ecke. Die weißen Atemwolken der vielen Passanten, die hier zu jeder Tages- und Nachtzeit unterwegs sind, bilden einen fast schon einheitlichen Dunst, einen Nebel aus dem Inneren eines Körpers, der sich aus vielen hundert Einzelkörpern zusammensetzt.

Sie ist da. Ich sehe sie an der Treppe sitzen. Auch Ulrike sieht sie. Wen meine Freundin nicht sieht, ist die Person, die uns anstarrt, halb verborgen vom Schatten der Brücke, über die die Gleise der Ringbahn verlaufen. Vielleicht ein Drogensüchtiger, vielleicht auch etwas anderes, Gefährlicheres. Ich würde gern etwas dagegen unternehmen, weiß aber weder was noch wie.

»Wir sind da. Und jetzt?«

»Jetzt warten wir.«

Der Schneefall hat nachgelassen, vermutlich nur vorübergehend. Die Minuten gefrieren, zerschellen am noch härteren Eis der Stunden. Ulrike hüpft auf und ab, um eine Kälte zu vertreiben, die sich nicht vertreiben lässt. Ich schlage ihr vor, zum Körnerpark und wieder zurück zu laufen, damit wenigstens wieder ein bisschen Blut durch ihre Beine fließt. Ich selbst bleibe unbeweglich stehen. Ein Betrunkener bedenkt mich vom gegenüberliegenden Gehweg aus mit Flüchen, bis er merkt, dass ich ihm keine Beachtung schenke. Ulrike kommt zurück. Eine Gruppe junger Türken geht an uns vorbei, es hagelt Pfiffe und Bemerkungen, die wir nicht verstehen. Danach folgt eine Gruppe Deutscher, deren Kommentare wir sehr wohl verstehen. Nach und nach verwandelt sich der Menschenstrom in einen trägen Fluss und der Fluss in ein Rinnsal. Der Moment ist gekommen.

Sie stemmt sich mühsam vom Boden hoch. Ulrike und ich ziehen uns in die Junkie-Ecke hinter dem Obststand zurück. Wir sehen, wie sie in die Braunschweiger Straße einbiegt. Als ich den Abstand für ausreichend halte, marschiere ich los. Ike folgt mir. Wir schieben die Hände tief in die Taschen, halten die Köpfe gesenkt, eine Körperhaltung, die ausdrückt: Sprich mich nicht an, schau mich nicht an, komm mir nicht zu nahe, kümmere dich um deinen eigenen Kram, mir ist genauso kalt wie dir, und ich hab keinen Bock, mich um andere zu kümmern.

Sie biegt nach links in eine Straße ab, die das Straßenschild als Niemetzstraße ausweist. Ich habe keine Ahnung, wo wir sind, bin noch nie in diesem Teil Neuköllns gewesen. Es ist eine nichtssagende Straße, die aussieht wie tausend andere in Berlin. An ihrem Ende befindet sich ein kleiner, mit Bänken aufgehübschter Platz, auf dem zwei von Tauben und Krähen vollgekackte Tischtennisplatten stehen. Nachdem sie den Platz überquert hat, geht sie in eine Straße, die einen Bogen beschreibt. Schon bald ist sie hinter der Kurve verschwunden, und wir beschleunigen unsere Schritte. Nachdem auch wir um die Kurve gebogen sind, erblicken wir eine leere Straße.

»Wo ist sie hin?«, fragt Ike.

Ich fahre herum. Die Nacht hat mir gerade die Antwort eingeflüstert: Sie ist hinter uns. In der Hand hält sie ein Messerchen, das eher lächerlich wirkt als angsteinflößend.

»Ich weiß nicht, wer ihr seid, aber bei mir seid ihr an der falschen Adresse. Haut ab und lasst mich in Ruhe!«

Ich würde gern einen Schritt auf sie zu machen, lasse es jedoch, um sie nicht noch mehr zu erschrecken. Stattdessen ziehe ich mir die Kapuze vom Kopf. Das Messerchen fällt klappernd zu Boden.

»Rebecca.«

»Hallo, Babsi«, sage ich. »Ich bin zurückgekommen. Und ich habe viele Fragen.«

»Lasst den Bären in Ruhe.«

Ulrike hebt fragend eine Augenbraue. Ich erkläre es ihr lieber nicht. Babsi hat sich auf einen der Sessel in ihrem Bretterverschlag gesetzt. Wir sind umgeben von toten Mädchen und Frauen, vergewaltigt und ermordet. Die Wände dieses Ortes sind tapeziert mit einem Leid, das sich durch Raum und Zeit erstreckt, einem Leid, das Berlin in einen Sumpf verwandelt, getränkt mit einer Flüssigkeit, die mich schaudern lässt.

Von ihrem Sessel aus mustert mich Babsi neugierig. Ich müsste mich allmählich an solche Blicke gewöhnen. Keine Ahnung, ob es mir je gelingen wird. Inzwischen habe ich mir die Kapuze wieder aufgezogen, und meine Stimme dringt aus jenem dunklen Loch hervor, das die Schatten der einzigen Glühbirne bilden.

»Du hast dich verändert«, sagt Babsi

»Du weißt nicht, wer ich vorher war, Babsi. Und du weißt auch nicht, wer ich jetzt bin.«

Sie hebt drohend einen ihrer schmutzigen Finger. Ich kusche sofort. Wir befinden uns hier in ihrem Zuhause, und ich weiß, wozu sie in der Lage ist. Ulrike erscheint meine Unterwürfigkeit vermutlich lächerlich, aber das liegt daran, dass sie den Bären nicht sieht.

»Beleidige mich nicht, Rebecca. Ich bin es, die dir geholfen hat, den Weg zum König zu finden.«

»Ich habe den Weg zum König nicht gefunden. Ich wurde verschleppt, wurde gefoltert auf eine Weise, die du dir nicht vorstellen kannst. Dadurch kam ich in den ...«

Meine Stimme versagt. Ich schaffe es nicht, das Wort auszusprechen. Zum ersten Mal sieht mich Ulrike mit Sorge im Blick an.

»In den Raucherbereich«, vervollständigt Babsi den Satz. »Du irrst dich, Rebecca. Du hast geglaubt, das Opfer, das du gebracht hast, würde dich zum König führen, aber es war nur ein Zwischenhalt auf deinem Weg. Um zum König zu gelangen, ist noch viel mehr Schmerz nötig. So viel, dass es jede Vorstellungskraft sprengt.«

Ich schiebe die Jackenärmel hoch, zeige ihr die Brandwunden an meinen Armen, die abgeschürfte Haut an meinen Fingerspitzen, die Beulen über den gebrochenen Knochen, die bereits dabei sind, wieder zusammenzuwachsen.

»Das nennst du einen Zwischenhalt? Ich wurde vollkommen zerstört.«

»Du wurdest verwandelt, Rebecca. Die Rebecca, die du vorher warst, ist zurückgeblieben, und weißt du auch, warum? Weil das Mädchen, das du früher warst, nur eine der Prinzessinnen des Königs hätte werden können. Eine Gefangene, ein Opfer. Und du bist nichts von alldem.«

»Was erzählt diese Verrückte da?«, fragt Ulrike. »Ich verstehe kein Wort.«

Babsi bedenkt meine Freundin mit der subtilsten Form von

Verachtung: Schweigen. Sie wendet sich an mich, und nur an mich. Für sie ist Ulrike gar nicht da.

»Du hättest sehen sollen, was ich gesehen habe, als wir uns an der U-Bahn-Treppe das erste Mal begegnet sind, Rebecca. Du warst von dichter Finsternis umgeben, ich habe sofort verstanden, dass du meine Hilfe brauchst. Und ich wusste, dass auch du den König gesehen hast. Also habe ich beschlossen, dir zu helfen und dich in die richtige Richtung zu lenken.«

»Deine Hilfe hat mich in das hier verwandelt, Babsi. Wenn du mir doch nur nie den Weg zum Feuer gezeigt hättest!«

Ulrikes Blick schießt zwischen uns hin und her, als würde sie bei einem Tennismatch zusehen.

»Sei vorsichtig mit dem, was du dir wünschst«, warnt mich Babsi. Auch wenn ich stehe und sie sitzt, ist ganz klar, wer hier die Machtposition innehat und den Ton angibt. »Du wolltest den König finden, und ich habe dir gesagt, wo du mit deiner Suche beginnen kannst.«

»Aber sie hat den König noch immer nicht gefunden!«, protestiert Ulrike.

»Weißt du noch, was ich zu dir gesagt habe, Rebecca? Über die Opfer?«

»Das erste wird dir die Augen öffnen«, rezitiere ich. »Das zweite wird dir die Tür öffnen. Und das dritte lässt dich zurückkehren.«

»Du hast den Schlüssel gefunden und ihn benutzt, das war das erste Opfer. Und du hast gesehen, was sich in den Ritzen und Spalten Berlins befindet, hast sein Königreich erblickt. Dein Blut war das zweite Opfer, welches dir die Tür zum Raucherbereich geöffnet hat. Und das dritte Opfer hat dich wieder zurückgebracht.«

Die Bedeutung ihrer Worte drückt mich nieder, lässt mich schwindeln. Was meint sie mit dem dritten Opfer? Mir kommt plötzlich der erhängte Mann in den Sinn. Ich möchte wissen, wer er ist, und schrecke gleichzeitig vor diesem Wissen zurück.

»Was du verstehen musst«, sagt Babsi, »ist, dass die Opfer nicht dazu da waren, dich zum König zu bringen.«

»Zu was waren sie dann da?«

Babsi schnaubt belustigt.

»Wie bist du heute hierhergekommen, Rebecca? Die Nacht gehorcht dir, und das ist nur eins der Geschenke, die du aus dem Raucherbereich mitgebracht hast. Du musst noch viel darüber lernen, wer du jetzt bist. Rebecca Lilienthal hast du hinter dir gelassen. Du hast gegen die Verhältnisse rebelliert, und inzwischen müsstest du wissen, was mit Frauen passiert, die rebellieren.«

Ulrike ist diejenige, die die Frage zu stellen wagt: »Was passiert denn mit ihnen?«

Babsi lässt sich nun doch dazu herab, die Existenz meiner Freundin anzuerkennen. Sie sieht zwar weiterhin mich an, beantwortet jedoch ihre Frage:

»Die Frau ist dazu verpflichtet, zu gehorchen, auf ewig Jungfrau zu bleiben. Sie ist die Kammerzofe, das Lamm, das Opfer, das keine Alternative kennt.« Sie macht eine ausschweifende Handbewegung durch den Bretterverschlag. »Sieh dich um. Sieh dir die Wände an. All diese Namen. Prinzessinnen für den König. Gefangene. Du bist entkommen, Rebecca. Und jetzt bist du das Gegenteil einer Prinzessin, einer Beute, eines Opfers: Du bist ein Monster. Eine Gorgone.«

Ihre Worte sind Tarantelbeine, die mir über die Innenseite der Arme krabbeln, den Hals, die Oberschenkel. Ich hebe unwillkürlich die Hände. Meine Finger haben keine Kuppen, hinterlassen keine Abdrücke mehr. Mein Körper ist zerstört, transformiert. Ich habe auch nicht mehr Rebeccas Gesicht, bin zu etwas anderem geworden.

»Hör nicht auf sie!«, raunt Ulrike. »Du bist du.«

Ich sehe meine Freundin an, voller Erstaunen. Hat sie mir nicht vor vierundzwanzig Stunden gesagt, ich solle sie nicht anfassen, ist sie nicht diejenige, die mein neues Gesicht mit Ekel betrachtet?

»Was soll ich jetzt tun?«, frage ich Babsi.

»Um sich einem Monster gegenüberzustellen, muss man selbst ein Monster sein. Die Gorgone ist bereit, vor den König zu treten. Jetzt kannst du tatsächlich losgehen und ihn suchen.«

»Und wo soll ich ihn suchen?«

»Du brauchst noch einen Schlüssel, der dir die Tür zu ihm öffnet. Und wo der Schlüssel ist, weißt du ja jetzt.«

»*Den Schlüssel findest du am Grund des Lochs*«, murmele ich.

»Auf keinen Fall gehe ich noch mal dorthin zurück!«, sagt Ulrike wie aus der Pistole geschossen.

Babsi ignoriert sie, hat längst wieder vergessen, dass sie da ist.

»Berlin ist voll von seinen Heiligtümern, von Tempeln des Schmerzes, die zu seinen Ehren errichtet wurden.

An diesen Orten ist er näher als an anderen. Die Lagerhalle in Tempelhof ist einer dieser Orte und Das Loch ein anderer. Jetzt musst du in ihm den Schlüssel suchen, der dich zum König führen wird.«

Ich kaue nachdenklich auf Babsis Worten herum, schlucke sie herunter, verdaue sie mehr schlecht als recht. Ich soll noch einmal ins Loch gehen. Die alte Bettlerin hebt erneut warnend einen Finger.

»Allerdings wird es dieses Mal nicht so leicht werden«, sagt sie. »Sie werden wissen, dass du da bist. Und sie werden wissen, was du suchst. *Wen* du suchst. Du bist keine Gefangene des Königs. Sie werden dich nicht als Prinzessin betrachten, Rebecca. Sie wissen, dass du jetzt eine Gorgone bist.«

»Wer sind diese seltsamen, Rauch absondernden Wesen?«

Beim Gedanken an die Gestalt, die mein Gesicht trug, läuft es mir eiskalt über den Rücken. »Sind es unsere Mörder? Haben sie sich deshalb unsere Gesichter aufgesetzt?«

Es dauert eine Weile, bis Babsi antwortet. Ihre Augen wandern über den Stadtplan des Grauens, der ihre Wände bedeckt.

»Nein. Es sind nicht eure Mörder. Es sind eure Ermordungen.«

»Was?«

»Die Raucher. Die Bewohner der anderen Seite. Sie sind die Inkarnation eurer Ermordung. Jedes dieser Wesen ist im Raucherbereich aus dem Morast auferstanden, zum Leben erweckt von euren Qualen. Sie tragen euer Gesicht, weil sie euer Schmerz sind.« Sie schnüffelt in die Luft, als würde es plötzlich verbrannt riechen. »Ich fürchte, der Träger deines Gesichts hat dich gesehen. Es gefällt ihm gar nicht, dass du noch hier bist.«

»Und was mache ich, wenn er plötzlich irgendwo vor mir steht?«

Babsi gestattet sich eine entfernt an ein Lächeln erinnernde Grimasse, die ihre Zahnlücken entblößt.

»Dann wirst du dich benehmen müssen wie das, was du bist: ein Monster.«

Ulrike und ich stapfen schweigend durch den Schnee. Dieses schmutzig weiße Berlin erinnert an Knochen, unter denen ein graues Berlin schlummert, unter dem sich wiederum ein schwarzes Berlin verbirgt. Ich weiß nicht, auf wie vielen Städten ich gerade herumlaufe, aber ich weiß, dass es in einer von ihnen einen Thronsaal gibt. Und einen König, der darin sitzt und erwartet, dass man ihm die Schmerzen so vieler Frauen wie möglich zu Füßen legt.

»Du glaubst doch hoffentlich kein Wort von alldem, oder?«

Ich drehe mich zu Ulrike um. Die Straße ist menschenleer. Ich dürfte es nicht tun, kann mich jedoch nicht zurückhalten

und ziehe mir die Kapuze herunter, zeige ihr erneut mein ge-
häutetes Gesicht.

»Schau mich an, Ulrike.« Keine Reaktion. »Du sollst mich anschauen«

Sie gehorcht, doch es kostet sie Überwindung.

»Du hast es gestern Nacht selbst gesagt: Ich bin ein Monster.«

»Ich hab dich doch schon um Verzeihung gebeten.«

»Tja, dann lautet die Antwort: Nein, ich verzeihe dir nicht.
Weil es nichts zu verzeihen gibt. Rebecca, deine Freundin, existiert nicht mehr. Sie haben sie gefoltert, sie haben sie vergewaltigt, sie haben sämtliche Dinge an ihr verübt, die du an den
Wänden dieses Bretterverschlags gesehen hast. Dadurch wurde sie zu einem Opfer des Königs, zu einer seiner Gefangenen.
Aber sie konnte ihm entfliehen, und das Ergebnis bin ich.«

»Eine Gorgone.« Ulrikes Worte werden von einer weißen
Atemwolke begleitet.

»Nenn mich, wie du willst. Wichtig ist nicht der Name, wichtig ist, was ich tun werde. Ich werde irgendwie zum König gelangen.«

Ulrike verzieht das Gesicht. Ein Auto kommt näher, die
Lichtkegel seiner Scheinwerfer bohren sich wie Dolche in den
Dunst, den die Kälte aus der rissigen Haut Berlins aufsteigen
lässt. Ich bedecke mich rasch mit der Kapuze. Nachdem das
Auto vorbeigefahren ist, richte ich meine Aufmerksamkeit
wieder auf Ulrike und sehe, dass sie weint. Salzige, lauwarme
Bäche rinnen ihr die Wangen hinunter und vermischen sich
mit den Schneeflocken, die auf ihrer Haut landen.

»Warum musstest du überhaupt anfangen, den König zu suchen?«, schluchzt sie. »Konntest du nicht einfach alles vergessen, und das war's?«

»Ich weiß auch nicht genau, warum. Es ging nicht anders,
ich musste es tun, um ich selbst zu sein. Keine Ahnung, warum ich entkommen konnte und andere Frauen nicht. Ich ver-

diene es auch nicht mehr als sie. Keine von uns hat es verdient, in die Fänge des Königs und seiner Folterknechte zu geraten.« Ich nähere mich ihr. »Schau mich an. Ich stehe für alle misshandelten, vergewaltigten Frauen dieser Welt. Ich kann ihrem Schmerz nicht den Rücken kehren. Du schon. Es ist nicht nötig, dass du mich weiter begleitest.«

Ich mache auf dem Absatz kehrt und stapfe in die erstbeste Richtung davon. Es ist egal, wohin ich gehe, die Nacht wird mich ans Ziel bringen.

»Und wenn er dich tötet, Rebecca?«, ruft sie hinter mir her. »Und wenn du es nicht schaffst?«

»Dann wird sich nichts verändern. Dann werden wir alle weiter leiden.«

Ich lasse zu, dass die Nacht mich davonträgt. Ulrike will noch etwas hinzufügen, aber ich bin nicht mehr da, um es zu hören.

Ich bin vor dem Loch.

12

Geschlossene Gesellschaft

Das Industriegebäude ragt einsam in die neblige Nacht auf. Der Himmel ist drückend und schwer, er kennt keine Gnade. Ich stehe mitten auf der von Scheinwerferkegeln durchkreuzten Brachfläche. Ein Schild neben dem Eingang verkündet: *Geschlossene Gesellschaft*. Daneben ruht sich der breitschultrige, adrett frisierte Türsteher aus, der Ulrike und mich beim letzten Mal durchgelassen hat. Heute bin ich allein hier, und das ist auch gut so. Ike war die Freundin von Rebecca, und ich bin nicht mehr Rebecca.

Geschlossene Gesellschaft. Was für eine Privatfeier dort drinnen wohl stattfindet? Ich glaube, ich will es gar nicht wissen. Der Club erinnert an ein gewaltiges, über seiner Beute kauerndes Raubtier. Es regt sich kein Windhauch, nur die beißende Kälte ist da, aber ich spüre sie nicht mehr. Ich setze mich in Bewegung und gehe auf den Türsteher zu. Als ich nur noch wenige Meter von ihm entfernt bin, stolpere ich fast über meine eigenen Füße: Sein Gesicht ist zweigeteilt, als gehorchten die obere und die untere Hälfte nicht demselben Gehirn. In regelmäßigen Abständen durchläuft es eine Art Zucken, wie Bildstörungen auf einem alten Fernseher. Vermutlich sah er schon immer so aus, nur dass es mir bisher nicht aufgefallen ist. Dabei ist der Einfluss des Königs eigentlich offensichtlich. Er zieht solche Gestalten magisch an, sie rotten sich in seiner Nähe zusammen. Der Türsteher ist Teil des Lochs, und niemand, der Teil des Lochs ist, ist vollkommen menschlich.

Ich bin es auch nicht.

»Tut mir leid, junge Dame, geschlossene Gesellschaft.«

Seine Stimme klingt nur teilweise normal. Sie ist von einem

Geräusch unterlegt, wie es eine Kommode macht, die über einen Betonboden gezogen wird. Während er mich mustert, werden seine Züge von einem erneuten Zucken durchlaufen. Er weiß nicht, wer ich bin, und noch viel weniger, was ich bin, doch das wird sich gleich ändern.

»Ich gehe trotzdem rein.«

»Hör zu«, sagt er und sieht sich um. »Es ist eiskalt heute, und ich sehe, dass du nicht viel anhast. Keine Ahnung, was du dir reingepfiffen hast, aber heute kommt hier keiner rein. Wenn du willst, rufe ich dir ein Taxi, damit es dich zum Berghain bringt. Mit diesem dünnen Jäckchen gehst du besser nicht zu Fuß.«

Ich nehme seine Worte so geistesabwesend zur Kenntnis, als wäre ich Zeugin eines Gesprächs jenseits einer Tür. Dabei betrachte ich die Bewegungen seiner Lippen, die Dunkelheit im Inneren seines Munds, eine Dunkelheit, die sich auf seine Organe erstreckt, die seinen ganzen Körper beherrscht. Die Nacht lebt in ihm, und die Nacht ist meine Freundin. Ich kann sie berühren, sie sogar verknoten, wenn ich will. Genau das tue ich. Ich greife nach der Nacht, die er in sich hat, ziehe an ihr und zwirble sie zwischen meinen Fingern. Seine Lunge wird gegen die Knochen seines Brustkorbs gepresst, und seine Augen treten aus ihren Höhlen. Aus seiner Kehle dringt der Ansatz eines Wimmerns, für mehr fehlt ihm die Luft. Es ist das erste Mal, dass er so etwas erlebt. Er mag nicht gänzlich menschlich sein, aber sein menschlicher Teil kann dennoch Angst empfinden.

»Ich gehe trotzdem rein«, wiederhole ich. Er versucht zu nicken, doch die Nacht, die ich noch immer fest im Griff habe und mit der ich seine Halswirbel fixiere, verbietet es ihm. Ich werfe einen Blick auf sein Headset. »Du wirst niemandem sagen, dass ich hier bin.«

Jetzt versucht er den Kopf zu schütteln. Ich lasse es nicht zu und quäle ihn noch ein paar Sekunden länger. Sein Gesicht ist knallrot angelaufen, und in der Mitte seiner Stirn zeichnet sich eine dicke, knotige Ader ab. Ich weiß, dass sie platzen und alles mit Blut besudeln würde, wenn ich noch ein klein wenig fester ziehen würde. Also lasse ich los. Der Türsteher fällt zu Boden, und ich merke erst jetzt, dass er auf Zehenspitzen stand, dass seine Schuhspitzen kaum noch den Boden berührten.

Ich gehe an ihm vorbei und ziehe den schweren Plastikvorhang zur Seite, der vor dem Eingang hängt, damit die Wärme drinnen bleibt. Der kleine Vorraum mit der Kasse ist leer. Ein aggressiver Geruch schlägt mir entgegen. Hätte ich noch eine Nase, würde ich sie rümpfen. Mir ist sofort klar, dass im Inneren des Clubs etwas Schreckliches vor sich geht. Die Nacht verrät es mir, sie fleht mich an, so schnell ich kann das Weite zu suchen. Ich gehe weiter. Ein zweiter Plastikvorhang trennt mich vom Inneren des Lochs. Ich öffne ihn.

Weder tausend Grabenkriege noch tausend Schlachthäuser noch tausend Jahre in einer Leichenhalle hätten mich auf das vorbereiten können, was auf der anderen Seite geschieht.

Geschlossene Gesellschaft – ich weiß nicht, welches der beiden Wörter schwerer wiegt. Es ist in der Tat eine Gesellschaft, und zwar eine durch und durch verdorbene. Aber vor allem ist sie geschlossen, denn nicht jeder erhält hier Zutritt. Nur wenige könnten sehen, was ich nun sehe, ohne den Verstand zu verlieren.

Auf der Tanzfläche des Lochs drängen sich nackte Körper, die zu einer ungewöhnlichen Musik tanzen, zu den gellenden Tönen von Instrumenten, die ich weder kenne noch kennen will, weil allein ihr Klang an ausgehöhlte Kinderkörper denken lässt, an feuerrote, frisch ausgerissene Sehnen, die über Metallplatten gespannt wurden, an Oberschenkelknochen, die auf totes, noch nicht erkaltetes Fleisch schlagen.

Die Teilnehmer an dieser privaten Feier winden und krümmen sich unter rotgetönten Scheinwerfern. Es ist kein wilder Tanz, die Gliedmaßen vermischen sich zwar und die Körper stoßen gegeneinander, aber sie tun es mit einer fast schon enervierenden Langsamkeit. Dabei sind sie von einer Rauchwolke umgeben, die aus ihnen selbst entsteht, die von ihren Mündern, Nasen, Ohren, Aftern, Penissen und den Poren jener gräulichen Haut aufsteigt, die sie alle gemeinsam haben. Wäre die Grausamkeit ein Land, wären sie seine rechtmäßigen Staatsbürger. Alle Anwesenden tragen Masken, und diese Masken gleichen sich, denn es sind Frauengesichter. Heruntergerissene, abgesägte, abgebissene, malträtierte, zerkaute Gesichter. Von kleinen Mädchen, Greisinnen, alterslosen Frauen, allesamt verzerrt vor Qual, verzerrt von einem Todeskampf, den ich sofort wiedererkenne. Die Träger der Frauengesichter sind bewaffnet: Einige haben besorgniserregend große Klauen, andere schwenken Dolche, Pistolen, Hämmer. Ich mache einen Winkelschleifer aus, einen Gürtel mit blutiger Schnalle, die Hälfte einer Schere.

Feier ist hier nur ein anderes Wort für Ritual, für Kommunion. Dies ist ein Zeremoniell des Raucherbereichs, und ich bin nicht dazu eingeladen. Wenn man mich entdeckt, werde ich Teil des Banketts.

Eine Hand packt mich beim Arm. Mein Herz krampft sich in meiner Brust zusammen. Ich fahre herum und weiche gleichzeitig zurück. Die Hand lässt mich los, denn ihre Besitzerin ist genauso erschrocken wie ich. Nachdem ich sie erkannt habe, bin ich es, die sie bei den Schultern packt und hinter eine Säule zieht.

»Was machst du hier?«, will ich sie anherrschen, zwinge mich jedoch, es kaum hörbar zu flüstern.

»Ich kann dich doch nicht alleinlassen«, formen Ulrikes Lippen im vergifteten Halbdunkel des Lochs.

»Wie bist du so schnell hierhergekommen?«

»Wieso schnell? Ich hab fast eine Stunde gebraucht, die U-Bahn kam ewig nicht. Wie lange bist du schon hier drinnen?«

Eine gute Frage. Die Zeit ist in dem Moment stehengeblieben, in dem ich den zweiten Vorhang zurückgezogen habe. Vielleicht habe ich Stunden damit verbracht, dem hypnotischen Tanz der Raucher zuzusehen.

»Wie viel Uhr ist es?«

»Zeit, von hier zu verschwinden«, raunt Ulrike. »Das ist alles ein einziger Albtraum, Rebecca. Wenn sie uns sehen ...«

Sie beendet ihren Satz nicht. Es ist auch nicht nötig. Wenn sie uns sehen, werden sie alle nur erdenklichen Dinge mit uns anstellen, uns unvorstellbare Schmerzen zufügen. Für mich ist diese Aussicht weit weniger beängstigend als für Ike, denn mein Körper hat bereits unerträgliche Qualen durchlitten, genau wie die Körper so vieler anderer Frauen.

»Wir können nicht verschwinden. Ich muss den Schlüssel finden.« Plötzlich kommt mir noch eine Frage in den Sinn: »Wie bist du eigentlich am Türsteher vorbeigekommen?«

»Er konnte nicht mehr viele Einwände machen, ich habe ihn mit eingeschlagenem Gesicht auf dem Boden vorgefunden. Ich dachte, *du* hättest ihn so zugerichtet.«

Nein, das war ich nicht. Ich habe ihm etwas viel Schlimmeres angetan oder war zumindest kurz davor, es zu tun. Aber darüber kann ich jetzt nicht nachdenken, denn die Suche nach dem Schlüssel wird gefährlich, wahrscheinlich gefährlicher als alles, was wir bisher getan haben. Diese Rauch absondernden Wesen, Bestien, Monster – wie auch immer man sie nennen möchte – sind nicht unsere Mörder, hat Babsi gesagt. Jedes von ihnen ist eine fleischgewordene Ermordung. Die Ermordung einer Frau.

Ich müsste Ulrike hier rausholen, sie packen und weit wegbringen, in Sicherheit. Das würde allerdings bedeuten, dass ich den Schlüssel abschreiben müsste, der mich zum König führt. Und ich muss diesen Schlüssel unbedingt haben.

»Wir bewegen uns ganz langsam«, flüstere ich ihr zu. »Sie sind auf ihr Ritual konzentriert. Wenn wir vorsichtig sind, bemerken sie uns vielleicht auch weiterhin nicht.«

Ich atme tief durch und spüre das Hämmern der Musik bis in meine Eingeweide. Ulrike schluckt, eine Bewegung, die sich deutlich an ihrem Hals abzeichnet. Warum ist sie hier? Warum geht sie nicht einfach wieder? Sie ist panisch vor Angst, genau wie ich es war, wie ich es immer noch bin. Sobald wir wieder draußen sind, überrede ich sie dazu, mich allein zu lassen. *Falls* wir je wieder rauskommen.

»Gehen wir.«

Wir lösen uns von der Säule und schleichen los. Oder hätten es zumindest getan, wenn Ulrike mich nicht in diesem Moment schmerzhaft heftig an der Hand gezogen hätte.

»Rebecca«, sagt sie laut.

»Schschsch!«, will ich zischen, doch dann drehe ich mich um und sehe es auch:

Sie tanzen nicht mehr, stehen reglos inmitten dieser zähen Rauchwolke, die sie selbst hervorbringen. Ich weiß nicht, wann genau sie unsere Anwesenheit bemerkt haben, aber es ist auch egal. Sie starren uns an. Sämtliche Teilnehmer an dieser Privatfeier wissen, dass wir hier sind. Klauenbewehrte Pranken spannen sich an, Fingerknöchel knacken, Tranchiermesser und Eispickel werden gezückt, Zungen rollen sich aus, lang wie Krawatten, geschwollen wie Blutegel.

»O Gott«, stammelt Ulrike.

»Lauf«, sage ich zu ihr. »Lauf!«

Der Akkuschrauber bohrt sich in mein Fleisch, durchquert es und stößt mit der Spitze Funken sprühend gegen die Wand hinter meinem Rücken. Ich schreie und drücke mit der Hand gegen die blutige Frauenmaske, die das Gesicht des Rauchers bedeckt, schiebe mit all meiner Kraft. Es ist die Kraft der Nacht, die ich in mir trage, und so stürzt er nach hinten und zieht den Akkuschrauber mit sich. Ich habe jetzt eine neue offene Wunde an der Schulter, direkt oberhalb des Schlüsselbeins. Zum Glück spüre ich keine Schmerzen, darüber bin ich längst hinaus.

Mit voller Wucht ramme ich die verwundete Schulter in den Bauch einer weiteren Kreatur, die gerade versucht, Ulrike mit einem Rollgabelschlüssel den Kopf zu spalten. Ich stemme die Füße gegen den Boden und schiebe, nehme dann erneut Schwung. Der Raucher taumelt gegen fünf weitere Monster, was uns ein wenig Luft verschafft. Ulrike und ich rennen los.

Wir haben keine Ahnung, wo wir sind. Die Musik, die aus den Lautsprechern dröhnt, ist jetzt ein fleischfressendes Ungetüm. Eine Axt landet nur Zentimeter von meinem Kopf entfernt in der Wand. Wir rennen. Ulrikes Gesicht ist verzerrt vor Angst, und das aus gutem Grund. Unmöglich, die Zahl unserer Verfolger abzuschätzen. Die Wände scheinen sich zu wölben, wir sind in einem Riesenrad. Das Loch dreht und dreht sich um uns herum.

Irgendwann erscheint vor uns eine Treppe. Sie führt nach oben. Ich zögere – wenn wir sie erklimmen, sitzen wir vielleicht erst recht in der Falle. Eine zerbrochene Glasflasche reißt einen roten, unregelmäßigen Schlund in Ulrikes Rücken. Ihr Schrei geht mir durch Mark und Bein. Uns bleibt keine andere Wahl: Ich packe ihre Hand noch fester und ziehe sie die Stufen hoch. In diesem Moment höre ich vom Boden her ein Klimpern, halb erstickt von dem Höllenlärm, der um uns herum herrscht.

»Meine Brille!«, kreischt Ulrike voller Panik. »Meine Brille!«

Wir können unmöglich stehen bleiben und sie aufheben. Ich zerre Ulrike regelrecht hinter mir her. Besser die Brille verlieren als die Augen. Die Raucher sind uns auf den Fersen, groteske Gestalten mit der gräulichen Farbe von Wasserleichen. Sie drängeln sich hinter uns die enge Treppe herauf, einer schwenkt eine schmutzige, angerostete Motorsäge. Zum Glück sind sie sich gegenseitig im Weg. Ulrike weint. Nicht stehen bleiben, denke ich. Nur jetzt nicht stehen bleiben.

Die Treppe mündet in einen Flur, der von grünlichen Neonleuchten in Kreuzform beleuchtet wird. Links und rechts des Flurs gehen Türen ab. Wo sind wir? Was ist das hier? Eine übelriechende Feuchtigkeit tropft zwischen den Neonkreuzen herab. Ulrike versucht eine Tür zu öffnen. Dann noch eine und noch eine. Sie sind alle verschlossen.

Das Brummen, das die Raucher hinter uns von sich geben, macht mich wahnsinnig. Sie haben bereits das Ende der Treppe erreicht. Einer schlägt mit einer Pranke von der Größe einer Registrierkasse gegen die Wand, der ganze Flur wackelt. Ulrike fällt hin, aber ich ziehe sie sofort wieder hoch. Wir müssen weiter. Die Monster kommen den Flur entlang.

Noch ein Prankenhieb. Deckenfragmente rieseln auf uns herab. Eine Deckenleuchte löst sich zur Hälfte und baumelt vor uns herunter, ein auf dem Kopf stehendes Neonkreuz, das uns blendet. Wir schieben uns daran vorbei und probieren sämtliche Türen, während die Monster unter Seelöwengebrüll wieder und wieder gegen die Wände schlagen. Auch sie sind jetzt am Kreuz vorbei. Die Rauchwolke, die sie absondern, verschlingt den Flur, neblige, graue Tentakel, die sich in unsere Richtung vorantasten.

Der Gang endet vor einem neuen, quer verlaufenden Flur, der ebenfalls von Türen gesäumt ist. Am Ende des linken Abschnitts entdecke ich sie: eine anders aussehende Tür, unregelmäßig blau gestrichen.

Unterdessen sind die knirschenden Zähne unserer Verfolger zu hören, eine Masse aus abgetrennten Frauengesichtern ragt drohend über uns auf. Ein Tischbein wird donnernd gegen die Wand geschlagen. Keuchend hetzen wir auf die blaue Tür zu, aber sie sind bereits über uns, wir werden es nicht schaffen. Ein Raucher schneidet Ulrike mit einer Gartenschere eine Haarsträhne ab. Wir holen alles aus uns heraus, stürzen mit letzter Kraft Richtung Tür. Als wir nur noch einen Meter von ihr entfernt sind, geht sie auf.

Wir treten ein.

Alles kommt zum Stillstand. Hinter der Tür befindet sich ein winziges dunkles Zimmerchen, genau wie beim letzten Mal. Derselbe kleine morsche Tisch, beschienen von einem Licht, das wer weiß woher kommt. Auf dem Tisch liegt keine Zange mehr, denn das ist nicht der Schlüssel, den ich diesmal brauche. Jetzt liegt dort etwas anderes. Ich betrachte es stirnrunzelnd. Ulrike, die neben mir steht, starrt es ebenfalls an, ohne es wahrzunehmen, mit dem Blick einer lebendig Begrabenen. Was auf der Tischplatte ruht, ist eine kleine Sichel, mit abgenutztem Griff und handbreiter vergoldeter Klinge. Ich greife nach ihr, beäuge ihr spitz zulaufendes Ende. Dieser Schlüssel ist anders, weil er zu einer anderen Tür passt.

Ich drehe mich um. Die Raucher haben sich wieder in Bewegung gesetzt, sie sind fast bei uns. Ich trete aus der blauen Tür, stelle mich mitten in den Flur und hebe die Sichel. Sie sehen sie, sehen mich, sind verunsichert. Ich bin nicht das, was sie erwartet haben. Nach und nach kommt die graue, rauchende Menge zum Stehen, eine Sturmflut, die es sich anders überlegt hat. Die Sekunden verstreichen, keiner wagt es, sich weiter zu nähern. Plötzlich gerät die Masse in Aufruhr. Einige Raucher treten zur Seite, machen den Weg frei.

Jemand kommt auf uns zu.

Ich erkenne mein eigenes Gesicht vor den gewaltigen Zügen des Rauchers, der gerade den Flur betreten hat. Es ist das Monster aus der Lagerhalle, es ist meine eigene Ermordung. Sie zeigt mit einem Sägemesser auf mich. Eine unbeschreibliche Kälte ergreift von mir Besitz. Ich bin noch nicht bereit, dieser Kreatur gegenüberzutreten. Und doch, mir bleibt keine andere Wahl. Ich seufze und hebe die Sichel noch höher.

Plötzlich legen sich Finger um mein Handgelenk.

Ein entsetzlicher Schmerz wandert meinen Arm hinauf bis direkt in mein Gehirn, als hätte mir jemand einen Korkenzieher in den Nervus radialis gebohrt. Die Hand, die meinen Arm hält, zwingt mich dazu, mich umzudrehen. Ich sehe ein lila Hemd unter einer grauen Weste, lange, grau-melierte, im Nacken zu einem Schwänzchen gebundene Haare, ein viel zu breites, metallisch schimmerndes Grinsen voller Zähne, die zu einem albtraumhaften Gebiss vernietet sind. Ein zäher Schleim rinnt daraus hervor und fällt in Klümpchen zu Boden. Das Schlimmste ist die spinnenhafte Vorfreude in seinen gelblichen Augen.

»Hallo«, begrüßt uns der Mann. »Ich bin Lazlo Gupta. Willkommen am Grund des Lochs.«

Ulrike weint, aber nicht vor Schmerzen. Noch nicht. Auch ich habe geweint, bevor alles anfing. Die Tränen, die dem Schmerz vorausgehen, verbinden uns. Dass es ihn geben wird, steht außer Frage.

Die Sichel liegt auf dem Tisch. Ich weiß nicht, woher sie den Stacheldraht haben. In Anbetracht der vielen Waffen und Folterwerkzeuge, die wir unten gesehen haben, wird es sie nicht allzu viel Mühe gekostet haben, ihn aufzutreiben. Es handelt sich um einen langen Metalldraht, der in regelmäßigen Abständen mit Dornen besetzt ist und unsere Hände hinter dem Rücken fixiert. Auch unsere Füße sind damit an die Stühle gefesselt, auf die sie uns gesetzt haben. Der Draht ist nicht so fest angezogen, dass er uns die Haut aufreißen würde, aber wenn wir uns auch nur einen Zentimeter bewegen, bohren sich seine blutrünstigen Zinken in unser Fleisch. Ulrike weiß es genauso gut wie ich und weint daher stumm vor sich. Ich wünschte, ich könnte sie trösten.

Das Büro von Lazlo Gupta riecht nach Begräbnis, das grelle Licht, das von den beiden Neonkreuzen hinter seinem Schreibtisch ausgeht, brennt in den Augen. Ich glaube, außer mir merkt es niemand, aber die spirituellen Amulette und Figuren, die die Wände bedecken, kreischen. Ich vernehme deutlich ihr schrilles Geheul, wie eine Brise, die unter einer Tür durchpfeift. Es macht mich ebenso nervös wie die vielen anderen Dinge in diesem Raum, zum Beispiel das Gesicht einer toten Frau, mit dem der Leibwächter von Gupta herumspielt. Er lümmelt auf einem Sofa und wirkt gleichzeitig asozial und gefährlich mit seinem Jogginganzug, seinen Tätowierungen, seinen Piercings, seinem halb geschorenen Schädel und den riesigen Eckzähnen, die zwischen seinen gesprungenen Lippen hervorlugen. Es sind Zähne, die an lauwarmes Fleisch gewöhnt sind, da bin ich mir sicher.

Lazlo Gupta lehnt in einer Ecke seines Büros. Sein metallenes Grinsen ist nicht für eine einzige Sekunde aus seinem Gesicht verschwunden. Er betrachtet uns mit einer Mischung aus Herablassung und Gefräßigkeit. Gupta hat Hunger, das steht fest.

»Ihr habt euch nicht nur auf unsere Privatveranstaltung geschlichen.« Er leckt sich die Lippen. »Ihr habt auch einen meiner Mitarbeiter getötet.«

»Haben Sie vor, die Polizei zu rufen?«, erkundige ich mich. Es ist nicht wirklich eine ernstgemeinte Frage.

»Was glaubst du?« Auch seine Frage ist rein rhetorisch.

Die Ränder von Guptas Mund weisen Risse auf, durch die zu erkennen ist, dass auch seine Backenzähne Teil dieses höllischen vernieteten Beißapparats sind. Er scheint aus mehr Zähnen zu bestehen, als sie in einem normalen Mund zu finden sind.

»Ihr habt Glück«, sagt Gupta. »Normalerweise hätten wir euch längst niedergemetzelt. Aber ihr scheint keine gewöhnlichen betrunkenen Teenager zu sein, sonst wärt ihr nicht so weit gekommen. Ich würde gern von euch wissen, wie ihr hier reingekommen seid. Und wie ihr meinen Türsteher getötet habt.«

Als Antwort stößt Ulrike ein leises Wimmern aus, das sich fast schon entschuldigend anhört. Ich bin froh, dass sie ihre Brille verloren hat. So wird sie nur schemenhaft wahrnehmen, was in diesem Raum passiert.

»Ich suche den König«, verkünde ich.

Lazlo Gupta blickt für einen kurzen Moment zu seinem Leibwächter, der beim Wort »König« den Kopf gehoben hat. Er beschwichtigt ihn mit einer Handbewegung. Dann setzt er sich uns gegenüber.

»Was weißt du über den König?«

»Ich weiß, dass Sie in seinen Diensten stehen.«

Guptas Gesicht zieht sich krampfartig zusammen. Es dauert nicht länger als eine Sekunde, aber ich glaube zu erkennen, was sich unter seiner welken, mit literweise Feuchtigkeitscreme behandelten Haut verbirgt. Dann ist sein Grinsen wieder da. Er streckt seine Hände aus, und ich sehe, dass er dicke, schwarze Fingernägel hat. Ich befürchte schon, dass er meinen Kopf packen und ihn mir mit einem Ruck abreißen will, doch er greift nur nach der Kapuze der gelben Jacke und streift sie mir vom Gesicht. Zum ersten Mal ist in seinem Gesicht so etwas wie echte Neugier zu erkennen.

»Interessant. Du bist aus dem Raucherbereich entkommen.« Er hebt die Augenbrauen. »Du bist das Mädchen, nach der der Polizist gesucht hat. Er war dein drittes Opfer, stimmt's? Ich frage mich, wer ihn angeleitet und dazu gebracht hat, sich dem Raucherbereich hinzugeben.«

Mir bleibt keine Zeit, über seine rätselhaften Worte nachzudenken, denn er fährt fort:

»Was willst du vom König?«

»Ich will wissen, wie ich zu ihm gelange.«

Der Leibwächter stößt ein perverses Raubtierlachen aus, und auch Gupta prustet, ein Geräusch, das an das Todesröcheln eines Tiers erinnert.

»Was hat dich auf die Idee gebracht, dass du hier den Weg zu ihm findest?«

»Ich habe ihn schon gefunden. Der Schlüssel zu seiner Tür liegt dort auf dem Tisch.«

Die Sichel ruht weniger als einen Meter von mir entfernt auf Guptas Schreibtisch. Wenn ich ihn und den Leibwächter bloß irgendwie unschädlich machen und uns befreien könnte! Aber ich kann es nicht. Ich habe versucht, die Nacht in Guptas Innerem zu packen und herauszuziehen – vergeblich. Irgendetwas verhindert es. Dieser Mann ist nicht wie der Türsteher. Er ist nicht zu fassen, man gleitet an ihm ab.

Gupta wäre kein guter Pokerspieler. Als ich die Sichel erwähne, verengt er die Augen zu Schlitzen und mustert mich prüfend. Seine Zähne knirschen, und auf einmal zieht sich der Stacheldraht um meine Hände und Beine fester. Ein Schluchzen von Ulrike verrät, dass es bei ihr genauso ist.

»Ein Schlüssel ist nur selten ein Schlüssel«, sagt Gupta zu mir. Er nimmt die Sichel vom Tisch und bewundert sie, als sähe er sie zum ersten Mal. »Und eine Tür ist nur selten eine Tür. Deshalb finden nur so wenige den Weg zum König.«

»Wo befindet sich die Tür, zu der dieser Schlüssel passt? Wie gelange ich zum Thronsaal des Königs?«

Jetzt packt mich Gupta beim Kinn. Er drückt zu, aber ich halte dem Blick seiner irren gelben Augen stand. Einer seiner Augenwinkel zuckt.

»Das hättest du ihn selbst fragen sollen.« Er leckt mich vom Kinn bis zur nicht mehr existierenden Nasenspitze ab. Es fühlt sich an, als würde er mir mit einem Kraken übers Gesicht fahren. »Du schmeckst nicht gut, dir fehlt die Würze der Angst. Wahrscheinlich hast du die Fähigkeit verloren, dich vor dem zu fürchten, was dir bevorstehen könnte.« Das Grinsen erscheint wieder auf seinem Gesicht. »Niemand ist völlig frei von Furcht. Ich frage mich, wie wir erreichen könnten, dass du besser schmeckst ...«

Er wendet sich Ulrike zu. Sie verkrampft sich vor Panik, was nur bewirkt, dass sich die Dornen des Drahts tiefer in ihr Fleisch bohren. Blut tropft von ihren Handgelenken. Gupta nähert sich ihr.

»Nein!«, sage ich. »Lassen Sie sie in Ruhe!«

Er beugt sich drohend über meine Freundin, die unwillkürlich vor ihm zurückweicht. Ihr Blut fließt noch schneller als ihre Tränen.

»Aha!« Gupta sieht mich an und leckt sich die Lippen. »Jetzt hast du doch Angst. Ich könnte wetten, dass sich dein Geschmack gerade aufs Vorzüglichste verbessert hat.«

»Lassen Sie sie!« Es soll nach Drohung klingen, täuscht jedoch niemanden. Es ist ein Flehen, und diese Kreaturen lieben es, wenn man sie anfleht.

Lazlo Guptas Leibwächter steht auf und kommt näher. Er ist ein Parasit, der darauf lauert, einen Happen von der Beute des Raubtiers abzubekommen, in dessen Schatten er lebt. Ohne den Mund zu öffnen, gibt er einen Laut von sich, der halb Summen, halb Knurren ist, ein Geräusch, das keine menschliche Kehle nachahmen könnte. Ulrike zittert.

»Tu was, Rebecca«, wimmert sie. »Bitte!«

»Du wirst feststellen, dass einige von uns Freude am Aufschlitzen haben«, fährt Gupta fort, darum bemüht, uns mit so viel Angst wie möglich zu würzen. »Andere zerquetschen gern Körperteile. Es gibt auch solche unter uns, die am liebsten Dinge in Körperöffnungen stecken, ob in bereits bestehende oder für den Anlass neu geschaffene. Die Letztgenannten sind diesbezüglich sehr kreativ. Ich hingegen bin ein leidenschaftlicher Beißer.«

Ulrike stößt einen Schrei aus. Gupta legt den Kopf in den Nacken, und aus seinem Mund sprießt, was mein Verstand nur als mit Zähnen besetzte Zungen begreifen kann. Fünf solcher gezahnten Fleischfortsätze tauchen aus seinem Rachen auf und erweitern Guptas Gebiss nach außen. Zähne und am pochenden Zahnfleisch festgenietete Eisenteile stülpen sich nach außen, und seine Mundwinkel geben dem Druck nach und reißen ein. Beim Knacken seines auseinanderbrechenden Kiefers zieht sich alles in mir zusammen. Das Blut, das aus ihm herausfließt, strömt über Ulrikes Gesicht. Die Angst hat nun vollends von ihr Besitz ergriffen, sie ist nur noch ein kleines zitterndes Tier, das verstanden hat, dass es gleich verschlungen wird, von etwas Größerem, Dunklerem, als es sich jemals hätte vorstellen können.

Ich möchte den Blick abwenden, aber es gelingt mir nicht.

»Mit dir fange ich an«, stößt jener Mund hervor, der aufgehört hat, ein Mund zu sein. »Du bist die Vorspeise. Und danach kommt der Hauptgang.«

»He!«

Gupta bleibt nicht einmal Zeit, den Kopf Richtung Tür zu drehen. Der Schuss dröhnt wie die Posaunen der Apokalypse durch den kleinen Raum. Guptas Kopf wird zur Seite gerissen, Blut spritzt nach allen Seiten. Sein Körper schlägt auf dem Boden auf wie ein Sack voll Bauschutt, der aus großer Höhe fallen gelassen wird. In meinen Ohren schrillt es, aber ich höre dennoch gedämpft und wie aus der Ferne das an ein Zahnradgetriebe erinnernde Quietschen aus der Kehle des Leibwächters. Es hält nicht lange an. Noch drei Schüsse, und eine Mischung aus Blut, Knochensplittern und schwarzer Gehirnmasse regnet auf uns herab. Das Ganze mag etwa fünf Sekunden gedauert haben, vielleicht auch weniger.

Ich drehe den Kopf. Die Tür zum Büro steht offen, und auf der Türschwelle steht eine füllige Gestalt. Die Neonbeleuchtung des Flurs blendet mich, sodass ich ihr Gesicht nicht erkennen kann. Sie nähert sich uns und streckt Ulrike die Handfläche hin, auf der ich durch den Blutschleier vor meinen Augen etwas Metallisches aufblitzen sehe.

»Ich hab deine Brille gefunden.«

In diesem Moment erhebt sich Gupta vom Boden, als würde ihn ein Seil nach oben ziehen. Der obere Teil seines Schädels ist verschwunden, und wo eigentlich Gehirnmasse sein müsste, befindet sich ein Salat aus Eisenteilen, Zahnfleisch und Zähnen, der jetzt auf einer Seite seines Gesichts herunterschwappt, sich selbständig macht, als wäre er ein Wesen mit eigenem Willen. Ulrike fängt wieder an zu schreien.

Was auch immer in Guptas Körper haust, es stößt hervor: *Das wirst du mir bü...*

Der Mann von der Tür packt ihn am Hals, hebt ihn hoch und knallt das, was von seinem Kopf noch übrig geblieben ist, gegen den Schreibtisch. Er holt erneut aus und schlägt ihn ein zweites Mal dagegen und dann ein drittes, viertes, fünftes, sechstes Mal. Irgendwann höre ich auf zu zählen. Das Geräusch, das die Schläge begleitet, erinnert mich an Bergstiefel, die auf einem Haufen Grapefruits herumstampfen. Gupta zappelt mit Armen und Beinen, dann ist er plötzlich still. Als der Mann ihn endlich loslässt, ist das Einzige, was oberhalb der Schultern noch von ihm bleibt, eine Art eingedickte Suppe aus Metallsplittern und roten Zähnen.

Der Mann dreht sich zu uns um. »Ich sagte gerade, dass ich deine Brille gefunden habe.«

»W-w-was?«, stammelt Ulrike durch Rotz und Tränen hindurch. »Was machen Sie hier? S-s-so was können Sie doch nicht tun! Sie sind Polizist!«

»Ich bin gerade nicht im Dienst.«

Der Mann ist schon älter, ein übergewichtiger Glatzkopf mit gelblichem Schnurrbart.

Die letzte Stacheldrahtschlinge löst sich von Ulrikes Hand. Es läuft noch ein wenig Blut nach, aber diesmal schreit und weint sie nicht. Ihre Augen, die wieder hinter den dicken Brillengläsern verschanzt sind, starren den Mann an, der sie gerettet hat, den angeblichen Polizisten. Er sieht aus, als würde er mehr Zeit damit verbringen, bierselig auf dem Sofa herumzuhängen, als damit, Verbrechen aufzudecken. Ich versuche trotzdem, mich nicht vom äußeren Schein trügen zu lassen. Die beiden leblosen Körper auf dem Boden sprechen eine deutliche Sprache. So viel Treffsicherheit und Geistesgegenwärtigkeit beruhen sicher nicht allein auf Alkohol und Würstchen. Dieser Typ kann mehr, als man ihm auf den ersten Blick zutraut, das steht fest. Mit einer schroffen Bewegung wirft er den Stacheldraht beiseite, den er von Ulrikes Handgelenken entfernt hat, und inspiziert ihre Wunden.

»Wir müssen irgendwo Alkohol oder Wasserstoffperoxid für euch auftreiben.«

»Mit Wasserstoffperoxid desinfiziert man Haut, keine offenen Wunden.« Ulrike zieht ihre Hand weg. »Was machen Sie hier?«

»Ich bin euch gefolgt. Seit mein Partner tot ist, überwache ich dich.«

Ulrike macht eine ungläubige Kopfbewegung.

»Ihr Partner ist tot?«

»Kocaj«, sagt er. »Sein Name war Lukas Kocaj. Er hat sich in seiner Wohnung erhängt.«

»Oje«, murmelt Ulrike. Ein leeres Wort, um die Stille zu füllen.

Ich sage nichts, aber mein ganzer Körper spannt sich an bei den Worten des Kahlköpfigen. *In seiner Wohnung erhängt.*

Nach all den unglaublichen Dingen, die um mich herum passiert sind, habe ich aufgehört, an Zufälle zu glauben.

»Bevor er starb, tat er etwas ...« Der Polizist schüttelt den Kopf. »Etwas Untypisches. Er war eigentlich ein guter Junge.«

»Stimmt nicht«, widerspricht Ulrike. »Ihr Partner war durch und durch Sadist, Herr Ritter.«

»Was weißt du Rotzgöre schon über ihn?«

»Ich habe gesehen, wie er in einem Club auf einen armen Kerl eingeprügelt hat, nur weil der zu ihm sagte, er solle mich in Ruhe lassen. Sie waren nicht dabei. Ich habe sein Gesicht gesehen, als er sich auf den Mann gestürzt hat. Ihr Partner hatte Spaß an Gewalt.«

Ein verärgerter Ausdruck tritt in das Gesicht des Kahlköpfigen. Er ballt die Hände zu Fäusten und macht einen Schritt auf Ulrike zu. Sie sieht ihm hocherhobenen Hauptes entgegen. Nach allem, was in diesem Büro passiert ist, lässt sie sich von einem älteren übergewichtigen Mann nicht aus der Ruhe bringen. Der Polizist merkt es und senkt den Blick.

»Ich glaube, dass es der Einfluss des Königs war, der ihn so brutal hat werden lassen.«

»Und ich glaube, dass er schon vorher so war«, verkündet Ulrike und hält dann inne. »Was wissen Sie über den König?«

»Mehr als mir lieb ist. Du scheinst ebenfalls vieles zu wissen. Deshalb habe ich auch beschlossen, mich an deine Fersen zu heften. Mein Gefühl hat mich offenbar nicht getrogen.«

»Ihr Gefühl hat Sie komplett getrogen. Sie haben hier nichts zu suchen.«

»Mädchen, ich habe euch gerade das Leben gerettet.«

»Nennen Sie mich nicht ›Mädchen‹. Wir haben es nicht nötig, dass uns irgendjemand rettet.«

»Ach nein? Dieser Kerl da wollte dich gerade verspeisen.«

»Er hätte es nicht geschafft«, behauptet sie, kann das Zittern jedoch nicht ganz aus ihrer Stimme verbannen. »Rebecca hätte jeden Moment … Rebecca? Was ist los mit dir? Warum bist du so still?«

Ich bin tatsächlich still. Ich lausche dem Gespräch der beiden wie jemand, der beim Tellerspülen den Fernseher laufen hat. Meine Aufmerksamkeit ist auf die geschwungene, spitz zulaufende Klinge der Sichel gerichtet.

»Eine Tür ist nur selten eine Tür«, flüstere ich. »Und ein Schlüssel ist nur selten ein Schlüssel.«

»Ist er das?«, fragt mich Ike. »Ist das der Schlüssel? Ein gebogenes Messer?«

Es ist kein gebogenes Messer.

»Das ist ein Mondmesser.«

Der Blick des Polizisten wandert von der Sichel auf dem Tisch zu meinem zerstörten Gesicht.

»Du bist es, nicht wahr?« Seine Stimme wackelt nicht, auch wenn es ihn Mühe zu kosten scheint, sie zu kontrollieren. »Du bist Rebecca.«

Ich sehe ihm in die Augen und sage: »Jetzt nicht mehr.«

Der Kerl, der es geschafft hat, ins Loch einzudringen, dem Türsteher das Gesicht einzuschlagen, Guptas Leibwächter den Kopf wegzupusten und Gupta selbst so übel mitzuspielen, dass ich kaum hinsehen konnte, dieser Kerl weicht einen Schritt vor mir zurück.

»Ich traue ihm nicht.«

Ulrike lässt sich aufs Bett sinken. Nach dem ganzen Horror, den wir erlebt haben, fühlt es sich an wie die Umarmung einer Mutter, wieder in ihrem Zimmer zu sein. Mein Gehirn glaubt, oder möchte vielmehr glauben, dass alles nur ein Albtraum war, dass nichts davon real war. Oder zumindest, dass es jetzt vorbei ist. Dass wir uns entspannen können. Ein gewaltiger Irrtum.

»Ich traue ihm nicht«, wiederholt Ike.

»Er hat uns gerettet.«

Sie antwortet nicht, streift mit dem linken Fuß den Stiefel ihres rechten Fußes ab und wiederholt die Prozedur dann auf der anderen Seite. Ihr Füße müffeln ein wenig, aber nach dem Schlachtbankgestank aus dem Loch kommt mir der Geruch fast angenehm vor.

»Er ist ein Widerling«, beharrt Ulrike auf ihrer Ablehnung. »Ich habe erlebt, wie schlecht er uns Frauen behandelt. Eigentlich behandelt er alle schlecht. Bestimmt rutscht ihm auch bei uns irgendwann die Hand aus. Außerdem ist er ein Bulle, und gute Bullen gibt es nicht. Oder hast du die Bilder von Blockupy in Frankfurt vorletztes Jahr vergessen? Leute wie er sind nur auf der Welt, um auszuteilen. Du hättest seinen Partner erleben sollen. Vor dem konnte man wirklich Angst kriegen. Es klingt vielleicht gemein, aber ich freue mich, dass er sich umgebracht hat. Besser, er tötet sich selbst als andere. Wenn du gesehen hättest, wie er diesen armen Kerl in der Griessmühle zugerichtet hat ... Glaub mir, Rebecca: Wir dürfen diesem Kerl nicht trauen. Zu allem Überfluss hatte er auch noch eine Knarre dabei, obwohl er angeblich nicht im Dienst war. Ich meine, wer kommt denn auf so eine ...«

»Ulrike.«

Ich setze mich neben sie aufs Bett. Sofort rückt sie unwillkürlich ein Stück von mir weg. Auf halbem Weg wird ihr ihre Reaktion bewusst, und sie versucht sie zu vertuschen, indem sie so tut, als hätte sie nur die Sitzposition wechseln wollen. Ich sehe darüber hinweg und schiebe meine Hand an ihre heran, ganz langsam, um sie nicht zu erschrecken. Dann berühre ich sie, halte sie fest, drücke sie sanft.

»Ulrike«, wiederhole ich. »Du hast heute Nacht den absoluten Horror erlebt, dir steckt der Schreck noch in den Knochen. Friss es nicht in dich hinein.«

Meine Freundin versucht, mir ihre Hand zu entziehen, den Körperkontakt zu mir abzubrechen. Ich lasse sie los, damit sie nicht das Gefühl hat, dass ich sie einenge. Ihr erster Impuls ist schnell vorüber, und sie lässt ihre Hand in meiner ruhen.

»Er wollte mich fressen!« Tränen glitzern in ihren Augen. Die erste stürzt sich beherzt in die Tiefe und kullert ihre Wange hinunter. »Er wollte mich fressen, Rebecca! Wie ein mythologisches Ungeheuer oder so was.«

Ich nicke. »Was wir tun, ist gefährlich.«

»Wie lange läuft das alles schon?« Es klingt wie ein Flehen. »Wie viele Frauen, Rebecca? Wie viele abgetrennte Gesichter? Wie viele Schmerzen?«

Und sind wir die nächsten? Das ist die Frage, die unausgesprochen mitschwingt. Auch ich stelle sie mir. Ob Ulrike die nächste ist, nicht ich. Mich haben sie schon erwischt und mir das Schlimmste angetan, was man einem Menschen antun kann.

»Das sind Monster, Rebecca. Echte Monster. Sie werden nicht zulassen, dass du zum König gelangst und ihn umbringst.«

Ich sehe meine Freundin an und lege den Kopf schräg.

»Ich will ihn nicht umbringen.«

Sie wirft ihren ganzen Körper ruckartig nach hinten, entreißt mir ihre Hand. Jetzt ist der Kontakt zwischen unseren Händen doch noch abgebrochen.

»Was heißt das, du willst ihn nicht umbringen? Was willst du dann?«

Ich atme tief ein und erkläre ihr alles. Zum ersten Mal erzähle ich ihr, was ich vorhabe, verrate ihr den Grund dafür, dass ich zum König will.

Sie hört sich an, was ich zu sagen habe, käut es wieder, verdaut es. Ein eigenartiger chemischer Prozess scheint in ihrem Inneren stattzufinden. Ich sehe, dass sie sich beruhigt. Die Hysterie tröpfelt aus und versiegt dann ganz. Wir sitzen lange schweigend da. Die Bücher wispern im Regal, wer weiß, welche Botschaften sie für uns haben.

»Ich verstehe dich«, sagt Ulrike schließlich. »Und ich werde dir helfen.«

»Bist du dir sicher?«

Auf ihrem Gesicht erscheint ein winziges Lächeln, wie Kleingeld, das zwischen zwei Sofakissen hervorblitzt.

»Das hättest du mich früher fragen müssen. Jetzt ist es zu spät für einen Rückzieher.«

Ich habe dich gefragt, denke ich. In diesem Moment fällt mir etwas ein.

»Das hättest du ihn selbst fragen sollen«, murmele ich.

»Was?«

»Das hättest du ihn selbst fragen sollen. Den König. Das hat Gupta zu mir gesagt.«

Ulrike nickt mehrmals mit dem Kopf und fängt dann an, ihn vehement zu schütteln. Die Hysterie lauert offenbar immer noch in unmittelbarer Nähe, bereit, den Damm ihrer Selbstbeherrschung zu fluten.

»Okay, okay, okay. Und wie soll das gehen? Wie willst du ihm diese Frage stellen?«

»Genauso wie bisher«, antworte ich. »Ich kommuniziere doch schon seit Monaten mit ihm.«

»Was?«

13

Zähne

Als sie mich am Sprungkasten festbanden und mir mit dem Medizinball den Zahn kaputtwarfen, empfand ich keine Angst, nur Mitleid. Keine Ahnung, ob das normal ist, jedenfalls war es so. Ich versuchte mir vorzustellen, was sie sahen, wenn sie mich anschauten, festgeschnallt mit dem Sprungseil, wehrlos. Beim Gedanken daran litt ich furchtbar mit ihnen. Die Bälle, die sie nach mir warfen, verursachten natürlich Schmerzen, aber am meisten schmerzte Timos Gesichtsausdruck. In ihm lagen weder Befriedigung noch Erregung. Was sich auf seinem Gesicht abzeichnete, war innerer Frieden. Ein vollkommener innerer Frieden. Als hätte sich die Welt endlich darauf verständigt, ihm das Recht zuzusprechen, von dem er immer schon gewusst hatte, dass es auf seiner Seite war. Ich fühlte zutiefst mit ihm mit. Dann hob ich den Blick und sah ihn, halb verborgen im Schatten am Ende der Turnhalle. Ihn, den König.

Es war nicht das erste Mal, dass ich ihn sah. Ich kannte seinen Anblick von klein auf, hatte ihn so oft gesehen, dass ich mich kaum erinnere, wann er mir das erste Mal begegnete. Ich glaube, das war nach der Sache mit dem Trampolin.

Ich muss damals acht oder neun Jahre alt gewesen sein. Es war Sommer. Mama hatte ein Trampolin gekauft, und Papa baute es für mich im Garten auf. Es war einer dieser unerträglich heißen Tage, mindestens dreißig Grad.

»Sie wird runterfallen.«

»Nein, sie fällt nicht runter.«

Ich bestand darauf, schon loszuhüpfen, bevor Papa das Sicherheitsnetz installiert hatte, und Mama ließ mich gewähren. Ich erinnere mich noch genau an das Rauschen des Garten-

sprengers. Ich hüpfte und hüpfte und hüpfte. Das immer erns-
ter werdende Gesicht meines Vaters bewegte sich vor mir auf
und ab, auf und ab.

»Gut, jetzt hast du es ausprobiert. Komm runter, damit ich
das Netz anbringen kann.«

»Lass sie doch noch ein bisschen weiter springen. Es passiert schon nichts.«

Auf und ab. Auf und ab. Und irgendwann passierte es doch.
Ich verlor das Gleichgewicht, vielleicht blieb ich auch irgendwo hängen. Jedenfalls stürzte ich vom Trampolin, beschrieb
einen hohen Bogen durch die Luft, der mit einem *Krack* und
einer Fissur des Oberschenkelknochens endete. Mein Schmer-
zensgeheul verstummte abrupt, als ich den bitterbösen Blick
sah, den mein Vater meiner Mutter zuwarf. Er packte ihren
Arm und drehte ihn so unnatürlich weit nach hinten, dass
mein eigener Schmerz dagegen verblasste. Meine Mutter fiel
auf die Knie. Mitten im Garten, vor den Augen der Nachbarn
und jedem, der gerade vorbeikam. Niemand sagte etwas. Mein
Vater verdrehte ihr den Arm noch weiter.

»Hab ich dir nicht prophezeit, dass sie runterfallen wird?
Hab ich's dir nicht gesagt? Warum hört in diesem Haus niemand auf mich? Wer bin ich für euch? Ein Nichts?«

Ja, ich hörte auf zu heulen. Weil ich sah, wie mein Vater den
Arm meiner Mutter verdrehte, und weil ich ihn sah. Ihn. Ich
sah seine Silhouette im Fenster des ersten Stocks unseres Hauses, zwischen den Vorhängen. Er beobachtete uns. Obwohl er
nicht mehr als ein Schatten war und obwohl ich ihn noch nie
zuvor dort gesehen hatte, verstand ich sofort, dass er immer
schon da gewesen war.

Es folgten weitere Gelegenheiten für ihn, sich zu zeigen.
Kleinere Stöße, verächtliche Bemerkungen, die eine oder andere Ohrfeige, die bewirkte, dass sowohl meine Mutter als auch
ich beschämt zu Boden blickten. Einmal schloss mein Vater

meine Mutter sechs Stunden lang in der Vorratskammer ein, an den Grund dafür erinnere ich mich nicht mehr. Ein anderes Mal hieb er ihr ein Fleischmesser in die weiche Stelle der Hand, zwischen Daumen und Zeigefinger. Und immer war dort der König, immer versteckt, immer als Silhouette am Rand meines Sichtfelds, immer dort, wo nur ich ihn sehen konnte. Sein Schatten zeichnete sich im Flur ab, sichtbar von meinem Bett, wenn die Schmerzensschreie meiner Mutter durch die Nacht gellten, begleitet vom Knurren meines Vaters. Das Einzige, was in der Turnhalle anders war, war die Tatsache, dass der König diesmal kam, um mich leiden zu sehen, nicht sie.

Meine Finger streichen über das halbe Herz, das um meinen Hals hängt, während sich das Auto immer tiefer in die Eingeweide Berlins bohrt. Ulrike sitzt neben mir auf der Rückbank. Wir sind schnell unterwegs, aber das nehme ich nur nebenbei wahr. Ich denke an meine Mutter, an ihr Spiegelbild im Fenster meines Internatszimmers, an mein eigenes Spiegelbild. Ich weiß nicht, ob sie mich erkennen würde, wenn sie mich jetzt sehen würde. Würde sie vor Angst schreien, wenn ich plötzlich vor ihr auftauchen würde, ein Mensch ohne Gesicht? Ein Mensch, der nur mühsam sprechen kann, übersät mit Wunden, die nicht mehr bluten. Ein Monster. Eine Gorgone.

Ritters Stimme reißt mich aus meinen Gedanken.

»Wie geht's der Brille?«, fragt er Ulrike. »War sie noch heil?«

»Ja.«

Ulrike hasst jede Sekunde, die sie in seinem Auto verbringen muss, zumindest erweckt sie diesen Anschein. Er versucht es erneut, so unbeholfen und plump, wie sie finster und schroff ist.

»Gut, dass ich sie wiedergefunden habe, oder? Sonst wärst du jetzt immer noch blind wie ein Maulwurf, was?«

Ulrike antwortet nicht. Ritter fährt fort:

»Schade, dass du nicht gesehen hast, wie ich diesem Wichser drei Kugeln in den Kopf gejagt habe.«

Ulrike ist stumm und kalt wie ein Grabstein, ihre Hände sind zu Fäusten geballt, die Fingerknöchel weiß.

»Ich war nicht immer ein so guter Schütze«, plaudert Ritter im Tonfall einer Person weiter, die das Fußballspiel vom gestrigen Abend kommentiert. »Dazu ist jahrelanges Training nötig, man muss schießen, schießen und noch mal schießen. Am Anfang ist es eine ganz schöne Herausforderung, ein Ziel auf Kopfhöhe zu treffen, weil der Rückstoß einem den Ellbogen nach hinten schlägt. Falls du mal auf jemanden schießen musst, Mädchen, sieh zu, dass du auf den Körper zielst. Immer auf den Körper. Bloß keine Experimente.«

»Hören Sie auf, mich ›Mädchen‹ zu nennen«, murmelt Ulrike Richtung Autofenster. »Ich werde nie auf jemanden schießen.«

»Umso besser.« Ritter nickt nachdrücklich. »Das überlasst ihr lieber uns Profis.«

»Könnten Sie bitte auf die Straße achten?«

Im Rückspiegel sehe ich, dass Ritters Augen ganz klein werden.

»Ich achte so viel auf den Verkehr, wie es nötig ist. Mit mir am Steuer seid ihr sicher, glaub mir.«

Als wollte er uns das Gegenteil beweisen, beschleunigt er noch mehr. Ulrike seufzt genervt. Berlin fliegt jenseits der Fenster dahin, verschwommen und grauweiß.

»Siehst du? Läuft doch alles wie am Schnürchen.«

»Müssten Sie um diese Zeit nicht arbeiten?«

Vielleicht wusste Ulrike, dass diese Frage ihn dazu bewegen würde, den Fuß vom Gaspedal zu nehmen. Vielleicht war es aber auch nur ein Zufallstreffer.

»Ich wurde von dem Fall abgezogen. Nach Kocajs Tod hielt es mein Vorgesetzter für besser, dass ich erst mal Urlaub nehme.«

»Und den verbringen Sie damit, sich in Clubs zu schleichen und dort herumzuballern.«

»Euch zu retten«, stellt Ritter klar. »Ich verbringe ihn damit, euch den Arsch zu retten.«

»Könnten Sie bitte endlich aufhören, den Superhelden zu spielen? Wir sind keine zwei hilflosen kleinen Mädchen, die gerettet werden müssen. Wir können selbst auf uns aufpassen.«

Ich würde ihr gern widersprechen, halte jedoch lieber den Mund. Mir ist klar, dass Ulrike aus reinem Selbstschutz die Wahrheit leugnet, und mir ist auch klar, dass sie die ganze Angst, die sie im Loch durchstehen musste, nun an diesem armen Kerl auslässt. Weniger klar ist mir, wie ich sie aus dieser Spirale herausholen kann. Wahrscheinlich muss sie selbst den Weg hinausfinden. Fürs Erste bleibt Ritter ihr Prügelknabe.

»Na klar. Das hätte ich gern gesehen, wie ihr aus der Nummer wieder rauskommt«, knurrt er.

»Uns wäre schon was eingefallen.«

Ritter schnaubt verächtlich. »Das ist mal wieder typisch für euch: Wenn wir euch zu Hilfe eilen, werden wir zusammengestaucht, aber wenn man euch klipp und klar fragt, wie denn die Alternative aussieht, kommt nichts.«

»Wie bitte?!« Ulrike hat sich in eine aufs Äußerste gespannte Steinschleuder verwandelt. »Typisch für *uns*?!«

»Ike ...«

Ritter löst für einen Moment den Blick von der Straße und richtet ihn auf Ulrike, um ungerührt zu bestätigen:

»Ja, für euch. Ihr seid alle gleich.«

Es sind die letzten vier Wörter, die Ulrike gebraucht hat, um zu explodieren.

»Halten Sie an. Halten Sie sofort den Wagen an. Anhalten!«

Ritter bremst und rollt an den Straßenrand. Noch bevor das

Auto komplett zum Stehen gekommen ist, reißt Ulrike schon die Tür auf und springt in den Schnee hinaus, der den Parkstreifen bedeckt.

Wir befinden uns mitten im Nirgendwo, auf einer zweispurigen Straße, an der sich Häuschen mit Schornstein drängen. In der Ferne sind eine Tankstelle und das halb mit Schnee bedeckte Schild eines griechischen Restaurants zu sehen. Ulrike stapft mit geballten Fäusten und angespanntem Hals los und stößt nach sechs Schritten ein Brüllen aus, wie ich es ihrem kleinen, schmalen Körper niemals zugetraut hätte.

»Du widerlicher alter Dickwanst! Ich hab die Nase voll! Gestrichen voll! Gestern verspeist mich fast ein Monster, verdammte Scheiße, und jetzt kommt dieses Arschloch an und meint, wir wären alle gleich! Elender Mistkerl! Ich kann nicht mehr!«

Ich bin ebenfalls aus dem Auto ausgestiegen und verharre ratlos ein paar Schritte von meiner Freundin entfernt. Sie schreit sich unterdessen weiter heiser. Dass in mehreren Häusern die Vorhänge zurückgezogen werden, scheint ihr vollkommen egal zu sein. Nach und nach wird ihr Gebrüll leiser und geht schließlich in Weinen über. Sie schlägt die Hände vors Gesicht.

»Geh und nimm deine Freundin in den Arm.«

Ich zucke zusammen. Ritter ist neben mir aufgetaucht. Nachdem ich ihn eine Sekunde angestarrt habe, gehe ich zu Ulrike und umarme sie. Sie klammert sich mit der Verzweiflung einer Schiffbrüchigen an mich.

»Ich kann nicht mehr«, schluchzt sie. »Ich kann nicht. Du bist stark, Becca. Ich nicht. Ich bin nicht stark. Ich ertrage das nicht länger. Ich hatte mir fest vorgenommen, es diesmal zu schaffen, aber ich kann einfach nicht.«

Ich würde sie gern fragen, was sie damit meint, weiß jedoch, dass ich jetzt am besten den Mund halte. Sie muss selbst entscheiden, ob sie sich alles von der Seele reden möchte. Also halte ich sie nur schweigend im Arm, bis das Schluchzen allmählich aufhört. Was bleibt, sind ihre Atemzüge, schwer, aber regelmäßig.

»Es war vor drei oder vier Jahren«, stößt sie schließlich hervor, und die Tränen machen gurgelnde Geräusche in ihrem Hals. »Du warst damals noch nicht an unserer Schule. Ein paar Mädchen aus meiner Klasse hatten sich ein Opfer ausgesucht, sie hieß Dunja. Einfach so, ohne bestimmten Grund.«

Ulrike schluckt. Ihr ist anzumerken, wie viel Überwindung es sie kostet, mir das zu erzählen.

»Eines Nachts schlichen wir uns in ihr Zimmer. Ich glaube, wir waren zu fünft. Sie schlief. Zwei hielten ihren Körper auf dem Bett fest, eine packte ihren Kopf. Und die vierte rasierte ihr die Augenbrauen weg.« Sie schüttelt den Kopf, Tränen glitzern auf ihren Wangen. »Ich selbst habe mich nicht beteiligt, aber ich habe auch nichts dagegen unternommen. Ich stand an der Tür, ohne etwas zu sagen, ohne etwas zu tun. Dunja wachte auf und schrie, und das Mädchen an ihrem Kopf hielt ihr die Augen und den Mund zu. Ich hätte wegrennen und Hilfe holen können. Oder Dunja zumindest verraten, wer die Täterinnen waren. Ich war zu feige.«

Sie klammert sich noch heftiger an mich, als hätte sie Angst, der Wind könnte sie von mir fortreißen. Ich drücke sie fest an mich.

»Ich hatte mir geschworen, dir zu helfen und dieses Mal nicht untätig danebenzustehen, aber ich kann nicht, Rebecca. Ich kann nicht.«

Sie weint jetzt nicht mehr. Ihr Kopf ruht an meiner Schulter. Ich streiche ihr über die Haare und sehe aus dem Augenwinkel, dass Ritter näher kommt.

»Na also«, sagt er. »Du hast es geschafft. Jetzt ist es raus, und dir geht es besser.«

Ulrike sieht ihn verblüfft und mit einer Prise Misstrauen an.

»Haben ... Haben Sie mich etwa absichtlich so auf die Palme gebracht?«

Ritter sieht sie ernst an. »Ich musste den Stöpsel ziehen, damit rausfließen konnte, was dich innerlich vergiftet hat. Wenn du dich nicht ausgeheult hättest, hättest du die Sache weiter mit dir herumgeschleppt, und es wäre immer schlimmer geworden. Glaub mir.«

Wir starren es beide an, dieses Schnurrbart tragende, übergewichtige Rätsel von einem Mann. Es ist Ulrike, die das letzte Restchen Hysterie mit einem albernen, fast schon kindischen Kichern vertreibt.

»Sollte das umgekehrte Psychologie sein, oder wie?«

Ritter lässt sich zu einem schiefen Grinsen herab, das ihn noch hässlicher macht, als er ohnehin schon ist.

»Bei dem Lärm, den du hier veranstaltet hast, hat bestimmt jemand die Polizei gerufen. Schnell ins Auto, bevor die Kollegen da sind.«

Ich bringe Ike zum Wagen und helfe ihr einzusteigen. Sie zittert zwar, aber ich habe dennoch den Eindruck, dass sie sich von einer großen Last befreit hat.

»Sie denken nicht wirklich, dass wir alle gleich sind, oder?«, fragt Ulrike.

»Interessiert dich doch sowieso nicht, was ich widerlicher alter Dickwanst denke.«

Ike und ich sehen uns an.

Eine Viertelstunde später parken wir das Auto. Der Schnee auf dem Gehweg ist makellos weiß, ganz anders als der schmutzigbraune Matsch von Neukölln. Hier gibt es nirgendwo Menschenmassen, die rund um die Uhr in alle Richtungen hasten. Auch keine leeren Flaschen, keinen Hundekot und keine Graffiti. Letzteres mit einer Ausnahme: dem Symbol, das neben die

Tür eines unscheinbaren Hauses in der Wittenberger Straße gesprayt ist.

»Da drinnen habe ich monatelang ein Zwiegespräch mit dem König geführt«, erkläre ich den beiden. »Er war es, der mir Anweisungen gegeben hat. Wenn wir ihn wirklich bitten wollen, uns den Weg zu ihm zu zeigen, dann hier.«

»Und warum sollte er dir antworten?«, fragt Ritter. Sein Tonfall ändert sich, wenn er mit mir redet.

»Weil ich entkommen bin. Ich habe den Raucherbereich wieder verlassen, ohne seine Erlaubnis. Das gefällt ihm gar nicht.«

»Er wird dir eine Falle stellen«, warnt Ulrike.

Unglaublich, aber wahr: Ritters pseudo-psychologischer Trick hat Wunder an ihr vollbracht. Auch wenn sie todmüde ist – der verstörte Ausdruck in ihren Augen ist verschwunden. Man hat nicht mehr den Eindruck, neben einer tickenden Zeitbombe zu stehen.

»Lukas hat das bewirkt, oder?«, fragt Ritter unvermittelt. »Es war sein Tod, der dich wieder zurückgeholt hat.«

Das dritte lässt dich zurückkehren, denke ich.

»Keine Ahnung«, lüge ich. »Und es ist mir auch egal.«

Ritter sagt nichts. Ich weiß auch so, was er denkt: dass es *ihm* nicht egal ist. Was er wohl tun wird, wenn wir tatsächlich zum König gelangen? Auf ihn schießen? Wird das reichen?

Im Innenhof herrscht eine unheilverkündende Stille. Schweigend stapfen wir durch den Schnee zur Tür. Die Echos unserer Schritte auf der Treppe unterhalten sich miteinander, raunen sich Geheimnisse zu, die wir selbst einander nicht eingestehen wollen. Als wir vor der mit dem Feuersymbol markierten Tür stehen, sehen wir uns für einen kurzen Moment in die Augen.

Dann gehen wir hinein, wohl wissend, dass es hier Dinge gibt, die brennen.

Wir stehen in der Bibliothek, die sich Das Feuer nennt. Der modrige Geruch von altem Papier dringt uns in die Nase, und das in dieser Jahreszeit so bleiern wirkende Tageslicht versickert hier vollends im Halbdunkel der schwach beleuchteten Zimmer und Flure. Ich habe mich nie wirklich in diesem Labyrinth zurechtgefunden, und Ulrike war überhaupt noch nie hier. Die Vorsicht in ihrem Blick weicht Verwunderung. Sie weiß, dass dieser Ort gefährlich ist, aber ihre Augen sehen nur eine Bibliothek voller alter Bücher. Ritters Körper ist hingegen angespannt und leicht zur Seite geneigt, seine Hand liegt an der Pistole, mit der er auf Lazlo Gupta und dessen Leibwächter geschossen hat. Ich vermute, dass es sich nicht um ein konventionelles Modell handelt, wie es Nachwuchspolizisten zusammen mit dem Dienstausweis ausgehändigt bekommen.

»Ich erinnere mich nicht mehr, wo wir hinmüssen«, gesteht er widerstrebend.

»Ich auch nicht. Es ist alles anders«, sage ich.

»Was meinst du?«

»Die Bibliothek hat sich irgendwie verändert. Als ich das letzte Mal hier war, gingen noch nicht so viele Türen von diesem Flur ab.«

»Das kann doch nicht sein«, lautet Ulrikes skeptischer Kommentar.

»Er versucht, sich zu schützen«, mutmaßt Ritter. »Bestimmt versteckt er sich irgendwo hier drinnen.«

»Dann müssen wir ihn wohl suchen.«

Ich setze mich in Bewegung und marschiere den Hauptflur entlang, der von drei weiteren Fluren durchschnitten wird. Jeder dieser Flure mündet in einen Saal, der seine eigenen Geheimnisse birgt. Überall Türöffnungen, durch die man in Räume gelangt, die wiederum in Türöffnungen münden. In einem Saal sitzt ein Mann im Schneidersitz auf dem Boden, mit einem offenen Buch auf dem Schoß. Er weint stumm vor sich hin. In einem anderen steht ein Mann mit einem schwarzen Regenmantel in der Ecke, das Gesicht an die Wand gelegt. In einem dritten reißt ein älterer Herr Seiten aus einem Buch und stopft sie sich eine nach der anderen in den Mund. Dazwischen sind noch mehr Flure, noch mehr Räume, noch mehr Bücher.

Irgendwann nehme ich aus dem Augenwinkel eine Bewegung wahr und bleibe stehen. Ulrike prallt beinahe gegen mich. Jenseits der Türöffnung, auf deren Höhe ich haltgemacht habe, steht ein Tisch, auf dem sich alte Bücher stapeln und benutzte Kaffeebecher drängen. Aus den Bechern ragen Kugelschreiber und Bleistifte, und hinter dem Tisch sitzt Hannes. Ich höre Ritters schwere Atemzüge, den Schleim in seiner Kehle. Hannes hält lustlos die übliche E-Zigarette zwischen seinen Fingern, die in einem abgewetzten Wollhandschuh stecken. Er starrt auf den Bildschirm des Laptops, der offen vor ihm steht, und eine schmale Dampfsäule steigt von seinen Lippen auf und gesellt sich zu dem Schmutz, der sich an der Decke angesammelt hat. Ich gehe durch die Türöffnung und baue mich vor ihm auf. Ritter und Ulrike folgen mir. Hannes reagiert nicht. Was auch immer er auf jenem Bildschirm betrachtet, es ist deutlich interessanter als wir.

»Wo ist der Hexenraum?«, frage ich laut.

Endlich wendet er den Blick von seinem Laptop ab. Als er

mich sieht, grinst er mit zusammengekniffenen Lippen, was sein Gesicht noch widerlicher macht.

»Rebecca.« Offenbar hat er mich an der Stimme erkannt. »Wie schön, dich wiederzusehen.«

»Das letzte Mal hast du dich nicht so über meine Anwesenheit gefreut.«

Er erinnert sich plötzlich an seine E-Zigarette, hebt sie zum Mund und zieht gierig daran.

»Ist doch Schnee von gestern.« Er fährt sich schmatzend mit der Zunge über die Lippen. »Mein Angebot gilt übrigens nach wie vor, falls du noch mal darüber nachdenken möchtest.«

Ritter will den Mund aufmachen und sich einmischen, aber ich komme ihm zuvor und ziehe mir die Kapuze vom Kopf, präsentiere Hannes den ganzen Horror jener blutigen Masse, die von meinem Gesicht übrig geblieben ist. Weder Ulrike noch Ritter können verhindern, dass sie zusammenzucken. Zu meiner Überraschung verbreitert sich Hannes' Grinsen noch.

»Das schreckt dich kein bisschen ab, oder?«

»Warum sollte es?« Seine wässrigen Augen gleiten gierig über meinen Körper. »Suchst du ein bestimmtes Buch? Oder ziehst du es vor, mit mir ins Hinterzimmer zu kommen, damit ich schauen kann, was ich dort für dich habe?«

»Dieser Typ ist vollkommen krank«, fasst Ulrike in fünf Worten zusammen, was wir alle denken.

»Wo ist das Hexenzimmer?«, wiederhole ich und betone dabei jede Silbe einzeln.

»Wie du willst.« Wieder zieht er an seiner E-Zigarette. Diesmal bläst er den Dampf in meine Richtung. »Ein Flur weiter und dann zweimal rechts. Dort müsste es sein. Wenn du es nicht findest, komm noch mal zu mir.«

Ich mache auf dem Absatz kehrt und gehe mit Ritter und Ulrike im Schlepptau los. Wir kehren zum Hauptflur zurück, biegen an der nächsten Abzweigung rechts ab, durchqueren einen Raum und halten uns erneut rechts. Und wen sehen wir vor uns? Hannes, der uns hinter seinem Schreibtisch dämlich entgegengrinst.

»Was soll die Scheiße?«, murmelt Ritter verärgert.

»Ach so, das Hexenzimmer«, sagt Hannes. »Diesen Flur entlang und dann dreimal links. Wenn du es nicht findest, komm noch mal zu mir.«

Ritter macht drohend einen Schritt auf ihn zu.

»Hör mal zu, du Komiker ...«

»Einen Moment«, unterbreche ich ihn. »Hannes, wenn wir diesen Flur entlanggehen und dann dreimal links abbiegen, kommen wir wieder genau hier raus, oder?«

»Nicht, dass ich wüsste.«

Natürlich weiß er es. Er weiß es ganz genau.

»Der König will nicht, dass wir zu ihm gelangen«, flüstert Ulrike neben mir.

Ich schüttle den Kopf. Das trübe Dämmerlicht, das in den Räumen herrscht, verwirrt mich zusehends. Ein Mann schleicht auf einem Flur in der Nähe vorbei. Allmählich kommen mir die Kunden des Feuers wie Spinnen vor, die sich in die Ecken ducken und darauf lauern, dass sich jemand in ihr Netz verirrt.

»Nein«, antworte ich Ulrike. »*Ihr* sollt nicht zu ihm gelangen. Er will mich allein.«

»Tja, da kann er lange warten«, sagt Ritter. Ich ignoriere ihn und wende mich erneut an den Widerling, der grinsend hinter seinem Büchertisch lümmelt.

»Ich finde den Hexenraum nicht, Hannes. Könntest du mich bitte hinbringen?«

Seine Augen, die von Milchseen umgebenen Speichelklecksen ähneln, mustern mich von Kopf bis Fuß. Er steht auf. Sein Stuhl kratzt über den Boden.

»Klar.«

»Wartet hier auf mich.«

»Auf keinen Fall.«

Ich drehe mich zu Ritter um.

»Wartet hier. Bitte.«

Vorsichtshalber schließe ich innerhalb der Jackentasche die Finger um den Griff der Sichel. Hannes schlurft vor mir einen Flur entlang. Wir kreuzen einen quer verlaufenden Flur, dann noch einen und schließlich einen dritten. Noch immer gehen wir geradeaus. Dann biegen wir ab und wechseln kurz darauf erneut die Richtung. Hannes redet nicht. Mir ist es nur recht. Wir begegnen weiteren Kunden, grauen, verstohlen agierenden Männlein. Einer von ihnen, ein Typ mit dünnem, schweißnassem Schnurrbart, folgt uns mit seinem Blick, bis wir um die letzte Ecke verschwunden sind.

Hannes bleibt vor einer Türöffnung stehen, die genauso aussieht wie alle anderen, an denen wir vorbeigekommen sind. In diesem Teil des Feuers sind die beklemmenden Stehlampen noch spärlicher verteilt, überall lauern tiefe Schatten. Hannes weist mit dem Kinn ins Innere des Raums.

»Ich warte hier auf dich. Falls du mich für irgendwas brauchst.«

»Ich werde wieder in deine Bücher kritzeln«, kündige ich an.

Er macht einen Schritt nach hinten, und die Dunkelheit des Flurs verschluckt sein halbes Gesicht.

»Tu das lieber nicht. Ich will dich nicht bestrafen müssen, he he.«

Meine Hand schließt sich noch fester um den Griff der Sichel, aber ich lasse sie, wo sie ist. Nachdem ich mich von Hannes weggedreht habe, überquere ich die Türschwelle. Mich erwarten dieselben drei quer verlaufenden Regalreihen, dieselbe Stehlampe, dieselbe Totenstille. Ich bin allein im Raum und schlüpfe rasch in den üblichen Gang. Dort fahre ich mit den

Fingern über die Buchrücken und finde schließlich das Buch, das ich suche: *Raucherbereich*.

Meine Hand verharrt vor dem Regal. Nein, ich werde nicht wieder dieses Spielchen spielen. Mein Blick gleitet über die Bücher, die nackten Wände, die mit Klauen bewehrten Schatten, die mich umzingeln. Ich habe die Spielchen satt. Kurz entschlossen ziehe ich die Sichel aus der Jackentasche und mache mit ihr einen Schnitt, der das ganze Regal von oben nach unten durchzieht. Dann folgt ein weiterer Schnitt, der schräg nach oben verläuft. Ich schneide und ritze, schlitze mit dem Mondmesser die Buchrücken auf, so wie mir in der Lagerhalle die Haut aufgeschlitzt wurde. Als ich fertig bin, sind entlang des Regals drei Wörter zu lesen:

WO BIST DU

Ich halte inne und warte darauf, dass Hannes hereinstürmt und mich anbrüllt. Nichts passiert. Die Sekunden verstreichen und werden zu Minuten. Der Leuchtkörper der Stehlampe gibt ein unangenehmes Summen von sich. Das Einzige, was sich im Hexenraum bewegt, ist der Staub, den ich beim Aufschlitzen der Bücher aufgewirbelt habe.

»Wo bist du?«, frage ich laut. »Wo hast du dich versteckt?«

Niemand antwortet mir. Alles ist in Reglosigkeit und Stille erstarrt, als befände ich mich tief unten im Meer. Vielleicht erschrecke ich deshalb so sehr, als ein Buch aus dem Regal auf den Boden fällt. Es klingt, als wäre ein Sargdeckel zugeknallt.

Ich nähere mich dem Buch, obwohl ich es schon von Weitem wiedererkannt habe: *Wir Kinder vom Bahnhof Zoo*. Ich beuge mich hinunter, hebe es auf. Blättere die Seiten um. Etwas Ähnliches wie Angst kribbelt in meinem Bauch. Ich gelange zu einer bestimmten Seite, lese das, was dort steht, ein einziges Mal. Es genügt, damit mir das Buch aus der Hand fällt.

Hinter

dir

Hallo, Rebecca.

Die Sichel rutscht mir aus den Fingern und landet mit einem Klimpern auf dem Boden. Ich drücke den Rücken gegen die von mir geschundenen Bücher. Er ist hier. Auf der anderen Seite des Regals. Ich nehme ihn schemenhaft wahr, durch die Bücherreihen hindurch. Die Umrisse seiner Gestalt, den langen, endlos erscheinenden Umhang, besetzt mit so vielen, so unendlich vielen ihm zu Ehren ausgerissenen Zähnen. Die gelblichen, rissigen Pergamentfetzen, die einen Großteil seines Gesichts bedecken. Nein, es ist kein Pergament, es sieht aus wie Leder, vermutlich Frauenhaut. Seine Augen sind kaum zu erkennen unter einer Kapuze, auf der jene halbmondförmige Krone mit den zwei Spitzen sitzt.

Wenn man gegrüßt wird.

Gebietet es der Anstand.

Zu antworten.

Ich atme tief durch. Vor mir steht der König.

»Hallo.«

Schon besser.

Ich bin gekommen.

Um dir zu sagen.

Dass du es sehr gut machst.

»Was? Was mache ich gut?«

Die Gestalt bewegt sich am Regal entlang. Ich weiche in die entgegengesetzte Richtung aus. Mein Fluchtreflex ist absurd. Der König müsste nur um die Regalreihe herumgehen, und schon hätte er mich. Oder noch nicht mal das: Er könnte ein Regal auf mich werfen, mich bewegungsunfähig machen. Stattdessen schreitet er weiter hinter den Büchern auf und ab, mit den langsamen, geschmeidigen Bewegungen eines Hais.

Du rückst immer näher.

Du bist entkommen.

Aus dem Raucherbereich.

Und hast den armen.

Gupta umgebracht.

»Der ›arme‹ Gupta hat eine deiner Kirchen betrieben«, sage ich anklagend. »Wer weiß, wie viele schreckliche Taten innerhalb ihrer Wände verübt wurden, allesamt dir zu Ehren.«

Die Augen, die mich durch die Bücher hindurch fixieren, verengen sich. Der König erreicht das Ende der Reihe, macht kehrt und geht denselben Weg zurück. Hin und her. Katz und Maus.

Oh, das weiß ich genau.

Ich kenne die Anzahl.

Der schrecklichen Taten.

Möchtest du sie wissen?

So unauffällig wie möglich senke ich den Blick auf die auf dem Boden liegende Sichel. Die Entfernung ist nicht allzu groß. Der König gibt eine Art Zähneklappern von sich, unter dem ein tiefes, bedrohliches Knurren zu hören ist.

Ich warne dich, Rebecca.

Auch wenn du sehr nah bist.

Auch wenn du es schaffst.

Meinen Thron zu erreichen.

Wirst du mich nicht töten können.

Die Antwort sprießt in irgendeinem dämmrigen Winkel meiner Brust heran und treibt ohne mein Zutun aus, wächst zwischen meinen Lippen hervor.

»Ich will dich nicht töten.«

Der König bleibt stehen. Ein Beben, das vielleicht nur in meiner Fantasie existiert, erschüttert sämtliche Bücher im Raum. Sein stechender Blick bohrt sich in mich hinein und lähmt mich.

Was willst du dann, Rebecca?

Warum suchst du mich?

Ich antworte nicht. Wenn ich nicht so hypnotisiert wäre von

ihm, wenn meine Sinne nicht so betäubt wären von seinem Gestank, von der flackernden Hitze, die der König verströmt, hätte ich vielleicht gemerkt, dass sich mir jemand vom Rand des Regals aus nähert. Irgendwann nehme ich eine Präsenz wahr, kann jedoch nichts dagegen tun. Im Moment beschränkt sich meine ganze Welt auf den König, auf die tellurische Anziehungskraft, die von ihm ausgeht.

Ich brenne darauf.

Dass du zu mir kommst.

Dass du durch meine Tür trittst.

»Wo ist die Tür, die mich zu dir führt?«, frage ich, und noch während ich es ausspreche, wird mir klar, dass ich ihm erneut in die Falle gegangen bin.

Die Tür ist bei deiner anderen Hälfte.

Allerdings muss ich dir leider sagen.

Dass ich es dir nicht leichtmachen werde.

Eine Hand legt sich über meinen Mund, bevor ich weitere Fragen stellen kann. Eine zweite Hand schiebt sich um meinen Oberkörper, hält mir die Arme fest. Ich wehre mich. Im Gerangel gehen wir beide zu Boden. Er ist jetzt über mir. Wie eine Flüssigkeit breitet sich Ekel in mir aus, als ich sehe, dass es Hannes ist, der mich umklammert. Hinter ihm beobachtet uns der König, von seinem geschützten Posten hinter dem Regal.

»Sieh dir an, was du für einen Schaden angerichtet hast.« Hannes kniet sich auf meine Oberschenkel, fixiert meine Beine, damit ich ihn nicht treten kann. »Ich werde dich bestrafen müssen.«

Er legt mir seinen Unterarm auf die Brust und drückt mich mit seinem ganzen Gewicht zu Boden. Ich widersetze mich und schreie, was ihn nur noch mehr erregt. Ich kreische um Hilfe, bis ich heiser bin, aber niemand kommt. Der König beobachtet uns. Hannes fummelt mit der freien Hand an seinem

Gürtel herum. Das Weiße seiner Augen ist blutgeädert, und zwischen seinen halb offenen Lippen hängen Speichelfäden, die auf meine zusammengebissenen Zähne fallen. Nein, nein, nein, nein, nein! Der König bekommt alles mit. Hannes' Erektion drückt sich gegen mein Bein, reibt sich an mir. Er leckt mir die durchtrennten Gesichtsmuskeln ab.

»Deine Veränderung gefällt mir – Rebecca im Rohzustand«, lallt er, wahnsinnig vor Erregung. »Seit du Das Feuer zum ersten Mal betreten hast, wollte ich das hier mit dir anstellen.«

Er wird es durchziehen, hier auf dem Boden, vor den Augen des Königs. Mit einem Ruck zieht er mir die Hose auf Kniehöhe herunter. Ich weine, aber nicht vor Angst oder Schmerzen. Ich weine vor Wut. Es ist ein jahrtausendealter, weißglühender Zorn, der mich erfasst. Mit geballten Fäusten schreie ich ihn heraus, wünsche mir Rache für jedes einzelne Mal, dass uns ein ekelhaftes Raubtier wie das, das nun auf mir kauert, am Boden festgehalten hat. Ich weine für jede Frau, die vor mir geweint hat, schreie für jeden Hilfeschrei, den niemand erhört hat. Es ist ein monströser Zorn, das Brüllen einer Bestie, die ihre Zähne entblößt, deren Rachen offen steht, bereit zuzubeißen. Und ich beiße zu, und wie ich zubeiße. Ich beiße und beiße, auch dann noch, als ich zunächst den Schreck in Hannes' Gesicht sehe, dann das Entsetzen und schließlich die Gewissheit, dass nicht er das Raubtier ist, sondern ich. Er ist einem wahrhaftigen Monster zum Opfer gefallen. Einer Gorgone.

»Rebecca! Rebecca! Reb...«

Ulrikes Stimme verstummt jäh, als sie und Ritter endlich den Hexenraum finden. Meine Freundin reißt die Hände vor den Mund, kann jedoch nicht verhindern, dass sie sich schwallartig auf den Boden erbricht. Ritter lässt neben ihr die Pistole sinken. Er sagt nichts, ist kreidebleich geworden.

Ich sitze zitternd auf dem Boden, flankiert von den beiden

Hälften, in die ich Hannes zerteilt habe. Die Ungläubigkeit ist auf ewig in seinem durchtrennten Gesicht erstarrt. Meine Hose hängt noch immer auf Kniehöhe, und auf meinen Oberschenkeln hat sich eine Mischung aus Blut, Eingeweiden, Muskeln und zermalmten Knochen angesammelt.

»Mir scheint, ich habe Zähne«, sage ich zu den beiden.

Hinter dem Bücherregal ist der König verschwunden.

14

Deine andere Hälfte

»Nein, ich schwöre Ihnen, dass es mir gutgeht. Ich übernachte nur bei einer Freundin. Nein. Nein, nein. Ganz sicher nicht. Ja, das schon, natürlich. Gleich morgen früh. Ja, unser Geheimnis. Sie sind der Beste, vielen Dank!«

Ulrike legt auf. Ritter kann nicht stillsitzen und dreht seine Runden durchs Wohnzimmer. Ich glaube, keiner der beiden wagt es, über die Ereignisse im Feuer zu sprechen. Als wir die Bibliothek verließen, merkten wir, dass wir viele Stunden in ihr zugebracht hatten. Inzwischen waren so viele eigentlich unmögliche Dinge um uns herum passiert, dass wir uns nicht darüber wunderten. Ritter bestand darauf, dass wir einen Zwischenstopp bei ihm zu Hause einlegten. Während ich mich im Badezimmer säuberte, verteilte er sieben Fingerbreit Wodka auf drei Schnapsgläser. Ich habe meins nicht angerührt, aber er sieht aus, als könnte er noch ein zweites vertragen.

»Mit wem hast du telefoniert?«, fragt er Ulrike.

»Mit Bernhard.«

»Wer ist Bernhard?«

»Der Pförtner vom St.-Marien-Internat.«

»Was ist mit Frau Lenski passiert?« Er beantwortet sich seine Frage in Gedanken selbst und nickt. »Ach so. Klar.«

»Es ist schon spät«, fügt Ulrike hinzu, ohne dass jemand eine Erklärung von ihr verlangt hätte. »Ich will nicht, dass irgendjemand im Internat denkt, mir wäre was passiert. Die sind dort alle schon nervös genug.«

»Es war gut, dass du ihn angerufen hast. Eine Vermisstenmeldung bei der Polizei ist wirklich das Letzte, was wir jetzt brauchen können.«

Die Blicke der beiden wandern zu mir. Ich sitze am Kopfende des Wohnzimmertischs. Seit wir Das Feuer verlassen haben, habe ich kein Wort gesagt. Im Hexenraum stand ich auf, zog mir die Hose über die blutige Masse, die an meinen Beinen klebte, und marschierte Richtung Ausgang, gefolgt von Ritter und Ulrike. Aus den Leseräumen tauchten mehrere Köpfe auf, schweigend. Ich sah es nicht mehr mit eigenen Augen, aber ich stellte mir vor, wie sich die Kunden der Bibliothek um die zwei Hälften von Hannes' Kadaver scharten, wie sie dort unbeweglich standen und ihn anstarrten. Ich weiß, oder glaube zumindest zu wissen, dass einige dieser Kunden immer dieselben sind. Sie sind keine Wächter. Auch keine Gespenster. Sie sind etwas anderes. Und sie sind immer dort.

Hier im sepiagetönten Halbdunkel von Ritters Wohnzimmer suchen uns unsere eigenen Gespenster heim. Die Dunkelheit kratzt von außen an den Fenstern, und der beginnende Winter ist wie ein gewaltiger Wurm, der durch die Straßen kriecht und die wenigen verirrten Fußgänger, die noch unterwegs sind, mit seinem Eisrachen verschlingt. Ritter hat die Lichter eingeschaltet, vorsintflutliche Glühbirnen in altmodischen Stehlampen, die dem Raum ein künstliches Aussehen verleihen, ihn wirken lassen wie ein Bühnenbild. Nirgendwo hängen oder stehen gerahmte Fotos herum – Ritter scheint schon immer allein gewesen zu sein. Ich frage mich, was seine Geschichte ist, weiß jedoch, dass er und Ulrike zunächst meine erfahren wollen.

Es ist Ritter, der endlich die Frage formuliert, die beiden keine Ruhe lässt:

»Was ist dort drinnen passiert, Rebecca? Was hast du mit diesem Kerl gemacht?«

Meine aufgeschürften Finger spielen am Rand des Glases herum.

»Wollen Sie nicht lieber fragen, was *er* mit *mir* gemacht hat?«

Nein, natürlich nicht. Man fragt immer nur uns. Hannes wäre ohnehin nicht mehr in der Lage zu antworten, also spreche ich für ihn. Ich erzähle, was sich im Hexenraum ereignet hat, wie der König erschienen ist, was er zu mir gesagt hat. Was Hannes versucht hat mir anzutun und was ich ihm angetan habe.

»Ich kann das alles nicht glauben, Rebecca«, murmelt Ulrike schockiert.

»Nenn mich nicht Rebecca. Rebecca ist tot. Sie hat in einer Lagerhalle in Tempelhof ihr Leben ausgehaucht, nachdem sie vergewaltigt und gefoltert wurde, nachdem sie Schmerzen erleben musste, die niemand nachvollziehen könnte, ohne verrückt zu werden. Was übrig geblieben ist, ist nicht Rebecca. Das bin ich.«

»Bitte, Rebecca«, fleht sie. »Hör nicht auf das dumme Gerede dieser bescheuerten Alten!«

»Diese bescheuerte Alte hat uns geholfen.«

»O Mann!« Ike massiert sich genervt die Schläfen. »Inwiefern hat sie uns geholfen, kannst du mir das bitte mal verraten? Inwiefern hat sie *dir* geholfen? Sie hat dir geraten, in eine Bibliothek für Perverse zu gehen und dort in den Büchern herumzukritzeln, und dann hat sie dich zu einem Scheißkerl geführt, der dich vergewaltigt und gefoltert hat. Und jetzt sagt sie dir, dass du nicht mehr du selbst bist, sondern ein Monster. Was ist das für eine Hilfe?«

»Eine Hilfe, die ich brauche, um den König zu finden.«

Ulrike verschränkt die Arme vor der Brust, mit verkniffenen Lippen und vorgestrecktem Kinn.

»Ich kann dieses Gefasel vom König nicht mehr hören.«

In diesem Moment schaltet sich Ritter ein:

»Deine andere Hälfte«, sagt er. Wir drehen uns zu ihm um. »*Die Tür ist bei deiner anderen Hälfte.* Was wollte der König damit sagen? Wer ist deine andere Hälfte, Rebecca?«

Ulrike und ich schweigen. Er starrt uns unverwandt an.

»Wollt ihr, dass ich es euch sage? Kein Problem.« Er schiebt seine Hand in die Hosentasche und zieht ein Handy heraus, das älter ist als ich. Nachdem er auf den Tasten herumgedrückt hat, zeigt er uns ein Foto. »Deine andere Hälfte.«

Ich weiß nicht, ob Ulrike das Bild wiedererkennt. Ich erkenne es natürlich sofort. Es zeigt mich auf dem Hügel im Görlitzer Park, in einem gelben Kleid und mit Sonnenbrille. In der Brille spiegelt sich Yousuf, der das Foto damals gemacht hat. Genau dieses Bild hing – von einer Stecknadel durchbohrt – an der Pinnwand meines Internatszimmers in der St.-Marien-Schule. Auf der Rückseite war es beschriftet mit: *Rebecca & Youyou*.

»Nein«, sage ich.

»Nein?«, fragt er und steht auf. »Das werden wir ja sehen.«

Wir legen den Kilometer zur Anzengruberstraße zu Fuß zurück. Ulrike bemüht sich, hinter uns herzukommen, Ritter marschiert entschlossen voraus. Obwohl ich die Überreste von Hannes' Blut so gut ich konnte beseitigt habe, begleitet mich nach wie vor der Gestank. Wenn wir der Polizei über den Weg laufen, weiß ich nicht, was passieren wird.

An der Ecke vor der Flüchtlingsunterkunft bleibt Ritter stehen.

»Deine andere Hälfte«, sagt er. »Deine verdammte andere Hälfte. Ich hasse es, recht zu behalten, aber es ist leider immer so. Um zum König zu gelangen, musst du zu deiner anderen Hälfte gehen. Ich wusste, dass dieses Arschloch dir was angetan hat, ich wusste es von dem Moment an, als ich ihn das erste Mal sah.«

»Yousuf soll dir das angetan haben?«, fragt Ulrike ungläubig.

Ich schüttle den Kopf.

»Yousuf hat gar nichts getan.« Ich stelle mich zwischen Ritter und das Wohnheim. »Warum sind wir hier? Was haben Sie vor?«

»Ich habe vor, ihn endlich zu einem verdammten Geständnis zu zwingen. Diesmal gehen wir nicht rein, ich will nicht, dass seine Kumpels ihn wieder beschützen. Ein zweites Mal tappe ich nicht in diese Falle. Du hast doch bestimmt seine Handynummer, oder?«

Er sagt es zu Ulrike. Sie macht einen Schritt nach hinten, als wollte Ritter sie ausrauben.

»Nein, ich ...«

»Lüg mich nicht an. Ich bin es leid, dass alle mich anlügen. Um diese Zeit müsste er eigentlich in der Unterkunft sein. Tu mir den Gefallen und ruf ihn an. Sag ihm, dass du mit ihm reden möchtest und hier draußen auf ihn wartest.«

Ulrike zögert immer noch.

»Ich denke gar nicht daran. Yousuf hat nichts getan.«

»Wenn es anders nicht geht, nehme ich dir das Handy weg, kein Problem.«

»Herr Ritter, bitte«, versuche ich ihn zu beschwichtigen.

»Komm mir nicht mit ›bitte‹.« Er zeigt mit dem Finger auf mich. »Schau dich an, Rebecca. Siehst du nicht, was sie dir angetan haben? Der König hat es dir selbst gesagt: Um zu seinem Thron zu gelangen, musst du erst deine andere Hälfte aufsuchen. Du kannst diesen Araber gern weiter für unschuldig halten oder ihn aus reiner Starrköpfigkeit verteidigen, aber du kannst nicht leugnen, was offensichtlich ist: Um zum König zu kommen, brauchen wir ihn.«

Ich schweige weiter. *Deine andere Hälfte.* Es stimmt, dass der König das gesagt hat. Allerdings verstehe ich nicht, was das mit Yousuf zu tun haben soll. Wenn ich ehrlich bin, verstehe ich überhaupt nichts mehr. Am liebsten würde ich mich hinlegen und schlafen, ich habe alles so satt. Ulrike und Ritter geht es genauso. Das einzige Hindernis, das wir auf dem Weg dorthin noch überwinden müssen, ist Ritters fixe Idee mit der anderen Hälfte.

Ich seufze.

»Ist gut, ruf ihn an. Aber eins sage ich euch: Wir werden ihm auf keinen Fall wehtun!«

Ritters Schweigen spricht Bände. Ich nicke Ulrike dennoch aufmunternd zu. Sie zieht ihr Handy aus der Tasche und wählt Yousufs Nummer. Ein paar einsame Autos fahren auf der Karl-Marx-Straße vorbei. Die Scheinwerfer sind zu weit weg, um uns zu blenden. Wie immer habe ich das Gefühl, dass wir beobachtet werden, aber zu dieser Stunde und bei dieser Kälte ist Neukölln eine Geisterstadt. Die Fensterscheiben des Einkaufszentrums tragen Trauer, alles ist tot, bis auf den Schnee. Ritter und ich starren uns an. Wir haben uns beide hinter einer unsichtbaren Linie verschanzt, die wir nicht vorhaben zu übertreten.

»Hallo, Youyou? Ja, ich bin's, Ulrike. Ich bin in der Nähe der Unterkunft, bist du da? Nein, komm du besser raus. Ich will dir was erzählen.« Sie wirft mir einen verstohlenen Blick zu. »Es … es geht um Rebecca. Ach so. Ja, nicht schlimm. Ich warte unten an der Tür auf dich. Tschüss.« Sie beendet das Gespräch. »Er hat Küchendienst. Es dauert ein bisschen, er muss noch fertigspülen.«

Schweigen senkt sich über uns herab. In Ulrikes Gesicht lese ich deutlich die tausend Gründe, warum diese Aktion eine schlechte Idee ist. Ich kann ihr nur recht geben. Ritters Züge lassen hingegen eine trotzige Verbohrtheit erkennen. Ich frage mich, was die beiden in meinem Gesicht ablesen würden, aber natürlich haben sie es sich längst abgewöhnt, mir in jene rote Leere zu blicken, die einmal mein Gesicht war.

Ich versuche, die Zeit anhand der Autos abzuschätzen, die die Karl-Marx-Straße entlangfahren. Es kommt kein einziges. Wer weiß, wann sich die Seitentür der Unterkunft endlich öffnen wird.

Yousuf hat nicht mal eine Jacke angezogen. Er trägt eine Jogginghose und ein Sweatshirt aus dem Kleiderfundus, auf dem das ausgeblichene Logo der NASA zu erkennen ist. Ich habe erwartet, dass er erschrocken die Augen aufreißt, wenn er uns zu dritt auf dem Gehweg stehen sieht und die Pistole entdeckt, die Ritter auf ihn richtet, doch erstaunt wirkt er erst, als sein Blick auf mich fällt. Von der tief heruntergezogenen Kapuze und meinem im Schatten liegenden Gesicht lässt er sich keine Sekunde beirren.

»Rebecca.«

»Du da, Hände hoch!«

Mit zwei langen Schritten ist Ritter zwischen uns getreten und baut sich vor Yousuf auf. Der runzelt zwar verärgert die Stirn, hat angesichts der Schusswaffe jedoch keine andere Wahl, als Ritter zu gehorchen. Dabei stößt er eine Reihe arabischer Flüche hervor, für die keiner von uns eine Übersetzung braucht.

»Bitte, Herr Ritter«, versucht Ulrike den Polizisten zu beruhigen.

Aber der befindet sich leider noch immer auf dem Kriegspfad. Er packt Yousuf beim Genick und schleift ihn zu dem Seitenflügel, in dem das Parkhaus untergebracht ist. Am helllichten Tag hätte jeder, der vorbeigegangen wäre und diese Szene beobachtet hätte, die Polizei gerufen. Zusätzlich wären fünf oder sechs Türken aus den angrenzenden Läden gestürzt, um die Bewohner ihres Viertels zu beschützen. Es ist jedoch kein helllichter Tag. Uns umgibt die finstere Novembernacht, und es ist niemand hier, der Zeuge davon wird, wie Ritter Yousuf auf die Knie stößt. Ulrike hängt sich an seinen Arm.

»Bitte«, wiederholt sie flehend. »Er hat nichts getan!«

»Von wegen nichts getan! Scheißdreck!«, knurrt Ritter. »Der König persönlich hat uns auf dich hingewiesen, du Arschloch. Er hat uns gesagt, dass der Weg zu ihm über dich führt.

Du warst es, der Rebecca gefoltert hat, nicht wahr? *Du* hast sie getötet. Du und deine Araberfreunde. Entweder du legst jetzt sofort ein Geständnis ab, oder ich jage dir eine Kugel mitten ins Gesicht.«

Yousuf hat sich widerstandslos bis zur Parkhausmauer ziehen lassen, wo er nun stumm kniet, ohne nach einem Ausweg Ausschau zu halten. Er beschränkt sich darauf, Ritter mit hasserfülltem Gesicht anzustarren.

»Wenn du jetzt nicht endlich den Mund aufmachst ...«

»Schießen Sie«, sagt Yousuf.

Ritter runzelt die Stirn.

»Was?«

»Na los, schießen Sie auf mich. Sie haben beschlossen, dass ich schuldig bin. Ich kann nichts tun, damit Sie Ihre Meinung ändern. Sie und Ihresgleichen haben entschieden, dass wir, die wir fliehen mussten, schuldig sind, dass man uns nicht trauen kann, dass jeder von uns Dreck am Stecken hat. Egal was wir tun, Sie werden es immer so hindrehen, dass wir am Ende die Schuldigen sind. Wenn wir verfolgt werden und flüchten – schuldig. Wenn wir geschlagen werden und uns wehren – schuldig. Wenn jemand mit einer Pistole auf uns zielt – schuldig. Sie hassen uns, weil wir anders sind.«

Yousufs Atem kommt stoßweise aus seinem Mund, in kleinen Dampfwolken. Ritters Kieferknochen sind straff gespannte Klaviersaiten, seine Augen Teiche voller Galle, seine Fingerknöchel frisch gefallener Schnee.

»Rebecca«, sagt er zu mir. »Nimm die Kapuze ab.«

»Was?«

»Ich sage es nicht noch einmal.«

Ich zögere einige Sekunden, dann ziehe ich mir die Kapuze herunter. Ritter zeigt, ohne den Blick von Yousuf abzuwenden, mit der Waffe in meine Richtung. »Schau ihr ins Gesicht, Araber. Schau dir an, was ihr angetan wurde, und dann sag mir, dass du es nicht warst. Sag mir, dass es das erste Mal ist, dass du sie so siehst.«

Yousufs Blick löst sich von Ritter und schweift zu mir. In Erwartung seiner Reaktion, seines Ekels beim Anblick meines entstellten Gesichts, krampft sich alles in mir zusammen.

»Antworte.«

Yousuf, mein Youyou, richtet seine Worte direkt an mich: »Für mich bist du immer noch dieselbe.«

Dieser kurze Satz lässt mich innerlich erzittern. Ritter hält seine Waffe nicht mehr ganz so hoch, lässt sie jedoch nicht vollends sinken. Ich gehe zu Yousuf. Streiche ihm übers Gesicht.

»Es reicht«, sage ich an Ritter gewandt. »Yousuf hat mir nichts getan. Es waren drei kleine, untersetzte Gestalten, die mich in der Lagerhalle gefoltert haben.«

»Vielleicht waren es drei seiner Fr...«

»Herr Ritter«, unterbreche ich ihn, »wenn Sie jetzt nicht sofort die Waffe runternehmen, bringe ich Sie um, das schwöre ich. Direkt hier, auf der Straße. Wenn man Sie morgen früh findet, werden Sie längst kalt sein.«

Ritter schluckt.

»Ich habe keine Ahnung, was das mit der anderen Hälfte soll«, fahre ich fort. »Aber Yousuf ist damit definitiv nicht gemeint. Sie haben sich geirrt.«

»Solche Taten werden immer vom Freund, vom Ehemann, vom Partner begangen«, widerspricht Ritter stur. »Die Statistik ist diesbezüglich ...«

»Statistiken bilden nur Zahlen ab, und wir sind Menschen«, schaltet sich Ulrike ein. »Yousuf hat ihr nichts getan. Niemand ist ein Mörder, nur weil Sie es so wollen. Hören Sie endlich auf damit.«

In den Sekunden, die nun folgen, kämpft Ritter für jeden sichtbar mit sich selbst. Ich weiß nicht, wer die Schlacht am Ende gewinnt, wichtig ist nur das Ergebnis: Er nimmt die Waffe herunter und sichert sie. Dann krümmt er sich vornüber, als wollte er sich übergeben.

»Es tut mir leid«, stößt er hervor. Es ist das erste Mal, dass ich ihn so etwas sagen höre. Ich könnte mir vorstellen, dass er es lange nicht mehr getan hat. »Es tut mir unendlich leid.«

Ich könnte ihn trösten, aber er ist nicht derjenige, der Trost braucht. Ich drehe mich wieder zu Yousuf um.

»Steh auf.«

Er erhebt sich vom Boden und umarmt mich, ohne dass ich ihn darum bitte. Ich reagiere auf seine Wärme, sein Geruch erinnert mich an unseren Tanz auf dem Elsensteg, an viele nicht beendete Gespräche. Sie werden für immer unvollständig bleiben. Ich löse mich von ihm und nehme sein Gesicht zwischen die Hände.

»Verzeih mir«, sage ich zu ihm.

Er antwortet mit einem Gesichtsausdruck, den niemand jemals mit einem Lächeln verwechseln würde. Es ist eher eine Kapitulation.

»Verziehen.«

»Rebecca hat dich sehr geliebt.«

»Du bist Rebecca.«

»Nein.« Ich schüttle den Kopf. »Nicht mehr.«

Yousuf legt seine Hände in meine. Es hat wieder angefangen zu schneien. Berlin denkt nicht daran, uns eine Pause zu gönnen, weder uns noch sonst jemandem.

»In Idomeni wurde eine Bekannte von mir von der Polizei verprügelt. Sie haben ihr das Gesicht komplett zerstört. Sie flüchtete weiter bis Hamburg, vor Kurzem hat sie mir gemailt: Sie hat einen Job gefunden.« Er schüttelt den Kopf. »Schmerzen sind keinem von uns fremd. Ich sehe dich und sehe Rebecca, ich höre deine Stimme, spüre deine Hände und weiß, dass du es bist. Wir alle haben Narben. Es ist wichtig, dass sie heilen, aber auch, dass sie wehtun. Dass sie für immer wehtun.

Schmerz ist nichts Schlechtes. Er hält wichtige Erinnerungen in uns wach.«

Ich habe plötzlich einen Kloß im Hals. Um nichts sagen zu müssen, umarme ich Yousuf erneut. Er beugt sich herunter, legt den Kopf auf meine Schulter, gibt sich ganz meiner Umarmung hin. Als wir uns voneinander lösen, ist Ritter ein Stück näher gekommen. Auf seinem Gesicht liegt ein Ausdruck, den ich bisher noch nicht an ihm gesehen habe. Er streckt Yousuf die Hand hin.

»Ich habe mich getäuscht«, sagt er. »Ich habe zugelassen, dass meine Vorurteile mein Urteilsvermögen trüben. Das tut mir leid.«

Yousuf betrachtet erst die ausgestreckte Hand und dann Ritter. Er erwidert die Geste nicht.

»Leute wie Sie bitten immer erst um Entschuldigung, wenn es zu spät ist. Ich verzeihe Ihnen, wenn ich dazu bereit bin, nicht, wenn Sie es sich wünschen.«

Der Polizist starrt Yousuf für einige Sekunden in die Augen, und wir befürchten schon, dass er wieder zur Waffe greift. Doch er zieht nur seine Hand zurück und nickt, ohne etwas zu sagen. Es gibt nicht mehr viel zu sagen.

Ritter ist schweigsam. Wir haben uns mit der Gewissheit von Yousuf getrennt, dass wir ihn niemals wiedersehen werden. Er wollte nicht wissen, warum wir Ritter zu ihm gebracht hatten, fragte nicht einmal danach. Als Flüchtling weiß er, dass das, was an diesem Abend passiert ist, keine Ausnahme ist, dass ihn in Zukunft noch viele Zusammenstöße, Nötigungen und Anschuldigungen erwarten. Vielleicht nicht so ernste Anschuldigungen wie die, ein Mädchen ermordet zu haben, aber man weiß nie. Vielleicht geht er nach dieser Sache fort aus Berlin, um sich anderswo durchzuschlagen. Er wird für immer das Stigma der Flucht mit sich herumtragen. Wir haben uns nicht voneinander verabschiedet.

Wir sind ratlos, werden nicht schlau aus den Worten des Königs, die er im Feuer an mich gerichtet hat. Ich habe nicht die geringste Ahnung, was er mit meiner anderen Hälfte gemeint haben könnte. Ritter und Ulrike wirken genauso entmutigt wie ich. Die Suche nach dem Thronsaal des Königs ist uns über den Kopf gewachsen. Ike ist diejenige, die die einzige zum jetzigen Zeitpunkt sinnvolle Schlussfolgerung zieht:

»Wir müssen schlafen.«

Sie sagt es, als wir gerade die Treppe zu Ritters Wohnung hochgehen. Er bleibt einen Moment stehen und dreht den Kopf in ihre Richtung. Es sieht aus, als wollte er etwas sagen, aber letzten Endes nickt er doch nur zustimmend mit dem Kopf. Ich überlege, was ihm wohl gerade durch den Kopf gegangen ist. Kurz darauf wird es mir klar.

»Ihr könnt euch in ihr Zimmer legen«, murmelt Ritter, nachdem er die Tür gegenüber seinem Schlafzimmer für uns geöffnet hat. Ulrike und ich tauschen einen Blick aus.

»In das Zimmer von wem?«, fragt Ike, obwohl wir beide ein wenig Angst vor der Antwort haben.

Ritter tritt zur Seite. Wir beugen uns vor und spähen in den Raum. Hellgrün gestrichene Wände leuchten uns entgegen. Hier hängen all die Fotos, die ich in der restlichen Wohnung vergeblich gesucht habe. Auf einigen ist ein vierzig Kilo leichterer Ritter zu sehen. Es ist ein surreales Gefühl, ihn lächeln zu sehen. Er ist auf keinem der Fotos allein.

In dem Zimmer stehen ein bezogenes, ordentlich gemachtes Bett und mehrere Regale, in denen sich Kinderbücher, Spiele und Kuscheltiere drängen. Neben dem Fenster hängt ein gerahmtes Bild von einem dicken, pelzigen Ungeheuer, das ein kleines Mädchen im Arm hält. Nirgendwo ist auch nur ein Staubkörnchen zu sehen. Es ist mit Abstand das sauberste Zimmer in der ganzen Wohnung.

Ulrike wirft Ritter einen Blick zu.

»Sie sind immer noch ein Arschloch«, teilt sie ihm mit. »Wenn auch vielleicht kein ganz so schlimmes, wie ich dachte.«

»Wie du meinst, Rotzgöre.« Er räuspert sich verlegen, ist wie alle Männer seiner Generation vollkommen verloren, wenn es um Gefühle geht. Ohne mich anzusehen, wendet er sich an mich: »Du kannst gern duschen, wenn du willst. Im Badezimmer sind Handtücher und Waschlappen. Die Bettwäsche ist frisch. Die Verhältnisse sind ein bisschen beengt, aber was anderes hab ich nicht.« Wieder ein Räuspern. »Wenn euch das nicht reicht, setz ich euch auf die Straße.«

Nach diesem unbeholfenen Scherz ergreift er die Flucht, anders lässt es sich nicht beschreiben. Er zieht sich mit schnellen Schritten in sein Schlafzimmer zurück und schließt hastig die Tür hinter sich. Wir hören, wie er sich dahinter bewegt, allein. In Sicherheit vor unseren Fragen. Unseren Gewissheiten.

Ulrike seufzt und setzt sich aufs Bett. Sie ist völlig erschöpft, kein Wunder.

»Ein schrecklicher Mensch.«

»Ein Mensch«, sage ich. »Dir ist er doch eigentlich ganz sympathisch, gib's zu.«

»Von wegen. Er war kurz davor, Yousuf eine Kugel in den Kopf zu jagen.«

»Weil er davon überzeugt war, dass Youyou mir wehgetan hatte. Ich glaube, er erträgt es nicht, wenn jemand uns wehtut.«

»Das gibt ihm noch lange nicht das Recht, zu machen, was er will.«

»Stimmt auch wieder.«

Eine Weile wissen wir beide nicht mehr, was wir sagen sollen. Ulrike schaltet die Nachttischlampe ein, damit ich das große Licht neben der Tür ausmachen kann. Sie legt sich ins Bett, zieht die mit Ponys und Hecken bedruckte Bettdecke über sich und starrt vor sich hin. Ich mache es mir unterhalb des

Fensters gemütlich. Als ich Ulrike gerade eine gute Nacht wünschen will, sagt sie:

»Ich habe nachgedacht.«

»Worüber?«

»Darüber, dass du komplett falschliegst.«

»Vielen Dank.«

»Nein, hör mir zu.« Sie stützt sich auf die Ellbogen, um mich besser sehen zu können. »Du sagst, du wärst nicht Rebecca. Rebecca wäre in dieser Lagerhalle gestorben, und es wäre eine andere Person, die aus dem Raucherbereich entkommen ist. Ich habe vorhin beobachtet, wie du mit Yousuf geredet hast, und da ist mir der Gedanke gekommen, dass es vielleicht genau umgekehrt ist.«

Ich runzle verwirrt die Stirn.

»Du bist nicht, wofür Ritter dich gehalten hat. Du bist nicht, wofür Yousuf dich gehalten hat. Du bist nicht die Rebecca, für die deine Mutter dich gehalten hat, auch nicht die, die Frau Lenski in dir gesehen hat. Oder ich. Vielleicht ist es das, was in der Lagerhalle gestorben ist: sämtliche Rebeccas, für die dich andere hielten. Was übrig bleibt, bist du. Wir kennen dich nicht, weil du die Einzige bist, die dich kennen kann. Du bist die wahre Rebecca.«

Ulrikes Stimme klingt belegt. Meine würde genauso klingen, wenn ich jetzt etwas sagen würde. Aber ich sage nichts. Ich kann nicht.

»Du bist die wahre Rebecca«, wiederholt Ulrike. Und sie tut noch etwas: Sie schlägt die Bettdecke zurück. »Na los, komm schlafen.«

Ich stehe auf. Tränen laufen mir übers Gesicht. Ich habe gar nicht gemerkt, dass ich angefangen habe zu weinen. Zaghaft nähere ich mich dem Bett.

»Sicher?«

Sie nickt. Ich lege mich auf die Seite, schmiege den Rücken

an sie. Ulrike umarmt mich von hinten. Wir haben schon unzählige Nächte zusammen in einem Bett geschlafen, denke ich, und doch ist die heutige Nacht eine Premiere. Es ist die erste Nacht, die Ulrike mit mir verbringt. Mir, der wahren Rebecca.

»Du liegst übrigens genauso falsch«, flüstere ich. »Du sagst, du würdest das alles nicht ertragen und könntest nicht mehr, aber das stimmt nicht. Du bist nicht untätig neben der Tür stehen geblieben. Du bist immer noch hier, bei mir. Ohne dich hätte ich keinen einzigen Schritt geschafft. Du bist meine Stütze, Ike. Du teilst meine Geheimnisse.« Ich senke noch ein wenig mehr die Stimme. »Und du weißt, welches mein Lieblingscartoon von Calvin & Hobbes ist.«

Ulrike grinst. Das merke ich, obwohl sie hinter mir liegt. Ihr Körper verrät es mir.

»Glaubst du, dass Gott existiert?«

»Na ja«, antworte ich. *»Jemand muss ja für diesen ganzen Mist verantwortlich sein.«*

Wir lachen das deprimierteste, am wenigsten echter Heiterkeit ähnelnde Lachen unseres Lebens. Danach löst Ulrike ihre Arme von mir. Ich spüre, wie sie in ihren Taschen herumkramt.

»Hier.« Sie streckt mir ihre Hand hin. In der offenen Handfläche liegt der Ring mit dem Tribal-Muster, den wir vor einer Million Jahren in der Simon-Dach-Straße klauen wollten. »Ich habe ihn am Tag nach deinem Verschwinden aus deinem Zimmer geholt und hatte ihn bei mir, als ich auf der Suche nach dir durch die Clubs gezogen bin.«

»Warum?«, krächze ich, weil ich plötzlich einen dicken Kloß im Hals habe.

»Weil ich ihn dir geben wollte. Ich habe beschlossen, dass du ihn jetzt anziehen darfst.«

Ich nehme den Ring und streife ihn mir über den kleinen Finger. Mit dem Daumen fahre ich über seine Oberfläche. Ich bin sprachlos. Ulrike umarmt mich wieder, diesmal fester. Ich umklammere ihre Arme. Ohne sie würde ich ins Bodenlose stürzen.

»Verzeih mir.«

»Verziehen.«

Wen kümmert es, wer gesprochen und wer geantwortet hat. Wen kümmert es.

Ulrike schnarcht. Die Minuten verstreichen. Draußen auf der Straße bläst der Wind Eissplitter durch Berlin und begleitet heulend die Träume seiner Einwohner. Nur ich schlafe nicht. Ich werde auch keinen Schlaf mehr finden. Vorsichtig löse ich den Arm meiner Freundin von mir und stehe auf. Alles ist dunkel. Ich öffne die Zimmertür und trete in den Flur hinaus, der ins Wohnzimmer mündet. Ich weiß, wer mich dort erwartet.

Ritter sitzt an dem kleinen Tisch am Fenster und zieht langanhaltend an seiner Zigarette. Er blickt mir entgegen, vermutlich hat er gewusst, dass ich kommen würde. Ich setze mich ihm gegenüber und weise mit dem Kinn fragend auf die Zigarettenpackung und das Feuerzeug. Er nickt. Ich ziehe eine Zigarette heraus, stecke sie mir zwischen die Zähne und zünde sie an.

»Ich dachte, du rauchst nicht.«

»Es gibt vieles, was die Leute nicht von mir wissen, weil sie sich nie die Mühe gemacht haben, mich danach zu fragen.«

Ich ziehe an der Zigarette. Ohne Lippen kommt vielleicht fünf Prozent des Rauchs bei mir an, aber er kratzt dennoch im Hals.

»Ich war mir so sicher, dass er der Täter war. Wahrscheinlich werde ich langsam alt. Aufgeben kann ich trotzdem nicht.«

»Was aufgeben?«

»Eine gute Frage.«

Er sagt nichts mehr. Wir gönnen uns gegenseitig eine Pause,

in der die Sekunden vergehen, die Minuten. Nach einer Weile stelle ich ihm erneut die Frage:

»Warum helfen Sie uns, Herr Ritter? Was kümmert Sie diese ganze Sache?«

Ich rechne damit, dass er mir jetzt von dem Mädchen erzählt, dessen Gedenken er in den vier Wänden jenes Zimmers wachhält. Er fährt sich mit der Zunge über die Lippen.

»Ihr haltet mich für einen Dinosaurier, der nicht mehr in diese Welt gehört. Diese Welt, die sich angeblich so sehr verändert hat, dass man in ihr nicht mehr sagen darf, was ich sage, oder tun darf, was ich tue.« Er beugt sich vor. »Lass mich dir eins versichern: Die Welt hat sich einen Scheiß verändert. An der Macht sind immer noch Hurensöhne wie ich. Eure Stimmen werden lauter, das stimmt, aber wir machen weiter, ohne sie zu hören. Ich bin die Welt, Rebecca. Meine Brutalität ist die Brutalität der Welt. Nichts hat sich verändert, und es wird sich auch nie was verändern.«

»Dann helfen Sie mir auf die Sprünge: Sie haben mir gerade einen guten Grund dafür genannt, uns nicht zu helfen, und trotzdem machen Sie genau das Gegenteil. Warum?«

Die schweißnassen Augenbrauen an seinem kahlen Dickschädel heben sich.

»Weil ich gern gegen den Strom schwimme, vermute ich mal. Oder weil Ulrike mit einer Sache recht hat: Ich bin ein Arschloch. Und das Einzige, was ein Arschloch wie ich tun kann, nachdem es ein Leben voller Verfehlungen geführt hat, ist, am Ende auch was Gutes zurückzulassen. Ich werde diesen Kampf nicht überleben. Ihr schon.« Er lehnt sich auf seinem Stuhl nach hinten. Der protestiert mit einem gequälten Quietschen. »Und das ist auch gut so.«

»Ich weiß nicht, ob es überhaupt zum Kampf kommen wird. Wir stecken in einer Sackgasse.«

»Nein.« Er schnalzt missbilligend mit der Zunge. »Wir sind

ganz nah dran. Du wirst früher oder später herausfinden, wo der König ist. Er hat es dir leichtgemacht. Er will, dass du ihn findest.«

»Warum glauben Sie das?«

Die Glut seiner Zigarette leuchtet auf, ein roter Punkt inmitten des trüben Lichts, das von den eingeschneiten Straßenlaternen hereinfällt.

»Es ist nur eine Vermutung ...« Eine Rauchsäule steigt aus seiner Nase auf. »Aber wenn du mich fragst, will er, dass du seine Königin wirst.«

Ich schüttle erschrocken den Kopf.

»Du sollst seine Gemahlin werden«, insistiert Ritter. »Du wirkst klein und zerbrechlich, aber innerlich bist du aus Stahl. Ein Monster wie er braucht weitere Monster neben sich. Er will, dass du dich ihm anschließt. Die Frage ist: Was willst du?«

»Ich will mich ihm nicht anschließen!«

»Aber töten willst du ihn auch nicht.«

Ich schüttle im Dunkeln den Kopf.

»Also, was willst du?«

Ich denke einen Moment darüber nach, ob ich ihm die Wahrheit sagen soll. Eigentlich gibt es nichts, was dagegen spricht.

»Ich will ihm die entscheidende Frage stellen: Warum.«

Ritter sagt nichts dazu, also fahre ich fort:

»Sie beschäftigt mich schon, seit ich ihn das erste Mal gesehen habe. Seit mir meine Mitschüler in Augsburg den Medizinball ins Gesicht geknallt haben. Seit ich ihn am Rand meines Sichtfelds entdeckte, aufgetaucht aus irgendwelchen unerklärlichen Ritzen der Realität. Seither frage ich mich immer wieder, warum er das alles macht. Warum er da ist. Ich will es wissen. Ich will wissen, wozu ihm unser Leid dient, warum uns seine Untertanen quälen und ermorden, warum es ausgerechnet wir Frauen sein müssen. Was haben wir getan, um derartigen Hass zu verdienen? Ich will, dass er es mir ins Gesicht sagt.«

Ritter denkt eingehend über meine Erklärung nach.

»Hast du deshalb verlangt, dass dich deine Eltern hierher nach Berlin schicken?«

Ich blinzle. Schüttle kaum merklich den Kopf.

»Das habe ich nicht.«

Jetzt ist es Ritter, der mich verwundert ansieht.

»Wie, du hast es nicht verlangt? Du hast doch ausdrücklich darum gebeten, hier in Berlin zur Schule gehen zu dürfen. Das hat uns die ...«

Er bricht ab, wirft mir einen Blick zu, in dem der Wahnsinn aufzuflackern scheint.

»Ich glaub es nicht«, murmelt er und fixiert mich weiter.

Nein, er fixiert nicht mich, jedenfalls nicht mein Gesicht. Er starrt auf einen Punkt darunter, auf meinen Hals, um genau zu sein. Er betrachtet den Anhänger meiner Kette, die eine Hälfte des von Dolchen durchstoßenen Herzens.

Die andere Hälfte«, murmelt er, nachdem er sich mit der Zunge über die Lippen gefahren ist. »Die andere Hälfte dieser Kette hast du Yousuf geschenkt, oder?«

Eine Möglichkeit nimmt in meinem Kopf Gestalt an. Eine erschreckende Möglichkeit.

»Nein«, stammle ich. »Yousuf ist Muslim, und das ist ein katholisches Herz. Das Herz der sieben Schmerzen Marias. Ich habe es geschenkt bekommen.«

Ritter schluckt deutlich hörbar.

»Wir haben es in der Lagerhalle in Tempelhof gefunden. Es lag zu Füßen deiner Leiche.«

»Was?«, frage ich, obwohl ich eigentlich gar nicht will, dass er mir antwortet. »Was haben Sie dort gefunden?«

»Die andere Hälfte.« Er beugt sich zu mir nach vorn. »Wer hat dir die Kette geschenkt, Rebecca?«

Langsam und unter größeren Schmerzen als allen bisher erlittenen spreche ich ihren Namen aus.

15

Mater Dolorosa

»Wir brauchen einen Plan.«

Weder Ritter noch ich antworten. Ulrikes Augen sind von jenem feinen Netz roter Äderchen durchzogen, die ein viel zu kurzer, von Angst und Beklemmungen gequälter Schlaf hervorbringt. Die frühen Morgenstunden sind hereingebrochen. Ich hätte nicht geglaubt, dass es so passieren würde. Auch den Ort hätte ich mir nicht vorstellen können.

Die Straßen sind leer bis auf den einen oder anderen Müllwagen, der klappernd die Tonnen leert. Es dauert noch einige Stunden, bis die Sonne aufgehen wird. Vielleicht ist bis dahin schon alles vorbei. Vielleicht sind wir bis dahin längst Geschichte.

Ritter hält mit einer Vollbremsung direkt vor dem Gebäude. Unheilvolle Stille umgibt uns. Vor uns ragt stumm die Schule auf. Zwischen ihren Mauern habe ich fast zwei Jahre meines Lebens verbracht, eine Seelenverwandte kennengelernt, festgestellt, dass ich mich verliebt habe. Und mir einen Zahn ausgerissen. Und jetzt werde ich hier womöglich zum zweiten Mal den Tod finden. Oder etwas noch Schlimmeres.

Ulrike, Ritter und ich betrachten die dunkle, abweisende Fassade der St.-Marien-Schule. Sie sieht nicht unbedingt einladend aus. Ich streiche mit dem Daumen über meinen Ring, eine nervöse Geste, die ich mir gerade erst angewöhnt habe. Unglaublich, dass mir bisher nie aufgefallen ist, wie sehr das Schulgebäude mit seinen dunklen Backsteinmauern und seinen Türmchen einem Spukschloss ähnelt.

»Wir brauchen einen Plan«, wiederholt Ulrike. »Was tun wir, wenn wir drinnen sind? Wo genau wollen wir hin?«

»Alles zu seiner Zeit«, antwortet Ritter. »Jetzt schauen wir erst mal, ob wir überhaupt reinkommen.«

»Ich kann Bernhard anrufen.«

»Nein. Vorerst rufst du bitte niemanden an. Mag sein, dass du dich mit diesem Pförtner angefreundet hast, aber wir wissen nicht, wie er reagiert, wenn er uns zu dritt vor der Tür stehen sieht.«

Ritter geht die Treppe zur Eingangstür hinauf und kramt in seiner Hosentasche. Ich kann nicht erkennen, was er daraus hervorzieht. Er hockt sich stöhnend vors Türschloss und fängt an, daran herumzufummeln. Es dauert eine ganze Weile, dann hören wir ein Knacken. Mit zwei Fingern schiebt Ritter die Tür auf.

Sämtliche Schatten der Eingangshalle stürzen sich auf uns. Ulrike verscheucht sie mit dem Strahl ihrer Handytaschenlampe, als wäre es angriffslustiges Ungeziefer. Es riecht nach Reinigungsmitteln und all den Menschen, die hier Nacht für Nacht eingeschlossen sind. Die Gänge, die zu den verschiedenen Klassen- und Schlafräumen führen, sind um diese Zeit schwarze, geheimnisumwobene Schlünde, und auch die Treppe zu den oberen Etagen verliert sich in der Dunkelheit. Ohne eingeschaltete Lichter ähnelt das Foyer dem Eingang zu einem Labyrinth. Ritter macht ein paar Schritte hinein, die aus sämtlichen Ecken widerhallen.

Ulrike kommt von selbst auf die Idee, mit ihrem Handy die Fotos der Abschlussklassen zu beleuchten. Es ist nicht schwer, sie zu finden. Ich zeige auf das Foto: Helene Lilienthal, auch wenn ihr Nachname damals Passlack lautete und es noch Jahre dauern sollte, bis sie im Anschluss an die Hochzeit mit meinem Vater von Berlin nach Augsburg zog. Meine Mutter, die damals ein oder zwei Jahre älter war als ich jetzt, starrt mit einem seligen Lächeln in die Ferne. Um den Hals trägt sie die Kette mit dem heiligen Herzen der Jungfrau Maria, durchstoßen von sieben Dolchen, teilbar in zwei Hälften. Die eine Hälfte schenkte sie mir an dem Tag, als sie beschloss, mich an derselben Berliner Schule anzumelden, die sie selbst früher besucht hatte. Und die andere Hälfte fiel ihr in der Lagerhalle in Tempelhof herunter, in der meine Leiche gefunden wurde.

Schwindel erfasst mich, und meine Umgebung verschwimmt vor meinen Augen. Auch wenn ich es seit meinem Gespräch mit Ritter geahnt habe – es derart deutlich vor mir zu sehen ist zu viel für mich. Die schreckliche neue Gewissheit erschüttert die Grundpfeiler meines Verstands.

»Siehst du das Gleiche wie ich?«, fragt Ulrike.

»Ja«, murmele ich. »Meine Mutter.«

»Nein, das meinte ich nicht.«

Ich hebe den Blick. Ulrike hat ihr Handy inzwischen auf ein anderes Abschlussfoto gerichtet. Zuerst verstehe ich nicht, was sie mir zeigen will, aber dann sehe ich, um wen es geht. Das kann nicht sein! Ein Mädchen mit rundem Gesicht und offenem Lächeln blickt mir entgegen. Ich bin es nicht gewöhnt, sie lächeln zu sehen, deshalb habe ich sie zunächst nicht erkannt. Der Name unterhalb des Fotos lässt jedoch keine Zweifel zu: Es handelt sich um Raffaela Herzog. Die Mutter Oberin.

»Vielleicht ist es nur Zufall.«

»Zufälle kommen häufiger vor, als du denkst«, mischt sich Ritter ein. »In diesem Fall würde es mich allerdings wundern.«

Er scheint noch etwas hinzufügen zu wollen, aber in diesem Moment gehen sämtliche Lichter der Eingangshalle an.

»Ulrike? Was ist los? Wie bist du ...?«

Die Stimme verstummt, bevor sie die Frage zu Ende formuliert hat. Sie gehört einem mageren Kerl mit dünnem braunen Schnurrbart, der einen Trainingsanzug von Hertha BSC trägt und an der Tür zur Pförtnerloge steht. Bei unserem Anblick ist er kreidebleich geworden. Es liegt nicht an mir, ich habe die

Kapuze tief ins Gesicht gezogen. Es ist Ritter, den er mit weit aufgerissenen Augen anstarrt.

»Bernhard«, stammelt Ulrike, »ich kann dir alles erklären ...«

»Du Arschloch. Du elendes, verkommenes kleines Arschloch.«

Ritter stürzt sich mit der ihm eigenen Schwerfälligkeit auf den Pförtner. Besagter Bernhard quiekt und versucht, in die Pförtnerloge zu verschwinden, aber seine Nervosität verrät ihn. Er prallt gegen die halb geöffnete Tür, was Ritter mehr als genug Zeit lässt, ihn am Genick zu packen und zu Boden zu reißen. Blitzschnell zieht er seine Pistole und richtet sie auf den zitternden Kopf des Pförtners.

»Was tun Sie da?«, schreit Ulrike. »Lassen Sie ihn!«

»Aber ja, ich lasse ihn, und zwar zappeln. Willst du es ihnen erklären, oder soll ich?«

Bernhard liegt winselnd auf dem Boden.

»Was erklären?«, fragt Ulrike. »Was hat er uns denn zu erklären?«

Ritter stößt es wütend zwischen den Zähnen hervor: »Dein heißgeliebter neuer Pförtner, genau der, mit dem du dich so toll verstehst, ist ein verdammter Kinderficker.« Er wendet sich an den Typen im Trainingsanzug: »Und wenn du mir jetzt wieder mit dieser Scheiße kommst, du wärst psychisch krank und wer weiß, was noch alles, jage ich dir eine Kugel zwischen die Augenbrauen!«

Bernhard rollt sich so klein wie möglich zusammen.

»Wie bist du an diesen Posten gekommen? Wen musstest du dafür anlügen?

»Ich habe niemanden angelogen«, jammert Bernhard. »Mein Lebenslauf ist makellos, ich wurde nie wegen irgendwas verurteilt. Ich bin ein guter Pförtner.«

»Ein guter Pförtner, dass ich nicht lache. Ausgerechnet an einer Schule voller minderjähriger Mädchen!« Ritter packt das

Gesicht des Kerls und drückt es zusammen. »Mal sehen, wie dir dieser Plan gefällt, Rotzgöre: Ich werde diesem verdammten Kinderschänder jetzt mit der Rückseite meiner Knarre ins Gesicht schlagen, bis er uns sagt, wo ...«

Ihm bleiben die Worte im Hals stecken, als er sieht, was auch wir in diesem Moment entdecken. Aufgrund des Drucks, den seine Finger ausüben, hat Bernhard, der Pförtner, den Mund geöffnet. Zwischen seinen bläulich roten, wulstigen Lippen fehlt ihm der linke obere Schneidezahn. Noch so ein unwahrscheinlicher Zufall.

Bernhard bemerkt, dass sich unsere Augen weiten, dass Ulrike die Hände vors Gesicht schlägt und zurückweicht, dass an Ritters Schläfe eine Ader anschwillt und pocht. Seine zusammengepressten Lippen verziehen sich zu einem Grinsen.

»Oh-oh«, sagt er kichernd. »Mir scheint, ihr habt mich durchschaut.«

Ritter lässt ihn los, als hätte er plötzlich Angst, sich an ihm die Hände schmutzig zu machen. Die Pistole drückt er ihm dennoch weiter gegen die Stirn.

»Du musst uns doch nichts mehr sagen.« Er entsichert die Waffe. »Wir kommen allein klar.«

Bernhard hebt die Hände, als könnten sie ihn vor der Kugel schützen, die ihn erwartet. Auf einmal setzt er den Ausdruck eines bemitleidenswerten Kranken auf, wie eine Maske. Eine Maske aus Fleisch.

»Warum bist du hier?«, presche ich vor. »Wie bist du an Frau Lenskis Posten gekommen?«

Es ist das Erste, was ich im Schulgebäude sage, und ich merke sofort, dass meine Stimme etwas in Gang setzt. Die Luft wirkt plötzlich widerborstig, gefährlich. Was auch immer zwischen diesen Mauern auf uns lauert, es weiß jetzt, dass wir hier sind. Bernhard starrt mich fast schon ehrerbietig an.

»Du bist die, die entkommen ist, oder?« Er stößt erneut sein ekelhaftes Kichern aus. »Oh, er kann es kaum erwarten, dich zu treffen, Rebecca. Er kann es kaum erwarten, dich endlich an seiner Seite zu haben.«

Ritter weicht kaum merklich zurück. Zum ersten Mal scheint er so etwas wie Angst vor dem Pförtner zu verspüren.

»Wenn du nicht antwortest«, warne ich Bernhard, »sage ich dem hier anwesenden Kommissar, er soll dir den Kopf wegpusten.«

»Ich habe die Stelle als Pförtner bekommen, weil ich mich darauf beworben habe, ganz einfach. Oder glaubt ihr etwa, das System funktioniert? Niemand prüft irgendwas nach, die haben sich meinen Lebenslauf durchgelesen, und schon war ich eingestellt. So konnte ich die Frauen hier aus der Nähe überwachen, damit wir ihnen immer einen Schritt voraus bleiben.«

»Er arbeitet für den König.« Ritter atmet durch die Nase aus. »Deshalb vergewaltigt er kleine Mädchen. Der König hat von ihm Besitz ergriffen.«

Als er das hört, stößt Bernhard eine hyänenartige Lachsalve aus, bei der es mir eiskalt über den Rücken läuft.

»Das glaubt ihr? Ich bitte euch!« Er hebt den Kopf und sieht Ritter an, woraufhin dieser einen weiteren Schritt nach hinten macht. »Ihr habt gar nichts kapiert. Niemand zwingt uns zu tun, was wir tun. Im Übrigen vergewaltige ich keine kleinen Mädchen. Na gut, mag sein, dass ich es ein- oder zweimal in meinem Leben getan habe, aber öfter nicht. Ich bezahle, und sie kommen freiwillig zu mir. Wir ziehen sie von klein auf groß, damit sie denken, das Leben müsste so sein. Wir haben Tausende kleine Flüchtlingsmädchen in unserer Gewalt, das sind die billigsten. Wenn man hellhäutige Mädchen bevorzugt, muss man zwischen fünf- und zehnmal so viel hinblättern. Der König hat nicht von uns Besitz ergriffen. Wir tun das alles nicht für ihn.« Seine Stimme knirscht, als würde er beim Reden Kakerlaken zermalmen. »Er spricht nicht mal mit uns. Er beobachtet nur. Versteckt sich in den Ritzen der Welt und sieht uns zu. Und wir lassen zu, dass er uns beobachtet. Mehr nicht.«

»Lüge«, stammelt Ritter. Es klingt wie eine verzweifelte Bitte, ein Flehen. »Alles Lüge!«

»Das hier ist nicht das Werk eines Monsters. Es ist unser Werk. Niemand hat mir befohlen, so viele minderjährige Mädchen zu ficken, wie ich will.« Er wendet sich an Ulrike, die genau wie Ritter vor ihm zurückweicht. »Was glaubst du wohl, was ich hier im Internat vorhatte? Glaubst du, ich hätte dich nicht bei der erstbesten Gelegenheit durchgenommen? Glaubst du, die ganzen kleinen Geheimnisse, die ich für dich bewahrt habe, wären nicht dazu da gewesen, dich früher oder später zu erpressen und zu dir ins Bett zu steigen? Wenn du dich geweigert hättest, wärst du eines Nachts mit einer Socke im Mund aufgewacht. Vielleicht hätte ich dir eine Hand abgehackt, keine Ahnung. Jedenfalls hätte ich es getan, weil *ich* Lust dazu gehabt hätte. Der König hat nicht von mir Besitz ergriffen. Ich tue diese Dinge, weil sie *mir* Spaß machen. Weil ihr mir gehört, verstehst du? Du und alle anderen Mädchen, ihr gehört mir.«

»Nein«, widerspreche ich. »Ab jetzt nicht mehr. Wo sind die beiden Frauen, die du hier im Auftrag des Königs überwachen solltest? Bring uns zu ihnen.«

Bernhard blinzelt verwirrt.

»Zwei? Es sind keine zwei, es sind drei.«

Mehr kann er nicht sagen, denn in diesem Moment stürzt sich eine riesige, unförmige, stinkende Masse auf ihn, deren Gebrüll die St.-Marien-Schule bis in ihre Grundmauern erschüttert. Ein Prankenhieb, und Bernhards Kopf fliegt von seinem Körper. Er prallt mit der Wucht eines Basketballs gegen Ritters Bauch. Der Kommissar fällt mit einem Keuchen rücklings zu Boden, die Pistole gleitet ihm aus der Hand. Weil sie entsichert ist, löst sich dröhnend ein Schuss, der jedoch zum Glück nur die Glasscheibe eines Abschlussfotos zerschmettert. Der vergammelte Bär lässt unterdessen seine Wut weiter an Bernhards Körper aus. Es genügen zwei oder drei kräftige Bisse, um ihm die Arme abzutrennen. Die riesigen Fliegen, die das Tier umschwirren, legen ihre klebrigen Eier sofort in den blutigen Stümpfen ab. Der Bär wütet weiter, bricht mit seinem Gewicht sämtliche Knochen in Bernhards Torso. Er knurrt und beißt, und aus seinem Maul tropft eine ölige, schleimige Flüssigkeit auf den Körper des Pförtners, der sich in einen orangeroten Brei verwandelt hat. Exkremente besudeln die Tatzen des Bären, der Gestank von Kot und Eingeweiden breitet sich in der Eingangshalle der Schule aus. Die Bestie macht sich daran, an der fürchterlichen Wunde von Bernhards offenem Hals zu nagen, und erst in diesem Moment merke ich, dass Ulrike die ganze Zeit gekreischt hat. Ich nehme außerdem wahr, dass ein paar Meter von dem Gemetzel entfernt eine Frau steht und uns ansieht.

»Hallo, Babsi.«

»Meinen Glückwunsch, Rebecca«, sagt sie. »Du bist kurz davor, dein Ziel zu erreichen.«

Sie macht eine ungewöhnliche Handbewegung, die mich zunächst verwirrt. Dann verstehe ich, dass sie dem Bären gilt, denn er entfernt sich von der formlosen Fleischmasse und kommt mit müden Bewegungen zu ihr getrottet. Ich glaube, ich bin nicht mehr die Einzige, die ihn sieht. Ritter schleppt sich schwer atmend über den Boden, um sich so weit wie möglich von dem Raubtier zu entfernen, und Ulrike steht bewegungsunfähig da, wie festgeschraubt. Babsi ignoriert die beiden, ihre Aufmerksamkeit ist ganz auf mich gerichtet. Die vielen Schichten abgenutzter Kleidungsstücke hängen schlaff an ihrem Körper, und ich glaube zu erkennen, dass der sichtbare Teil ihrer schrecklichen Brandwunde ein Eigenleben entwickelt und zuckt.

»Ihr habt mich von Anfang an belogen«, stoße ich wütend hervor.

»Nein, nicht belogen. Wir haben dir den Weg gewiesen«, verteidigt sie sich. »Wir haben dich hierhergebracht, haben dich auf die Fährte des Königs geführt, dir Waffen in die Hand gegeben, damit du dich ihm entgegenstellen kannst. Du wirst diejenige sein, die ihm ein Ende bereitet!«

Auf diesen Ausruf von Babsi hin stößt der Bär ein Knurren aus, zu laut, um es zu ignorieren. Aus dem Augenwinkel beobachte ich, wie Ritter langsam zu seiner Pistole robbt. Ich befürchte, er wird sie nicht erreichen. Der Schweiß, der ihm in Bächen von der Stirn läuft, die plötzlich noch dunkler gewordenen Augenringe und der offenstehende Mund verraten mir, dass sein Herz nicht mehr lange mitmachen wird. Aber ich kann mich jetzt nicht um ihn kümmern. Ich gehe einen Schritt auf die alte Bettlerin zu.

»Was hast *du* mit alldem zu tun, Babsi? Warum bist du hier?«

Sie bläst mir eine übelriechende Atemwolke entgegen, während sie den pechschwarzen Pelz des Bären hinter den Ohren krault. Hautfetzen und Schorf rieseln zu Boden.

»Du hast es nicht einmal bemerkt: Auf den Abschlussfotos, die ihr vorhin so interessiert betrachtet habt, bin auch ich zu sehen. Diese Schule ist eine der Kirchen des Königs, Rebecca. Du kannst dir nicht vorstellen, wie viel Gewalt diese Wände gesehen haben, wie viele Strafen und Demütigungen, wie viel Scham und Leid. Wir hätten dich direkt hier foltern und dem Raucherbereich übergeben können, wollten aber nicht, dass der König auf uns aufmerksam wird und sich dauerhaft hier breitmacht. Wie sich herausgestellt hat, ist er trotzdem gekommen. Oder hat vielmehr einen seiner Handlanger geschickt.« Sie spuckt einen gewaltigen Speichelklumpen auf Bernhards Überreste. »Hier in der St.-Marien-Schule hat alles angefangen, und hier wird es auch enden. Maria soll das Werk ihrer Schäfchen bewundern.«

»Das ... das ist doch nicht möglich, dass du ...« Meine Verwirrung löst eine Lachsalve bei Babsi aus, die abrupt wieder endet.

»Natürlich ist es möglich. Andererseits: Wie hättest du mich auch auf dem Foto entdecken sollen? Ich sehe euch alle, aber mich nimmt niemand wahr. Dadurch konnte ich mich an deine Fersen heften und überwachen, was du tust. Ich bin schließlich nur eine Bettlerin, die auf der Bahnhofstreppe sitzt, eine Spinnerin, die nicht mal richtig reden kann. Möglicherweise seid ihr es aber, die nicht richtig zuhören können. Möglicherweise seid ihr es, die nicht richtig hinschauen können. Eigentlich müsste es dir peinlich sein, auch wenn es nicht deine Schuld ist, denn auch das ist Teil der Gewalt, die vom König ausgeht. Und aus diesem Grund wirst du ihn töten.«

»Hast du nicht die Worte dieses Jammerlappens gehört, den dein Bär getötet hat? Der König tut gar nichts. Er beobachtet lediglich, ist nur Zuschauer bei all dieser Gewalt.«

»LÜGE!«, schreit Babsi. Der Bär stellt das Nackenfell auf und schlägt mit den Vordertatzen auf den Boden. Die Bodenfliesen bekommen Risse. Babsi zischt: »Das ist eine Lüge! Der König ist an allem schuld! Ihn müssen wir beseitigen, damit all dies ein Ende hat! Und beseitigen wirst *du* ihn!«

Ungefähr fünf Schritte von mir entfernt nähert sich Ritter nun doch langsam, aber sicher der Pistole. Ulrike ist hingegen immer noch wie gelähmt. Ihre Lippen formen ein ums andere Mal das Wort *nein*. In der Eingangshalle wird es unterdessen immer wärmer, die Hitze geht von Babsis Bär aus. Eine undefinierbare Flüssigkeit tropft von den Wänden.

»Und wenn ich mich weigere?«, frage ich. »Und wenn ich beschließe, ihn nicht zu töten?«

Babsis eingerissene Lippen verziehen sich zu einem sarkastischen Lächeln.

»Wie passend, dass du diese Frage stellst. Den König nicht zu töten wäre ein Akt der Barmherzigkeit, der Menschlichkeit.

414

Aber du bist nicht mehr menschlich, Rebecca. Du glaubst nur, dass du es bist. Bald wirst du auch das Letzte verloren haben, was diesen Eindruck in dir wachhält.«

»Das Letzte?«, stoße ich erschrocken hervor. »Was soll das heißen, ich werde das Letzte verloren haben, was ...?«

Noch bevor ich die Frage zu Ende gestellt habe, wird mir klar, worauf sie sich bezieht, doch da ist es bereits zu spät. Babsi wiederholt ihre ungewöhnliche Handbewegung. Ein markerschütterndes Brüllen dringt aus dem wurmstichigen, halb verfaulten Rachen des Bären. Wutschnaubend stürzt die Bestie los. Sie will nicht zu mir.

Sie hat es auf Ulrike abgesehen.

»Nein!« Nun bin ich es, deren Lippen immer wieder dieses Wort formen. »Nein, nein, nein, nein, nein.«

Ich bewege mich langsam, unendlich langsam. Meine Beine scheinen Wurzeln geschlagen zu haben, und mein Körper kämpft gegen Wassermassen an. Die Sichel, die plötzlich in meiner Hand liegt, wiegt so viel wie die Sünden eines ganzen Lebens. Schleichend, wie im Todeskampf, nähere ich mich dem Ort des Geschehens. Der Bär ist eine Sturzflut, eine stinkende Masse mit Reißzähnen, die es nicht erwarten können, Ulrikes Körper zu zerfetzen. Ich werde nicht rechtzeitig da sein. Sie sieht es und versteht, schließt die Augen, als könnte sie sich dadurch vor den Schmerzen schützen.

Ein Körper prallt mit der Kraft der Verzweiflung seitlich gegen den Bären. Die Wucht genügt nicht, um ihn aufzuhalten, bei Weitem nicht, aber sie genügt, um ihn vom Kurs abzubringen, fünfzehn Zentimeter, die meiner Freundin das Leben retten und sie endlich aus ihrer Starre reißen. Mit weit aufgerissenen Augen weicht sie zur Seite aus. Ritter steht jetzt zwischen ihr und der Bestie. Sein linker Arm hängt beunruhigend schlaff herunter. Er röchelt und scheint nicht sprechen zu können. Sein Gesicht ist schweißüberströmt und verzerrt, seine

Wangen sind gerötet. Er hat nicht die geringste Chance. Wir wissen es alle, und er weiß es auch. Er dreht den Kopf zu Ulrike. Es sieht aus, als wollte er etwas zu ihr sagen.

In diesem Moment bringt ein erneutes Brüllen die Wände zum Wackeln. Mehrere verglaste Abschlussfotos fallen herunter, auf dem Boden türmen sich die Glassplitter. Der Bär erhebt sich auf die Hinterbeine und scheint Ritter weniger anzugreifen, als über ihm zusammenzusacken. Dem Polizisten bleibt nicht einmal Zeit, sich von dieser Welt zu verabschieden.

Ein Knall ertönt, so laut, dass ich die Augen schließe. Er hallt noch immer von den hohen Wänden wider, als ich sie öffne. Weniger als zwei Meter von mir entfernt steht Babsi mit weit aufgerissenen Augen da. Ihr Mund, der in einem Ausdruck ungläubigen Staunens offensteht, passt zu dem schwarzen Eintrittsloch der Pistolenkugel in ihrer Brust. Babsi fällt in eine sitzende Position und sinkt kurz darauf zur Seite. Ihre Augen starren noch immer Ulrike an, die zwischen ihren Händen die Pistole hält.

»Ich habe auf ihren Kopf gezielt«, stammelt meine Freundin. »Es tut mir leid. Ich bin nervös geworden und habe auf ihren Kopf gezielt. Dabei soll man doch nie auf den Kopf zielen. Es tut mir so leid!«

Ritter liegt auf dem Boden, bedeckt von einem Amalgam aus fauligen Flüssigkeiten und schimmligen Knochen. Der Bär hat sich mit dem Tod seiner Herrin in seine Bestandteile aufgelöst. Ulrike sinkt schluchzend neben Ritter auf die Knie. Ich nähere mich ebenfalls. Sein Körper zittert. Die Bärenkrallen, scharf und schwarz wie die Trauer, haben seinen Körper innerhalb kürzester Zeit völlig zerstört, seine Kieferknochen, sein Schlüsselbein, sein Sternum, seine Rippen ragen aus einem Morast aus bloßliegendem Fleisch und Blut. Ritters Unterkiefer hängt schlaff herunter. Seine Augen starren dem Tod entgegen, und inmitten all des Schmerzes nimmt er plötzlich Ulrike wahr.

»Ich habe es geschafft«, stößt er röchelnd hervor. »Ich war rechtzeitig da. Ich habe dich gerettet.«

Er versucht, die Hand nach ihr auszustrecken, erreicht sie jedoch nicht. Ulrike ist es, die ihm hilft. Sie nimmt seine Hand und führt sie zu ihrem Gesicht. Ritter streicht ihr über die Wange.

»Rotzgöre.« Er hat keine Stimme mehr, nur Lippen, die flüchtenden Worten nachspüren. »Mein Mädchen.«

Sein Blick wird glasig, das Zittern wird schwächer. Babsis tote Augen sehen dabei zu, wie Kommissar Otto Ritter stirbt. Ein schrecklicher Mensch. Ein Mensch.

Ulrike bricht in leises Wehklagen aus, es klingt wie das Jammern eines leidenden Vögelchens. Wir sind umgeben vom Gestank der Überreste des Bären, der Überreste Babsis, der Überreste Ritters.

Meine Freundin schüttelt den Kopf, ein ums andere Mal, unfähig, ihre Gefühle in Worte zu fassen. Ich kauere mich neben sie, ziehe sie energisch in meine Arme.

»Du solltest lieber von hier abhauen, Ike.«

»Weder du noch ich werden von hier abhauen, Rebecca«, sagt sie nach einem lauten Schniefen. Sie hebt entschlossen die Pistole in ihrer Hand, eine so ungewohnte, so absurde Geste, dass sie mir ein Lächeln entringen würde, wenn ich noch wüsste, wie man lächelt. »Wo sind sie?«

»In der Kapelle.«

»Der Kapelle? Warum?«

»Weil Maria das Werk ihrer Schäfchen sehen soll.«

Ike denkt über meine Worte nach, die ursprünglich aus Babsis Mund stammen. Dann nickt sie. Ich helfe ihr, vom Boden aufzustehen, und wir setzen uns mit dem bisschen Kraft, das uns noch bleibt, in Bewegung. Wir wissen beide, dass es nicht genügen wird für das, was uns erwartet.

Die Türen, die von den Fluren der St.-Marien-Schule abgehen, stehen allesamt offen. Die Zimmer, die sich dahinter verbergen, liegen im Dunkeln, doch der Geruch, der von ihnen ausgeht, ist unverkennbar: Es ist der Geruch von freiliegenden Eingeweiden, von entblößtem Fleisch. Sie haben sie alle umgebracht. Der Gedanke daran, wie sie sich mit Messern in die Schlafräume geschlichen haben, jagt mir einen eiskalten Schauder über den Rücken. Wie viel Blut hier schon vergossen wurde, wie viel Leid hier geschah. So viel Leid, wie nötig war, um ... um was? Was bezwecken sie mit ihrem Gemetzel? Wie gern würde ich die Antwort auf diese Frage hinauszögern. Wie gern würde ich kehrtmachen, davonrennen und mich zu Hause verstecken. Aber ich habe nichts mehr, was einem Zuhause gleicht, keinen Ort, an den ich mich flüchten könnte. Diese Schule, die mein Zuhause war, ist nur noch eine Faulkammer.

Vor der Tür zur Kapelle bleiben wir stehen. Eine glühende Hitze geht von ihr aus, wie man sie von einem Ofen erwarten würde, der mit der ganzen Kohle der Welt gefüttert wurde, oder von einem Reaktor. Die Luft flimmert.

Ulrike schüttelt den Kopf. Auch wenn es vermutlich nur eine unwillkürliche Bewegung ist, verstehe ich sofort: Ich soll vorausgehen.

Ich öffne die Tür zur Kapelle. Wir treten ein.

Und sehen es.

Sie haben ihn komplett gehäutet und ihm Penis und Hoden abgetrennt – sein Genitalbereich ist nur noch ein schwärzlicher Klumpen geronnenen Blutes. Seine Beine sind zusammengebunden, die Arme seitlich ausgestreckt und mit Gürteln an die Füße der dritten Kirchenbank gefesselt, sodass sein Körper ein Kreuz bildet. Er ruht in einer Blutlache, in der um seinen Kopf herum wie eine Dornkrone seine ausgerissenen Zähne angeordnet sind. Aus seinem Brustbein ragt der Griff eines Sägemessers, desselben Messers, das sie benutzt haben, um mir das Gesicht abzutrennen, und wohl auch dazu, die Schülerinnen in ihren Zimmern zu töten.

Es ist mein Vater. Beziehungsweise das, was von ihm übrig geblieben ist.

Neben dem Altar knien zwei Gestalten, deren Arme bis zu den Ellbogen mit Blut beschmiert sind und deren Kleidung dunkle Flecke aufweist. Eine der beiden trägt einen braunen Pullover und einen Faltenrock, die andere den Habit, den ich durch meinen Schleier aus Blut und Schmerzen hindurch mit einer Tunika verwechselt habe, als sie mich in der Lagerhalle in Tempelhof folterten, um die Tür zum Raucherbereich zu öffnen. Jene zweite Person ist Schwester Raffaela Herzog, die erste Helene Lilienthal. Meine Mutter.

Ungläubig starre ich die beiden an, denn sie beten, knien in aller Seelenruhe vor der Marienstatue, mit zusammengelegten Handflächen und gebeugten Köpfen.

Ulrike starrt immer noch auf die Leiche meines Vaters. Ihr entschlüpft ein leises Wimmern. Meine Mutter und die Mutter Oberin fahren herum. Wir haben sie aufgeschreckt, sie starren uns mit offenen Mündern an. Es ist Mutter Raffaela, die zuerst die Fassung zurückgewinnt.

»Willkommen, Rebecca. Du erwischst uns mitten bei der Arbeit. Wir hatten frühestens morgen mit dir gerechnet. Uns fehlen noch der gesamte Westflügel, der Pförtner und die übrigen Lehrerinnen.«

Meine Mutter reagiert nicht. Sie sieht mich an. Ihre Augen sind feucht.

»Rebecca, mein Schatz«, sagt sie mit belegter Stimme. »Du bist zurückgekehrt. Du bist wirklich zurückgekehrt. Ich dachte, ich hätte dein Spiegelbild im Fenster gesehen, aber ich war mir nicht sicher. Bis eben habe ich nicht geglaubt, dass es funktionieren würde. Jetzt sehe ich, dass alles wahr ist.«

»Mama.« Das Wort bricht aus meinem Inneren hervor, als würde ich einen zwei Kilo schweren Blutegel erbrechen. »Was ist das alles? Wovon hast du nicht geglaubt, dass es funktionieren würde?«

Meine Mutter zögert nicht eine Sekunde mit ihrer Antwort. Wie ein Kind, das etwas auswendig gelernt hat, sagt sie:

»Dein Tod und deine Auferstehung, Rebecca. Du bist von uns gegangen und am dritten Tage auferstanden. Jetzt bist du bereit, IHM gegenüberzutreten.«

»Wir sind es, die noch nicht bereit sind«, schaltet sich Mutter Raffaela ein. »Und dafür bitten wir dich um Verzeihung. Es fehlt noch mehr Schmerz, um den Schleier einzureißen, aber bald schon wird sich ein Spalt auftun, und du wirst über den Raucherbereich hinausgelangen. Zu seinem Thron. Zu IHM.«

Ich starre erst sie an und dann meine Mutter. Ich könnte ihnen vorwerfen, verrückt geworden zu sein, doch es genügt ein Blick auf mich selbst, um zu wissen, dass es nicht so ist. Nein, sie sind nicht verrückt. Sie sind besessen von einem Wahn, der weit über Verrücktheit hinausgeht. Diese beiden Frauen haben die halbe Schule ermordet, meinen Vater gehäutet und ihm ein Messer ins Herz gerammt. Und mich haben sie ...

»Ihr habt mich gefoltert, mich vergewaltigt, mich umgebracht! Kaltblütig!«

»Von kaltblütig kann keine Rede sein, Rebecca«, widerspricht meine Mutter, aber ich nehme einen leicht entschuldigenden Unterton in ihrer Stimme wahr. »Weißt du, wie viel Mut nötig ist, um die eigene Tochter zu opfern? Um sie für ein höheres Ziel aufzugeben?«

Ich ziehe mir die Kapuze vom Kopf und lasse meine Mutter ihr Werk begutachten.

»War das euer höheres Ziel? Ihr habt mich in ein Monster verwandelt!«

»Wir haben noch viel mehr getan, Rebecca«, sagt Mutter Raffaela und rutscht langsam auf ihren Knien in meine Richtung. »Wir haben dich gerettet. Wir haben den Polizisten auf die Fährte des Königs geführt, ihn nach und nach dazu gebracht, sich dem Raucherbereich hinzugeben. Wir haben sein Leben für deins geopfert, und dieses dritte Opfer hat dich zurückkehren lassen, prachtvoll und mächtig, damit du IHM ein Ende bereitest.«

Während sie spricht, hört die Mutter Oberin nicht auf, mir immer näher zu rücken, sie ist jetzt weniger als drei Meter entfernt. Uns trennen nur noch die gehäuteten Überreste meines Vaters. Ich betrachte das, was von ihm geblieben ist. Und endlich kommt die große Frage über meine Lippen, eine Frage, die ich eigentlich nicht ihnen, sondern dem König stellen wollte.

»Warum?«

Völliges Unverständnis erscheint auf dem Gesicht meiner Mutter, gefolgt von Ärger.

»Was soll das heißen, warum? Wo warst du all die Jahre, Rebecca? Warst du etwa nicht in meinem Haus? Hast du etwa nicht dein Leben lang zugesehen, wie dein Vater mich geschlagen hat, vergewaltigt, tagein, tagaus gedemütigt? Wie kannst du da fragen, warum?«

»Die Antwort lautet: weil es reicht, Rebecca«, ertönt Mutter Raffaelas Stimme. »Wir haben hier drinnen genug gelitten, genau wie ihr Frauen dort draußen. Wir sind es leid, von ihren Händen zu sterben. Es ist vorbei. Wir waren lange genug nur Opfer. Von nun an werden wir selbst zu Handelnden. *Du* wirst für uns handeln. Du wirst das Böse bei der Wurzel packen und Ihm ein Ende machen.«

»Glaubst du, dass Gott existiert?«

Ulrikes Frage bringt alles zum Stillstand. Sie, die immer so unscheinbar wirkt, so schwach, so folgsam, sie, die mir ergeben bis zu dieser Hölle gefolgt ist – sie erscheint auf einmal unermesslich groß, wie sie dasteht und die beiden Frauen anfunkelt. Und unermesslich wütend. Angepisst, wie Ritter es nennen würde.

»Glaubst du, dass Gott existiert?«, wiederholt sie und wendet sich mir zu. »Das fragt Hobbes Calvin, und Calvin antwortet: *Na ja, irgendjemand muss ja für diesen ganzen Mist verantwortlich sein.* Wir fanden diese Antwort immer lustig, Rebecca, aber sie entspricht nicht der Wahrheit. Niemand ist dafür verantwortlich, weder Gott noch der König noch sonst jemand. Die Gewalt wird nicht aufhören, nur weil wir den König aus dem Weg räumen.« Sie sieht die Mutter Oberin an, die sie mit bleichem Gesicht anstarrt. »Es gibt nur eine Waffe, mit der sich die Gewalt, von der ihr redet, eindämmen lässt: Bildung. Und zwar eine Bildung, bei der die Mädchen lernen, sich nicht zu unterwerfen, bei der sie gestärkt werden, damit sie diejenigen, die sich an ihnen vergehen wollen, erfolgreich in die Schranken weisen können. Eine Bildung, bei der den Jungen klargemacht wird, dass wir kein Besitz sind, keine Opfer. Bernhard hat es uns selbst gesagt: Der König spricht nicht mit jenen, die ihn anbeten. Der König beobachtet nur. Er beobachtet unsere Bösartigkeit, denn die Gewalt ist nicht Monstern vorbehalten, sie ist zutiefst menschlich. Ihr habt nur das getan, was die Folterknechte seit jeher tun: töten. Für nichts und wieder nichts.«

Ein hasserfüllter Aufschrei dringt aus dem verzerrten Mund der Nonne. Mit einer einzigen Bewegung springt sie auf, zieht das Sägemesser aus der Brust meines Vaters und stürzt sich damit auf Ulrike. Die Augen meiner Freundin weiten sich vor Schreck.

»Nein!«, brülle ich.

Ich hebe die Sichel in meiner Hand, schaffe es jedoch nur, Mutter Raffaela den Arm aufzuschlitzen. Sie erreicht Ulrike dennoch, lässt das Messer auf sie herabfahren, einmal, zweimal, dreimal, schließlich ein viertes Mal. In den Bauch, die Brust, die Hand, die Ike unnützerweise vor den Oberkörper geschoben hat, und zuletzt in die Wange. Durch die Wucht der Stöße fallen sie beide nach hinten, schlagen dröhnend wie Klaviere auf dem Boden auf.

Ich werde von eisiger Kälte erfasst. Mit klammen Fingern packe ich die Nacht im Inneren von Mutter Raffaela und fange an zu zwirbeln, drehe und drehe, bis ein Wirbel aus zermalmten Organen und zersplitterten Knochen den Körper der Nonne aufbricht. Sie sackt leblos über Ulrike zusammen, und ich renne zu meiner Freundin, die sich am Boden windet, eine traurige Kopie von Ritters Tod. Sie liegt auf dem Rücken, tastet nach irgendeinem Halt, um sich an dieser Welt festzuklammern. Ich schlinge die Arme um sie und drücke sie an mich, obwohl ich weiß, dass ich sie nicht werde festhalten können. Die Stichwunden, klaffende Münder in ihrem Fleisch, singen eine rote Melodie, ein Wiegenlied des Todes. Ulrike sieht mich mit zusammengepressten Lippen an. Sie sagt nichts, versucht es nicht einmal. Sie beschränkt sich nur darauf, mich anzusehen, ohne Gesten, ohne Abschied, ohne letzte Worte.

Und auf diese Weise erlischt sie. Ike geht aus meinem Leben, wie es zuvor Ritter getan hat, wie es Yousuf getan hat. Alles, was mich menschlich machte, ist verschwunden. Es bleibt nur jener schwarze Kummer, der sich bald in Hass verwandeln wird.

Ich merke nicht, dass sie hinter mir ist. Sie ist still gekommen, wie die Nacht, wie das Vergessen. Sie nimmt mich beim Arm, zwingt mich, mich umzudrehen.

»Rebecca«, sagt meine Mutter. »Dies ist mein Werk. Sieh es dir an. Das alles habe ich getan. Für dich, meine Tochter.«

Ich ertrage es nicht mehr, beiße die Zähne zusammen mithilfe der wenigen Muskeln, die mir im Gesicht noch bleiben. Dann packe ich meine Mutter beim Genick und schlitze ihr mit der Sichel die Kehle auf, von einem Ohr zum anderen. Dabei sehe ich ihr die ganze Zeit in die Augen.

Meine Mutter wehrt sich nicht. Im Gegenteil. Parallel zu dem

Halbmond, den ich an ihrem Hals geöffnet habe, erscheint ein Lächeln auf ihrem Gesicht, das ihre sich rot verfärbenden Zähne entblößt.

»Ich bin sehr stolz auf dich«, sagt sie noch.

Die Knie meiner Mutter geben nach, und sie fällt zu Boden. Es spielt keine Rolle mehr. Das letzte Opfer ist gebracht. Es ist der letzte Schmerz, der nötig war, um alles in Gang zu setzen.

Und es setzt sich alles in Gang.

Die Luft in der Kapelle teilt sich in der Mitte – anders kann ich das, was meine Augen wahrnehmen, nicht beschreiben. Vermutlich war es genauso, als mein vorheriger Körper, der Körper des Mädchens Rebecca, das ich einmal war, in der Lagerhalle in Tempelhof starb. Das letzte Opfer ist dargebracht, der Schleier reißt ein. Ein schwarzer Spalt entsteht im Nichts. Jenseits dieses Spalts lässt sich ein karmesinrotes, kränkliches Licht erahnen. Mein Gehirn reagiert mit Widerstreben, ihm erscheint alles unwirklich. Was ich sehe, dürfte nicht da sein. Und doch ist es da.

Ich nähere mich dem Spalt. Eine sengende Hitze geht von ihm aus, und mein Magen rebelliert gegen den Gestank, der mir entgegenschlägt. Mein Blick wandert von der Abnormität, die sich vor mir aufgetan hat, zu der Todesszene in der Kapelle. Hier hält mich nichts mehr.

Ich mache einen Schritt nach vorn.

Und betrete den Raucherbereich.

16

Thron

Rot und schwarz. Schwarz und nichts. Hitze. Ein Glanz, der betäubt. Eine Dunkelheit, die blind macht. Schlachtgestank in der Nase. Das Gefühl von Sperma auf der Haut. Der Geschmack von Fäkalien auf der Zunge. Ich bin wieder im Raucherbereich, aber diesmal weiß ich, dass ich nur auf der Durchreise bin.

Geflieste Wände, rauer Zement, Blutspritzer, immerwährender Rauch, der die Umrisse verwischt, die Geräusche verzerrt, die Wirklichkeit verformt. Sie ist hier anders, diese Wirklichkeit – Tränen, Seufzer. Finsternis.

Ich gehe weiter.

Auf beiden Seiten erkenne ich gigantische Mahlwerke, die den Zahnrädern von Uhren gleichen. In Gang gesetzt werden sie durch Hebel von der Größe jahrtausendealter Baumstämme, und an diesen Hebeln stehen riesenhafte Gestalten, gewaltige Fettmassen, deren Form entfernt an Menschen erinnert. Zwischen den Zahnrädern sind unzählige Frauenkörper gefangen, sie werden von ihnen zerstückelt, zermahlen, befördert, ein albtraumhafter Kreislauf destillierten Horrors. Schreie gellen durch den Rauch, unerhörte Hilferufe, immer unerhört. Von den Körpern der Folterknechte rinnt ätzender Schweiß, der mit einem Zischen auf den Boden tropft, und aus ihren Mündern, Ohren, Nasen dringt noch mehr Rauch.

Ich gehe weiter.

Rot geht in Schwarz über. Der Raucherbereich verzweigt sich, wird zu einem Dickicht aus Tunneln, aus schlecht beleuchteten Fluren, aus geheimen Schlafräumen, aus Händen, die sich über Münder legen, aus heruntergerissener Unterwäsche. Die Schreie werden spitzer, verzweifelter. Die Hölle ist nichts ohne die Hoffnung auf Erlösung, und sämtliche hier eingesperrte Frauen hoffen darauf, dass jemand sie im letzten Moment rettet. Dieser letzte Moment wird nicht eintreten. Die Raucher beugen sich drohend über sie, halten sie fest, übergießen ihre Körper mit insektenverseuchtem Schleim.

Ich gehe weiter.

Schwarz weicht Rot. Schreie und noch mehr Schreie, von allen Seiten, aus verzerrten Lippen, die Schlangen speien. Sei still, gehorche, vergesse, verzeihe, zieh den Kopf ein, ich liebe dich, unterwirf dich, du bist nichts, du bist alles für mich, hör mir zu, es ist immer dasselbe, was weißt du schon, du bist nur, du bist nur, du bist nur. Fast werde ich schwach. Ich reiße die Hände an die Ohren, aber es nützt nichts. Also ritze ich mir mit der Sichel in den Unterarm und konzentriere mich ganz auf den Schmerz. Die Stimmen werden leiser.

Ich gehe weiter.

Rot weicht dem Nichts. Sie ist direkt dort, ich sehe sie, eine weitere Tür, ein weiterer offener Schlund inmitten dieser vergifteten Wirklichkeit. Jenseits der Tür ist der König. Zwischen ihr und mir ist Dunkelheit. Von überall her ist Wehklagen zu hören, in einer Stimme erkenne ich meine Mutter wieder. Ich kann nicht stehen bleiben, gehe weiter. Immer weiter, weiter, weiter. Ich bin fast da, fast am Ziel.

»Rebecca.«

Ich darf mich nicht umdrehen. Ich drehe mich um.

Der Mann, der mir gegenübersteht, ist kein Unbekannter für mich. Ich habe diese kurzgeschorenen Haare, diese slawischen und dennoch weichen Gesichtszüge, diese traurigen Augen schon einmal gesehen, kenne sie aus einer Kammer, aus der ich vor langer Zeit entkam.

Ein Springseil ist um seinen Hals gewickelt.

»Hallo, Lukas.«

»Meine Freunde nennen mich Kocaj.«

Wir sind vom Raucherbereich umgeben. Die Tür, die zum Thron des Königs führt, ist direkt vor uns. Kocaj hindert mich nicht daran, zu ihr zu gelangen. Ich muss mich nur von ihm abwenden und einen letzten Schritt tun. Aber ich tue ihn nicht.

»Du warst das Opfer, das es mir ermöglicht hat zu entkommen.«

Kocaj wendet für einen Moment irritiert den Blick ab, als würde er zum ersten Mal das Wehklagen wahrnehmen, das von allen Seiten zu uns dringt. Es dauert eine Weile, bis meine Worte zu ihm durchdringen. Dann nickt er und fragt:

»Also habe ich dich gerettet?«

»Nein, Kocaj«, widerspreche ich. »Niemand hat mich gerettet. Ich habe mich selbst gerettet.«

Wieder braucht er einige Sekunden, bis er meine Aussage verdaut hat, Sekunden, in denen ich spüre, dass sich uns etwas nähert. Es ist noch nicht ganz bei uns angekommen. Wenn ich mich jetzt umdrehe, könnte ich noch davonlaufen, aber ich tue es nicht. Ich bleibe vor Kocaj stehen und betrachte den ängstlichen Ausdruck, der sein Gesicht nie wieder verlassen wird. Seine Angst erscheint mir angemessen, denn auf einmal verstehe ich.

Ich bin nicht wegen des Königs hier.

Ich bin seinetwegen hier.

Ich bin deinetwegen hier, Kocaj.

Der König beobachtet.

Die Menschen führen aus.

Es ist nicht der König, den ich fragen muss. *Du bist es, vor dem ich jene Frage formulieren muss, die irgendwo zwischen meinem Bauch und meiner Brust entspringt, die mit zarten Spinnenbeinen meinen Körper hinaufkrabbelt, hinter meinen Zähnen hervorspäht und sich schließlich hinauswagt:*

»Warum, Kocaj? Warum behandelt ihr uns so? Woher all der Hass?«

Diesmal dauert es nicht so lange, bis er das Gesagte aufgenommen hat. Er legt den Kopf in den Nacken, tut so, als wäre er überrascht.

»Ich hasse euch nicht, Rebecca. Ich hasse nur mich selbst.«

Ich habe die Frage gestellt, die zu stellen ich gekommen bin. Und ich habe sie an die Person gerichtet, an die ich sie richten musste. Zu diesem Zweck bin ich hier.

»Ich hasse mein Versagen«, fährt Kocaj fort. »Ich hasse die Möglichkeit zu versagen. Dass ich mich nicht um meinen Vater kümmern konnte. Dass ich nicht in der Lage war, ihm zu verzeihen. Dass ich es nicht geschafft habe, dich rechtzeitig zu finden. Jede Sekunde des Tages hasse ich die Entscheidungen, die ich getroffen habe, und jene, die ich nicht getroffen habe. Ich hasse den Menschen, in den ich mich verwandelt habe. Ich wusste nicht, was ich mit all diesem Hass tun sollte, niemand hat mir beigebracht, mich auf andere Weise von ihm zu befreien als durch Gewalt. Und diese Gewalt hat sich immer gegen die gerichtet, die ich als schwächer betrachtet habe und von denen ich geglaubt habe, keine Gegenwehr befürchten zu müssen.« Er sieht mir in die Augen. »Die Gewaltausbrüche haben das Versagen verscheucht. Durch sie habe ich mich mächtig gefühlt. Lebendig.«

Das, was sich uns nähert, wird jeden Moment da sein. Ich höre, wie es sich bewegt, und weiche einen Schritt zurück. Fast berühre ich den Türrahmen. Es wäre so einfach. Noch ein Schritt, und ich wäre aus dieser Welt verschwunden. Aber ich gehe den Schritt nicht.

»Du bist nicht mehr lebendig, Kocaj.«

Er nickt.

»Du hast recht. Vermutlich ist es meine gerechte Strafe, hier zu sein.«

»Die Frauen, die hier gefangen sind, haben diese Strafe nicht verdient.«

»Ja ...« Kocajs Stimme wird in dem Maße leiser, in dem seine Gestalt immer durchscheinender wird. »Ja, das stimmt ... Sie dürften nicht hier sein. Vielleicht müsste man etwas tun, um das zu ändern, etw ...«

Er verschwindet gänzlich, bevor er den Satz zu Ende bringen kann. Kocaj ist in seine persönliche Hölle zurückgekehrt. Jetzt kann ich sehen, was sich uns genähert hat, ganz langsam und doch unerbittlich: die massige Gestalt, aufgedunsen wie die Leiche eines Ertrunkenen, die angespannten Muskeln, der verkümmerte, stinkende Penis, das Sägemesser in der Hand, die schwarzen Fingernägel. Das Monster ist umgeben von einer Rauchwolke, die von ihm selbst ausgeht und ihn teilweise verhüllt. Durch die Schwaden sehe ich mein eigenes abgetrenntes Gesicht.

Der Raucher. Meine Ermordung. Wir stehen uns direkt gegenüber.

Ich könnte erneut aus dem Raucherbereich fliehen, so wie letztes Mal.

Aber ich habe nicht vor zu fliehen.

»Das, was du da vor deinem Gesicht trägst«, sage ich. »Das gehört mir.«

Er stürzt sich träge auf mich. Ich muss nicht besonders schnell sein, um ihn meinerseits anzuspringen. Mit aller Kraft ramme ich ihm die Sichel in die Schulter und klettere an ihr hinauf. Ich schließe die Finger um meine eigenen Augen, schiebe den Daumen zwischen meine geschwollenen Lippen. Dann ziehe ich ihm mit einem Ruck die Maske vom Kopf, begleitet von dem Schrei, der schon so lange, so unendlich lange in meinem Inneren gefangen ist. Der Raucher stimmt mit ein, doch wo mein Schrei von Zorn befeuert wird, liegt in seinem nur Scham. Scham über sich selbst. Eine Scham, die sich nicht – heute nicht, nicht mehr, nie wieder – in Hass verwandeln wird.

Wir stürzen beide, aber nur ich lande auf meinen Füßen. Er

hingegen bleibt reglos auf dem Boden liegen. Es gibt ihn nicht mehr.

Ich halte mein eigenes abgetrenntes Gesicht in der Hand, hebe es vor die blutige Masse oberhalb meines Halses. Es saugt sich an mir fest, verbindet sich mit meinem Fleisch. Ein eigenartiges Gefühl breitet sich in mir aus. Mein Gesicht ist nicht mehr dasselbe, weil ich nicht mehr dieselbe bin.

Ich greife die Sichel in meiner anderen Hand fester. Drehe mich um. Durchquere die Tür und verlasse den Raucherbereich.

Ich bin auf dem Weg, den König zu treffen.

Der Hof des Königs ist kein großer Saal, dekoriert mit halb gehäuteten Schädeln, die einmal Frauen gehörten. Es lodern auch keine Fackeln in den Ecken, die mit ihrem teuflischen Flackern die Dunkelheit Seiner Majestät erhellen könnten. Es hängen keine scharlachroten Vorhänge vor geheimnisvollen Türöffnungen, hinter denen sich Folterkammern der perfidesten Sorte verbergen. Nirgendwo führen breite Stufen zu einem Thron von grausamer Pracht, geschmückt mit den ausgerissenen Zähnen seiner Diener und Opfer, seiner Vollstrecker und Prinzessinnen. Es gibt auch keine dämonische Leibgarde, die über die Sicherheit ihres Monarchen wacht. All dies habe ich jenseits der Tür erwartet, und wie immer im Leben ist die Wirklichkeit eine Enttäuschung.

Ich befinde mich in einer Art Garage – niedrige Decke, Wände aus nacktem Beton, freiliegende Rohre. In den Ecken liegt Staub, und von der Decke baumelt eine Glühbirne, bei der niemand sich die Mühe gemacht hat, sie mit einer Lampe zu verkleiden. Mitten im Raum steht ein Ohrensessel, schmutzig und löchrig. Darauf lümmelt der König.

Jetzt verstehe ich die Geheimniskrämerei um ihn herum, verstehe, warum er sich hinter Bücherregalen verbirgt und nicht mit jenen kommuniziert, die ihn anbeten. Der König ist von Nahem betrachtet eine unscheinbare Gestalt, die lustlos vor sich hin stiert. Der Zahnumhang hängt schlaff an ihm herunter, ein mit menschlichen Zähnen beklebter Stofffetzen, mehr nicht. Die Mondkrone sitzt schräg auf seinem Kopf, für immer im letzten Viertel des Mondzyklus erstarrt. Zwischen den lederartigen Kleidungsstücken des Königs ragt ein Bäuchlein hervor. Als er mich sieht, versucht er, Haltung anzunehmen und sich wieder in den furchterregenden Herrscher zu verwandeln. Ohne Erfolg.

Hallo, Rebecca.

Du bist in meinem Reich.

Wir haben viel zu besprechen.

Nein. Wir haben gar nichts zu besprechen. Ich bin auf der Suche nach einer Antwort gekommen, und diese Antwort habe ich bereits von Kocaj erhalten. Jetzt bleibt mir nur noch eins zu tun.

Ein Schlag mit der stumpfen Seite der Sichelklinge reißt ihm die Krone vom Kopf. Ich hole erneut aus und bringe mit der Wucht des nächsten Schlags den Sessel ins Wanken. Der König sackt schwer auf den Boden und stößt ein Quietschen aus, das an eine entgleiste Lokomotive erinnert.

Nein.

Nein, bitte nicht.

Er schleppt sich auf die andere Seite dieses Dreckslochs, das er seinen Thronsaal nennt. Ihm bleibt keine andere Fluchtmöglichkeit. Ich gehe ohne Eile auf ihn zu. Mit einem Fußtritt zermalme ich die Mondkrone.

Töte mich nicht, bitte.

Ich tue gar nichts.

Sie sind es, die das alles tun.

Sie.

Ich bleibe vor ihm stehen. Das Mondmesser vibriert in meiner Hand. Ich weiß nicht, ob es nach seinem Blut giert oder ob ich diejenige bin, der es danach gelüstet.

Töte mich nicht.

Gemeinsam können wir Großes erreichen.

Der König kniet sich vor meine Füße. Er küsst sie, streichelt sie. Zusammengekrümmt auf dem Boden. Verrückt vor Angst.

Ich bin auf deiner Seite.

Gemeinsam können wir die Welt verändern.

Du und ich, Rebecca.

Du.

Und ich.

Wie leicht wäre es, ihn jetzt zu töten. Wie leicht wäre es, ihn zum Opfer zu machen.

Mein Daumen streicht über den Tribal-Ring von Ulrike.

Diesmal werde ich nicht davonrennen. Diesmal werde ich mich meiner Verantwortung stellen.

Ich sehe den König an.

»Ich werde dich nicht töten«, teile ich ihm mit. »Es geht hier nicht um dich.«

Ich lasse ihm nicht einmal die Zeit zu antworten. Soll er weiter tatenlos vor sich hin dämmern. Im Gegensatz zu ihm habe *ich* jede Menge zu tun.

Ich wiege die Sichel in meiner Hand, drehe mich um und kehre in den Raucherbereich zurück.

Epilog

Frühmorgendliche Tropfen perlen von den Wangen der Stadt ab. Die junge Frau geht allein. Der Herbst streckt seine kalten Finger durch die Nähte ihrer Kleidung, berührt ihre Haut, sorgt dafür, dass sie fröstelt. Ein Teppich aus Laub bedeckt den Gehweg. Die Straßenlaternen malen Lichtpfützen zwischen die blinden Schaufenster und die Backsteinschwärze der Häuser. Stille. Absolute Stille.

Sie lässt das Neonlicht hinter sich, das die Luft durchschneidet, das Getümmel vor dem Eingang. In Cannabiswolken und Wodkaatem getunkte Gespräche verhallen hinter ihr, Bahnschienen zerteilen die Stadt. Der Club hat sich vor vielen Jahren hier angesiedelt, wie mit dem Hammer ins Viertel gerammt. Das Viertel wiederum ist ein verfaulter Zahn im Gebiss der Stadt, einer Stadt voller Schauergeschichten und Geheimnisse.

Das Auto taucht aus dem Nichts auf, als wäre es schon immer da gewesen, als hätte es hinter einem Vorhang aus Luft gewartet, unsichtbar. Ein kaum merkliches Schlingern ihrer Schritte: Sie hat gerade den Motor gehört, die aufdringliche Musik im Inneren des Wagens. Er verlangsamt sein Tempo. Die Zweige der Bäume raunen bösartig im Wind, ihr Laub zittert.

Die Vollbremsung des Autos setzt die Nacht in Brand. Es kommt weniger als einen Meter von ihr entfernt zum Stehen.

Die Türen gehen auf, und drei junge Männer steigen aus. Ihre wie gemeißelt wirkenden Frisuren in verschiedenen Blondtönen verdanken die Ähnlichkeit dem Besuch im selben Friseursalon. Ihre Bärte sind sorgfältig gestutzt, und ihre geröteten Augen schwimmen in Alkohol und drittklassigem Koks. Dämliches Grinsen, feuchte Zähne, Kannibalenblick. Die drei haben das Mädchen umzingelt, bevor es kapiert hat, was los ist. Einer der jungen Männer streichelt ihm die Schulter.

In diesem Moment beschließe ich einzugreifen:

»Nein.«

Alles erstarrt. Das Mädchen blickt in die Richtung, aus der meine Stimme gekommen ist. Sie sieht mich, sieht meine Gestalt auf der Straße stehen, zwischen den Scheinwerferkegeln des Autos – meine gelbe Jacke, meine aufgesetzte Kapuze, die Sichel, die ich in der Hand halte.

Der Fahrer wirft mir einen betrunkenen, wilden Blick zu.

»Du störst, Schlampe«, lallt er mit mahlendem Unterkiefer. »Wir machen doch gar nichts. Wir sind alle nur Freunde und feiern zusammen.«

Ich lasse die Sichel aufblitzen und ritze einen mit metallischen Zähnen bewehrten Halbmond in die Motorhaube. Alle Anwesenden zucken zusammen. Alle außer mir. Ich wende mich an das Mädchen, das in seinem alkoholbenebelten Zustand erst allmählich zu verstehen scheint, was gerade um ein Haar passiert wäre.

»Geh nach Hause«, sage ich. »Und sei vorsichtig.«

Sie atmet geräuschvoll durch die Nase aus und stakst dann ohne ein weiteres Wort davon. Ich habe nicht vor, sie bis zur Haltestelle zu begleiten, bin weder Schutzengel noch Leibwächterin. Außerdem habe ich noch etwas zu erledigen. Die drei jungen Männer bauen sich drohend vor mir auf, mit steinernen Gesichtern. Ich habe ihnen gerade ihr Betthupferl weggenommen, und sie sind sauer, stinksauer. Ihre schwitzenden Hände sind nach wie vor überzeugt davon, dass sie heute noch nacktes Fleisch anfassen werden. Der Fahrer macht einen Schritt auf mich zu. »Dir werd' ich's zeigen, du blöde Fotze.«

Wie die meisten Männer in seinem Alter sagt er es in der vollen Überzeugung, dass seine Worte verletzen, dass sie Angst machen, dass sie die Welt beherrschen. Ich beschließe, ihm zu zeigen, wie man wirklich mit Worten Angst und Schrecken erzeugt.

»Ich werde euch jetzt eine Geschichte erzählen«, beginne ich. »Mal sehen, wie sie euch gefällt. Es waren einmal drei Idioten, die ausgingen, um zu feiern. Sie wollten sich auf Kosten eines Mädchens amüsieren, das nachts allein auf dem Heimweg war. Dabei gerieten sie an eine gefährliche Schlampe und beschlossen, dass es besser war, mit aufgeschlitzter Motorhaube das Weite zu suchen, als mit aufgeschlitzter Kehle im Straßengraben zu landen.«

Die anderen beiden jungen Männer tauschen einen unsicheren Blick aus. Der Jüngste ist der Erste, der wieder ins Auto steigt. Der Zweite folgt ihm auf den Fuß. Ihr Anführer bemerkt es nicht einmal. Er glaubt, weiterhin die Rückendeckung seines Rudels zu genießen, fühlt sich bereit zur Jagd. Er hat noch nicht verstanden, wer heute Nacht die Jägerin ist.

»Du willst uns die Kehle aufschlitzen?«, lallt er. »Du und wie viele andere?«

Ich müsste ihm nicht antworten. Aber ich tue es.

»Viele«, sage ich. »Sehr viele.«

Ich muss sie nicht einmal herbeirufen, denn sie erscheinen von selbst, tauchen wie durch meine Worte heraufbeschworen aus der Dunkelheit auf. Es sind viele, und sie kommen aus den Ritzen, den Schatten, den Tiefen der Nacht. Einer Frau fehlt ein Arm, eine zieht sich über den Boden, eine andere trägt ein Baby bei sich. Sie sind verstümmelt, gebrochen, verätzt, kaputt, verbrannt, gespalten, in der St.-Marien-Schule erdolcht. Ulrike gesellt sich zu mir, mit abgetrenntem und wiedererlangtem Gesicht, genau wie ich und die übrigen Gefangenen des Raucherbereichs. Nur, dass es keinen Raucherbereich mehr gibt und sie keine Gefangenen mehr sind. Jetzt sind sie Gorgonen.

Die Augen des Fahrers weiten sich vor Schreck. Ein dunkler Fleck breitet sich gemächlich zwischen seinen Beinen aus. Er ist noch geistesgegenwärtig genug, um zu fragen:

»Wer bist du?«

Diesmal bin ich es, die einen Schritt auf ihn zu macht. Ich will, dass er meine Antwort genau hört, dass sie sich in sein Gehirn einbrennt, dass er sie an alle weitergibt, die bereit sind, ihm zuzuhören.

»Ich bin die Weidenfrau, die große Hexenziege, der Heilige Geist in Frauengestalt. Ich bin die Frau mit dem Sack, die Medusa, die den abgetrennten Kopf des Perseus in der Hand hält. Ich bin die ganze Gewalt, derer ihr euch bemächtigt habt und die ich über euch nun ausüben werde. Mein Name ist Rebecca, ich bin die Königin in Gelb. Und ich bin nicht allein.«

Dank

Der Autor möchte seine Dankbarkeit gegenüber folgenden Personen zum Ausdruck bringen: Cristina, David »hostia qué movida« Muñoz, Mario Tormo, Jennifer Sancho, Sara Cano, Antonio Torrubia, Guillem López, Nieves Mories, Alexander Páez, Álvaro López, Rubén Sánchez Trigos, Javier Miró, Lluís Salart, Manu Murdock, Miguel de Lys und Miquel Codony. Besonderer Dank gilt Gabriella Campbell und Dr. Laura Ocaña, der Koordinatorin für die psychologische Betreuung von Opfern sexueller Gewalt am Instituto Andaluz de la Mujer.

Inhalt

1
Kocaj

1 Griessmühle 9
2 Rebecca 37
3 Rebecca & Youyou 76
4 Mondkrone 111
5 Das Feuer 141
6 Das Loch 173
7 Prinzessinnen 200
8 Ein Schreck 236
9 Kneifzange junior 262
   Interludium 301

2
Rebecca

10 Und die Nacht gehorchte mir 307
11 Gorgone 329
12 Geschlossene Gesellschaft 343
13 Zähne 365
14 Deine andere Hälfte 386
15 Mater Dolorosa 405
16 Thron 425
   Epilog 433

Dank 438

Candice Fox
Eden
Thriller
Aus dem australischen Englisch
von Anke Caroline Burger
Herausgegeben
von Thomas Wörtche
st 4861. 473 Seiten
(978-3-518-46861-6)
Auch als eBook erhältlich

Gerechtigkeit ist gut.
Rache ist besser.

Hades, das kriminelle Mastermind von Sydney, wird bedroht. Er ›bittet‹ Detective Frank Bennett, den Kollegen seiner Tochter Eden, um diskrete Hilfe, denn die Spuren könnten tief in das faszinierende, gewalttätige Vorleben von Hades führen. Gleichzeitig hat Eden, Top-Detective bei der Mordkommission, einen extrem schwierigen Auftrag: Drei Mädchen sind verschwunden. Die Spur führt sie zu einer Farm, auf der sich ein Serienkiller rumtreibt. Sie begibt sich dort *undercover* in eine Kommune, ein rabenschwarzes Paralleluniversum mit Mördern und Vergewaltigern. Sie muss all ihre erstaunlichen Fähigkeiten einsetzen, um zu überleben ...

»*Einer der herausragendsten Thriller der letzten Jahre.*«
The Chronicle

suhrkamp taschenbuch

Weitere Informationen erhalten Sie unter www.suhrkamp.de
oder in Ihrer Buchhandlung.

Candice Fox
Hades
Thriller
Aus dem australischen Englisch
von Anke Caroline Burger
Herausgegeben
von Thomas Wörtche
st 4838. 341 Seiten
(978-3-518-46838-8)
Auch als eBook erhältlich

»Gänsehautlektüre.«
Sydney Morning Herald

Vor zwanzig Jahren wurden zwei Kinder gekidnappt und dem Tod überantwortet. Doch das kriminelle Mastermind von Sydney, Hades Archer, nimmt sich ihrer an, und sie werden Cops bei der Mordkommission. Sehr ungewöhnliche Cops …

»Ein Krimi, der süchtig macht.«
Marten Hahn, Deutschlandradio Kultur

»Candice Fox ist eine Entdeckung,
ihr Roman setzt Maßstäbe.«
Ulrich Noller, WDR

»Ein gigantisches Epos … Wirklich umwerfend grandios.«
Ingrid Müller-Münch, WDR 5

suhrkamp taschenbuch

Melissa Scrivner Love
Capitana
Thriller
Aus dem amerikanischen Englisch
von Andrea Stumpf und Sven Koch
Herausgegeben von Thomas Wörtche
st 5194. 333 Seiten.
(978-3-518-47194-4)
Auch als eBook erhältlich

Lola Vasquez, brillante Gang-Leaderin mit einem hohen *body count*, hat es geschafft: Sie ist die unangefochtene Drogenlady in ihrem Revier. Bis eine schwangere Frau sie um einen Gefallen bittet und sie feststellen muss, dass die größte Gefahr nicht von der konkurrierenden Rivera-Gang ausgeht, sondern in ihrer unmittelbaren Nähe lauert …

»Die Geschichte vom Aufstieg eines kleinen Ganoven zum Boss einer Gang wurde im Kino und in der Literatur schon häufig erzählt. Aber vielleicht noch nie so wie von Melissa Scrivner Love.« *Der Spiegel*

»*Capitana* von Melissa Scrivner Love besticht durch eine Heldin, die blitzschnell von zart auf hart umschalten kann … eine genial gegen Klischees gedrehte Serie.« *Kulturnews*

»Der Krimi schafft eine Frauenfigur, die trotz Klischeegefahr ambivalent und damit interessant bleibt.« *Süddeutsche Zeitung*

suhrkamp taschenbuch

Weitere Informationen erhalten Sie unter www.suhrkamp.de
oder in Ihrer Buchhandlung.